晋国演义

程三远 著

JINGUOYANYI
晋国演义

山西出版传媒集团
山西人民出版社

图书在版编目（ＣＩＰ）数据

晋国演义／程三远著．—太原：山西人民出版社，
2013.5
　ISBN 978－7－203－08091－6

　Ⅰ.①晋…　Ⅱ.①程…　Ⅲ.①章回小说－中国－
当代　Ⅳ.① I 247.4

中国版本图书馆 CIP 数据核字（2013）第 029274 号

晋国演义

著　　者：程三远
责任编辑：樊　中
助理编辑：何赵云
装帧设计：刘彦杰

出 版 者：山西出版传媒集团·山西人民出版社
地　　址：太原市建设南路21号
邮　　编：030012
发行营销：0351－4922220　4955996　4956039
　　　　　0351－4922127（传真）　　4956038（邮购）
E－mail：sxskcb@163.com　发行部
　　　　　sxskcb@126.com　总编室
网　　址：www.sxskcb.com

经 销 者：山西出版传媒集团·山西人民出版社
承 印 者：山西出版传媒集团·山西新华印业有限公司

开　　本：720mm×1010mm　　1/16
印　　张：29.5
字　　数：375 千字
印　　数：1－4 000 册
版　　次：2013 年 5 月　第 1 版
印　　次：2013 年 5 月　第 1 次印刷
书　　号：ISBN 978－7－203－08091－6
定　　价：58.00 元

溯三晋源流　扬晋国雄烈

一

　　在黄河"几"字形的巨大臂弯里，托抱着一片古老而神奇的土地，河绕山而流，山偎河而立，这就是中华民族的重要发祥地之一——山西，她那东西、南北基本对称，大致为平行四边形的特殊轮廓，使人一眼就能在中国地图上找到她。山西地理，向称形胜，太行、吕梁雄山东西对峙，滔滔黄河西、南两面环绕，襟山带河，易守难攻，为天下之肩背，系历朝首都之安危。东北可直达幽燕，拱卫京津，西南可连通关陇，直下巴蜀，东南则俯临华北，雄视天下，自古为兵家必争之地，有"得山西者有中原，得中原者有天下"之说。

　　这里是中华文明的摇篮，早在10万年前的旧石器时代，我们的始祖就繁衍生息在这片土地上，著名的西侯度文化、丁村遗址，是这一带早期人类活动的见证。北温带温和适中的气候和疏松肥沃、易于耕作的黄土地，孕育出了丰富多彩、源远流长的华夏文化。在漫长的生产活动和社会实践中，这里产生了许多对后世有着

深刻影响的人文景观，上古神话"女娲补天"、"精卫填海"、"愚公移山"的故事都发生在这里，尧舜禹三代建都于斯，开启数千年华夏文明，唐叔虞肇始三晋，奠定晋国数百年霸业。李渊父子起兵太原，削平群雄，遂立盛唐，后唐、后晋、后汉、后周龙兴晋阳，代有天下。抗日战争时期，这里是八路军总部所在地和抗日主战场，平型关大捷、百团大战，威震敌胆，鼓舞和提高了全国人民的抗日杀敌士气。

三晋大地历史悠久，人文荟萃，中国唯一的女皇帝武则天，一代贤相狄仁杰君臣相得益彰。武圣关羽忠勇绝伦，义薄云天，卫青、霍去病开疆拓土，功在千秋。唐代诗人王勃、王之涣、王维、王昌龄、白居易、柳宗元各领风骚。宋代政治家、历史学家司马光首创编年体正史，《资治通鉴》光耀史学界。文坛巨擘罗贯中一部《三国演义》，雄踞四大古典名著之首，其影响远及海外。关汉卿、白朴、郑光祖等元杂剧作家群体，开中国戏剧之先河。高君宇、徐向前、薄一波、彭真等老一辈无产阶级革命家功勋卓著，彪炳史册。

山西地处华夏文明起源的中心区域，其历史文化脉络清晰，影响深远，对中华民族的形成发挥了重要作用，成为地方文化特色最浓厚的地区之一，对华夏五千年的文明产生了巨大影响。数千年的文明进程，山西的先民创造出了蔚为大观的三晋文化，他们令人仰止的文治武功和可歌可泣的历史业绩，为后人提供了取之不尽的文学创作素材，激发了每一个热爱山西的文人学者强烈的、难以遏止的创作热情。近年来风靡文坛的晋商大戏《大红灯笼》、《乔家大院》、《白银谷》、《昌晋源票号》，以及反映山西人民生活、斗争的文艺、影视作品《立秋》、《一把酸枣》、《吕梁英雄传》等，是这一文化现象的成功作品和集中体现。

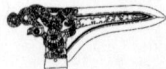

二

出于对家乡的热爱和对历史的偏好，学者程三远伏案两年，撰著了长篇历史小说《晋国演义》，试图从历史的源头，探讨三晋文化的博大精深，这无疑是一次有益的尝试。

《晋国演义》是一部国别史专著，她所讲述的，是山西地区建立的第一个君主制政权晋国的历史，是山西地区最早的有可信的典籍史册为依据的历史。与上古的神话传说、民间故事不同，《晋国演义》中的事件是真实发生的历史事件，人物是确有其人的历史人物，这就为我们了解早期山西地区的历史提供了方便。作者从浩如烟海、汗牛充栋的典籍中，把艰涩难懂、微言大义的史料撰著为通俗易懂、人民群众喜闻乐见的章回体小说，可以说是最通俗、最直接、最适应人民群众阅读水平和鉴赏情趣的三晋文化，起到了传播三晋文化、宣传山西历史的积极作用。特别是有些史料前人从未涉及，对人们了解山西远古历史更显重要。

春秋时期是我国历史发展的一个重要时期，中华文化的诸多元素都在这一时期形成或者定型，而晋国，则是当时中国北方一个强盛的诸侯国，自周成王剪桐封其弟叔虞于唐国（约前1010年）而至晋静公亡国（前376年），合计37世634年，若加上后继的韩、赵、魏三国，则前后共为788年。晋国初封时，不过是一个方圆百十里的蕞尔小国，自献公灭国二十余开始强盛，而其子、春秋五霸之一的晋文公，纠合诸侯，尊王攘夷，所建立的霸业历文、襄、灵、成、景、厉、悼、平、昭等世，二百多年间，晋国都是对各国具有重大影响，能够左右天下局势的大国。在这片土地上发生的历史故事，产生的历史人物，都对后世有着不容忽视的巨大影响。

唐叔虞初封之地，即今山西南部临汾、运城一带，夏文化占主导地位，戎狄杂居，晋国统治者正确采取了"启以夏政，疆以戎索"的施政方针，缓和了治下国内矛盾，促进了民族融合，国力迅速提升，疆域不断扩大。其后几百年间，这里都是中原华夏族与北方各民族文化交汇的天然通道，是中原农耕经济与北方游牧经济冲撞对接的前沿阵地。这种特定的政治地理环境，使山西成为我国各民族融合、各种文化交融的重要地区。也使得晋国受周王室的宗法制度影响较小，宗亲观念淡薄，所谓"晋人无亲"，指的就是这个特点，而曲沃代翼，六卿专权，三家分晋，则是其直接结果。

晋领域包括中华民族文化发展程度最古老、最文明的主要区域，地当今山西大部，河北、河南一部，陕西、山东小部，对当时华夏民族的政治、军事、经济等均有重大贡献和影响。晋国的主要疆域山西省，至今简称晋省，而"三晋"则是其别称或美称。晋国及其后的韩、赵、魏三国，均积极参加了当时的政治、军事和经济活动，在春秋战国历史上留下了难以磨灭的历史遗迹，时有"晋国天下莫强"之语，而战国七雄中，晋人独占其三，可从侧面说明晋国之强大。其间所发生的大国博弈、历史事件、成语典故以及纵横捭阖间所体现的政治智慧等，在今天仍然有着重要的借鉴意义和深远的历史影响。

春秋文化是中国古代文化的集大成者，它奠定了中华文化的基础，而作为春秋文化的重要内涵和最富特色的地域文化，以及以强盛国力为依托的强势文化，三晋文化对后世乃至现代的影响都很大。和晋商文化一样，三晋文化是古代山西地区人民智慧的结晶，是华夏文化的重要组成部分。《晋国演义》以文学作品的形式，再现了春秋时期发生在山西这块土地上的一幕幕撼人心魄的动人故事，起到了为三晋文化添姿增彩的作用。

三

　　晋国所处的春秋时期，社会生产力得到长足发展，社会结构发生剧烈变革，西周初年奉行的宗法制度受到巨大破坏，随着新兴的地主阶层的崛起，权力迅速下移，"礼乐征伐自天子出"的局面被违犯和破坏。这种情况在晋国表现得尤为突出，先是曲沃代翼，以小宗攻灭大宗，这是春秋时期的第一桩篡逆大案，周王室却无力制止，反而正式册命篡逆者为诸侯，取代了原来名正言顺的国君。后有韩、赵、魏三家分晋，更是以异姓卿大夫瓜分了得到正式册封的诸侯国，是明显的犯上作乱，但同样得到周王室的承认。这些生动而具体的事例，能够帮助我们更深刻地理解那种"高岸为谷，深谷为陵"的地震般的巨大社会变革烈度。

　　由于社会的发展和进步，春秋时期，民贵君轻的民主思想也出现了萌芽，有力挑战了传统的君权神授观念。如卫献公无道，被国人驱逐出国，师旷就有过一段著名的论述："（卫献公）困民之主，匮神乏祀，百姓绝望，社稷无主，将安用之？弗去何为？（《左传·襄公十四年》）"。在这里，师旷把错误全推在卫君身上，认为他没有尽到做国君的责任，被国人赶跑完全是活该。这就颠覆了长期以来占统治地位的君权神圣不可侵犯的观念，不能不说是一次民主思想火花的闪耀。师旷的这一番言论，由二百年后的孟子总结扩展为"民为贵，社稷次之，君为轻"的思想体系，更是对后世产生了直接影响。

　　晋国以及源自晋国的韩、赵、魏三国，遏秦人东出之路，是春秋战国时期中原逐鹿的必争之地，各国间错综复杂的矛盾和焦点始终纠结于此，这种复杂的政治局面，迫使晋国和三晋统治者不得不

变法图强，尊重和重用人才。晋国时期的楚材晋用、战国时期的养士制度，以及赵武灵王的胡服骑射，都是这种政治现象的典型事例。特别是风行于战国时期的变法运动，发轫于三晋之一的魏国，李悝首开变法之先河，很快使魏国成为战国初期最强大的国家。三晋特殊的政治地理环境，还使得这一地区成为法家、纵横家、兵家思想的重要发源地，他们的代表人物申不害、慎到、荀况、韩非、张仪、公孙衍、孙膑等人，都是对当代和后世有着重要影响的著名人物。

凡此种种，都不能不说是三晋文明对华夏文明的贡献。

四

热爱祖国，从热爱家乡开始，而热爱家乡，则要从了解家乡开始。读一点家乡史，可以使我们更深刻地了解脚下的这一片土地，增强我们建设美好家园的责任感和信心。

当今媚俗文化盛行，另类和戏谑文学大行其道，不少作者过度追求猎奇、猎艳和经济利益，其作品脱离人民大众的现实生活和审美情趣，而严肃、正统的文学则受到冷落。《晋国演义》的作者，能够坚守正面文化阵地，为广大读者献上一部富有深刻文化内涵的历史著作，当属难能可贵。

源于对历史尊重的传统文化具有永恒的生命力和强大的穿透力，经得起时间和历史的检验，在任何历史时期都不会被忽视、被湮没。很难想像，我们这样一个历史悠久、文化积淀深厚的古老民族，会没有或放弃自己的传统文化。

文化传统是一个国家的灵魂，宏扬中华文化，加强中华优秀文化传统教育，是我们义不容辞的历史责任。党的十八大报告指出：

"文化是民族的血脉，是人民的精神家园。"我们希望有更多的文人学者能够投身到传统文学的创作中去，充分发扬祖国的文化传统，为人民群众献上更多更好的作品，进一步繁荣我们的文化阵地。

是为本书之序。

张发

晋国形势图

目　录

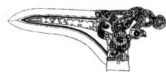

第一回

惠洽桐封成王孝友　异亩同颖叔虞献瑞

话说西周初年，成王姬诵年少即位，由其四叔周公姬旦摄理政事，仗着周公忠心辅政，平定管、蔡、武庚等叛乱，随后封邦建国，制定礼乐和典章制度，政权逐渐巩固。成王亲政以后，乃是一位守成令主，继承文王、武王基业，任用周公、召公等一班贤臣，实是上下亲和，国泰民安，海晏河清，四夷宾服。

这天朝罢，那成王来到后宫，向母后邑姜请安，到得殿前，看见几名侍女，带引着一个五岁小孩在那里玩耍，见成王到来，齐齐跪伏在地，独那小孩不遵王家礼数，仍然手持一片桐叶，笑望着众人。原来这小孩是武王少子，成王幼弟，因出生时左手掌心有"从从"形纹路，而"从从"乃是古文的"虞"字，于是取名为叔虞，字子于。成王见他总角之年（童年），一派童真，很是可爱，不觉动了孝友之心（与兄友善叫孝悌，与弟友善叫孝友），弯下腰来把叔虞拉到膝前，亲切地问他："子于在这儿干什么呢？"叔虞素来与长兄很亲热，倚在成王膝下，用好听的童音回答说："我在这儿捡桐叶玩。"成王接过叔虞手中的桐叶，随手撕成圭（长条形玉器，朝聘或祭祀时所执）的形状，一本正经地对叔虞说："姬叔虞听封，兄王将唐地封给你为

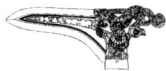

侯。"原来，因为唐侯助商纣王的儿子武庚叛乱，被周公剿灭，目下国无君主，成王正准备挑选宗室中有能力的人封为唐国国君，而当时陕西一带唐、桐同音，所以成王这样说。谁知一旁随行的史官操起笔来恭敬地问道："请问大王何时册立小主公？"成王说道："适才不过和我的小弟开个玩笑罢了，哪里就认真起来？"史官回答说："天子无戏言。有言则史官就会记下来，奏乐来歌咏它，并且要举行一定的典礼实施它。"成王听史官这样说，也改换成严肃的面容说："既如此，待朕和叔父商量一下，挑个日子册封吧。"

那成王携了兄弟的手，二人一同来到后宫，拜见母亲邑姜。这邑姜乃是齐太公姜尚的幼女，嫁给武王，女以父贵，所以立为王后，夫妇和睦，琴瑟和鸣，只生得成王兄弟二人，一个是国君的继承人，一个是怀里的小儿子，二人都得到父母的宠爱。不想武王寿命不长，灭商即位后仅六年就撒下江山社稷和群臣，归天而去，那年成王才十三岁，而叔虞尚在襁褓之中，群臣拥戴成王继位。那邑姜一心抚育幼子，倒也不觉宫中寂寥。见二子携手来到，心中非常高兴，问道："你们俩是怎么走到一起的？"成王遂将刚才的事情向母亲禀明，并说自己愿意践诺前言，册封子于到唐地去做国君。邑姜听罢很是高兴，说道："我儿能这么看承子于，兄弟相睦，我心甚慰。只是子于年幼，以后还得你早晚看觑一二，你父王九泉有知，也会感到欣慰的。"言罢不觉流下泪来。成王见母亲伤心，赶忙拜伏于地，哽咽说道："母后不要多虑，孩儿敢不遵母后教诲？"当下无话。

第二天早朝罢，成王把叔父周公单独留下，告以册封叔虞为唐侯之意，周公听罢说道："此议甚好。先王封建亲戚以藩屏，东、南两面都有王室宗亲封为侯国，唯北藩地近戎狄，唐国新附，一时尚未觅得新君。子于之封，一可落实天子之言，二可体现兄弟之谊，三可巩固社稷之藩，还有什么好商量的？然而册封乃是一件隆重的大事，不

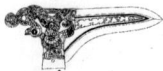

可轻慢，让为臣好好考虑安排一下。"当下计议停当，周公自去具体安排筹划。

过了些日子，周公奏道："封唐一事，臣已筹划得差不多了，只是唐国宫室残破，须先派司空前往修葺，然后筑坛挑个好日子再册封。"成王——准奏。

不觉已是次年春暖时节，司空来奏，说是封唐一事诸般准备齐全，请定个日子来施行。成王就命史官占卜日期，史官卜得庚寅日为佳期。又得到卜词说："尹正诸夏，再造王国。"成王请解释其意，史官俯伏在地拜道："恭喜我王，贺喜我王，此卜非常吉利，是说唐国日后有扶助诸侯、匡复王室之功。"成王闻言也很高兴。

到了庚寅日那一天，成王聚集百官，在镐京设坛举行册封大典。成王先祭拜天地并文武先王，告以封唐之事，然后亲授叔虞玉圭，说道："朕体察上天之意，继承文武之德，兹封姬叔虞为唐侯，启以夏政，疆以戎索，你要努力治理好国家。"这是成王或者说西周中央政权为叔虞和唐国制定的施政纲领，意思为唐国是夏民与戎狄杂居，允许他们采取比较灵活的统治方法，因地制宜，根据不同情况，以华夏之政去教导夏民，而以戎狄之法去治理戎狄，可以在一定时期内，暂时不实行周朝的井田制，这就给了叔虞及其后的晋国统治者以较大的自主权，能够因地制宜，兼容并蓄。叔虞俯伏在地，再拜受命。成王又授"唐"字彩绣大旂（音道，大旗）一面，以及饰金大辂（音路，大车）、密须之鼓、阙巩之甲、沽洗之钟等名贵器物，大多数是周公东征的战利品。又授幂蔡方鼎一尊，作为镇国之宝。

周公挑选周宗族贤者任命为职官五正，协助叔虞治理国家，统治人民。又迁商国的异姓贵族怀姓九宗千余人，同随叔虞赴唐定居，以提高国民素质，彰显王化。只因叔虞是成王唯一的同母幼弟，兄慈弟睦，所以周公安排考虑得十分周到、细致，一应规格，高于常情。

典礼完毕，叔虞辞了成王、周公，到后宫来辞母后。邑姜见叔虞头戴束发嵌玉金冠，身穿团花紫侯服，足登豹皮朝靴，手持玉圭，虽是儿童，却也一身王侯气派，心下甚喜，把叔虞揽在怀中，很和蔼地说道："我儿今日为侯，为娘很是高兴，只不知你我母子何日再得相见。"言罢大哭。叔虞急忙为母亲拭泪说："母后勿悲，想那唐国，并非遥远之地，每年郊祀之时，儿都要回镐京来拜谒宗庙，到那时孩儿就能再见到母后了。"邑姜又说了一通嘱咐的话，叔虞一一记下，临别，又跪在地上三叩首，母子洒泪而别。

叔虞出得宫来，成王携周公等文武大臣亲来送行，早有执事人等备好车仗，依序排列，单等叔虞上车后，传令鸣炮起行。只见前队钟鼓鼎磬一齐奏响，"唐"字大纛导引前行，兵车百乘，甲士千人左右护卫，职官五正随身簇拥，怀姓九宗等俱各在后随行，浩浩荡荡向东进发。叔虞见场面热闹壮观，不觉将那离愁别绪抛在脑后，欢喜雀跃，不料三日后行至黄河岸边，见河中波涛汹涌，心中着怕，后悔起来，终是孩儿心性，哭闹着要回镐京去见母后。职官忙劝道："主公你是千乘之尊，今日受封归国，百姓望君如望父母，若今日归去，让唐国子民怎么办呢？"百般哄劝，方哄得叔虞过河。过河行了数日，远远望见一片宫阙，职官奏言："前边不远处即是唐国之都了。"大众见目的地将达，一齐欢呼踊跃前行，不想惊动路边一处古林，竟有一群狐狸窜出，叔虞奇怪地问道："这里地近国都，怎么还会有野兽出没？"职官见问，赶忙回答："唐国地处河、汾之东，方圆不过百里，国民和戎狄杂处，很多土地都还生荒着，没有人烟，怎比得镐京天下辐辏之地繁华昌荣，人民众多。"叔虞听罢，半晌没有说话。不一时，来到唐都城下（今翼城县龙唐村），早有先遣之人接入，分拨安顿众人不提。叔虞见宫室形制虽不甚宏伟，但很是精致适用，所用器物，多为新制，方又高兴起来。这一年，大约是公元前1010年。

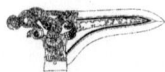

晋国演义

　　叔虞自此在唐城安下身来，检索户籍，分设职官，制定典章，教化人民。开国之际，百事繁杂，全仗职官五正等勤于国事，同心辅佐，加之怀姓九宗及周地旧人遵奉文武之道，崇尚礼义，唐民习之，教化大兴。时唐国开化未久，诸民杂居，既有以游牧为生的夏遗民，以工艺为生的商遗民，也有以农业为生的周人，还有逐水草而居的戎狄诸部，各不同种族通婚互市，民族融合进程加快。叔虞虽然年龄不大，可是聪颖慧达，任用贤能，从善如流，渐能秉持国政。一天，司农官来奏，说是境内晋水，其利是人吃畜饮，溉田千亩，其害是漫田塞路，冲毁民居，请筑堤堰，疏通河道，以除弊兴利。唐侯准奏，于是征发丁夫数千人，治理晋水。唐侯经常亲临工地，足踩泥泞，身溅泥浆，非止一日方才竣工，那晋水果然驯顺地入于河渠，流到浍水，按需调节，不再泛滥扰民，唐城郊外，田畛相接，连年丰稔。唐侯又命军士驱赶近山猛兽，迁移百姓定居，让他们从事开荒放牧之业，百姓称便。

　　这年秋，新谷登场，有职官手持几束谷穗入贺："恭喜主公，天降祥瑞，异亩同颖，可喜可贺。"唐侯一看，只见那谷穗粗大异常，其下两株谷杆相连，于是问道："这是怎么回事，有何祥瑞?"职官回答说："这是相邻垄亩的两株谷穗长在一起，名为异亩同颖，实是罕见，主五谷丰登，国泰民安，国祚绵长，很是吉祥。"唐侯喜过，开言说道："既然我国出现这样的祥瑞，何不献于天子，让普天之下共享这祥瑞呢?"职官说道："这样更好，也好使天子知道主公在唐国勤勉，感动天地，致降祥瑞。"

　　当下君臣议定，献祥瑞于周天子。唐侯久离镐京，思念母后，于是亲自带着嘉禾来献成王，成王见了大喜，拉着弟弟的手说道："你能安民定国，不负朕桐叶之封，此天地之赐，文武之德也。"赏赐了很多东西，以表彰叔虞治国有方。又嘱咐说："叔父周公现在成周

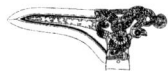

（今河南洛阳）军前，子于可亲到军前拜见，转献嘉禾于叔父，大家同喜。"成王又作了一篇《归禾》辞，借此祥瑞之事褒扬周公军功，策励臣民，命唐侯一并传至军前。唐侯领命，先来见过母亲，母子相见，自有一番悲喜之情，不能详述。

却说唐侯来至成周，见到周公，备述成王之意，并嘉禾及《归禾》之书献于周公，周公也很高兴，集合军民布达成王之意，宣读《归禾》辞，展示嘉禾穗，军民各各欢悦。周公也作了一篇《嘉禾》辞，以为唱和，又上表于成王曰："子于勤于王事，治国有方，致天降祥瑞，这实在是我王之福，唐民之幸也。"（《归禾》、《嘉禾》二辞，均为《尚书》名篇，可惜双双佚失，有名无书）。

再说邑姜那日见叔虞已是长大，生得飘洒俊逸，大有一国之主之相，于是对成王说道："子于渐大，后宫无主，可求大国之女聘之，以成夫妇之礼、内外之纲。"成王说道："母亲所言极是。诸国鲁、郑、曹、卫都与我周同宗同姓，不可婚配，可访齐、宋两国之女聘之。"不一日，使官回报："齐侯目下无女，唯宋公有女年十六，名仲子，愿与唐侯结亲。"成王闻报大喜，于是下定聘礼，就在镐京择日为唐侯成亲。礼成，夫妇同归唐城。第二年，仲子生下一子，唐侯甚喜，取名韦，字燮（音谢）父，母以子贵，子以母显，遂立仲子为夫人，立燮父为世子（国王的继承人叫太子，诸侯的继承人叫世子），命太傅教以诗书礼乐诸艺。

唐侯自献嘉禾于周，得到成王、周公的奖励，越发亲近臣民，勤勉国事，国力明显增强。因北戎屡犯边境，遂兴兵与戎狄作战，连战连捷，这日追亡逐北，到达戎狄腹地，行至徒林，鼓角声惊动一只兕（雌犀牛，兕音四）牛，直向军前冲来，连续触伤数名军卒，军士奔骇，行伍俱乱。叔虞见状，急忙弯弓搭箭，一箭射去，正中兕牛咽喉，兕牛倒地痛吼，声如巨雷，移时血尽而死。众军目睹叔虞神射，

齐呼"万岁",叔虞命军中匠人将兕皮制成一副大甲穿用,以示炫耀。叔虞得胜班师,沿路巡察,不料行至唐城东面一处斜坡,因车宽路窄,大辂失衡,竟致倾覆,连人带车,坠入深沟,及至左右救上,已是不起,三日而薨（诸侯死）。职官等无奈举哀发丧,又飞报周天子凶信。此时成王已崩（天子死）,其子康王继位,遣专使来唐吊慰,七七四十九日后,葬唐侯姬叔虞于唐城东山。

唐叔虞自五岁封侯,在位近三十年,于戎狄之间,存华夏一脉,使唐国成为周王朝在北边的重要屏藩,也是山西境内建立的第一个君主国家,为晋之渊源。唐叔虞也是第一个有籍可考的山西人,晋人视他为始祖。一千三百年后,自认晋国之后的西晋司马氏,在太原建祠立庙,祭奉唐叔虞,称为唐叔虞祠,后改称晋祠。至宋代,敕（皇帝下诏叫敕）建晋祠圣母殿,供奉叔虞之母邑姜,母子同享一祠。圣母殿正中悬一匾额"惠洽桐封",即记成王剪桐封弟之事。

北朝著名学者庾信有诗,记叙唐叔虞桐封一事:

> 叔虞百里,居之河汾。帝刻桐封,天书掌文。
> 礼之以德,乐以歌薰。天子无戏,唐有其君。

唐叔虞祠亦有一副楹联,记叙该事:

> 唐国桐封七百年　功存王室
> 晋渠水灌三千顷　泽及生民

欲知叔虞死后,唐国之事如何,请看下回。

第二回

燮父迁都改唐为晋　文侯勤王以臣定君

唐侯叔虞薨后，康王准世子燮父继为唐侯，年方一十五岁，因见唐城地狭不平，交通不便，宫室卑矮，难以御外治内，于是对群臣说道："今唐城地处狭谷，道路不平，致先君（对已经死去的国君的称呼）倾覆归天，寡人甚恶之。又宫室卑小，形制粗鄙，不足以成壮观、畏戎狄，寡人想在平广之地另建一城，把社稷宗庙迁到那里，众卿以为如何？"司空出班奏道："吾君所言甚是，唐城地狭民稀，非建都之地。臣见晋水入浍河之处，地甚平坦开阔，且先君所兴水利，有舟楫灌溉之便，是新都的绝佳之选。"燮父大喜，择日亲至浍河边，主持开工大典，发工匠民夫营建新都，五年后建成，因城东山形，如鸟舒翼，故名新都曰翼（今翼城县天马村）。

清乾隆间曲沃县令张坊曾有《咏晋都》一诗，描述翼都形胜。

故国城外看流泉，叔虞封唐子乃迁。

改国皆因河名晋，作宫复爱水回旋。

阳阳低柏环山植，悠悠忆昔定鼎年。

漫道太原有悬瓮，何如此地涌清涟。

　　燮父斋戒数日，使祝史作文，将迁都缘由，祭告宗庙，择吉迁翼，见宫室宽广，飞檐挑梁，形制宏伟，铃铎声闻数里，心中甚喜，对左右说道："寡人今日方为一国之君，往日不过是一个富家郎罢了。"左右皆贺。燮父又对群臣说："唐乃是尧陶旧国，因助武庚叛乱，被我先王所灭，岂可复用其国号，以淆视听。今既已迁都，不如再改国号，诸卿以为怎样？"群臣附和道："唐既与我为敌，乃是我之敌国，国号自当更改，但不知改为何名为妥？"燮父指着宫外晋水说道："翼都之旁有晋水，晋的意思，是君子自昭明德之意，且晋，亚日也，明出地上，喻国势蒸蒸日上，如日之在天，以此为国号，再好不过了。"群臣皆称好主意，于是再告宗庙，又驰书报周天子，遍告各国，国号改唐为晋，燮父自称晋侯，晋之名号，自此始有，这是周康王九年的事。

　　晋侯一日到后宫来见母后，宋太后说道："我儿少年即位，能继承父志，带领群臣，治理一国之民，我心很感安慰，只是我儿年已弱冠（男子二十岁左右），后宫尚空，为什么不考虑一下这事呢？"晋侯慷慨激昂地说道："现在晋国周围，群敌环伺，国内人心不稳，戎狄未定，何以家为？"宋太后高兴地说："我儿能有此大志，以国事为重，确实可嘉，但成夫妇之礼，继宗祧血脉，也是国君的大事，不可缺失。"晋侯说："这事以后慢慢再说吧。"

　　再说周康王见燮父没有奉诏而迁都并擅改国号，心中已是很不高兴，又听说翼城宫室宽广，大大超过诸侯的规定，几乎和王宫相当，心中更怒，于是派遣使者严厉斥责说："大凡建立邦国，都要以土圭来测其地而筑其城，这是有一定的制度的，先王定的规矩，不可违背。昔日尧、舜在位，木橼上还带有树叶，台阶都以黄土铺就，大禹所居宫室卑小，他们都不以为陋，也并不妨碍他们成为圣君。你说唐城宫室卑矮，无以服戎狄，今镐京的宫室还算可以，你来住吧！"晋

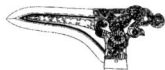

侯见康王动怒，虽是十二分的不愿意，也只好迁回唐城原宫室居住，只宗庙、社稷不便再迁回，仍在翼城，四时亲来参拜祭祀。

晋侯燮父自宫室超过制度而受到康王批评之后，将那追求享乐、崇尚奢华之心收起，一心治国利民，不出几年，果然将晋国治理得物阜民安，日益强盛，戎狄不敢来犯，诸侯仰敬，天下人都知道晋侯燮父很能干。康王见晋国日益强大，燮父颇具人望，是王室可以倚靠之人，于是封为周室卿士，与鲁侯禽父、卫侯懋（音茂）父共同参与周朝事务，时人称为"三父"，都有贤名。

周康王二十五年，因荆楚不遵王化，僭（音见，超越本份）越称王，侵夺华夏诸国，康王就集合晋、齐、卫、郑等国，合兵车千乘，甲士五万，往讨楚国。楚地阴湿，阡陌未开，道路不通，不利车战。晋侯燮父奏道："臣军中有戎狄兵数千，惯行泥泞之路，登山如履平地，以这些人为前驱，兵车继后，楚兵不难胜也。"康王大喜，次日依言而行，果见那戎狄之兵，漫山遍野，不择道路，踏田而进，诸侯兵车随后数路齐发，楚军不能抵挡，楚王求和，愿意去掉王号，每年进贡周王室菁茅一车。那菁茅本无甚大用，只供祭祀时缩酒之用，康王因荆楚久在化外，不通中原，只要肯臣服就行，并不计较贡物的多寡贵贱，所以同意罢兵息战。

康王二十八年，周康王为表扬燮父征楚之功，正式批准唐改国号为晋，准其入居新都翼。

晋侯自燮父之下，历史资料缺失，事迹均不可考，只知其名号和在位顺序，计有武侯（宁族）、成侯（服人）、厉侯（福）、靖侯（宜臼）、釐侯（司徒）、献侯（籍）、穆侯（弗生）诸世，都遵循其祖唐叔虞的统治方法和纲领，国力渐强，疆域日大，特别是穆侯在位时期，经常对外用兵，扩展国土。晋穆侯七年，公元前805年夏七月，又发兵车两百乘，士卒万人，往伐条戎（今运城附近鸣条岗一带），

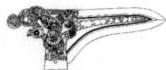

晋国演义

司马杜行父劝谏道："方今天气溽热，我兵都是长期生长居住在高凉之处的人，进兵条戎，恐不胜其热，难以取胜，不如待九月秋凉后进兵，方可收预期之效。"穆侯说道："现在军士们都已经集合起来了，如果改期，恐怕会影响士气。"于是不听劝谏，传令向条戎进发。时值盛夏，骄阳如火，士卒们顶盔贯甲，冒暑而行，苦不堪言，好不容易到得条戎地面，个个汗流浃背，已是师老兵疲，了无斗志了，怎当得那条戎之兵息于阴凉之处，以逸待劳，斗志正盛。两军相交，晋军很快不支，前军败退，反冲动后军，自相践踏，折兵大半。穆侯因不听司马之言而致败，心中很是郁闷，回到翼城，恨恨说道："条戎之仇不报，誓不为君。"恰在此时，夫人姜氏生下一子，派内侍来请求起名，穆侯随口说道："仇"，姜氏只怕内侍错听，再让来问，仍是同样回答，只好以仇为名，其后立为世子。

穆侯思报条戎兵败之仇，加紧操练兵马，整顿军备，想再去征讨，还没等到出发，北方边境守官来报："北戎犯我边境，掳掠人民，毁我城郭，请君定夺。"穆侯怒道："北戎欺我太甚，既来挑衅，当先灭此而后再报条戎之仇。"于是转而向北来伐北戎，穆侯十年，公元前802年，两军战于千亩（今安泽县北）。那晋军休整三年，兵气复振，又闻得北戎无故来犯，祸害我人民，皆欲报仇，人人奋勇，个个争先，只杀得北戎兵七零八落，尸横遍野，戎王见不能敌，不得不弃城远遁。穆侯大获全胜，将那北戎全境收归晋国版图，设官理民，奏凯还朝。恰此时姜氏又产一子，穆侯大喜，为其取名"成师"，成师者，师出有成之意，又指能成其众也。大夫师服劝谏道："命名应根据事物本身的意义来定，岂可凭主公一时的情绪来决定？愿主公认真考虑，还是改了吧。"穆侯说道："二子之名，皆纪军国之大事，名与事正好相应，又何必改呢？卿不要再说了。"师服出而叹道："世子和次子之名意思乖戾颠倒，世子恐怕要丢掉他的国家了。"

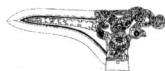

晋穆侯二十七年，公元前 785 年，穆侯薨，群臣议立世子仇继位，征求姜氏的意见，谁知姜氏受穆侯的影响，偏爱小儿子，说道："先侯在日，甚爱成师，经常想废长立幼，只不过没有机会罢了，今君位既缺，我的意见，是想立成师为君。"一时议而未决，迁延之间，反被穆侯之弟殇叔拥兵自立，布告群臣道："兄终弟及，殷商有例，同为献侯血脉，我难道做不得晋侯吗？"群臣不服，离去大半。殇叔恐世子兄弟起事，派兵搜捕，那成师素来孝悌，与世子友善，见情况紧急，对世子说道："我兄可速往唐城旧都避难，来兵弟自抵挡，若能脱身，再去唐城与兄相会。"世子来不及多说，率亲随自后门逃往唐城不提。再说成师，率徒众紧闭宫门，登宫墙拒殇叔之兵，对宫外来兵说道："先侯弃世，尸骨未寒，殇叔擅立，你们追随不道，已是大错，为什么还要如此苦苦相逼呢？"来兵都低头不语，虽然也发动攻城，却都不甚卖力。对峙至夜半，成师约摸世子已经到达唐城，对群僚说道："我军兵少，难敌逆叔，不如赴唐城会合我兄，徐图社稷。"群僚皆无异言，于是乘夜撤军，到唐城来会世子，兄弟见面，相拥而泣。

群臣听说世子在旧都存身，纷纷来投。世子见众心归附，于是和大家商议道："殇叔篡位，窃据神器，仇兄弟二人远窜国都，未敢一日忘归国也，怎奈殇叔已僭立四载，急切间未可图。"话音未落，一人出班奏道："殇叔逆天而行，以庶犯嫡，私篡大位，国人多不服，臣有一计，可灭殇叔，助世子归就大位。"世子见其人出言甚壮，急视之，乃是成师的师傅栾宾，急忙问道："卿有何计？"栾宾回答说："周宣王方崩，殇叔必然要斋戒设灵遥祭，不能视朝，臣请潜入翼都，暗暗结交城内忠义之士，世子可约期发兵围翼都，臣为内应，则翼都可破，殇叔可擒也。"世子大喜，扭头对成师说道："若借先侯之灵，得除大逆，复国为君，当与吾弟共享富贵。"决定依计而行。

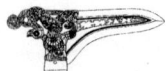

至朔日夜，月黑无光，世子依约发兵来到翼都城下，果见城内钟磬悠扬，并无戒备，世子一声令下，众军踊跃登城，那守军仓促受敌，匆忙应战。栾宾率领徒众，在城内绕城大叫："世子已率大军入城，投降者免死。"守军疑惧，无心死战，霎时被世子突破东门，杀进宫来，殇叔逃跑不及，死于乱军之中，群臣拥立世子姬仇即位，他就是晋文侯。这事发生在公元前781年。

文侯即位，深感其弟成师患难之谊，又念栾宾复国之谋，于是善待成师及其部众，位在众臣之上，多居重要官职。晋文侯十年，公元前770年，犬戎大闹镐京，杀死周幽王，文侯接到国丈申侯勤王密书，遂令成师监国，自己亲率甲乘来救镐京，会合卫武公、秦襄公、郑世子掘突及申侯，大破犬戎，将其驱逐出周境，迎立周朝废太子、申侯的外孙姬宜臼即王位，这就是周平王。平王升殿，封赏众诸侯勤王之功，特赐晋文侯秬鬯（音巨唱，香酒）、圭瓒（音赞，玉石），以及彤弓一张，彤箭百枝，虎贲三百人，授以征讨大权。平王又作《文侯之命》，歌颂文侯勤王之功，勉励他像文王时期的先贤姜尚、散宜生、南宫括、武吉等一样勤于王事，继承唐叔虞等祖辈功德，治国利民。文侯再拜受命道："姬仇敢不应命，今后唯王所使。"晋文侯从此取得参与周政、辅佐天子的大权。

平王得到卫、郑、秦、晋诸侯的拥戴，得为周天子，因见镐京残破，地近犬戎，遂决意迁都成周，百姓扶老携幼，都愿相从，郑、卫两军，顺路护卫，秦、晋两军，因备犬戎来犯，不敢久留，各归本国不提。

再说虢公翰立，其父亲虢石父为周幽王的卿士，原是废掉太子宜臼的主谋，后来与周幽王同时死于犬戎之难，虢翰立将此杀父之仇记在申侯账上，并恨及其外孙宜臼。现在见宜臼即了王位，心中不服，说道："宜臼无仁无德，为先王所废，民望不归，岂可再登大位？"

于是寻得周幽王一个名叫余臣的幼子在虢地携（今陕西扶风）登王位，史称携王，出现了一周二王分居东西，分庭抗礼、共同号令天下的局面。平王虽然忿恼，怎奈迁都未久，国力空虚，加之畏惧虢国强盛，不得不隐忍十年之久。

晋文侯二十年，公元前 760 年，平王政权巩固，见时机成熟，于是就以太宰阳父为监军，命晋、秦两国往讨携王，两国受命，各起大军会于西岐之地，见了太宰，议定秦军在西，牵制虢军，晋军在东，往攻携城。单说晋文侯领命，同了太宰，来到携城，虢翰立见晋军来伐，一面遣人回国搬兵前来助战，一面拥着携王，出城迎战，立于兵车之上，扬鞭言道：“周天子在此，外臣为何不来跪见？”晋文侯站在车上回答说：“我只知道洛邑有个周天子，不知道它处还有天子。”翰立怒道：“北鄙小国，怎敢以下犯上，我必擒你。”催车来战，晋军接战，两军混战于一处。翰立见援兵迟迟不到，心中很是着急，再遣人往催，方知虢军为秦军所阻，无法来援。翰立惊道：“本国兵不到，如何敌得晋军过，不如往归虢都，合兵一处，再作道理。”于是下令撤军西向。文侯乘势挥军掩杀，翰立军大乱，竟不及护卫携王，被晋军赶上，乱刀砍死。翰立退回虢都，闭门死守，太宰与文侯商量说：“虢国的先祖乃是文王之弟，辈高名重，不可苦逼，今逆王已诛，大功已成，可归报周天子。”文侯说道：“全凭太宰处置。”

周平王闻报喜不自胜，说道：“晋文侯克慎明德，再显忠义，朕心甚慰，确实值得嘉勉。”遂将黄河以西原周地邠（音宾，今陕西彬县）赐于晋国，册封晋文侯为侯伯（一方诸侯之首领）。

晋文侯诛灭携王，结束了十年来二王并立的分裂局面，周室归一，消除了周天子的心腹之患，时人谓之“晋文侯于是乎定天子”，称其功堪比周公，晋国的政治地位和军事实力得到大幅提升，成为诸侯强国。

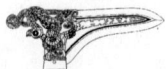

晋文侯三十四年，公元前 746 年，文侯病重，把弟弟成师和世子姬伯召至榻前，嘱咐说："人之将死，其言也善，鸟之将亡，其鸣也哀，我的日子不多了。想当年殇叔篡国，我兄弟同心协力，共度艰难，幸亏祖宗庇佑，兄弟归国，得以继承君位。我死之后，还望你叔侄互相帮扶，如同我在世时一样方好。"叔侄二人含泪领命，不久之后，文侯辞世，群臣拥姬伯即位，是为昭侯。

欲知昭侯如何行事，请看下回。

第三回

弟夺兄祚曲沃伐翼　孙承祖志武公代晋

昭侯即位，不忘父亲临终之嘱，当即封叔父成师于曲沃（**今曲沃东南**），号为桓叔。曲沃乃是晋国别都，城高池广，形制大于翼都。师服的儿子、大夫师伯谏道："晋国疆域本不算大，没有必要一分为二。我听说国家之立，本大末小才能够稳固，所以天子分封诸侯，诸侯分封卿大夫，卿大夫分封小宗侧室。就是庶民百姓，也要分个亲疏远近，如此尊卑等级有序，在下者才会服事其上，不致产生觊觎之心。如果一定要封，也只需封个小城罢了，封于曲沃，末大于本，恐怕对主公与社稷不利。"昭侯回答说："桓叔一向与先君友善，国人共知，怎么会做不利于寡人的事呢？"师伯再次劝说道："只怕别人不像主公这样想啊。"昭侯仍旧不听。

栾宾私下劝桓叔说："主上新丧，昭侯刚立，民心不稳，主公何不乘此良机举大事？"桓叔推托说："先侯一向孝友，兄弟相睦，临终所嘱之言，犹在耳畔，我不忍心背叛他，而且我担心老百姓不肯归附我，等过一段时间再说吧。"于是率领自己的部众离开翼城，到曲沃就封。桓叔在曲沃轻徭薄赋，广结民心，很多人都归附了他。《诗经·唐风·椒聊》描述了曲沃桓叔民心归附、子孙众多、势力日强的盛

况，讥刺昭侯不明治国之道，轻易授人以柄，致成尾大不掉之势：

椒聊之实，蕃衍盈升，彼其之子，硕大无朋。

椒聊之实，蕃衍盈掬，彼其之子，硕大无笃。

到昭侯七年，公元前 739 年，栾宾见时机成熟，又对桓叔说道："现在老百姓愿意拥戴我们了，主公不想入翼吗？"桓叔问道："怎么个入法？"栾宾回答说："臣与晋国司徒潘父关系不错，潘父因为不受重用，经常口出怨言，臣愿暗中和他交结，作为内应，事情不愁办成。这本是咱们灭殇叔的故智，不妨再用。"桓叔念及叔侄之情，仍在犹豫。栾宾又说："唯有无亲，才能兼并翼，主公只知道有侄子，难道不为自己的子孙考虑吗？"桓叔勉强同意了栾宾的计划。

栾宾于是悄悄潜入翼都，与潘父约定，于本月甲申日里应外合，同时起事，这里潘父聚集家甲，暗做准备。举事前一天，潘父祭告天地，几名值夜的家仆竟然偷吃祭祀的酒肉，受到潘父责打，家仆衔恨向司马士仲告密。潘父闻知，急忙聚众商议说："情况很紧急了，如果我们不马上起事，必为所害。"于是仓促起兵，引家甲进攻公宫，昭侯不知有变，毫无准备，竟为潘父所弑（以下杀上）。潘父得手，正打算布告群臣，迎接桓叔进城，司马士仲领兵前来保驾，见昭侯已然遇害，切齿骂道："叛君反贼，竟敢弑君，还不速速下车受缚？"潘父答道："昭侯无德，难以承继大统，所以杀之，曲沃桓叔德高贤明，老百姓都愿意归附他，我已经和桓叔约定，大军不久就会兵临翼都，司马何不反戈共迎桓叔，以满足臣民们的愿望呢？"士仲大怒道："我受文侯父子大恩，岂肯饶过你这反贼。"当即催军向前，大呼道："捉得潘父者有赏。"那潘父本来是与桓叔约期举事，由于事发突然，知道援兵一时难至，心下先怯，怎能抵挡晋军愤恨之师，战不多时，部众大乱，潘父

正欲撤身，早被士仲一戟打下车来，军士争相上前，把潘父捆作一团。

士仲召集群臣商议说："潘父弑君卖城，幸已被擒，可是曲沃军很快就会来到，现在我们应该怎么办呢？"群臣都说："应该先立国君，绝桓叔之望，然后发兵拒敌。"于是共立昭侯之子姬平为君，是为孝侯。次日，人报曲沃军已到城下，士仲与群臣登城，对桓叔说道："桓叔近来身体可好，不在曲沃安居，不知领军来翼有何事体？"桓叔羞愧，低头不语，栾宾驱车上前说道："曲沃与翼有叔侄之情，桓叔为长，现在城外，你们为什么不出城相迎，反而闭门拒守，是何道理？"士仲回答说："先生的话很有道理，现在我们就派一个人出城迎接。"身后牵出潘父，将头一刀剁下，扔至城外，桓叔见事体败露，料知此行不会有什么结果，于是下令撤兵，晋兵开门杀出，曲沃军大败，狼狈退回曲沃。桓叔心中郁闷，经常自言自语地说："入翼不成，反坏我一世孝悌之名，日后有何面目见我兄于地下？栾宾害我不浅。"自此心神恍惚，闭目如见文侯在眼前，数月后辞世，子鱓（音善）继立，是为曲沃庄伯。这是公元前730年的事。

那庄伯壮年即位，意气高远，对群臣说道："先君曾想入翼，结果没有实现，含恨而亡，寡人决心继承先君遗志，诸卿有什么好办法？"公子良出班奏道："先君伐翼，是为潘父所引诱，并非出于本意，现在我们应当与翼修好，共昌晋室，方为善策。"庄伯说道："仇怨已结，岂能一下子解开，你这纯粹是迂腐之言。"公子良又奏道："主公如果一定要入翼，臣有一计，愿意献给主公。"庄伯急忙问道："卿有什么好计？"公子良说："穆侯是曲沃与翼共同的祖先，穆侯神主现在翼都。到祭祀之日，主公可以到翼都去祭祖，晋人必然不备，那时乘便刺杀孝侯，翼不难得也。"庄伯赞道："此计甚妙。"于是致书孝侯说："曲沃与翼，同宗共祖，丙午之日，我要赴翼都去祭祖。"司马嘉父进言道："庄伯一向怀有异志，不可不防。"于是暗

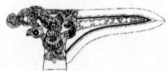

中调集兵甲，预作准备。到丙午日祭祀那天，庄伯与孝侯一同来到宗庙，两军各在一箭之外，庄伯辈高，先入宗庙祭祀毕，立于庙外，孝侯随后入庙祭祀穆侯、文侯，庄伯派从人对孝侯说："文侯是我的伯父，我想以少牢（一牛一猪一羊叫太牢，一猪一羊叫少牢）陪祭。"孝侯表示同意，庄伯就命四个随从抬着少牢入庙，那四人来至孝侯面前，各从祭品中抽出短刀，刺向孝侯，晋兵救助不及，只将四人剁为肉泥。庄伯见四人得手，急召曲沃军杀来，这边嘉父见情况有变，慌忙麾军接住厮杀。两军酣战之际，忽有晋大夫公子万率家丁自东前来助战，荀叔轸亦率家丁自西杀来，毕竟是人家地盘，晋军越战越多，曲沃军渐渐不支，庄伯只得退兵，晋军直追至家谷方才收兵。嘉父等群臣又立孝侯弟姬郤为君，是为鄂侯。这是公元前724年的事。

庄伯虽然未能击败晋军，但国力已明显超过晋国，鄂侯六年，公元前718年，庄伯邀集郑人（在今河南中部）、邢人（在今河北邢台），组成联军，再次进攻晋国，鄂侯见庄伯势大，并且有郑、邢相助，料难抵敌，害怕被庄伯所擒，于是携了珍宝，只带亲随及后宫嫔妃数人，连夜逃往随地（今介休南）。群臣次日上朝，不见了主公，急忙询问宫人，方知鄂侯已连夜逃遁。嘉父与群臣计议说："主公惧怕庄伯，弃臣民而逃，我们应当为文侯死守此城。"众人都愤愤说道："一切都听司马的。"大夫赵季（晋赵氏之祖）献计说："先君文侯曾经两定王室，周天子受晋国恩惠颇多。现在晋国有事，何不请周天子来帮助我们呢？"嘉父喜道："先生说得太有道理了，如果能得到周天子的帮助，曲沃一定不会这么嚣张了，就烦先生赴周请兵。"赵季带了随从，连夜赶赴成周不提。这里嘉父整顿兵马，准备迎敌，不一日，庄伯率领郑、邢之兵，将翼都团团围定，嘉父在城楼对庄伯说道："曲沃自有封邑，为何屡犯我境？"庄伯在城下扬鞭大声说道："殇叔作乱之时，要不是我父亲力拒，翼必然为殇叔所有，还能轮得上

姬郑小子来住吗?按理说,翼都早就应该是我父亲的,今天只不过是取回来罢了。"嘉父说:"桓叔当年之功,先君已经酬谢以大邑曲沃,翼是晋国国都,宗庙之所在,理应由大宗来治理,岂是曲沃小宗应该染指的?"庄伯听得不耐烦,喝令三面攻城,亏得嘉父多方守御,力保城池不失。

再说赵季来到成周,此时平王已崩,其孙桓王继位,赵季细说前事,请求天子出兵主持公道。那桓王记得晋文侯勤王之功,又想通过干预晋国事务重振王权,于是派卿士虢公(此为北虢,地在今河南三门峡一带)忌父率兵同了赵季往救晋侯。赵季献言道:"此去翼都,路经曲沃,虢公何不直接奔往曲沃,攻其必救,则翼围可解,大功可成。"虢公依言而行,不去翼都,径来攻取曲沃。那庄伯在翼都指挥三国之兵,日夜攻城,看看得手,忽然接到急报,说是周军虢公攻打曲沃甚急,庄伯大惊道:"曲沃是我根本,一旦有失,就算是打下翼都来也是得不偿失,必须立即还救。"于是撤了翼都之围,回救曲沃,虢公见庄伯还军,翼都之围已解,也不与他争斗,径自领兵赴翼都去了,嘉父等开门迎入,道了辛苦,虢公便宜行事,就借桓王之命,立鄂侯子姬光为哀侯。

嘉父又请求道:"我们的故主鄂侯,因为避庄伯远窜随地,缺衣少食,确实可怜,请接回国都,四时给供衣食,使他能够安度余生,我们也算尽了臣子之道。"虢公自然同意,于是嘉父备了车驾,亲往随地来接鄂侯。谁知鄂侯感觉羞惭,无颜再见群臣,不愿归翼,嘉父就把他安顿在鄂地(今乡宁县),之所以称他为鄂侯,是因为居于鄂地之故。这是公元前717年的事。

再说庄伯,功败垂成,回到曲沃,愤闷不已,次年竟也下世了,子姬称立,是为曲沃武公,武公心知父亲庄伯之死实因没能入翼,于是在枢前发誓说:"不入翼,无君为。"不灭掉翼,我就不当这个国君,自此越发治兵图强,为灭翼作准备。晋哀侯知道曲沃兵必然会再

来，决定乘庄伯新丧，主动出击，以扬国威，于是以嘉父为将，发兵进攻曲沃。武公料不到晋军会乘丧来袭，急忙领军出战，仓促间竟被晋军击败，退守城中，晋军尽割城外稻禾。武公见晋军不退，只好请求谈判，双方会于曲沃北边的隆庭（今曲沃东北），曲沃答应赔付晋军兵车五十乘，战马一百匹，哀侯得胜，撤军而回。

八年后，哀侯决定再次主动出击，时嘉父年老，谏道："当今形势，曲沃方强，我翼疲惫，据城自保，已是不易，若出兵挑战必败，愿我君慎行。"哀侯泣道："彼强我弱，寡人非不知，只是先君昭侯棋错一着，养虎遗患，酿成今日之祸。翼与曲沃，已难两立，翼不灭曲沃，必为彼所灭，寡人既承大统，岂敢偷一时之安，而令社稷倾于我手？"嘉父亦泣道："既我君有讨贼之大志，嘉父不能随君驱驰，当为我君保守翼都。"哀侯遂以栾成为将，起兵攻打隆庭，武公闻报大怒："姬光这小子怎么敢再来犯我边境，这一次我一定要彻底消灭他。"发兵来救隆庭，正遇晋军于汾水之旁，这回曲沃军准备充分，武公居中，大将韩万（晋韩氏之祖）居左，梁弘居右，兵车直冲晋军，晋军不支，四散奔逃，栾成保着哀侯，且战且走，战至夜半，辨不清路径，竟跑入一片乱林之中，那树枝扯挂着哀侯的车马銮辔，进退不得，曲沃军赶上，将晋军团团围住。栾成上前死战，想要突出重围，武公对栾成说道："你父栾宾，原为先祖桓叔的师傅，看在你父的面上，我不杀你，你也别再战了，如果你能投降，我将任用你为上卿，主持国政，怎么样？"栾成回答说："我食哀侯厚禄，应当以死相报，再说我今天如果背叛哀侯，不能保证以后不会背叛你，你为什么要收留一个反复无常之人呢？只是我子栾枝尚幼，君侯若果顾念先祖微劳，还望看承一二，长大以后，归附曲沃还是归翼，但凭其意。"武公说道："这个自然，不劳将军挂念。"武公还想再劝，不料栾成却大呼道："主公保重，栾成去也。"呼罢直冲敌阵，力战而死。那

哀侯眼睁睁看着栾成战死，至此无计可施，只能被曲沃军俘获。这是公元前 709 年的事。

嘉父在翼都闻知军队战败，哀侯被拘，望南再拜，然后对群臣言道："主公亲征曲沃，不胜被敌所拘，国不可一日无主，请立新君，以绝奸人之望。"群臣乃立哀侯子姬小子为君，是为小子侯。小子侯感栾成为国为君死义，乃封栾氏于晋水之旁，后来晋水逐渐被称为溧水，晋水之名反失。武公得知晋人立了新君，遂于次年将哀侯杀害。晋君接连被杀，晋国连年被侵，国力越弱，从此无力抵御曲沃，胜利的天平逐渐向曲沃倾斜。

晋小子侯四年，武公致书小子侯，言称曲沃与翼，本是一家，只是近年来失和，刀兵相见，诚非所望，愿在陉庭相会，叙通家之谊，结两家之好，永罢刀兵，共昌晋室。小子侯准备前往，大夫杜息谏道："主公不能去啊。那武公素怀吞并之心，此去恐怕对主公不利。"小子侯说道："此去凶险，寡人不是不知道，只是如果不去，曲沃发兵就有理了，我要以我的行动来阻止曲沃之兵，如果能罢兵休战，那是国家之福，晋民之幸啊，为什么不去呢？"与群臣洒泪而别。来到陉庭，武公接入座，对小子侯说道："曲沃偏狭，希望能借鄂这块地方作为狩猎之所，不知肯还是不肯？"小子侯回答说："鄂地是我君鄂侯驻跸之所，陵寝在那里，这是君所知道的，岂能外借于人。"武公又问："既然鄂地不能借，那什么地方可以借呢？"小子侯回答："翼与曲沃，那是兄弟啊，裂地而居，各守其土，又为什么要借别人的呢？"武公大怒道："好言相借，如此推托，你这小子借还是不借？"小子侯自知必死，从容答道："祖宗所赐，实不敢从命。"武公就呼甲士，在座中将小子侯砍死。这事发生在公元前 705 年。

周桓王闻报，怒道："礼乐征伐自天子出，姬称怎么敢屡次擅杀诸侯？"再派卿士虢公林父（虢公忌父之子）率军往讨武公，武公自

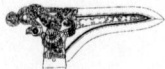

知理屈，退保曲沃，避不出战。虢公林父就与晋人共立小子侯之叔、哀侯之弟缗为晋侯，这是因为小子侯年少殉国，没有留下后代。

晋侯缗设宴款待虢公林父，乘便说道："曲沃久有吞并之心，这确实是违背文、武封建之道，希望天子能够申张正义，讨伐不臣。"虢公林父说道："我将知会各国一齐来讨伐他。"次日，虢公林父借天子诏，统御芮、梁、荀、贾诸国并晋军往讨曲沃。武公听得虢公林父来讨，急聚群臣商议："五国兴兵来犯，我们怎么御敌？"大夫狐突（晋国狐氏之祖）奏道："五国虽然人数众多，可都是虢公裹胁而来，军无斗志，我们应当先攻一国，其余自然溃散。"武公从其言，派韩万率兵车百乘，精兵一万，出南门进攻荀军，那荀军怎能抵挡韩万百战猛将，都争先逃窜，韩万斩获甚多，得胜回城。梁君见荀军败散，诚恐落得同样下场，来见虢公说："西戎犯我边境，敝国请先回。"不等虢公答话，径自率军回归本国去了。虢公见人心不齐，知道难有作为，只得罢兵，各归本国。此役虽然没有成果，可武公也知道现在灭晋时机尚不成熟，此后彼此相安了二十多年。

曲沃武公见晋一时难下，于是转攻周边小国，先灭荀国，赐给大夫原黯，从此以邑为姓，称为荀黯，是晋国荀氏之祖。又攻下周室大夫诡诸的封地夷，并打算杀掉他，周室另一大夫子国向武公求情说："我们俩是一殿之臣，看在我的面子上，你就饶了他吧。"武公于是放了诡诸，不想那子国见诡诸受自己大恩，却并没有什么感谢的表示，心生怨恨，于是对武公说道："诡诸无礼，你还是杀了他，夺了他的地盘吧，我不管他了。"武公重新攻下夷地，杀了诡诸，占领了他的地盘。恰在此时，武公的嫡长子出生，为纪念这件事，就按照当时的习惯，为自己的儿子取名诡诸。

曲沃武公三十七年，公元前679年，武公见周王室衰微，无力干涉诸侯间事，且晋国越弱，觉得是时候灭翼代晋了，于是发兵大举进

攻，此时晋国外无救援，内乏良将，再也无法组织有效的抵抗，城池很快被攻破，世子公子礼率军血战，身边渐渐无人，知道大势已去，于是退回内宫，携了六岁的儿子公孙枝，逃往河曲（在今永济）去了，其后公孙枝入秦仕为大夫，以忠诚、勇健闻名，这是后话。武公兵围公宫，晋侯缗执剑，仰天大呼道："姬仇，姬仇！记小惠而忘大礼，全小义而失大体，遗祸子孙，断宗绝祀，悲夫！"言罢伏剑死于阶下。翼都既破，武公乘胜进兵，晋境尽为其所据。

曲沃历经三世67年，先后六次大战，杀晋国国君五人，终于以支脉取代了正统，小宗代替了大宗，这是春秋时期第一宗篡逆之事。武公这时在政治上已经很成熟，深知要想立足，巩固胜利成果，必须取得周天子的承认，才能获得合法地位，于是他派自己的弟弟公孙富子为使，将所获晋国宝器，尽数携带，到王室为其营取诸侯之位。

那富子到得成周，先将宝器献上，又赋《无衣》诗一首，称颂武公勇武，为武公请命，其诗曰：

岂曰无衣，七兮。不如子之衣，安且吉兮。
岂曰无衣，六兮。不如子之衣，安且燠兮（燠音玉，舒适状）。

周僖王一则贪恋这些宝器，二则确也无力改变事实，乐得作个顺水人情，于是命卿士虢公正式册命曲沃武公为晋君，可以成立一军，列为诸侯。为了顾及周王室的面子，要求武公一不改国号，二不迁都，一切看起来都只是晋国换了个国君，避免引起各诸侯国的震动，那武公得了实利，一一依从，只是由曲沃武公更号为晋武公，不动声色地把晋国由侯爵提到了公爵。

不知武公如何立国，请继续看下回。

第四回

惩往诫尽逐群公子　纳新宠克戎得骊姬

武公代晋之后已经年老，第二年就去世了，子诡诸继立，他就是晋国历史上著名的晋献公。那献公承武公之业，不仅地广兵强，蔚为大国，而且文有狐突、士蒍、荀息、吕省（又名吕饴甥，字子金）、郤芮（郤音隙，晋郤氏之祖）一班大臣，武有里克、赵夙（赵季之子）、毕万、郤豹一班战将，真可谓是人才济济，国运昌隆。然而此时献公却高兴不起来，反而忧心忡忡，原来，在伐翼之战中，桓叔、庄伯、武公的其他子孙们都立下了汗马功劳，势力发展得很大，尤其令人担忧的是，他们都各自拥有一定的武装力量。过去，大家目标一致，利益相同，这个问题并不突出，但是现在，共同的敌人已经不存在了，相互间的矛盾便突出起来。献公深知，自己的这个位置是父、祖辈们从大宗手里硬夺过来的，这样的事实，刺激和鼓励着桓庄之族的不臣之心，即便没有更大的野心，他们要求封赏，分享胜利果实的欲望也是不容忽视的，处理不好，自己的国君之位便将不保，曲沃代翼的历史便会重演。

献公的心思，自然逃不过晋国第一谋臣士蒍的眼睛。原来这士蒍的祖上杜伯，本在周王朝为官，被宣王冤杀，杜伯的儿子隰叔说：

"危邦不入，乱邦不居。"于是就携带家室迁居于晋，担任士师，随后以官为姓，为晋国士氏之祖。士蒍密奏献公说："主公心事沉重，莫非是因为群公子吗？"献公一来被士蒍说破，二来知道士蒍对自己忠心，是自己的智囊，正好可以讨个主意，于是实话实说道："桓、庄之族的势力太大，屡次逼我封赏，对国家的威胁很大，我该怎么处理这个事呢？"士蒍说道："群公子一向仰慕臣我的薄名，几次想要拉拢我，我一直没有答应。既如此，臣不妨表面上和他们交往，打入他们内部，乘便行事，不出三年，大事可定。"接着士蒍又说出了自己筹划已久的具体计划，献公大喜，决定依计而行。

第二天上朝，有司奏大司空之位久缺，请挑选合适的人来担任，有人推举士蒍，献公说道："现在里克为大司徒，毕万为大司马，都符合人望。士蒍最近升了好几次官了，再升任大司空，怕众心不服，还是缓一缓再说吧。"士蒍自然很不高兴，下朝后不免口出怨言，群公子都知道士蒍因为这件事而与献公有了矛盾，于是和士蒍逐渐接近。

公孙富子自从在周僖王那里为武公请命之后，威望与权势大增，特别是那首《无衣》诗，显示了他的政治智慧和外交才能，从此被群公子视为精神领袖和智囊，但与士蒍相比，其威望、资历和智术显然不及。自从有了士蒍，富子对群公子的影响力日渐减低，为了提高威信，挽回颓势，富子一天向群公子提出个建议："狄国地近我们几人的封地，是国君的外亲，我们不妨乘狄人不备，攻占狄国，一来可以增加我们的私田，拓广我们的地盘，二来可以削弱国君的外援，即便以后国君知道，木已成舟，又能把我们怎么样？"群公子拿不定主意，便来征求士蒍的意见，士蒍说道："你们考虑，如果能战胜狄国则此计为良计，如果不能胜，那就应该放弃。"士蒍深知群公子未把狄国放在眼里，以他们的力量，取胜确也不难，所以这样说，实际上是在鼓励他们。果然，富子极力主张施行，群公子自忖胜狄问题不大，又

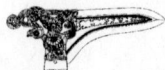

见士蒍并不反对，于是各整顿家甲，向狄国兴兵。士蒍见机会来了，于是一面报告献公，一面通知了大夫狐突，原来这狐突正是狄国之人，入晋为仕，其两个女儿被献公纳为偏妃，分别生有公子重耳和夷吾，听说群公子兵发狄国，怎么能不急，忙命长子狐毛连夜到狄国去报信，狄君闻报大惊，急忙收缩兵力，又向群狄借兵，守卫都城。群公子之兵突入狄国境内，初时进展顺利，不料攻到狄都，却遇到了顽强抵抗，坚城久攻不下。富子之计，不过是要对狄国来个突然袭击，才有取胜把握，现在见人家有了准备，料难取得预期效果，不得不退，狄兵乘势反攻，一鼓作气，深入晋境，反得了群公子三座城池。献公闻报，急忙率大军来救，责问狄君为何弃两国盟好，无故犯我边境，狄君告以实情，并愿奉还所夺三城，重修旧好，献公接收三城，驻兵防守，并追究群公子擅动刀兵之责。群公子偷鸡不成反蚀把米，损兵折将，三座城池还被献公名正言顺地收回，因此都对始作俑者富子颇有微辞，对他的决策能力产生了怀疑，特别是意识到富子为了与士蒍争强，抬高自己的威信而拿大家的身家性命作赌注时，对他就更有意见了。富子见群公子不再信任他，不甘居人之下，愤而入周为仕，以有远见和敢于直谏而著称，再不过问晋国的事务，群公子的智囊就这样被除掉了，士蒍的第一步计划成功实施。

再说庄伯的弟弟封田在游，便以邑为姓，称为游氏，辈高族大，在群公子中势力最大，经常倚势欺人，群公子及群臣都很怕他们。公子直有一块肥田与游氏长子游不疑之田毗邻，游不疑想用自己的一块瘠田互换，公子直自是不从，游不疑就决水淹了公子直的那块肥田，当年颗粒无收，公子直无奈，只好同意换田，自此深恨游氏，可又惹不起游氏族大势众，只能怀恨在心。

献公准备作新军，扩大军制，于是布告群臣，各家私甲可以应募，所需车马甲仗粮饷都由国家提供，出私甲多的，还可以担任新军统领。

游氏认为可以通过这个途径掌握部分兵权，壮大自己的势力，于是就把他们的家甲都加入了新军，几乎占了新军的一半。献公任命大司马毕万为新军统领，游不疑为副，其弟游穿也被授以中大夫之职，这样一来，游氏的势力更大了，在国中越发骄横。不久，献公以新军的编制受到周天子诘责为由，决定将新军编入宫禁之军，以应付周天子，由自己亲自担任统领，毕万、游不疑为副，轻易取得了对新军的指挥权。游不疑退居三把手，对新军的控制力大为减弱。

公子直、耿伯、芮伯等见游氏的家甲大部分加入了新军，府中空虚，感觉复仇的机会来了，商议共同攻击游氏，可又担心献公干涉，便来征求士蒍的意见，士蒍说："可乘国君出外秋猎之际行事，等到国君回来，大事已定。"众人认为士蒍说得有理，于是暗作准备。秋十月，献公率禁军赴鄂地狩猎，公子直等聚集私甲数百人，直扑游府，其时游府家甲甚少，只有家小和仆役等人，游氏次子游穿等二百余人都被杀。群公子得手，正准备整军而归，忽听得游府外人声鼎沸，一片声地喊："休叫走了反贼一个。"群公子急到府门察看，却见禁军已将游府团团包围，为首者正是禁军两位副统领毕万、游不疑，士蒍竟也站立在毕万身旁，众人正疑惑间，忽听得毕万大声说道："公子直等聚众谋反，擅杀大臣，兹奉晋公命，杀无赦。"话音刚落，那游不疑红着两眼挺戟杀进府门，疯了一般见人就杀，却不知混乱中从何处刺来一刀，刀柄直入肋间，登时血流如注，倒在地上，回看刺自己之人，竟是献公的贴身侍卫，心知上当，只气得手指那侍卫，瞪眼而亡。游氏族人，也多半在混乱中被人杀死。这一切，都是士蒍和献公刻意安排的。

群公子的家甲怎么能够抵挡得了宫禁之兵，转眼间或死或降，公子直等退守上房，对士蒍大叫道："诛灭游氏，士师是知道的，也是你同意的，怎么能说是谋反呢？我等无罪。"士蒍见群公子已是瓮中

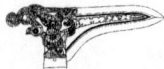

之鉴，于是回言道："我知道你们确实无罪，可是晋文侯姬仇的子孙又有什么罪呢？我今天正是要为诸君消除以后造反代晋之罪，而为晋公铲除隐患啊。"群公子这才明白中了士蒍的离间之计，但为时已晚，耿伯还不死心，说道："你怕我们以后造反代晋，可异姓旁人难道不能造反代晋吗？"士蒍从容说道："这就不劳君等多虑了。"群公子自知必死，多言无益，于是不再说话，全都引颈受死。其他公族闻变，不敢留在晋国，逃往虢国去了。这是晋献公八年，公元前669年的事。

晋献公用士蒍的计谋，扫除了群公子的势力，献公为绝后患，甚至与群臣盟誓，不许接纳和帮助流落在外的公子，晋国从此无公族，异姓贵族乘虚而上，成为晋国政治舞台上的主要角色，晋国很快强大起来，称霸诸侯两百余年，但也埋下了政出公卿、三家分晋的隐患，这是后话。

献公到成周朝见周惠王，正好虢公丑也来朝见，周惠王用甜酒来招待他们，又允许他俩向自己敬酒，赐给他们各白玉五双，马四匹。有人评论说，周惠王这样做是不合乎礼仪的，因为周天子对诸侯有所策命，封爵地位不一样，礼仪等级也不一样，现在晋献公爵位比虢公低一等，而待遇和赏赐却一样，所以不合礼仪。其后，晋献公又受惠王之命，与虢公丑、郑厉公以及周卿士原庄公一起，到陈国去迎亲，接陈宣公之女陈妫到京师，她就是周惠后。通过这次朝见和出使，晋国和献公在周王室和诸侯间的地位得到了提升。

献公见内部隐患已除，政权稳固，于是开始对外用兵，先后伐灭霍（霍州南）、魏（芮城北）、耿（河津南）、冀（河津北）等周围小国，因为军功，将耿赐给赵凤，将魏赐给毕万，毕万就以邑为姓，从此称为魏万，为晋国魏氏之祖。献公任士蒍为大司空，并且让他营建绛城（在今翼城东），宫制更加宏伟，不久，献公迁都于绛城。

由于连年征战，国人多丧，加之大兴土木，百姓力不能支，《诗

经·唐风·葛生》深刻反映了这种社会矛盾和离人之怨：

> 葛生蒙楚，蔹蔓于野，予美亡此，谁与独处？
> 葛生蒙棘，蔹蔓于域，予美亡此，谁与独息？
> 角枕粲兮，锦衾烂兮，予美亡此，谁与独旦？
> 夏之日，冬之夜，百岁之后，归于其居。
> 冬之夜，夏之日，百岁之后，归于其室。

　　不料这一年，雪上加霜，晋国遭遇大旱，赤地千里，多地绝收，百姓饥馑，献公心下着慌，命太史占卜，结果是"霍太山的神灵在作祟"，献公赶忙派赵夙召回逃亡在齐国的原霍国国君，允许他复国，主持霍太山神灵的祭祀。说来也怪，第二年，晋国居然获得了大丰收。

　　晋献公十五年，公元前 662 年秋冬间，虢君想为群公子报仇，两次入侵晋国，献公大怒，准备讨伐虢国，士蒍劝道："不可，虢国现在还比较强盛，先让他得点甜头，让他穷兵黩武，以后必然会懈怠生骄，臣民离乱，谁还会为他出力，到那时再伐不迟。国中现在缺少战马，骊地多马，不如伐骊。"献公听从了士蒍，出兵前，按照惯例，让史苏占卜胜负，得到卜词说："胜而不吉，齿牙为祸，戎夏交胜。"献公问是什么意思，史苏回答说："这是说我们在军事上可以取得胜利，但不一定是好事，也会招来口舌之祸，给我国带来一定损害，不如等以后时机成熟再进兵。"献公说道："既然可以取胜，还有什么不吉利的？"于是发兵攻打骊戎（在今阳城、垣曲一带），骊戎不敌，为免亡国之祸，献马千匹并美女骊姬和她的妹妹少姬，献公见那姐妹二人，虽是戎女，却都生得妙姿曼体，国色天香，喜道："有此二尤物，足娱吾后半生。"于是传令退兵。

　　后人有诗讽献公道：

女色从来是祸根，骊姬得宠献公昏。

空劳奋筑疆场远，不道干戈伏禁门。

　　征伐骊戎归来，献公大宴群臣，庆贺胜利，特意让司正给史苏布了菜，却不给他摆酒。献公对他说："伐骊能胜，这你说对了，所以给你菜吃，但你说是胜而不吉，却没有说对，所以不给你酒喝。寡人击败骊戎，得马又得美人，有什么不吉的？"史苏回答说："臣职责所在，不敢对主公隐瞒卜词，但愿我说错了，那可是国家之福啊。"史苏就这样参加完宴会，心中郁闷，出门碰见司徒里克，悄悄说道："晋国大概要亡国了。"里克不解，惊问其故："大夫怎么会说这话？"史苏说道："主公伐骊得骊姬，岂不知自古红颜祸水，比如夏桀亡于妹喜，殷商亡于妲己，幽王亡于褒姒，照此推理，应该是晋在军事上战胜了骊，而骊也将通过女色而战胜晋啊。"里克道："此三人都是亡国之君，可是晋国方强，必不致如此。"史苏又说道："伐木不自其本，必然会复生，断水不塞其源，必然会复流，灭祸不自其根，必然会复乱。我们的国君攻打人家的国家，却又收纳了人家的女儿，并且非常宠爱她，留在后宫，她能不想着报国恨家仇吗？"里克劝道："大夫不必过虑，依我看，晋国内乱倒是有可能，亡国则未必。话虽这么说，毕竟我们应该有个心理准备。依大夫看，晋国多长时间会出现动乱呢？"史苏沉吟片刻，说道："大约在十年以后吧。"里克郑重地将这个时间写在自己的圭板上，说道："让我们拭目以待吧。"

　　不知晋将有何乱，且看下回。

第五回

宠后宫昏君信谗言　谮太子妖姬逞权谋

晋献公的元配本是贾姬，是贾国（今襄汾东）国君之女，一直没有生育，郁郁而终。献公就和他父亲武公的一个名叫武姜的妾私通，生下申生，因为是私生子，所以自幼就被寄养在申家，故名申生。献公即位以后，名正言顺地把武姜立为夫人，申生立为太子，以大夫杜原款为太子太傅，中大夫里克为少傅，共同辅佐太子。武姜又为献公生了一个女儿伯姬后就亡故了，献公又纳贾姬的妹妹贾君，贾君仍然无子，献公就把申生之妹伯姬交给她来扶养。在申生出生之前，重耳、夷吾已经出生，与申生三人很是友善。

献公自从得到骊姬姐妹，都很宠爱，第二年，骊姬生子奚齐，少姬不久亦生卓子，有了这两个小儿子，献公越发和太子申生及重耳、夷吾兄弟疏远了，甚至把同武姜的那段恩爱之情抛于九霄云外，想要立骊姬为夫人，就让太卜郭偃用龟测的方法来占卜，得到卜词说："专之渝，攘公之羭。一薰一莸，十年尚有臭。"献公不懂其意，郭偃解释说："意思为只专爱一人，其他人会有意见，你也会失去许多美好的东西。把香和臭的东西放在一起，香不盖臭，十年都去不了味。"献公见卜词不合自己心思，又让已经不喜欢的史苏以筮（音事，用著

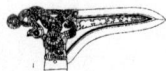

草来占卜）的方法，重新占卜一次，得到卦词说："窥观利女贞"，大吉。献公正要宣布采纳，却不料郭偃说道："先别忙，按照惯例，龟的可信度要高于筮，龟和筮的结果如果有矛盾，应该从龟而不应该从筮。"史苏也说："《周礼》规定，礼无二嫡，诸侯不再娶，主公此前已立武姜为夫人，并且立申生为太子，岂可再立夫人？"献公见二人一再阻拦，心中老大不高兴，愤愤说道："如果龟和筮都那么准确，人都得听鬼的。寡人的主意已经拿定，你俩不要再说了。"于是择吉日祝告宗庙，立骊姬为夫人，立少姬为次妃。

　　为讨骊姬开心，献公还想废掉太子，改立骊姬之子奚齐为太子，那骊姬虽是戎地之女，却很有心机，知道太子在位时间已经很久了，深孚人望，这个时候废掉太子，容易激起群臣反对，事情反而不好办成。于是说道："太子贤而无罪，如果主公因为我母子而行废立，岂不使我母子无立身之地？"献公听骊姬这样说，就暂时收起了这个念头，而对骊姬越有好感。

　　献公有一个男宠名叫优施的，伶牙俐齿，能歌善舞，是一个美少年，仗着献公宠爱，随意出入宫闱，不加防范，久而久之，竟与骊姬勾搭成奸，二人并且结成政治同盟。优施深知骊姬之心，于是为她出主意说："要想达到目的，必须使太子和重耳、夷吾两位公子出守外地，才能居中行事。"骊姬说道："太子是国君的继承人，如何能够让他外出？"优施回答道："此事还须外臣奏言，才不露痕迹，并且容易办成。现如今大夫梁五、东关五为主公所信任，如果这两个人肯进言，主公绝对不会不听的。"骊姬大喜，于是备了两份厚礼，交给优施去办事。

　　原来这大夫梁五、东关五都是阿谀谄媚之徒，善于奉迎，为献公所宠幸，晋人称他们为"二五耦"，本意是两人耕田，用于二五，是狼狈为奸的意思。优施先来到梁五家，把骊姬之礼送上，道明骊姬之

意，梁五沉吟道："这事还需东关相助，才可办成。"优施道："夫人也有相同的一份礼物送于东关大夫。"于是二人一同来到东关五家，一夜筹划停当，决定依计而行。

次日上朝，梁五出班奏道："曲沃是我先君桓叔始封之地，先祖宗庙所在。蒲城接近狄地，屈城接近秦地，是边疆要地。这三个地方都需要派亲近重要的人去防守，不如让太子去守曲沃，重耳、夷吾分守蒲、屈，主公居绛都调度，国家定然安如磐石，令他国不敢正视我国。"献公沉吟道："太子居外，这合适吗？"东关五插言说："曲沃是国家的陪都，太子是国君的继承人，除了太子，谁有资格去曲沃呀。"献公又说："曲沃的形制还算可以，可蒲、屈都是荒野之地，怎么能守？"东关五回道："这事好办，可以派人去筑城，那么我们就会一下子增添两座城，作为国家的屏障，晋国就越强了。"

献公听信了这两人的话，于是决定派太子申生居曲沃，守宗庙，太傅杜原款辅佐，派公子重耳守蒲（今隰县西北），狐毛辅佐，夷吾守屈（今吉县北），吕省辅佐。同时派赵夙修缮曲沃，派士蒍监筑蒲、屈二城，士蒍只用了些薪草泥土，草草完工，公子夷吾到达屈地，见城矮池浅，城墙中竟填塞有薪草，大怒，就上疏献公，告了士蒍一状。献公一听这事，也很愤怒，就把士蒍叫来责问他。士蒍跪地回答说："为臣听说，没有丧事而悲哀，就会招来祸患，没有外患而筑城，也会招来敌人。这两座城地处偏远，我晋并不能有效控制，不出三年，恐怕就要成为戎狄和叛逃者的根据地了，要那么坚固干什么。主公命我监筑二城，不筑是不忠，筑结实了就不免被敌人所利用，对国家不利，所以只好如此。"献公听士蒍言之有理，这才作罢。

在逐灭群公子一事上立了大功的智囊士蒍，这时也感到迷茫，赋诗道："狐裘龙（音忙，杂乱）茸，一国三公，吾谁适从？"意思是说这乱糟糟的国家呀，有好几股势力，我到底该跟谁呢？

骊姬通过优施和"二五"的诡计，成功地将太子和二公子赶出都城，献公身边只留下骊姬的两个儿子，为下一步废掉太子，改立奚齐打下了基础。

献公十七年，公元前660年，晋国扩充军队，组建上下二军，献公亲自带领上军，而使太子率领下军，并且授以卿位。士䓕叹道："太子是国君的继承人，不应该有官位，更不应该领兵，这是把他当外人看呀，太子恐怕不能继承君位了。"于是悄悄来见太子，对他说道："国君喜欢宠臣，大夫危险，喜欢女色，太子危险，现在君上宠信骊姬，太子您很危险了，依老臣之见，不如逃离晋国，一可遂君父之愿，二可避杀身之祸，三可得吴太伯让国之美名，岂不胜过留下来获罪？"申生说道："司空之言，并非没有道理，只是申生不忍违背君命。"士䓕无言而去。

那骊姬见太子地位越高，权势越重，不知道怎样才能除掉他，于是再和优施商量。优施说道："太子很容易就能除掉，这个人为人矜持自重，呆板而不知变通，并且心地良善，从来不说别人坏话，有什么错都往自己身上揽，不晓得开脱。这些放在平民身上，也许是美德，可对一个君主来讲，就都是致命的缺点。夫人何不如此这般。"骊姬大喜。

骊姬夜半坐在床上，裹着被子哭泣，献公惊问原故，骊姬抽泣着回答说："妾恐怕不能长久地服侍于君前了。"献公说："夫人为什么要说这样不祥的话？"骊姬收泪回答："妾听说太子在曲沃经常对人说，主公宠爱妾和幼子，以后必然会乱国。这事满朝文武都知道，只有主公不知道，主公何不放我母子一条生路，让我们能够老死于骊地，免得将来死于刀兵之灾。"献公安慰骊姬说："申生一向宽厚仁爱，决不会不听父亲话的，只要寡人在，你母子可保没事。"骊姬又说："老百姓以亲情为重，为国者以社稷为重，太子平常仁爱，可谁

能保证他为了得江山天下而不做篡逆之事呢？曲沃和翼，难道不是骨肉吗，正因为不顾亲情，才能代晋，这段历史主公是很清楚的。"献公猛然醒悟道："夫人所言极是，那我们该怎么办呢？"骊姬见献公心动，于是又用言语激他："君上不如告老退位，把国家让给太子，他的欲望得到满足，说不定还可以放过咱们夫妻父子。"骊姬这番话，巧妙地把自己和献公的命运绑在一起，而把太子申生推到了对立面。献公果然大怒，说道："岂可如此，寡人岂能拱手失国，为天下笑，夫人不要担心，寡人自有办法。"

次日早朝，献公对群臣说道："东山皋落氏屡犯我境，侵我边民，不得安居，寡人打算让太子率领下军去讨伐。"士蒍出班奏道："秋守春战，国家惯例，现在正当冬季，不宜动兵。况且太子是国家储君，其主要职责是奉祀宗庙，服侍国君膳食，国君在则抚军，国君出则监国，所以称为冢（音忠，大的意思）子，远离已是不妥，岂可随便出外领军？国君留守，太子出征，从来没有见过这样的安排。"里克也奏道："统军打仗，发号施令，临敌制胜，这是君主和我们这些将军的事。古制，太子不领兵，领兵打仗，如果事事请示，就会失去威严，而如果不请示，独断专行，就会落个不孝的名声。而且兵阵之间，难以预料的情况很多，万一发生意外，会动摇国家根本。"献公见两个重臣反对，心中老大不快，不由得说出了心里话："你们不知道，立太子的原则有三条，如果品行相同，那就立年长的，年龄仍然相同，那就立喜欢的，如果同样喜欢，那就通过卜筮来决定。寡人现在有子九人，将来还不一定谁是太子呢。"群臣见献公竟说出这样的话来，都不再吭气。当下献公决定，命太子率领下军全军往伐东山皋落戎狄（今垣曲县东南），同时调上军先丹木、先友兄弟，大将梁养、羊舌突帮助他，命老臣狐突随军赞划军务。献公赐太子两色战袍、金玦和印信，下命令说："把敌人消灭干净再回来。"

命太子讨伐东山皋落氏，其实是献公和骊姬定下的一条计谋，想通过这件事来检测太子在臣民中的威望，如果太子战胜，那就证明他的威望和势力已经很大了，必须想办法早除。如果战败，那就可以直接追究其战败之罪，如果索性死于战阵，岂不更为省事。

太子来向自己的老师少傅里克辞行，说道："外人传言主公命我带兵伐东山是想废掉我，老师如何看待这件事？"里克说道："你这小孩子瞎想什么，主公授你以兵权，委你以重任，又给你配备了这么强的辅佐，对你很不错了。再说你作为人子，怕的是不能尽孝，而不是能不能保住太子之位，只要你努力办好自己该办的事，别的事还用担心吗？"人们知道了里克的这番话，都说道："在朝谏其父，在外勉其子，妥善地协调父子关系，里克做得对呀。"

申生辞别里克，来到军中，众大夫见他头戴冲天冠，身穿一件半边紫、半边白的战袍，脖子上戴着一块半边金、半边玉的金玦，下军大将罕夷笑道："不知道主公为什么要赐给太子这么一件奇怪的战袍。"先友抢先说道："主公把自己穿过的半边战袍赐给太子，这不是表明要给太子半壁江山吗？"狐突摇头道："事情没有这么简单，衣服是身份的标志，佩件是内心的表现，以纯色为尊却授以杂色战袍，佩件应当用玉却赏以金玦，这是在有意贬低太子的身份啊。如今骊姬在内宫专宠，'二五'在朝中擅权，君上亲近奚齐而疏远太子，依我看晋国不久将乱，太子不可留恋，不如逃往他国。"梁养也说："大将出征，都有特定的装束，如今却给了这么一件杂色的服装，君上之不怀好意很明白了。"罕夷附和道："金玦表示决绝，太子即使还朝，君上大概也不会喜欢。"先丹木忿忿不平地说："主公给太子的命令是把敌人消灭干净，即使努力作战，敌人能消灭干净吗！就算是敌人消灭干净了，也难免被谗言所伤，狐老大夫说得对，太子不如远逃。"只有羊舌突持不同意见，说道："不可。不战而逃是不忠，

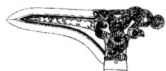

违背父命是不孝，君子宁死不做这种事，你们想让太子陷于不忠不孝之地吗?"太子这时说道："羊舌大夫的意见和我相同。我也知道君上派我出征并不是因为喜欢我，而是要考验我，即便有谗言，申生也不会躲避。不战而逃、不战而还，都只会增加我的罪过，这不是臣子之道，就算是战死，我也要落一个恭从父命的名声。"众将见太子主意已定，都说道："既然太子决意进兵，我等敢不助太子成功吗?"于是上下一心，合力与皋落氏战于稷桑，大败之，太子得胜，献俘于朝门。

果不出狐突等所料，不利于太子的谗言四起，只因太子小心承顺，又屡立战功，骊姬虽然嫉恨，急切间也难以下手。狐突见国事日非，自己又无力扭转，只好称病闭门不出。

不知太子申生命运如何，请看下回。

第六回

一箭双雕荀息借道　唇亡齿寒虞虢灭国

　　献公是晋国历史上一位十分重要而又颇有争议的国君，他确实有宠信骊姬，任用弄臣，废长立幼，逼死太子，造成内乱的劣迹，但同时他又是一位励精图治，开疆拓土，奠定晋国百年霸业基础的有为之主。史载晋献公并国十七，服国三十八，先后灭掉耿、霍、魏、贾、杨、冀、黎、荀、董、韩等国，以及后来的虞、虢二国。献公在位期间，晋国的国力和政治地位均大幅提升，疆域得到扩展，很快成为北方强国，特别是借道伐虢之役，表现出了晋国君臣的政治智慧和战略意识，堪称古代战役之典范。

　　这虢国是周文王的同母弟虢叔所封之国，原封于陕西宝鸡一带，史称西虢，后来虢公翰立拥立携王败亡，其后世东迁于河南三门峡一带，史称北虢。北虢与晋之间有一虞国，这虞国辈份更高，是周文王的伯父吴太伯的后代，周武王感激太伯让国的情份，就封太伯的孙子虞仲于虞国。虞虢二国，同为周王室的北边屏障，又是同姓邻国，于是二国结为同盟，唇齿相依，互相救援。

　　献公十九年，公元前 658 年，虢国屡次侵犯晋国南部边疆，献公怒道："当初我先君庄伯、武公之际，虢就经常帮助翼而扰乱我们的

计划，此仇至今未报。现在又收留逃亡的群公子，侵扰我边境，不灭虢国，必将遗祸子孙。诸卿有什么好的计谋助我？"这时士蒍已然亡故，大夫荀息出班奏道："虞虢两国现有攻守同盟，如果此时进兵，恐怕胜算不大。"献公不甘心地说道："这么说，我们对虢国就没有办法了吗？"荀息回答说："虢国目前还比较强大，要想灭掉虢国，必须先采取三条措施：一、虢公丑贪淫好战，可选美女十名献给他，让他沉湎于女色，懈怠朝政，疏远忠良；二、以重金行贿于东戎，让他们侵扰虢国边境，消耗虢的实力；三、派军兵假扮虢军散兵游勇，袭扰虞国边境，制造两国摩擦，破坏两国同盟。我们再瞅机会发兵，可成大事。"献公大喜道："爱卿真是士蒍再生呀。"里克又提出个问题："虢国有贤臣舟之侨，虞国有百里奚、宫之奇，他们都明于料事，荀大夫之谋，恐怕难以瞒得过这三个人。"荀息道："虢公刚愎而骄傲，虞公昏愦而贪财，虽然有良臣，肯定不会听他们的。"献公同意荀息的看法，准予依计而行。

虢公见晋国送来美女玉帛，心中大喜道："看来晋人也害怕我呀。"准备照单全收，大夫舟之侨果然谏道："这都是晋国的钓饵呀，君上为什么要上钩呢？"虢公不听，收下礼物，决定与晋讲和。果不出荀息所料，虢公丑自此日夜沉湎于声色，渐渐不理朝政，舟之侨再谏，惹得虢公生厌，被调到下阳守城去了。

再说那东戎贪图晋人送来的财宝，于是起倾国之兵侵扰虢国边境，两军互有胜负，与虢相持于桑田（今河南灵宝）之地，献公认为时机来临，就想起伐虢之兵。荀息阻止他说："这会还不行，虞虢两国的联盟还没有被破坏，如果伐虢，那么虞国就会来救，我们以一敌二，难保必胜。臣有一策，可助主公先取虢而后取虞。"献公急忙问道："卿有何计策？"荀息回答说："我们应当送重礼于虞公，请求借道伐虢，虢国灭亡了，虞国也就不难打败了。"献公又问："但不

晋
国
演
义

知当送虞公什么礼物?"荀息说道:"借道灭人国家,这是军国之大事,非至宝不能打动他的心。"献公问道:"那么到底该用什么礼物呢?"荀息慢慢说道:"听说君上有垂棘(今潞城市)出产的美玉和屈地出产的宝马,这都是天下闻名的至宝,如果用这两件宝贝借道于虞国,一定能够成功。"献公有点舍不得,说道:"这两件东西是寡人非常喜爱的宝物,怎么舍得送于他人呢?"荀息劝道:"虢亡之后,虞也难以独存,必然会被我所灭,主公的这两件宝贝能跑到哪里去?这只不过是让它们在虞国的仓库里暂时保存一段时间罢了。"献公不是个糊涂人,见荀息说得有理,就把那两件宝贝取出,交付给荀息到虞国借道去了。

虞公一听说晋国要借道伐虢,勃然大怒道:"晋国人是怎么想的,寡人怎么可能借道于他?"及至荀息献上名璧宝马,拿着玉而不忍释手,看着马而目不转睛,回嗔作喜道:"这事还可以再商量。"荀息开言道:"虢人屡次侵犯我们晋国的南部边境,寡君想借路于贵国,去向虢国讨个说法,如果能够侥幸取胜,所有缴获,尽归贵国,与贵国永结盟好。"虞公闻言喜不自胜,就要答应荀息。宫之奇谏道:"主公不能答应他。虞虢两国同盟,好比唇齿相依,唇亡则齿寒,齿亡则唇陷,晋现在已经尽灭周边小国,之所以不敢侵扰虞、虢,是由于我们两国有相互救助的同盟,如果这个同盟遭到破坏,那么虢今天亡,明天虞也必然会跟着灭亡。"虞公不高兴地说:"人家晋国诚心诚意地与我国交好,寡人难道不能借一条小路给人家吗?而且晋国不知道比虢国要强多少倍,失去虢而能结好于晋,这有什么不好的?你下去吧,别再管我的事!"宫之奇还想再说什么,一旁的百里奚扯了扯他的衣袖,于是就不再说话了。退朝后,宫之奇问百里奚说:"朝堂之上,你不帮我说句话,反而阻止我,是什么意思?"百里奚说道:"主上昏庸,不可硬劝,硬劝要惹杀身之祸的。"宫之奇说:"照此看

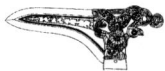

来，虞必然会亡国，干脆咱俩一块逃走吧。"百里奚说道："你一个人逃走就算了，再拉上别人不合适，再说，我也走了，以后谁来劝主公呢？我还是再等等看吧。"宫之奇于是举家逃离虞国，不知道搬到哪里去了。

荀息回报献公，说虞国接受了礼物，同意借道，献公大喜，于是拜里克为大将，荀息为副，起兵车两百乘攻打虢国。来到虞国，虞公对荀息说："寡人接受了上国贵宝，无以为报，愿意起兵相助。"荀息说："君起兵相助，不如帮助我们破下阳（今平陆北）之关。"虞公说："下阳是虢国的北部重镇，我怎么帮助你们破关呢？"荀息说："现在虢君正与东戎大战于桑田，胜负未分，君可以托言相助，兵进下阳，车中暗藏我军，则下阳不难破啊。"虞公认为这是一条好计，于是大军望颠軨坂进发。原来这颠軨坂乃是中条山中一个缺口，为虞、虢两国间的唯一通道，路险道窄，仅容一车通行，真可谓一夫当关，万夫莫开，晋国以重礼璧马所借的，就是这条小道。出得颠軨坂，进入虢国，地势豁然开阔，虢国北部重镇下阳，雄峙于前，虞军上前叫关，说是以兵来助虢国与东戎作战，守将舟之侨认得是虞兵，于是开关纳入，车中所藏的晋兵，进关后一齐发作，占了城门，里克催军继进。事发突然，舟之侨哪里抵敌得住，又怕丢了下阳，虢君怪罪，只好率兵降晋。

再说虢公丑在前线听说虞国背盟，帮助晋国破了下阳，又惊又怒，说道："下阳是我国的北边门户，不可不救。"急忙率军北归，反被东戎随后掩杀，折了不少兵马，世子公子郧阵亡。里克听说虢公来救下阳，和荀息商议说："虢公丑盛怒而来，锐气正盛，我们不要和他硬拼，不如先回，再作区处。"荀息也同意，晋军于是退兵，回到虞境，把下阳掳掠来的府库宝藏十分之三并女乐赠送给虞公，虞公高兴地说："晋人很讲诚信，不骗我呀。"

　　虢公丑兵至下阳，晋军已退，而下阳城也被晋军摧毁，残破无法再守，便想回兵与东戎再战，从人谏道："下阳为我国北境重镇，如果不筑城据守，那么黄河以北恐不再为国家所有了。"虢公说道："虞国卖颠軨坂于晋人，北边门户洞开，已无险可据，守城不如守河。现在东戎杀我世子，寡人必先报此仇，然后伐虞、伐晋。"于是回军南下，又与东戎展开大战。历经三年苦战，终于大破东戎，灭掉其国，全部占领了东戎的土地和人民。

　　献公听说虢公灭掉东戎，很是吃惊，说道："寡人与虢，结仇已深，虢人不除，终为我患，可现在虢人刚灭了东戎，气焰方盛，我们可以攻打他吗？"郤芮奏道："虢国新胜，国势正强，不可伐呀。"献公用目光征询荀息的意见，荀息说道："不然，虢国可伐。自古道伤人三千，自损八百，虢人用兵三年有余，国力已经衰竭，不乘他国弱兵疲之际讨伐，更待何时？"郭偃也出班奏道："依为臣看，虢国肯定会灭亡。下阳被攻下一点都没有引起重视，而且又有灭东戎之功，这是上天在故意骄矜他，在增加他的罪恶，虢国必然会轻视晋国而不爱惜他的臣民。"献公遂决意攻打虢国，说："寡人这回要亲自率兵征讨，不灭虢国，誓不回还。"派人再到虞国借道，百里奚谏道："前年借道给晋，虞虢之盟破裂，下阳被攻陷，岂能再借道给晋，助长他的野心？"虞公说道："我们付出了与虢国反目的代价，换来晋国的友谊，现在两国关系很是和睦，不可不借。"百里奚再次谏道："如果再借道给晋，虢、虞两国必为其所灭。"虞公又说："前年借道，晋人攻取下阳后即退兵，已表明了他们的诚意。况且虞与晋同为姬姓，他们不会有别的想法的。"百里奚恳切地说道："晋本虎狼之国，虞和晋虽然是同姓，能亲过他的桓、庄之族吗，桓、庄之族现在哪里？"虞公见百里奚苦谏，心下不悦，说道："我们前已失去了虢，现在不可再失去晋，卿不要再说了。"于是答应再次借道给晋。百里

奚叹道："晋国此行必定会灭掉虢、虞二国，虞国没有机会举行今年的腊月之祭了。"

晋献公二十二年，公元前 655 年八月，晋再次以里克为将，郤豹为副，降将舟之侨为先导，发兵车四百乘，再过颠軨坂，渡过黄河，杀奔虢国都城上阳（今河南陕县南）而来。不出荀息所料，虢国与东戎连年大战，虽然大破东戎，却也弄得国敝民穷，精锐死伤大半，听说晋国大军到来，只得紧闭城门死守，晋军筑长堤围困，上阳内乏粮草，外无援兵，城中吃喝烧用都非常缺乏，军心大乱。里克让舟之侨写了一封劝降书，射入城中，敦促虢公投降，虢公看后说道："我虢国先君世代都是周朝卿士，岂能投降于一个诸侯。"十二月初一日，乘天上无月，连夜开城，带了家眷，投奔京师去了。晋军也不追赶，急忙入城，安抚百姓，济贫问老，留兵戍守，晋国南疆，自此达到了黄河南面，与周接壤。

里克一面还军，一面派人飞报献公，大军行至虞国都城，里克托言身体不舒服，休兵于城外，虞公听说里克得了病，不时送医送药，派人候问，如此一月有余。一天，哨探来报虞公，晋献公已经来到郊外里克军中，说是恐怕诸将伐虢不顺利，所以亲自来接应。虞公高兴地说："寡人正要面见晋君叙同宗之礼，加强两国的友好关系，现在晋君自来，这正是寡人所希望的。"赶忙来到郊外亲迎，两君相见，彼此称谢。第二天，人报晋公亲来还礼，虞公连忙整礼相迎，设宴款待，席间气氛很是融洽。临别，献公对虞公说道："我新得一匹宝马叫赤骝，君侯愿意一看吗？"那虞公平生爱马如命，未及细想，欣然应允，轻车简从，只带了百里奚等少数随从，来到献公军中，刚进营门，忽见旁边闪出一队武士，为首一人，虎目虬髯，威风凛凛，正是副将郤豹，突然手执虞公，短剑逼于胸前，百里奚及虞公随从，尽被两旁武士控制。献公假意喝道："不可对虞公无礼"。于是来到虞公近前，和

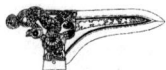

颜悦色地说道：“敝国新得虢国土地，中间被上国阻隔，往来不便，晋虞本是同宗同姓，不妨合为一国，你我同掌国政如何？”虞公低头不语，献公又说道：“现在请你命令诸军呆在营中，不要乱动，则干戈不起，两国臣民幸甚，而君侯的安全也会得到保证。”虞公仍然低首无言。一旁郤豹大怒，以剑抵在虞公胸口，血流出来，浸湿衣服，大声说道：“你听还是不听？”虞公知道再撑下去将有性命之忧，只好命内侍传令诸军，各守营盘，不得擅动。与此同时，里克指挥晋国大军，尽占各城门及路口要冲，献公于是和虞公同乘一辆车，晓喻虞军放下武器，不得抵抗。

晋军就这样兵不血刃地解除了虞国大军的武装，全部占领了虞国都城。荀息在虞国府库中搜得先前所赠璧马，于是左手托璧，右手牵马，来到献公面前，说道：“臣的计划已经执行完毕，现在归还君上的两件宝贝，请让它们回到自己原来的地方去吧。”献公笑道：“马还是我的马，只是马齿长了三岁。”

晋军占了虞境，出榜安民，命人将虞公囚禁在军中，百里奚始终紧随虞公，虞公叹曰：“当初悔不听卿和宫之奇的劝谏。宫之奇怀怨离开寡人，卿为什么不去？”百里奚回答道：“臣久食君禄，现在从君于患难之中，正是为了报答主公呀。”虞公不住叹息。舟之侨知道百里奚是个很有才干的人，于是向献公推荐，献公也知道百里奚是个贤臣，很想重用他，于是就派舟之侨去劝降，百里奚冷笑道：“昔日伯夷、叔齐不食周粟，饿死在首阳山，我怎么肯为敌国效力呢？即使出仕，我也不会在晋国。”舟之侨听出话中有讥讽自己之意，只好悻悻而去。其后百里奚果然在秦国为仕，成为秦穆公的主要谋臣。

献公想杀掉虞公，荀息说：“虞公现在是个没用的人，杀了无益，留着也没什么坏处，不如让他多活几天。”献公听从了荀息的意见，于是待以寓公之礼，又送给他一块普通的玉璧和一匹普通的马，

说道："寡人不忘记君侯借道的情意。"那虞公贪图小利，借道于晋，失信、失友、失国，成为千古笑柄，深为自己所办蠢事懊悔，在晋自是郁郁寡欢，不久死去。后人有诗责虞公道：

> 璧马世人称至宝，怎及社稷一分高。
> 荀息莫夸多奇计，还赖虞公是愚曹。

晋献公用荀息之计，一举灭掉虢、虞二国，疆域几乎扩大一倍，成为地地道道的春秋大国，奠定了其后百年霸业的基础，更重要的是隔断了周王室东西两地的联系，成为王室衰微的关键。

为了塞责周惠王，晋献公把虞国当年的职役赋税都上缴给了周王室，见周惠王不再说什么，第二年，晋国也就不再上缴了。

不知晋国国事如何，请看下回。

第七回

巧陈利害优施说里　恭顺自爱申生毕命

晋国灭掉虞、虢两国，荀息名声大噪，国人推为第一谋士。可有道是贼人操贼心，那骊姬也仰慕荀息之名，心中暗想，如果能够得到这个人的帮助，何愁我的目的实现不了，于是就向献公请求，任命荀息为奚齐、卓子的师傅，荀息是一个忠正之士，唯君之命是从，自此心中只有奚齐、卓子。

骊姬再一次夜半对献公说："妾往日曾经对主公说过，太子笼络人心，欲图不轨，通过伐东山皋落一事，已经看得很清楚了。现在又听说他在军中广结党羽，封官许愿，如果不能很快兑现这些诺言，申生就会觉得自己失信于部下，而其党羽会急于满足自己的欲望，难保他们不铤而走险，做出不臣之事，主公应该早作准备，迟则必然会处于被动。"献公说："寡人一向念太子谨慎仁厚，不忍心除掉他，既然事情发展到这种程度，我也只好下决心了，等我找个机会废了他。"骊姬又与优施商议说："主公已经同意除掉申生，文武大臣中，荀息和我们站在一起，只是里克在朝，功高位重，并且是申生的少傅，必定会阻止我们的计划，怎么才能不让他与我们作对呢？"优施说："里克在人们眼里，是朝中重臣，可在我眼里，说服他很容易呀。"骊

姬问道："你怎么说服他呢?"优施回答说："里克为人，外强而内疑，待我用语言来打动他，陈说利害，使他首鼠两端，进而收为我用。如果他肯听我的，那是夫人之福，如果不听我的，就当是我这个优人和他开个玩笑罢了。"骊姬同意优施一试。

优施乘便对里克说道："大夫为国家征战疆场，一举而灭掉虢、虞二国，劳苦功高，令人仰敬，优施我想以一杯水酒，聊表心意，不知大夫肯赏光不肯?"里克虽然不想和优施多打交道，可也不想开罪他，于是就答应了。优施就带着骊姬给准备的羊酒来到里府，置酒饮宴，酒至半酣，优施起身说道："我最近谱写了一首新歌，希望能够献给大夫听。"里克说道："不妨唱来我听。"优施清了清嗓子，唱起了那首歌:

> 暇豫之吾吾，不如鸟乌。众皆集于苑，尔独立于枯。
> 苑何荣且茂，枯招斧柯。斧柯行将及，尔枯奈若何?

里克笑问道："暇豫是何意?"优施回答说："暇豫是指像大夫这样悠闲自在，不愁衣食的人啊。"里克又问："哪什么是苑，什么是枯呢?"优施又说："水肥草美，枝繁叶茂的地方，生机勃勃，众鸟依归，这是苑。水涸草稀，枝枯叶落之处，满目萧然，鸟无所栖，这是枯。此歌是比喻鸟类尚且晓得择木而栖，何况人呢。"优施冷眼瞟见里克闻言为之一愣，知道自己的话已经起了作用，于是不再多说，告辞而去。

优施走后，里克反复思量："优施是献公的内宠，刚才所唱的那首歌，必有深意，莫非是在暗指奚齐、申生的事吗?待我明天仔细问一下。"当夜晚饭也不想吃，早早就上了床，却辗转床褥，左思右想，怎么也睡不着，干脆起床，吩咐左右密唤优施到府问话，优施早已料

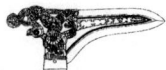

知里克必会再问，跟随来人直入里克内室。里克拉着他的手，问道："你日间关于'苑、枯'的解释，我已经有些明白，莫非指得是奚齐、申生之事吗？你给我仔细分析分析。"优施回答说："我早就想跟你说了，只因大夫是申生的少傅，所以不敢直言。"里克说："但言无妨。"优施凑近低声说道："主公已经答应夫人，要废太子而立奚齐，具体步骤都已经拟定好了。"里克听罢，又惊又急，问道："这事还有挽回的余地吗？"优施又说："主公如何宠爱夫人，大夫您应该比我还清楚，看来挽回的可能性不大，大夫还是早拿主意吧。"里克沉吟半晌，说道："顺从君上而废太子，我不忍心啊。帮助太子反抗君上，我不能这样作，也没有这个能力。如果取中立态度，我能自保吗？"优施心中暗想："这个结果虽不是最理想，但也是可以接受的。"于是说道："采取中立，大夫可保无事。"优施走后，里克仍无睡意，反复思量："如今君上宠爱骊姬，偏向奚齐、卓子，趋炎附势者很多，而申生的生母早丧，日渐失宠，太子之位朝不保夕，优施讥讽我不懂得察言观色，死抱住枯木不放，不肯归附骊姬母子，看来不是没有道理。"可又转念一想："太子修身自爱，不屑于讨别人喜欢，我为朝中重臣，又是太子少傅，我如果撒手不管，太子可就危险了，心中何忍。"不觉找出往日圭板，见上面所记的日期，到这时恰好是十年，叹道："史苏往日预言晋国内乱的时间到了，我到底该怎么办呢？"一夜犹疑难决。

次日早朝路上，里克正遇荀息和丕郑父两位大夫，里克素来很敬佩荀息，想讨个主意，于是凑近荀息密语道："史苏晋国内乱的预言，快要变成现实了。"荀息问道："有什么根据呢？"里克说："昨夜优施告我说，君上将要废太子而立奚齐，你是奚齐的老师，准备怎么办？"荀息回答说："我食君禄，但知忠于君上，岂能有三心二意。不管申生还是奚齐，君上立谁我就支持谁。"一旁丕郑父问里克道："那

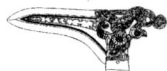

你是怎么想的呢?"里克说:"我的想法和荀大夫差不多,首先是要忠于君上,可因为我是太子少傅,不便与太子为难,所以我选择中立。"丕郑父顿足道:"你们二位都错了,我们作臣子的侍奉君上,是要支持他仁义有道的行为,对于他不合礼法的无道行为,难道也要附和吗?申生仁德,在太子之位很久了,无错而废,我们都不加谏阻,怎么对得起国家和天下百姓,对得起太子?"二人反问道:"那你说该怎么办呢?"丕郑父回答说:"我们应该起而捍卫太子的地位,使骊姬等有所顾忌而暂时不敢动,然后再瞅机会劝君上改变自己的主意,谁胜谁败还不一定呢。"里克仍是心情矛盾,说道:"老朽年事已高,再不想管这些纷乱之事了。"于是假装左脚摔伤,告病不再上朝。

这年冬,按照惯例,献公本应到曲沃宗庙主持一年一度的祭祖大典,但献公却以身体不适为由,决定改在绛都祭祀自己的父亲武公,更让人想不到的是,他竟然把太子撇在一边,而让奚齐代替自己去主持祭祀,大臣们都明白,献公这是在暗示朝野,奚齐将要取代申生,立为太子了。

第二年春,申生自曲沃到绛都来觐君父,参见毕,按照礼仪,又到后宫来参见骊姬,那骊姬正在后苑赏花,命申生后苑相见,并设宴款待申生。饮宴之间,骊姬觉得献公将要下朝归来,心生一计,悄悄地取蜂蜜涂在头发上,带了申生游苑赏花,引得蜂蝶纷纷,绕头顶乱飞,骊姬吩咐说:"太子帮我赶一下蜂蝶"。申生是个实诚之人,根本不往别的地方想,就凑近骊姬,用袍袖来驱赶,那骊姬作出躲避蜂蝶的样子,左右闪躲,恰在此时,献公下朝来到后苑,亲眼看见这种情况,心下生疑,只是不便当面诘问。到了晚间,骊姬不待献公发问,哭着说道:"太子无礼。"献公问道:"怎么回事?"骊姬边哭边说:"妾想让申生回心转意,所以以礼相待,不料太子仗着酒劲挑逗妾说:'我父亲年迈,主母恐怕感到寂寞吧。'妾不想答理他,太子

又调戏说：'以前我祖父年老，就把我母亲武姜留给我父亲了，现在我父亲也老了，也应该把你留给我了。'说到这里，他就想拉妾的手，妾起身躲避到苑囿，可他仍然尾追不舍，想做不轨之事……""别说了！申生真是该死。"献公记得自己年轻时的风流事，今天又亲眼看见日间之事，故此深信不疑，不等骊姬说完，已经是怒不可遏，本想立即问罪，又怕这事张扬出去，多有不便，会累及自己的名声，只得暂时隐忍，等寻到申生的其他错误，再一并治罪。

晋献公二十一年，公元前 656 年冬，献公到翟桓（今安泽县东）去出猎，骊姬感觉机会来临，于是进一步实行其蓄谋已久的潜杀太子计划。她派人告诉太子说："昨日君上梦见你母亲武姜诉称在地下饥饿，让你马上祭祀一下你母亲。"申生赶忙为母亲设祭，祭毕，按照周礼规定，申生将祭祀用过的酒肉（称为胙）送给献公一部分。两天后，献公田猎毕回到宫中，骊姬把鸩鸟的羽毛泡入酒中，把堇草汁涂在肉上，这两样东西都是剧毒之物，然后端给献公，说道："这是太子祭祀他母亲的酒肉，送来让你吃的。"献公拿过筷子就要下口，骊姬急忙阻止说："外边送来的酒食，怎么能随便吃呢？"言毕，把酒浇在地上，地面立即被烧起一个大包，献公见状，大为惊愕。又叫来一只狗，取一小块肉喂它，那狗吃了肉后立马死去。骊姬假装吃惊道："怎么这酒肉里会有毒呢？"还怕献公不相信，又叫进来一个小内侍，让他尝酒，那小内侍看见地上的死狗七窍流血，已明白是怎么回事，死活不肯下口，献公逼着他喝，那小内侍知道捱不过，只得勉强饮了一小口，同样立即毙命。骊姬大哭道："天哪！太子怎么这么狠心，连自己的亲生父亲都不放过，何况他人呢。而且君上年龄已经很高，这个国家早晚还不是你的，就这么等不及吗？"过了一会，又哽咽着说道："太子之所以这样做，只不过是因为妾和奚齐之故，照此说来，我母子倒不如远避他国，离开晋国和太子，或者干脆自杀，

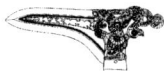

也免得太子生嫌。"取过毒酒作势就要饮下，那献公赶忙夺过摔在地上，又为骊姬拭泪，怒道："我这回一定要杀掉申生这个逆子。"骊姬收泪说道："原先君上准备废掉太子，我还劝你看在父子情份上，不要那样做，没想到反而差点送掉自家性命。"献公恨恨说道："申生此前调戏庶母，现在又想弑生父，两罪归一，我现在就上朝，公布申生的罪行，诛掉这个贼子。"

十二月二十七日，献公在朝堂之上满面怒容地宣布了申生罪状，并以申生送来的酒肉遍示群臣，群臣都知道献公废掉太子的想法早就有了，因此都面面相觑，不敢谏阻，只有东关五开言道："太子阴谋弑父夺位，实在是罪大恶极，臣请率兵前去讨伐。"献公于是就派东关五为将，梁五为副，率兵车二百乘，前往曲沃讨伐太子，务不能使其逃脱。又下了一道命令说："太傅杜原款现在虽然在绛，可他一定是同谋，可先捉拿杀掉。""二五"领命，即刻整军率兵，先到杜府来捉拿太傅。杜原款闻变，并不惊慌，穿戴整齐端坐等待，见"二五"到来，从容对他俩说："我有句话要给太子说，请我把话说完再死。"梁五说道"可以，你说吧。"杜原款就把太子的家臣猛足叫到跟前，嘱咐说："老朽愚钝，无谋少才，未能及时洞悉国君心思，上不能谏君主明察奸佞，远离谗言，下不能劝太子早脱险地，逃窜他国，贪图安逸，迁延不决，致有今日之祸，看来我的罪过和那制造谗言的妖姬是同样大呀。临死之前，我要劝告太子，我听说古之君子不屑于为自己分辩谗言，清者自清啊，即便是被谗言所杀，也要死得有骨气，留一个清白之名，这样还可以让老百姓追思，千万不要一时冲动，坏了一世的美名。老朽先行一步，咱们下一辈子再续师生之谊吧。""二五"闻言，心中暗喜，心想杜原款的这段话，实在可抵得我兵数万。随命军士将杜原款金瓜击顶，当场殒命，然后押着猛足，让他向太子传达杜原款的话，领军望曲沃进发。

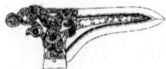

　　再说丕郑父，在朝堂上势单力孤，知道劝献公无益，散朝之后，立即派快马驰赴曲沃报信，让太子速速逃命。等到"二五"到得曲沃，太子已经知道有变。"二五"围了曲沃，命猛足入宫面见太子传话，猛足把杜原款的一番话转达给太子，并说太傅已经遭了毒手，然后愤愤不平地说："太子送去的酒肉留在宫中已经两天，如果有毒，岂能这么长时间不变质？这一定是那妖姬在陷害太子，现在的当务之急，太子应当马上到绛都，当面向主上详加解释，辩明冤屈，猛足不才，愿意为太子驾车。"申生说道："这其中的阴谋，我不是不知道，只是君父年老，心里只喜欢骊姬和奚齐，没有骊姬，就会食不甘味，睡不安寝。我若辩明自己的冤屈，那么君父治骊姬之罪舍不得，不治她的罪又不合适，岂不让君父伤心和为难，与其如此，还不如我死。"猛足又说："既太子不肯辩冤，不妨逃离晋国，投奔其他诸侯，先免除眼前之祸。"申生又说道："家丑不可外扬，我若逃奔，等于是向诸侯揭露自己君父的过失，使天下耻笑我晋国。坚定不移地接受国君的命令才叫恭敬，按照父亲的意愿行动才叫孝顺。违抗君命不敬，擅自行动不孝，我仔细想过了，不如遵从太傅的话，杀身取义，保全我晋国太子忠孝爱君之美名。只是我感觉有点对不住狐突老大夫，如果早听了他的话，激流勇退，何至于今日。"猛足见太子始终不听劝说，不由得连连叹息。太子给狐突写了一封信，让猛足转交，信中说："申生有罪，不听伯行（狐突表字）之言，以至于死，申生不敢避死。不过，我君父现在春秋已经很高了，奚齐还很年幼，国家又多难，还望伯行以国事为重，不要过多计较申生的事，还是出来为我们的君主效劳吧，则申生虽然受赐而死也没有什么遗憾的了。"猛足含泪拜辞太子而去。

　　猛足走后，"二五"领军到得宫前，申生对他俩说："兵甲是国家的工具，还是留着抵御外敌吧，申生不劳二君费力，我自杀就是

了。"于是跪在地上，朝绛都方向拜了三拜，说道："君父让儿死，儿现在就死，君父保重吧。"又站起来对天大呼道："母亲，黄泉路上慢行，儿来了。"说完这句话以后，申生就自缢于曲沃宗庙，时年二十有三岁，国人知道申生冤死，都很同情他，朝中给他定了个谥号是"共君"，"共"的意思是有错能改，这个谥号加在背负大逆不道、图谋弑君夺国的头号罪犯身上，显然有溢美之嫌，献公初时不同意，后来了解到他写给狐突信的内容，心下也受感动，方才准许。

宋代诗人刘克庄有诗咏申生曰：

君父如天地，虽逃安所之。

可怜共太子，死不罪骊姬。

不知献公又行何事，请看下回。

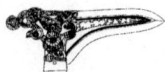

第八回

献公逐子父也不父　里克弑主臣也不臣

骊姬谮杀太子申生，国人都知道太子是衔冤而死。公子重耳、夷吾来朝，听说太子冤死，不免口出不平之言，骊姬知道二公子不除，终是后患，于是对献公说道："重耳、夷吾与太子一向友善，三人实是一体。申生献毒酒，二公子必定同谋，听说申生伏法，心中不满，图谋反叛，君上不可坐视，应该早点想个办法才是。"献公还不太相信，第二天早朝，忽然近臣来报："昨天二位公子来朝见，已经到了城门口，听说太子之变，又都调转车头回去了。"献公怒道："不辞而去，必定同谋，必须捉拿回来治罪。"于是发兵两路，一路由宦者勃鞮（又名寺人披，鞮音低）率兵往蒲城，捉拿重耳，另一路由东关五率兵往屈城，捉拿夷吾。

老臣狐突是重耳的外公，长子狐毛一直跟随重耳在蒲城，听得献公发兵，急忙把次子狐偃（字子犯）唤至近前嘱咐说："重耳贤明仁德，众心归附，久后必能成大事，你快去蒲城报信，帮助他逃奔，和你哥同心辅佐，成就一番事业。"狐偃连夜奔往蒲城来投重耳。重耳闻信大惊，赶忙与兄弟二人准备出逃，人报勃鞮军马已经来到城外，狐毛见情况紧急，集合军众准备拒守，重耳说："君父之命不可违

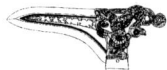

抗，我依靠君父才享有俸禄，得到属地百姓的拥护，却以武力来同君父对抗，罪莫大焉，我还是逃吧。"军众仍不肯散，重耳出来面对众军宣布说："谁要是抵抗，谁就是我重耳的仇人。"众军见公子发了狠话，方才各自散去，重耳让狐毛押着细软先行，自己和狐偃准备携家眷随后赶到。

说话间，人报勃鞮已然进入蒲城，兵围重耳府第，重耳顾不得家小，急忙与狐偃跑到后园，勃鞮挺剑来追。狐偃先翻过墙去，回身来拉重耳，那勃鞮已然赶到，见重耳爬上墙头，拽住重耳的裙子下摆，举剑便砍，狐偃见势不妙，狠劲往外拉重耳，勃鞮一剑下去，只砍得半幅裙摆下来，自己也因用力过猛而摔倒在地，起身想要再去追赶，二人已是跑远，勃鞮无法，只得怀揣那半幅裙摆回报。君臣二人一口气跑到柏谷，方才与狐毛会合，见身后没有追兵，于是坐下来商议究竟该逃往何处，狐毛曰："不如逃往齐、楚等大国，以便将来复国。"狐偃持反对意见："齐、楚道远国大，态度傲慢，现在我们穷困往投，肯定不会欢迎，依我之意，不如去投狄国。狄国是公子外家，并且离晋国不远，便于打探国内消息，有朝一日晋国有变，时机成熟，我们马上就可以回国。"重耳见他说得有理，于是奔狄国而来。

狄君见重耳到来，一来是本国外甥，二来是大国公子，于是欣然接纳，衣食器用等物品，都尽量满足，三人很是欢喜，就此在狄国安下身来。重耳惊魂刚定，忽有人来报："城外有一队人马，要求公子出见。"重耳急忙与狐毛、狐偃登城观看，认得为首一人，姓赵名衰（衰音崔，谥号赵成子），字子余，乃是赵夙之子，在城下大叫道："我们是愿意追随公子流亡的晋国大臣，快开门让我们进去。"重耳见其余的人是先轸、介子推、魏犨、颠颉（音杰）、狐射姑（狐偃子，字贾季）、胥臣（字白季）等，都是晋国的英杰才俊之士，又有壶叔等一干情愿奔走效劳之人。重耳又惊又喜，问道："诸公不在朝中，

到这里来干什么？"赵衰等齐声回答："主上为妖姬所迷惑，冤杀太子，我等心中不平，素来知道公子仁厚，因此愿意跟随公子流亡。"重耳忙命开门放入，众人进城拜见重耳，重耳感动地说："诸公错爱重耳，弃爵禄富贵相从，恐怕要耽误诸位的前程。"众人一齐说道："我等甘愿执鞭随镫以从公子，不管什么前程不前程。"重耳大喜道："诸公到此，重耳无忧矣。"魏犨是一个勇夫，挥拳捋袖地说："我看不如集合蒲城兵众，再向狄君借兵，杀入绛都，除掉妖姬，公子就做了晋君，岂不胜于流离在外？"重耳说："将军之言虽壮，但这不是人臣人子应该做的事。"自此一班君臣际会于狄国，其后半年，从晋国来投奔的朝野知名之士络绎不绝，朝堂为之半空。

　　夷吾那边也有妻兄虢射和吕省的腹心之交郤芮来投奔，报说东关五率兵马上就会来到，夷吾忙令敛兵拒守。那东关五轻易勒兵逼死杜原款和太子，以为屈城弹丸之地，城矮池浅，大兵一到，何愁一鼓而下，耀武扬威地来到城外，就要攻城，谁知一声炮响，左有郤芮，右有吕省，一齐冲出，将东关五围定，城楼之上，虢射拥着夷吾而出，夷吾对城下说道："夷吾实无罪，不知为什么要烦劳大夫兴师？"东关五顿时没了来时气焰，陪笑说道："这都是君命差遣，我不得不来啊。"一旁虢射笑道："既然来了，那我们公子要感谢大夫送来兵车、甲仗。"东关五本不想给，但见众军都无战心，自己久居朝堂，从来没有上过战阵，怎能敌得过猛将郤芮、吕省，还是保命要紧，回朝禀明献公再作道理，于是命令军士解甲弃车，放下武器，狼狈而归。见了献公，自是添油加醋地说夷吾扬言要杀向绛都，生擒骊姬，为太子报仇。献公闻报大怒，骂道："逆子竟敢发兵对抗君父。"即时就要发大兵前去征讨，荀息劝道："屈城自保不足，难以为患，目下严冬时节，不便用兵，还是办理大事要紧。"献公这才消了些气，对群臣说："现今的大事是立太子，申生谋逆，自赴死路，寡人大感失望，

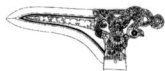

重耳、夷吾与申生同谋，现远窜逃罪。奚齐虽然年幼，可恭孝仁让，应该立为储君，承继大统，众卿觉得怎样？"众人都低头无语，梁五出班奏道："君上所言极是，我们愿意竭诚辅佐。"献公于是择吉日祝告宗庙，册立奚齐为太子。

那骊姬处心积虑，费尽心机，逼死太子，逼走二公子，弄得朝野上下都怨，总算达到了自己的目的，可骊姬狠毒之心，也同时昭然若揭于天下，朝中众臣，纷纷称疾告老。献公年老多疑，认为晋国的公族都与重耳、夷吾是一党，将来必然会不利于奚齐，于是下令全部驱逐公族，晋国没有人敢收留他们，晋国自此无公族。

献公觉得朝中缺乏人才，想让里克复出，里克心灰意冷不想再出仕，丕郑父来到里府责问他说："少傅此前称病，结果太子遇害，你能够心安理得吗？如今朝内奸佞当道，窃据国政，你想让太子的不白之冤永沉吗？"里克经丕郑父一通责骂，冷汗遍体，顿时心明，从床上一跃而起，说道："我是晋国重臣，岂能任鼠辈横行于朝？"丕郑父拍掌道："好！如今主上春秋已高，政局变化，只在早晚之间，少傅何愁自己的愿望不能实现呢？"里克于是答应复任旧职，仍然掌握兵权。

第二年春，献公召集群臣议道："重耳逃奔狄国，夷吾占据屈城，这都是国家之患，必须派兵征讨。"于是派里克和梁由靡率军伐狄国，贾华率军伐屈城。晋军与狄军战于采桑（今乡宁西），晋军胜了一阵，梁由靡说道："狄人不讲信义，我们不妨乘胜追击，一定可以大获全胜。"里克心向重耳，不想进逼，说道："我们吓唬吓唬狄人就行了，不要招惹他们，若兵连祸结，非国家之福。"狄人整军再战，也小胜一阵，里克传令坚守不战，双方相持半年多。丕郑父在朝奏道："父子之间不可太过绝情，重耳既然已经出奔，何必一定要追杀呢，恐怕会惹人笑话。"献公就召里克、梁由靡还军。

　　再说贾华率军来到屈城，悄悄派人告夷吾说："屈城小而难守，公子不可久留于此，还是快快逃走吧。"夷吾和众人商量说："重耳在狄国很受礼遇，狄国也是我的外家，他能去我也能去，咱们逃奔狄国如何？"郤芮说："君上一直说二公子同谋，现在你俩先后出逃却投奔一处，不是同谋也是同谋了，岂不是授骊姬以口实。我看不如投奔梁国，梁是秦国的附庸，晋国不敢侵犯，等到国内有变，还可以借秦国的兵力返国。"夷吾连称有理，就奔梁国（今陕西韩城南）而去，贾华假装追不上，于是还军，以夷吾窜逃来回复，献公只得作罢。

　　晋献公二十六年，公元前651年夏，天下霸主齐桓公在葵丘举行盟会，由于晋国日渐强大，引起各国注意，所以这次盟会首次邀请了晋国参加。时献公患病，待身体恢复后才去参会，行至半途，遇见先期归来的周王室太宰孔，太宰孔对他说："葵丘之会，你没有必要去参加了。"献公不解，问为什么，太宰孔说道："齐桓公不致力于奉扬德行，而忙于征伐远方，霸主之位怕是维持不了几天了。现在君侯要防止的是晋国的内乱呀，不要忙着去赴会了。"听了太宰孔一席话，献公大悟，于是回车返晋。回国不久，献公病情复发，就把太傅荀息召到病榻前，对他说："寡人今年已经六十有九岁，我的病大概是好不了了，寡人素来知道太傅忠义，想以弱孤奚齐来连累太傅，你能答应我吗？"荀息慌忙跪在地上回答："臣敢不竭尽死力以报我君！"献公不觉流下泪来，拉住荀息的手喘息着说："卿能不负我托，寡人就放心了。"九月初，献公去世，骊姬大哭，随后抱着奚齐放在荀息怀中，时年只有十岁。荀息谨遵献公遗命，立奚齐为新君，主持献公的丧事，骊姬也以献公遗命，拜荀息为上卿，梁五、东关五加为左右司马，国中大小事务，都由荀息来定夺。

　　中大夫里克祭灵毕，悄悄和丕郑父商议说："奚齐这小子已经立为新君，重耳怎么办呢？"丕郑父回答说："这事的关键全在荀息，

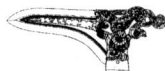

不妨探探他的口气。"于是二人一同来见荀息，里克说道："主上晏驾（国君死亡的讳称），奚齐新立，万一三公子（指申生、重耳、夷吾）的党徒乘机作乱，先生准备怎么应对呢？"荀息答道："我受先君遗命所托而辅佐奚齐，自然会竭诚尽力，使生者无怨，死者无憾，心中唯有奚齐一人，此外不知更有他人。如果力不从心，辜负了先君所托，唯有一死。"丕郑父说道："死而无益，何不另做打算？"荀息说道："白璧有瑕，尚可磨也，人品有瑕，不可为也。我已经答应了先君，怎么敢食言呢？"里克、丕郑父顾念多年同僚之谊，又敬重荀息的为人，本想劝他改弦易辙，退保自身，现在看他很刚正，只得叹息退出。

里克对丕郑父说道："既然荀太傅不肯改变态度，我二人应当早作决断。"丕郑父说："先生不妨密约七舆大夫（军中所设七名偏将），我出借秦国、狄国之兵，里应外合，事情不难办成。"里克说："你的这个计谋失之迂远，难解当下之急，为今之计，只需杀掉奚齐一人就行。"丕郑父说："奚齐是个小孩子，新立无罪，杀了他有什么益处呢？"里克说："话不能这么说。骊姬谗言害死太子，国人都怨愤不平，这种情绪酝酿久了，就会出现动乱。杀掉奚齐，扫除骊党，迎立重耳或者夷吾，国人情绪平顺，才不会骚动，天下才能无事，我这也是为了国家，迫不得已啊。"二人于是密约，派出心腹力士，装作侍卫杂役之人，乘奚齐守灵之际，刺杀于献公灵柩之旁，可怜奚齐懵懂少年，稀里糊涂作了政治斗争的牺牲品。荀息闻变大惊，急忙跑到灵堂，扑在奚齐尸身上大哭道："我受主公托孤遗命，却不能保全新君，罪过实在太大了。"就想自尽，骊姬急忙劝阻道："奚齐已死，不能复生，现尚有卓子可以辅立，太傅一死不难，可我姐妹母子该怎么办呢？"荀息只得收泪，追查真凶不得，于是杀掉侍卫武士十数人，然后与百官更立卓子为君。

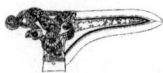

梁五悄悄对东关五说道："我看奚齐之死，必定是里克、丕郑父所为，二人是申生一党，和我们结怨甚深，如果不早除，以后还会为患。"东关五同意梁五的意见，就想请荀息发兵捕捉二人，梁五说："老太傅虽然忠诚，可是与二人私交甚厚，并且做事迂缓，恐怕会破坏我们的计划。"东关五说："那我们用什么办法来除掉这两人呢？"梁五说："等到出殡那一天，我们在宫中埋伏下武士，突然发动攻击，打他个措手不及，大事可成。"东关五说："好，就这么办。我有力士屠岸夷可用。"于是把屠岸夷叫来，告以计谋，让他依计而行，屠岸夷当面应下。

谁知这屠岸夷和大夫骓遄（音喘）的个人关系特别好，就把"二五"的计谋都告给了骓遄，并且征求骓遄的意见："你看这事我该办不该办？"骓遄是下军七舆大夫之一，是申生的老部下，闻言大惊，说道："故太子的冤屈，举国都很同情，现在里克、丕郑父为他伸冤，这是符合民意的义举啊，你为什么要助奸恶而害忠良？这事万不可行。"屠岸夷顿悟道："我是一勇之夫，不晓得大义，既然如此，我推辞掉他们算了。"骓遄说："不要推辞，你推辞了，他们就会另选别人来干，不如假装答应他们，到时反戈诛灭奸党，你可就立了首功了。"屠岸夷说道："我愿听大夫指教。"骓遄进一步砸实道："你不会反悔吧？"屠岸夷说："既然大夫对我不放心，那么咱俩就割鸡歃血为誓。"屠岸夷走后，骓遄速报给里克，里克说："好！扫除逆党，迎立新君，在此一举。"于是和丕郑父等各整家甲，约定出殡之日一齐举事。

十一月七日，百官都服丧来到宫中，为献公送葬，东关五见里克、丕郑父到来，立即摔帽于地，大叫道："屠岸夷何在？"屠岸夷应声道："来了。"却挺戟刺向东关五，东关五猝不及防，稀里糊涂地作了冤死鬼。里克一边招呼家甲进宫，一边大叫说："骊姬谗言乱

政，罪不容诛，愿意杀贼的跟我来，不愿意的自去。"众军都踊跃愿意跟从。大夫雅遄、共华也率领家甲来助，一齐杀入朝门。梁五听说东关五被杀，急忙赶赴朝堂，想要同荀息一同保卓子出奔，正遇里克率领众军来到，梁五估计跑不脱，拔剑就要自杀，早被屠岸夷一剑挥为两段。

里克率军来到殿前，见荀息面不改色，左手抱定卓子，右手仗剑，卓子年方八岁，在怀中恐惧啼哭。荀息对里克说道："你们杀我无妨，小孩子有什么罪，希望能给先君留一点骨血。"里克说："申生也是先君的骨血，现在哪里？"回顾屠岸夷说："还不下手！"屠岸夷就荀息怀中夺过卓子，高高举起，摔到阶下，顿时化为肉饼。荀息用手怒指里克，口骂逆贼，挺剑来斗，早被屠岸夷挺剑刺入胸口，里克急忙阻止，已然来不及，只好命人敛其尸。

里克正准备到后宫来寻骊姬，一眼瞥见优施躲在殿角发抖，想起《暇豫》之歌，不觉羞怒交加，于是来到优施近前，说道："你现在还有什么新歌让我听吗？"优施平日里伶牙俐齿，此时却吓得面如土色，不住哀求道："这都是夫人指使，不干我事。"里克道："吾前也吾吾，今也昭昭，还会再信你的话吗？"亲自挥剑斩优施之头于地。

骊姬闻变，慌急中跑到贾君之宫，贾君闭门不让她进，骊姬走投无路，被军兵所执，缚见里克，里克命鞭杀于市，可怜晋宫权后，顿成鞭下碎尸，月貌花容，化为肉雨血花。又尽灭"二五"和优施之族，骊姬之妹少姬，虽然是卓子之母，但无权无争，不问国事，安置在其它宫室。可叹骊姬，费尽心机，绞尽脑汁，用谗言迷惑君主，倒也达到了自己的目的，本以为自己可以长为国母，长享富贵，谁知人算不如天算，到头来却是一场空，眨眼间母子双双死于非命，为天下人耻笑，反不如她妹妹那样无欲无争，可享天年。

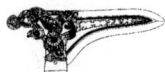

后人有诗叹骊姬道：

谮杀太子费计谋，要将稚子掌山河。

一朝母子同遭戮，堪笑当年暇豫歌。

又有诗论荀息不该从君乱命，站在骊姬一边，为其所使，玉石俱

焚：

昏君乱命岂宜从？愚忠如何对申生。

璧马智谋何处去，到头束手一场空。

不知里克如何处理朝政，请看下回。

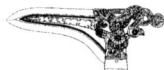

第九回

丧乱不入重耳辞国　外宽内忌惠公诛功

里克除掉骊姬，于是与群臣议立新君，里克说道："群公子中唯有重耳年龄最长且有贤名，应当立为新君，诸位觉得怎样？"重耳素来深孚人望，众人皆无异议，丕郑父提议说："我们都在竹简上签名，去迎接新君。"于是里克为首，然后是丕郑父，以下虾遄、贾华、共华等三十余人，都签了名，派虾遄捧简到狄国去迎重耳。

重耳和众人商议，魏犨、颠颉都说："目下国中无主，除了公子谁有资格当晋君。现在国内来人迎接，我们不去，难道准备长久流落在外吗？"重耳见狐偃沉思，于是问道："子犯觉得我们应该回去吗？"狐偃见问，回答说："不可。因丧得国，乘乱而入，都不吉祥，恐怕难以长久。"重耳不解，说道："没有丧怎么会轮到我，不是乱谁会来迎接我。"狐偃又说："大丧之后，必有大乱，现在国中连丧三位国君，大乱不远了，如果回去，再想出来可就难了。老天如果庇佑公子，还怕不能得国吗？我希望公子还是等以后再说吧。"赵衰也说道："今里克在朝为权臣，归国恐受其制，目下不宜归国。"重耳于是出来对虾遄说道："感谢国人还想着流亡人重耳，可是重耳得罪于君父，逃命在外邦，君父活着不能侍奉于床前，死后不能哭祭于灵

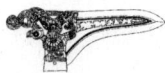

堂，所以重耳不敢答应，还是请另立他人吧。"雅遄听重耳一席话，大为失望，再一次要求道："公子的想法错了，乱国容易治理，饥民容易满足，晋国臣民都愿意让公子回去，我等为公子先导，这是老天把晋国送给公子呀，公子怎么犹犹豫豫的不想回去呢？"重耳说："治国以孝为先，我不能尽孝道，怎么敢乘乱而贪国君之位。"雅遄见重耳态度坚决，并不改口，只得怏怏归国复命。里克听得回报，也觉得很失意，就想亲自去劝说重耳，梁由靡说道："先君的儿子都可以当国君，何必非得重耳，既然重耳不愿意，为什么不去迎接夷吾？"里克说道："夷吾这个人外宽内忌，贪而无信，不如重耳。"梁由靡道："那也比其他公子强。"里克见众人没有明确意见，自己也没有什么更好的方案，只得派梁由靡到梁国去迎接夷吾，又临时授予屠岸夷以下大夫衔，与梁由靡同往。

公子夷吾在梁国，娶梁君之女为夫人，安居数年，生有一对龙凤胎，儿子取名曰圉（音语），日夜盼望国中有变，以便乘机回国夺位，听说献公去世，随即派吕省引兵袭取了屈城据守，当时荀息因为国中多事，也没有精力过问。后来又听得奚齐、卓子先后被杀，诸大夫往迎重耳，心中很是着急，正准备起兵前来争国，忽见梁由靡、屠岸夷来迎接自己，大喜过望，用手拍着额头说："这是老天夺下重耳的国君之位给我呀。"郤芮在一旁劝道："重耳不是不想回国，心中必有顾虑。目下国中里克、丕郑父主事，此二人擅自杀立国君，权势越来越大，私欲越来越膨胀，主上应该以厚利来笼络他们。这还不够，必须再借强国的力量为助，请答应把晋国黄河以西的五座城池割给秦国，求他们帮助我们回国，才可以平安归国。"夷吾说："河西五城是我先王历经百战才从戎狄手中夺过来的，怎么能够轻易就送给别人呢？"郤芮回答说："晋国现在还不是我主的，又何必心疼呢，果真能够入国为君，整个晋国都是您的，还在乎这几座城吗？"夷吾听得

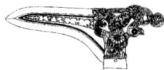

有理，于是同意割河西五城给秦国，又答应给里克以汾阳（今静乐西）之田百万，给丕郑父以负葵之田七十万，都写了田契封好，先派屠岸夷回国还报，留下梁由靡陪同郤芮持自己手书和割河西五城的文书到秦国求助。

再说秦穆公，先前曾娶申生的妹妹伯姬为夫人，是晋国的姻亲，算起来还是重耳、夷吾的妹夫，听得郤芮、梁由靡之意，于是和谋臣蹇（音检）叔商议说："重耳、夷吾两个人名声都不错，寡人将择优而立，不知立谁更好？"蹇叔回答说："狄与梁离我国都不算远，主公何不以吊丧为名，考察二公子的为人？"穆公就派公子絷前去吊慰。公子絷先来到狄国，见了重耳，代表秦穆公称吊，仪式举行完毕，重耳就回宫了，没有再说什么。公子絷暗派随从给重耳传话说："寡君愿意以敝国军队为前驱，帮助公子回晋国为君。"重耳把这话告给狐偃、赵衰，二人说道："我们已经拒绝了国内的迎请，岂肯再借外力回去？"重耳于是出见公子絷说："外臣重耳感谢贵国国君吊慰，只是回国一事，不敢从命。"公子絷见重耳不从，心知重耳品行高尚，叹息而去。

公子絷又到梁国来吊慰夷吾，仪式完毕，夷吾悄悄来见公子絷，握住他的手说道："大夫奉秦君之命来吊慰流亡之臣，还有什么要指教的吗？"公子絷同样把帮助回国的话相劝，夷吾作揖称谢道："大夫如果能玉成夷吾回国，我将酬谢大夫黄金四十镒（一镒为二十四两），白璧六双，还望公子在贵君跟前美言，夷吾不敢忘大夫之恩。"随令侍者将礼物呈上，公子絷谦让一番后接受了。公子絷回国复命，面见穆公，将受礼一节隐下，汇报了与二公子相见的情形，穆公说："照此看来，重耳比夷吾强多了，应当立重耳。"公子絷收受了夷吾重礼，所以为夷吾说话："主公立晋君，是出于晋国的利益还是想成名于天下？"穆公说："晋关我何事，寡人立晋君，不过是想成就扶助

邻邦的名声，扬名于天下罢了。"公子絷又说："主公如果为晋人考虑，那就为他们挑选一个贤君，如果只是想成名，就不必管那么多了。况且立了夷吾，马上就能得到五城之利。"穆公醒悟，决意立夷吾，于是就派大将公孙枝率兵车三百乘，护送夷吾返国。秦穆公夫人伯姬听说夷吾将要回国为君，就给他写了一封手书，嘱咐夷吾回国以后办两件事，一是贾君对自己有抚育之恩，要求他善待贾君。二是要召回流亡在外的群公子，委以任用，以加强公族的力量，巩固晋国政权。夷吾不敢违背伯姬之意，所以手书回复，答应了这两件事。

当时的天下霸主齐桓公，听说晋国内乱，也率领诸侯之兵来到晋国，驻兵于高梁（今临汾东北），听报说秦兵已经护送夷吾回国，并且周襄王也派大夫王子党率兵到达晋国，见大局已定，就留下大夫隰朋率领齐兵一支会同周秦两国军队同纳夷吾，自己与诸侯各自归国去了。夷吾志得意满地来到晋国边界，早有里克、丕郑父等请出老国丈狐突率领群臣备銮驾相迎，回到绛都，夷吾即晋君位，是为惠公，时当公元前650年。惠公立长子圉为太子，任狐突、虢射为上大夫，吕省、郤芮为中大夫，正式任命屠岸夷为下大夫，其余在国诸臣，各依旧职。诸事初定，惠公派梁由靡跟从王子党到周，韩简跟从隰朋到齐，拜谢他们帮助自己回国之恩。

惠公记得伯姬嘱咐之事，于是和郤芮商议说："秦夫人嘱我善待贾君，召回群公子，你看这两件事可办不可办？"郤芮回答说："善待贾君，替秦夫人报答养育之恩，这是应该的。至于召回群公子，主公忘记曲沃代晋的往事了吗？先君采用士蒍的计谋，好不容易才解决了这个问题，主公为什么要重蹈翼的复辙呢？"惠公就到后宫来探视贾君，谁知惠公见贾君半老之人，风韵犹存，不觉动了淫心，于是对贾君说道："伯姬夫人让寡人与你交欢，希望你不要推辞。"贾君不高兴地说道："我是你的母辈呀，怎么你们父子都好这一口？"架不

住惠公再三要求，只得勉强相从，然后对惠公说道："妾身无所求，唯故太子申生冤死，至今草葬于曲沃，君宜厚葬之，我也算对得起伯姬了。"惠公本就与申生友善，又知道国民心中都怀念太子，所以就重新厚葬了太子，以收揽民心，安慰贾君。

惠公见公孙枝一直留在晋国不回去，知道他是为了索要河西五城之地，这时做了国君，就有点舍不得，于是召集群臣商议。吕省首先开言："先前我们答应割地给秦国，是想让他们帮助返国，现在这国家已经是我们的了，岂能随便给别人，五城不给他，他能把我们怎么样？"里克道："匹夫尚不可失信，何况国君？不如了人家。"郤芮反驳道："河西之地是先君百战所得，丢掉它则黄河就成为阻止我们西进的天险，所以不能给呀。"里克不由火冒，高声说道："既然知道先君得来不易，当初何必答应给人家！答应给人家又食言，怎么立国？再说先君当初封于曲沃，不过是蕞尔之地，因为政通人和，所以才能强国拓土，只要我们自强于政，天下都不愁得，五城算得了什么？"郤芮见里克发怒，火气更大，大声喝道："里克的话，不是为国家考虑，而是为了自己能得到汾阳之田。"里克还要再辩，丕郑父用手推了推他，于是不再说话。惠公说："不给则失信于人，给了则国家受损，给他一两座城怎么样？"吕省说："给一两城，等于不给，不如推辞了他。"惠公就让吕省作书给秦，意思是我本来想实践自己的诺言，割五城与贵国，怎奈诸臣都不同意，我一时之间也没有什么好办法，希望能宽限一段时间，以后时机成熟，定当奉上。惠公问道："谁愿意去秦国跑一趟？"丕郑父自告奋勇愿意去，惠公准许。丕郑父跟着公孙枝到了秦国，呈上国书，穆公看完大怒说："夷吾怎么敢骗我？晋国是谁唆使夷吾失信于寡人？"原来丕郑父怨恨惠公不肯兑现诺言给自己负葵之田，并恨及吕省、郤芮，所以特地讨得赴秦国的差事，想借秦国之力除掉这二人，于是回答说："晋国诸大夫，

都同意守信把河西五城给贵国，只有吕省、郤芮二人，蛊惑晋君，从中阻挠。君不如用好话重礼把他俩召到秦国来杀掉，则河西之地不难得到。"穆公说："好"。于是派大夫冷至随丕郑父到晋国，礼聘吕省、郤芮二人来秦。

再说里克，本意是想迎立重耳，并不看好夷吾，谁知惠公即位后，不仅不兑现汾阳之田的承诺，反而任用虢射、吕省、郤芮等一班近臣，疏远自己，心中已是不服。那日劝惠公割地给秦，本是为国家的长远利益考虑，反受了郤芮一顿抢白，心中好生不忿，不免露出怨愤之意，这一切，早被郤芮看在眼里，在惠公面前说道："里克一向和重耳关系挺好，不是我们的人，迎立主公并不是他的本意，认为主公夺了他的权柄，又不给他汾阳之田，所以心怀怨忿，难保他有一天不和重耳里应外合，到那时就危险了，不如把他赐死，以绝后患。"惠公说："里克有功于寡人，以什么理由来杀他呢？"郤芮说："里克连弑奚齐、卓子二君，又杀了顾命大臣荀息，他的罪很大呀。杀了他，还可以向诸侯表明主公不以私废公，而成就讨逆之名。"惠公认为言之有理，就让郤芮去办这件事。郤芮来到里克府第，对里克说道："主公有命，令我传达：'没有先生，寡人做不了晋国国君，实不敢忘先生之功，但先生连弑二君，又杀一顾命大夫，当先生的国君，不亦难乎。寡人现在做了国君，不可不讨弑君之罪，先生您自己看着办吧！'"里克说道："我不废掉先君，你怎么能当上国君，真是欲加之罪，何患无辞啊，还说这些干什么，不就是要我死吗，我死就是，还可以为国君省田百万，只是无颜见荀卿于地下。"说罢，拔剑自刎而死。

里克是驱除骊党、迎立新君的首功，无端被杀，群臣大多不服，都说惠公刻薄寡恩，雅遄、贾华、共华、祁举等都发出怨言，惠公知道他们都是里克之党，不除终为后患，郤芮说："里克伏诛，下来就

是丕郑父为首了，可他现在出使秦国还没有回来，现在多杀，将会激起他的疑叛之心，还是等他回来再说吧。"惠公听从了这个意见。

过了几天，丕郑父同秦国大夫冷至带着重礼来到晋国报聘，行至绛都郊外，恰巧遇见共华，听说里克被害，心中又悲又怕，想要转回秦国，共华劝阻他说："先生作为国使入秦，不返命就逃走，是自酿其罪呀。再说中大夫遇害，其他人并没有受到牵连，我看先生回国，不一定会有危险。"丕郑父于是催车入城，见到惠公复命，又引秦国使者冷至朝见，呈上国书，意为秦晋本是姻亲之国，秦并不一定非要五城，烦请吕、郤二位大夫到秦国来，交割原来所送的割地文书。惠公见秦国答应归还文书，心下十分高兴，就想派吕、郤二人到秦国去办理。二人悄悄向惠公奏道："秦国没有得到五城，反而说话特别客气，他们带来的礼物甚至比丕郑父去时所带的礼物还要重，更不正常的是竟然指名要我二人入秦为使，这一定是丕郑父和秦国合谋，想劫持我俩来索地呀。"惠公一听也明白了，问道："那我们该怎么办呢？"郤芮说："里丕同功一体，里克被杀，丕郑父能不怨恨吗？可先让秦国使者回去，然后全部除掉里克余党。"惠公就让冷至回国，说："晋国方定，诸事还赖吕、郤二臣决断，待国事稍微闲暇，就让二人出使贵国。"冷至只得回秦。

丕郑父见冷至回国而吕、郤仍然在朝，知道自己的计谋已被人家识破，心下越发不安，害怕遭到诛杀，就和祁举以及七舆大夫等密议，准备起兵驱逐惠公，迎立重耳。谁知众人的行止，早被吕、郤等探明，只是没有证据，不便定罪。郤芮对吕省说道："屠岸夷有勇无谋，缺乏主见，反复无常，前为东关五所养，后附里克，要尽除里丕一党，就在此人身上。"于是召来屠岸夷，吓唬他说："你亲手摔死先君卓子，现在首恶里克已经伏法，下一步恐怕主公会追究你的罪。"屠岸夷十分害怕，跪求二人救他，郤芮扶起说道："今丕郑父与七舆

大夫图谋作乱，欲迎立重耳，你如果能假装与他们同谋，拿到他们的反叛证据，不仅可以免罪，还能得到重用，你看如何？"屠岸夷忙道："大夫所言，使我死而得生，敢不效力！"郤芮又为他具体筹划一番，屠岸夷一一领命。

次日，屠岸夷来见丕郑父，表明被吕、郤猜忌，想迎立重耳之意，丕郑父记起他在扫除骊党时的表现，认作是自己人，被吕、郤猜忌也是实情，因此并不怀疑，反而因得了一位勇士而感到欣喜，遂约他参与举事。丕郑父、祁举、七舆大夫另加屠岸夷，共是十人，写了表章，派屠岸夷赴狄国去迎重耳。谁知屠岸夷得了十人具名表章，如获至宝，径直献与郤芮，郤芮得了实据，禀告惠公，惠公大怒，决定收捕丕郑父等人。

次日，惠公早朝，吕、郤预先埋伏武士于两廊，待百官行礼毕，惠公召丕郑父问道："听说你要驱逐寡人而迎立重耳，请问寡人有什么罪呢？"丕郑父方要分辩，郤芮仗剑大喝道："你派屠岸夷往狄国去迎重耳，幸赖我主洪福，屠岸夷迷途知返，现有汝等签名表章在此，你还有何话讲？"说罢将表章掷于丕郑父面前，丕郑父见事泄，俯首不能辩解，郤芮对着两廊叫道："武士何在？"武士一拥而出，将丕郑父五花大绑，郤芮剑指祁举并七舆大夫贾华、骓遄、叔坚、累虎、特宫、山祁，一个个都命武士擒下，惠公命一齐押出朝门斩首，内中贾华大叫道："臣在屈城有私放主公之功，难道今日不能免一死吗？"不等惠公开言，吕省一旁说道："你为先君之臣而私放我主，今为我主之臣而又想立重耳，实乃反复之人，还想活吗？"贾华语塞，和其他人一同受刑。

七舆大夫中，只有共华当时告假在家，听说丕郑父等事泄被杀，急忙拜辞家庙，准备到朝中领死，他弟弟共赐劝道："惠公滥杀有功，兄长何不速逃？"共华说："我劝丕大夫入城，造成他被杀，我

岂能独生。"共赐说："如今丕郑父已死，此事再无人知晓，兄长还担心什么?"共华说："虽然无人知晓，也不能对不起人家。"于是不等惠公派人来捕，整衣入朝请死，惠公也同样斩了他。有人举报屠岸夷亲手摔死卓子，是里丕一党，也应当治罪，郤芮说道："若非屠岸夷反正，不得丕郑父等实据，难以尽灭其党，并且他以前还有迎立之功。"众人才知屠岸夷再次背主。郤芮请示惠公，进屠岸夷为中大夫。

丕郑父的儿子丕豹，听说父亲被害，立即逃奔到秦国，哭拜于穆公前，请求出兵为父亲报仇，穆公说："寡人立夷吾时间不长，不便马上讨伐，你先等等吧。"丕豹于是留在秦国，穆公任为大夫。

未知秦晋之事如何，请看下回。

第十回

上下同愤秦国兴兵　君臣失和晋侯遭擒

　　惠公即位以后，失信不给秦国五城，不与里、丕地，反而杀掉二人和七舆大夫，朝野都有怨言，偏又连年麦禾歉收，到四年，更是大荒，仓廪空虚，百姓没有粮吃，而邻国秦国却是大丰收。惠公觉得秦晋毗邻，又是婚姻之国，就想求粮于秦以救饥荒，但因为先前曾负约，此时不便开言。郤芮说道："先前我们并不是不给他地，只不过缓一段时间罢了。如果秦国不给我粮，是他失理，我不给他五城就有理由了。"惠公就派大夫庆郑携重礼到秦国求粮。穆公与群臣议其事，丕豹心记父仇，首先开言道："夷吾无义之人，天降晋国大灾，不如乘其饥荒进攻，可以灭掉晋国，这个机会切不可失。"蹇叔、百里奚都说："天灾哪个国家没有，救灾恤邻，理所应当，顺天而行，天必佑我。且仁者不乘危求利，智者不侥幸成功，还是给他们粮食为宜。"穆公说："如果给他们粮食，这可是我们第二次帮助晋国了。"公孙枝回答说："如果晋君知恩图报，那当然对我们很有利，如果晋君不知报恩，那他就没理了，国民也不会支持他，他拿什么来和我国对抗呢？君上一定要答应晋人的要求。"穆公见大家意见基本统一，说道："对不起我的是晋君夷吾啊！忍饥挨饿的，是晋国的百姓啊，寡人不忍因为晋君而

使一国百姓挨饿。"于是决定给晋国粮食，调集稻麦数万石，粮船由渭水溯黄河而上，达于汾水，由秦国都城雍直到晋国都城绛，首尾相接，蔚为壮观，时人称为"泛舟之役"。晋国饥荒就此解除，晋人都很喜悦，更感谢秦穆公不计前嫌，将恩施怨，人人称颂。

谁知天道无常，次年，秦国饥馑，晋国反而获得大丰收，穆公对群臣说道："幸亏我们去年给了晋国粮食，要不然，今天也不好开口了。"丕豹说道："夷吾无德，不一定会给我们。"穆公与众臣都不以为然，就派冷至也带着重礼入晋求粮。惠公与群臣商议。大夫庆郑说："臣去年到秦国求粮，人家秦君很痛快地答应了，如今秦国来求粮，自然应当给人家，还有什么好商量的?"惠公说："那就把我们河西地区打下的粮食给他们吧。"虢射说道："不可。秦国去年与我粮食，不过是不想和我们把关系搞僵，为得到河西之地留有余地。我们不给他地，即使给他粮食，也消除不了秦国人得不到地的怨恨，反正是结怨，又何必给他粮呢?"庆郑说道："对人家幸灾乐祸，不回报人家的帮助，恐怕得不到国民的支持，以后何以立国?"韩简附和说："庆郑说得对啊，假如去年秦国不给我们粮食，我们怎么能度过饥荒呢?"虢射说："去年老天把晋国送给秦国，秦国不取，今年老天把秦国送给晋国，晋国岂能逆天意而不取? 以臣愚意，不如约会梁国，乘秦国饥荒而进攻他，事成之后，平分其地，方为上策。"吕省、郤芮同声附和道："上大夫说得对啊，赶快发兵吧。"惠公决意听从虢射的话，进攻秦国。散朝之后，庆郑叹道："晋国必定会为今天的决定付出代价。"

惠公于是就对冷至说："敝国连年遭受荒旱，今年稍微多收了一些，但也仅能自给，实在无力相助贵邦，希望上复秦君原谅。"冷至说："来而无往，非礼也。寡君能救君之急，君为什么不肯救寡君之急? 外臣难以复命。"郤芮大喝道："你不要在这里啰嗦了，回去告

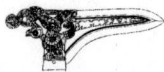

给你们国君，想要晋国的粮食，除非用兵来取。"冷至愤恨而退，回报穆公说："晋国非但不给我们粮食，反而准备纠合梁国，来攻打我国。"穆公大怒道："人怎么能这么不讲道理！就算是晋兵不来，我也要去打他。"于是大起三军，留蹇叔辅助太子守国，孟明视引兵巡视边境，防备诸戎，穆公同百里奚亲自率领中军，公孙枝率右军，公子絷率左军，共兵车四百乘，杀奔晋国而来。

惠公听报说秦军三战三胜，已经渡过黄河，聚群臣商议对策："秦军进入我境已经很深了，我们该怎么办呢？"庆郑说："主上不给秦国土地，又不给人家粮食，所以招来争战。依臣愚见，不如割五城以全信，敌兵自然会退。"惠公见庆郑揭了短处，直指责任在自己，不觉老羞成怒，喝道："庆郑无礼，还不退下！"当下议定吕省、郤芮辅太子留守，惠公检阅车马，也起三军，自与虢射居中军，命屠岸夷为先锋，韩简、梁由靡、庆郑、蛾晰分别为左右军正副将佐，起兵车六百乘，来迎战秦军。

九月九日，两军主力于韩原（晋地，今河津东北）相遇。惠公命韩简往探秦营虚实，韩简回报说："秦兵少于我而士气甚高。"惠公问道："他们为什么会士气高涨呢？"韩简答道："君逃亡在梁，秦国资助你，归国为君，秦兵帮助你，晋国饥馑，秦给你粮食。三次施恩而没有得到一次回报，所以君臣积愤，三军都有问罪之心，士气几倍高于我军。"惠公听言很不高兴，可是韩简所说确是实情，也不便发作。对面秦军百里奚也登高观望，望见晋军兵车云集，兵将甚广，于是对穆公说道："晋君起倾国之兵，将要置我于死地，主公还是不要打吧，免得兵败身辱。"穆公指着天说道："晋国这么对不起我，如果老天有知，必定会帮助我们战胜晋国。"

惠公派韩简到秦营来下战书说："寡人有兵车六百乘，能把他们集合起来却不能解散他们，贵国如果退兵，寡人将感到很高兴，如果

不退，寡人即使想退避，三军将士也不会同意啊。"穆公笑道："夷吾这小子太狂了。"于是披甲横槊，戎装出见韩简说："晋君想归国，寡人帮助他复位。晋君来求粮食，寡人起泛舟之役。现在既然晋君整军而待，寡人敢不亲迎吗？"韩简见秦军上下一心，军容齐整，悄悄叹道："秦国理直气壮，此战我们不战死，能作俘虏就算是幸运的了。"

战事即将来临，庆郑谏道："主公驾车之马，是郑国献来的小驷（四匹马同驾一车为一驷），步履安稳可是力小，平时乘驾还不错，而在战场上，必须乘本国出产的大马才好。"惠公根本听不进去，叱道："这马是我乘驾惯熟的，用不着你多说！"惠公又让人占卜谁为车右，诸人都不吉利，只有庆郑合适，惠公早已对庆郑生厌，不想用他，就以家仆徒为车右，让郤步扬驾车。

九月十四日，两军会战于龙门山下，晋军先锋屠岸夷手握长戈，当先冲出，当者无不披靡，早撂倒十数人，秦阵中白乙丙截住厮杀，两强相遇，大战五十余合，不分胜负，二人杀得性起，各自跳下车来，互相扭打，屠岸夷道："我今天与你拼个死活，要人帮助的，算不得好汉。"白乙丙也说："正要独力擒你，方显我英雄。"各吩咐军士不得助战，二人边打边骂，一直扭打到山后去了。

晋惠公命韩简、梁由靡引军冲秦军左阵，自引家仆徒等冲其右阵，穆公也分两路迎敌。惠公一军，正遇秦将公孙枝，酣战之际，惠公的车驾竟然陷入泥泞之中，郤步扬用力鞭打，怎奈马小力微，拔腿不起，半晌也出不来。危急之间，恰好庆郑驾车从旁而过，惠公急忙大呼："庆郑救我。"谁知庆郑竟说："你车上不是有家仆徒吗，还叫我干什么？"惠公又叫道："庆郑快把你的车来载寡人。"庆郑说："主公乘惯了小驷，臣的车不足以让主公来乘。"竟掉转车辕而去，郤步扬想要找别的车来救惠公，岂料公孙枝率领一枝兵马围将过来，杀散晋军，惠公逃跑不及，竟被秦军俘获。

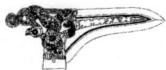

　　再说韩简率军冲入秦军阵中，恰遇穆公中军，与西乞术交战，二人大战三十余合，不分胜负，晋军蛾晰军到，两下夹攻，西乞术难以抵挡，被韩简一戟刺于车下，韩简正要结果其性命，梁由靡大叫："败将无用之人，快去协力擒拿秦君。"韩简就弃了西乞术，挥军来擒穆公。穆公身边兵少，见晋军围裹将来，仰天叹道："悔不听百里奚之言，我要作晋军的俘虏了。"幸公子絷率军死战，晋军一时难以得手。恰在此时，庆郑飞车而来，招呼韩简、梁由靡道："不要在此恋战，快去救主公。"韩简等怕晋君有失，只得回军往救，穆公得以脱归本寨。韩简等赶到车陷处，晋君并虢射、家仆徒、郤步扬等，都已被公孙枝所获，押归大寨。韩简顿足说道："救主公不及，又没有捉住秦君，庆郑误我！"梁由靡也恨恨说道："捉住秦君，还算打个平手。"韩简说："现在说什么也晚了，既然国君已被人所捉，我们干脆跟随国君算了。"于是晋诸大夫都弃军不顾，径直到秦营来跟随惠公，晋军群龙无首，军士四下乱窜，被秦军杀来，死伤甚重。庆郑见晋军战败，惠公被俘，只得收拾残军，路遇蛾晰负伤倒地，扶他登车，同回晋国。

　　穆公得胜还寨，见晋国君臣垂头丧气，披发垢面立于帐外，就在车上对惠公说道："同到敝国再议粮食之事如何？"惠公低头不语。穆公又安慰晋国诸臣说："诸公千万不要这样，寡人不过烦劳诸公西行数日，不久之后，诸公就会重新回到晋国处理政事，寡人做事，敢太过分吗？诸公不要太难受啊。"晋国诸臣喜出望外地说道："君刚才的话，皇天后土可是都听到了，外臣拜赐了。"穆公升帐点视众将，不见白乙丙，派出军士到处寻找，听得草窝中有呻吟之声，跑过去一看，见白乙丙与屠岸夷二人虽然力气都已用尽，但仍然扭定对方不放手。军士将二人抬回本寨，穆公见白乙丙连话都不能说了，于是解下自己身上的锦袍，盖在白乙丙身上，命人好生送归秦国就医将养。又说道：

"屠岸夷也算得一条好汉，不妨留下为我所用。"公子絷说："屠岸夷是个反复之人，两次背主，不可任用。"穆公于是下令将其斩首。

穆公大获全胜，班师回到雍都，召集群臣商议说："晋君屡次辜负寡人，幸天助我，被我所俘，杀掉他，流放他，还是放他回国？希望诸君发表意见。"公子絷首先说："应该杀掉他。流放恐怕他交结诸侯，放他回国则会成为我们的仇敌，都不利于国家，还是杀了好。"公孙枝说："不能杀。晋国是大国，我们灭不掉他，现在我们打败了他的军队又俘虏了他的诸大夫，已经结怨了，如果再杀掉他的国君，晋国就会举国蒙羞，以后必然会向秦国报君国之仇，这样一来，秦无宁日了。"穆公问："那你说该怎么办呢？"公孙枝说："不如就此逼迫他交割河西之地，再让他的太子入秦为质，然后放晋国君臣回国，我们做得不算过分，晋国人能够理解并接受，如此则国家可以得利而不会有害。"穆公喜道："卿之言真是深谋远虑啊。"于是就把晋国君臣安置在灵台山离宫，派兵千人看守。

刚刚议定，忽然几名内侍穿着丧服而进，穆公大惊，以为夫人不好，正要开口问话，内侍口传伯姬夫人的话说："上天示惩，让秦晋失和，兵戎相见，晋君被俘，妾心不安，如果君不肯赦晋君，等于不肯赦妾，妾宁愿一死，君考虑吧。"穆公大惊，内侍又奏道："夫人现在带着太子罃和幼子弘、女儿简璧，身穿丧服坐在柴薪之上，只待听得晋侯死讯，就要举火自焚，以全兄妹之情。"穆公叹道："寡人幸亏听了公孙枝的话，没有杀掉晋君，不然，几乎酿成惨祸。"急命内侍脱去丧服，回报夫人："寡人过几天就会释放晋君，夫人但请宽心。"夫人这才让人搬掉柴薪，换去丧服，起居如常。

穆公派公孙枝来到灵台山，告诉晋惠公君臣："敝国很多人的意见都对贵国不利，寡君独念秦晋有婚姻之好，决定放贵君臣回国，只不过以前双方所约的河西五城，必须立即交割，再让太子圉入秦为

质，贵国君臣就可以回去了。"惠公这时在人家的手里，不敢不答应这两个条件，就派大夫郤乞带了自己手书回国，吩咐吕省办理割地质子的事。公孙枝又告给惠公伯姬夫人登台请赦一事，惠公方知伯姬之情，望宫中再拜。

再说吕省见郤乞归来，就在宫外闹市对国人说："我主派郤乞回来告给大家，'秦国将要放寡人回国，但寡人父子无面目再登君位，请国人选立宗室的其他人为君吧。'"国人听罢都感动得落泪。吕省又以惠公的名义作爰田，具体办法是令百官士人开垦荒田，然后以休耕之名，用公室的好田交换大家刚开垦的荒田，使开荒合法化，国人都很感奋。吕省又对国人说："我们的国君在外面尚且挂念臣民，直到现在也未能归国，我们该怎么办呢？"国人都说："我们听大夫的。"吕省说："韩原一败，我军损失很大，我们应当多交点赋税补充军队，辅助太子，来声援我们的国君。秦国见我们上下团结一心，兵甲更多了，就不敢轻视我国。"大家都踊跃听命，晋于是乎作州兵，即建立了不少地方武装部队。

吕省将国内事务安排停当，即将河西五城地图、户口账册等如数带齐，与郤乞入秦来见穆公，穆公问道："大夫怎么才来呀？"吕省回答说："国中不和，外臣处理了一段时间，所以来迟。"穆公说："贵国为什么不和？"吕省说："君子自然知罪，感谢秦国宽宏大量，愿意和贵国交好。可是小人不知罪，只知道悲悼他们的父兄子弟死于军阵，宁愿交接齐、楚，向秦国复仇，有这两种不同的意见，所以不和。"穆公说："其实你就是不来，寡人也会放晋君归国的。你们觉得晋君会归国吗？"吕省回答："小人光知道怨愤而不懂大义，只想跟着太子与秦国拼命。君子则认为大王能立我君，能俘我君，也能放我君。大王肯定不会做出弃德结怨这样的傻事。"穆公又问："太子圉为什么不和你一块来？"吕省答："国不可一日无主，太子在国中

等待大王放话，寡君一日不归，太子一日不敢离国，寡君只要一回国，太子就会马上到秦国来。"穆公见吕省对答如流，软中有硬，全无卑声下气，并且不失身份，叹道："大败之后，晋人并不气馁，岂可灭国？"于是一面派孟明视接收晋国河西五城，设官分守，一面将晋君等迁入雍都郊外的国宾馆，用七牢（牛、猪、羊共七只）来款待他，这是接待诸侯国君的大礼。

惠公自九月战败被囚，到十一月，五城交接完毕，穆公派公孙枝引兵护送惠公归国，与难的诸臣，除虢射病故外，一同回晋。蛾晰听说惠公将要回国，对庆郑说："主公心中大概非常恨先生，回国以后，肯定要治先生的罪，先生还是快逃了吧。"庆郑说："军法，'兵败当死，将领被俘当死'，何况我耽误了救驾而让国君遭受屈辱，我的罪过实在是太大了。就是国君不回来，我也要率领家甲战死于秦。现在国君回来，让他按照军法治我的罪，既称了国君的心，又可以警示其他人，我又何必逃跑呢？"蛾晰见庆郑不听劝告，叹息而去。十一月二十九日，惠公回到绛郊，太子圉率领狐突、郤芮、庆郑、蛾晰、司马悦、勃鞮等众臣前来迎接。惠公在车中望见庆郑，不觉怒气上冲，让家仆徒召至近前，问他说："庆郑，你还敢来见寡人？"庆郑从容回答说："如果君上先听了臣的话，给秦国粮食，秦国必然不会进攻我国。第二次听了臣的话，与秦讲和，两国必然不致开战。第三次听了臣的话，不驾乘小驷，也不会导致大败。臣如此忠于君上，有什么不敢见的？"惠公说："你到现在还不知罪？"庆郑说："臣有死罪三。有忠言而不能让君上采纳，是第一条罪。卜得我为车右吉利，而不能让君上任用，是第二条罪。因为救君而招呼众军，却不能让君上脱困，是第三条罪。君即便不治臣的罪，臣也会自杀以谢罪的。"蛾晰一旁谏道："庆郑能够等待国君治罪而不避刑，可以说是个很有勇气的人，主公何不宽恕了他，让他戴罪立功去向秦国复仇

呢?"家仆徒也劝道:"与其杀了庆郑以正军法,不如饶了他以成君上之仁。"只有梁由靡恨庆郑误了他擒捉秦穆公之功,执意要置庆郑于死地,所以说道:"庆郑有罪,如果宽恕了他,今后如何掌兵? 应该斩了他。"惠公命令司马悦道:"快斩了庆郑,不要让他自杀。"庆郑引颈受刑。蛾晰感激庆郑在战场上载归的恩义,请把他的尸体交给自己去安葬,惠公同意了。

惠公归国复位之后,派太子圉跟随公孙枝入秦为质,又把屠岸夷的尸体从秦国运回,葬以中大夫之礼,命他的儿子屠击继承下大夫之职。

秦晋韩原之战,是公元前 645 年的事,惠公每想到这次败绩,就会说:"如果里克在,必不会导致这样的大败,郤芮不考虑成熟就劝我杀掉社稷重臣,误我不浅啊。"郤芮悄悄发牢骚说:"里克是你自己要杀的,现在反来怪我。"自此君臣之间产生了隔阂。

不知惠公回国,又做了些什么事,请看下回。

第十一回

贤文姜乘醉遣夫君　愚曹公候浴辱公子

惠公兵败被俘，后又归国复位，经过这一番历练，却也从此勤修政事，缮治甲兵，国力复强，一天对吕省说："寡人在秦国的三个月时间里，常常耽心重耳会乘变而入，现在虽然回国了，可重耳终究是个大患，怎么才能够除掉他呢？"吕省说："勃鞮过去曾经在蒲城斩过重耳的裙摆，常恐有朝一日重耳回国以后治他的罪，我们不妨让他率力士数人，悄悄潜入狄国刺杀重耳，这不过是一夫之力，胜兴师动众多矣。"惠公就召勃鞮进宫，向他交待了刺杀重耳的计划，答应事成以后重用他，限三日之内，定要成行，勃鞮踊跃领命。

话分两头，如今再说重耳，自蒲城来到狄国，光阴荏苒，不觉已有十二年，那狄君讨伐咎如国（今河南安阳西），获得两名美女，就把其中的妹妹季隗（音伟）嫁给重耳，生了两个儿子，而把姐姐叔隗嫁给赵衰，生子赵盾。一天，重耳正和众从者出游，忽然狐毛乘车自城中急急寻来，对重耳说道："家父有信来，说夷吾谋刺公子，已经派遣勃鞮，限三日以内起程，让我们赶紧逃避。"重耳大惊，赶忙停止游玩，与众人商议逃往何处。狐毛说："当初我们来狄国，并不是因为这里有多好，也不是因为狄人可以帮助我们返国，而是因为这里

地近。现在我们在此已休养生息十二年，可以远行了。目今天下霸主齐桓公年老，常以不曾参预晋国事务而感到遗憾。并且齐国的贤臣管仲、隰朋已经先后去世，我们到了齐国，桓公急于延揽人才，一定会善待我们，到齐国比较好。"众人都认为可以。商议停当，重耳急忙命众人回城收拾行囊，后天一早，于府门会齐，同奔齐国。

重耳回到家里对季隗说："晋君派人到狄国来行刺我，我要远奔齐国，以图复国。你留在这里要抚育好我们的两个孩子，等我二十五年，到那时如果我还不回来，你方可再嫁他人。"季隗哭着说道："好男儿志在四方，妾不敢留你。妾今年已经二十五岁了，再过二十五年，坟头的柏树怕都长成材了，还说什么再嫁？妾肯定会等你回来，不要以妾为念。"当夜无话。

第二天一早，重耳正命侍从头须收拾金帛，壶叔整顿车乘，只见狐毛狐偃兄弟仓慌来到，说是情况发生紧急变化，老父连信都来不及写，只好派了一个脚力健的人，星夜赶来传口信，说那勃鞮受命的第二天便已起程，现在怕是已经到达狄国，恐公子提防不及，催促公子立马逃避。重耳大惊道："勃鞮怎么来的这么快啊？"什么也顾不上，急忙与二狐徒步跑出城外，壶叔这时只备好一马一车，追上与公子乘坐，随后赵衰、魏犫诸人，陆续赶上，都是步行，报说："守藏奴头须席卷所有金银细软，不知逃往何处。"众人失了盘缠，一路困顿，望齐国进发。

勃鞮潜入狄国，探访公子消息，已经不知去向，只得快快回国复命，惠公无法，暂将此事搁下。

重耳一行数人，不几天来到卫国都城楚丘，对守门官说："晋国公子重耳，避难前往齐国，路经上国，希望能提供一宿之便。"守门官报与卫君，上卿宁速说道："卫晋两国同宗同姓而且地近，晋是大国，重耳贤明，将来必定会成为晋国国君，我们在他穷困潦倒的时候

交结他，以后说不定对我们会有好处。"主张迎接入城，卫文公说："卫晋虽然是同姓，向来并不多打交道，当年我们遭受戎狄入侵，几乎亡国，也没有得到过晋国的什么帮助。况且出亡的人，无足轻重，如果让他进来，必然会耗费钱物，浪费精力，还是不理他为好。"于是告给守门官，不许放晋国公子进城。重耳一行无奈，只得从楚丘城外而过，看看近午，众人都还没有吃早饭，身上没钱，肚里没食，个个饥肠辘辘，颠颉说道："既然卫人不尽主人之礼，我们何不剽掠村庄，先吃饱肚子再说。"重耳斥道："休得胡言。我等宁可挨饿，也不能做盗贼之事。"众人忍饥挨饿，慢慢往前走，走到一个名叫五鹿（今河南濮阳北）的城邑旁，见一伙农夫坐在田陇上吃饭，重耳就让狐偃上前去求食："车上是我的主人晋国公子，走了很远的路了，到现在还没有吃饭，希望诸位能给点吃的。"农夫笑道："我等农夫，吃饱了才有力气举得动锄头，哪有多余的食物给人？"另有一个农夫说道："晋国公子长得高高大大，连顿饱饭都混不上，还来跟我们求食。"众农夫大笑，更有一个农夫随手拿起身边的土块，递给狐偃说："我们只有土块可以给你。"魏犫大怒道："村夫敢耍笑我们。"抽出鞭子来就要打，狐偃急忙阻止说："得饭容易得土难啊，这是得国之兆，公子快下车拜谢。"重耳果然下车拜受了那土块，农夫不解，以为遇上了疯子，一齐大笑。

又走了十来里，众人实在走不动了，就在一棵大树下稍歇，重耳枕着狐毛的腿躺着休息，众人分头采摘野菜煮食，煮好后先捧给重耳吃，重耳见黑糊糊的没有一点香味，推开不吃。躺了一会，忽见介子推捧着一小盆肉汤送来，重耳不及细问，三口两口吃下，觉得味道很美，这才问道："你从哪里弄来的肉？"介子推说道："这是臣腿上的肉，割了一小块下来让公子充饥。"重耳感动得流泪说："流亡之人，这么连累诸卿，让我怎么报答呢？"介子推说："我们只希望公

子早归晋国，成就大业，岂望回报！"正嗟叹间，赵衰从后赶来，众
人问他来迟的原故，赵衰说道："适才入一户农家，好言讨得一包米
饭，故此来迟。"言罢，把饭食献给重耳，重耳说："我不饿了，你
自己吃了吧。"赵衰就把饭食倒在野菜汤中，又加了点水，调成糊状，
每个人都吃了点。

重耳君臣一行，就此一路半饥半饱，非止一天，这才来到齐国。
齐桓公早就听得重耳有贤名，知道重耳要来齐国，即刻派出使者远
迎，把他们安置在公馆，设宴款待，赠送车马二十乘，从行之人，自
此出入都有车马。听说重耳出来没有带家眷，桓公开玩笑地说道：
"寡人独处一夜尚觉难熬，公子这一路是怎么过来的？"于是挑选宗女
中貌美的送给重耳，因为嫁给晋文公重耳，不妨称之为文姜。众人的
日常器用饮食等物，都丰美不缺，重耳很是高兴，叹道："桓公如此
礼贤好士，怪不得能成为天下霸主。"君臣自此安居于齐国。不想第
二年桓公去世，齐国发生内乱，互相争斗，自顾不暇，没有余力帮助
重耳归国，而重耳又贪恋齐国生活安逸和文姜年轻美貌，毫无去意，
在齐国一住就是五年。

赵衰心急，聚集众人于临淄东门外桑林中密议说："齐国失掉霸
业，国内又不安定，难以帮助我们归国，不如到别国去，再作打算，
只怕公子安于享乐，不肯出行。"狐偃说："安逸的生活，确实消磨
人的意志（**怀与安，实败名**），影响大事业，我们不妨整顿行装，邀
请公子去郊外打猎，大家劫他上路便了。只是不知道该往哪国？"赵
衰说："现在宋襄公正图霸，肯定会招揽人才，博取礼贤下士的名
声，我们可以去投奔他。"狐偃说："我和宋国司马公孙固还有点交
情，投奔宋国是对的。"众人商议停当，自去准备。谁知文姜的婢女
们正在附近采桑，其中一人见众人议事，就藏在桑林中，全部听到了
他们的计划，以为文姜肯定不愿意让重耳出行，于是回来告给了文

姜。文姜害怕赵衰们的计划泄露，齐君阻止公子出行，就杀掉了那名婢女以灭口。

文姜夜半对重耳说："自公子避难离开晋国，晋国就没有平静过，国君换了好几个，特别是夷吾无道，兵败身辱，国人不附，邻国不和，这是老天在让晋国等待公子回去治理呀。公子不取，将要受到老天的惩罚，你还是早点走吧。"重耳半睡半醒中含混不清地说道："人生只求安乐，何必管其他。我要老死在这里，哪儿也不去了。"文姜又劝说道："纵然公子没有远大志向，可你让跟随你的众人怎么办呢？这些人都是晋国的俊彦，抛爵禄，别妻子，背井离乡，奔走于道途，跟从公子流亡已经十七年，公子老死床头，拿什么来回报他们建功立业，扬名立万的志向？公子如果出行，可以得国为君，抚慰跟从你的那批人，安抚老百姓，称霸于诸侯，这些你都不要，妾不能理解你的想法。"重耳仍然不听其劝。

第二天早晨，人报赵衰、狐偃、胥臣、魏犨在宫门外请公子出郊外射猎，文姜派人单招狐偃一人进宫，屏去左右，微笑着问道："你们此番射猎，莫非要去宋国？"狐偃见文姜话里有话，大惊道："射猎还用跑那么远吗？"文姜又说："先生与宋国司马有旧，何不顺便拜访？"狐偃见事情泄露，只得说道："公子行与不行，全在夫人。"文姜收起笑容说道："听到你们计划的人，我已经把她杀掉了，我准备在今天午间灌醉公子，你们用车把他载出城去，事情就算办成了。"狐偃叩头称谢，讲定依计而行。狐偃出宫，告知赵衰等，各各整顿车马干粮，午后先往郊外等侯，狐偃、魏犨、颠颉三人，以小车二乘，藏于宫门左右，专等文姜送信。

午间，文姜安排酒席，重耳问道："这酒席因为什么而设？"文姜答："如果公子有四方之志，这就是饯行之酒。如果公子留恋房闱之情，那就是你我欢宴之酒。"重耳大喜道："我哪里愿意出行，就

当是欢宴之酒。"于是夫妇举杯畅饮，那文姜着意劝酒，重耳不觉酩酊大醉，倒在床上。文姜派人去宫门招狐偃，狐偃急忙引魏犫、颠颉入宫，拿一床棉被裹住公子，抱出安顿于温车之中。狐偃见天色近晚，再迟恐出不了城，于是拜辞文姜，文姜说："现在我把公子交付给你们，只是不知道今生还能不能再相见？"言罢，不敢大哭，只泪流满面。

狐偃等出城，与赵衰等会合一处，连夜驱驰，约行得五六十里，听见鸡鸣四起，天色泛明，重耳在车上翻身唤文姜要水，狐偃急命停车，取热水送上，重耳饮罢，想要入厕，说道："扶我下床。"狐偃说："这不是床，是车。"重耳听得声音不对，睁开两眼问道："你是何人？""臣是狐偃。"重耳这才明白被狐偃等所算，又急又气，推开被子跃起，骂道："你骗我出城，想要干什么？"狐偃回答说："想要把晋国送给公子。"重耳怒道："晋国还不知道能不能得到，先已丢了齐国，我不想走。"狐偃骗他说："我们离开临淄已经有百里之遥了，况且齐君如果知道公子逃走，肯定会发兵来追，想回也回不去了。"重耳越想越气，顺手操起车上的戟就要打狐偃，狐偃急忙下车躲避，重耳也跳下车来追赶。众人赶忙下车劝解，重耳见追不上，气呼呼地掷戟于地，恨恨骂道："此行成功还则罢了，如不成功，我一定要吃了你的肉。"狐偃笑嘻嘻地回答："事情无成，狐偃就会去喂豺狼，公子总不能与豺狼争食吧。如果成功，晋国好吃的东西有的是，公子当列鼎而食，狐偃的肉腥膻又老，公子不会吃的。"赵衰等劝道："今天的事，是我们大家的主意，不是子犯一个人的意见，公子不要怪罪。"魏犫出怨声道："现在晋君无道，国人都愿意拥戴公子为国君，公子自己不想着回去，难道还等别人到齐国来求你吗？"重耳见众人如此说，换了脸色说道："事已至此，我听大家的就是了。"说话间天已大亮，众人吃干粮饮水毕，望曹国都城陶丘进发。

不一日来到陶丘，那曹共公年幼，一团稚气，不把政事放在心上，专好游嬉，听说晋公子到来，唯恐他久留曹国，成为负担，就有点不想接待。大夫僖负羁谏道："曹晋同宗同姓，晋又是大国，他的公子与主公地位相当，目下穷困路经我国，应该以礼相待。"共公说："曹是小国，地处列国之中，诸侯各国流亡公子过往的多了，我们都没有礼遇，为什么要单独礼遇晋公子呢？"僖负羁说："别的公子不礼遇可以，重耳不礼遇可不行。重耳的贤德天下闻名，随从的人都是人才，流亡在外已经十七年，对民情十分了解，以后必然会成为晋君。而且重耳生有两个眼珠子，这叫重瞳，肋骨都长在一起，这叫骈胁，都是大贵之相，不可等闲视之。"那曹公闻得重耳重瞳骈胁，高兴地说："寡人贵为一国之君，重瞳倒还见过，可从来没有见过骈胁的人，今天可以一见。"于是让随从接到公馆中，不举行国礼接见，不设国宴款待，只是草草给了些饭食，嘱咐馆丞候重耳入浴速来禀报。馆丞一面送进澡盆请重耳洗浴，一面飞报共公，共公带领近侍数人，微服来到公馆，突然进入重耳洗浴的房间，近前观看他的骈胁，果见重耳的肋骨长成一片，不像常人的那样一根根都看得很清晰。众人言三语四，指点调笑，共公甚至想用手来扪摸，被重耳一掌挡开，厉声斥责抗议，曹共公等方才离去。当时壶叔侍浴，急忙报与狐偃等知道，待众人赶来，远远还能听见共公君臣的嬉笑之声，大家都感到非常气愤。

再说僖负羁回到家中，闷闷不乐，其妻吕氏问原故，僖负羁说："晋国公子重耳路过曹国，曹公不肯礼遇，我看公子君臣，都是英杰，万一以后回国为君，讨伐无礼，曹国必然首当其冲，所以感到忧虑。"吕氏说："既然曹公不听忠言，你应当早想办法，结交于他没有显贵之时，何不乘此时赠他以馔食、白璧，作为进见之礼？"僖负羁见妻子言之有理，于是夜叩公馆进馔食。重耳先前因为食物粗劣，所以不

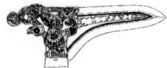

晋
国
演
义

曾吃饭，又遭到曹共公一番羞辱，这时腹中饥饿，正在含怒而坐，听说曹大夫僖负羁求见，立时召来进见。僖负羁先替曹君陪罪，随后表明自己仰慕之意，命从人抬进食盒摆列，又拿出白璧一双，献给重耳，重耳接受了食盒而退回白璧，说："大夫惠顾流亡之人，使我不致于受饿，重耳拜谢接受，其它物品实不敢受。"僖负羁叹道："晋国公子虽然穷困于路途，不贪财璧，其志不可限量。"

第二天，重耳离开陶丘前往宋国，派狐毛到僖负羁府辞行："重耳走了，大夫礼遇之恩，容日后报答。"

不知公子一行在宋怎样，请看下回。

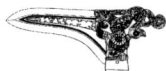

第十二回

楚成王礼遇流亡客　秦穆公援立邻国君

且说重耳一行，望宋国行来，将到宋都睢阳（今河南商丘市），狐偃先入城见宋司马公孙固，公孙固禀报宋襄公说："晋国公子重耳贤明向善，把赵衰当作老师，把狐偃和胥臣当作父兄，这三个人和其他跟从者都是晋国豪杰，却都甘心为重耳所驱使，该君臣必定能成大事，我们应当好好招待。"那宋襄公刚败给楚国，正想着招贤复仇，平素里也听说重耳有贤名，听了公孙固的禀报，不胜之喜，怎奈与楚国作战的腿伤未愈，难以面见，就命公孙固出郊相迎，安顿于馆驿，款待以国君才能享用的七牢。公孙固悄悄向狐偃打听齐桓公招待他们的情况，狐偃详细讲了在齐国的事，公孙固回复襄公，襄公命同样以车马二十乘相赠，重耳等再拜接受。在宋国住了几天，天天好吃好喝招待，狐偃见宋襄公的腿伤一时难以痊愈，私下和公孙固商议帮助归国之事，公孙固说："如果公子害怕旅途劳苦，敝国虽小，尽可歇脚，至于归国大事，敝国新遭败绩，恐怕暂时还没有这个能力，不如去别的大国，方不误公子大事。"狐偃说："先生所言极是"。归报公子，重耳说："司马说的是实话，不是在搪塞我们。"于是决意起程，宋襄公知道挽留无益，就赠送了很多金帛资粮衣履等物，众人都很欢喜。

　　重耳等将到郑国都城荥阳，郑文公对群臣说："重耳叛父外逃，是个不肖之人，不如不见。"上卿叔詹谏道："晋郑是兄弟之国，我们的先君武公曾经和晋文侯戮力同心，共扶周室，辅佐平王东迁，盟誓要世代扶持。重耳，父母同姓所生而身体健康，乃是天佑之人，我们怎么能够违背先君的遗命而慢待他呢？"郑文公说："重耳今年已届六旬，有什么能为，值得我们礼遇他呢？"叔詹说："种黍得黍，种稷得稷，君上如果不想礼遇他，那就不如杀了他，又何必今天种怨将来得怨呢？"郑文公笑道："大夫的话，说得太悬乎了吧，我不礼遇他，他有什么好怨的？即使有怨，岂能报复于我？"于是传令门官，闭门不纳。重耳见郑国不纳，心下很不高兴，且喜资粮无缺，就驱车而过，径奔楚国而来。

　　来到郢都，楚成王说道："重耳虽为流亡之人，翌日必然大贵，不可不敬。"于是隆重款待，用在位国君的礼仪来接待他，设九献（敬九次酒的大宴），列鼎近百，重耳谦让不敢当，此时赵衰侍宴，对重耳说："公子流亡十余年，所过各国，待我厚薄有别，现在楚王以国君的礼仪待我，这是老天在导引公子入晋为君，公子不要推辞。"重耳这才就座，整个宴席，宾主相谈甚欢，礼仪恭敬、周全。酒喝到酣处，成王笑着对重耳说："公子如果有一天回到晋国，准备怎么报答不榖？（诸侯的谦称，意同寡人）"重耳回答说："子女玉帛，上国不缺，羽旄齿革，这些都产自上国，重耳实在不知道该怎么报答君王。"楚王又笑道："话虽这么说，但我还是想知道公子怎么报答不榖。"重耳只得说道："如果借君王之灵，重耳能够回到晋国，将努力维护两国的友好关系，万一不幸晋楚兵戎相见，我要退避君王三舍（三十里为一舍）。如果贵军仍不肯放过晋军，才敢与贵军周旋。"

　　当天宴毕，楚大夫成得臣（字子玉）愤怒地对成王说道："大王如此接待重耳，而他却出言不逊，将来肯定会为患楚国，不如杀了

他。"成王说："重耳志向远大而态度谦逊，身处困境而不事谄媚，他说的是实话呀，不这么说又能怎么说。"成得臣又说道："即使不杀重耳，也要扣留下狐偃、赵衰这些人，不能让他们为虎添翼。"成王说："留下不为我用，反而会结怨。我现在正要结交晋公子，如果以怨易德，那我们以前所做的一切不都白做了吗？"成王不听成得臣的劝谏，反而待重耳越好了，重耳一行，在楚一住就是数月。

话分两头，再说晋国太子圉在秦为质，穆公为了拴住他的心，就把一名宗室之女嫁给他，因为子圉后为晋怀公，后人称为怀嬴，在秦国不觉过了七年，这一天听说父亲惠公病重，就和妻子商量说："君父病重，我的好几个弟弟都在国内，只有我一个人在外，万一君父不起，诸大夫改立他人为国君，我岂不是要终身客死在秦国吗？不如逃归国内，侍奉于君父身边，这样可以消除国人改立他人之心。"怀嬴回答说："你是晋国的太子，是晋国的储君，本应该在国内主持宗庙，侍君膳食，可是却在秦国为质，现在君父病重，你想回去，这是合情合理的事，我同意。"太子圉说："我要是不回去，晋国就不是我的了，如果逃回去，又割舍不得夫妻之情，你和我一块回去怎样？"怀嬴流泪说道："寡君让妾侍奉太子箕帚，不过是想让太子安心呆在秦国。我要是跟随太子回晋，就是背弃君命，妾不敢从，但不会阻拦太子，也不会泄露太子的行踪，你只管回去就是。"太子圉见怀嬴说得有理，不便强求，于是和妻子洒泪而别，连夜逃归晋国。

惠公见子圉归来，大喜道："我儿归国就太子之位，这是国家的幸事啊。"月余，惠公病情更加严重，自知不会再好了，就招吕省、郤芮让他俩辅佐子圉，嘱咐说："他人不足为虑，只是须谨防重耳。"说罢而薨，太子圉主丧即位，这就是晋怀公，时间为公元前637年九月。怀公牢记父亲惠公临终之言，于是限期令国内跟从重耳在外流亡的人回国："三个月内如期回国者，既往不咎，仍复旧职。如果过期

不归，将夺去爵位，录入死簿。父子兄弟不召的，连坐不赦。"怀公知道狐突的两个儿子早就跟随重耳，并且都有将相之才，就派人召来狐突，让他写信叫回自己的儿子。狐突说："臣的两个儿子跟随重耳有些年头了，现在如果叫他们回来，这是教他们背反原主啊，即便回国，也是背主之臣，有什么资格为君效力呢？"怀公怒道："能召回他俩来，免你一死，如不写信，定斩不饶。"狐突并不理会，从容回答说："滥施刑罚以求一逞，国人谁能无罪，臣听命就是。"怀公大怒，命斩狐突于市曹，狐突是晋国老臣，又是怀公的太外公，却皓首受刑。众臣见怀公即位伊始，不曾施惠于一人，做的第一件事是先斩老臣，心中都怀不平，纷纷议论说："君上不修德政而靠杀人来立威，怎么能维持下去呢？"多有称疾不出者。

再说秦穆公听说晋国太子圉不辞逃归，大怒道："夷吾父子都是无义之人，比重耳差远了，寡人非立重耳不可，以泄对夷吾父子之恨！"人报重耳在楚国已有几个月，于是就派公孙枝致礼于楚成王，要接重耳到秦国。成王对重耳说："秦国来迎公子，这是老天在眷顾公子呀，你还是快去吧。"重耳听了喜出望外，只怕成王改变主意，假意回答说："流亡之人早已把自己的命运交给大王了，岂可再到别国？"成王说："楚晋之间相隔数国，难以帮助公子归国，不像秦晋接壤，朝发可夕至。公子此去，肯定会得到晋国，那时不要忘了不榖。"重耳再拜辞别成王，成王赠送了不少金帛车马，公子一行随着公孙枝望秦行来。

穆公听说重耳来了，直出郊外接入馆驿，礼数非常周到，又把宗女五人送给重耳为妻，其中就包括子圉之妻怀嬴。重耳让怀嬴捧水与自己洗手，洗完后，挥手让她出去，怀嬴怒道："秦晋是实力相当的大国，我与你是地位相当的夫妇，我哪点配不上你，你怎么能对我这么没礼貌呢？"重耳见怀嬴色正辞严，不觉敬重，赶忙请怀嬴上座，

施礼道歉。穆公听说了这件事，对重耳说道："怀嬴是宗室近亲之女，寡人夫妇非常喜欢她，本来准备让她和公子成大婚，作为公子的正妻，可又考虑她原来是子圉的妻子，怕影响公子背负不雅之名，这才把她杂在五人之中，所以公子把她当作一般的侍妾，这是寡人考虑不周。现在怀嬴的去留，全由公子自主。"重耳终觉得怀嬴是自己的嫡亲侄媳，不想接受这桩亲事，说道："同姓为婚，犹当避也，况侄媳乎？"胥臣谏道："古人婚姻，论德不论族，尧为黄帝的五代孙，舜为黄帝的八代孙，论起来，尧的两个女儿娥皇、女英还是舜的姑奶奶，可舜却娶了二女为妻。子圉和怀嬴的夫妇之名已经不存在了，公子再娶，怀嬴再嫁，合情合理，并非夺他所爱，又何必考虑那么多呢？"公子又问狐偃："子犯认为这件事可行不可行？"狐偃回答说："成大事者不拘小节，我们现在连他的国家都要夺过来，何况是他的妻，公子还是尊从秦君的意愿吧。"重耳仍然难下决心，又征求赵衰的意见，赵衰说："将要有求于人，必先尊重人家的意愿，现在我们不尊重秦国人的意见，怎么能借助秦国的力量呢？希望公子以归国大计为重。"重耳见众口一词，都主张他娶怀嬴，于是拿定主意，就把怀嬴送回秦庭，重新纳聘，举行婚礼大典，迎娶怀嬴为妻。

　　正月朔日，穆公宴请重耳，狐偃说道："我等诸人，唯子余善于辞令，文才出众，就让子余侍宴吧。"重耳遂携赵衰赴宴。席间，宾主交谈甚欢，重耳赋诗《河水》，表达对秦穆公的感谢之意，秦穆公答以《六月》，赵衰悄悄对重耳说道："公子可下阶拜赐。"原来，《六月》乃是叙述东周名相尹吉甫辅佐周宣王东征西伐，中兴周室的事迹，秦穆公赋此诗，预示重耳将来定能称霸诸侯，扶助周天子，所以赵衰提醒重耳拜赐。重耳赶忙走下台阶，对秦穆公稽首致谢，穆公亦下一级台阶作答，对大家说道："重耳不失为大国公子，恭敬识礼，可谓人之楷模。"

一日，忽有狐氏家臣来到秦国，哭拜于狐毛、狐偃面前，说老大夫不肯召回儿子，已为子圉所害，狐毛、狐偃听到凶信，悲痛老父耄耋之年遭到横死，不觉捶胸大哭，赵衰等劝止，于是一同来见公子，商议复国之事。正议之间，门官报晋国有人前来求见，重耳命唤入。来人自报家门说："臣是晋国大夫栾枝之子栾盾，臣父和郤溱等人，不满怀公猜忌滥杀，愿意以家甲为内应，迎公子归国为君。"重耳大喜，嘉勉一番，命他们在国内做好准备。赵衰说道："子圉新立，国人不附，复国除恶，时机已经成熟，应该马上施行，不能再拖延了，迟则恐有它变。"重耳于是入朝拜见穆公，穆公说："寡人知道公子急于归国，待我整军往送。"重耳拜谢，当下辞归，安排从人准备回国事宜。

公元前 636 年春正月，秦穆公择定吉日，大起三军，任公孙枝、公子絷为将，自己和谋臣百里奚、繇余率兵车四百乘，护送公子重耳归国，丕豹自告奋勇，请求担任先锋，穆公同意了。大军浩浩荡荡，出了雍都，望东进发。

不日到达黄河临晋渡口，重耳遥望对岸，但见阡陌相连，人烟稠密，道路辐辏，山河壮丽，想到这一切不久将尽归我有，不觉腾起君王之志，于是命壶叔："全晋将为我有，从今以后，残敝旧物，一概抛弃，不要再带过河去。"狐偃一旁听得，心中老大不舒服，深怕重耳富贵之后，忘却一干患难之人，就以穆公所赐白璧一双，跪献于重耳面前说："臣从公子流亡列国，对公子多有不敬，罪过甚多，臣自己知道。现在公子渡河复国，自有贤者辅佐，老臣残敝无用，请求不要过河，就留在秦国，作个外臣吧。"重耳大惊道："诸君跟从我共赴艰难，十有九年了，所幸很快就要回国，正该与诸君共享富贵，子犯怎么说出这等话来？"就把那双白璧投于河水之中，指河为誓说："返国之后，如果不与子犯等同心共政，有如此河！"狐偃这才不再说

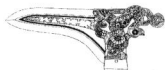

什么。介子推这时正在别的船上，听说重耳与狐偃盟誓，笑道："公子归国，这是天意，狐偃以为是自己的功劳，害怕失去富贵，向公子邀功，真是贪鄙，我羞与这样的人同列。"自此萌生栖隐之意。

再说重耳渡河，到达令狐（今临猗西），晋将邓惛登城拒守，重耳招邓惛归降，邓惛不听，穆公传令攻城，丕豹率军，一鼓而下，擒获邓惛，重耳下令处斩。其后桑泉（今临猗南）、臼衰（今运城西）二城请降。怀公闻报大惊，急忙命吕省、郤芮率大军前往抵敌，晋军驻扎在庐柳（今临猗西北），两军对峙，各不出战。穆公和众将商议说："吕、郤虽然是顾命大臣，可这两人都是贪图小利的人，可以招降。二人所顾虑者，为久从惠、怀，与公子作对，如果对他们加以抚慰，消其疑虑，必来降也。"于是派使者到吕、郤军中，对两人说："公子深孚晋人之望，远胜子圉，这一点，二将军是知道的，现在秦国大军陈于晋境，国人蠢动，二将军何不阵前倒戈，以成迎立之功，可保妻子、得富贵，转祸为福，岂不强于玉石俱焚。"郤芮试探着对吕省说："军中多有想归附重耳的人，如果开战，我们的胜算不大。"吕省沉吟道："可是要迎降，诚恐有负先君顾命之托，更怕重耳不肯原谅我们。"郤芮就对使者说："我俩愿意拥戴公子，就是怕公子和诸位从亡功臣不容，如果公子肯饶恕我们以往从恶之罪，我等敢不听命。"

使者归报，重耳说："晋国臣民都是国家子民，如果罢兵，避免手足相残，这个功劳莫大，还有什么罪不能赦免的？"就派狐偃和秦国将领公孙鸷到晋军，宣示重耳的抚慰之意，当日杀白马为誓，共扶重耳为晋君，决无二心。为表达诚意和对公子的尊敬，吕、郤退军郇城（今临猗西南）。二月十二日，吕省随同狐偃来到臼衰重耳营中，迎接重耳回晋军，郤芮出辕门接入，将兵符印信交出，重耳坐于中军大帐，新旧诸臣，都北面而拜，山呼万岁，晋军见公子重耳领军，都很欢悦。穆公见重耳已经取得晋军军权，知道大事已定，就让公子鸷

对重耳说："现在晋军已归公子，诸臣归顺，前路无阻，寡人该回国了。"重耳就在军中大排筵筵，感谢穆公援立之恩，约秦晋两国世代盟好，又犒赏秦军，直送穆公到河边，穆公说："诸事未定，军务正繁，公子请回。"重耳叩首再拜，与穆公洒泪而别。

再说怀公派勃鞮到军前催战，中途听说吕、郤已经叛归重耳，慌忙回报，怀公大惊道："举国之兵都已交付吕、郤，二人背叛，我拿什么再战呢？"勃鞮说："吕、郤久随先君，又受顾命之重，尚且临阵倒戈，其余众臣，更难倚靠，主公不如暂赴高梁避难，待以后国中有变，再借狄兵想办法归国。"怀公至此无计可施，只得叹了一口气，拜辞宗庙，携了家眷和近臣，命勃鞮驾车，奔高梁而去。

二月十六日，重耳率军到达曲沃，先来拜了武公庙，晋国大臣栾枝（字枝子，谥号栾贞子）、郤溱、士会（字士季，谥号范武子）、羊舌突、舟之侨等三十余人，都赶到曲沃迎驾，韩简、郤步扬、梁由靡、家仆徒等则在绛都郊外迎候，重耳随后到绛都即位，这就是春秋时期著名的霸主晋文公，这一年，重耳已经六十二岁了。

欲知文公即位之后，晋国又有何事，请看下回。

第十三回

心怀疑忌吕郤复叛　素志狷介子推隐居

文公即位以后，听说怀公在高梁暂避，不除终为后患，就派颠颉到高梁刺杀了他，夷吾一脉，至此断绝，勃鞮收怀公尸体安葬，然后悄悄回到绛都。文公重新厚葬了狐突、里克、丕郑父、七舆大夫等一班冤死大臣，国人都很满意。

再说吕省、郤芮，当时归附新君，实在是迫不得已，自感和文公相左日久，比不得从亡诸臣那么亲近，怕文公找茬治罪，心中常不自安，两人计议，想率领家甲造反，杀死文公，立别的公子为国君。国中诸人不知腹心，唯有勃鞮为文公所深恨，同样担心文公治罪，这一点人所共知，于是招来勃鞮，商议共同举事，勃鞮欣然答应，三人歃血盟誓，约定三月三十日无月之夜起兵火烧公宫。

勃鞮回到下处，细想自己往日的所作所为，那是桀犬吠尧，各为其主，并非执意要与重耳为敌，现在国内局势已定，岂可再做篡逆之人，何不将这一件天大的事告密，赎自己前罪，作为进身之阶，图个下半世快活，何必要冒杀身风险，跟随吕郤造反？主意既定，次日一早来到公宫求见。文公听说是勃鞮求见，让近臣传话指责说："当年伐蒲，先君命你第二天出发，可你当天就赶到了，并且竟敢砍下寡人

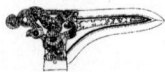

裙摆，我命几乎丧在你手。后又到狄国行刺，限你三日内起身，可你第二天就出发了，虽然说是受人所命，你的行动也太快了吧？寡人与你有什么旧怨，竟然如此逼我。你还是早点逃命去吧，省得我抓住你处以刑罚。"勃鞮笑着对近臣说道："请上复主公。我本来以为主公在外奔走十九年，应该明白为君之道了，所以才来见主公，没想到仍然没有明白，看来还是免不了要失国出走了。勃鞮以前追杀主公，那是在一心一意地执行国君的命令，尽力为国君除去他所厌恶的人，可以说是对国君忠心不二，这样的人，主公为什么会不喜欢呢？齐国管仲曾经射中齐桓公的腰带，这可比砍下裙摆危险多了，可是桓公仍然任用他，最终成就霸业。现在主公新立，反对者不乏其人，主公念念不忘砍衣旧怨，反齐桓公之道而行之，难道不想成就霸业吗？主公不见我，我能有多大损失，但恐主公大祸不远了。"近臣把勃鞮的话回报，文公听得勃鞮话里有话，就命召他入宫。

　　勃鞮拜见文公，并不谢罪，只称："贺喜我君"。文公淡淡说道："寡人即位有些日子了，你今天才来致贺，不有点晚吗？"勃鞮答道："主公即位，轮不着臣来致贺，臣是贺主公得到勃鞮啊。"文公又问："得到你有什么好庆贺的？"勃鞮请屏去左右，把吕、郤准备发动叛乱的阴谋全部说出，文公大惊，嘱咐他说："你且和他们周旋，不要露出形迹，事定后寡人会赏你的功劳的。"勃鞮答应而去。

　　文公立即召狐偃、赵衰二人进宫，商议应对之策，文公说："寡人想去胥臣军中，待吕、郤举事然后剿灭，怎样？"狐偃说："吕、郤之党所在多有，军中忠奸难辨，恐怕有人乘乱行刺，主公忘记游不疑和奚齐之事了吗？不如悄悄去到秦国，远避险地，只要主公没事，何愁贼党不灭。"赵衰说："子犯跟随主公去秦，臣留在绛都来对付他们。"计议已定，文公召心腹近臣吩咐一番。次晨五鼓，文公只带内侍数人，悄悄出了后门，与狐偃登车，出城奔秦国而去。天明，百

官早朝，只听得近臣宣布说："主公昨夜得了腹疾，不能视朝，也不烦劳众卿探视，嘱众卿各依职守。"赵衰假装叹道："主公新立，百事正繁，现在得了腹疾，这可怎么办呢？"百官见赵衰心急，都信以为真，各各叹息而归。宫中召太医看病、进膳，一切如常。

再说文公悄悄来到秦国地面，派人致密书与穆公，约定在边地王城（今陕西大荔县东）相会，穆公知道有事，于是托言出猎，径奔王城。二君相会，文公告以吕、郤作乱一事，穆公就命公孙枝屯兵河口，打探绛都消息，自己与文公暂时住在王城。

那吕省、郤芮只当文公卧病宫中，至朔日夜如期举事，家甲各带兵器火种，在宫门放起火来，吕、郤乘乱率兵攻入宫中，四下搜寻，却不见文公踪影，二人心下着忙。忽听宫外喊声大起，手下仓忙来报："赵衰、栾枝等率军来攻，兵势甚众。"二人计议："既然没有杀得文公，不如先出城再作道理，再迟恐怕被困。"于是率徒众杀出朝门而去。赵衰心知文公无恙，也顾不得追杀，急令军士救火，修葺宫殿，严守都城，等待文公归来。

吕、郤率领徒众屯兵郊外，见赵衰等闭城谨守，又没有得到晋君死讯，一时不知该奔向何处。吕省说："晋国邻邦，只有秦为最强，而且晋公子酉现在那里，不如去投奔秦国，言称文公不幸死于天火，然后借秦的力量，拥立公子酉复国，我等可据拥立之功，再掌晋国权柄，此不失为上策。"郤芮说："重耳是秦穆公所立，不知道他肯不肯容纳我们？"吕省说："先君惠公也是穆公所立，怀公也是穆公准备立的，他能立晋国三位君主，为什么不能再立公子酉呢？况且我曾与秦穆公有过王城之盟，也算是有旧。现在我们没有更好的去处，只能投奔秦国。"郤芮说："话虽如此，也得先派人表明我们的意图，同意就去投奔，如不同意，再作计较。"吕省认为说得有理，就派亲近之人先去秦国下书，又怕赵衰等率兵来追，于是移营屯扎于黄河岸边。

下书人入公孙枝军，道明来意，公孙枝就把他们的书送到王城秦穆公处，穆公屡得公孙枝之报，吕、郤行止，尽在掌握之中，听说有书送来，笑着对文公说道："天意昭昭，使二贼自来投死。"于是回书召吕、郤来秦："天不佑晋，连丧其君，二大夫是晋之重臣，有意拥立公子雍，这是晋人之福，也是寡人之愿呀。烦劳二大夫入秦共议大事。"吕、郤得书大喜，欣然过河来见公孙枝。公孙枝以礼相迎，对二人说道："寡君现在王城，可往同见。"二人毫不起疑，径直来见秦君。穆公让晋文公暂避在旁边房间，自己来见吕、郤，二人拜见毕，说起迎立公子雍一事，穆公笑道："公子雍就在旁室。"呼道："新君可以出来见你的属臣了。"文公不慌不忙地走出来，吕、郤见是文公，大出意外，既而明白为穆公所算，只吓得魂不附体，跪地口称："死罪，死罪。臣再也不敢反了，只求能免一死。"文公骂道："寡人待你们和从亡诸臣一视同仁，何曾错待，你们竟敢生叛逆之心！要不是勃鞮心怀忠义，寡人几乎葬身火海，现在你俩还想活吗？"喝令推出斩首，二人闻言，方知为勃鞮所卖，恨恨不已。可叹吕省、郤芮二人，跟从惠、怀日久，长期秉持晋国朝政，算得一时重臣，竟毁于莽夫勃鞮之手。临刑，二人悔恨地说："早知今日，当初不如在庐柳一战，还可以见先君于地下。"

文公既斩吕、郤，就派勃鞮提着二人首级往河边招降徒众，率归绛都，又派人报捷于国中，群臣大喜，赵衰等忙备銮驾赴河西来迎文公。文公顺便接了怀嬴，拜辞秦穆公，在群臣簇拥之下，返回绛都，文公感激秦穆公再助之恩，就把怀嬴立为夫人，改称文嬴。晋献公之女伯姬先已为秦国夫人，现在秦国女子又为晋国夫人，故后人以"秦晋之好"来比喻婚姻。

文公归国，勃鞮请示如何处置吕、郤徒众，文公害怕他们日后为乱，想要全部杀掉，赵衰劝道："我国自骊姬乱政以来，严刻寡恩，

杀的人已经很多了，惠、怀就是因为杀人太多，所以才失去了人心，主公新立，应当改变这样的做法，实行宽政以收揽人心。"文公于是全部赦免了这些人，但是吕、郤之党很多，持各种想法的人都有，虽然获赦，仍然有一些人觉得自己罪重，心中不安，为此讹言流布，文公很为这事担忧。忽有一天，近侍报往日逃离的头须前来求见，文公闻报大怒道："头须昔日席卷盘资而去，导致寡人在卫国向农夫乞食，现在还有何面目来见寡人。寡人不见，快让他走。"近侍如言传达，头须不去，请求再报，说："身为一国之君而和一个匹夫结仇，这合适吗？况且主公能原谅勃鞮，为什么不能原谅我头须呢？再说从亡者自是有功，居留者亦未必就有罪。"近侍斥责道："主公正在解发洗头，哪有时间见你！"头须说道："解发洗头，俯首弯身，心不能正，所以思绪紊乱，出言颠倒。头须这次来，有安定国家的好办法，如果主公一定不见我，那我只好带着我的好办法远奔他乡了。"近侍听他这么说，急忙报给文公，文公想听他有什么好办法，赶忙束好头发，换上朝服接见。头须先叩头请罪，然后说道："臣以前窃主公财物而逃，使主公困顿，这事国人尽知。现在主公如果用臣来驾车，国人都知道主公不念人旧恶，就会疑虑顿消。"文公觉得头须的这个办法挺好，就让他为自己驾车巡城，国人见了都说："头须之罪不轻，现在文公仍然如此信任，何况他人呢？"从此人心安定，讹言顿消。文公大喜，嘉奖头须，让他仍旧掌管库藏，群臣见文公宽宏大度，用人不疑，人人感奋，头须自然更是尽心竭力，忠于职守。

狐毛一日上朝，见一人衣衫褴褛，踞坐于宫门前，旁若无人地击壤而歌，细听其词为：

原田蓁蓁，父窜奔狄，子失所依。其情凄凄。
原田芳芳，父居朝廊，子处野荒。其情惶惶。

　　狐毛见其人甚是面善，却一时想他不起，又听得他歌颇有深意，于是带回朝房细问，那人说道："小民乃是蒲城遂白。"狐毛醒悟道："怪不得如此面善，原来确是故邻。却为何要在宫门前口出谤言？"那遂白因见狐毛乃是故人，又知他忠厚，因此放胆言道："小人怎敢口出谤言，只不知主公今日富贵，为何遗弃公子、小姐于不顾？"狐毛惊问道："公子、小姐尚在人世吗？现在何处？"遂白回答："公子、小姐俱已长大成人。公子现随小人寓居绛都客舍，因不知主公心意，不敢贸然出见。"狐毛闻言，朝也顾不得上，急命遂白："快带我去见小主公！"遂白将狐毛领至客舍，指着一个青年人道："这便是公子。"狐毛看那青年，虽是布衣，却也生得鼻直口方，有大家子之相，依稀记得他儿时形象。狐毛是个精细之人，将当年在蒲城时行状一一询问，那青年对答如流，并无一丝错讹，狐毛喜道："果真是小主公驾到，恕臣接驾来迟。"赶忙跪在当地，行了君臣大礼，一面将公子迎到自己府中，一面派人同了遂白到蒲城去接小姐。

　　原来，文公先曾娶妻徐嬴，无子早亡，续娶偪姞，生有一子一女，子名欢，女名余姬，重耳惶惶出逃，偪姞惊吓而亡，子女尚幼，遗弃于蒲城，幸得遂白收养，十九年过去，闻得文公回国即了君位，本想来投认，又担心文公移情新欢，不念旧恩，不肯相认，所以遂白在宫门前佯狂而歌，不意正遇着狐毛。

　　次日，狐毛直入后宫面见文公奏道："主公春秋已高，何不早立太子，以继大统？"文公道："寡人长子公子雍尚幼，且待数年后再议此事。"狐毛复奏道："主公自有长子，何论公子雍？"文公戚然言道："长子欢流落蒲城已久，生死不明，怕是早就死于战乱了。"狐毛见文公旧情尚存，于是说道："小主公和长公主现在臣府。"文公闻言且惊且喜道："二稚子尚在人世吗？快让他俩来见寡人。"狐毛赶忙回府接了公子小姐进宫，文公见了分别十九年的一子一女，俱都

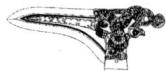

生的高高大大，唏嘘不已，说道："为君者顾国难顾家，战乱中骨肉分离，且喜今日父子团聚。"得知当年幸赖遂白收养，于是厚赏遂白，立姬欢为太子，命阳处父为太子太傅，教授诗书礼仪。时赵衰独居，就把余姬嫁给赵衰为妻，称为君姬氏。

狄国君主听得文公即位，遣使称贺，并且送季隗归晋，而季隗所生二子伯儵（音条）、叔刘仍然留居狄国不回。文公笑着对季隗说："一别八载，所幸不是二十五载，你不用再嫁了。"齐孝公也送文姜回晋国，文公感谢文姜说："要不是夫人乘醉送我出城，寡人哪有今天？"文嬴听说二女往事，倍加敬重，请求让出夫人之位，于是重新定位，立文姜为夫人，季隗为次，文嬴又为次，文公见后宫和睦，心下欢喜。君姬氏听说季隗归到晋国，也劝说赵衰接回叔隗母子，赵衰考虑到夫人是文公之女，不敢接回，君姬氏于是向父亲诉说，文公心知赵衰心情，于是派人到狄国接回叔隗母子。君姬氏又一再请求把夫人之位让给叔隗，赵衰请示文公，文公就宣叔隗母子进宫，亲自册立叔隗为赵氏夫人，立赵盾为世子，叔隗母子谢恩而出。赵盾（谥号赵宣子）时年一十七岁，精通诗书射御，谦让有礼，具有大家子风范，君姬氏所生三子同、括、婴都不如他，赵衰非常喜欢，后来赵盾果然成为晋国首辅，连辅晋国数位君主，延续晋国霸业，这是后话。

文公为君数年，感觉政事繁杂，力不从心，于是拜胥臣为师，跟他学读书，探寻治国之道，三月过后，文公说道："我的知识多了，可能力还是不行，读书有什么用呢？"胥臣回答说："以主公的知识，驾驭那些有能力的人，让他们施行治国之策，不是很好吗？"文公认为胥臣说得有道理，学习更加努力。他感慨地对太史郭偃说："寡人原先以为治理一个国家很容易，现在才知道是一件很难的事。"郭偃贺道："主公以为很容易的时候，困难很快就会来到。主公认为很难的时候，事情就变得简单了。晋国不难治也。"文公见局势安稳，于

是论功行赏，从亡诸臣自然是首功，狐偃、赵衰、狐毛、胥臣、先轸、狐射姑、魏犨、颠颉等依次受赏，其余晋国旧臣栾枝、郤溱、韩简、郤步扬、士会、梁由靡等俱各受赏，或封邑，或授爵。文公另以白璧五双赐给狐偃说："这是赔你投在黄河中的那双璧啊。"又怀念自己的外公、老臣狐突为国惨死，为其立庙于梗阳，后人名其山为狐突山，今清徐县西马峪村尚存狐突庙，为省级文物保护单位。老臣韩简奏道："先臣荀息，忠节可嘉，死于奚齐、卓子之难，应该录用他的后人，以鼓励众臣忠于君事。"文公遂授荀息之孙荀林父（字伯氏，谥号中行桓子）为大夫。

从亡者壶叔见受赏者中没有自己，就对文公说："微臣自蒲城跟从主公，居则侍寝食，出则备车马，现在其他人都得了赏，唯独没有小臣，莫非臣有什么过错吗？"文公抚壶叔之背说道："壶叔你过来，听寡人跟你说。壶叔你的劳苦，寡人岂能忘却？只不过有功的人很多，有司需要甄别各人功劳，依序行赏，现在先行上赏，再赏就会轮到你了。"壶叔欢喜而退。行赏尚未结束，忽有周朝使者求见，说是周襄王因为弟弟太叔带作乱，现在郑国避难，前来告急，请求文公平乱，帮助襄王归国，文公君臣忙于商讨勤王之事，封赏一事于是暂停。

从亡功臣介子推，本是个狷介（个性突出）之人，文公复国，他不愿与狐偃同列朝班，竟托病隐居在家，以织履为生，奉养老母，文公事务繁忙，一时想他不起，未予封赏，介子推亦不言禄。邻人解庄劝他自报功劳，介子推摇头不答。老母一旁劝他说："你跟随国君流亡十九年，并且有割股啖君的功劳，其他人都能得到封赏，为什么你不能？你去言明，就算是得到几石米面，也可以吃几顿饱饭，不比你在家织履强？"介子推见老母不高兴，这才耐心说出自己的想法："献公九个儿子，只有主公最贤，得为晋国国君，其实是天意呀，狐偃这班人以为是自己的功劳，争相邀功，我实在看不下去。窃人之

105

财，尚且是盗，何况贪天之功为己有呢？我耻于同他们为一殿之臣。”其母又说：“你不想在朝任职，也应该入朝见一见国君，才不致埋没你当年割股的功劳。”介子推说：“我一不想任职，二不求封赏，谈功劳有什么必要呢？”母亲见他态度坚决，于是说道：“既我儿能为廉士，我为什么不能为廉士之母？我母子不如隐居深山，不要再呆在这混浊的市井中了。”介子推喜道：“母亲之言，正合我意，孩儿素爱绵山风景优美，清幽雅静，远离尘嚣，向来没有时间赏玩，我母子不如就在那里安身长住，颐养天年。”当下母子二人搬离绛都，来到绵山，结庐于深山之中，与山溪猿鹤为伴，过起了隐居生活，终身不再出仕。

介子推母子行踪，唯有解庄一人知道，他不平于介子推不得封赏，并敬重他的为人，于是就在宫门贴了一张匿名帖子：

> 有龙于飞，周遍天下。五蛇从之，为之承辅。龙返其
>
> 渊，蛇得其所。一蛇独怨，槁死于野。

近臣将帖子揭下呈于文公，文公看毕，说道：“这是介子推的怨词啊，寡人光顾考虑勤王的事，没有来得及封赏介子推，这是我的错。”于是亲自到介子推门首，要接子推入宫封赏，谁知介子推已不知去向，询问邻舍，解庄跪奏：“介子推耻于言功求赏，已于数日前偕其母赴绵山隐居。宫门帖子，实是小人不忍其大功泯灭而写的。”文公说道：“要不是这张帖子，子推之功几乎被埋没。”于是授解庄为下大夫，命他为前导，驾发绵山，来寻访介子推。来到绵山，但见峰峦叠嶂，草深林密，哪里有介子推的踪迹。文公派人寻了数天，一无所获，只得环山封为介田，作为介子推食邑，又取绵山一木，制为木屐，早晚穿着，呼为“足下”，以表对介子推的思念，“足下”后

来竟成为对人的尊称。文公只能用这样的方式来表达自己的悔意，表彰介子推的功绩。后世秦朝在绵山所在地设置介休县，正是为了纪念介子推，县名沿用至今。

后人把这件事演绎为晋文公为了逼介子推出山，下令举火焚山，结果介子推母子终不肯出，相抱烧死于树下的民间故事，称介子推有"直内方外，义不苟取之清。遗世独立，富贵浮云之明"，根据这一史实，把二十四节气之一命名为清明。并传焚山之日，是冬至后一百零五天，清明前一天，就把这一天定为寒食节，俗称"一百五"，民间都不忍举火，冷食一天。至今山西大部地区都有"一百五"这一天设野祭、焚纸钱的习俗，逐渐二节合一，二十四节气之一的清明，就此成为中华民族焚香祭祖的节日。

后人有诗赞介子推：

清明寒食咏春愁，福禄淡泊死甘休。

千古神林松涛瑟，割股啖君草泣秋。

欲知晋文公如何助周襄王归国，请看下回。

第十四回

因勤王晋国得温原　为救宋文公伐曹卫

再说周襄王，被弟弟太叔带赶出王城，来到郑国地面汜，郑文公听说，急忙派出工匠为襄王搭建庐舍，又亲自来到汜地安排襄王君臣的生活起居，配备日常用品，饮食供应都很丰厚。襄王就此在汜暂时安下身来，大臣简师父奏道：“齐国自桓公死后，霸业已经不存在，现在诸侯各国，有能力而又有志图霸的，只有晋、秦两国，这两国只要有一国愿意出力，我王不愁复位。”襄王就派简师父赴晋，派左鄢父赴秦，命二国前来勤王。

简师父来到晋国，面见晋文公，转达襄王之意说：“朕德行不修，得罪于母后之宠王子带，野居于郑地汜，以此告叔父（周天子对同姓诸侯的尊称）。”文公召集群臣商议，赵衰首先发言：“当年齐桓公之所以能够称霸诸侯，就是因为举起了‘尊王攘夷’这面旗帜。我先君文侯，也曾有过帮助平王东迁的业绩，从中获益非浅，现在襄王流落在外，这正是我们借尊王以图霸的好机会，千万不能错过。”狐毛也奏道：“晋国近年来换了好几个国君，国民习以为常，不知君臣大义，国君的权威受到损害，我们应该借帮助襄王复国、讨伐叛逆这件事，让国民都知道国君的地位是不容挑战的，从而拥戴国君，消除

叛逆与不臣之心。"文公又征询首席智囊狐偃的意见，狐偃说道：
"二位所言极是，要想取得诸侯的拥戴，没有比勤王更重要的了，我
们不出兵，秦国也会出兵的，到那时霸业可就是秦国的了。"文公见
大家众口一词，都同意勤王，遂决意出兵，先让简师父回去禀报襄
王。文公虽然下了决心，但还是按照惯例让史官占卜，史官奏道：
"卦象大吉，是黄帝战于阪泉之兆。"文公说："寡人怎敢与黄帝相
比，此次出战，能够有所成就算不错了。"狐偃一旁说道："周王朝
虽然不如以前那样有权威了，但仍是天下共主，天命所系，此行必定
可成大功。"文公于是检阅军马，组建左右两军，命赵衰为左军统领，
魏犨为副，卻溱为右军统领，颠颉为副，自己与狐毛、狐偃、栾枝等
统率全军，左右策应。

　　大军临近出发，边境守臣来报："秦穆公也起大军勤王，现在驻
兵河上，不日就要渡河。"狐偃奏道："秦穆公勤王，也是志在图霸，
周、晋同姓，我们不能落在秦人后边，必须阻止他们出兵，以免分我
功劳。"文公就派胥臣往河上秦军营中，对穆公说："周天子蒙尘外
狩（国君被赶出国都的委婉说法），寡君已经起举国之兵前往勤王，
不敢再劳动贵国之师了。"秦穆公答道："既然如此，寡人就静等着
听贵国的好消息吧。"秦国大臣蹇叔、百里奚都劝道："晋国想独揽
勤王功劳，称霸诸侯，所以劝我们不要出兵，我们岂能听他的，不如
按原定计划行事，直下郑国，助襄王复位，等晋军到来，我们已成大
功了。"穆公道："寡人不是不想成就勤王大功，只是我国东道不通，
中间有戎狄相隔，不仅会阻止我们此次东行，就是将来也会给我们往
东发展造成阻碍，不如归去。"于是派公子絷跟随左鄢父到汜地，慰
劳襄王，转达穆公之意，自己率军班师回国。

　　晋文公听胥臣归报秦军退师，就派狐偃之子狐射姑携带重礼向草
中之戎和丽土之狄借道，三月十九日，文公进军阳樊（今河南济源东

南），驻军城外，周朝守臣苍葛迎出劳军。四月初三日，文公先派左军到汜护送襄王回成周，城内周、召二公接入。又探得太叔带在温（今河南温县西南），就派右军前去攻打，温城人听说襄王已经复位，于是杀散守门军士，大开城门迎晋军入城，太叔带慌忙登车逃跑，逃至隰城（今河南武陟县），却被颠颉率军追上，太叔带对颠颉说道："我们兄弟争王位，与晋何干！将军今天放过我，以后定当厚报。"颠颉大骂道："你仗着母亲宠爱，目无国君、兄长，篡位肆虐，天下共愤，何言无干，我岂能饶你。"太叔带大怒，挺剑来斗，早被颠颉一戟刺于车下，军士争相上前，割下首级，来报主将卻溱。卻溱说道："将军应该活捉他，送交周天子明正典刑才是。"颠颉道："如果那样，周天子就会招一个杀弟之名，反而不好处理，还是现在杀了痛快。"卻溱见他说得也在理，于是一面安抚温城百姓，一面派人到阳樊向文公报捷。

文公见太叔带授首，王室祸乱已平，就到成周来朝见周襄王，襄王设宴款待，并赠送文公不少金帛，文公辞谢道："臣不愿受赏，只希望身后能享受隧葬之礼。"襄王不同意，说道："隧葬是天子的葬礼，朕不敢因为叔父有功而乱大典，此乃国家制度，不可擅改，否则，叔父自己有地，尽可以自行隧葬，又何必请示朕呢？"文公不敢再多说。襄王割阳樊、温、原、州、陉、絺、组、攒茅八城（均在今河南新乡市）与晋，作为赏赐，文公谢恩班师，兵驻太行山之南，来接收八城。

各城见有襄王文告，又惧怕晋军势大，纷纷携酒食出迎，只有阳樊、原两城不服，军民登城拒守，文公大怒，先率军来攻阳樊，派人对城上说道："阳樊是天子赐与寡君，你们怎么敢违抗天子之命，还不早早降顺。"守臣苍葛说道："我们与晋同是王臣，晋国有什么资格来统治我们呢？"文公见不听，喝令攻城，阳樊小城，怎禁得晋军

日夜攻打，看看顶不住，只好请降，文公不许，放言要打破城池，尽屠守城军民。苍葛缒城来见文公，说道："君上匡扶天子，是为了尽臣子之道。阳樊本是王畿之地，百姓不是周王室的宗族，就是周王朝的亲戚，所以抗拒，是由于久为王臣，还没有受到过君的恩德，不愿意离弃周室而归晋国。君上扶定王室却要屠杀王室近亲，这在道理上说不过去呀。"文公听罢，怒气顿息，说道："你说的是君子之言"。于是准予阳樊军民自由选择，愿意归周者去，愿意顺晋者留，百姓大都愿意归周，苍葛率领他们迁到周地轵村。文公进入阳樊，划定疆界，留兵据守，然后领军来取原。

这原地（今河南济源西北）本来是周朝卿士原伯贯的封邑，襄王因为他作战无功，救援不力，所以削去他的爵位，把原地赐给晋，原伯贯自然不服，聚众抵抗，并且骗原地军民说："晋军攻下阳樊，把全城军民都杀掉了。"原人于是同心拒守。

赵衰见原地难下，献计道："攻城以攻心为上，只要我们表现出自己的诚信，原可不攻而下。"文公问道："怎么表现诚信呢？"赵衰回答说："请与原民约，双方攻战三天，三天攻原不下，即便解围弃原而去。"文公同意了他的计划。三天过后，没有攻下来，文公传令明天一早撤军，当夜，有原民缒城来报文公说："城内守兵快支持不住了，并且知道阳樊并没有被屠城，人心已乱，我等愿于明天晚上献城投降。"文公说道："寡人原说三天攻城不下便即解围而去，现在三天已经过去了，寡人已经传令明天一早退师，你们只管守你们的城，不要再生二心。"原民不解道："明晚就要献门，贵君为什么不肯再留一天而得到一座城呢？"文公说："寡人一言既出，驷马难追，得一城而失信于民，寡人以后怎么让百姓来相信我呢？"原民将信将疑。等到黎明，果见晋军撤围而去，原民见晋文公宁可失城也不失信，多主张归晋，原伯贯不能阻止，只得请降，使者追出一舍之地，

直到孟门，方才追上晋军。文公见原请降，于是还军于原，百姓尽皆欢迎，文公待原伯贯以周朝卿士之礼，把他安置在冀（今河津市东北）。因赵衰献攻心之策有功，于是任他为原大夫，兼辖阳樊等三城。任狐毛之子狐溱为温大夫，兼辖攒茅等三城，各留兵两千据守，文公率得胜之师归国。

文公勤王一役，在各国树立了威望，势力直达中原，领土深入太行山以南，在政治、军事上都取得重大胜利，为不久后的称霸诸侯奠定了基础。这次战役的影响，还远及后世，三国时司马懿父子代魏自立，建立晋朝，正是由于他们是温地人，春秋时属晋，这才以晋为国号。这是后话，按下不表。

其时楚国势大，鲁、卫等国都成为他的势力范围，鲁国借楚之兵，攻占了齐国领土谷邑（在今山东东阿县），鲁僖公派自己的弟弟公子买与楚将申叔时一起戍守。只有宋国不听约束，楚国于是纠合陈、蔡、郑、许四国伐宋，包围了宋的缗邑，宋成公记起先王曾礼遇重耳，并且司马公孙固与晋国君臣友善，于是就派公孙固入晋求救。文公召集群臣议道："宋与楚都曾礼遇寡人，现在两国交恶，我不知道该帮助谁，取中立态度怎样？"先轸进奏道："不可。当年齐桓公存邢救卫，抑制荆楚，所以能够称霸诸侯，如今宋国有难来求，如果我们袖手旁观，岂不令各国失望，从而坐失霸主地位？依臣愚见，这是上天授给我们救灾恤难的好机会，树威立霸，在此一举，应该救宋。"文公仍存疑虑："就算是我们打算救宋，该怎么做呢？"狐偃这时发言道："曹国依附楚国，卫国与楚新婚，而这两国又都是我们的仇敌，我们先不和楚国发生正面冲突，而去兴兵攻打曹、卫，楚国必然来救，这样一来可解宋国之围，二来也算给了楚国人面子。"当下晋国君臣议定，就把作战计划告给公孙固，让他回报宋成公，坚守待援，公孙固高兴而去。

晋

国

演

义

　　晋国君臣积极准备出兵，将原来的左右二军扩充为上中下三军，文公问赵衰说：“军中不乏智勇惯战之将，可谁担任元帅最合适呢？”赵衰回答说：“智勇惯战之将虽多，但同时又博学的，则只有郤縠一人。郤縠今年五十多岁，诗、书、礼、乐无所不通，担任元帅，必能胜任。”文公于是决定任郤縠为中军元帅，统率三军。郤縠以自己年纪大、身体不好为由推辞，文公说道：“寡人了解先生的能力，希望不要再推辞了。”郤縠这才同意就职。文公择日在被庐大阅军马，拜郤縠为中军元帅，郤溱为佐。任狐偃为上军主将，狐偃推辞说：“弟不可以在兄之上，臣请为副将。”于是改任狐毛为上军主将，狐偃为佐。文公又欲任赵衰为下军主将，赵衰也推辞说：“要说领军作战，栾枝、先轸、胥臣，哪一个都比我强。”文公就任栾枝为下军主将，先轸为佐。转命赵衰为大司马，魏犫为车右，祁瞒掌中军旗鼓。郤縠集合三军，登坛发令，演兵三天，果然宽严得体，进退有度，指挥如意，文公大喜。

　　晋文公五年，公元前632年春，晋国起卜中下三军来救宋国。文公征询中军元帅郤縠的作战方案，郤縠回答说：“我军应该以攻打曹国为名，向卫国借道，卫、曹现在是同盟，肯定不会同意，我们就装作绕道去打曹国，然后出其不意回攻卫国，胜卫以后，再乘胜进攻曹国，不难收全胜之功。”文公高兴地说：“先生果然博学多智，这个计划很好。”于是就派人到卫国来借道，卫国大夫元咺（音宣）对卫成公说：“当年晋文公路过我国，先君没有接待，现在前来借道，主公一定要答应，如若不然，就会招来祸患。”成公不以为然，说道：“我国现在和曹国、楚国是同盟，如果借道给晋，恐怕不能结好晋国，倒会先激怒楚国。得罪了晋国，还可以指望楚国，如果得罪了楚国，我们该依靠谁呢？”于是不准晋国借道，晋军就绕道往南，假装去攻打曹国，卫君放下心来。不料晋军行至南河（今河南延津北），突然

渡河北上，攻入卫境，很快打到五鹿，晋文公来到旧地，想起当年在五鹿的穷困之状，感慨万千，又想到介子推割股之事，现在隐居不出，不愿同享富贵，禁不住流下泪来。先轸在一旁说道："主公不要悲伤，待臣率领本部兵马，攻下五鹿，为我君雪当年之辱。"文公遂命先轸率下军去打五鹿。先轸命军士虚张旗帜，以为疑兵。卫军五鹿守将公子休，望见晋军旌旗遍野，车马辚辚，不知有多少人马杀来，只得弃守而逃，军士争相奔窜。先轸占了五鹿，来向文公报捷，文公大喜，对狐偃说："卿曾说过我们要得五鹿之土，今天果然应验。"

文公留老将却步扬屯守五鹿，兵进敛盂（卫地，今河南濮阳市东），忽报中军元帅郤縠病重，文公亲往探视，郤縠流泪对文公说道："臣蒙主公知遇，拔为三军统帅，本该败楚救宋，肝脑涂地以报主公，怎奈天不假我以年，方今军未大捷，而臣死在旦夕，有负主公厚望。"文公也流泪握着郤縠的手说道："卿何出此言，还望多多保重，早日康复，挥军直下楚丘。"郤縠摇头说道："臣势将不起，不能再为我君驱驰。军中不可一日无帅，下军佐先轸，多谋善断，虑事深远，胜臣多矣，若代臣职，必能助主公成就大功。"一来有老将推荐，二来文公也知道先轸确实有才，于是就越级提拔先轸为中军元帅，代替郤縠，任胥臣接替先轸为下军佐。郤縠不久含笑而逝，文公命人护送灵柩归国安葬不提。

齐昭公新立，听说晋国起兵拒楚救宋，就想借机收回谷邑，于是赶到敛盂来和晋文公会盟，卫成公见五鹿失守，楚丘危急，也想参与敛盂之盟，于是派上卿宁俞到晋军谢罪，请求讲和，文公说道："卫国前不借我道，现在兵临城下才想到讲和，寡人岂能应允。回去归报你们的国君，快快整顿兵马前来厮杀，寡人定要踏平楚丘，以报前恨今仇。"宁俞回报成公，成公说道："晋人衔恨，不许讲和，为今之计，只能死心塌地依靠楚国了。"谁知卫国老百姓不答应，主张归附

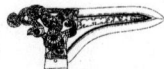

晋国。成公无计可施，叹道："先君不幸失礼，寡人又没有借道，目下讲和不成，国人亲晋不愿战，楚救又来不了，我该怎么办呢？"宁俞说道："晋文公正在气头上，主公不如出城暂避，晋国见主公避出，说不定就不来攻打楚丘了，这样卫国社稷还有保存的一线希望。"卫成公叹气道："也只能如此了"。于是就命弟弟叔武摄理国事，大夫元咺协助，自己带领宁俞等一班近臣，避居于襄牛（今河南睢县），一面又派大夫孙炎赴楚军求救。

晋文公见卫君避出，准备乘势灭掉卫国，先轸谏道："我们出兵，本来是为了来救宋国，今宋围没有解除，而先灭卫国，这不是存亡助弱的霸主应该做的，再说卫成公无道，我们废掉他就行了，没有必要非得灭他的国。不如移兵去攻打曹国，等到楚兵来救卫国，我们已经在曹国了。"文公于是率军向曹国进发。

曹共公见晋兵来伐，急忙召集群臣商议应对之策，僖负羁奏道："晋文公此来，是为报当年观翩胁之怨，晋军势大，不可力敌，不如派使者讲和，以救一国百姓。"曹共公不放心地说："晋国不与卫讲和，难道能和我们讲和吗？"大夫于朗出班奏道："僖负羁与晋文公有私交，现在又献卖国之计，不如将他斩首，然后迎敌。"曹共公说道："僖负羁为臣不忠，念你是老臣，寡人不杀，免官罢归。"僖负羁只得谢恩出朝。共公又问于朗："我们该怎么迎敌？"于朗说道："可将战死晋兵曝尸城头，以动摇其军心，迁延一段时间，楚国救兵到来，晋军必退。"共公称善。第二天，晋将勃鞮率军三百攻陶丘北门，曹兵放晋军进入瓮城，然后用长弩从四面射下，勃鞮阵亡，三百士兵，逃出者不及一半。曹军果然将晋军尸体用长杆挂在城头，接连一百余具，在风中摇曳，晋军将士望见，士气顿挫。文公向先轸问计，先轸答道："曹国祖坟都在西门外，我们不妨将上军移驻坟地，扬言要掘他的祖坟，城内人心必乱，不愁有可乘之机。"文公依计而

行，城内果然人心大乱，共公派人在城头大叫："千万不要掘墓，我们愿意投降。"先轸也派人回答说："如果你们真心愿意投降，就先把城头晋军尸体殡殓装棺送还我军。"曹人答应三天后照办。

三月初八日，先轸令狐毛、狐偃、栾枝、胥臣各领兵一部，分作四路埋伏，大军退兵五里。曹人见晋军退兵，于是大开城门，送棺车出城，忽听一声炮响，晋军四路伏兵齐出，曹人急忙关闭城门，却因丧车拥塞，一时关闭不及，晋军乘乱攻入城中，于朗于乱军中被颠颉所杀，曹共公被魏犨所擒，文公面责曹共公说："你国只有僖负羁一个贤臣，你却罢官不用，反而任用一班屑小，不亡国等什么？"遂将共公送至五鹿交却步扬囚禁，待胜楚后再行发落。

不知文公如何处理曹事，请看下回。

第十五回

焚僖宅颠颉正典刑　战城濮先轸建殊勋

文公入陶丘，取府库所藏，又抄没一干佞臣家财，尽皆赏劳军士，访得僖负羁家住北门，于是传令军士："环北门一带，不得侵扰，违令者斩。"魏犨、颠颉二人闻令不服，说道："我等跟随主公，流亡奔走，攻城拔寨，这才是功劳，却未得大赏，僖负羁不过一饭之劳，能值几个钱，主公如此眷顾，不免便宜了他。"二人越想越气，竟乘着酒兴，私领军兵，围住僖宅，放起火来。魏犨跃上门楼，在火光中往来奔走，想进宅中寻见僖负羁杀之，不料一时酒涌上头，立足不稳，竟从门楼上直摔于地，恰在此时，一根烧残的大梁掉落下来，砸中他的胸部，魏犨顿时口吐鲜血，挣扎不起，幸被颠颉救出，二人一同撤兵回营。

再说僖负羁，当晚早早安歇，竟不知火起，逃避不及，遂葬身火海，其妻慌急中怀抱五岁幼子僖禄跳进后园污水池中，方才幸免于难。狐偃、胥臣引军救灭大火，访得是魏犨、颠颉二人放的火，不敢隐瞒，报于文公。文公大惊，急忙亲到僖府探视，闻得僖负羁死于大火之中，叹息不已，就在僖妻怀中拜僖禄为下大夫，命人送母子二人回晋国安顿，后僖禄长成，仍回曹国为仕，这是后话。

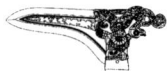

117

文公怒魏犨、颠颉违抗军令，想要一齐斩首，大司马赵衰谏道："二人都是从亡旧臣，功劳甚重，不如赦免。"文公说道："寡人军令刚刚颁布，二人竟敢明知故犯，并且后果严重，如果赦免，寡人以后还怎么号令三军？"赵衰见文公怒气不息，婉转劝道："千军易得，一将难求，魏犨是不可多得的勇将，就算军法不容，杀颠颉一人足以明正典刑，留下魏犨如何？"文公怒气稍解，说道："寡人听说魏犨伤了胸部，卧床不起，就烦司马前往探视，如果伤重难愈，寡人何必宽宥一个将死之人，如果伤势不重，就依先生之言。"赵衰领命来看魏犨。

魏犨久随文公，熟知其行事，听说大司马赵衰奉命单车前来探视，对左右说道："这是探我的生死来了"。命人取布帛裹住胸伤，装做若无其事的样子出见赵衰。赵衰说道："主公听说将军负伤，特派我来探视将军。"魏犨答道："待罪之人尚蒙主公挂念，深感有愧。请上复主公，为臣伤势无碍，不日将赴君前请罪。"随后起身跳跃、弯腰数次，说道："救宋之役，犨请为前部，以将功折罪，报效主公。"赵衰回报文公："魏犨虽然伤胸，但仍然能够跳跃曲身，并且不忘报效，希望主公赦免于他，为国家留一勇将。"文公说道："只要能够申明军纪，寡人又何必多杀。"

说话间，荀林父已将颠颉拘至大寨，文公责道："你二人都是寡人从亡旧臣，屡建殊勋，为什么不能为诸军做个榜样，却要违寡人军令，杀害贤良？"颠颉昂首言道："臣既犯军令，不敢避死，就请主公将臣正法，以儆三军。"狐毛一向忠厚，不舍同僚情谊，出班奏道："颠颉违令，确实有罪，念其往日功劳，不妨削去爵禄，令其军前效命。"文公见颠颉亦是凛凛将材，气度恢宏，又想起往日从亡之事，有不舍之意，正在沉吟之间，颠颉却大叫道："违令擅行，自当明正其罪，诸大夫谁无尺寸之功，若都犯令可赦，主公今后不能再发一令

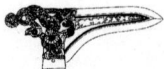

了，请斩颠颉，以徇（宣示法令）三军。"言罢，径自转身向外走去，军士在后牵扯不住，出对众军呼道："三军将士听了，务必谨遵军令，勿学颠颉之样，违令擅行。"催促军士快快行刑，军士遂斩颠颉。文公以颠颉首级号令军士："有违寡人军令者，有如颠颉。"又以协从颠颉，不能谏阻之罪，革去魏犨车右之职，以舟之侨代任。文公行法，三军震慑，将士相诫道："颠颉、魏犨二人，有十九年从亡之功，一朝违令，或是斩首，或是革职，何况我等，军法无情，岂可擅违。"魏犨听得颠颉被斩，痛哭道："是我害了兄弟呀"。就在军帐中设灵而祭，又请颠颉尸体安葬，文公说道："颠颉是寡人爱将，功勋卓著，虽违军令受刑，能让他曝尸荒野吗？待号令毕，自当送归国内厚葬，并且会让他的儿子继承爵位。"魏犨心下稍安。

话分两头。再说楚成王攻下缗邑，率军乘胜直抵宋国都城睢阳，四面筑起长墙，想要长期围困，逼宋国投降，忽有卫国使臣孙炎到军前来告急，言称卫成公出奔襄牛，晋军不日将取楚丘，卫国危在旦夕，请求楚军相救。楚成王念及郎舅之情，急忙留令尹成得臣以及斗越椒（字子越）、宛春、斗勃（字子上）等一班将佐，以及陈将辕选、蔡将公子印、郑将石癸、许将百畴等各国军队继续围宋，自己亲自率领大军来救卫国。

成王率军行至半路，人报晋军已离开卫国，前去伐曹，楚国君臣方议如何救曹，却又探得曹国失守，曹共公被俘，成王不由感叹道："晋军的行动真快啊。"成王见晋军兵锋甚锐，卫曹陷落，不愿与晋军对敌，于是驻军不前，决意退兵，先派人到谷邑召回申叔时军，又到睢阳知会成得臣撤军，对他说："不要和晋军交战。晋君在外流亡十九年，之后才回到晋国即了位，其间备尝艰难险阻，洞悉民情世故，又很长寿，国内的敌人都被他清除了，他这是有上天在帮助啊。我们不一定能够打败他，应当见好就收，知难而退。"谁知成得臣自恃其

才，负气不肯撤军，愤愤说道："睢阳旦夕可破，为什么要撤军呢？"斗越椒也同意他的意见，成得臣就派斗越椒回报成王说："当年我王待重耳礼遇有加，现在却攻打我们的盟国卫、曹，这明摆着是轻慢我王。请给得臣几天时间，待破宋以后，再会一会晋军。得臣不敢保证一定会成功，主要是想堵一堵国内那些恶意伤人者的嘴。"成王与老臣子文商议，子文说："我军出师以来，未成大功，得臣与晋相持，可以坚定曹卫之心，使他们不致完全倒向晋国，如果能攻下宋国，也算是个收获，就让得臣试一试吧。只是要告诉他不可轻敌，能和晋国讲和最好，这样还可以维持南北分庭抗礼的局面。"成王于是让斗越椒转告成得臣："晋文公政治经验非常丰富，手下都是将相之材，千万不可轻战，能讲和就讲和，不要贪战。"成王嘱罢，没有再给成得臣添兵，自率大军回国去了。

鲁僖公见晋军出动，晋楚间必有一战，心下很是忐忑，不知两大国究竟谁能取胜，一方面不敢背叛楚国，另一方面又担心晋军战胜，追究自己附楚之罪，于是就将戍守谷邑的公子买召回杀掉，对晋国说是他不听国君命令，坚持附楚，而对楚国人则说他是没有接到军令，擅离职守逃归，所以才杀掉的。可叹公子买，稀里糊涂地作了鲁僖公的冤死鬼。

成得臣见楚王并没有反对他的意见，于是日夜攻打睢阳，要建破宋之功。宋成公心慌，忙派门尹般、华秀老二人，携了宝玉重器的册籍，再到晋军中告急，二人见了文公，涕泣言道："楚军攻打甚急，敝国危亡，请上国速发救兵，果能保全社稷，寡君愿以倾国之宝相酬。"说罢，二人将宝物的册籍献上。文公与先轸商议说："宋国的情况看来很危急了，如果我们不救宋，宋国就会倒向楚国；如果救宋，势必要面对楚军，一来楚国于我有恩，寡人不愿和他发生正面冲突，二来以我一国之力，恐怕难以战胜楚国。"先轸说道："这事臣

筹划已久。宋国的礼物可以说是很重了，收了人家的厚礼才出兵，显得我们贪财不义气，不如退回，而让他们把这些礼物分送齐、秦两国，请求两国向楚说情，撤除宋国之围，楚国定然不会答应。齐秦两国受了宋国厚礼，又恼恨楚国不答应他们的要求，必然会出兵助我救宋，这样我们的胜算就大了。"文公又提出疑问说："万一楚国答应了齐秦两国的请求，解除宋围，我们可就什么也得不到了。"先轸说："这一点臣也考虑到了。曹卫两国，与宋国土地毗连，我们不妨割二国田土一部划给宋国，这样楚国就会哀怜曹卫而越发恼怒宋国，哪里还会答应齐秦的请求而撤除宋国之围呢？"文公见先轸虑事周到，分析全面，大为放心，一一依计而行。

事情果然按照先轸的计谋发展，成得臣不听齐秦之劝，两国感觉失了面子，齐昭公遂派国归父为将，崔夭为副，秦穆公派次子小子慭（音印）为将，白乙丙为副，各率大军前来助晋救宋。成得臣闻报，急与诸将相商，宛春献计说："目下晋军势大，且有齐秦相助，战事若起，胜负未可料。末将愿见晋君，劝他复曹卫两国，还两国田土，我们也撤掉宋国之围，这样对三国都有利。如果晋君同意，三国都会感激我们，如果晋君不同意，则三国都会怨恨晋国，我们在政治上就会处于主动。"成得臣认为这不失为一条妙计，于是就派宛春赴晋军，提出这个条件，狐偃闻言大怒道："成得臣想得也太美了，我们的国君只有救宋一个目标，他这为臣的却提出曹、卫复国两个目标，不能答应他。"先轸忙说："且慢。这是楚人的一条奸计，我们同意了他，则功在楚国，我们不同意他，则怨在我国。为今之计，我们不如私下里答应复曹卫两国，让他们和楚国绝交，再拘执宛春来激怒得臣，得臣必然会来寻我军决战，宋围自然可解，这样三国都会感激我国。"文公十分赞同这个计划，但又顾虑曾经受过楚国恩惠，现在却拘执楚使，只怕在道义上说不过去，栾枝回答说："楚国灭掉汉水以北多少

个中原姬姓小国，这是您这个中原霸主的耻辱啊，我君为什么要记挂小恩小惠而忘掉大耻呢？"听栾枝这么一说，文公顿时打消了顾虑，就命栾枝押送宛春到五鹿，交付于却步扬，与曹公一同囚禁，而将其随从尽行驱回，以此来激怒成得臣。

文公派人对曹共公说："寡人岂会计较出亡时的那点不愉快，主要是因为你们依附楚国，与晋为敌，只要你们从此与楚国绝交，结好我国，寡人就将送你回曹国。"曹共公喜出望外，于是修书表明背楚附晋之意，派使者送达成得臣军中。文公又派人到襄牛见卫成公，提出同样的意见和要求，卫成公自然依言办理。

成得臣正在恼怒宛春被拘，又接曹卫二国的绝交书，心下更怒，跺脚发誓说："这都是重耳在使坏，不灭晋军、复曹卫，誓不收军。"即时传令，撤了宋围，北上寻晋军决战，斗越椒劝道："大王意在与晋讲和，元帅如果要战，还需禀明我王同意，并且须增加兵力，方可出战。"得臣道："就烦先生入朝，请命添兵，越快越好。"斗越椒来见成王，奏明请兵交战之意，成王怒道："得臣非要出战，能保必胜吗？"斗越椒回道："得臣的态度很坚决，如果不能取胜，甘当军令。"成王勉强同意，但只拨了西广的一些弱兵交司马斗宜申（字子西）率领前往。成得臣的儿子成大心，聚集本族若敖之兵千余人，请求赴前线助战，成王准许。斗宜申和斗越椒领兵来到军前，成得臣见援兵不多，心中更是愤怒，说道："就是不添兵，难道我就打不败晋军了吗？"当下约会陈、蔡、许、郑四国军队，一齐北上，直逼晋军安营下寨。

晋文公聚众将商议应对之策，先轸说道："楚军自围宋至今，时日已久，师老兵疲，这正是我们战而胜之的好机会，千万不可错过，应当立即开战。"诸将都同意先轸的意见，独有狐偃说道："现在战楚，虽然时机十分有利，但我们不应该忘记，当年我君在楚，曾有过

退避三舍的承诺，如果马上开战，岂不是失信了吗？我们还是先实践了这个诺言再说吧。"诸将都不同意，说道："以君避臣，这太没面子了，不可，不可。"狐偃又说："我们不是避成得臣，而是避楚王呀。且我退楚进，他们这是以臣逼君，道义上站不住脚，必败无疑。"文公说道："凡事以信为先，子犯说得是对的。"于是传令三军，退避三舍共九十里，到达城濮（卫地，今山东鄄城西南临濮集，鄄音绢），方才安营扎寨。

楚军见晋军退避，都很高兴，斗勃对得臣说："晋以君避臣，我们也捞足了面子，不如就乘此时退兵。"成得臣不听，说道："我既请兵添将，如果不打一仗，怎么向国人交待。晋军退避，说明他们害怕了，应该立即追赶。"传令诸军皆进，迫进晋军下寨，以斗宜申率西广和郑许两国兵将为左军，以斗勃率本国申息之兵和陈蔡两国兵将为右军，得臣与斗越椒率若敖和本宗成氏之兵为中军。晋国方面，狐毛狐偃的上军同秦军副将白乙丙对楚左军，栾枝胥臣的下军同齐军副将崔夭对楚右军，先轸与郤溱、祁瞒率中军与成得臣相持。

两军对峙，大战在即，文公仍然心存忧虑，担心打不败楚军，狐偃开解道："这一仗如果我们打胜了，足以称霸诸侯，万一不幸战败，晋国表里山河，也可以自保，主公何必多虑？"文公还是不太放心，当夜做了一个恶梦，梦见与楚王两人打架，被楚王压在身底痛打，醒来十分害怕，第二天告给狐偃，狐偃眼珠一转，对文公说道："贺喜我君，这是大吉之兆啊。"文公说："我被人痛打，何吉之有？"狐偃回答说："我君仰面，这是得天，楚王俯身，这是背天。得天者胜，背天者败，这不是明摆着的吗？"文公疑虑顿消，命先轸再次检阅大军，文公与诸将登上有莘国（卫地，今山东曹县西北）废墟高处观看，见自己的军队车马装备齐全，士气高昂，进退有序，军容整齐，阵法不乱，叹道："照此可以一战，这都是郤縠的功劳啊。"

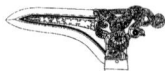

四月初一日，得臣派斗勃来下战书："希望能和贵国的军士博戏，得臣与君倚车凭轼（靠着车前横木）而观。"文公令栾枝答书道："寡人不忘楚王恩德，所以敬退三舍，大夫如果一定要观兵，寡人敢不领命，就请贵军备好你们的车马，忠于你们的国事。明天一早相见。"斗勃走后，先轸分派兵将，令荀林父、先蔑二人，各领兵五千屯于左右两侧，准备接应。令国归父、小子憖各引本国之兵从小道抄出楚军背后，战事一起，即两路攻击楚军大寨。令舟之侨占据南河渡口，准备船只，胜则装运战利品，败则确保我军退路。令赵衰、羊舌突、茅茷等率虎贲千人，保护文公于有莘山上观战。文公与众将见先轸分拨调度井井有条，考虑周详，俱各颔首称善，

众将各去准备。只听得帐下一人大叫道："大战将起，诸将都有分派，独魏犨赋闲，难道我老迈无用了吗？"先轸视之，乃是大将魏犨，于是说道："现有一项重要任务，只怕将军胸伤没有完全痊愈，所以不敢烦劳。"魏犨急得跳脚叫道："些许小伤，岂能妨碍我杀敌。"在原地奔跃三次，又拔剑击地，半个剑身入于土中。先轸说道："既然将军贵体无恙，可领兵一万，埋伏于楚国边境空桑地面，向南可阻敌援军，向北可擒拿败兵。"魏犨欣然领命而去。

晋军安排停当，只等第二天与楚军决战。次日黎明，两军分别在有莘南北列阵，成得臣传令："左右两军先进兵，中军后继，今天一定要灭掉晋军。"陈将辕选、蔡将公子印听得进军令，出车来攻晋下军，只听一声炮响，晋军门旗开处，下军佐胥臣率兵车冲出，驾车之马都用虎皮蒙背，吓得陈蔡之马惊慌跳蹦，不听驾驭，转回本营，反而冲乱了继进的斗勃楚军。胥臣和白乙丙乘势掩杀，公子印躲避不及，被胥臣一戟刺于车下，死于乱军之中。白乙丙在远处望见斗勃正在约束军队，急忙弯弓搭箭，一箭射去，正中斗勃面颊，斗勃负痛，带伤而逃，楚右军大败，死伤不计其数。

　　与此同时，楚左军斗宜申率郑许两军直取晋上军，见两面"狐"字大旗分列东西，斗宜申笑道："狐氏兄弟智谋过人，领军作战却非其所长。"石癸问道："司马此言何意？"斗宜申道："两军作战，金鼓传进退之令，认旗聚三军之目，现在晋军建起两面大旗，军士该跟谁走呢？"于是下令冲杀，战不多时，狐偃倒拖大旗，回车便走，斗宜申怕有埋伏，登轼而望，只见晋军阵后大乱，烟尘蔽天，军士北奔，以为晋军怯战退败，急忙挥军直追过来。忽然听得鼓声大震，晋军主将先轸、郤溱引精兵一枝，从半腰里横冲过来，将楚军分作两段。原来是栾枝率下军一部，用车拖着树枝在阵后往来奔驰，装作败退模样，引得斗宜申追杀。狐毛、狐偃率领上军翻身杀回，前后夹攻，郑许两国之兵，首先溃败，斗宜申拼死命杀出重围，却又被齐将崔夭截杀，只得弃了车马甲仗，混在步兵之中，爬山逃命。楚左军亦败。

　　再说成得臣，见左右两军俱已攻出，与晋军接战，遂命其子成大心率军攻击晋军中军。晋中军旗鼓官祁瞒，奉了元帅先轸之命，虚建旗鼓，守定中军，初时并不出战，后见楚军兵少，且是一员少年将军领兵，不觉动了贪功之念，心想："上下两军俱已接战，只有中军坚守不出，如能击退楚军，也算我的一份功劳。"遂令击鼓，率军冲出，与成大心厮杀。斗越椒在门旗之下，心说："我得助小将军一臂之力。"于是拈弓搭箭，尽力望祁瞒射去，正中祁瞒左臂，祁瞒不能再战，本想退回本阵，又怕冲动大营，只得绕阵而逃。斗越椒大叫："败将不必追赶，速杀入中军擒拿先轸。"先轸之子、中军大夫先且居指挥军士守定营门，大叫道："我上军、下军俱已取胜，元帅正回军杀来，楚人不足惧也。"先且居这话，不过是安定军心、激励将士而已，但这也确实是晋军事先的战略部署，军士信以为真，故多奋力死战，楚军一时难以突入。危急之间，幸有荀林父、先蔑两支预备队杀来救应，那边成得臣也挥军大进，两军混战作一处。不一会，先轸、

郄溱以及栾枝胥臣、狐毛狐偃果然一齐引兵都到，得臣闻知左右两军俱败，无心再战，只得鸣金收兵。得臣不见斗越椒，于是命其子成大心率本宗之兵杀回重围，务要救斗越椒出来。成大心领命，翻身杀入阵中，那斗越椒也在乱军中寻找主帅，遇见成大心，二人合兵一处，又救出许多楚军，溃围而出。

晋文公在有莘山上，望见晋军得胜，忙派人告诉先轸："既已取胜，不必多杀，可放楚军归营，以报楚王当年礼遇之恩。"先轸于是传令解围，尽释楚军，各军不得追杀。赖文公这一喻令，陈、蔡、郑、许诸军才得以脱身，各整残军回国去了。斗宜申、斗勃等将也都领军来会合，得臣收拾残部，投归本寨，路遇败兵来报："大寨已被齐秦两军袭占，辎重粮草俱失。"得臣只好绕路南归，行至空桑地面，听得一声炮响，魏犨领军拦住去路，大叫道："成得臣快快下车受死，魏犨在此等候多时了。"楚军见有生力军拦截，尽皆胆寒，但前无去路，只得勉强准备厮杀，正在此时，只见一骑飞来，马上人大叫："将军休要动手，先元帅有令，教放楚军回国，以报成王之德。"魏犨这才收军，放楚军过去。

城濮之战，晋军大胜，势力达于江汉，晋文公称霸诸侯，一生事业达到顶峰，而楚国势力一度退出中原。

不知文公后来如何行事，请看下回。

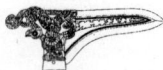

第十六回

盟践土文公执牛耳　觐河阳襄王伪冬狩

晋军大胜，文公率诸军移驻楚军大寨，楚军遗下粮草军资甚多，文公犒军三天，名叫"馆谷"，意思是在馆驿里吃招待饭，众军高兴地说："这是成得臣在招待我们呀。"宋成公听得楚军败退，特派公孙固到军中来向文公道贺，并向晋、齐、秦三国致谢。文公说道："现在还不是贺喜的时候，成得臣不是个甘心失败的人，将来能打败晋国的，必是此人。"众人一齐宽慰道："成得臣性格刚愎，脾气急燥，人际关系处理不好，难以成事。"文公听众人如此说，心下稍安，派人前往楚国哨探。

再说成得臣等率败军回到楚境，逶迤望郢都进发，楚成王恼恨成得臣恃勇贪功，一味求战，不肯与晋讲和，导致丧师辱国，派使者前来责备他说："不穀把申、息子弟数万交给你征战，可现在只有你回来，你让不穀怎么向这两地父老交待呢？"得臣听成王这么说，只好准备自杀，斗宜申和成大心赶忙劝住，又向使者求情道："成得臣本来早就要自杀的，是我们劝住了他，让他等待大王的正式命令，以申军法，儆后来者。烦请贵使回复大王，就说得臣愿意领罪，专等大王行处罚之令。"二人本意，是想拖延时间，得到成王赦免，使者答应

而去。又走了三天，行至连谷地面，仍然没有等到成王的赦免令，得臣见成王不肯原谅自己，仰天叹道："鬈似（楚国人名，鬈音玉）曾预言我不得好死，看来他没有说错啊。"于是大叫三声，拔剑自刎。斗宜申身为副将，自知难逃罪责，也准备追随主将，悬梁自尽，幸运的是，他上吊的绳子居然断了，身高体重的斗宜申，重重地摔在了地上。他正想再找根结实点的绳子结束自己的生命，恰在此时，成王的赦免令到了，斗宜申就这样神奇地保住了性命，而性急的成得臣则赴了枉死城。楚成王赦成得臣不及，只好任鬈吕臣继其为令尹。

文公得知这一切，以手加额道："我击于外，楚诛于内，可以说是内外相应，从此天下再无人能对我造成威胁了。至于鬈吕臣，胸无大志，唯知自守，不以民事为重，能奈我何？"众将齐贺。齐、秦两军请辞，文公以缴获的一半军资分赠两军，公孙固也再拜归国。

文公赏赐众军毕，命人将祁瞒押至帐前，责骂道："你不遵军令，擅自出战，违背我军的作战部署，要不是上下两军先已取胜，你将置中军与寡人于何地？"祁瞒自知有罪，俯首不能回答，文公命推出斩首，号令三军道："有违军令者，祁瞒就是榜样。"任茅茷接替其职务。

晋军焚烧楚军营寨，火数日不熄，四月初六日，文公下令班师，大军行至南河，却不见舟之侨来迎，渡河船只也没有备好，正疑惑间，舟之侨副将孙伯纠来禀，说是舟之侨因妻病重，以为晋楚旗鼓相当，这场战事必定会旷日持久，迁延几天，不会误事，所以回国探视去了。文公大怒，骂道："主将擅归，寡人日后自会治他的罪。你是副将，为什么也没有备好船只？"欲斩孙伯纠，赵衰谏道："此错主要在主将，现在主将未受罚而先斩副将，恐难服众，可令其速备齐渡河船只，送大军渡河。"于是命孙伯纠悬赏军门，高价募船，很快渡船云集，大军顺利渡过黄河，于四月十七日行至衡雍（今河南原阳

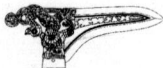

西），见一队车马，装饰甚是华丽，铃铛叮咚，迎面而来，前队栾枝迎住，询问来者何人，来人答道："我是周天子卿士王子虎。我王听得晋军胜楚，此华夏之幸，黎民之福也，文公功劳莫大，所以准备亲自来慰劳晋君，犒赏三军，让我先来商定具体事项。"栾枝遂引王子虎来见文公。双方议定，晋军驻军衡雍，修缮践土行宫并建坛，选定五月吉日，文公率各国诸侯迎驾行礼，王子虎回报周天子，两边各做准备不提。

再说郑国依附楚国与晋为敌，见楚军败，晋军大兵离国境不远，生怕晋军前来问罪，忙派大夫子人九赶赴晋军前向文公请罪，要求讲和，文公怒道："郑人前不接待于我，后又附楚与我对敌，现在楚败才来讲和，寡人岂能同意。"赵衰谏道："我军自出师以来，伐卫破曹，大败强楚，兵威已然大振，又何必在乎一个郑国呢？再说我君目下有朝见周天子这件大事，既然郑人前来讲和，不妨接受他们的请求，如果他们真心归顺，以前的事可以不予计较，如果他们又生二心，那时再讨伐也不算晚。"文公就派栾枝代表自己同子人九到荥阳，与郑会盟。五月九日，郑文公带着礼物，亲自到衡雍来见晋文公谢罪，二君重订盟好。

至五月初十日，周襄王驾临践土，晋文公率齐昭公、宋成公、郑文公、鲁僖公、陈穆公、蔡庄公以及邾吕等国国君迎出三十里外，卫成公之弟叔武带着元咺也来赴会，准备乘机向晋文公请求恢复卫成公国君之位，所以名列盟书之末。襄王来到行宫，诸侯拜见毕，晋文公献上缴获楚军的蒙甲之马百乘共四百匹，步兵千人，器械衣甲等军用物资数十车。襄王大喜道："叔父前助余一人（**周天子的另一自称，后来才专称朕**）复位，今又翦抑强楚，羽庇华夏，王室以下，臣民都仰叔父之功。"文公跪地拜伏道："城濮之战，上仗我王天威，下赖三军用命，幸败楚人，重耳何功之有？"

两天后，襄王设盛宴招待晋文公，依据当年周平王赏赐晋文侯的规格，赐晋文公天子所乘的温车、战车各一辆，以及相应的礼服，秬鬯、圭瓒，还有彤弓一张，彤箭百枝，虎贲三百人。命王子虎、叔兴父策命晋文公为诸侯盟主，宣喻王命道："王命叔父，谨尊周室，征讨四方，惩治顽逆。"文公辞谢三次，然后受命说："重耳奉扬天子的赏赐和策命，敢不竭诚尽力以辅王室。"

五月二十六日，各国诸侯登坛盟誓，晋文公先登，执牛耳，其他诸侯依次而登，襄王命王子虎代表自己与诸侯盟誓，宣读誓词："凡我同盟各国，都要共同辅助周王室，相互扶助，不得互相侵害。谁要是违背了这个盟约，就让他的军队溃败，不能再统治国家，殃及子孙万代，不论老幼都逃不脱惩罚。"晋文公率诸侯齐声应答："谨遵王命！"

践土之盟，文公通过献俘、赐宴、受策命等活动，先后三次朝觐襄王，后人认为这次盟会是诚信的，因为晋国始终遵循礼仪，依凭德义来使诸侯臣服，而不是以势压人。

盟事毕，晋文公想领着叔武见襄王，以便把他立为卫君来取代成公，叔武辞道："臣兄尚在，臣不敢以弟代兄，君若矜怜卫国，就请复臣兄之位，臣兄不敢再叛。"文公见叔武如此说，就答应了他的要求，命五鹿守将却步扬，不要阻拦卫成公归国，同时命令释放楚使宛春。

六月十六日，文公凯旋归国，前后排列周天子所赐的虎贲弓矢，此番出征，政治、军事都大获全胜，军士一路高唱凯歌，士气甚旺。行至半路，舟之侨前来相迎，文公命囚于后车同归。回到绛都，文公在宗庙大宴群臣，从容与众将论及城濮取胜的原因，众将各抒己见，有说是我军上下同欲，君臣一心的；有说是文公虚心纳谏，从善如流的；有说是先轸驭军有方，指挥得当的；有说是楚人战斗意志不统一，主将成得臣意气用事的。文公微笑开言道："城濮之战，当以狐偃为首功。"群臣不解，说道："破曹败楚，都是先轸设谋调度，现

在反而以狐偃为首功，这是为什么呀？"文公回答说："先轸的功劳确实不小，可以说，没有先轸就没有城濮之战的胜利。可是，我们和楚军在宋对峙的时候，诸将都主张抓住有利时机立即开战，只有狐偃一人力主不要失退避三舍之信。胜敌，这只是一时之功，而全信，才是万世之基呀，大家说哪一个更重要呢？"群臣听文公这么一说，人人悦服，于是自狐偃以下，各依功劳大小行赏。

文公从后营提来舟之侨，责之曰："你是先君留给寡人的老臣，为什么要擅离职守？城濮之战，幸而取胜，如果战败，寡人和三军都该被楚军赶下黄河喂鱼了，你让寡人如何归国？"舟之侨低声分辩说是因妻子病重，文公愈怒，说道："为国者不顾其身，何况妻子。寡人几次抛弃家室，四子遗落外邦，难以相顾，众将又有谁能顾及妻孥？就算是寡人想要饶你，三军将士也不会答应。"喝令军士推出斩首示众。文公此番出军，先后斩了颠颉、祁瞒、舟之侨三人，都是有名的宿将，一旦有罪，并不宽容，可以说是赏罚分明，所以三军畏服，诸将用命。

文公既为诸侯盟主，便想扩大军制，增强军力，于是另外组建三军，名叫上、中、下三行（音航），之所以叫"三行"，一是有别于上、中、下三军，二是以步卒为主，以利山地作战，三是不敢同天子一样，明言拥有六军。以荀林父为中行主将，屠击为右行主将，先蔑为左行主将，晋国自此兵多将广，天下莫强。

再说胥臣奉命出使秦国，归来时行至冀地，见一农夫耕作于野，其妻前来送饭，竟然双手捧献，农夫亦一脸严肃接过，祭天而后食，其妻一直侍立于旁，夫妻间相敬如宾，举止合乎礼仪。胥臣细看那农夫虽是布衣短褐，却生得器宇轩昂，举止间有王孙之态，不像一般农夫，上前一问，方知是先君大臣郤芮之子，名叫郤缺（谥号郤成子），只因父亲谋害文公被诛，夺去官爵，因此务农为生。胥臣见他身处贫

贱，却不自弃，认为这是一个贤人，于是载之以归，举荐于君前。文公顾虑郤缺乃是罪臣之子，说道："其父有大罪受诛，用他合适吗？"胥臣奏道："以前尧帝的儿子丹朱不成器，尧帝就把他流放到长子(今长子县)，舜帝杀掉了鲧(音滚)，却任用了他的儿子禹，治水取得成功，这是我君熟知的。国家需要有才能的人，又何必管他是什么人的儿子呢？"文公遂命郤缺为下军大夫。

这年冬，卫成公竟然杀掉了一力帮助他复国的弟弟叔武，晋文公本来就恼恨成公，现在他又加害参与践土之盟的叔武，文公认为这是对自己霸主权威的挑战，于是聚集群臣说道："践土之盟，许国拒不赴会，至今没有受到惩罚。卫成公刚被准许复国，就胆敢杀掉参与盟会的弟弟，如果不申明约誓，诛讨这些不听话的国家，诸侯必然会离心离德，诸位有什么看法？"先轸说道："会合诸侯征讨不附，这是霸主的职责，臣将秣马厉兵，随时等待主公的命令。"狐偃补充道："我不反对出兵讨伐，但最好以朝王为名，挟天子之威号召诸侯，哪一国不来，我们再以轻慢天子的名义讨伐他。"赵衰也说道："子犯的话很有道理。只是诸侯朝觐天子的礼仪很早以前就不实行了，天子也不会同意各国大军兵临京师，如果我们的请求遭到拒绝，则我君的威望就会受到损害。以臣愚意，不如请天子到河阳去与诸侯相会。"文公心存疑虑道："天子会听我们的调遣，屈尊出来见诸侯吗？"赵衰说："肯定会的，因为他愿意多和我国交接，也乐于接受诸侯朝觐，以提高威望，臣请入周相商此事。"文公高兴地同意了。

赵衰奉了文公之命，来到成周谒见襄王，奏明文公朝觐之意，果然，襄王并不同意诸侯到京师来，赵衰遂辞了襄王，而对王子虎详细说出请天子以冬狩为名到河阳接受朝觐的计划，最后说道："这样做，既不失王室尊严，又能满足诸侯朝觐的愿望，诚为两利，再说河阳附近原有太叔带的行宫，无须再建。"王子虎说道："子余的意见，

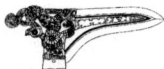

可为两全，容虎转达天子，料天子也不会有异议。"襄王闻报大喜，约定十一月六日，驾幸河阳（今河南孟县西）。这边文公传檄各国，命届时俱到河阳参加盟会。至期，齐昭公、宋成公、鲁僖公、秦穆公、郑文公、蔡庄公、陈共公以及邾吕等小国国君一齐都来参会，只有许僖公，附楚日久，仍然不来赴会。卫成公自知有罪，本不想赴会，大夫宁俞劝道："如果不去，晋国会更加生气，必定会来讨伐，不如且去。"成公只得成行，一到河阳，晋文公就将成公抓起来，命先蔑看守，不许他参加盟会。次日，人报周天子恰巧冬狩来到河阳，文公于是率同十路诸侯，冠裳佩玉，俱到行宫来朝觐襄王，拜舞起居，山呼万岁，这番朝会，比上次践土之盟更加庄严隆重。

朝会期间，逃奔在晋的卫大夫元咺向盟主告状，称卫成公冤杀叔武，晋文公命赵衰审理。因为一则卫成公尚在拘押之中，二则没有君臣对质之理，所以就让宁俞、士荣、鍼（音千）庄子三人代成公参加诉讼。元咺当庭悲愤地说道："叔武忠心耿耿，摄理国事，一心等待国君回来，而国君却听信谗言，认为叔武要代君自立，竟致叔武冤死。"士荣答道："叔武被射杀，实属误会，主公也很悲痛，并且已经杀了凶手歂犬谢罪。"元咺再说道："国君听信谗言在先，杀掉了跟随他在襄牛的我的儿子元角，这才导致叔武被杀的。"士荣不能对，庭辩的结果，文公自然认为卫成公无理，遂将士荣斩首，将鍼庄子刖（音月，砍脚的刑罚）脚泄愤，而赦免了忠臣宁俞，让他到囚室中去侍奉卫成公。命元咺回卫国另立公子瑕为君。

文公将卫成公杀害与盟者叔武的罪行诉于襄王，请求诛杀之，以申天子之罚，襄王不同意，说道："《周官》有规定，臣不论君之罪，子不论父之罪，如果因为臣子而治君父之罪，恐违周礼，只怕不能申罚，反而会鼓励篡逆吧。"文公听得襄王之话软中带硬，赶忙改口道："我王所言极是，重耳考虑得不周全。"

文公不能将卫成公明正典刑，仍不甘心，命先蔑和医者衍用毒酒暗杀他，宁俞用财宝贿赂了衍，只用了剂量很少的毒药，先蔑见卫成公将毒酒喝下，认为他必死无疑，回见文公复命。谁知成公并没有死，文公大惊，以为他有神灵庇护，从此将杀成公之心收起一半。

鲁僖公向与卫成公相厚，乘势送给周襄王和晋文公玉璧各十对，为成公讲情，成公就此获得释放。成公九死一生，脱却险地，深感财货之力，回到卫国边境，决定故伎重演，乃派宁俞入楚丘给大夫周歂、冶廑送上财宝，对他们说道："如果能助寡人复位，将任你二人为卿、掌国政。"周、冶二人受了成公财宝，又贪图卿位，就发动政变，杀死卫君瑕和他的弟弟公子仪，以及顾命大夫元咺。卫成公如言封二人为卿。说来也巧，当周歂、冶廑身穿朝服陪同成公祭祀先君的时候，周歂却突发疾病，暴死在宗庙门口，冶廑认为这是卫君瑕前来索命，吓得脱掉朝服，卿位也不敢要了。

朝会毕，众诸侯直送襄王出河阳之境，文公复对众说道："寡人奉天子之命，征讨顽逆，现在许国一心附楚，不与诸国结好。践土、河阳之盟，天子两度下临，众诸侯往来辛劳，只有许国虽然地近，却置若罔闻，这不仅目中没有我们诸国，更是对周天子的大不敬，我们应该问罪于许国。"众诸侯齐声道："谨遵君命！"于是文公率领诸国军队，一齐向许国都城颖阳（今河南许昌东）进发。只有郑文公仍然放不下以前失礼于晋文公一事，担心不能得到宽宥，又不想跟得晋国太紧，得罪楚国，所以就以国内发生疫情为由，辞归国中，派密使往楚国通好，表明自己参与河阳之会实出不得已，其实并不想仆从晋国，愿意依附楚国之意。

十一月十二日，诸侯之军兵临颖阳城下，许国只好向楚求救，怎奈楚兵新败，无力救援。文公正准备攻城，却因年高积劳而染寒疾卧床不起，狐毛乘机谏道："这恐怕是曹国先君姬振铎在作祟。"文公

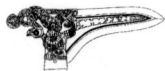

说道："曹共公无礼，寡人故拘禁于他，其先君有什么理由作祟？"
狐毛答道："曹与我晋同宗同姓，说起来，振铎还是我先君叔虞的叔
父。我君前曾答应复曹、卫二君之位，践土之盟，君只让卫复国，却
没有让曹也复国，这是同罪异罚，不公平呀。再说当年齐桓公盟会，
帮助邢、卫两个异姓复国，而我君盟会，却要灭掉同姓之国，这不合
霸主的风范。不如复曹共公之位，使其能够祭祀祖宗，振铎受香烟，
得血食，自然不会再来作祟，我君的病就会痊愈。"文公顿悟，当时
就派羊舌职前往五鹿，放曹共公回国为君，原来割给宋国的田土，也
一并归还。

　　曹共公得以复位，十分感激，即领本国兵马，赶至颍阳，一来当
面向文公致谢，二来参加围许，以表附晋之诚。文公病体见轻，于是
发动攻城，许国力不能支，楚救又不至，许僖公只好衔璧投降，拿出
许多财物犒劳各国军队，答应以后依附晋国，永不背叛。文公遂命解
围，诸侯各自率军归国。

　　不知文公如何归国，请看下回。

第十七回

智烛武缒城退秦兵　勇叔詹据鼎抗晋君

文公班师行至郑国边境，人报郑文公遣使复通于楚，大怒道："郑人谎言国内发生疫情，寡人故准其不参与伐许之役，岂料背我通楚。前不礼之罪未讨，今又如此反复，无理太甚，我一定要讨伐他。"就欲知会各国，齐集郑国声讨，先轸谏道："诸侯俱已在归途，不可再召，且各国之兵，不过为壮声势罢了，今我有军有行，将士用命，足以克郑，又何必用他国之兵呢？"狐偃道："秦军与我同路，尚在路途，相距不远，可邀其共事。"先轸又说道："郑为中原咽喉，秦人久欲得之，不如独用我国之兵。"文公道："秦、郑地域相隔，只要我们牢牢把住殽山，秦不能东出，虽欲得郑寸土不能也。"于是派胥臣赶赴秦军，告穆公以一同伐郑之意，穆公遂转道来会，晋军驻扎在函陵（今河南新郑市北），秦军驻扎在汜南（今河南中牟县南），两军将荥阳围得水泄不通，城中樵采俱断，粮草奇缺。

时郑文公庶子公子兰因父亲不容而逃晋仕为大夫，在职甚是恭谨，文公爱之，欲使其为前驱攻郑，以报往日之仇，公子兰辞道："君子虽在他乡，不忘父母之国，君讨郑国，臣不敢阻拦，可也不敢参与，臣请先回国，迎我军得胜之师于东部边境。"文公赞扬道：

"卿不以私仇而损害祖国，君子也，寡人尊重你的意见。"就让公子兰先行回国，自此遂有立公子兰为郑君之意。

郑文公见局势危急，忙召众臣商议退敌之策，叔詹说道："秦晋虽然合兵，可两国所求不同，现在需要一个舌辩之士，去见秦穆公，为其陈说利害，使其退兵，如果能够成功，只留下晋军，就好办多了。"郑文公问道："那么派谁去合适呢？"叔詹回答说："我看佚之狐就行。"佚之狐赶忙摇手道："臣难当此重任，愿举一人以代。"文公问道："谁人能比卿更强？"佚之狐道："此人名叫烛武，字之武，年过七十，考城（今河南兰考）人也，年轻时就担任管理花圃的小官，至今没有得到升迁。要说舌辩之才，胜臣多矣，主公不妨加其官爵，使其往说秦穆公，必能成功。"郑文公遂召烛武入朝，只见他须眉皆白，发落齿脱，并且身材佝偻，举步蹒跚，左右尽皆窃笑，郑文公心下疑惑，可别无良策，只得开言问道："老先生一向可好？"烛武口齿不清地回答："托我君之福，老臣过得还好。只不知召臣何事？"郑文公说道："佚之狐举荐卿舌辩过人，寡人想烦劳卿出城说退秦军，以立不世之功。"烛武辞道："臣才疏学浅，年轻时尚不能建立尺寸之功，现在老迈，怎么能说动一国之君呢？"郑文公赶忙说道："先生一生乖骞（不顺利），老不见用，不能展其才，这是寡人用人不明。现在就封先生为中大夫，请为寡人一行。"佚之狐一旁劝道："老先生一生屈居人下，现在得我君知遇，正是老先生大展宏才，名垂千古的时候，不可再辞，再说郑果然亡了国，对你也没有什么好处呀。"烛武这才答应："那老臣就去试一试。"郑文公命取中大夫衣履冠服，烛武穿戴停当，果然顿长精神，非前时可比。

当夜将烛武缒于城下，烛武径到汜南秦营中，见了巡哨官通报道："我是郑国中大夫烛武，面见秦君有要事相禀。"巡哨官不敢怠慢，赶忙报进大帐，穆公命见。烛武见了穆公，放声大哭，穆公怪而

问道："你哭什么？"烛武回答说："郑国将亡，我为郑臣，焉能不哭？"穆公怒道："郑亡与我何事，你怎么敢在我军帐内号哭？"烛武又答："老臣不光哭郑，同时也为秦军而哭啊。"穆公更怒，骂道："我军有什么值得你哭的？你说不出个所以然来，就当以乱我军心治罪。"烛武遂说道："秦晋合兵来攻郑，郑国将亡，这自不待言，如果郑国灭亡对秦有利，老臣还敢说什么？只是不仅对秦无益，反而有害，劳师费饷，供人驱使，所以老臣才为秦军而哭啊。"穆公急忙追问道："你说无益有害，是什么意思？"烛武正言说道："秦郑之间，东西相距千里，中间有周、晋相隔，郑国灭亡，所有的土地都将尽归晋有，秦国难道能够隔着两国来占有郑地吗？再说了，秦晋互为邻国，势不相下，秦强则晋弱，晋强则秦弱，现在贵君为晋国攻城夺地，损害本国利益，这不是智者所为呀。"穆公沉默良久，说道："秦晋睦邻已久，又有攻守同盟之约，不可相背。"烛武进一步说道："当年晋惠公曾经答应把焦、瑕（均在今河南陕县附近）等地割给秦国，可一回去就反悔了，增兵添将防备贵国，这您没有忘记吧？重耳流亡，楚成王对他多好，可他却在城濮大败楚军。晋文公自复国以来，攫取周室和邻国的土地多了，他今天灭郑拓地于东，明天就会想着侵秦拓地于西，以君之明，竟然落入晋人圈套，这是老臣无法理解的。"穆公听了烛武一番言论，怦然心动，汗流遍体，说道："寡人一时不明，大夫所言极是。"便欲退兵。百里奚进言道："这是郑人情势危急之下采用的离间之计，我君不能听他的。"烛武又说道："君若能撤兵回国，解郑围，敝国愿弃楚事秦，为秦之东道主人，接待贵国使臣和人员往来，供应所需物品，提供一切方便，岂不为美？"穆公大喜道："虽是说词，却也言之有理。"遂与烛武订盟，反而派遣杞子、逢孙、杨孙三将率兵两千，协助郑人守城。次晨也不知会晋军，悄悄班师西归。

晋国演义

晋文公闻报大怒，狐偃请求率军追击，说道："秦军不过去了半日，臣请率军一部追击，彼军归心甚急，必无斗志，不难一战而胜，既胜秦军，郑将不攻自下。"文公说道："不必了。寡人曾经受过秦穆公的帮助，没有这个人，也不会有我的今天，还是不要把关系搞得太僵吧。以成得臣之无礼，寡人尚且退避三舍，何况秦乃是我婚姻之国。再说了，没有秦军，我军就不能围郑了吗？"于是分兵一半，驻扎汜南，继续围攻。秦晋自此产生隔阂。

郑文公再问计于群臣，叔詹说道："听得我君庶子公子兰在晋甚得晋君器重，不妨以迎公子兰回国为条件，与晋讲和，想必晋人能够同意。"郑文公说道："烛武能够说退秦军，一定也能说动晋君，不妨再让他辛苦一趟。"命人去召烛武，谁知烛武告病，一旁石癸自告奋勇说道："既烛老大夫身体不爽，臣愿一行。"郑文公于是就派石癸携了重宝出城，直叩晋营来见文公，献上礼物，转达郑文公的意见说："寡君因为敝国离楚国太近，不敢明目张胆地和他作对，但心底还是倾向于上国的。现在上国震怒来伐，寡君知罪了，愿意迎公子兰回郑监国，从此永远依附上国，不敢有二心。"文公怒道："你们离间了秦国，以为我军不能单独攻下郑国，现在支持不住了又来要求讲和，莫非在使缓兵之计，想要等楚国来救吗？"石癸赶忙说道："我国求和，实出于至诚。"文公说道："既是出于至诚，必须答应我两个条件，才能退兵。"石癸问："敢问是哪两个条件？"文公说："一是要立公子兰为世子，二是要把叔詹交给我军。这两个条件答应了，寡人便即退兵。"石癸面有难色，一旁先轸瞪眼说道："如不答应，可速整军来战。"石癸无奈，只得奉了晋文公言语，回城复命，郑文公道："寡人嫡出诸子俱因罪早死，立公子兰为世子不难，但叔詹为寡人股肱之臣，忠心为国，岂可交于敌国？"叔詹出班奏道："主忧则臣辱，主辱则臣死，臣不去，晋军不会退，臣岂能贪生怕死而给主

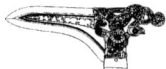

上带来忧患，臣请求前往。"郑文公戚然道："先生去了，必被晋人加害，寡人不忍心啊。"叔詹回答说："我君不忍心叔詹，难道就忍心社稷和百姓吗？舍弃叔詹一人，可救百姓而安社稷，还有什么舍不得的呢？"郑文公无奈，只好含泪准许，命石癸、侯宣多送叔詹到晋军，面见文公说道："寡君畏贵君之威，两个条件都答应了。现在叔詹已在营门之外，听候裁处，并请公子兰回国继承世子之位。"文公大喜，就派箕郑父回国去召公子兰，命石癸、侯宣多在营中等候。

文公命左右在庭前架起一只大鼎，烧开一鼎滚油，然后将叔詹押上，文公责问道："当年寡人路经郑国，你曾劝郑君礼遇于我，郑君不听倒也罢了，你却反过来劝郑君杀掉寡人，不知出于何意，寡人今天就来请罪。"言罢命人将叔詹投入油鼎，叔詹面不改色，从容对文公说道："请容许外臣把话说完再死。"文公问："事到如今，你还有何话讲？"叔詹开言道："贵君当年来到敝国，外臣曾劝寡君礼遇，进言说晋公子贤而多闻，左右都是将相之材，将来必能归国为诸侯霸主；践土之盟，外臣也曾劝寡君一心事晋，不要怀有二心，否则，必然会招致上国讨伐。外臣之言，料事不爽，尽心谋国，可谓忠智兼备，只不过天不佑郑，未被寡君采纳。这次贵君伐郑，天威之怒，归罪于外臣，寡君知罪不在外臣，不忍无端就诛，外臣自请赴死，以救百姓、扶社稷。外臣所为，可以说是尽心为国，临难不避，仁勇俱全，这样的臣子，在晋国是要被烹杀的吗？外臣的话说完了，请就烹。"然后快步来到鼎前，扶着鼎耳大声说道："晋国群臣听了，忠君为国者，叔詹就是你们的下场。"说完，就要往油鼎中跳，文公赶忙让人拦住，说道："先生真是忠烈之士，寡人不过和先生开个玩笑罢了。"命赐上座，待以国使之礼。不一日，公子兰来到军前，文公使叔詹、石癸、侯宣多以世子之礼拜见，然后一同归郑，郑文公因功封叔詹为将军，又按照承诺立公子兰为世子，晋军这才退兵回国。

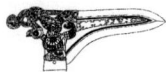

晋军班师后不久，上军主将狐毛去世，文公欲以赵衰代之，赵衰再辞道："城濮之战，先且居临危挺身而出，中军不溃，终胜楚军，实其功也，有功不可不赏。况且和我差不多的人，还有箕郑父、胥婴、先都等人，这些人都可以用起来。"文公遂以先且居为上军主将，复叹道："赵衰三让，举荐八人，皆为社稷之臣，这样的人怎么能不重用呢？"为此，晋文公专门在清原（今稷山东南）检阅军队，调整编制，将原上、中、下三行改编为新上军、新下军，以赵衰为新上军主将，箕郑父为佐，胥臣堂弟胥婴为新下军主将，先都为佐，共是五军，仅次于周天子的六军，但因国力强盛，所以战斗力最强。后来狐偃也去世了，先且居请示文公上军佐人选，文公说道："这还用问吗？赵衰有三让之德，按照他的资历和能力，早就应该在这个位置上了，就让赵衰来辅佐你吧。"于是升赵衰为上军佐。后世评论，赵衰在位，尽力结好诸卿，谦和有礼，不争权夺势，为后代积累了一笔巨大的政治财富。赵氏昌大，虽遭两次危难而终于后安，这是一个重要原因。

楚成王知道现在不是晋国的对手，就派大夫斗章携带礼物前来讲和，晋文公感念成王一向善待自己，城濮交兵也不是其本意，因此十分痛快地同意了，并派太傅阳处父携礼回访楚国，两国自此通好。

公元前 628 年冬十二月，晋文公病重，自知不起，就召赵衰、先轸、胥臣、栾枝、狐射姑、阳处父等一班重臣至病榻前，托孤授命，嘱他们辅佐太子欢为君，尽心职守，不要让自己建立起来的霸业衰落。嘱罢，命太子欢拜于诸位顾命大臣前，慌得众臣赶忙下跪，俯伏于地道："臣等敢不鞠躬尽瘁以辅太子？"文公又怕其余诸子在国内不安份，重演骨肉相残的悲剧，就送公子雍出仕秦国，送公子乐出仕陈国，而把自己喜爱的幼子黑臀送到周王室为仕，以结好周室。安排完诸事，文公溘然而逝，在位九年，享年 71 岁。

141

晋文公重耳是晋国乃至春秋时期一位重要的国君，他自幼经历或耳闻目睹各种政治风雨，从 43 岁起，在外流亡十九年，接触了多种多样的政治人物，体验了宠辱不同的人生际遇，深刻了解了风土人情，积累了丰富的治国经验，更凭着巨大的人格魅力，身边聚积了一批政治、军事才俊，使他能够继承并壮大父亲献公所建立的基业，扩展晋国国力。更以超人的政治度量，使晋国从内乱频仍中摆脱出来，形成一个君臣不疑、上下同心的政治集团，在对外战争和外事交往中占据主导地位，建立了堪与齐桓公媲美的霸业，后人常以齐桓晋文并称，在中国历史上留下了浓墨重彩的一笔。有诗咏晋文公道：

> 艰难险阻十九年，历尽磨砺始秉权。
> 尊王再为中原主，攘夷却楚城濮还。
> 雪耻酬恩行磊落，赏功罚罪政无偏。
> 百年霸业斯底定，三晋雄风自此旋。

请看下回。

第十八回

困殽山孟明视丧师　陷狄阵先元帅免胄

文公离世，太子欢主丧即位，是为襄公，十二月初十日，襄公扶着文公的灵柩离了绛都，来到曲沃，准备在那里安葬文公，诸大臣均丧服相随。正在停灵守丧期间，忽有探马来报，言秦将孟明视、西乞术、白乙丙率兵车二百乘，甲士三千人，犯我南境殽山。襄公大惊，召群臣言道："先君灵柩尚未安葬，而强邻犯我边境，不知所为何因？"先轸奏道："主公勿忧，待为臣派人探听的实，再议对策。"

话分两头，再说秦将杞子、逢孙、杨孙自荥阳上书穆公说："郑国人让我们掌管荥阳北门的钥匙，如果主公发兵前来，我们作为内应，郑国不难得也。"穆公览书，征求老臣蹇叔的意见，蹇叔回答："秦郑两国相隔千里，远道奔袭，无法作到密不透风，郑国人一定很快就会知道，一旦有备，我军劳而无功，此事断不可行。"穆公见蹇叔的话不合己意，不再理他，径召孟明视、白乙丙、西乞术三将，命他们率军东出，往袭郑国。蹇叔在雍都东门外拉住孟明视的手，哭着对他说："孟明啊，我今日见你们出师，可惜看不见你们回来呀。"又哭着嘱咐自己的儿子白乙丙说："此番出兵，晋国人一定会在殽山拦击我军。殽山有南、北两座山陵，南陵有夏帝之墓，北陵是当年周

文王避风雨之处，两陵相距三十五里，秦军必定会在这里全军复没，为父就在那里为你收尸吧。"穆公听得不耐烦，派近侍对他说："你这老头知道个什么，要不是你长寿，坟头的柏树都该有一抱粗了。老在这里絮絮叨叨干什么，快回家去吧！"

先轸探听清楚，奏于襄公道："秦穆公不听蹇叔的意见，远袭郑国，我们应当马上出击，不可放过这个机会。"栾枝提出反对意见说："秦穆公对我先君的帮助很大，现在我们还没有报答人家的恩惠，却要先攻打人家的军队，这恐怕不合先君之意吧？"先轸反驳说："我们这样做，正是为了继承先君的遗志啊。先君新丧，各国纷纷前来吊唁，秦国不仅不吊唁，反而不打招呼，兵越我境，伐我同姓同盟之国。且围郑之役，秦秘密撤兵，背盟而去，先君对此事一直耿耿于怀，秦国人的所作所为，可以说是无礼得很，我们又何必拘泥于他的那点恩惠呢？"栾枝又说："秦国打的是郑国，不是我国，我们从侧翼攻击人家，是不是有点过分？"先轸应道："秦国乘我国丧期间用兵，这是明欺我们不能庇护郑国，如果不出兵，岂不是遂了他的心愿，也有悖（违背）践土盟誓。一日纵敌，数世为患呀，为了子孙，我们也必须出兵。"这时赵衰也说道："出兵是可以的，只是先君尚未下葬，此时兴兵，怕是有违居丧之礼。"先轸又说道："扫除强敌，以安社稷，还有什么能比这个孝更大的？先君有灵，也不会怪罪我们的。诸君如果有顾虑，那我就一个人带兵去好了。"胥臣等人都赞同先轸的意见，说道："愿与元帅同往。"

襄公见诸臣意见不统一，就让太卜占卜，太卜占得卜词为："有鼠西来，越我垣墙。我有巨梃，一击三伤。"奏于襄公道："此卜大吉，出兵必获全胜。"襄公遂决意出兵。因为白色不便出兵，襄公就把自己的丧服染成黑色，登坛发布命令，拜先轸为兵马大元帅，梁弘为御戎，莱驹为车右，兴兵攻打秦军，此时已是公元前 627 年四月。

又以姜戎兵擅长山地作战，于是知会姜戎（在今垣曲县一带），一同出兵助战。先轸命狐射姑去殽山以西埋伏，砍伐树木，塞断秦军归途，并阻敌国内援军。又命先且居率军埋伏于殽山以东，待秦兵过尽，即断其退路，引兵追杀。自引大军，同赵衰、栾枝、胥臣、阳处父等一班宿将，保定襄公，离殽山十里扎下大寨，专等秦军归来。

再说郑国商人弦高，一向做着贩牛的生意，赶了数百头牛欲往成周贩卖，于路闻听同道传言，秦军将往袭郑，弦高尚未尽信。这日行至滑地（今河南延津县），正遇秦军，弦高大惊道："秦军果然往袭我国，国内不知，又有秦将为内应，郑国很危险了。"急中生智，先派从人飞马回国报信，然后携了十二头活牛并四张熟牛皮，来见孟明视，口称："闻得贵军出师经过敝国，寡君特征弦高之牲先来犒军，国使随后就到。寡君已下令国中，如果贵军在郑驻扎，就提供食宿之需。如果贵军只是路过，就尽巡逻警卫之责。"孟明视闻言大惊，对西乞术、白乙丙说道："我军此次远征，全仗出其不意、突然袭击，现在郑国已经知道了我军动向，作了准备，我军攻城既难，又无后继之兵，顿兵于坚城之下，难收尺寸之功，不如回师。"西乞术心存疑虑，说道："蹇叔老大夫本来就不同意出师，是主公一力主张袭郑，若无功而返，我等怎么回复主公呢？"孟明视说道："此地离滑国不远，国小兵少，他们肯定没有防备，不如袭破滑国，得些俘获，回去对主公也算有个交待，以免师出无功。"二人一齐赞同，当夜秦军一举袭破滑国都城费，滑君奔逃，秦军将城内子女玉帛掳掠一空，灭了滑国，满载西归。

四月十三日，秦军行至殽山险峻之处，见道路只有六尺多宽，仅容一车通过，一边是危岩峻石，一边是万丈深渊，孟明视告诫二将道："殽山地势险要，家父临行时曾反复叮咛，须防晋军偷袭。"于是令西乞术在前，白乙丙在后，自己居中，逶迤向前进发。西乞术前

军看看将出殽山，心下稍安，催趱众军速往前行，不料行至山口，军士报前路被树木杂石塞断，西乞术忙命众军搬石移木，开通道路。谁知一声梆子响，箭如飞蝗般从两边射来，路窄人稠，秦军无处躲藏，登时折军大半。又听一声炮响，无数晋军从山上冲杀下来，秦军人车挤塞，无法展开战斗，方欲撤军至宽展处，已被晋军分割包围为三段，草丛中挠钩伸出，专钩马腿。军士无法迎战，只得分头乱窜，有爬山越溪的，都被晋军俘获。孟明视三将，不能互相照应，各自率残部死战。孟明视手下有裨将褒蛮子，骁勇异常，大声叫道："元帅勿惊，待末将杀开一条血路，保元帅西归。"舞动铁戟，来战晋军，当者无不披靡，晋军车右莱驹举戟来迎，两戟相交，只听"噹"的一声，莱驹手中戟早被磕飞，褒蛮子挺戟来刺莱驹，莱驹绕阵而逃，褒蛮子不知内中个细，连人带车跌入陷坑之中，晋军挠钩齐举，将褒蛮子拖出，缚作一团。先轸派人传喻道："秦军听了，我家元帅有令，降者免死。"秦军尽皆委弃兵仗器械投降，三将制止不住，军士渐渐散尽，孟明视虽勇，到此也无计可施，只得束手待缚，西乞术、白乙丙亦分别被晋军俘获，押至大寨。三人相见，孟明视戚然言道："本帅料敌不周，致军败师丧，累二将军身陷敌营，其罪难恕。"二将齐声言道："晋人诡谋袭我，非战之罪也，元帅不必过于自责。"

先轸命军士打扫战场，将俘获的秦军以及兵器车仗并滑国的子女玉帛财宝，尽数解到大寨，献于襄公营前，襄公穿着黑色丧服受俘，军士欢声雷动。襄公听说褒蛮子颇有勇力，恐怕留着生变，于是吩咐莱驹："你昨天输给他，今天就命你将他斩首泄愤。"莱驹领命，手握大刀来斩褒蛮子，谁知褒蛮子见莱驹来斩他，大怒道："你是我手下败将，敢对我怎么样？"莱驹心怯，手中大刀不觉坠地，生死关头，那褒蛮子发起一股蛮力，竟挣脱捆绑，来抢那柄大刀。正在这危急之际，一旁裨将狼瞫（音审）眼疾手快，早已抢刀在手，将褒蛮子一刀

砍翻，又一刀将头割下，献于襄公面前。襄公大喜，就命狼瞫取代莱驹为车右，狼瞫谢恩而退，却忘记到元帅先轸处拜谢，先轸心下颇感不快。

襄公命将所获军资分出一二，赠予姜戎，酬其助战之劳，又拿出一部分犒赏军士，然后班师回到曲沃。襄公跪拜于文公柩前，告以殽山打败秦军之事，然后下葬。为表殽山战功，整个丧事，襄公都一直穿着那件黑色丧服，晋国自此之后，黑色也可以作为丧服了。

殽山之战，对秦晋两国其后的政治走向和国家关系影响极大，此战过后，原先残存的两国同盟彻底破裂，转而长期处于战争状态，秦国甚至联楚抗晋，牵制了晋国与楚国争霸的精力。后人评论说，殽山一战，晋国在军事上大获全胜，而在政治上，却树了一个强敌、近敌，未必是明智之举。秦国则东出中原的通路被阻，长期局促于殽山以西。

再说晋襄公，本来打算等回到绛都以后，将孟明视等三将祭于太庙施刑，母夫人文嬴，此时也在曲沃参加文公葬礼，听得秦军在殽山大败，孟明视等被俘，羁押在军中待刑，急忙来见襄公，说道："秦晋世为婚姻，本是同盟之国，孟明视等贪功求名，挑动干戈，致使两国失和。我想秦君必定恨此三人入骨，不如让他们回到秦国去，让秦君自己来诛戮他们，这不是和我们杀他一样吗，又何必由我国来惩罚他们，背一个滥杀俘虏的名声呢？"襄公犹疑道："放他们回去，秦君会杀掉他们吗？"文嬴说："肯定会的。兵败者死，各国都有这样的军法，城濮战败，楚王让成得臣自杀，秦国就没有军法了吗？再说孟明视等丧师辱国，三千甲士曝尸荒山，而三人独归，秦川父老恨不能食其肉，寝其皮，纵秦君不忍治罪，岂可得乎？"见襄公仍在沉吟，文嬴又说道："当年秦君能放惠公君臣数十人回国，我们就不能放三个败将吗？"那襄公自蒲城归来，其他母夫人尚未归国，所以一直母事文嬴，恭谨胜过其他母夫人，现在见文嬴一力主张放还秦囚，不便

违拗，就命将孟明视等三将放归秦国。三人得释，如鲤鱼脱却金钩，喜出望外，只怕有变，连辞谢都来不及，乘了文嬴准备好的车辆，急急忙忙出了曲沃，望西狂奔。

先轸朝见，问起秦囚情况，襄公答道："母夫人请求放他们回国受刑，寡人已经将他们放了。"先轸一听，又急又气，勃然大怒，一口唾在襄公面前，怒气满面道："呸！你怎么这么不懂事？将士们费尽千辛万苦，这才把他们在战场上抓获，而你却听了妇人的一通话就把他们放了，我们的军事成果就这样白白丢掉了，这叫放虎归山，翌日必受其害。"襄公醒悟，忙派阳处父率军追赶，先轸嘱道："将军速行，不论死活，务要将秦将追回，便是大功一件。"阳处父不敢怠慢，赶忙驾车出了曲沃西门，骤马来追，马不停蹄来到黄河渡口，恰孟明视三人刚被对岸秦军接应上船，阳处父急中生智，解下驾车之马，对船中大叫道："秦将慢行，寡君有良马白璧相赠，请将军收纳。"孟明视哪里还肯下船，立在船头拱手施礼道："我等三人蒙贵君不杀之恩，已是感激不尽，岂敢再受良马白璧之赠。此番回国，如果寡君不治罪，三年之后，我们将亲到上国，拜谢贵国管待之恩。"阳处父还要开口，却见那船已然荡开，直向对岸驶去，阳处父令军士放箭，孟明视等入舱去了，阳处父只得怏怏回朝复命。先轸听报，叹气道："孟明视所言，是要来找我们报仇啊。从此西部边境难安了。"于是在两国边境增加军备，防止秦军来犯。

再说秦穆公闻得殽山兵败，全军复没，就身着素服，朝着殽山方向痛哭道："寡人悔不听蹇叔之言，致兵败国辱，这是寡人之过呀。"忽报孟明视三将归来，穆公惊喜过望，亲自出郊迎接，温言抚慰。回至雍都，诸臣都说："殽山之败，孟明视身为主帅，难辞其咎，应该处以军法。"穆公说道："殽山之败，是寡人贪心太大造成的，孟明视有什么错？再说我们也不能以一战之败来否定他的功绩和能力。我

想将来能报晋仇的，必是孟明视。"诸臣无言，穆公仍然任用孟明视
为中军元帅，并主持国政。

晋襄公葬毕文公，率群臣方回到绛都，忽边报称狄国因两国边民
贩马纠纷，起兵犯我边境，围攻箕城（在今太谷县）甚急，请求发兵
支援。襄公大惊道："狄国乃我友善之国，不知为何要为小隙而动兵
戈。"先轸奏道："老狄君已故，其子白部胡嗣位，一向不通问候，
年轻气盛，恃勇逞强，故乘我丧来伐。"襄公道："彼既来犯，子载
（先轸字）当为寡人击之。"先轸道："主公勿忧，谅白部胡小儿，有
何能为，不愁一鼓而破。只是此战请主公另选他人为帅，臣自请为先
锋。"襄公惊道："子载何出此言，卿为国干城，为帅日久，屡破强
敌，退狄之役，非卿不可。"先轸亦知临阵易帅不妥，只得领命而出，
叹道："我本来想死于秦，不想却要死于狄了。"一句话，把众将听
得莫名其妙。

八月初七日，先轸升帐，选将出征，因为不喜欢狼瞫，黜而不
用，改任狐鞫居为车右，狼瞫愤愤而出，他的好友鲜伯也为他鸣不
平，说道："先轸无端革去你的车右之职，又不许你出征，他这是嫉
贤妒能，咱俩不如共起家丁，刺杀先轸，为你出这口恶气，就是死也
值得了。"狼瞫连忙说道："不可。光有勇而没有义，算不得勇，能
为国家而死，才算得勇呢。如果我做出不义之事，那不是证明先轸不
用我是对的吗？我一定要找机会证明自己，你也等着吧。"鲜伯说道：
"你想得比我远，我不如你啊。"

先轸以先且居为先锋，栾盾、郤缺为左右翼，狐射姑为合后，起
兵车四百乘来救箕城，在城外安营下寨。次日晨，人报狄主白部胡引
军搦战，先锋先且居出班道："儿愿杀退此贼。"一旁郤缺也出班道：
"末将蒙先君错爱，拔于垄亩，未立寸功，愿与先锋同去破敌。"先轸
嘱道："狄军骁勇，务要小心，本帅自当领兵接应。"二将领命而去。

到得阵前，先且居责道："晋狄睦邻之国，为何无故犯我边境？"白部胡应道："你国纵边民掠我良马，何言无故？本君主不与你多言，快叫先轸出来答话。"先且居大怒，正要催车出战，郤缺说道："先锋稍歇，待我来战此贼。"挺戟与白部胡战在一处，二人大战三十余合，不分胜负，先且居见郤缺略占上风，于是亲自擂鼓助战。那郤缺抖擞精神，寻得白部胡一个破绽，一戟将他打下车来，众军上前缚了，解归大寨，先轸大喜，命押于后营，好生看管。

白部胡之弟白暾（音屯），听报其兄被晋军所擒，急忙引后军前来接应，先轸命诸军："各守营寨，不得妄动。"自己带了亲随数人，单车直冲敌阵。白暾见对阵中单车驰来，认为是晋军诱敌之计，不敢出战，只令弓箭手围而射之，先轸奋起神威，连斩狄兵二十余人，自语道："够了。"于是自己去掉头盔，迎箭而死，白暾上前察看，方知是晋中军元帅先轸，就欲将先轸尸体来换其兄。

再说先且居有事来禀，帐中不见了元帅，中军官言道："元帅乘单车而去，不知何往。"先且居心疑，忽见案上有表章一道，急取而观之，书云："臣中军帅先轸俯伏拜我君：臣无礼于君，而君未加诛讨，这有违国法而且会鼓励那些乱臣贼子啊。而如果一定要主公申张法纪，主公也会背一个容不得老臣的不好名声，思来想去，臣唯有驰入狄军，假手狄人，以代君行讨，则罪臣不得逃其罚而君不必负其名也。大夫栾枝，乃顾命老臣，颇有将略，请代臣职，必能整肃三军，振我国威。臣临死冒昧谨陈。"先且居观罢哭道："我父要死于狄阵了。"就要率军去救元帅，就在此时，忽白暾差人来通话，要求以先轸之尸交换白部胡。先且居得了父亲死讯，再次放声大哭，此时众将闻信来到，一齐劝住，双方同意交尸放人，晋军得了先轸尸体，便准备班师。谁知那白部胡回到营中，深以被俘为耻，欲乘晋军主帅新丧，军中无主，前来寻仇，其弟白暾劝道："我们射死晋军主帅，也

算一胜，兄长何不退兵？"白部胡不听，率军来攻晋军。先且居闻报大怒："狄人无礼，可灭此而还。"于是整军来战，命郤缺在左，栾盾在右，自与狐射姑居中，引军冲杀出来。众军皆怀为元帅报仇之心，人人奋勇，个个争先，狄军不能抵敌，白部胡转辕便退，白暾死战断后，见对面晋将甚是面熟，问道："将军莫非是狐射姑吗？"狐射姑答道："正是。"白暾道："将军父子，在我国住了十二年，先主相待不薄，今天就不能放我一马吗？"狐射姑想起往日情谊，心中不忍，于是说道："我便放你一条生路，你可速去。"白暾拱手道："将军大义，容日后相报。"驱车如飞去了，白部胡收拾残军，连夜回国，晋军得胜，亦班师回朝。

回到绛都，先且居呈上先轸遗表，襄公大恸道："子载为国生愤，乃忠心所激，寡人何尝在意，今免胄（胄音宙，头盔）殉国，此天堕我干城也。"命于箕城立庙祀之，依其遗表，就欲拜栾枝为中军元帅，栾枝辞道："臣老朽矣。先且居历数战，已显将才，若继父职必能绍其业绩，亦可彰我君爱怜忠臣之意。"襄公遂以三命之礼拜先且居为中军元帅。以两命之礼将已经谢世且无后的大夫先茅的封地赏给胥臣，以奖其举荐郤缺之功，说道："举荐郤缺，这是卿的功劳啊，非卿举荐，先君怎么能发现郤缺这个人才呢？"以一命之礼命郤缺为卿，并且把他父亲原来的封地冀还给他，说道："你能为国立功，改正父亲的错误，所以把你父亲的封地还给你。"又大赏出征军将，全军悦服。

先轸是一位军事战略家，他在晋国的对外战争特别是城濮之战中表现出来的战略眼光和军事策略以及外交艺术等都令人叹服。而他慎独律己、自讨其罪的惊世之举，更使后世赞叹不已。

不知襄公如何治国，请看下回。

第十九回

拜赐之役狼瞫殉国　夏日之阳赵盾行权

再说许、蔡两国，国小兵微，城濮战后，不得已依附晋国，二国常畏楚国逼近，恐其讨罪，晋文公离世后，复又归附楚国，襄公大怒道："二国乘我国丧，竟敢背盟附楚，不可不讨。"遂拜阳处父为大将，率军来伐许蔡。楚成王命斗勃同成大心来救，两军相遇于泜（音志，今河南叶县东北）水，隔河安下营寨，金柝之声相闻，都不敢轻易出战。相持两月有余，时近年终，天寒地冻，晋军粮食将尽，阳处父有心退兵，既恐楚军乘势追杀，又怕落一个避楚之名，于是就派使者来到楚军，对斗勃说道："你我既率军来此，就不应当避战，将军如果真的想战，就请渡河列阵，我军退后一舍之地，摆开战场。如将军不愿过河，就请退后一舍之地，让我军渡河请战。像现在这样不战不退，劳师靡饷，有什么意思？"斗勃怒道："难道我不敢渡河吗？"就准备渡河索战。成大心急忙劝阻道："不可。晋军无信，他说退一舍之地，这是在骗我们呀，如果晋军乘我军渡河一半而发动进攻，我军必败。不如我们暂退，让晋军渡河，背水列阵，我不难胜也。"斗勃醒悟，于是决定退兵三十里，让晋军渡河。使者回报阳处父，阳处父对众将宣言道："楚军害怕我军，已经逃跑了，我们也没有必要再

呆在这里了，不如回军。"于是班师回国，楚军退兵等了两天，不见晋军渡河，后探得晋军已经班师，也就撤军回国去了。谁知楚太子商臣怨恨斗勃当初不支持自己立为太子，所以在成王面前进谗言道："斗勃受了晋人的贿赂而退兵，这是我们楚国的奇耻大辱呀。"成王一时不明，竟然杀掉了斗勃。

晋襄公二年，诸侯多来朝晋，贺襄公即位。卫成公复位以后，一直记恨晋文公曾经监押过自己，不仅没有来朝见，反而派上卿孔达率军攻打郑国，占领了绵、訾、匡三城（均在今河南长垣一带），襄公与群臣商议，先且居说道："卫人无礼，先君念其同姓，赦其不敬之罪，不思悔改，今又背弃践土之盟，伐我与国，应该加讨。"襄公遂以先且居为帅，亲自率军攻打卫国，兵至温地，先且居进言说："卫人不讲礼仪，我们不能像他们那样，此地离成周不远，请我君前去朝见周天子，以示尊王，臣等率军伐卫可也。"襄公认为先且居说得很有道理，于是命胥臣等协助他去进攻卫国，命阳处父等保驾，自己去朝觐周襄王。五月初一日，晋军包围了卫地戚（今河南濮阳市北），六月初八日破城，俘获了卫将孙昭子。卫成公想要反攻，夺回戚地，派人征求盟国陈国的意见，陈共公说道："贵国只管去攻打晋军，事情闹大了我去讲和。"卫国亚卿宁俞劝道："我们怎么能指望陈国来为我们出谋划策呢？这件事靠不住啊。"卫君不听，派孔达率师来攻晋军，卫军哪里是晋军的对手，在戚地被打得大败，先且居乘胜向卫都楚丘进发。卫成公大惊，急忙请求陈共公斡旋，陈共公当初说了大话，此时别无它法，就以协调为名，率兵驰入卫军，出其不意地抓捕了孔达，把他送到晋军请和。先且居对陈共公说道："要我退兵不难，一是要退回所侵郑国三城，二是要把戚地割给我国。"陈共公把这两个条件给卫成公说了，卫君也只好同意，先且居于是退回到戚地，划定疆界，设官理事，押了孔达，到温地来见襄公。襄公说道：

153

"孔达是卫国的良臣，两国既已讲和，没有必要再拘捕他的大臣。"就把孔达放了，卫成公为此专程到绛都来拜谢襄公。

鲁文公也没有及时去朝晋，襄公派人来责问，鲁文公只好亲到晋国去谢罪，襄公含怒不见，只派太傅阳处父会见他，以此来羞辱文公。第二年，晋襄公为此事感觉过意不去，于是要求与鲁国重新举行盟会，鲁文公再次赴晋。这一次，晋襄公热情地接待了他，设国宴招待，席间，襄公赋诗《菁菁者莪》，表达了热情欢迎远方来客之意。侍宴的鲁国大夫庄叔赶忙示意文公走下台阶，对襄公拜谢道："贵国赐敝国以飨宴大礼，这是我们莫大的快乐呀。"晋襄公也客气地走下台阶答礼，然后二君重新入席，鲁文公赋诗《嘉乐》，称颂襄公功德，两国签订盟约，完成会盟。

这日，忽有边报到来，言秦国孟明视、西乞术、白乙丙三将，率兵车四百乘，欲侵我国。襄公道："秦自殽山败后，每欲复仇，今天来了。"遂命先且居为帅，赵衰为副，以无地驾车，狐鞫居为车右，亦起兵车四百乘，迎战秦军。二月七日，两军相遇于秦地彭衙（在今陕西白水县），各排成阵势，先且居正要下令出击，却见十数辆战车从本军冲出，直向秦阵驰去，仔细一看，为首者正是狼瞫。先且居惊道："狼瞫未奉军令擅出，必是衔恨投敌去了。"就欲派兵截击，赵衰赶忙阻止道："狼瞫非投敌之人，可稍待之，观其行状。"只见狼瞫带领所部百余人直冲秦阵，与秦军战在一处，皆不避锋矢，以一当十，秦军大乱，先且居见状，乘势挥军掩杀，秦兵不能抵敌，大败而归。狼瞫所部百余人也全部阵亡，先且居命寻得尸体，载归朝中，奏于襄公道："彭衙之胜，实是狼瞫功劳，非臣之力也。"赵衰请道："狼瞫怒不作乱，而能死于国事，君子也，请以上大夫之礼厚葬之。"襄公准奏，命群臣皆去送葬，以嘉狼瞫之功，其好友鲜伯及所部阵亡百余人，皆葬于其墓侧。

　　彭衙一战，孟明视等豪气冲天，本想复殽山之仇，却不料仍是大败，晋人讥讽道："这就是秦国人的拜赐之役吗？不过如此。"孟明视也以为穆公一定会惩罚自己，谁知穆公一味引咎自责，并不怪罪，仍然任用他主持国政。孟明视有愧，越加勤于国事，轻徭薄赋，蓄力于民，又每日操练士卒，出家财抚恤阵亡将士，准备来年伐晋复仇。晋襄公听说，于是说道："与其等他来打我们，不如我们先去打他。"就派先且居率军，纠合宋公子成、郑公子归生、陈辕选伐秦，深入秦境，取彭衙及附近的汪地（今陕西澄城县西南）而还，说道："我们这是报答秦国的拜赐之役呀。"孟明视见晋军势大，没有发兵抵抗，朝野上下都认为他胆怯，只有秦穆公仍然信任他，说道："孟明视肯定能够报晋国之仇，只不过时机还没有成熟罢了。"

　　公元前 624 年五月，孟明视整顿军备，大阅三军，请于穆公说："士卒训练已精，上下都有复仇之心，臣请出兵伐晋，此次如果不胜，臣誓不生还！"穆公也慷慨激昂地说道："寡人当亲自督师，必败晋军而还。"于是起兵车五百乘，择日兴师，兵由蒲津关（今陕西大荔县东）而出，渡过黄河以后，秦穆公命全部烧掉渡河的船，众臣不解，穆公说道："此去如能战胜，还怕没有回来的船吗？如果不幸再败，寡人也不准备回去了。"三军闻穆公之言，皆举戈呼道："愿效死力！"——破釜沉舟，人们都以为是项羽所创，其实在此四百多年前，秦穆公就使用过了。穆公见士气可用，于是挥军直取晋邑王官（今闻喜县西）。

　　王官守军忙向绛都告急，襄公集群臣商议御敌之策，赵衰道："秦国三败于我，可以说是恼羞成怒，不胜利一次是不会罢休的，现在起倾国之兵，秦穆公亲自率兵前来，这是要与我拼命呀，不如避开他。"先且居也说："子余说得对。困兽犹斗，何况是秦这样的大国呢？万人必死，天下无敌呀，我们犯不着和他死缠滥打。"襄公于是

命王官守军和百姓撤离，又传喻诸城坚守，不得出战。秦军占领了王官，乘胜进军绛都郊外，军士在城下耀武扬威，叫骂挑战，晋军只坚守不出。孟明视道："晋国怕了我们了，我们的目的也达到了，我军可乘此兵威，往收殽山将士尸骨，以盖前耻。"穆公引军自茅津（在平陆县）渡河，来到殽山战处，但见秦军尸骨横七竖八，散布于沟壑之间，曝尸三年，衣履皆朽，皮肉尽脱。穆公命皆收葬，筑起大坟，杀牛宰马祭享，然后身着素服，亲自沥酒，放声大哭。孟明视等三将哭倒在地，三军尽皆痛哭，哀动天地。祭毕，穆公得胜班师，彭衙及汪地二城百姓，闻秦军获胜，就逐去晋国官吏，重归秦国版图，秦国改称蒲津关为得胜关，以纪念这次胜利。

王官之役，秦穆公总算报了殽山战败之仇，出了憋在胸中三年的一口恶气，但他也知道晋国强大，难与争锋，所以就把拓展方向选定西戎。先后并国二十，拓土千里，称霸一方，自此成为春秋大国。后人评论说，秦穆公提拔人才能够考虑全面，任用人才能够专一不疑；孟明视事奉国君能够努力不懈，不骄不躁；公孙枝举荐人才能够知人善任，出以公心。这是秦穆公能够成为春秋五霸之一的重要原因啊。

第二年，晋襄公命先濮率鲁、宋、陈、卫、郑诸国联军讨伐附楚的沈国（地在今安徽阜阳市西北），沈国老百姓不愿为国君效力，又惧怕联军兵马众多，因此一哄而散，先濮乘势灭了沈国，尽取其财货犒赏各国军士，以其地归于与其接壤的宋国。

楚国见晋国灭了自己的与国沈国，大怒，于是起兵攻打晋的与国江国（地在今河南正阳县南），时先濮与各诸侯国军队已分头班师，晋襄公遂命先濮转道救江，先濮请增兵，襄公就派阳处父率兵车二百乘增援。路经成周，周襄王命王叔桓公到军前协助阳处父指挥作战。阳处父于路会合先濮，直向江国进发。楚军闻晋国救兵来到，急忙撤了江围，来迎晋军，前锋子朱到达方城（楚北部边防重镇），阳处父

亦率军来到，指挥军士猛攻一日不下。子朱知道方城难守，于是退兵与大部队会合，阳处父仍然没有与楚军对抗的意志与决心，于是和桓公、先濮议道："楚大兵在后，若一齐都来，我军恐难取胜，子朱既退，江围又解，不如退兵。"桓公、先濮都不反对，阳处父遂传令全军班师。

攻打、威胁、拉拢对方的与国，是直接对抗以外，晋、楚争霸的又一种表现形式，江国终因国小地近，在这年秋被楚国所灭。

江国被灭，最伤心的不是晋国，而是同为嬴姓的秦国。秦穆公为之身穿素服，离开正宫居于偏殿，吃饭时减掉丰盛的菜肴，撤掉乐队，其举动超过了正常的礼仪。大臣劝谏，穆公说道："同姓之国被灭，虽不能救，难道能不表示哀怜吗？我这样做，也是为了自警呀。"

晋襄公六年，公元前622年，赵衰、栾枝、胥臣、先且居等一班老臣先后下世，襄公立其子夷皋为太子，然后在夷地检阅军队，整顿车马，任命将佐，裁减五军为三军，襄公本来想任用一班老臣士縠、梁益耳为中军正副元帅，任箕郑父、先都为上军正副将，先且居之子先克担心由老臣掌控政局，自己这一班功臣之后将没有升迁的机会，就向襄公奏道："狐、赵两家有大功于国，子承父业，他们的后代应该受到重用。而且士縠和梁益耳都没有军功，突然任以要职，恐众心不服。"襄公就改变了主意，拜狐射姑为中军元帅，赵盾为副，改任箕郑父、荀林父为上军正副将，任先蔑、先都为下军正副将。士縠、梁益耳、先都三人听说是先克改变了原来的人事安排，阻止了他们的进用，都特别恨他。

新任中军元帅狐射姑志得意满，登坛发号施令，指东划西，旁若无人，意甚骄矜，诸军佐行动稍慢，辄斥责之。下军司马臾（音玉）骈劝道："军队要想打胜仗，全靠三军用命，上下亲和，现在三军将佐，不是宿将，就是世臣，个个功勋卓著，元帅应当尊重他们，不可

太刚而自矜，而蹈成得臣复辙。"狐射姑上任伊始，正想借事立威，闻言大怒道："我刚开始发令，匹夫竟敢胡言乱我军心。"命左右将臾骈拖下，鞭打五十，众人皆有不服之意。

太傅阳处父此时出使卫国，回来时路经宁地（今河南获嘉县西北），驿丞宁嬴接待他，夜晚一席交谈，对阳处父大为佩服，认为他学识渊博，有治国之才，必为国家栋梁，于是决定放弃驿丞之职，跟随阳处父为幕僚。刚走到温山（今河南修武县北），宁嬴就回来了，他的妻子怪而问他，宁嬴回答道："那个人性格太刚强了。我听说性格内向的人要用刚强来弥补，外向的人要用柔弱来弥补，而他却是既刚强又外向，恐怕难以善终啊。华而不实，会招来怨恨，轻易触犯别人，难以安定自身，我害怕跟着他不仅得不到什么好处，反而会遭受祸患，所以就离开他回来了。"

阳处父回到绛都，见三军将佐如此安排，于是奏于襄公道："狐射姑为人刚而骄矜，不得人心，难当元帅之任，不如用赵盾。"襄公见太傅如此说，再次改变了主意，决定换帅，命阳处父重新在董（在今万荣县）主持阅兵。狐射姑不知有变，兴致勃勃地居于中军之位，正待举旗发令，襄公叫着他的表字说道："贾季你下来。寡人原来让赵盾协助你，现在换一换，还是你来协助赵盾吧。"狐射姑大出意外，只得唯唯而退，心知阳处父原来是赵衰的老部下，又身为太傅，此事只有他才能办到，因此深恨阳处父。襄公遂拜赵盾为中军元帅，狐射姑为副，其余人员不动，晋国亦自此改变了军政分离的格局，实行军政合一，即中军元帅同时也是执政大臣。赵盾集晋国军政大权于一身，制定大政方针，交付太傅阳处父和太师贾佗去具体实行，国人悦服。有人对阳处父说道："先生你说话不知道避讳，对国家忠诚倒是挺忠诚的，可就不怕得罪人吗？"阳处父回答说："只要对国家有利，我管他们谁对我有意见。"

　　鲁国执政季孙行父准备到晋国去朝聘，行前听说晋襄公患病，于是他就查阅了《仪礼》中有关丧事的规定，又向主管礼仪的官员请教具体细节，带足丧事的应用物品才出发。随行人员不解地问道："带这些东西有什么用呢？"季孙行父不便说晋襄公有病，敷衍着回答："多带些东西没有坏处，带了不用，总比要用的时候没有强。"

　　晋襄公七年，公元前 621 年八月中，襄公病重，就把正卿赵盾、太傅阳处父等重臣召至病榻前，垂泪嘱道："寡人自承父业以来，伐秦败狄，幸不辱先君，正当与诸卿挥鞭中原，饮马长江，孰料天不假以年，将与诸卿长别。太子夷皋年幼，卿等宜尽心辅佐，勿失先君霸业。"群臣再拜受命。襄公又独对赵盾说道："如果这孩子进来能成器，寡人感谢你；如果他将来没什么出息，寡人可要埋怨你。"赵盾顿首领命。

　　八月十四日，襄公薨，各国都派使者来参加葬礼，内中只有鲁国的季孙行父准备充分，对各项礼仪非常熟悉，晋国人十分满意，感叹地说："季孙行父学识渊博，真知礼呀。"葬礼毕，群臣就欲遵襄公遗命，拥太子夷皋即位，谁知赵盾与公子雍相善，想要立他为君，说道："目下国家多难，秦、狄之仇未解，不宜立幼主。公子雍现在仕秦为卿，好善而有治国之才，不妨迎回以嗣君位。"群臣无言，独狐射姑说道："不如到陈国迎立公子乐，陈国一向与我和睦，不像秦国那样与我为敌，缓急之间可得到陈援。"赵盾反驳道："不然。公子雍之母杜祁为先君文公的第四位夫人，而公子乐之母辰嬴只是第九位，能有什么威望？且陈国小而远，秦国大而近，迎立公子雍，可以化敌为友，我们也多一个外援，还有谁能比公子雍更合适呢？"狐射姑没法再开口，赵盾就派先蔑为正使，士会为副使，到秦国去报丧，就便迎接公子雍回国为君。临行，荀林父劝阻先蔑道："夫人和太子都在国中，却到国外去迎立新君，我看这事办不成，士伯（先蔑字）

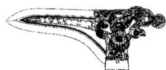

何不称病推辞，让别人去呢？"先蔑说道："现在赵盾掌权，是他派我去的，能有什么变故呢？"荀林父再次劝道："你我同僚之谊，我不敢不尽我的心，我是怕先生去得回不得啊。"遂赋诗《板》之第三章，其诗曰：

> 我虽异事，及尔同僚。我即尔谋，听我嚣嚣。
> 我言维服，勿以为笑。先民有言，问于刍荛。

　　取诗中为他人谋划，同僚应当听从之意，先蔑不听，自与士会赴秦去了。

　　再说狐射姑见赵盾不采纳他的意见，心中很觉不平，怒道："狐、赵同功一体，地位相当，我有从亡之功，岂甘居其下位，他能迎公子雍，我就不能迎公子乐吗？"就悄悄派人到陈国去迎公子乐，准备回来与赵盾争个高下。早有人报知赵盾，赵盾派门客公孙杵臼率家丁百余人，扮作强盗，埋伏在公子乐回国必经之路，在郫（**今河南济源西**）将其截杀。狐射姑闻信更加恼怒，可又一时无计可施，于是迁怒于阳处父，想道："赵盾本来位在我之下，要不是阳处父，哪会出现今天这样的局面。"就和其堂弟狐鞫居商议，狐鞫居说道："阳处父越权行事，干扰国君决策，其实该死。赵盾能杀公子乐，我们就不能杀阳处父吗？阳处父在晋国没有什么人缘，他现在郊外主持先君的丧事，刺杀他很容易。"狐射姑就命狐鞫居带领家丁装成盗贼，半夜跳墙而入，来刺杀阳处父。阳处父正在秉烛看书，见狐鞫居进来，惊问道："简伯（**狐鞫居字**）深夜来此何事？"狐鞫居并不答话，挺剑刺中阳处父肩膀，阳处父见势不妙，赶忙逃出室外，被狐鞫居追上杀害，割下首级带回。

　　阳处父家人听得主人口称"简伯"，已知是狐鞫居所为，急忙报

于赵盾，赵盾假装斥责道："太傅乃是为盗贼所害，岂能随便怀疑大臣。"于是不露声色，一面收敛阳处父尸身，一面四出围捕盗贼，又另派荀林父主持襄公葬礼，到十月中，葬襄公于曲沃。葬礼方毕，赵盾在宗庙大声宣布说："先君灵柩未安，而有人竟敢刺杀太傅，岂能不讨！"命人从队列中拉出狐鞫居，狐鞫居争辩道："太傅自为盗贼所害，关我何事？"赵盾斥道："人证物证俱在，你还敢狡辩？"早有人从其家中搜出阳处父首级呈上，阳处父家人也上前作证"简伯"情节，狐鞫居再也无言答对，只得俯首认罪。赵盾令牵出当众斩于庙外，又将阳处父首级用线缝于尸身，装敛停当，由其家人归葬于其封地阳邑（今太谷县阳邑村）。

狐射姑见狐鞫居被斩，害怕赵盾追究自己，于是连夜出奔狄国而去，时白部胡已死，其弟白暾继位为君，感念狐射姑当年私放之恩，接待甚是热情。赵盾见狐射姑惧罪逃亡，说道："贾季与我先人同时出亡，伴先君左右，功劳不浅，我当众斩狐鞫居，不加讯问，正是要使贾季放心呀，现在他暮年孤身居外，我怎么忍心。"就让臾骈送其妻儿往狄，有家丁向臾骈进言道："当年在夷阅兵，主人忠心进言，反被狐射姑鞭辱，今元帅派主人送其妻孥，这正是我们报仇雪恨的好机会呀。"臾骈连声说："不可，不可，与人有私怨，不能施于后人，这才是忠诚之道。狐氏有殊勋于国家，乘人之危，以私害公，君子不为也。"于是细心安顿狐射姑一家登车，将其家财逐一登录，亲自押运至边境，交付于狄人。狐射姑闻知事情原委，叹道："我有贤人在身边却不知道，看来我流落在外也是活该呀。"赵盾也敬重臾骈人品，遂有重用之意。

狐射姑自此在狄国安顿下来，终身未能返晋，狐氏一脉包括其别族续氏彻底退出晋国政坛。次年，狄人侵犯鲁国西部边境，鲁文公向晋国告状，要求盟主主持公道，制止狄人侵略。赵盾就派人通过狐射

姑责问狄国国君白暾，让他退兵，白暾不能不给狐射姑面子，答应撤军。一日二人闲论，白暾问道："先生长与赵氏父子共事，父子二人有什么特点和不同？"狐射姑回答道："赵衰好比是冬日之阳，人们都想接近他。赵盾好比是夏日之阳，人们有点害怕他。"白暾笑言道："先生乃是宿将，难道也怕赵盾吗？"

不知赵盾如何行事，请看下回。

第二十回

刺先克赵盾诛五将　召士会寿余赚秦君

再说先蔑和士会来到秦国，表明迎立公子雍回国为君之意，时秦穆公也薨，其子康公继位，喜道："先君曾两立晋君，想不到寡人也有立晋君之功，此机断不可失。"就派白乙丙率兵车百乘，护送公子雍回国。

晋襄公夫人穆嬴自听得赵盾要废掉太子，到别国迎立新君，每日必抱太子至朝堂对诸大夫哭诉："太子是先君的嫡子啊，他有何罪，你们为什么要抛弃他呢？""先君在世，不曾亏待大臣，你们这样作对得起他吗？"散朝之后，则驱车跟至赵府，扑在赵盾跟前，叫道："先君临终，托孤于你，今先君尸骨未寒，言犹在耳，你却要改立他人，你置先君之言于何地，置我母子于何地？不立我儿，我母子就死给你看。"言毕，号哭不已，国人皆哀怜穆嬴而归咎赵盾，诸大夫亦多以改立为失策。赵盾无法可想，就和郤缺商量说："先蔑和士会已去秦国迎接公子雍了，很快就会回国，可穆嬴在此不依不饶，我该怎么办呢？"郤缺压低声音说道："闻公子雍在秦为亚卿，若归国为君，年长难制，相国还能有今天这样的地位吗？如果蹈里克之复辙，岂不可悲。再说如果舍弃太子不立，以后太子长大成人，必然会心生怨

恨，为难我们。以我之意，不如马上派人到秦国去把先蔑叫回，不要再接公子雍了。"赵盾说道："为今之计也只有这样了。只是应该先定国君，后派使者，君臣名份既定，他们就没什么想头了。"郤缺赞同道："如此甚好。"即时召集群臣，立太子夷皋即位，是为灵公，时年只有七岁。百官朝贺方毕，忽边报称："秦军护送公子雍已到河边。"赵盾自知理屈，难以言词应对，于是决定起兵相拒。箕郑父言道："是我们失信于秦，应该跟人家解释清楚，出兵不妥吧？"赵盾回答说："如果迎立公子雍，那么秦国人就是我们的客人，现在既然新君已立，那么他们就是我们的敌人了，岂能不出兵？"就升箕郑父为太傅，赋以闲职，辅佐灵公守国，升中间人物荀林父为中军副帅，以补狐射姑之缺，任自己的亲信郤缺为上军将，先克为上军佐，率军来拒秦军，到达董阴（今临猗东）下寨，探马来报，秦军已然渡河，在令狐下寨。赵盾决定先发制人，四月初一日，命军士秣马厉兵，三更饱食，乘夜攻击秦军，秦军猝不及防，登时大乱，白乙丙死战逃脱，公子雍死于乱军之中，晋军直追至刳首（刳音枯，在临猗西）方回。先蔑对赵盾所为十分不满，说道："赵盾反复无常，对不起人家秦国，我不能再和这样的人共事。"于是就投奔了秦国。士会也说道："我和士伯同行，既士伯奔秦，我也不回去了。"也奔秦国而来，秦康公都拜为大夫。荀林父向赵盾请示说："以前贾季投奔狄国，相国送还他的妻儿子女和财产，群臣称善，现在士伯和士季奔往秦国，相国也应该像对待贾季那样，以全同僚之情。"赵盾大喜道："我正有此意。"就命人送两家眷属并资财于秦。

令狐之战，秦国再次惨败于晋，两国关系彻底决裂，此后再也没有弥合过。此战晋军大胜，唯有先克部将蒯得，恃勇贪功独进，为秦军所败，损失兵车五乘，先克欲按军法处斩，众将告免，先克就削夺了他的董阴之田，作为惩罚，蒯得以此深恨先克。

晋
国
演
义

且说士縠、梁益耳二人，不仅中军主副帅作不成，连兵权也一点没有，酸酸地看着赵盾行权，心中很是不平，见赵盾领兵往拒秦军，认为绛都空虚，正好起兵作乱，士縠对梁益耳说道："赵盾废立随意，擅启兵端，今与秦军相持，料一时难归，不如乘此时机，我等反了赵盾，废夷皋而迎公子雍，则大权尽归我等，岂不为美？赵盾不除，我等升迁尚不知何日。"梁益耳道："先都与我二人同愤，现随赵盾在军中，可以引为外援。箕郑父与我私交甚密，且被赵盾夺去军权，心中不满，现为绛都留守，若得其相助，大事可定。"士縠就让梁益耳去探箕郑父口风，箕郑父一口赞同，三人正准备起事，谁知赵盾竟袭败秦军，奏凯而归，只得暂时隐忍。箕郑父探得蒯得因夺田之事对先克不满，拉为同伙，加上先都，五人密议道："先克为上军佐，是赵盾的臂膀，去掉先克，则赵盾势孤，不难制也。"

正月初二日，先克前往箕城为其祖先轸进香，蒯得率家丁埋伏于半路险峻处，待先克到来，一齐冲出，举刀便砍。先克虽是将才，事发突然，刀未出鞘，已被砍杀。从人惊慌逃回，报于赵盾，赵盾大怒，严令司寇缉捕凶手，不出几天，果然侦得是蒯得挟私愤所为，赵盾命臾骈率军将其围捕下狱。箕郑父心慌，准备集合四家家丁劫出蒯得，一同举事。恰在此时，赵盾却通知他入朝商议处理蒯得一事，箕郑父心想："赵盾请我参加会议，肯定没有怀疑我。"于是轻身坦然入朝，原来赵盾担心箕郑父作乱，所以把他稳住，却密派荀林父、栾盾、郤缺领着三枝兵马，分头围捕先都、士縠、梁益耳三人，捉拿下狱。三将朝堂复命，称反贼俱已拿获，赵盾见大局已定，于是转面问箕郑父道："刺杀大臣、图谋聚众作乱、推翻新君，该当何罪？"箕郑父此时已知事情不妙，只得强作镇静地回答："此大逆不道，罪不容诛。"赵盾沉下脸来大喝道："既如此，你为何还不就狱？"令武士当堂捆绑。箕郑父还在争辩："元帅领军在外之时，我在绛都居守，

那时不反，元帅归来才反，这不是自投死路吗？"赵盾道："幸天佑晋，本帅破秦速归，不然，汝等已行篡立多时了。"箕郑父知事已尽泄，俯首下狱。

赵盾奏知灵公，欲将五人全部斩首，灵公年幼，唯唯允诺，荀林父谏道："五人原为争权，不一定会有篡逆之意，近年老成雕丧，朝中空虚，诛一二人以儆效尤可也，赦余者以为国用，可乎？"赵盾道："乱世需用重典，目下主少国疑，而五人竟敢擅杀大臣，图谋废立，不予严惩何以惩后？且为国者，患政不通，何患后进无人？"遂将箕郑父、士縠、梁益耳、先都、蒯得五人，以不臣之罪押赴市曹斩首，又录先克之弟先縠（谥号先轸子）为大夫，以掌先氏。自此国人皆畏赵盾之威，赵氏亦结怨多门。

箕郑父博学多才，敏于言对，晋文公在世时，曾问他如何救百姓饥荒，箕郑父对以"信"，文公问："信怎么讲？"箕郑父回答说："信于君心，信于名，信于令，信于事。"文公又问："具体内容是什么？"箕郑父解释道："信于君心，是指君主不以个人好恶来判断臣下忠奸，避免奸臣当政；信于名，是指百官各安其职，尊卑有序，上下不乱；信于令，是指行事不违节令，容易成功；信于事，是指让百姓能够安居乐业，根据自己的能力选择职业。这些都做到了，就会官民亲和，贫富相帮，那些富人们会拿出自己的钱粮来赈救饥民，哪里还会出现饥荒呢？"箕郑父一席话，说得文公大喜，就提拔他为箕城大夫，到清原阅兵时，又任他为新上军的副将，襄公时进而为上军主将。却因很小的原因而与执政赵盾结怨，无端卷入五人之乱，获罪被斩，所以有人说他口才出众而政治经验贫乏，不适合处于权力中心。

公元前 615 年秋八月，赵盾以灵公新立为由，与齐昭公、宋昭公、卫成公、郑穆公、许昭公、曹共公以及鲁文公会盟于扈（今河南原阳西），开卿大夫会盟诸侯之先河。郤缺向赵盾建议道："以前卫

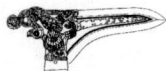

国不听我们的话，所以我们占了他的几座城，现在既然归附，不妨还给他。"见赵盾犹豫不语，郤缺进一步劝道："背叛我们的人，要予以征讨，服从我们的人，要施以怀柔，这是盟主应该做的啊。相国是晋国正卿，如果归还了别国领土，他们就会高兴地来歌颂你。"赵盾听从了郤缺的建议，就派解扬去归还了卫国的匡、戚两城，又与郑国重新划界，把申和虎牢都归还给郑国，二国悦服。

再说秦康公衔恨令狐之败，听说晋、鲁两国失和，就想联络鲁国东西夹击攻打晋国，派西乞术携带礼物出使鲁国，鲁大夫襄仲推辞道："贵国不忘两国之好，先生光临敝国，敝国很是感谢，只是礼物不敢收受。"西乞术回答说："这点礼物不算丰厚，不值得推辞。"襄仲再三不肯接受，又不愿结怨于秦，就回送了秦国大量礼物，却没有答应出兵。西乞术回报康公，康公恨恨言道："鲁国不出兵，我就打不败晋国了吗？"于是大阅车马，令孟明视留守，拜西乞术为大将，白乙丙为副，带士会随军赞划，起兵车五百乘，渡过黄河，攻占了羁马（今永济南）。

晋军闻报，急忙起兵迎战，赵盾族弟赵穿，是晋襄公的女婿，自请补先克之缺为上军佐，赵盾因他年少无功，恐众心不服，只命他为上军大夫，却任臾骈为上军佐，栾盾为下军主将，胥臣之子胥甲为佐，以范无恤驾车，提弥明为车右，韩简之孙韩厥（谥号韩宣子）为司马，来救羁马。

大军方出绛都，忽然有一辆车从后赶来，超过行军队伍，想要进入中军，司马韩厥大怒，命人拿住，问道："你是何人，为何乱闯军阵？"乘车人答道："为相国回城取绵衣，追送军前。"韩厥说道："你驱车擅闯兵车行列，按法当斩。"那人一听，吓得哭了起来，说道："我是奉了相国之命呀。"韩厥说："我既是司马，心中只知道有军法，不知道有相国。"言毕命人斩首，诸将对赵盾说道："韩厥

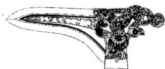

从小是相国家里抚养长大的，现在又提拔他为军中司马，他却斩了相国的人，这个人太没有良心了，不能用啊。"赵盾微笑不语，命人去叫韩厥来见。韩厥到来，赵盾起身相迎，夸奖他道："君子比而不党，原先我还担心你不能胜任，现在看来，你能如此严格执法，不枉我提拔你，好好干吧。"韩厥拜谢而去，赵盾对诸将说："你们可以祝贺我了，我又为国家发现了一个人才，韩厥将来必是国家栋梁。"

晋军来到河曲（也在永济南），离秦军十里下寨，臾骈献计道："秦军衔愤而来，锐气正盛，我军不可与他硬拼，不如深沟高垒，固守不出，秦军深入我境，难以持久，等他退兵时再出击，可获全胜。"赵盾采纳了他的意见，于是坚守不出。

秦康公见晋军不出，求战不得，心中甚是焦急，问计于士会。士会回答说："赵盾新近对臾骈很是信任，这一定是臾骈的主意，想要耗到我军师老兵疲之时再进攻。"康公急问："那我们该怎么办呢？"士会说道："赵盾之弟赵穿，年少轻狂，不懂军兵，恃宠而不服臾骈，想要和臾骈争功。我们不妨派出一支轻兵，去挑战晋之上军，说不定赵穿会恃勇应战，则赵穿可擒也。"康公决定依计而行，临战，把一双白璧投于河中，祈求作战取得胜利。

十二月四日，秦将白乙丙率兵车百乘，到晋上军营前挑战，郤缺和臾骈按照既定作战方针坚守不出。赵穿听得秦军来攻，即率本部兵马出营接战，白乙丙回车便走，赵穿追赶不及，回到营中，对天骂道："将士们裹粮披甲，来到军前，为的就是杀敌，敌人来了却不出击，难道上军都是怕死鬼吗？"手下军兵劝道："主帅自有破敌之策，将军不必心急。"赵穿越怒道："我不懂得什么计谋，别人怕死，我赵穿不怕，我要独自去和秦军决一死战。"于是率领本部兵马重新出战，在营门大呼道："不怕秦兵的都跟我来！"诸军不应，只有下军佐胥甲认为赵穿是一条好汉，愿意随他出击。郤缺急忙报于赵盾，赵

盾说道："赵穿、胥甲都是卿大夫，轻车出战，万一有失，那我们的损失就大了，没法向国人交待，不可不救。"于是下令全军出战，秦军正要夹击赵穿、胥甲，见晋全军到来，不敢接战，晋军遂鸣金收兵，赵穿回营，犹埋怨不该收兵。

当晚，秦军来下战书，赵盾启视，书云："两军相持月余，未经大战，军士都没有损伤，请于明日决战。"赵盾批道："敬如命。"秦使走后，臾骈说道："秦国使者目光游离，声音失常，这是他心中害怕呀，看来秦军要逃跑了，我们应该埋伏在渡口附近，乘他们渡河时出击，必定可以大获全胜。"赵盾便命各军秘密出发，前往渡口埋伏，谁知赵穿和胥甲却堵住军门不让出兵，大叫道："已经和秦军约好明天决战，却要提前偷袭人家，这岂是大国风范，难道我们晋国不敢和他们明刀明枪地打吗？"一时间军门口诸军云集，吵嚷不已，秦军听到赵穿和胥甲的喊叫，已知晋军之谋，害怕中了埋伏，赶忙渡河逃走，于路攻占晋地瑕邑（今河南陕县附近），掳掠而归。赵盾见秦军逃走，只好班师而回，追究泄露军情之罪，因为赵穿是国君的女婿，又是自己的族弟，所以只令其为质于郑，以示薄惩，而全部归罪于胥甲，夺其官职爵禄，逐去卫国安置，顾念胥臣的功劳，任用胥甲之子胥克为下军佐。赵穿和胥甲，同罪不同罚，朝中啧有烦言，都道赵盾行事不公。

赵盾派大夫詹嘉防守瑕邑，构筑桃林要塞，防备秦军东出，又召集三军将佐议道："今狐射姑在狄，士会在秦，都不利于国家，特别是河曲之役，秦军计谋全出于士会，他们本是我国的人才，尔今却为别国所用，我们该怎么办呢？"荀林父禀性忠厚，说道："不如召狐射姑回来复职，狐射姑擅长外交，并且狐氏功勋卓著，不应该在晋国绝祀。"郤缺首先反对说："不对。狐氏虽然有功，但狐射姑犯有擅杀大臣之罪，如果让他复职，那岂不是鼓励作乱吗？"郤缺一席话，

说得众人不语，赵盾又问："既狐射姑不可召，那么士会呢？"郤缺又开言道："士会可召。士会为人柔顺而多智，况且逃奔秦国也不是他的错，我料士会未必就对祖国绝情，可以设法将他召回。"赵盾说道："士会在秦国颇受重用，就算是本人愿意回来，秦国人也不会轻易放他，有什么好办法能让他回来呢？"臾骈说道："魏犨侄子魏寿余，颇善权变，若以苦肉计使其入秦召士会，必能成功。"赵盾大喜，当下商定依计而行，以计告魏寿余，亦欣然应允。

次日，赵盾召魏寿余下令道："秦人屡次渡河犯我，魏为大邑，可作州兵以防河守。"魏寿余辞道："下官向任文职，从未参与军旅之事，恐怕有负相国之托，请另选贤能者任之。"赵盾怒道："你是将门之后，何言不知军旅，分明是忌惮劳苦，不肯为国出力。命你三日内募兵三千，将军籍报来，可免你罪！"寿余怏怏而归，回到家中，对妻儿言道："赵盾太不讲理了，让我负责河防，这分明见我是大邑，想要盘剥我，我岂能受他的气，不如收拾家资，一同逃往秦国。"吩咐家人整顿车马，准备出逃，当夜独自饮酒，以馔食不合口味为由，鞭打厨役数人，命其另做，言称不合意还将责打，厨役衔恨告密，揭发魏寿余准备叛国出逃之事。赵盾遂命韩厥率兵围捕，韩厥故意放走魏寿余，而将其家人全部抓捕下狱。

魏寿余连夜逃往秦国，诉说不平，康公知他是世爵之后，任为大夫，居于别馆，寿余乘便夜访士会，见面拱手笑道："士季别来无恙，一向在秦可好？"士会道："幸得康公倚重，只是祖宗陵寝，俱在河东，不能祭守，罪莫大焉。"寿余道："先生既不忘故土，何不归晋？"士会言道："奉使不终，得罪相国，虽欲归不能也。"寿余劝道："出使秦国不终，非先生之过，相国何能怪罪先生？且先生之祖士蒍，助先君献公底定晋国霸业，晋人莫不思之，则先生在晋，是功臣名门之后，在秦，不过一落魄来投外臣罢了。"士会闻言坠泪道：

晋

国

演

义

"祖上英雄，不肖孙竟流落西秦，为敌于国人。"魏寿余见时机成熟，于是说出实话："寿余此来，实是奉了相国之命，来迎先生耳。"士会又惊又喜，决意与寿余同归，可又担心妻儿俱在秦国，难以走脱，寿余说道："以先生之智，足保妻孥脱身。"士会拍首道："适才一时心乱，让我再仔细想想。"于是二人连夜筹划停当。寿余又问起先蔑情况，想召他一同回国，士会说道："士会在秦三年，与士伯向无来往，实不知其心。"寿余又问道："你二人一同逃往秦国，为什么三年都不相来往呢？"士会回答说："我与士伯一同逃秦，是为了避罪，并不是因为我佩服而追随他，有什么来往的必要呢？"寿余只好作罢。

　　第二天上朝，魏寿余奏道："晋魏邑官员，皆臣私属，若主公兵临其地，臣可招其来降。"康公征求士会意见："魏邑可取吗？"士会回答说："魏邑为河东大城，得了魏邑，则黄河天险不再阻我，可以据其逐步攻取河东各邑，岂不胜于劳师远征？"康公大喜，遂决定起兵，仍命孟明视居守，拜西乞术为将，士会为副，亲率大军来取魏邑。到了黄河边安营扎寨，见河对岸有一支兵马屯扎，魏寿余禀道："对面晋军不知我们来意，如果主公能派一个熟悉晋国情况，和对方将领相识的人和为臣一块先过去，对他们晓以利害，必定能说服他们归顺。"康公命士会前往，士会推辞说："晋人暴虐不可测，如果此去能够成功，是国家之福，万一不成功，主公以办事不力加罪于臣之妻孥，岂不是要他们枉死吗？"康公说道："先生尽管放心前去，此去如能成功，寡人当重加封赏。如果晋人拘执于你，寡人当送宝眷归先生。"并且指河为誓道："所不能者，有如此河。"

　　退朝后，大夫绕朝谏康公道："士会智谋过人，如此去不归，必为晋用，主公为什么要轻信魏寿余之言，把这样的谋臣送给敌国呢？"康公道："士会乃是知耻之人，寡人相信他，你不要再多疑了。"遂

命士会和魏寿余成行，绕朝驾车追送，以马鞭一柄赠予士会，说道："你不要以为秦国无人识破你的计谋，只不过主公不听罢了。你快走吧，再迟恐怕要遭祸端，只是先生归国之后，要致力于两国睦邻相处，则秦、晋之民幸甚。"士会拱手相谢，驱车疾奔河边而来，对岸晋军迎接过河，见士会、魏寿余二人到来，赚秦之计已是圆满成功，一齐欢呼起来，荀林父、郤缺亦引大军前来接应，拥着士会，高高兴兴望绛都而来。

秦康公听得回报，大怒，就欲渡河追赶，西乞术谏道："晋有大军接应，渡河恐无功。"康公无奈，只好班师，有人进言："士会赚我，可尽斩其妻孥于市。"康公说道："士会负我，我不负士会。且有指河之誓。"于是派人好生将士会家眷送于晋境，只有三儿子士戌不愿回晋，留在秦国定居，恢复为祖先的刘姓。士会致书，感谢康公之义，并希望两国和好，息兵养民，各保边境，康公同意，自此两国数十年间没有战事发生。

赵盾请示灵公，任士会为上大夫，参与国事，嘉魏寿余之功，赠邑两城，赐车十乘。

不知晋国后事如何，请看下回。

第二十一回

宽齐释宋晋国失霸　虐民刺臣灵公不君

公元前 613 年，邾国内乱，公子捷菑逃奔母舅晋国，请求出兵助他夺国，赵盾因楚穆王新丧，也想乘机重申晋国霸主地位，于是率军在宋地新城（今河南商丘市南）大会诸侯，除齐昭公病重不能参加外，宋昭公、鲁文公、陈灵公、卫成公、郑穆公、许昭公、曹文公等都来盟会，郑、陈、许等国都向晋国谢罪，诉说他们往日附楚实是出于无奈，迫不得已，愿意从今往后一心事晋，不再反叛，赵盾一一抚慰，表示既往不咎。唯蔡国坚持附楚，不来参加盟会，赵盾怒道："蔡国欺我国君年少，轻慢我国，不可不讨。"遂命郤缺率上军往讨蔡国，攻入蔡境，连下数城，迫近国都，蔡庄公见楚救不至，只得与郤缺签订城下之盟，愿意叛楚附晋，郤缺得胜，引兵回到大营。

赵盾见蔡国已然顺服，遂领诸侯之兵八百乘，兵临邾国，要立捷菑为邾君，邾大夫出见赵盾道："我国君邾定公貜且（貜音决）为齐国正妃所生，而且年长，已立半载，不知盟主有何理由非要废嫡长而立庶幼，难道就因为捷菑是晋国的外甥吗？"赵盾不能对，于是说道："人家说得有道理，我不能不听啊。"就准备退兵回国，恰在此时，齐昭公薨，昭公弟公子商人杀死侄儿太子舍，自立为懿公，太子舍之母

乃是鲁国之女，设法向鲁国求救，鲁国遂派上卿季孙行父来到赵盾军前诉冤，要求盟主讨伐齐懿公弑君之罪。

赵盾闻报大怒道："商人小子，竟敢弑君自立，吾岂能纵其肆虐？"于是率诸侯之兵转攻齐国。齐懿公见诸侯大军来伐，赶忙派上卿国归父携了重礼，来见赵盾，说道："上国缮甲治兵，讨伐的是不肯依附的人，现在寡君愿举全齐为上国之东援，为什么不能相容？"赵盾顿悟，马上与齐讲和，不再追究齐懿公之罪，遣诸侯之兵各归本国。鲁国很是失望，只好派大夫公子遂携带礼物到齐国请和，齐懿公见鲁国不再与己为敌，也就同意了。

赵盾班师归晋不久，宋国的公子鲍弑兄昭公自立为文公，赵盾请示晋灵公讨伐宋国，灵公不太同意，说道："宋国人杀掉他们的国君，和我们晋国关系不大，没有必要兴师动众地前去讨伐。"赵盾说："不然，天地为大，次为君臣，尊卑各有其序，不可乱也，今宋人弑其君，这是逆天地而违反君臣之法的大事，晋为盟主，如果不行天讨，恐怕别的国家会效法，也有失我们盟主的职责和权威。"灵公听赵盾说得如此严重，这才同意出兵。赵盾国内琐事缠身，不便领兵出征，于是在太庙发令，命荀林父为主将，赵穿为副，号令三军钟鼓齐备，以伐宋国。其弟赵同不解，问道："军事行动应当攻其不备，尽量保密，兄长为何要大张旗鼓，让宋人有备呢？"赵盾回答："如果是偷袭敌人，肯定应该偃旗息鼓，可我们现在是讨伐不臣，是为了申明君臣之道，张我盟主之威呀，大张旗鼓还怕各国不知道呢。"于是遍告诸侯，并征卫国孔达、陈国公孙宁、郑国石楚一同伐宋。

大军一路鸣钟击鼓，来至宋地，责问弑君之罪，宋文公忙派右师华元来见荀林父，将昭公之死尽推在已经死去的司马华耦身上，并称文公即位，宋民拥戴，同时献上金帛数车，作为犒军之资，请求讲和。荀林父就准备接受，郑与宋乃是世仇，石楚不愿看到这个结果，

不满地说道："我等起兵追随上国，是为了讨伐不臣，现在与宋讲和，不是纵容了篡逆之人吗？"荀林父说道："宋国的情况和齐国是一样的，我们已经放过了齐国，为什么不能放过宋国呢？何况宋文公颇受国人拥戴，我们不可违宋人之意，别生事端。"就与华元签盟，承认了宋文公的合法地位，撤军而还。石楚归国禀于郑穆公道："晋君年幼，其卿大夫意在国内争权，无意于诸侯，齐宋两国，都是弑逆之大罪，送了点礼就没事了，可见晋国难以再称霸诸侯了。现在楚庄王雄心勃勃，想要问鼎中原，我们不如弃晋附楚，可保国家无事。"郑穆公采纳了他的意见，就派石楚出使楚国，表示依附之意，晋国人知道后也无可奈何。

　　第二年春，因为宋国不肯归顺，楚国就命令郑国的公子归生去攻打宋国，宋右师华元和司马乐吕率军抵御，两军在宋国的西部边境大棘（今河南睢县南）相遇，战前，华元杀羊犒赏士卒，每人一份羊肉，一时粗心，忘记给自己的御者（驾车之人）羊斟发肉，羊斟怀恨在心。二月十日，两军对垒，羊斟暗暗说道："昨天发羊肉是你作主，今天打仗可就是我作主了。"不等宋军列阵毕，驱车载着华元直入郑军，华元单车入敌，自然成为郑国人的俘虏，宋军群龙无首，被郑军打得大败，乐吕阵亡，兵车四百六十乘，尽数成为郑国人的战利品。宋文公听得兵败，华元被俘，赶忙派人与郑军谈判，愿意以兵车一百乘、战马四百匹赎回华元，公子归生同意。谁知兵车和战马只送了一半，华元却自己逃了回来，见到先期被郑军放回来的羊斟，华元问道："那天是马出问题了吧？"羊斟不冷不热地回答："不是马出问题了，是人出问题了。"华元一时不解其意，顾不上细问，忙见国君去了，羊斟惧罪，连夜逃往鲁国。国人都怪罪羊斟说："羊斟不是个人。因为自己的一点私怨，就置国家和全国人民的利益于不顾，真是存心不良，应该受到严厉的惩罚。"

荀林父还军后，臾骈病故，赵盾乘机提拔赵穿为上军佐，以补其缺，赵穿自此有权参与军国大事，献计于赵盾说："楚国为我劲敌，要想与楚抗衡，须结好秦国，不如伐秦的属国崇国，秦国必然来救，那时我们给秦国人一个面子，和他讲和，两国就可以乘机重修旧好。"赵盾依从其计，就命他率兵车三百乘以伐崇国（地在渭水入黄河口），谁知秦国没有直接救崇，却出大军径来攻打晋国的焦地（在今河南陕县南）。赵盾见秦军势大，遂亲率大军前来救焦，又命赵穿解崇之围前来会合。到达焦地，秦军已退，赵盾本想还军，赵穿进言道："大军出而无功，恐为人笑。郑人无端背我附楚，并且受楚之命侵我盟国宋国，败宋于大棘，此仇至今未报，不如伐郑，讨其不敬。"赵盾于是命军出阴地（今河南卢氏县境），又命大夫解扬知会宋、陈二国，一同起兵来伐郑国，郑国忙向楚国求救，楚国君臣都认为晋军强盛，不想与晋对敌，只有令尹斗越椒力主出兵救郑，说道："我们既想称霸诸侯，就不能害怕困难，害怕晋国。"楚庄王就命斗越椒率兵救郑，驻扎于郑国边境北林（河南郑州市东南），准备迎击晋军。

晋大夫解扬出使宋、陈归来，临近楚营，忽有数只野狗从路边窜出，解扬驾车之马受惊，不听驾驭，向前狂奔，径直驰向楚营，解扬就这样戏剧性地被楚军俘获。赵盾见楚军来救，也不想与楚军硬拼，于是说道："斗越椒宗族，为楚令尹已数世，骄横不知收敛，在国内结怨甚多，我们不妨故意示弱，让他越发骄横，早些走向灭亡。"遂命撤军回国。由于晋灵公年幼，赵盾的主要精力不得不放在国内，因而数次出兵，都是无果而返，体现的是不求进取，但求守成的指导思想，渐失诸侯之心，晋国的霸主地位动摇，南方的楚庄王乘机北上，挺进中原，形成与晋国争霸的局面，两国长期互争雄长，而夹在中间的郑、许、陈、蔡等国，则只好在南北边境各准备一份礼品，楚来奉楚，晋来奉晋，苦不堪言。

　　且说晋灵公年龄渐长，自幼生长深宫，国事委于赵盾，日以嬉戏为乐，更养成荒淫暴虐习性，向百姓横征暴敛，大兴土木，于后宫桃园内，建起一座绛霄楼，雕梁画栋，朱栏曲槛，极尽能巧。灵公惰于朝政，经常与一班近臣在绛霄楼上饮酒作戏。一日，在楼上召优人歌舞，园外百姓聚观，灵公忽发奇想，竟取过弹鸟之弓，搭上泥丸，向人群射去，百姓不及躲闪，纷纷着弹，乱嚷乱挤，四散奔逃，灵公见状，颇觉有趣，在台上呵呵大笑。又豢养狄人所进猛犬赤獒，左右办事有不中意的，就唤赤獒扑咬，将人活活撕咬至死。灵公给饲养赤獒的侍者以大夫之禄，命其出入牵獒跟随，百官奏事，赤獒一旁吐舌虎视，人人悚然。赵盾等见灵公如此行状，屡次进谏，劝其勤政爱民，不要再做那些伤害官民的事，灵公不仅不听，反而越来越讨厌他们。

　　一日，赵盾与士会前来奏事，刚到前庭，却见两个宫女抬着一副筐笼出来，白布下赫然有一只人手露出，赵盾心疑，叫住问道："筐内所抬何物？"二宫女支吾不答，赵盾掀开白布一看，却是一具人尸，再三逼问，方知此人是灵公御厨，因为灵公催要，所以做的熊掌不熟，灵公一怒之下，竟将御厨杀死，准备抬出宫外，命人弃于荒野。赵盾闻言大惊，与士会商量道："主公如此无道，草菅人命，长此以往，社稷不保，我二人身为大臣，不可不谏。"士会说道："我们两人一块去，如果主公不听，就没有人再去劝他了。不如我先去劝，主公听了当然好，要是不听，你再去劝。"赵盾于是先回。

　　士会进门、入庭、上阶，直入后宫，来到滴水檐下，方才见到灵公。灵公早就瞟见士会到来，却装作不知，见士会来到近前，不等他开口，转身说道："寡人知道错了，先生不要再说了，今后改过就是。"士会躬身施礼道："人非圣贤，谁能无过，过而能改，善莫大焉，望主公能够尽到作君主的职责，从此勤于国事，敬臣爱民，体恤百姓，则社稷之福，万民之幸也，我们这些做臣子的，更会觉得有依

靠。"灵公轻声应诺。士会归告赵盾，赵盾听罢大喜，以为灵公举动，必与往日不同，岂料次日早朝，群臣毕集，而灵公始终没有出朝，赵盾询问内侍，方知灵公仍然往桃园去了，赵盾叹道："主公如此，岂是改过之样？我只好再去劝他了。"于是径直来到桃园，灵公正玩在兴头上，见赵盾到来，心中老大不快，问道："寡人未曾召唤，卿来此何事？"赵盾躬身拜道："先君勤劳，逐诸戎而有晋地，以遗主公，主公宜承继祖宗之业，以为万世之基，岂可荒游嬉戏，不理朝政？请速回銮还朝，改过前非，则社稷幸甚，臣民幸甚。"灵公羞惭言道："卿可先回，寡人今日游玩，明日上朝就是。"赵盾言道："既已知错，便当速改，何待明日？"下大夫屠岸贾，乃是屠岸夷之孙，屠击之子，颇善逢迎，得灵公宠幸，时陪侍灵公侧，一旁言道："主公今日已经进园，不便返回，明日朝堂议事如何？"赵盾怒目瞪屠岸贾道："主公身边有你这种人，非亡国不可。"屠岸贾低头不敢正视赵盾，心中生恨。

赵盾走后，灵公怏怏不乐，对屠岸贾说道："寡人一国之君，竟受制于人，这个老头在朝一天，寡人就会不乐一天。"屠岸贾乘机进言道："主公有勇士鉏麑（音除尼），此时不用，更待何时？"一句话提醒灵公，于是召来鉏麑，命其前往刺杀赵盾。鉏麑领命，当夜潜伏于赵府门外，伺机下手。候至凌晨五鼓，府门大开，赵盾车驾，停于门首，只见赵盾一身冠带朝服，手持圭笏，正襟危坐于堂上，等待天明上朝。鉏麑见状大惊，心想："相国勤于政事，是国家干城，百姓之主，我岂能行此不义之事。可完不成主公交给的任务，也难逃一死，不如自杀了吧。"于是对着门内大叫道："主公派我来刺杀相国，我不忍杀害忠良，相国保重！"说罢，在门前触槐树而死，赵盾出看，感叹一番，命人将其尸掩埋，就要上朝，左右劝道："主公欲不利于相国，幸鉏麑忠义，入朝恐遭其害。"赵盾道："我忠心为国，虽不

见爱于主公，岂可避死而擅离职守。"言毕径趋朝堂，灵公见赵盾未死，已知鉏麑之事不成，只好装作无事，暗地里准备下一步的行动。

这年秋九月，灵公宴请赵盾，在两厢埋伏甲士，想要乘机刺杀他。酒过三巡，灵公带笑言道："闻听相国所佩之剑乃是吴下名剑，不知可否令寡人一观？"赵盾就欲解剑呈上，他的车右提弥明在庭下望见两厢有甲士走动，知道情况不妙，赶忙快步登堂，大叫道："臣侍君宴，超过三巡，就是不敬，相国为何还不退？"扶着赵盾就往外走，灵公见赵盾要走，嗾赤獒追来扑咬，提弥明以身护住赵盾，来斗赤獒。那赤獒张牙舞爪，连吼带叫，来咬提弥明，提弥明不慌不忙，偷空两手掐住獒脖，将其四蹄朝天摔倒在地，用膝盖死死顶住赤獒下颌，抽出右手，拔匕首刺入赤獒腹中，赤獒哀嚎死去。赵盾一边往外跑，一边回头对灵公说："你用狗，我用人，你的狗不如我的人。"灵公恼羞成怒，命甲士齐出，来追杀赵盾，提弥明截住众甲士厮杀，怎奈寡不敌众，力战而死。

赵盾急走，忽然有一名甲士快步追来，赵盾大惊，以为将要命丧其手，岂料那人却说道："相国不要惊慌，我不是来害你的，是来保护你的。"赵盾问道："你是何人，为何要保护我？"那人说道："相国忘了翳桑那个饿汉了吗？我是灵辄啊。"原来，赵盾曾在首阳山田猎，在翳桑（今永济市东南）休息时，左右发现一个人躺在树阴下，以为是个刺客，就想抓来见赵盾，不料那人却是浑身无力，站立不起。赵盾过来问他道："你得了什么病？"那人回答："我没有病，只是三天没吃东西了。"赵盾又问他："你叫什么名字，是干什么的？"那人说道："我叫灵辄，是前村人氏，在秦国为人臣仆三年，今回家探视老母，中途盘缠用尽，羞于行乞而耻于偷窃，以致于此。"赵盾忙命从人端来一盆饭菜给他吃，谁知灵辄先将饭菜留出一半后自己才吃，赵盾问他为什么要这样做，灵辄回答："我出门三年，不知

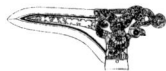

老母还在不在世，如果在世，我让她也尝一尝大人的美食。"赵盾叹道："这人真是一个孝子。你把这些饭菜都吃了吧，我再给你母亲带一些。"说罢，命人准备了一篮饭食，一袋肉食，送给灵辄，灵辄拜谢而去，后来应募为灵公的甲士。没想到今日灵公要杀害赵盾，灵辄念赵盾往昔之恩，因此出手相救。

说话之间，其余甲士追近，灵辄催促赵盾快走，转身与甲士们博杀，怎奈众寡悬殊，情况十分危急。恰在此时，赵盾之子赵朔闻变，率家甲来救，赵盾登车，欲召灵辄同登，灵辄已乘乱逃走，甲士见赵府家甲甚多，也不敢来追，收兵而去。赵盾对赵朔说道："我得罪了主公，看来在晋国难以容身了，公子黑臀在周，我将往投，汝可回府，好生看护家院，勿生事端，若主公有朝一日回心改过，父子尚可见面。"赵朔欲与父亲一同逃亡，赵盾道："吾一人出逃，不过是为避祸，若父子同逃，则是反叛，赵氏世为晋臣，岂可做叛逆之事？"赵朔不敢再言，只得回府，赵盾单车出了绛都南门，望周而来。

不知赵盾能否到周，请看下回。

第二十二回

据桃园赵穿弑灵公　军郫城晋师救郑国

那灵公虽然不曾杀掉赵盾，可也逼他出逃，从此身边再没有人前来聒噪，落得清静，每日不理朝政，领了屠岸贾等一班宠幸之人，在桃园恣意游玩。屠岸贾乘间密奏道："朝中赵氏党羽众多，特别是赵盾的族弟赵穿，现为上军佐，手中握有兵权，不除恐为后患。"灵公说道："赵盾都被寡人赶跑了，赵穿匹夫，更容易对付，寡人先玩乐几天，到二十六日，于黑壤阅兵，以卿代其职便了。"屠岸贾闻言大喜，自去黑壤（今翼城县东北）安排阅兵事宜不提。

早有人将此消息报与赵穿，赵穿大惊，忙与夫人叔姬商议道："主公受人挑拨，对我产生了误会，他是你的胞弟，自小由你带大，何不进宫去帮我解释解释？"叔姬赶忙来见灵公，说道："赵氏世代有功于国，赵盾年老絮叨，实非谋反之臣，今既离开绛都，又何必株连他人呢，且赵穿乃是自家至亲，为什么不能放过他呢？"灵公见阿姐说情，只得说道："有大臣怕赵氏衔恨作乱，换将实非我之本意。既如此，赵穿仍佐上军就是。"叔姬归家，把灵公言语对赵穿说了，赵穿仍不放心，于是来向族弟赵婴讨主意，赵婴道："主公年少，唯喜游乐，已不可劝，你要想免祸，唯有投其所好。"赵穿顿悟，于是

搜求美女十名，献于灵公，说道："主公贵为人主，不可不极声色之乐，这十名美女，粗通乐理，若请明师教以歌舞，可备宫中娱乐。"灵公大喜，自此不疑赵穿。

阅兵之期渐近，赵穿请求护卫灵公前往黑壤，灵公耽于游乐，本不愿去，赵穿劝道："主公但知声色之乐，不知军阵之乐。"灵公问道："军阵之乐如何？"赵穿回答说："千军操戈，万马奔腾，旌旗蔽日，喊声震天，鼓进金退，各依次序，极其壮观。"灵公一听，动了玩兴，于是同意前去阅兵，并由赵穿率军护卫。九月二十六日，各军俱已出发，绛都空虚，赵穿率上军心腹军士五百名，径来桃园，灵公只道是护卫之兵，并不心疑，传令放入，赵穿将自己军士，布置在灵公周围，灵公警跸之兵，反被隔在外层。赵穿见时机已到，仗剑大喝道："昏君虐民，难为国主，诸军还不下手？"上军士兵，争相挺戟刺向灵公，灵公登时毕命。赵穿登车大呼道："昏君已除，其余人等，俱各安生。"灵公近侍与警跸之兵，平日在灵公身边，战战兢兢，动辄得咎，甚至被杀，今日目睹灵公被弑，竟无人愿意上前相救，闻言一哄而散。赵穿一面令军士据住朝堂，一面召士会等众臣前来议事，士会闻灵公已死，哭了一场，命先敛尸棺内，又命赵朔往追赵盾，回朝主事。

且说赵盾，忠言不纳，反被追杀，心中凄苦，逶迤而行。这日行至温山（在今河南温县），前路已是周地，想起自己往日进出温山，前呼后拥，跃马挥鞭，何等威风，今日背井离乡，踽踽（音举）独行，悲凉异常，不觉坠泪。正在伤心之时，忽见后边尘头起处，数骑飞奔而来，赵盾以为是灵公派人前来追杀，只得叫苦，岂料为首一人远远扬手大叫："父亲慢行。"赵盾这才认出是自己儿子赵朔，赵朔近前，滚鞍下马，禀道："朝中有变，群臣请父亲回朝主事。"因将前事备细说了一遍，赵盾吁嗟一番，同赵朔一同回返绛都。

　　赵盾先至桃园，伏于灵公之柩大哭，涕泪交流，哀声达于园外，百姓闻之，尽皆说道："相国忠于国事，灵公咎由自取。"无人归罪于赵穿。赵盾命将灵公安葬于曲沃，议定谥号曰"灵"，然后会集群臣议事，赵盾开言道："先君襄公弃世之时，我就主张迎立年长之君，只是没有办成，此番再立新君，不可不慎。"士会表示同意，因问："只不知该迎何人为君？"赵盾说道："文公少子黑臀，早年仕于周，今年岁已长，仁厚爱民，可迎立之。"群臣皆无异议，赵盾想以迎立之功来减轻赵穿弑君之罪，于是就派赵穿赴周迎公子黑臀归晋，十月初三日，黑臀朝于太庙，即晋君之位，是为成公，实襄公之弟，灵公之叔，这是公元前607年的事。

　　次日上朝，太史董狐执简对群臣宣道："灵公十四年秋九月二十六日，赵盾弑其君夷皋。"赵盾听罢，忙说道："太史搞错了吧，灵公死时，我出逃在外，弑君之事，怎么能记在我的名下呢？"董狐回答说："你是国家正卿，逃亡并没有越过国境，回来后又没有追究弑君者的罪行，不记在你的名下记在谁的名下呢？"赵盾闻言，叹道："哎呀，有句话说'我之怀矣，自诒伊戚（因为眷恋既得利益，结果自己给自己带来烦恼）'，说的就是我呀。"赵穿一旁按剑而言道："昏君无道，国人皆曰可杀，怎么能说是弑呢？你必须把它改过来！"董狐回答说："吾既为史官，就要留真实的历史给世人，头可断，简不可改！"赵穿还要再说什么，赵盾制止道："这是史官职责，不可相强。"

　　后世孔子评论这件事，对二人大加赞扬，说道："董狐是个好史官，不畏权势，敢于直笔；赵盾是个好大夫，为了国家制度而担负恶名，只是有点可惜，越过国境不就没事了吗？"

　　自此，赵盾总觉得做了一件亏心事，对成公越加恭敬，行事越加谨慎。赵穿私下里对赵盾说道："屠岸贾是灵公的宠臣，桃园之事，

只有他心存不满，兄长何不将其早除，以免后患。"赵盾摇头道："别人不挑我们的毛病就已经不错了，我们又何必找别人的麻烦呢？还是少寻仇树敌为妥。"赵穿不乐而退，不久，司空巩伯病卒，赵穿请于赵盾，想要接替司空一职，赵盾知赵穿人望不够，也没有同意，赵穿心甚怏怏。赵穿之妻叔姬，自从灵公横死，每日号哭，大骂赵穿："吾弟已经饶过赵氏之罪，他不杀你，你为什么非要杀他？"赵穿辩解道："主上不君，国人皆曰可杀，只不过老天借我的手罢了。"叔姬复骂道："弑君不忠，杀亲不仁，我岂能再以身事你这不忠不仁之人。"到后来，叔姬索性命内侍备车，径入宫去了。赵穿本以为刺杀灵公立下不世之功，应该加官晋爵，荣耀朝堂了，岂料诸愿皆不遂，反落得夫妻反目，琴瑟失和，愤恚郁积，怨气难以宣泄，竟至发病而死。其子赵旃（音沾）请求袭父职为卿，赵盾碍于公论，拒绝他说："你还年轻，以后立有功劳，正卿也不愁取得，还是等一等吧。"赵旃颇觉不平。

且说晋国自献公尽逐群公子，骊姬之乱时，又与诸大夫盟，不许收留群公子，晋国从此没有公族。成公即位，为了报答和奖励诸卿迎立之功，决定把诸卿的嫡长子作为公族，赐与田邑，嫡长子的同母弟作为余子，其余庶子作为公行，皆享爵禄。按照这个规定，赵盾的儿子赵朔应该享受公族待遇，而赵盾的同父异母弟赵同等只能是公行。赵盾向成公请求道："还是让赵同任公族大夫吧，他是君姬氏的爱子，要不是君姬氏一力主张接我回来，并把我立为嫡子，则臣就是狄人了，哪有臣的今天。"成公同意，于是就让赵同任公族大夫，负责管理、教育诸公族子弟，赵朔任余子大夫，管理、教育诸余子。赵氏从此在朝中势力更大。

赵盾临去世时，推荐郤缺越过荀林父为中军元帅，主持国政，成公对赵盾言听计从，同意了这个安排。下军佐胥克腹中有虫，患有胃

病，身体不是很好，郤缺有意免去他的职务，而令赵朔接替他，以此报答赵盾举荐之恩。胥克本就因病心躁，见郤缺要夺其卿位，更是心急，竟当庭与郤缺争辨起来，说道："先祖胥臣拔你于垄亩之中，荐于文公驾前，你才能够位列朝堂，难道你就是这样来报答胥氏的吗？"郤缺答道："将军有疾，难任国事，缺不敢以私害公。"胥克见郤缺不肯改口，愤愤出言道："山野村夫，一日得志便张狂起来，似此我祖当初就不该管他，让他一辈子背负罪臣之名，耕于草泽才是。"言罢摔座而去，郤缺气得大叫："胥克咆哮朝堂，目无君主，定是得了疯颠之病。"遂奏于成公道："胥克神志错乱，言语颠狂，不宜再任下军佐，请以赵朔代之。"成公说道："胥爱卿一向体弱，没想到是颠狂之疾。既如此，就让他好好在家养病吧。"当下准奏，那胥克从此一病不起，临终对儿子胥童说道："郤缺行事，如同山中之狼，全不念人恩情，你父是被他活活气死的呀。"胥童含泪切齿言道："此仇不报，枉为胥氏子孙！"胥克听罢，颔首而逝。

秋九月，成公因楚庄王有北进之势，遂会诸侯于扈，欲重申霸业，宋文公、卫成公、曹文公以及新附的郑襄公等与会，陈灵公附楚拒绝参会，晋成公就派郤缺率诸侯之兵往讨陈国。孰料大军刚刚出发，晋成公却在扈病逝，郤缺只好遣归各路诸侯，扶成公之灵归国。回到绛都，郤缺率群臣立成公太子姬据即晋君位，是为晋景公。这是公元前599年的事。

楚庄王闻晋有丧，大喜道："晋成公方薨，其子年少，诸卿之意，不在诸侯，北方可图也。"遂亲统大军，来讨郑国附晋之罪，围郑南地柳棼。郑襄公一面发兵抵抗，一面向晋求救。景公召群臣议道："郑国可救否？"荀林父说道："郑国反复于晋楚之间，即使救郑，他也不会成为我们的坚定盟友，且先君新丧，不宜动兵。"景公又征求郤缺的意见，郤缺说道："郑国新附我国，刚参与了扈盟，如

185

果不救，那就会令各国寒心，我们失掉的就不是一个郑国了。"景公采纳了郤缺的意见，决定派他率兵车四百乘救郑，郑人见晋军来援，士气大振。

郤缺向郑襄公建言道："楚军以为我军新至，不能马上投入战斗，贵军明日可去搦战，待兵势一交，我军乘隙而出，兵车齐发，楚军不难破也。"襄公大喜。次晨，郤缺命荀林父和栾盾子栾书（谥号栾武子）各率军埋伏于柳棼东西两侧山后，大军自在正面立营结寨，郑军则到楚营前挑战，楚庄王对众将说道："晋军远道而来，现尚立营未稳，可乘今日破郑，则晋军自退，若待晋人成军，恐难取胜。"遂率大军出营抵敌，两军战在一处，约半个时辰，郑军渐渐不支，但听一声炮响，左有荀林父，右有栾书，两支晋军从山后冲出，直冲楚阵，郑军亦乘势反攻，楚军不能支，败退而去。

郑军取胜，国人皆喜形于色，独襄公之弟公子去疾面有忧色，襄公不解，问他为什么忧愁，公子去疾回答说："郑国处在晋楚两大国之间，南北受敌，不宜依附于一国，亦不宜与一国为敌。晋楚不讲信用，我们也没有必要讲什么信用，谁来我们服从谁，持两端可也。今虽胜楚，乃偶然之事，晋国不可能长期保护我们，只怕楚兵衔恨于我，不久就会重来啊。"

果然，第二年春，楚庄王即与群臣商议再次伐郑，令尹孙叔敖说道："郑方附晋，我若伐郑，晋必来救，须出大军，方可取胜。"楚王遂尽起三军两广，杀奔郑国而来，兵抵荥阳，楚军筑长堤围之，日夜攻打。郑襄公议退敌之策，公子去疾奏道："楚起倾国之兵而来，势在取胜，不如与他们讲和。"公子宋说道："不可。当今之势，晋强楚弱，我若与楚讲和，晋兵来讨，又望谁救？不如赴晋请救。"郑襄公拿不定主意，于是令史官占卜，占卜结果讲和不吉，而应该哭着来抵抗。郑襄公一面派人赴晋求救，一面命守城军民在城墙上大哭，

到第十七日，楚军攻陷城东北角，庄王正要传令进兵，听得城头哭声震天，说道："郑人已知我威，而不知我德，且退以示德，令其畏威怀德，则长服我也。"于是传令退兵，郑襄公见楚兵退，以为是晋国的援兵来了，传令军民修筑城墙，登城巡守。庄王见郑国并无降意，就又率军围城攻打，郑国再向晋国求救，谁知道晋国因郤缺去世，顾不上出兵。又坚守了三个月，晋援仍然没有来，实在支持不住了，郑襄公只好牵羊担酒，出城投降，见了庄王跪言道："敝国未能顺应天意，事奉上国，致大王生怒讨伐，这都是寡人之罪啊。今既兵败，唯大王之命是听，即便大王将我流放海滨，将郑国土地分赐诸侯，人民作为臣仆，也不敢有丝毫怨言。如果大王念及楚郑过往之好，看在先君的面上，原谅寡人一时不明，保留郑国的宗庙社稷，以郑国等同于贵国之县，这就是大王莫大的恩惠了，愿从此为上国附庸。这是寡人的心里话，愿意上达大王。"公子婴齐进道："郑国投降，实因晋救不至，并非真心，晋来必然复叛，不如就此灭掉他。"庄王不想把事做得太绝，笑道："别人的牛踩了我的庄稼，我不能因此就夺了人家的牛啊。"于是接受郑国投降，派潘尪与郑人盟，郑襄公以公子去疾留楚军为质。

楚庄王正准备得胜班师，人报晋国以荀林父、先縠为中军主副帅，士会、郤克（郤缺之子，谥号郤献子）为上军主副将，赵朔、栾书为下军主副将，韩厥为司马，起兵车六百乘，前来救郑，已到黄河边，不日将至荥阳。庄王与群臣议进退，多数人主张挟克郑之威，与晋军决战，令尹孙叔敖、中军元帅虞丘、连尹襄老等主张退兵："我军去年就出来了，已连克陈、郑，师老兵疲，若战而不胜，岂不有损国威，不如现在全师而归，方为万全。"宠臣伍参则积极主战，孙叔敖一向看不起他，挖苦道："如果战而不胜，吃了伍参的肉都不解恨。"伍参反唇相讥道："如果战败，伍参的肉将在晋军，你想吃也

吃不着啊。可是如果战胜，可就显得你这个令尹无谋少智了。"庄王说道："令尹和元帅都是重臣，既他们不主战，退兵为妥。"于是传令兵车皆南辕，收拾行装，明日一早退兵。当夜，伍参单独面见庄王说道："我军顿荥阳城下三月，将士死伤无算，方才得郑，大王为什么要轻易丢掉这一成果呢？"庄王道："晋大军来，战恐不捷，所以退兵。"伍参道："大王请听臣分析晋军情况，中军元帅郤缺方丧，荀林父新统大兵，此人一向木讷寡断，威信未孚。他的副手先縠，乃是先轸之孙，先且居幼子，生于富贵人家，长于锦绣丛中，不识军阵，性情倨傲，目中无人，其余将佐，皆累世名将，各行其是，号令难以统一，据此看来，晋军虽多，不难破也。再说大王以君避臣，这名声也不好听呀。"庄王听伍参这么一说，愕然道："不縠虽不才，何至于怕了晋国诸臣？就听卿的，与晋军一战。"当下改变主意，再次传令全军，兵车全部改为北辕，天明后进军管城（在今河南郑州市），迎战晋军。

且说晋军行至黄河北岸，闻报郑人待晋救不至，已然投降，楚军亦将南归。荀林父乃聚众将议道："既然我们来不及救郑，再进兵也没什么意义了，不如退兵。"士会表示同意，说道："对。楚军连服陈、郑，锐气正盛，不可与其争锋，君子见可而进，知难而退，退兵为妥。"言未毕，先縠挺身站起说道："不可。我晋之所以能够称霸诸侯，还不是因为军队强大，大臣们忠于国事，现在郑国有难不能救，敌兵在前不去打，还谈什么霸业？如果晋国的霸业在我们手里丢掉，那还不如去死。况且我们率军前来救郑，还没有见到敌人，就害怕他而退缩，这岂是大丈夫所为，这样的事，你们能做出来，我先縠可不能。"赵朔、栾书等都支持荀林父的意见，主张退兵，而中军大夫赵同、赵括等则支持先縠的意见，主张进兵。荀林父见将佐意见不统一，更觉不能进兵，说道："楚三军两广尽来，庄王亲在军中，这

情势同城濮之战时刚好相反，我军宜速退。"先縠怒而出帐道："要退你们退吧，我要过河去同楚军决战！"言罢，头也不回，竟与赵同、赵括率中军本部渡河去了，荀林父闻讯，搓手踱步道："先縠违令擅行，这可怎么办呀？"

下军大夫荀首（荀林父弟，谥号智庄子，晋智氏之祖）说道："这部分军队危险了，遭遇楚军，必然会失败。"韩厥也说道："先縠不遵将令，以偏师赴敌，如果失利，您是元帅，责任也跑不了，不如大军齐进，如果战胜，是您的功劳，就是失败了，责任由六个人分担，不比你一个人承担强吗？"荀林父别无它法，只好传令全军渡河，与先縠会合，军于邲城，敖、鄗（二山之名，与邲城均在今河南荥阳北。鄗音乔）之间。先縠得意地说："怎么样，还是我的意见对吧？我就知道你们得听我的。"

不知晋楚战事如何，请看下回。

第二十三回

饮马黄河楚庄称霸　争舟掬指林父败绩

郑襄公听说晋军到来，害怕晋军取胜后追究自己投降楚国之罪，就密派大夫皇戌入晋营，说道："我国投降楚国，实在是不忍社稷倾复，一时偷安，并不是对上国有二心。现在楚军骄而无备，如果贵军出击，我军协助，必能胜楚军。"先縠闻言大喜，说道："败楚服郑，在此一举，就这么办吧。"栾书不放心，说道："郑人一贯反复，我们胜了，就会依附我们，如果败了，就会倒向楚国，我的意见，郑人的话不可信。"赵朔附和道："栾书分析得很有道理，如果听了他的意见，肯定对国家有利。"赵同、赵括则站在先縠一边，齐声说道："我们千里迢迢来到郑国，为的就是要和敌人决一死战，现在郑国愿意出兵助我，我们还等什么？先縠的意见是对的，我们一定要按他说的去办。"荀首悄悄嘟囔道："这两个人简直是自取祸殃。"先縠、赵同、赵括三人竟不经主帅荀林父同意，擅自与皇戌订立对楚作战之约和作战计划。

孙叔敖献计于楚庄王说："我看晋军并不想和我们决战，不如派人去和他们讲和，如果晋人同意讲和，双方都可以体面地退兵，要是他们非要打，那他们就没理了，我们那时再开战，可保必胜。"庄王

遂派蔡鸠居赴晋军传达讲和之意。蔡鸠居来到晋营，面见荀林父说道："寡君自幼命运不顺，不善辞令，之所以追随二先君，来往于楚郑之间，不过是为了训戒郑国而已，岂敢得罪于上国？希望诸位不要在此久留，我们还是各自罢兵归国吧。"士会代表晋军回答道："郑国不遵循与晋夹辅周室的先王之命，寡君遂命外臣等前来问郑，岂敢劳贵国之迎送？敬闻君命！"荀林父开言道："诚能罢兵休战，乃两国之福也。"蔡鸠居闻听二人言语，以为两军讲和有望，心中欢喜，准备回营复命。谁知先縠认为荀林父、士会等人的做法是害怕楚军，有损国威，于是派赵括追上蔡鸠居更正道："刚才他们把我们国君的话传错了。寡君命令我们把你们从郑国赶出去，说：'不要逃避敌人。'我们不敢违抗呀，贵国还是准备厮杀吧。"蔡鸠居满腹狐疑，将先后情况报于庄王，庄王也弄不清晋军倒底是什么意思，于是再派官位更高的潘党前往晋军求和，荀林父重申了讲和之意，双方约定三天后签订和约，各自退兵回国。

不料第二天，楚国乐伯、许伯、摄叔三人却单车前往晋军挑战，许伯驾车疾驰，飞快地迫近晋军营垒，车上旗帜呼呼作响，向后倾倒，乐伯则俯身于飞奔的马背上，拨正马脖子上的皮带，又取箭一连射死晋军数人，摄叔伸出右手，擒住营垒中的一名晋军，掷于车内，割去左耳，鲜血淋漓地扔回晋营，执俘望本营而驰。晋军见楚兵单车前来挑战杀人，派出两支小部队分左右两翼追来。乐伯不慌不忙，取箭左射马，右射人，晋军无法近前，乐伯箭囊中很快就只剩下一枝箭了，恰在此时，面前出现了一只麋鹿，乐伯一箭射去，正中鹿腹，遂命摄叔下车取鹿献于追来的晋将鲍癸，说道："时当夏月，不是献禽的时节，虽然麋鹿未肥，亦请佐诸君一膳。"鲍癸说道："乐伯善射，摄叔善辞，都是君子，我不杀你们，快回去吧。"摄叔称谢上车，三人从容归营。

晋将魏锜未能当上公族大夫，赵旃未能袭父职为卿，二人皆心怀怨恨，并不希求晋军取胜，又怒没有抓住楚军挑战者，于是请求也前往楚军挑战。荀林父说道："挑战致师，不过是军中游戏，何必在意，不用去了。"二人又要求到楚军去通盟好，荀林父不好再驳，只好同意，并且嘱咐二人说："两军将订和约，你二人到得楚营，应以和议为旨，不可率性造次。"二人答应退出，赵旃先送魏锜登车，说道："将军先行，以礼报蔡鸠居修好之使，我将随后赴楚军挑战，以回应乐伯挑战之辱，咱二人各行其事可也。"魏锜答应而去。

郤克见派此二人出使楚军，忙对荀林父说道："这两个心怀不满的人到了楚营，定会惹出事来，万一激怒楚军，招得楚军来攻，可就危险了，我们还是作好战斗准备吧。"言未毕，先縠叫道："郑国人劝我们和楚军开战，你们不听。楚国人要求讲和，也未必就能罢战。行军打仗，本无一定之规，全仗随机应变，作那么多准备干什么？"士会委婉劝道："还是作点准备好。如果楚人没有恶意，我们撤除戒备，也不影响两家签订盟约。如果楚人来攻，我们有了准备，也不致于失败。就是诸侯之间盟会，以礼相见，警卫措施也是必不可少的，何况现在是两军对垒之际。"荀林父并不表态，始终未出一言，士会退而对郤克说道："元帅懦弱，遇事不决，我们上军自己作些准备吧。"遂命巩朔、韩穿等率军卒分七处埋伏于敖山前。

那魏锜到得楚军营前，大叫道："楚军听了，奉了我家元帅将令，前来挑战，有些勇气的，只管前来送死。"言毕，取箭射伤将佐一员，又夺垒上认旗一面，如飞而去。楚将潘党追出营来，追至荥泽（今河南荥阳市东），魏锜看见麋鹿六只，想起楚将献鹿之事，于是弯弓搭箭，射倒一鹿，回头对潘党说道："先生军务缠身，军中生鲜怕也难以常供，此鹿敢献于先生车前，望乞笑纳。"乃命御者下车，取鹿献上。潘党笑道："此乐伯之故智耳，既如此，我亦不追，汝可速

去。"魏锜得归本营，诡报荀林父道："楚王不准讲和，定要交兵。"荀林父不见赵旃，于是问道："赵旃何在？"魏锜回答："尚在楚军营前未归。"荀林父道："楚既不同意讲和，将不利于赵旃。"遂派侄子荀䓨（字子羽，谥号智武子）率兵车二十乘，军卒五百人，到楚营前迎归赵旃。

再说赵旃来到楚营前，在军门外席地而坐，执壶饮酒，却命随从二十余人，往袭楚兵，杀伤十余人，楚庄王乃是英武君王，见赵旃如此目中无人，大怒，亲率左广追出，赵旃慌急间来不及登车，跑入旁边山林。楚将屈荡看见，下车赶来，赵旃急中生智，脱下衣甲挂于树丛之中，骗过屈荡，方才走脱。屈荡得了赵旃衣甲，向庄王请功。楚国君臣正欲回营，却见北边尘头大起，马嘶车辚，原来这是荀䓨所率小股部队来接赵旃回营，楚军一时辨不清有多少兵马驰来，误以为是晋军已经发动了进攻，屈荡急忙向庄王禀报，庄王在车上见尘头不高，于是说道："这不是晋国的大军，我们回营固守可也。"

再说楚军营中，令尹孙叔敖也望见晋军到来，诚恐庄王轻车而出有失，急与潘党起大军前来接应，半路与庄王会合。君臣商议进退，孙叔敖说道："从来先下手为强，我军既已出动，应该主动进攻，宁可我逼人，不可人逼我，岂有回军之理。"楚军众将皆欲建功，都支持孙叔敖的意见，庄王见兵气可用，当即传令，全军整备，向晋军发动进攻。命公子婴齐（字子重）同副将蔡鸠居，率左军及唐国军队攻晋上军，公子侧（字子反）同副将工尹齐，率右军及郑国军队攻晋下军，自引中军和左右两广，直捣荀林父中军大营。调拨毕，庄王一声令下，楚军千军万马，一齐杀奔晋军营寨而来，车驰马骤，鼓声如雷，荀䓨所率小股部队未能寻得赵旃，却首先遇敌，区区五百人，怎当得楚兵大军，士卒或死或降或散，很快被消灭，荀䓨车驾之左骖中箭倒地，车不得行，遂为楚将熊负羁所俘。

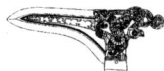

荀林父正在中军大营等候赵旃消息，忽然听得营外鼓声大振，杀声震天，正在吃惊之际，韩厥来报楚军大至，荀林父忙上营垒观看，但见楚军漫山遍野，马步齐进，直向大营杀来，荀林父到此别无他法，只得传令迎战。晋军仓促之间人不及甲，马不及鞍，部伍全乱，怎当得楚军排山倒海而来，很快被楚军突入营寨，士卒折损近半。荀林父见大势已去，乘乱从后营登车，领残兵望黄河边奔逃，中军、下军余部，无心御敌，争相逃窜，车马甲仗辎重，尽弃于楚军。晋军退到河边，船只都四下分散安泊，一时难以聚齐，败军纷纷来到，挤拥扰嚷，毫无秩序。赵朔请列阵河边，迎击楚军，然后有序渡河，荀林父道："背水岂可列阵，若楚军追来，我军恐尽为鱼鳖。"于是击鼓传令道："先渡过河者有赏。"诸军闻得此令，皆不顾序列，争相奔舟船而去。

先縠额中一箭，撕战袍一角裹创，率随从上了一只大船，众军蚁附登船，霎时人满，先縠斥船下众军退后，哪里喝止得住，眼看船将倾复，先縠遂拔刀在手，对着船下攀舷扯桨的士兵乱砍，手指俱被砍落船中，船内军士手掬断指，抛于河中，数掬不尽。其余各船，俱皆效仿，断指士兵，登船不得，又失手指，无助地坐于岸边，号哭之声震天，故此战又被称为"掬指之役"。

再说赵旃狼狈逃回营中，听得楚军大举进攻，情况紧急，忙把自己的两匹好马让给赵同、赵括骑乘，自己骑了一匹驽马落在后边，那马半途中箭倒地，赵旃摔伤，只得一瘸一拐地徒步北奔。路遇中军大夫逢伯与其二子逢宁、逢盖，父子三人同乘一车逃奔，逢伯看见赵旃在前独行，于是嘱咐二子低头掩面，不要出声。赵旃见有车从身边越过，扬手大叫道："车中何人？请载我前行！"逢伯装作没有听见，越发低头狂奔，谁知二子年轻好奇，听得有人呼唤，竟抬头回看，被赵旃认出，叫道："逢大夫快载我上车！"逢宁、逢盖对父亲说道：

"赵叔父在后边叫我们呢。"逢伯见被赵旃认出，此时无法再装，怒二子不听自己的话，骂道："你们俩既然被人认出，车小难载，那你们就下去吧，过几天我到那棵树下来为你俩收尸。"言毕，喝令二子下车，让赵旃抓住辔绳，登车而去。逢宁、逢盖无车，逃跑不得，遂双双死于乱军之中。

赵同、赵括兄弟，骑了赵旃让出的两匹好马，慌慌逃至河边，但见败兵云集，四下寻找，不见舟船，无法渡河，忽然望见自家兄弟赵婴已在舟中，原来赵婴担心兵败，预先安排心腹在河边准备了渡船，故能先渡。赵同、赵括呼叫赵婴道："兄弟快快转来，接为兄过河。"那赵婴好不容易撑船离岸，情知回到岸边，必被乱兵纠缠，难以行船，于是说道："二位兄长休急，待我过得河去，即放空船过来相迎。"赵同跺脚道："我可等你空船，只恐楚兵不肯等我，孺子忍见二兄楚囚相对吗？"赵婴不再搭言，扭过脸去，吩咐士卒加紧划船。赵同、赵括无法，只好沿河寻船，幸遇赵朔，方才搭船过得河去。赵氏兄弟自此有隙。

下军大夫鲍癸，驾车望河边狂逃，谁知慌不择路，竟将车赶进一个泥坑内，虽用力鞭马，仍无法出得陷坑。恰在此时，楚将公子侧率军赶到，将鲍癸团团围定，鲍癸以为必死，谁知楚军皆抱戈围观，并不进攻，见他无法将车赶出，于是教他说："脱扃，脱扃（音炯）。"意思是让他把车前固定兵器和旗帜的那个销子拔掉，鲍癸如言而行，果然将车赶出了泥坑。不料没走出多远，却又马打盘旋，不肯奔跑，楚军又教他说："投衡，投衡。"把扼住马脖子的那根横木拔掉，鲍癸再次依言做了，果然马能够跑了，于是回头自我解嘲地说："还是贵国多次战败，富有逃跑经验啊。"鲍癸就这样神奇地逃得性命。

下军大夫荀首登舟，喘息方定，忽想起儿子荀罃接应赵旃未归，令人于岸边呼叫、寻找，有逃回者报于荀首道："小将军已被楚军所

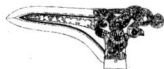

俘。"荀首说道："我儿失陷楚军，我岂可空回。"于是重新上岸，聚集家兵数百人，欲往救其子。荀林父劝阻道："侄儿已被楚兵俘获，你去也恐怕救不回。"荀首道："即便救不回，抓住对方个重要人物，或可换回我儿。"荀林父见荀首执意要去，拨了些兵马与他。魏锜与荀䓨相善，愿意一同前往，下军士卒，听得荀首要去救小将军，皆挥拳擦掌，愿效死力，甚至一些已经登船的士兵，也下船登岸，加入营救队伍，一时众人一心，士气高涨，荀首发一声喊，率众朝楚军人少处冲去。荀首与魏锜同车，边驰边射，箭无虚发，只是每抽出一枝好箭，都舍不得射出，而是放在旁边魏锜的箭袋子里。魏锜不满地说："你不是来救儿子的吗？为什么要这么吝啬自己的箭呢，咱们晋国的董泽有的是苇杆，你还怕箭不够用吗？"荀首回答说："抓不住别人的儿子，怎么能换回我的儿子，我不能随便把好箭用完呀。"行不数里，遇着楚将连尹襄老，正在掠取晋军车仗军资，没想到此时此地会有晋军突然出现，被荀首一箭射中咽喉，当下毙命。楚庄王少子縠臣见襄老中箭，急忙驰车来救，晋军迎住厮杀，荀首知对方是楚庄王之子，决意生擒，于是一箭射中其右臂，被魏锜活捉过车。荀首道："有此一人一尸，足可赎回我子，可速退兵。"待楚大军发觉，已追之不及。

　　再说楚将公子婴齐，率副将蔡鸠居、唐狡、潘党等来攻晋上军，驰至敖山脚下，听得一声炮响，晋将巩朔率军杀出，阻住楚军，掩护大军撤退。巩朔与唐狡战约二十余合，见大军渐已远去，道声"失陪"，徐徐退去，公子婴齐见巩朔部伍齐整，也不敢太迫近，只远远跟定，尾随而来。只听炮声又起，晋将郤克、韩穿两军左右冲出，放过巩朔，拦住楚军，公子婴齐见晋上军早有准备，恐中埋伏，不敢再追，只得传令鸣金。郤克之子郤锜对士会说道："中军、下军俱败，独上军全军在此，何不往救？"士会说道："楚军兵势方盛，上军若

参战，楚必全军来攻我，我们难免失败，我宁可承担避战不救的罪责，也要为国家保存这点实力。"于是命七个营寨次第而退，自率一军亲自殿后，故上军不败，全师而退，不曾折损一人一马。

天将昏黑时，楚军占领了邲城，众将请求乘胜追击，庄王说道："城濮之战，我军败绩，晋文公有收兵之美，我今报之可也。且大国争强，唯求战胜，何必多杀？"于是传令扎营，各军安歇。听得黄河边晋军吵吵嚷嚷，仍在渡河，划桨击水之声，一夜不绝。

第二天，庄王聚众臣商议行止，潘党说道："邲之战，大败晋军，长我国威，我王何不收晋人之尸筑成京观，以纪武功而示子孙呢？"庄王说："你不知道啊，止戈才算为武。当年武王伐纣，功成而收起兵器，装起弓矢，后世称颂。我今不过偶胜，晋国还很强大，怎么敢夸耀军功呢？再说战死的士兵都是为国尽忠，用他们的遗骸筑京观不仁。"于是在黄河边立起祖宗牌位，为文祭祀，告以战胜之事，又命军士就地掩埋晋军遗骨，饮马黄河而还。

秋八月，荀林父率败兵回到绛都，引咎自责，请求自杀，景公怒道："寡人将晋全军交付于你，兵力非不强也。士会、郤克、赵朔、栾书、韩厥，皆多谋善断之士，辅佐非不力也。身为主帅，内不能驭下，外不能料敌，临阵乏谋，丧师辱国，将士捐躯，健儿断指。从来晋国之败，未如邲战，一将无能，祸及全军，林父难辞其咎。"准备同意他的请求，士会之侄士渥浊谏道："不可。当年城濮之战，成得臣自杀而文公喜，认为是晋国的第二次胜利，这也是楚国成王、穆王两世都难以与我晋抗衡的重要原因。邲之败，乃是上天在警示我们呀，岂是战之罪？"栾书也说："荀林父乃先朝大臣，其事君，进思尽忠，退思补过，社稷之臣也，留之可为国用，为什么非要杀掉呢？"景公也知荀林父是一个忠厚之人，见诸臣力保，怒气稍息，遂决定不再追究其战败之罪，命其治兵练将，以图日后复仇。

有人请治先縠、赵旃、魏锜三人不遵将令、乱行败军之罪，而嘉士会保全上军之功，士会谦道：“邲战之败，参战将佐皆难辞其咎，非一人之过。全军既败，亦无人当受赏。”景公顾念先轸、先且居父子勋劳，没有治先縠之罪。

邲之战，发生在公元前597年，是楚晋南北两强间的第二次战争，此战后，楚国一度称霸中原，楚庄王也被称为春秋五霸之一。晋国势力萎缩，直到二十多年后，鄢陵之战再次战胜楚国，方又重新夺回霸权。

不知晋国又有何事，请看下回。

第二十四回

咎由自取先縠灭族　不从乱命魏颗得报

晋国虽然战败，但仍有北方数国听命，为巩固同盟，挽回颜面，景公决定举行一次规格较低的盟会，先縠自告奋勇，请求代表晋国主盟，景公同意了。这年冬，晋先縠、宋华椒、卫孔达、曹僖禄会盟于清丘，其盟词为"恤病讨贰"，即要相互间救助灾荒，讨伐对盟国有二心者。华椒回国后，即信守盟约，出兵讨伐背叛晋国的陈国，谁知参与会盟的卫国孔达竟然率兵救陈，说道："我先君成公与陈共公有相互救助之约，陈不可不救。"晋国听说卫国竟然助陈，就派羊舌职为使，责问卫国为什么要背盟，卫国君臣赶忙赔罪，召回孔达之军。羊舌职仍然不肯离去，说道："如果卫国交不出责任者，那我们就只好派军队来追查了。"孔达挺身而出道："如果对国家有利，那就把责任归到我身上吧。我是卫国执政，救陈是我的主意，除了我，还有谁能承担这个责任呢？我死就是了。"言罢自缢而死，卫穆公把孔达之尸交给羊舌职说："敝国有不善之臣孔达，得罪于上国，今已伏罪，敢告贵使。"羊舌职回晋复命，晋景公这才不再追究。卫穆公念孔达乃是世臣，有助成公复国的大功劳，于是命孔达之子袭了大夫之位，又把自己的女儿嫁给他。

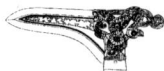

楚庄王见晋国在清丘举行会盟，也准备举行一次会盟，以与晋抗衡，就派大夫申舟出使齐鲁，约二国在郑地柳棼举行盟会，嘱申舟道："宋是晋的盟国，你路过宋国，不用和他们打招呼，直接穿过就行了。"申舟有点担心，说道："谁都知道郑昭宋聋，郑人善于权衡利害，见风使舵，而宋国人则死心眼，不管谁强谁弱，都是晋国的盟友。我要是被他们抓住，必死无疑。"庄王说道："没关系，他们要是杀了你，不穀起兵为你报仇。"申舟知此去凶多吉少，就把自己的儿子申犀引见给庄王，托其照料，然后成行。到了宋境，申舟果然被宋人抓获，宋执政华元奏于宋文公道："楚人路过我国国境却不打招呼，这明摆着是把我们宋国当作他的属国，欺我太甚，杀了他吧。"宋文公道："杀楚使者，楚国必定来伐。"华元说："楚国这样小看我们，迟早都会来伐，与其这样，还不如杀了他痛快。"宋文公仍然犹疑不决，华元说道："申舟当年为楚左司马，在孟诸（**宋地，今河南商丘市北**）无端鞭笞示众我君近臣，辱我先君昭公，此仇至今未报，今日落入我手，岂能放过？"宋文公见华元提起旧事，也怒上心头，华元遂杀申舟。

楚庄王听说申舟被害，大怒，鞋都顾不得穿，剑也来不及佩，一甩衣袖，直奔朝堂，侍者直追到门庭外，才把鞋穿上，把剑佩上。庄王拜司马公子侧为大将，申叔时为副，亲率兵车五百乘伐宋，使申犀以军正身份从征，秋九月到达宋都睢阳，四面围定，日夜攻打。又另派使者邀齐鲁一同伐宋，齐兵没有来，鲁国则派公孙归父率兵与楚军会合围宋。

华元一面率军民死守，一面派乐婴齐告急于晋，晋景公道："宋国一向是我们的盟国，若不救，恐冷宋人之心。"欲发兵往救，谋士伯宗谏道："不可。宋国路远，我有鞭长莫及之势，且我军新败于邲，楚国方强，不可与争，我君不妨暂忍一时之愤，以待来日。"景

晋
国
演
义

公于是派刚被楚国放回的大夫解扬赴宋，告给宋人不要投降，晋国将起大兵来救，不久就到。不料解扬中途被郑人所获，把他押送到楚军前，庄王命释其缚，答应给他许多财宝，并让他到楚国为仕，让他给宋人传达相反的话语，言晋军无法来救，则宋人必降。解扬初时不肯，庄王一再逼迫，这才答应下来。解扬登上楚军楼车，对着城内宋军喊道："我是晋国使臣解扬，被楚军所获。我主亲率大军来救宋，不久将至，望固守待援。"庄王见解扬如此言词，忙命把他牵下楼车，叱责道："你既然答应了不縠，为什么要失信？"解扬从容答道："外臣之所以答应大王，正是为了完成我君交给我的使命，完成使命而死，死得其所，乃是外臣之福啊。收受敌国财赂，背弃君主之言，玩忽使命，楚国的忠臣就是这样做的吗？请大王教我。"庄王叹道："汝真忠臣也，不辱使命，不畏其死。"遂释其归晋。

宋人听信了解扬晋救将至的谎言，决意坚守待援，双方攻战到第二年五月，楚军仍未能破城，庄王有退兵之意，申犀跪在马前泣道："臣之父明知道有生命危险，仍然义无反顾地执行王的命令，致被宋人所杀，大王答应为我父报仇，可现在大仇未报，就要退兵，大王不能食言呀。"庄王无奈，下令继续进攻。大父申叔时的车夫献计道："我们不妨在城四周建筑房舍，种植庄稼，以为久计，这样宋人一定会投降。"果然，宋国人见楚军并无退意，只得与楚国签订盟约罢兵。宋华元送申舟之枢于楚，并留在楚国为质，庄王厚葬申舟，让申犀继承了其父的大夫之职。

晋景公见宋国死守不降，心中有愧，遂命荀林父起兵伐郑，以解宋围，并讨郑国在邲战时依附楚国之罪，先縠请求同往，荀林父因其桀骜不驯，不听指挥，怕他再次败事，故不许，先縠怏怏而退。晋军大掠荥阳之郊，筑坛检阅车马，队伍齐整，军纪严明，诸将要求包围荥阳，荀林父说道："对郑人扬我兵威就可以了，让他们自己考虑跟

谁吧。"听得楚宋罢兵，荀林父遂班师回国。郑襄公见晋军仍然很强大，果然心生恐惧，以其弟公孙黑肱换回在楚国为质的公子去疾，回国同理朝政，以应付复杂局面。

再说先縠，自邲战败归，虽景公未治其罪，但知朝野皆归罪于他，故心常惕惕。又忌荀林父位在其上，不许他参加伐郑之役，不由又怕又恨，想起祖父、父亲两世为晋元戎，执晋政十数年，何等辉煌，到自己却屈居他人之下，竟起了杀掉荀林父，取而代之执掌国政之念。遍数朝中诸卿，只有赵氏和自己相善，可赵氏宗子赵朔前不久早逝，同、括、婴皆不在卿位，手中无权无兵，难举大事。思来想去，唯有狄国地近兵强，可引为外援，遂派其堂弟先立往狄国，邀其兵伐晋国，自己作为内应，事成之后，以子女玉帛并箕城等十邑为酬。时狄国政局几经变幻，赤狄一族当政，兼并黎国，占有今长治、潞城、黎城一带，地广兵强，国君隗婴儿，娶晋景公之妹丰姬为夫人，年幼懦弱，大权尽落于国相酆舒之手。酆舒专横暴戾，因为一件小事而缢杀丰姬，隗婴儿不能救。又醉后误伤隗婴儿一目，只轻描淡写地说了一句："伤君之目，臣当罚酒一杯。"隗婴儿不堪其暴，却又无能为力。

先立来到赤狄，将先縠密书呈上，隗婴儿本不愿与晋为敌，酆舒贪先縠之赂，欲乘机扩张国势，于是一口应下，即时起兵，先立回复，先縠大喜，聚集家甲，又在中军暗作准备，只待狄军攻至，便当举事。隗婴儿乘酆舒率大兵伐晋之机，密召狐射姑之子狐仲章议道："酆舒暴虐不臣，寡人被他害苦了，现在他又与强晋为敌，我想揭穿他的阴谋，让晋军来讨伐他，你看行不行？"狐仲章自父亲狐射姑死后，被酆舒所压制，郁郁不得志，早有归晋之意，闻听隗婴儿此言，极力赞同，当下携了先縠密书，乘夜潜入绛都，暗见荀林父，呈上密书，尽告先縠之谋。荀林父大惊道："邲之败，实先縠违我军令所

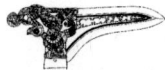

致，吾念同僚之谊，不忍归罪，谁知竟至于此。"当下带了狐仲章，携了密书，夜见景公。景公亦惊道："前闻边报，赤狄来犯，不想竟是先縠所招。做出这等灭族之事，先縠置其祖、父于何地！"

次日早朝，景公对群臣说道："赤狄犯我，谁可领兵退敌？"荀林父出班奏道："前番伐郑，先縠请战未许，今既北边有事，可命其领兵往拒。"先縠只等在绛都为赤狄内应，辞道："臣有微恙，待愈后方可领兵。"景公笑道："待汝病愈，恐伯氏之头早落地矣。"先縠大惊道："我君何出此戏言？"景公沉下脸来，将密书掷于先縠面前，喝道："你看这是何物？"先縠知事败，俯首无言，景公命武士将先縠押入大牢，又派巩朔率军士将先府团团围定，将合家大小，家人仆妇等尽皆捉拿。景公议先縠之罪，赵括开言道："先氏之祖先轸，从文公流亡十九年，城濮、殽山之战，皆出其谋。其父先且居，彭衙两败秦军，此皆殊勋。先縠招狄兵，不过与伯氏争权耳，实无反心。"荀首恨先縠不听元帅将令，导致邲城战败，其子至今在楚为囚，奏道："先縠勾引外兵，攻伐母国，是无君也。箕城乃其祖神位所在，而竟略于赤狄，是无父也。不遵将令，欲加害本官，是无上也。似此无君、无父、无上之人，留之何益？"景公终是顾念先氏大功，半晌无语。荀首看出景公心思，于是再奏道："我君若念先氏往日功劳，可拨其远支十户，迁往箕城守庙存祀，先縠之罪，实不可赦。"景公遂依其言，将先縠以下一百余口，尽押赴市曹斩首。

晋国上下无人同情先縠，说道："恶之来也，己则取之（**咎由自取，祸患自招**），说得就是先縠这种人啊。"

狐氏、先氏，都是文、襄两世的勋臣，位高权重，为国干城，建立了令人仰慕、难望其项背的文治武功，却因子孙不善自处，在激烈的政治斗争中，缺乏权略，不知韬晦，而成为晋国最早退出历史舞台的两家公卿。

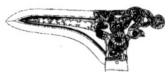

鄷舒领兵攻晋，未遇大军，很快推进到清原，闻得先縠事泄被杀，知事难成，遂掳掠而去。景公欲起大军追讨，诸大夫以先縠之乱方平，赤狄强大为由，主张待日后时机成熟再兴兵，伯宗进言道："鄷舒当政，欺君压民，这是老天爷要把赤狄送给晋国呀。若待日后，赤狄得一明主，国运固强，我们还能再打他的主意吗？"景公遂命荀林父率兵车二百乘往伐赤狄。六月十八日，晋军深入狄境，围定狄都曲梁（今潞城市），那晋军自邲战败后，都憋了一口窝囊气，极欲抒泄，故皆奋勇向前，而狄军皆畏晋强，多不愿与晋为敌，又不满鄷舒专权，因此军心不齐，到二十六日，城破，赤狄勇将焚如力战被杀，鄷舒只带得亲随数人，逃奔到卫国，卫人不敢收留，将其缚送于晋军，荀林父令韩穿以囚车押送至绛都斩之。狄君隗婴儿迎于晋军前，荀林父命其居于后营，又访得黎国后裔，割五百户使其在黎城复国，却不提赤狄立国之事，隗婴儿引虎驱狼，招至国亡，伤痛不已，自刎而死，狄民哀而怜之，为其立庙，即今黎城县南十五里之潞祠山也。

景公闻得荀林父捷报，心下甚喜，却又接得边报，秦桓公以杜回为将，起兵伐我西境，欲援救盟国赤狄，景公道："赤狄之境未全定，秦又来犯，寡人当亲征以拒秦兵。"一将慨然出列道："为将者当为君分忧，末将忝食君禄，愿率兵击退秦军。"景公视之，乃魏犨之子魏颗也，说道："将军之言虽壮，然我军两面作战，寡人当居中接应。"当下起兵车四百乘，分军一半，命魏颗率以击秦，自率一半，驻于稷山，接应荀林父略取赤狄全境，同时西向为魏颗后援。

魏颗率军来救辅氏（晋地，今陕西大荔县东），与杜回对垒，那杜回乃是秦国有名的力士，手下有一班能征惯战之士，连日见阵，晋军难占上风，反折了不少军卒，魏颗破敌无策，本想请景公添兵助将，又恐朝中见笑，一时无计可施。这晚正在营中苦思，忽军士报："营门外有一老者求见。"魏颗心中烦闷，答曰不见，岂料移时军士传

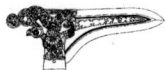

老者言："将军不见，难道不想得杜回之首吗？"魏颗见说到自己心思，忙命请进，老者须眉皆白，矍然而进，魏颗命坐，问道："老先生有何计可助我破敌？"老者从容言道："辅氏北面十里，有大坡名曰鹿呦坡，多生灌木杂草，我已命家丁将草打结，又以青藤伏地为网，并且作了记号，将军可预伏一军于左近，然后诈败，将杜回引至坡上，伏军齐出，秦兵脚下被结草、青藤所绊，其军不难破，杜回不难擒也。"魏颗叫道："好计，好计！老先生一片爱国之心，诚可嘉也，我当请于主公，旌老先生之功。"老者摇手道："这个不必。你道我是何人？"魏颗道："素昧平生，末将不识。"老者笑道："我乃祖姬之父，今来献计，聊报将军活女之恩也。"魏颗闻言大惊，避席再拜道："原来是老外公到此，有失迎迓，该死，该死。"就欲安排饮宴，老者辞出道："专望将军破敌捷音。"言罢飘然而去，魏颗感叹一番，连夜分派军卒停当。

原来，祖姬乃是魏颗之父魏犨的宠妾，魏犨年老卧病之时，曾嘱魏颗说："祖姬无子，我死之后，可为她选择良配而嫁之，使其后半生有个依靠。"等到魏犨病重弥留之际，却又对魏颗说："祖姬是我所爱，我死之后，一定要让她为我殉葬，使我在九泉之下不致寂寞。"魏犨死后，魏颗并没有让祖姬殉葬，其弟魏锜说道："兄长忘记了父亲的临终嘱咐了吗？为何不以祖姬殉葬？"魏颗回答说："父亲神志清醒时，嘱咐要让祖姬另嫁，弥留之际，乃是昏乱之言。孝子从治命，不从乱命。"办毕丧事，魏颗遂选了一个好人家把祖姬嫁过去，祖家为此心怀感激，闻听魏颗战杜回不下，故来献计，助魏颗成功，以报其活女之恩。

次日，魏颗到秦营搦战，那杜回连胜几阵，心甚骄狂，并不把晋军放在眼里，当下出营与魏颗交战，战不几合，魏颗败走，杜回率军随后赶来，追至鹿呦坡，杜回见坡陡草深，不利车行，遂弃车抄近路

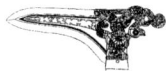

追杀，不意陷入草藤阵，拔足艰难，只听一声炮响，魏锜伏兵从后杀来，魏颗亦返身杀回，晋军皆识记号，专用长弓远射，以挠钩搭人。杜回举长刀欲战，却不住绊颠，行动不便，竟被魏氏兄弟所执，秦军失了主将，大半被歼，魏颗大胜，秦军遂退。成语"结草衔环"中的"结草"，说得就是这个故事，因其事涉荒诞、迷信，故本文不取，撰为现本。

魏颗见秦军退去，也就班师回朝，行至洛地（晋地，今陕西大荔县东南），却遇景公亲率大军前来接应，魏颗备述老者结草网藤，助我破敌之事，景公命人访得老者家居所在，许其子侄入朝为官，不受。又馈以财帛，皆不受，景公叹道："不意边鄙草莽之中，有此高义之人。"魏颗将杜回等一干秦囚献上，景公见杜回相貌凶恶，身高体壮，颇有蛮力，恐其为患，当下下令斩首，其余军士，尽皆放还。

回到绛都，景公奖两战之功，赏荀林父狄奴千户，赏士渥浊以瓜衍之县（在今孝义市），说道："我能够取得狄国的大片领土，卿功不可没啊。若非卿相谏，寡人现在哪还有荀林父这个重臣，哪能成就破赤狄之功？"亦增魏颗令狐之地，又铸大钟纪魏颗之功，后人称为"景钟"，因景公所铸也。出征大小将士，均有赏赐，全军大悦。

景公又命赵同赴成周献狄俘及战利品与周定王，周卿士刘康公接待他。席间，赵同言语轻狂，为事不敬，刘康公退而言道："赵同身居高位而不知恭谨，不出十年，必有大祸。"

不知后事如何，请看下回。

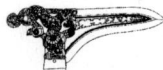

第二十五回

遂他人志士会告老　泄心中愤郤克伐齐

不久，荀林父因病去世，景公问谁可继其为政，羊舌职奏道："这还用问呀？没有比士会更合适的人了，我君一定要任用他。"三月二十七日，景公举行隆重仪式，任命士会为中军元帅，兼任太傅，景公亲授以冠服，士会就职。不久，士会领兵攻灭狄国别族甲氏、留吁、铎辰三国（皆在今潞城、屯留一带），狄地尽为晋有，国势复强，邲败以来颓气尽扫。景公增士会食邑于范（今山东梁山县西），其后世遂以范氏为姓。

这年冬，周定王爱弟王孙苏因为争权，杀死召戴公、毛伯卫，召、毛之党反攻王孙苏，王孙苏逃到晋国求助，王室大乱，晋景公遂命士会入周调解，士会与周定王一起排解两方纠纷，划定双方职责，命其各依职守，不得越权，王室方安定下来。定王设宴招待士会，顺便为王孙苏和召、毛和解，原襄公为宾相，士会见他把几大块带骨的肉放在大鼎内，摆在香案上，心中不解，就悄悄问他为什么要这样做。原襄公尚未来得及回答，谁知一旁周定王听到了，遂召士会进前，说道："士会，你过来，听朕给你解释。你没有听说吗？天子招待诸侯，要设享礼，把整只牲畜煮到半熟来祭天，叫做'体荐'，体

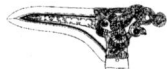

荐是不能吃的；而招待大国的卿、大夫，要设宴会，用带骨的肉块来祭天就可以了，叫做'折俎'，折俎是可以吃的。这都是王室的礼节，不能随便逾越的。"通过这次宴会，士会亲睹王室礼仪，上下尊卑有序，皆有明训，大为叹服，感受到了制度的力量，所以回国以后，大力讲求典礼，修订礼法，教化人民，又将法律中的缉盗科条，尽行削删，自此民风向善，那些希图侥幸逃避刑法的人，在晋国难以立足，纷纷逃奔秦国，晋国大治。景公感慨地说："选任一个好的执政相当重要啊。好人执政，那些试图触犯刑罚的坏人就会绝迹。"

士会又奏于景公道："齐鲁乃是大国，近年来与我国若即若离，我国要想复霸诸侯，一定要把这两国争取过来，请遣使通好，如果被楚国人抢了先，可就不好办了。"景公遂派上军将郤克，携厚礼往聘二国。郤克先到鲁国，见鲁宣公，致以通聘之意，宣公大喜道："正想与上国结好，只是一直没有机会。"遂遣上卿季孙行父与郤克同行，往聘齐国。齐顷公安排在公馆安歇，准备次日设飧接待。

顷公回到后宫，见了其母萧太夫人，忍笑不住，太夫人问其故，顷公言道："今日晋鲁两国使者来聘，一跛一眇，甚是可笑。如果明天也派一跛一眇为他两人驾车，想来更是有趣。"那萧太夫人寡居宫中，甚感寂寞无趣，非常想看热闹取乐，顷公道："明日飧宴，母亲隐在帷后观看就行。"次日，顷公果然以跛者为郤克驾车，眇者为季孙行父驾车，郤克下车，一瘸一拐地登阶，耳听得有妇人笑声，猛一抬头，望见布帷后数名妇女正在偷窥，这才明白跛者为自己驾车并非偶然，乃是齐人有意取笑，心下甚是不快。草草饮宴毕，回到公馆，与季孙行父叙起方才情况，季孙行父亦愤愤不已。郤克越想越气，发誓说："不报此仇，此生再不过黄河！"当下叫来副使栾京庐说："你留在这里，完成使命后再回去。"与季孙行父不辞顷公而去。郤克回到晋国，备言在齐受辱之事，请求起兵伐齐。景公征求士会意见，

士会本是聘齐首谋，谏道："联络齐鲁以拒楚，乃是国家大略，我们不能因为这点不愉快而破坏大计呀。"景公遂不许伐齐。郤克又请以自己家甲和部属伐齐，亦不许，郤克怏怏而退，然伐齐之意，耿耿于心，未尝稍减。

士会回家对儿子士燮（谥号范文子）说道："我不同意郤克伐齐，恐怕他会对我有意见，他的怒气不能发泄在齐国，必然会发泄于国内。我不如告老致仕，让他来执政，使他把怒气发泄到国外，不要在晋国生成祸患。我致仕以后，你要恭谨行事，善处诸卿，慎奉君命，不可妄生是非，以免招来祸患。"第二天上朝，士会即以年老、身体不好为由，提出辞呈，景公遂以郤克代其为中军元帅，执掌国政。士会知郤克专断，睚眦必报，担心儿子在他手下不能善处，因此经常嘱咐士燮处事要内敛，遇事不要出头。一天，士燮很晚才退朝回到家，士会问道："今天怎么这么晚才回来？"士燮面露得意地说："秦国使者来朝聘，提出几个怪异的问题，诸大夫谁也不懂，只有我能回答上来。"士会怒道："诸大夫不是不懂，人家那是让给年长的人来回答，你一个小孩子，出什么风头！木秀于林，风必摧之，照你这样子，士氏非亡不可。"士会越说越气，竟用拐杖追打士燮，把士燮的帽子都打掉了。

再说齐顷公见郤克和季孙行父不辞而别，也觉自己做得过分，于是与栾京庐签订盟约，答应参加盟会。六月五日，晋景公、鲁宣公、卫穆公、曹宣公、邾君会盟于晋地卷楚，齐顷公听说郤克代士会为政，担心此去得不到礼遇，于是自己不去，而派大夫高固、晏弱、蔡朝、南郭偃参加盟会。四人行至敛盂，高固越想越觉不妥，逃回齐国，其余三人继续前行，将近卷楚，果然闻听郤克衔愤，拒绝齐国参加盟会，并要抓捕齐使。三人不敢再行，分头逃归，晋兵追来，执晏弱于野王(在今河南沁阳市)，执蔡朝于原，执南郭偃于温。晋大夫苗

209

贲皇出使归来，路经野王，见晏弱被执，于是径到卷楚来见景公，说道："晏弱有什么罪，我们为什么要抓人家呢？齐国四位大夫来参加盟会，心中一直担心国君不来，自己会被执，所以高固走到敛盂就回去了，而晏弱等三位大夫却明知此来有风险，也要完成两国通好的使命，我们应该好好对待人家，以怀柔诸国。现在拘执晏弱，这不是证明高固的担心是对的吗？这对我们有什么好处？"景公听苗贲皇如此说，就把晏弱改为软禁，晏弱乘晋兵松懈，逃归齐国。晋景公怒齐顷公不来参加盟会，只派大夫前来，是在小看自己，所以盟会方毕，即与卫国太子臧率兵伐齐，很快攻至阳谷，顷公见晋卫联军势大，只得请求讲和。郤克之意，本欲乘势进兵，直捣临淄，景公说道："我伐齐，本为齐君不肯与盟，彼既愿盟，岂可再进兵？"双方遂会盟于缯（齐地，在今山东阳谷县），顷公以庶子公子强为质于晋，晋卫退兵，蔡朝、南郭偃乘晋兵看管松懈，逃回国内。

齐顷公闻知鲁国季孙行父为报在齐受辱之恨，一直在与楚晋联络，想要起兵复仇，怒道："寡人不过是开个小玩笑，为何如此不能释怀，我已与晋讲和，鲁国何足惧哉！"遂不等鲁兵来犯，起兵伐鲁，攻下鲁国北部重镇隆邑，正欲继续进兵，人报卫国大将孙良夫率军来救鲁，顷公只得折向南来战卫军，在新筑（卫地，在今河北魏县南）打败卫军。孙良夫亲往晋国借兵，恰遇鲁国司寇臧宣叔也在晋国请兵，二人与郤克一同来见景公，同声说道："三国同仇，必败齐师，齐人既服，楚人势孤，则文公之霸业可复，诸侯不难致也。"景公被说动，同意出兵车七百乘攻齐，郤克说道："这是城濮之战的兵力呀。我的能力不如先轸，要想取胜，非八百乘不可。"景公也同意了，于是以郤克为中军元帅，士燮为上军主将，栾书为下军主将，韩厥为司马，来救鲁、卫。臧宣叔为前导，与季孙行父所率鲁军会合，一同望齐境进发。

　　行至中途，郤克听得一军士因取民草为马遮雨，被韩厥所执将斩，说道："此军士为战马而犯军令，情有可原，本帅当亲往救之。"于是急忙乘车来到韩厥军营，然而那名军士已经被斩，郤克就命将其首级号令军中。车右郑丘缓不解道："元帅急驰，不是来救他的吗，虽未救下，可为什么还要将他示众呢？"郤克说道："估计很多人会对这件事想不通，既然没有救下，那我就与韩司马一起承担责任，表明我们的意见一致呀。"全军闻之，尽皆肃然。

　　晋景公十年，公元前 589 年六月十六日，三国联军到达靡笄山（齐地，今山东济南千佛山）下鞍地，齐顷公率军迎战，派人到晋营下战表说："大夫率领大军来到敝国，我国的军队虽然不算强大，但也不敢退避，明天早晨见吧。"郤克命士燮回答道："晋与鲁、卫，兄弟之国也。贵国不断发泄怨气于二国，寡君不忍，所以派外臣等来向贵国请罪，命外臣等不得在贵国久留，有进无退，勿辱君命。"齐顷公听得回报，说道："晋军应战，正合我意，他就是不想战，寡人也要去见见他。"高固请驾单车往晋军挑战，晋军舆尉纪兴前来迎战，高固举起一块巨石朝纪兴扔去，正中纪兴头部，倒于车中，高固乘势跃入晋车，脚踩纪兴，手挽辔索，驰于晋军营前，大叫道："吾尚有余勇可贾，不怕死的只管来。"晋军起兵来追，高固已驰入本阵，回见齐顷公道："晋兵虽多，不足惧也。"

　　第二天，齐顷公命国佐率军与鲁军对峙，高固率军与卫军对峙，以邴夏为御，逢丑父为车右，亲自率军来战晋军。那顷公身穿锦袍绣甲，驾乘金舆，挟连胜鲁、卫之威，心中甚骄，未把晋军放在眼里，传令速速进兵，"灭此朝食"，消灭了晋军再吃早饭。顷公连战马的甲胄都不蒙，当先向晋阵冲去，手下万余名弓弩手一齐跟进，万弩齐发，晋军死伤甚众。郤克正击鼓进兵，箭伤左胸，血直流到鞋里，鼓声顿缓，说道："我受伤了，气短心虚，快坚持不住了。"御者解张

211

说道："开战以来，我的手和肘两处中箭，血把车轮都染红了，可我哪敢说自己受了伤，拔掉箭头，继续驾车，您还是忍着点吧。"车右郑丘缓也说："开战以来，只要路遇坎坷，我都会下去推车，您哪里知道这些。"仔细察看郤克伤情，又说道："不过元帅确实伤得不轻。"解张鼓励郤克说："军队进退，全看中军旗鼓，只要有一人在此镇守，就可以成事，元帅怎么能够因为自己受点小伤就败坏国君的大事呢。为将者穿上盔甲，拿起武器，就已经抱定必死决心，受伤只要不死，就得继续战斗下去，我们一起努力吧。"于是左手挽辔驾车，右手帮助郤克击鼓，奋力向前冲去。晋军见主帅当先，亦皆冒矢而进，争先驰逐，其势如排山倒海，齐军抵敌不住，只得败退，顷公顺着华不注山路而逃。

韩厥见郤克伤重，说道："元帅请歇息，待末将追擒之。"遂引本部驱车来追，邴夏见韩厥紧追不舍，连发数箭，将韩厥之左射落车下，车右射死于车中。韩厥路遇大夫綦毋张车坏，遂命其上车继续追赶，綦毋张亦将邴夏射落于车下。追至华泉，齐顷公之车陷入泥坑，逢丑父下来推车，却无法推出。原来在战前，逢丑父在车中午睡，有蛇出于车下，急忙抢起胳膊击蛇，蛇被打死了，逢丑父却也意外受了伤，他为了不影响作战，没有告诉齐顷公这件事，现在胳膊无力，因此推车不出。逢丑父见情况紧急，赶忙和齐顷公换了衣装，坐于车左尊者的位置。很快，韩厥追至，见逢丑父锦袍绣甲，坐于车左，误认他为齐君，于是下马，牵住齐君的马缰，对着逢丑父躬身施礼道："寡君命外臣等为鲁、卫请命，下臣身在行伍，不敢逃避，既幸遇君，愿暂充国使，请君到敝营接受外臣拜见。"逢丑父假装口渴难忍，命齐顷公下车到华泉取水，齐顷公乘机逃脱，遇齐将郑周父、宛茷，救齐顷公逃回齐军。韩厥俘获逢丑父，押归大营，报称擒获齐君，郤克见不是齐顷公，大怒道："你是何人，敢欺瞒我军？"逢丑父呵呵大

笑道："我乃齐顷公车右逢丑父也。"郤克命推出斩首，逢丑父面不改色地说道："有人能为君主承担祸患，却要被杀，以后怕再也没人这样做了。"郤克说道："这个人为了救自己的国君，不惧一死，忠臣也，我杀了他不好，不如放了他来鼓励大家都做忠臣吧。"于是命人放掉逢丑父。

再说齐顷公为了救回逢丑父，三次率军进入晋军中寻找，晋军已经获胜，不愿意把事做得太过分，所以没有包围他，也没有再发动进攻。齐顷公寻逢丑父不得，只好撤军，退守临淄，三国军队追至城下，四面包围，准备攻打。

齐顷公见联军势大，楚救不至，遂命国佐携了宝器纪甗（音燕）、玉磬来见郤克，准备退还所侵鲁、卫两国之地以求和。郤克怒气未息，说道："要想讲和，必须答应我两个条件。"国佐问道："敢问是哪两个条件？"郤克说："一是必须萧太夫人到晋国为质。二是齐国庄稼地的垄亩都得改为东西向，倘若齐国再叛，便于我国兵车来往。"国佐回答说："萧太夫人乃是寡君之母，亦即晋君之母也，元帅岂能以不孝令于诸侯，以国母为质，这不符合道德法式吧？至于垄亩，宜顺其地势，依其自然，岂可唯贵国兵车之便，果如此，与亡国何异？此二条，实不敢从命。"郤克怒道："汝不从命，意欲如何？"国佐昂然答道："将回复吾君，收合余众，背靠都城，打扫出一片战场（背城借一），与上国决战于城下，一战不胜，尚可再战，再战不胜，那就三战，三战皆败，则齐举国为元帅所有，连寡君亦不免到晋为质，岂止萧太夫人哉？"言罢，把纪甗和玉磬扔在地上，愤愤出帐而去。季孙行父和孙良夫谏道："齐使衔恨而去，此去必作困兽之斗，不如答应讲和，则贵国得宝器，我们两国得失地，元帅有战胜之荣，何乐而不为？"郤克忙命人将国佐追回，说道："刚才不过与大夫开个玩笑，诚能罢兵纾难，四国之幸也。"于是四国约定，齐国答

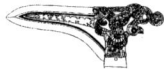

应去朝见晋国，并且退还所侵鲁、卫土地，晋、鲁、卫答应退兵，不扰齐民。

秋七月，四国在齐地爰娄（在今山东临淄西）正式会盟，齐国归还所侵鲁国汶阳之田，归还所侵卫国鞫居之田。晋军班师到达鲁地上郓（在今山东阳谷县），鲁成公亲到军中劳师，赐郤克、士燮、栾书三将以三命之服，其余司马、司空、舆尉、候正、亚旅都受一命之服。行至卫境，逢卫穆公卒，三将皆入楚丘城中吊唁，哭于大门之外，卫国人赶忙出来迎进，妇人哭于门内。送别的时候也是这样，以后各国葬礼都依此例。

晋军凯旋回到绛都，士燮走在后列，见老父士会亲率全家在路边迎接，赶忙下车拜见，士会故意说道："儿啊，你怎么走在后边，你以为我们不盼望着早点见到你吗？"士燮回答说："军队打了胜仗，国人兴奋地迎接，走在前边的人一定是万众瞩目，国人敬仰，此宜元帅受之，儿不敢僭先。"士会听罢，高兴地说："我儿能如此，士氏可以免祸了。"

郤克等上殿拜见景公，景公嘉勉郤克说："鞍之战大败齐军，卿之功也。"郤克说道："我君之训，诸将效力，克何功之有。"景公又嘉勉士燮、栾书，二将都道："元帅制军有方，将士用命，臣等何敢言功。"景公大喜，皆增封地，大赏三军，又作新上、中、下三军，韩厥、赵同、巩朔、韩穿、荀骓、赵旃分别为新三军将佐，皆为卿，以奖赏他们的鞍战之功。

景公又命上军大夫巩朔到周王室报鞍战之捷，进献齐俘和战利品，周定王拒绝接见，命单襄公代表自己辞谢他说："自有周以来，如果蛮夷戎狄不遵奉王命，迷恋酒色，败坏王室的制度，天子命令讨伐他，这可以举行进献俘虏和战利品的礼仪，天子亲自接受并且加以慰劳，这是为了宣扬天威，惩罚不敬，嘉勉有功。至于兄弟甥舅之

国，一时违犯和败坏了王室制度，天子命令讨伐他，报告一下情况就可以了，用不着进献俘虏和战利品，这样既可以惩罚邪恶，又可以保留亲情。齐国乃是王室的甥舅之国，是姜太公之后，叔父攻打齐国，难道说齐国确实做错什么而激怒了叔父，或者说齐国已经不可用语言谏诤和教诲，非得用战争来教训了吗？况且叔父成就败齐大功，却派了一个并非由王室任命，在王室中没有职务的人来报告情况，这不合先王的礼制。朕虽然很喜欢巩朔这个人，但怎么敢不按先王的典章制度行事而让叔父蒙羞呢？"听了周定王的这一番诘责，巩朔羞惭满面，无法回答。

定王随后把接待巩朔的事交给单襄公去办，用接待各国大夫的礼仪来接待他，这比接待卿的规格要低一等。事毕，巩朔准备回国，周定王不想让巩朔过于难堪，更不想得罪晋国，于是就举行私宴接见他，说了一些赞扬的话，还送给他许多礼物，热情地为他送行。巩朔走后，定王对史官说道："朕这样做，不符合礼仪的规定，只是权宜之计，不要把它记载在史册上。"

次年，齐顷公践守盟约，来晋国朝见景公，向晋景公献上礼物，郤克一旁挖苦道："贵君此来，是为了妇人之笑而来道歉的吧？我们主公可担当不起。"齐顷公颇显尴尬。随后，晋景公设宴招待齐顷公，齐顷公盯住韩厥不住地看，韩厥说道："贵君还认识韩厥吗？"齐顷公回答："认识。只是服装换了。"韩厥举爵敬酒道："臣当年冒死一战，正为两君今日能同堂欢宴耳。"齐顷公见韩厥说话得体而有礼貌，这才舒畅起来。

欲知后事如何，请看下回。

第二十六回

巧对楚王荀罃逞智　阋起萧墙赵氏贾祸

　　却说荀罃自邲之战被楚军俘获，在楚一住就是九年，乘楚人监视稍懈，买通一个郑国商人，准备让他把自己藏在货物箱子里，混出楚国，密定两天后出行，恰在此时，其父荀首通过郑国大夫皇戌与楚国进行联系，愿以连尹襄老的尸骨和公子榖臣来交换荀罃。时楚庄王已薨，共王继位，问大夫巫臣道："你看这事可行吗，晋人不会有什么阴谋吧？"巫臣回答："可行。荀首新任晋上军将，是晋君宠臣，位高权重，甚爱此子，郑国人由于邲之战得罪了晋国，也想通过办好这件事来讨好晋国，他们都是出于真心，不会骗我们的，大王一定要答应这件事，上可修两国之好，下可全骨肉之情。"共王遂同意交换放人。

　　共王为荀罃饯行，席间共王问道："荀罃你怨不榖吗？"荀罃回答说："两国交兵，下臣无能，不能胜任职务，为上国所俘，王没有杀掉我，而让下臣回国接受军法处置，这是王的恩惠呀，自己不才，又敢怨谁呢？"共王又问："那么你感谢不榖吗？"荀罃说道："晋楚两国为社稷和百姓考虑，愿意消除往日不快而互相原谅，释放双方被拘禁的囚犯，恢复友好关系，这是两国间的国事，下臣并未参与，又能感激谁？"共王再次问道："你回国以后，打算怎么报答不榖呢？"

216

荀罃回答："臣不怨谁，也不感激谁，所以也就用不着报答谁。"共王说道："话虽如此说，还是请你回答我。"荀罃答道："托王之福，下臣回到晋国，如果寡君处以军法，则下臣死得其所。如果寡君看在王的面子上，把下臣赐予王的外臣荀首，荀首请示寡君后，处死于宗庙，也算死得值得；如果下臣侥幸不死，并且承继荀氏宗职，轮到我担任国家政事，则下臣将率所部，为国家效力，就算是遇到我王，也不敢逃避，亦将竭力死战，以尽为臣之礼，无有二心。这就是下臣要报答我王的。"

共王听荀罃一席话，不卑不亢，得体而不骄狂，全无馁气，叹道："被俘之将尚且如此，晋国不可与争锋呀。"于是赠荀罃一份厚礼，隆重地送别了他。荀罃回国，晋国果然信守诺言，也释放了縠臣，并且把连尹襄老的尸骨由郑人转交楚国。不久，那个郑国商人也来到晋国，荀罃立即拿出原先答应送给他的财宝，并且非常热情地接待他，就好像是他真的救了自己一样，郑商说道："我没有救将军之实，怎么敢受将军之礼，我这不是成了小人了吗？"推辞不受，并且离开晋国去了齐国。

楚共王准备联合齐国攻打鲁国，遂派巫臣出使齐国，约定举兵日期，谁知巫臣因与公子侧争权不胜，竟悄悄携了家眷和细软，准备乘此次出使之机，叛离楚国，投奔齐国。行至郑界，闻齐鞍战败北，说道："我不处不胜之国。"于是命副使往齐继续完成使命，自己转奔晋国而来，通过郤克之侄郤至引荐于景公，景公正愁不了解楚国情况，见巫臣来投，大喜，任其为邢（在今河南温县东北）大夫。公子侧听说巫臣投奔了晋国，就劝共王以重礼求晋国不要任用他，共王说道："算了吧。如果他真的有用，我们送再重的礼，晋国也会任用他。如果他没有用，我们就是不送礼，晋国人也不会用他的。"公子侧不能解恨，就把巫臣留在楚国的亲属子阎、子荡等灭族，并且侵吞

了他们的家财，巫臣深恨公子侧，给他去信说："你心术不正，贪婪而又滥杀无辜，做得太过分了吧，我一定要让你疲于奔命，不得好死！"于是向景公请求携带兵车三十乘出使吴国，将其中的十五乘献给吴王寿梦，并且把自己的儿子狐庸留在吴国为仕，教习吴国军队乘车射御及用兵之法，晋、吴结为盟国，共同对付楚国。

再说晋景公见齐君真心臣服，降身来朝，心中不忍，又听得楚国通使于齐，担心齐楚结盟，说道："齐、晋本是实力相当的大国，偶一战败，国力犹在，不可不笼络，以作为我们与楚对抗的盟友，如果他们倒向楚国，晋之霸业危矣。"就派韩穿出使鲁国，让他们仍然把汶阳之田交给齐国。鲁国身处两大国之间，不敢不听，只得与齐国交割。事毕，季孙行父为韩穿饯行，私下里对韩穿发牢骚说："大国处理事务，必须符合道义，才能当好盟主，诸侯才能真心实意地拥戴，没有贰心。汶阳本是齐国所侵敝国旧地，打败齐国才收回来。现在上国又改变主意，让我们给了齐国，七年之中，一予一夺，上国的主意也变得太快了吧？一般男子如果三心二意，都会失去嘉偶，何况是诸侯霸主呢？行父怕上国不久就会失去诸侯拥戴啊，所以才敢悄悄对先生说。"鲁国君臣上下都很气愤，成公准备叛晋附楚，季孙行父谏道："不可。晋国虽然无道，但国大地近，目前上下和睦，在诸侯中还有相当的号召力和影响力，不可叛也。楚国虽然强大，毕竟非我族类，其心必异，靠不住啊，愿我君暂忍一时之愤，以待来日。"听季孙行父如此说，成公也只得作罢。

诸侯见晋国出尔反尔，行事不公，渐渐离心，秦国遂乘机纠合白狄伐晋，景公为此感到担忧，就在蒲（卫地，在今河南长垣县）与诸侯盟会，准备重申往日之盟，重立霸主之威。齐顷公、鲁成公、宋共公、卫定公、郑成公、曹宣公、莒国渠丘公，再加上晋景公，共是八位国君参与盟会，此次盟会，首次邀请了吴国参与，但吴王不知何故

没有来。季孙行父对士燮发牢骚说："贵国不修德政，光举行盟会有什么用呢？"士燮回答说："盟会是为了用勤勉来安抚诸侯，用宽厚来对待诸侯，用坚强来驾御诸侯，用盟誓来约束诸侯。笼络那些顺服的，讨伐那些有贰心的，怎么能说没有用呢？"

公元前 586 年，晋景公 14 年，晋国境内发生地震，梁山（在今陕西韩城市西）为之崩塌，壅塞河流，冲毁民居，景公心忧，就派公车征召伯宗回绛都议事。伯宗奉召，不敢怠慢，急忙乘了公车回都，将至绛都，却被一辆满载货物的重车挡住去路，伯宗探身对前面重车的主人说道："快点让开，我这是公车，回绛都有急事。"谁知那人却不紧不慢地说道："路窄车重，无法让路，先生不如绕行小路，或许会更快一些。"伯宗见道路确实狭窄，难以超越，只得随在重车后慢慢前行，等待路口出现。路上，伯宗问那车主人是何方人氏，那人回答："小人乃是绛都人氏，从黑壤贩运些陶器糊口。"伯宗又问："绛都最近有些什么大事？"车主人回答："梁山因地震崩塌，听说主公打算召伯宗回都商议此事。"伯宗听他这么说，知道他并不认识自己，于是故意问道："那这事该怎么处理呢？"车主人再答道："地有震，山乃崩，河流因此壅塞干涸，此天地之变也，人又能怎么样？不过山川乃是国家根本，遇到山崩川竭这样的事，国君应该减膳撤乐，身穿素服，离开寝宫，暂居别殿，陈列献神的祭品，太史宣读祭文，以祭山川之神，为民祈福，这是顺天意。更重要的是要尽人力，发民夫疏浚河道，救济安置灾民，应该做的事情，就是这些，就算是让伯宗来办理，也不过如此罢了，他还能做什么？"伯宗见这车主人颇有见地，就邀他同见国君，献上自己的安民固国之策，车主人说道："我乃草泽野民，一日不劳作，妻孥便衣食无着，哪有闲功夫干别的事情？再说我已操本业三十余年，自由懒散惯了，怎么能让衣履冠带束缚住自己的手脚呢？"伯宗知不可勉强，只得作罢。

见到景公，伯宗起了私心，把车主人的话语呈上，只说是自己的想法，却绝口不提那车主人，景公如言而行，果然河道顺利疏浚，人民安居如初，景公大喜，称赞伯宗虑事周全，不愧为社稷之臣。

后世孔子评论说，伯宗算得上贤臣，却也不免有掠人之美，贪人之功的缺点，可见要做一个真正的贤者并不容易。

景公因绛都营建已历百年，且僻在东山，又遭地震损坏，遂决意迁都，向群臣征求新都之址。多数人主张迁往郇瑕（今临猗县），说道：“郇瑕土地肥沃，地近盐池，对国家有利，是建都的好地方。”当时韩厥兼任仆大夫，掌管宫中之事，当殿没有发表意见，景公命群臣继续讨论，自己回后宫稍歇。韩厥尾随景公来到后宫，景公站在寝庭前，问韩厥道：“卿认为群臣的意见怎么样？”韩厥回答说：“不可。郇瑕土薄水浅，污秽肮脏之物容易聚集，百姓愁苦，身体瘦弱，易患风湿、脚肿之病。且盐池乃是国之宝藏，宜资民用，不可建城。”景公又问：“卿意新都宜建在何处？”韩厥躬身答道：“臣以为新田（今侯马市）比较合适，其地土厚水深，汾、浍两河交汇，可以冲走污秽，百姓易居。且新田之民经先君十世教化，已经习惯于服从国家法令，政令易行，必以新田为都。”景公见韩厥行事稳重，分析有理，心中甚喜，决定采纳他的意见，于是发派工匠，在新田营建新都。公元前585年四月十三日，晋国迁都新田，仍称绛都，而称旧都为故绛。

郑国因为与许国争田，怒楚人偏向许国，于是叛楚附晋，楚国派公子申、公子成伐郑，时郤克箭伤复发离世，栾书代其为中军元帅，率军救郑，与楚军相遇于绕角（郑地，在今河南鲁山县东南），栾书见楚军阵容整齐，士气甚旺，就想退兵，来投奔的楚大夫析公止道：“元帅有所不知，楚兵轻佻，性格浮躁，情绪容易波动，我军只要在四面同时擂响大鼓，再乘夜色全军出击，可保必胜。”栾书接受了他的意见，果然大获全胜，楚军连夜逃遁。

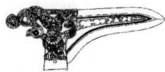

　　赵同、赵括等众将请求追击，并乘势伐楚的与国蔡，栾书开头打算听他们的，可是荀首、士燮、韩厥三人反对，说道："我们是来救郑的，现在楚兵已退，我们的目的达到了，就该退兵，如果追击，是我们转移了杀戮对象，扩大了战争范围。再说楚军这次只出动了左军，而我们却是全军出动，胜亦不武，万一不能取胜，这面子可就丢大了，不如撤兵。"栾书就传令班师，赵同、赵括争辩说："圣人与众同欲，所以能够成事。您是执政大臣，应当采纳大多数人的意见。现在您手下有十一名将佐，只有三人不同意作战，而主张作战的人却是多数，您怎么能置多数人的意见于不顾，而听他们少数人的呢？"栾书回答说："三人虽少，却是重臣，他们意见的份量比别人要重得多，我听他们的，不可以吗？"赵同、赵括本就恼怒栾书不采纳自己的意见，又听栾书说出此话，这明摆着是说他俩不如上述三人，心中越觉不平。

　　再说赵朔之妻庄姬，乃成公之女，景公之妹，只因赵朔早逝，年轻寡居，难耐寂寞。赵朔之叔赵婴，本是一个风流倜傥的富家郎，二人年貌相当，一个有情，一个有意，一来二去，竟不顾伦理，勾搭成奸。赵同、赵括几次言语暗示，赵婴终是不改，渐渐搞得沸沸扬扬，满府皆知。同、括怒其败坏门风，有辱先人，决意将其放逐，赵婴跪地哀求二兄道："人各有优点和缺点，我不就是有这点小毛病吗，放过我，又有什么不好？"同、括道："赵氏乃晋国名门，你行此丑事，祖宗的脸都让你丢尽了，还指望放过你吗？"赵婴又说道："现在诸卿争权，赵氏不乏怨家，我知道栾氏、郤氏嫉恨赵氏，咱们兄弟团结一心，他就不敢害咱们，我要是走了，恐怕他就会不利于二位兄长啊。"赵括听此言，心中似有所动，偷眼看哥哥赵同脸色，赵同终记邲之战时不渡之怨，说道："赵氏族大人多，岂缺你一人。你走吧！"赵婴见二兄不肯宽容，只得朝上拜了一拜，说道："二位兄长多加保

重，为弟就此告别。"凄凄然出得府来，正遇自己的好朋友士文伯，就向他讨主意，谁知士文伯冷冷地说："你做下这等淫乱之事，就是上天和鬼神也不会保佑你的。"赵婴闻言，心冷似铁，只得收拾行囊，投奔齐国去了。

赵婴既被放逐，庄姬又羞又恼又怨，在赵家无法存身，只得携了幼子赵武，回到公宫，在景公面前诬告说："赵同、赵括嫌自己职位太低，暗中勾结楚国和戎狄，整顿家甲，意图谋反作乱，我不赞同他们，所以回来了。"景公将信将疑，召栾书、郤锜二人问道："人告赵同、赵括将为乱，你们觉得这事可能吗?"二人都与赵氏不和，因此作伪证说："可能。同、括辈大年高，赵氏有勋于国，可赵同现在仅为新中军佐，而赵括未列卿位，心中不平，常出怨言，因此而作乱也是有可能的。"景公大怒，即时命二人率诸将往讨赵氏，只有韩厥拒绝参加。

公元前583年六月十七日凌晨，栾书、郤锜率兵将赵府团团围定，弓箭手驾起云梯，登上房顶，对着府内一阵乱射，赵氏祸从天降，家甲、族人登时死伤大半，诸将攻入府门，赵同带着箭伤出问道："尔等何人，光天化日之下，为何擅入大臣府中作乱?"栾书、郤锜隐在旗后，令屠岸贾上前言道："赵盾弑国君之罪未讨，赵同、赵括图谋反叛，奉国君令，杀无赦!"赵同刚要开口，已被屠岸贾一剑砍翻在地，喝令军士动手。可怜赵氏连辩解的机会都没有，合府一百余人，不分老幼，尽皆被杀。唯有赵武年幼，被庄姬携在宫中，遂留赵氏一脉，赵旃一支，分门别居于邯郸，得以免祸，赵婴因祸得福，居留于齐。赵氏家财尽没于公，田邑皆赏与祁奚，史称"下宫之难"。

以上史实，《左传》和《史记·晋世家》都是如此记载，而在《史记·赵世家》中，同样一个司马迁，却记载了另一个版本，即人们所熟知的赵氏为奸臣屠岸贾陷害，满门抄斩，幸赵氏门客程婴、公孙

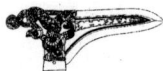

杵曰协力保护赵氏孤儿，十六年后才由悼公和韩厥平反昭雪，重复爵位的故事。这有很大可能是赵氏后人为掩盖家丑，回护先人而杜撰出来的故事，太史公同时予以记载，大约是为了存疑吧。赵同、赵括被杀，其实只是晋国诸卿争权的一个侧面，景公并未对赵氏痛下杀手，事件过程也远没有那么荡气回肠。后人出于褒忠贬奸的情感，不断演绎、传扬，《赵氏孤儿》《程婴救孤》，竟成为中国古典悲剧之首，被称为东方的《哈姆雷特》，搬上戏剧、电影、荧屏，至今广为流传。杜撰出来的故事，其影响竟远远胜过历史本身，文学永远高于历史和现实生活，观众在抛洒一掬同情泪的时候，千万不要忘记，这只是个传说。

　　闲言叙过，书归正传。这年底，景公生病，韩厥乘便对景公言道："赵衰辅文公立国，赵盾执晋政二十年，皆有殊勋，可他们的后人竟然没有爵位，岂不让忠臣寒心。三代的贤明之臣，都能够保持爵禄上百年，他们的后代，难道就没有一两个不肖子孙吗？只不过是仗着祖上的贤德才得以延续的。《周书》曰：'不敢侮鳏寡'，赵氏之功，不可没也。"景公颇敬重韩厥，于是听从了他的意见，立十岁的赵武（谥号赵文子）继承赵氏爵位，把原来的家财、府第、封邑全部归还，赵氏复兴。

　　楚国人送重礼给郑国，要求他们背晋与自己结盟，二月，郑成公与楚国公子成在邓（楚地，今河南邓州）举行盟会，秋天却又到晋国来朝见景公，晋人怒其对自己怀有二心，当他走到铜鞮（晋地，今沁县南）的时候将其拘捕。郑国大夫公孙申和公子班等议道："晋人拘捕我君，是要逼迫我们接受他的条件，如果我们立了新君，晋国人就没有什么指望了。"次年四月，群臣拥立太子恽为君，并且发兵攻打许国，以向晋人表示他们并不在乎成公被拘捕。栾书说道："郑人立了新君，则成公在我们手里不过是一个普通人了，不如伐郑复其位，

223

他还会感激我们，死心塌地成为我们的盟国。"景公同意，遂起齐、鲁、宋、卫、曹等国之兵，一同伐郑，郑人恐惧，派大夫伯蠲（音蜀）来军中讲和，栾书不许，杀掉伯蠲，继续进兵。郑成公庶兄子罕见情况紧急，赶忙拿出宝器襄钟，又派其弟子驷到晋为质，栾书这才答应讲和退兵。五月十一日，郑国子然与栾书盟于修泽（郑地，今河南原阳县西南），答应太子恽退位，成公复国为君，永不叛晋。

晋景公视察军用仓库，看见里边关押着一个俘虏，于是问随从道："那个戴着南方帽子、被囚禁的人是谁？"随从回答说："这是郑国人献来的楚国郧地长官钟仪。"景公命人去其索绑，叫到跟前来安慰他，温言问道："你的祖上是做什么的？"钟仪躬身回答："外臣祖上是楚国乐官。"景公又问："那你现在还会奏乐吗？"钟仪再答："先人之职事，外臣岂敢擅弃？"景公命取琴与钟仪，钟仪便弹奏了一首楚国乐曲，奏罢，景公又问："你觉得你们的楚共王这人怎么样？"钟仪答道："这不是外臣应当随便评论的。"景公一定要他回答，于是钟仪说道："我们的共王在为太子时，早晨请教令尹婴齐，晚间请教司马公子侧，很是恭敬，其他非外臣所知也。"景公把这事告给士燮，士燮说道："钟仪是个君子啊，不背本，不忘旧，虽然被拘，不忘国君，我君何不放他归国，向楚国示好呢？"景公听从了这个意见，就放了钟仪，并且送给他很多礼物。

楚共王见晋人释放善意，就派公子辰到晋国通好，作为回报，晋国派籴茷出使楚国致意。

次年五月，景公病重，自知不起，于是立太子寿曼为君，是为厉公，自己一心退位养病，请桑田医者诊治，医者诊视一番，说道："国君的病很重，恐怕吃不上今年的新麦了。"过了几天，景公病情更重，常觉膏肓之间疼痛，遂派魏锜之子魏相赴秦请来名医高缓诊治，高缓诊毕，说道："君之病在肓之上，膏之下，针之不可，灸之不

及，药力不达，这病怕是治不好了。"景公见高缓所言病情和自己感觉一致，说道："先生良医也，寡人正是病在膏肓之间。"厚赠医资送归秦国。

六月初六日，田官献上新麦，景公命御厨做成面食献上，召桑田医者责道："你说寡人吃不上新麦了，你看这是什么？"桑田医强辩道："面做成了，可我还没看见您吃到嘴里呀。"景公愈怒："面都端到桌子上了，你还敢诅咒寡人？"喝命推出斩首，正要进食，忽感腹内疼痛，忙唤小内侍江忠背自己上厕所。入厕之际，一阵心口疼，立脚不住，坠入厕中，江忠顾不得污秽，急忙救起，已是气绝。

厉公与栾书等群臣为景公举丧，恰在此时，鲁成公来朝见，晋人留住他不让走，因为他们怀疑鲁国与楚国在暗中往来，想等晋国使臣籴茷从楚国归来，弄清情况再让他走。转眼到了冬天，景公下葬，鲁成公只得前往送葬，这在诸侯中可谓绝无仅有，成公感到很屈辱。直到第二年三月，籴茷从楚国归来，证实鲁国并没有暗通楚国，晋厉公这才让成公归国，而这时，鲁成公已被晋人无端软禁了九个多月。

江忠从厕中救出景公，不但没有受到封赏，厉公反而让他为景公殉葬。

晋厉公葬毕景公，为了安抚鲁成公无端被拘，就派主管东诸侯事务的大夫郤犨到鲁国来通好，鲁大夫公孙婴齐接待他，郤犨乘机索贿，婴齐无奈，奉上财宝若干。郤犨到公孙婴齐家为其母祝寿，偶见一女子，二十出头，体貌甚美，心中喜欢，问婴齐此女何人，婴齐答道："她是我同母异父妹，今日归宁参加母亲寿宴。"郤犨腆着脸说道："吾欲因令妹与大夫结为郎舅之好，不知大夫意下如何？"婴齐为难地说："先生美意，婴齐心领，只是舍妹已然嫁与施孝叔为妻，岂敢再辱先生？"谁知郤犨并不放弃，说道："大夫是觉得郤犨不如那施孝叔吗？"公孙婴齐无奈，只得答应。其妹归家对丈夫说明此事，

问道："鸟兽尚且晓得保护自己的配偶，你打算怎么办？"施孝叔戚然说道："郤氏势大，晋国兵强，我不能因此而送命或者逃亡啊，咱夫妻有缘，以后再相会吧。"夫妻洒泪而别，郤犨欣然接纳。

宋国太宰华元与楚国令尹公子婴齐、晋国执政栾书的关系都很密切，见晋、楚两国通使往来，关系逐渐好转，就想在两国中间牵线，让他们举行会盟，消除战争状态。他先来到楚国，向公子婴齐表明此意，婴齐很是赞同。华元又来到晋国，向栾书表达了同样意见，栾书也不反对。在华元的斡旋下，公元前 579 年夏五月初四日，晋国士燮与楚国公子罢、许偃会盟于宋都睢阳西门外，其盟词曰："凡晋、楚两国，不要互相兵戎相见，而要好恶相同，一起救济灾难危亡，救援饥荒祸患。一国遭遇外患，另一国要帮助抵御。两国间使者要不断往来，道路不要阻塞，要共同协商矛盾，讨伐叛逆。谁要是违背盟约，则神灵诛杀之，让他的军队溃散巅复，不能保卫社稷、安定国家。"西门之盟，史称第一次弭兵大会（弭音米。弭兵，消除战争），但晋、楚两国连年争霸，有着深层的政治、军事、经济矛盾，岂是一纸盟约所能束缚的，所以这次弭兵大会的基础是不牢固的。

晋国派郤至（谥号郤昭子）到楚国正式签订西门盟约，楚共王设宴招待他，公子侧为宾相，郤至刚要登上大殿，忽听大殿内钟鼓齐鸣，乐声大作，把郤至吓了一大跳，往外就跑，公子侧赶忙拦住他，说道："时间已经不早了，寡君还在里边等着呢，大夫请赶快进去吧。"郤至说："这是国君相见的大礼呀，外臣怎敢承受？"公子侧不屑地说："两国国君，只能以战争相见，见了面也无非是赠一支箭罢了，哪里用得着奏乐？先生快进去吧，寡君在里边等着呢。"郤至说道："如果赠一支箭，那就意味着大祸来了，哪里还有什么福？先生这话说得不对呀。再说现在将近天黑，也不是举行宴会的时候。不过先生是主人，郤至岂敢不听？"于是不高兴地进入大殿，勉强签订了

盟约，完成了会盟。回到晋国，卻至把在楚国的情况告诉了士燮，士燮说道："公子侧的话无礼得很，无礼肯定会食言，我看这个盟约靠不住。"

　　十二月，楚国的公子罢来到晋国签订盟约，晋厉公和他在绛都附近的赤棘正式会盟，西门之盟在形式上得以完成。

　　不知晋楚之事如何，请看下回。

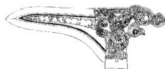

第二十七回

盟令狐秦桓公取败　战鄢陵晋厉公雪耻

晋厉公也想与秦国举行盟会，两君商定在晋地令狐会面，厉公先到，而秦桓公却不肯过河来，自己留在秦地王城，只派了大夫史颗到令狐与晋厉公会盟，厉公也派郤至过河与秦桓公会盟。士燮叹道："双方都没有诚意，这样的盟会有什么用？盟会以诚信为要，而盟会地点是诚信的首要条件，现在连这首要条件都实现不了，还有什么可以相信的呢？"果然，秦桓公回去以后就背了盟，纠合白狄（狄之一部，地在今陕西延安一带）进攻晋国，又要求楚国一起出兵，谁知楚国才和晋国订了盟约，讨厌秦国人的反复无常，反而告给晋国人说："秦国人背弃令狐之盟，要攻打贵国，你们要做好准备呀。"厉公大怒，决定征召诸侯之兵伐秦，诸侯知道秦国没理，都踊跃听从，齐、鲁、宋、郑、卫、曹、邾、滕各起兵来会，晋国以栾书为中军元帅，荀庚佐之，士燮为上军将，郤锜佐之，韩厥为下军将，荀罃佐之，赵旃为新军将，郤至佐之，浩浩荡荡杀奔秦国而来。厉公决定先礼后兵，四月初五日，派魏相入秦问罪，魏相文思奔涌，言辞慷慨，从秦穆公、晋献公时期说起，一直说到秦桓公令

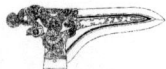

狐背盟，句句直指秦人不是，然后言明，今我君震怒，与尔绝交，兴师来讨，你们好自为之吧。这一席宏论，史称"魏相绝秦"，又称吕相（魏相封于吕地，后以吕为姓）绝秦，是春秋时期一篇著名的外交文献，不可不录。

魏相绝秦

当年我先君献公与秦先君穆公互相友好，举行盟誓来表明，又以婚姻来巩固，相约戮力同心，世代友好。可惜天不佑晋，国内发生动乱，文公奔齐，惠公入秦，献公去世以后，穆公不忘两国传统友谊，使得我们的惠公能够返国为君。然而穆公未能把好事做到底，所以发生了韩原之战，后来穆公愧悔于心，才又帮助文公即了君位，这些都是穆公的好处，我们不会忘记的。

我们的文公亲自身穿甲胄，跋山涉水，翻越险阻之地，征服了东方诸国，虞、夏、商、周的后裔们，纷纷到我西方大国晋、秦来朝拜，不敢与我为敌，这也算是我们晋国报了秦穆公的旧恩了。郑国人不自量力，侵犯了贵国边境，我文公主持正义，率领诸侯和秦国围郑，但贵国大夫却背着寡君，悄悄与郑人签了和约，激起各国义愤，要与秦国拼命。我文公怕对贵国不利，极力安抚诸侯，贵国军队才得以安全返国，这不能不说是我们对贵国的一件大功劳吧？

文公不幸离世，穆公不仅没有去吊唁，反而轻视逝者，欺侮新君，突然进犯我殽地，攻打我边城，断绝我们同友好国家的往来，灭掉我们的同姓之国滑国，离散我们的兄弟之国郑国，想要扰乱我们的同盟，颠覆我们的国家。我

襄公虽然不忘穆公的旧勋，但更惧怕社稷的倾复，所以这才发生了殽之战。即便如此，我们仍然愿意捐弃前嫌，与贵国重修旧好，可穆公不听，并且密谋和楚国一起来对付我们，幸天佑我，楚成王恰在此时下世，穆公才没有达到他的目的。

秦穆公和我襄公先后下世，秦康公、我灵公相继即位，康公本是我先君献公的亲外孙，却不念亲情，又想损害我晋室，倾复我社稷，拥我国叛臣公子雍入于边境，图谋废立，我国不得已才发动了令狐之役。此后，康公并不知悔改，连续入我河曲，伐我涑水，掠我王官，侵我羁马，导致两国发生河曲之役。从以上事实不难看出，晋秦两国近年来关系紧张，不相往来，这完全是秦康公造成的。到桓公您即位，我景公以为贵君会改弦更张，引领翘首西望说："这下两国关系可以改善了吧！"谁知贵君并没有举行盟会的愿望，反而乘我军与赤狄交战之机，入侵我黄河沿岸各县，深入太谷、祁县一带，抢割庄稼，杀戮我边民，这才有了辅氏之战。贵君也悔恨战祸的漫延，想求福于两国先君穆公、献公，所以就派大夫伯车来晋，对我景公说："贵我两国捐弃前嫌，重修旧好，以追念先君之功勋。"可惜盟誓还没有施行，我们的景公就去世了，我君厉公随后与贵君有令狐之会，而贵君不善，竟然背弃盟誓。白狄与贵国同在雍州，是贵国的仇雠，但却是我晋的婚姻之国，贵君邀请我国合力攻打白狄，寡君畏贵君之威，不敢顾及婚姻，所以下令将士们与贵国协调行动，谁知贵君却暗地里通报白狄说："晋国要攻打你们了。"白狄厌恶你们这样做，告给了我国。甚至连我们的劲敌楚国也憎恨你们这种

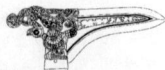

两面三刀的做法，也来告我们说："秦国人背弃令狐之盟，要求我们和他结盟，出兵共同对付贵国，寡君讨厌他们不讲信用，缺乏德行，所以把他们的这种行为公布出来，以惩戒那些表里不一的人。"

诸侯各国听到这种情况，无不痛心疾首而同情和亲近寡君，寡君率领他们来向贵君请命，以求和好，若贵君肯加惠而顾念诸侯，怜悯寡君，而赐我们以盟好，则寡君不胜之喜，将劝诸侯以退，岂敢自求祸乱？若贵君不肯赏脸，寡君不才，没有能力阻止诸侯进兵。

外臣一片肺腑之言，谨布贵君，愿贵君权衡利弊，何去何从，仔细考虑一下吧！

魏相这番言论，确有颠倒是非和强词夺理之处，可又被他说得那样在理，那样义正辞严，煞有介事，且文辞优美动人，连秦国人也很喜欢，收藏于府库之中。

晋军分兵一部，在交刚（今隰县）大败白狄，主力与八国之兵入秦，五月初四日，与秦军战于麻隧（秦地，今陕西泾阳县），大破之，俘获秦将成差和车右女父，又渡过泾水，攻下侯丽（秦地，在泾水南岸），秦军见诸侯军兵强，白狄又败，遂坚守不出，栾书下令班师。晋厉公在新楚（晋地，在今陕西省大荔县）犒劳各国军队。时曹宣公不幸病殁于军中，厉公亲赴曹军中吊慰。曹宣公庶长子姬负刍留守陶丘，闻得父亲病殁，就派自己的弟弟子臧赴军中接回灵柩，群臣欲立太子为新君，负刍竟杀掉太子自立为君，是为曹成公。葬毕宣公，子臧不满哥哥所为，不想为他效力，准备逃亡，众大夫多想与他一同逃亡，成公心中害怕，赶忙把子臧请至朝堂，向他和众大夫谢罪，群臣这才原谅了他。诸侯请讨曹成公篡逆之罪，晋厉

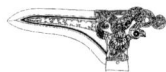

公遂在卫地戚与齐、鲁、郑、卫、宋、邾等国诸侯会盟，曹成公也由子臧陪同前来赴会，厉公责曹成公杀太子自立之罪，将其拘捕，派人押回绛都。厉公想与诸侯带着子臧去朝见周天子，把他册封为曹君，子臧辞道："为君不是我的志向。我先君宣公殁于盟主之事，太子接着横死，现在寡君又被贵君所执，曹国的灾难就没个完吗？既然寡君有罪，君王怎么还让他参加盟会？君王因为奉扬德行，正确执行刑罚，才成为霸主的，难道对敌国就不一样了吗？这是外臣的一番真情话，斗胆为君王言之。"厉公见子臧义正辞严，沉吟道："你先回去吧，寡人放你们的国君回国就是。"子臧回到国内不久，成公也被放回，子臧不愿再和哥哥合作，就交还了自己的职位和封邑，杜门不出，终生为民。

伯宗一向性格耿直，敢于直谏，不避人耳目，一日朝归，其妻问他说："我看你今日归家，喜形于色，什么事如此高兴？"伯宗回答："我在朝中侃侃而谈，诸大夫都说我有阳处父之智。"其妻说道："阳处父华而不实，崇尚高谈而缺乏谋略，终遭杀身之祸，有什么好羡慕的。"伯宗说："我可和他不一样，我的谏言都是对国家、对别人有好处的。"其妻又说："你没听说吗，盗贼偷不上东西，就要憎恶主人，老百姓的愿望得不到满足，就会怨恨官府（**盗憎主人，民恶其上**），人们不尊奉贤才已经很久，哪里还会管你是不是出以公心。我怕你总有一天会出事，还不赶紧找一个忠义之士来庇护我们的儿子？"伯宗遂募得一名勇士叫毕阳，养在府中，以备不测。

却至因为鄇地（**在今河南武陟县**）的一块田与周王室发生争执，周简王派卿士刘康公、单襄公到晋国来告状，晋厉公命伯宗为双方评判是非曲直。却至首先说道："温过去就是我家的封地，鄇地属温，自然应该是我家的，却至不敢随意丢掉先人遗产。"刘康公、单襄公则说："当年周灭商，封苏忿生据有温地而为司寇，后来苏忿生投奔

了狄国，襄王这才把温地赐给了你们的先君文公，狐溱和赵衰先后封于温，然后才轮到你。若追根溯源，温地实在是我们周王室的封邑，郗田就更不用说了，你怎么能说是你的呢？"伯宗如实把双方的讼词禀报厉公，厉公也不好处理，只好采取和稀泥的办法，重申温地属郤至，却把郗田判给王室，并劝郤至不要再争了，郤至认为伯宗没有给他作主，至此与伯宗有隙。

　郤氏族大根深，在朝中三卿五大夫，权倾朝野，连执政栾书也让他三分，时有"其富半公室，其家半三军"之说，郤氏挟先世之功，秉当朝之政，不免侵夺同僚，恣意行事，朝中为之侧目，独伯宗屡向厉公谏言："郤氏权重，且不知收敛，这不是保全功臣之后的办法，应该按照他们各自的能力，稍予黜退。"谁知厉公不仅没有采纳，反而把伯宗的话告诉了三郤。郤氏认为伯宗这是和他们过不去，越发恨他，于是搜寻伯宗手下栾弗忌的小过而杀之，又乘间在厉公面前诬告伯宗纵属犯法，毁谤朝政。厉公知道伯宗贪冒车主人之功那件事，所以对他印象不好，不像自己的父亲景公那样倚重他，竟听信了三郤的谗言，命拘捕伯宗下狱。郤锜得意地来到狱中，挖苦伯宗道："先生的舌头不是很厉害吗？怎么不说话了？"伯宗自知必死，骂道："你害死我，自己也不会有什么好下场！"伯宗越说越气，竟咬断了自己的舌头，吐在郤锜身上。郤锜恼羞成怒，用脚碾碎那截断舌，恨恨言道："你咬断自己的舌头容易，要想再长出来可就难了。"意为伯宗休想活着出去，伯宗狂笑数声，一头撞在墙上，脑浆迸溅而死。毕阳不负主人之托，果然保着伯宗妻和子伯州犁奔往楚国，楚共王任伯州犁为大夫，后累迁为太宰。

　厉公听信三郤谗言，杀死忠正直谏的伯宗，国人多出怨言，就连一向沉稳的韩厥也愤愤不平地说："郤氏免不了要灭亡。善人，这是天地的纲纪呀，郤氏却屡次加以杀害，不灭亡还等什么？"

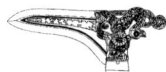

公元前 575 年，楚国准备向北进兵，攻打郑、卫两国，子囊劝道："我们刚与晋国订立了西门之盟，现在毁盟进兵，这不太合适吧？"公子侧说道："只要形势对我有利，管他什么盟约不盟约。"子囊对人说道："公子侧信用、礼仪全不讲，恐怕难以存身了。"楚军出兵，攻占了郑国的暴隧（今河南原阳县西）和卫国的首止（今河南睢县附近），郑国反攻，也占了楚国的新石（今河南叶县）。晋栾书见楚国背盟攻打自己的盟国，打算起兵回击，韩厥说道："用不着出兵，就让他们倒行逆施吧，楚国百姓必然不会支持他们这样做，没有百姓的支持，怎么能够长久呢？"

楚共王轻师远袭，也怕晋军出击，断其退路，于是下令班师，回国后不久，派公子成归还郑国汝阴（汝水以南，今河南郏县与叶县之间）之田，郑国于是再次叛晋附楚，大夫子驷到武城（楚地，今河南南阳市北）与楚共王会盟。晋厉公闻知大怒，召群臣议伐郑之计，士燮奏道："以我的意见，郑国叛就让他叛去吧，无碍我霸主地位，如果诸侯一叛，我们就去讨伐，楚国就来救援，恐国家从此没有宁日了。得到郑国会增添我国的麻烦，我们得郑有什么意义呢？"郤至反驳道："照你这么说，当霸主倒是晋国的累赘了，那谁还愿意得天下呀。"士燮说道："我们只不过是个诸侯国，管好自己国家的事就行了，天下事我们管得过来吗？"厉公又问栾书的意见，栾书说道："晋国的霸业不能在我们手里丢掉，一定要伐郑。"厉公遂决定亲自领兵出征，以栾书为中军元帅，士燮佐之，郤锜为上军主将，荀庚子荀偃（字伯游，谥号中行献子）佐之，韩厥为下军主将，郤至为新军主将，起兵车六百乘伐郑。命荀罃留守，又命郤锜赴鲁、卫，栾书子栾赴齐，要求各国出兵协助。郤锜来到鲁国，态度傲慢而很不严肃，传达晋君的命令时很随便，仲孙蔑悄悄说道："郤锜奉命来征兵，却如此怠惰，这是轻慢国君的命令啊。"

　　四月十二日，晋军从绛都出发，五月渡过黄河，来到郑境，郑成公见晋军势大，想要出降，大夫姚句耳谏道："郑处晋、楚两大国之间，应该择一国而事之，岂可朝楚暮晋，年年受兵？"成公问道："那我们现在该依靠哪国呢？"姚句耳答："我既与楚新盟，宜附楚抗晋。"成公遂派姚句耳赴楚求救，楚令尹公子婴齐说道："这次确实是我国失信，策动郑反，招致晋怒，我看胜算不大，不如再等机会。"楚共王也念及与晋弭兵之约不久，不想救郑，独有公子侧说道："郑国刚刚归附我国，现在有难来求，如果不救，岂不令归附者失望。臣愿保驾往拒晋军，务要再收'掬指'之功。"共王遂以他为中军元帅，公子婴齐率左军，公子壬夫率右军，自统两广之众来救郑，又征臣服的各部落之兵前来助战。

　　大军行至申地，公子侧来见老将申叔时，问他说："你看这次出兵如何？"申叔时回答："楚国内弃其民，外绝其好，元帅好自为之吧，我怕见不到元帅了。"姚句耳先归，子驷问他楚军情况，姚句耳回答："楚军行军速度过快，经过险要的地方队伍不整齐，阵列都乱了，我看楚军靠不住啊。"

　　听说楚军起兵来救郑国，士燮再次向栾书建议退兵，说道："我们如果让楚国一步，可以缓和两国间的紧张局势。晋国现在已经不具备做诸侯霸主的条件，不如等以后机会成熟再说，我们的主要精力应当放在国内，群臣团结和睦，共同办好国君交给的事，比什么都强。"未等栾书开言，却至不耐烦地说道："老先生你忘了，当年韩原之战，惠公被俘；箕城之战，先轸战死；邲之战，荀林父惨败。这都是我们晋国的耻辱啊，现在如果我们退避，这不是又添一层耻辱吗？"士燮解释道："当年先君屡次兴兵，是由于秦、齐、楚、狄几国都很强大，不奋发图强，国家很危险，可现在三强俱服，就剩下一个楚国了，外宁必有内忧，只有圣人才能做到内外无患，我们不是圣人，为

235

什么不留着楚国作为我们的对立面，以促进晋国的内部团结呢？我怕胜楚以后会有内患兴起呀。"栾书这时说道："我不能向楚人示弱。"传令继续进兵。

六月，两军相遇于鄢陵，二十九日，是个朔日（没有月亮），这天早晨，楚军迫近晋军营寨列阵，栾书见楚军离自己太近，担心没有交战空间，无法列阵，士燮子士匄（谥号范宣子）见诸将意见不一，突入中军献计道："我们可以预备干粮净水，然后把营中的水井填掉，把做饭的灶垒推平，在自己营中列阵，再把行列间的道路隔宽，不就形成战道了吗？"士燮本就不想开战，见儿子多嘴，不由大怒，操戈追打他，骂道："这是军国大事，你小孩子家知道什么？"众将劝止。栾书说道："楚军轻佻、浮躁，只要我们加固营垒，严阵以待，三日内必退，乘他们退军之际追击，定可获胜。"郤至进一步分析道："楚军此来，有六大缺点，元帅和令尹不和，郑国和部落之兵战斗力不强，列阵不避月底，各军喧闹吵嚷，彼此观望，军纪不整。机不可失，我们一定能打败他。"

楚共王直逼晋营列阵，以为出其不意，晋军必然惊慌，却并不见对方有什么动静，于是登上楼车观察晋军动向，太宰伯州犁侍于王后，共王问道："军士左右驰骋，这是在干什么？""是在召集军吏们。""现在聚集在中军了。""这是在商讨作战计划。"共王又问"搭起幕布准备干什么？""这是要向先君祷告。""幕布撤掉了。""将要发布军令了。"共王见晋军忽然喧闹起来，军士一队队奔跑，尘土飞扬，问道："这是怎么回事？"伯州犁初时也不明白晋军要干什么，仔细看了一会，忽然醒悟："他们这是填井平灶以作战场。"共王见晋军驾马登车，说道："这是要列阵了吧？"却见军士们又都跳下车来，共王不解，伯州犁道："这是在宣誓。""要开战了吗？"伯州犁答道："现在还说不来。"

晋军营中，也有楚人苗贲皇把楚军的情况报告给厉公，并且献计说："楚军精锐，尽在中军，我们不妨以精兵攻其左右两军，然后以得胜之兵会攻其中军，必定可以取胜。"厉公传令，准备出战，栾书谏道："齐、鲁、卫援军都还没到，不如稍等数日，待诸侯兵至再出战，可保必胜。"郤至则坚持速战速决，立即出兵，厉公不能决，命人占筮，结果是大吉，厉公就采纳了郤至的意见，以郤毅为御，栾书次子栾鍼为车右，时上军主将郤锜出使未归，遂命荀偃率上军攻婴齐左军，韩厥率下军攻壬夫右军，自率中军、新军与共王对敌，大开营门，诸军齐出，栾书、士燮左右两边护卫。时天尚未大明，郤毅一个不小心，竟将车赶进了泥坑中，栾书急忙上前，想把厉公扶到自己车上，栾鍼说道："元帅慢来，军中各有司职，你是三军统师，怎可擅离职守？这是我的事！"言罢，跳进泥水中，用尽全力将车推出坑外。楚共王少子熊茷，少年好勇，望见晋君车陷于泥中，率部轻进，想擒晋君，不料反陷入栾书大军重围之中，苦战不敌，被栾书生擒。楚军来救，士燮、郤至一齐率军都到，双方混战在一起。栾书押熊茷来见，厉公欲斩，苗贲皇谏道："留着熊茷，楚共王必然亲自来战，可为诱敌之饵。"厉公遂命将熊茷打入囚车。

混战中，郤至三次遇见楚共王，都要下车脱下头盔致意，楚共王道："即使是在战斗最激烈的时候，那个穿浅红色军服的军官，见了不毂都要下车免胄致意，这人真是个君子。"左右有识得者报称，其人为晋新军将郤至，共王道："原来他就是郤至啊，身穿军服，不毂都认不出来了，这是老朋友了。"遂派工尹襄带着一张弓作为礼品去慰问郤至，说道："寡君派我来问候将军，将军身体安好，没有受伤吧？"郤至赶忙再次下车免胄，躬身施礼道："君王的外臣郤至，跟随寡君作战，托君王的福，虽然身处矢石之间，所幸还没有受伤，请使者转达外臣对君王的谢意。"

栾鍼远远望见楚左军婴齐的大纛，请示厉公道："臣当年出使楚国，婴齐问臣晋军的勇武表现在什么地方，臣答以'平时按部就班，战时从容不迫'，现在两国交兵，不派遣使者，谈不上按部就班，临战不讲信用，谈不上从容不迫，希望我君能派使者给婴齐去送酒，以表明我们的大国风度。"厉公同意，就派侍者提了一榼美酒送到婴齐军前，转达栾鍼之意道："寡君身边缺少可用之人，竟然让栾鍼我来做车右，军务在身，我不能亲自来慰问令尹的左右，只好派使者给您送一点酒来。"婴齐道："栾先生曾和我在楚国谈论晋军，今天送酒来，一定就是为这事了，他的记心也真好。"命人倒了一杯酒，就要饮下，左右劝道："临阵岂可饮敌国之酒？恐晋人有诈。"婴齐道："栾鍼君子，必不为此屑小之事。"言罢一饮而尽，命人礼送使者，然后重新登车指挥部队。

却说楚共王见熊茷被押在晋军阵中，亲率大军来救，晋将魏锜望见楚王车盖，急忙弯弓搭箭，尽力射去，正中楚王左目，晋军见魏锜得手，一齐杀上前来。楚将公子侧和潘党力战，保护楚王退去，晋军随后掩杀。郤至见郑成公在前奔逃，他的车右茀翰胡说道："可派轻车绕道追击，我们从后边追赶，一定可以生擒他。"郤至说："伤害国君不祥。"就没有去追赶。

时婴齐持重，故楚左军与晋上军对峙，双方不曾交战。韩厥率晋下军与楚右军交战，互有胜负，看见郑成公败退下来，韩厥的御者杜溷（音昏）罗说道："前边是郑国国君，我们是不是追上去？他的御者屡次回头观看，并不专心驾车，肯定是心中慌乱，我们去追，一定能追上。"韩厥说道："我已经追过一回国君，不可以再次侮辱国君了。"所以也没有去追。郑成公见周围全是晋军，赶忙把"郑"字大旗卷起，放倒在车中，继续狂逃，车右唐苟对御者石首说："战败了更应该一心保护我们的君主，现在情况很紧急，你要尽力保主公突

围，待我下车抵挡晋军。”言罢跳下车去，与晋军死战，身被数创，直到力尽倒在血泊之中，郑成公乘机逃出战场。

　　楚王退至阵后，召养由基近前，遥指道：“晋军中那个身穿绿袍、落腮胡子的将官，就是射我的仇人，不榖现在给你两枝箭，命你射死他，给不榖报仇。”养由基领命，驱车来到阵前，瞄准魏锜，“嗖”的一箭射去，正中魏锜咽喉，倒在车中弓套上死去。养由基拿着剩下的一枝箭向楚王复命，共王大喜，解自己身上锦袍赐之，自此军中尊称养由基为“养叔”，又称“养一箭”，实为春秋时期第一神箭手。楚军被追至险峻处，前边已无退路，养由基倚山而立，命小卒供箭，箭无虚发，晋军当者辄死，楚将叔山冉亦奋起神威，抓住身边的晋军士兵高高举起，朝晋军扔去，人摔死了，车也砸坏了，晋军不敢再追。

　　双方自天擦亮战起，直到星星出来，这才各自收兵回营。公子侧命军史检查伤亡情况，修缮甲兵车乘，补充兵员，全军鸡鸣饱食，等待作战命令。晋军见楚王虽然伤目，仍然斗志不减，没有退意，也很担心，只得传令全军，做好战斗准备，明日复战。恰在此时，探马报齐国高无咎、国佐以及卫献公各率本国援军来到军前，安营下寨毕，明日即可参战，鲁成公也已经率军出发。栾书大喜，故意放松看管，让一些楚军俘虏逃回，楚共王听得晋国援军抵达，赶忙命人召公子侧商议应对之策，谁知公子侧一日作战疲劳，安排罢军务饮酒解乏，侍者榖阳心疼主帅，连连捧酒，不觉喝得酩酊大醉，躺在床上，不能来见。共王叹道：“强敌当前，主帅轻忽，这是天败楚啊，我不能再待在这里了。”于是传令连夜退兵，遗弃军资无算，晋军三日馆谷，全军上下喜气洋洋。只有士燮忧心忡忡地对厉公说道：“我君还很年轻，众大臣也没有什么才能，取得今天这样的胜利，可以说是很侥幸，天命常变，只保佑有德之人，无德而服者众，必自伤也，我君不可大意。”

楚军退到瑕地（楚地，今安徽省蒙城县北），共王恐公子侧引咎自尽，于是派使者安慰他说："当年城濮战败，是由于国君不在军中，得臣难辞其咎。今天战败，不穀之罪也，你没有责任。"公子侧遥拜共王道："君赐臣死，臣死而不朽，此次作战，臣为全军统帅，怎能说是没有责任？臣将死也。"令尹公子婴齐却怕公子侧不死，也派人对他说："当年成得臣战败，是什么下场，你也知道，现在你该怎么做，自己看着办吧。"公子侧回答说："令尹命侧，侧敢不听吗？侧损失了国家的这么多军队，敢避其死吗？"言罢拔剑自刎，共王的使者急忙阻止，已是不及。

　　晋、楚鄢陵之战，是晋国第二次大败楚国，此战尽雪邲败之耻，晋国重新确立了自己的霸主地位，但正如士燮所预料的，外宁必起内患，晋国此后陷入了惨烈的内部争斗之中，连厉公都未能幸免。

　　欲知后事如何，请看下回。

第二十八回

捉卿放卿厉公遇害　去国还国姬周践位

晋军得胜还朝，士燮仍是忧心忡忡，高兴不起来，每天在家庙祝告，祈求让自己早死，说道："国君骄侈淫逸而又战胜强敌，这是老天在加速他的灭亡呀，晋国不久将有大乱，愿祖宗保佑我，让我早死，别赶上这场灾难，就是士燮之福了。"士燮的精神状态每况愈下，终于在第二年六月九日离世，士匄继掌士氏。

鄢陵之战，晋、楚交兵正酣，而鲁成公则刚走到坏隤（**鲁地，今山东曲阜附近，隤音推**），还没有走出国境。原来，鲁国大夫叔孙侨如与成公之母穆姜私通，他想借助穆姜的影响力剪除政敌季孙行父和仲孙蔑，占有他们的家财。在鲁成公出兵之日，穆姜按照叔孙侨如的意思，要求成公驱逐季孙行父和仲孙蔑以后再出发，成公对母亲早就不满，自然不肯听，推辞说："晋国命令我们出兵参战，此事不敢耽搁，等我打完仗回来再说吧。"穆姜见成公不听，很是愤怒，指着成公的两个弟弟公子偃和公子鉏说道："你要是不听我的，他们俩随便哪一个都可以取代你为君。"成公闻言，不敢轻出，安排仲孙蔑留在曲阜加强守备，防护宫室，然后才出兵，行至坏隤，闻报晋国已经战胜楚国，遂驻兵不前。

七月，晋厉公会合诸侯于沙随（宋地，今河南宁陵县北），商议伐郑事宜，叔孙侨如一计不成又生一计，暗送厚礼于郤犨，郤犨相机对晋厉公说道：“鄢陵之战，鲁成公驻军坏隤，观望不前，是不想参战，坐等战争结果。”晋厉公因此怨愤鲁国，没有与成公会见。

　　根据沙随之会的决定，鲁成公回国以后率军参与诸侯伐郑，临行时，穆姜再次要求成公驱逐季孙行父和仲孙蔑以后再出兵，成公再次安排好曲阜的守备以后才出发。到达郑国东部边境的督扬时，诸侯军已然集中于郑国西部，鲁军不敢孤军越过郑国与诸侯军会合，先锋公孙婴齐就派神将叔孙豹去请求晋军前来接应，自己在军营准备好酒食，等待晋军到来。在此期间，婴齐一直都没有吃饭，直到四天后，晋下军佐荀罃率军来到，婴齐招待晋军用罢酒饭，自己才进食。荀罃回来把情况告给了士匄，士匄也很感动。

　　叔孙侨如又对郤犨说道：“鲁国的季孙行父和仲孙蔑，就如同上国的栾、荀一样，政令出于其门，他俩时刻想着背叛晋国而投靠齐、楚，现在季孙行父跟随成公在这里，上国应该拘捕而杀掉他，我回鲁国杀掉仲孙蔑，这样鲁国才能一心依附上国。如若不然，季孙行父回国以后，必然会叛晋。”郤犨又把这话告给了厉公，厉公已然对鲁国产生了成见，于是拘捕了季孙行父，成公逃归。鲁成公回到鲁国，派公孙婴齐赴晋请求释放季孙行父，自己在郓城等待消息。婴齐面见郤犨，郤犨看在他把妹妹送给自己的面子上，对他还算客气，说道：“除掉季孙行父和仲孙蔑以后，我让你担任鲁国执政。”婴齐回答说：“叔孙侨如是个什么人，想必大夫也已经听说了，而季孙行父和仲孙蔑，这是鲁国的社稷之臣啊，早晨除掉这二人，鲁国晚上就会灭亡。如果上国感念周公，不想让鲁国灭亡，让寡君继续事奉贵国，就请留下这两人。”郤犨见婴齐不听，又说道：“我为你向鲁君请求增加封邑。”婴齐说道：“婴齐不过是鲁国的一个小吏，怎么敢依靠大国而

求厚禄呢？婴齐奉寡君之命而来，如果上国能够答应我的请求，就是大夫对我的最大恩赐了，还敢有什么要求呢？"郤犨闻言不答。

公孙婴齐知道郤犨得了叔孙侨如的贿赂，所以对他言听计从，要想扭转局面，必须寻求晋国地位更高的人的帮助，于是也送了士匄很多礼物，士匄对公孙婴齐的印象本来就不错，现在又得了礼物，就乘便对执政栾书说道："季孙行父连续辅佐鲁国的两位国君，位高权重，可是他的妾却连丝绸都穿不上，他的马连粮食都吃不上，这难道不是忠臣吗？如果我们听信小人的谗言而抛弃了忠良，怎么能让诸侯心服？再说婴齐奉了君命而不谋私利，为了国家而不顾自身，如果我们不答应他，是不尊重好人呀。请元帅考虑吧。"栾书就答应了婴齐的请求，释放季孙行父归国。鲁成公见晋国的态度转向有利于自己，胆气壮了，冬十月，他把母亲穆姜由正宫迁到东宫，放逐叔孙侨如到齐国，又派人刺杀了公子偃。十二月，季孙行父与郤犨在晋地扈结盟。

卫定公来朝见晋厉公，厉公强求他接见投奔晋国的卫国旧臣孙林父，定公拒不接见，卫定公走后，晋厉公命郤犨送孙林父回到卫国，再次要求卫定公接见。定公仍不想见，夫人定姜劝道："不可。孙林父是先君旧卿，大国屡次为他说情，如果坚持不见，将会招来亡国之祸，我君虽然讨厌他，可起用一个旧臣，总比亡国要强吧？我君还是忍耐一二吧，安定百姓，赦免宗卿，这样做，不也很好吗？"定公无奈，只得接见了孙林父，并且恢复了他的职位与封邑。卫定公设宴款待郤犨，郤犨以定公和孙林父的恩人自居，席间倨傲不恭，旁若无人。卫大夫宁殖对别人说道："郤氏要灭亡了吧！从一个人的举止可以看出他的心态，这位老先生狂傲得很，此取祸之道也。"

再说栾书，鄢陵之战时自己的意见被否决，厉公采纳了郤至的意见，并且取得了胜利，因而嫉恨郤至，又担心郤氏族大，权势威胁到自己，所以一心要除掉他。于是将楚囚公子熊茷秘密提至府中，问他

243

说："你想不想回楚国？"熊茷回答："当然想，只是回不去呀。"栾书说道："只要你按我说的去办，我就放你回去。"熊茷道："全凭元帅安排。"当下栾书嘱咐一番，命其如此这般。次日，营官带熊茷来见厉公，言有机密事禀报，厉公命见，熊茷密奏道："郤至与敌国公子侧私交甚密，鄢陵之战，其实是两人约好的，乘齐、鲁、卫援军未到，郤锜、栾黡出使未归，将佐不全之际开战，想使晋军战败。"厉公问道："他为什么要这么做呢？"熊茷回答："他是想迎立公孙周回国为君，与楚国交好。"厉公一听大惊，但也不敢全信，私下里问栾书的看法，栾书假装沉吟道："很有可能。因为他三次碰到楚共王，都放跑了，楚共王为此还送了他一张弓，要不是，楚共王早就被他抓住了。"见厉公还在犹疑，栾书说道："我君何不命他出使周朝而暗中察看呢？"晋厉公遂派郤至到周王朝报捷、献俘，却派了自己的一名亲信跟随，观察郤至动向，栾书也安插了自己的人作为随从，一同赴周。郤至到周，报捷、献俘毕，周卿士单襄公接待他，席间，郤至屡次说道："鄢陵之战，是我力主进兵，要是听了士燮的，早就退兵了。""鄢陵之战，全凭了我呀，要是按栾书的，就得等到齐、鲁、卫援军都到了才开战，胜负未可知也。""我要是掌了晋国之政，肯定会让楚国、越国都来朝见。"席散，单襄公对诸大夫说道："郤至在晋国位居七人之下，却老想出风头、说了算，掩盖上级功劳，显得别人无能，不免招致众人之怨，这是祸乱的根源呀。人在细微之处尚且需要谨慎从事，而郤至却在大庭广众之下炫耀自己，损毁他人，何以在位？"

　　栾书派出的人悄悄来见公孙周，对他说道："郤至在晋国，位高权重，公孙不可不见。"公孙周认为言之有理，就带了丰厚的礼物来见郤至，郤至置酒款待，二人言谈甚欢。这一切，都被厉公的亲信看在眼里，回来禀报厉公，厉公自此深信不疑，起了除掉郤氏之意。

　　晋国大夫胥童因郤缺夺其父胥克卿位而一直怨恨郤氏，夷阳五因郤锜夺其田也怨恨郤氏，长鱼矫因与郤犨争田，自己和父母妻儿都曾被郤犨捆绑在一根车辕上示众，更是深恨郤氏。厉公知三人都与郤氏有怨，因而宠信三人，想利用他们来实现自己铲除郤氏的目的。

　　晋厉公八年，公元前 573 年秋，厉公与群臣在黑壤狩猎。厉公一边拥妇人饮酒，一边发箭，忽然军士们赶过一头野猪来，厉公急忙搭箭，却只射中了野猪的后腰，野猪带箭乱窜。郤至一箭射去，正中野猪咽喉，倒地而死，郤至就要把那头野猪作为自己的战利品。厉公的侍者孟张夺过来说道："这头野猪是主公先射中的，应当算是主公的战利品，你拿过来吧。"言罢回身就走，郤至一时恼恨，气愤难平，竟张弓搭箭，将孟张射死，厉公不满地说："郤至在寡人面前擅杀侍者，这是在欺负寡人呀。"决意讨伐郤氏，与胥童相商，胥童说道："郤氏族大多怨，除掉大族公室才安全，讨伐多怨的人容易成功，我君不必疑虑。"厉公即刻聚集甲兵，准备兵进郤府。郤氏闻知，郤锜主张起兵反击，说道："即便不成功，也比等死强。"郤至不同意，说道："守信用不叛君，有智慧不害民，有勇力不作乱，这是做人的根本，抛弃了这三点，何以为人。我们今天的地位和爵禄，都是国君给的，怎么能有了兵马却反过来做危害国君的事呢？如果我们有罪，今天才死，已经算是晚了；如果我们没有罪而被杀，国君将要失去老百姓的拥护，我们也会被人们所怀念的。还是等国君的命令吧。"

　　十二月二十六日，厉公集合了八百名甲士，交给胥童、长鱼矫和夷阳五率领去进攻郤氏，长鱼矫说道："不用这么多人，让我一个人去刺杀他们吧，如果不成功再发兵不迟。"厉公嘉其勇，又派了自己的力士清沸魋（音推）协助他，二人各以鸡血抹面，装作撕打得头破血流的样子，互相扭结，来见司寇郤至和士师郤犨，要求评理，三郤准备升堂，为他俩判断是非，长鱼矫和清沸魋乘对方不备，怀中各抽

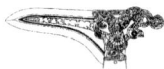

出短刃，先将郤锜和郤犨杀死在座位上，郤至见势不妙，说道："我不能就这样无罪被杀。"急忙跑到车边想要逃跑，长鱼矫一个箭步追上，把他也杀死在车边。郤氏甲士闻变来救，恰在此时，胥童和夷阳五率兵攻入郤府，胥童大叫道："奉国君旨意，只杀郤氏，其余人等不问。"郤氏甲士闻得是国君旨意，又见三郤已死，群龙无首，无心死战，一哄而散。胥童等载了三郤尸体，曝尸于朝堂，宣布三人罪状，搜捕郤氏族人和余党，郤氏包括其旁支冀氏、步氏、苦成氏在朝为官者，尽被罢免归田，族人多改姓郗、谷、温等氏。郤氏遂成为继狐氏、先氏之后，第三家退出晋国政治舞台的大卿。

胥童和长鱼矫等既杀三郤，见栾书、荀偃坐于朝堂，知道二人乃是重臣，恐怕日后追究自己的责任，索性连二人也劫持了。厉公知道栾书与三郤不睦，忙命："栾书、荀偃股肱之臣，与郤氏无涉，可速放之。"长鱼矫谏道："栾书、荀偃与三郤同功一体，同僚日久，不除二人，必留后患。"厉公道："今天一天已经杀了三个卿，寡人不忍心再杀了。"长鱼矫道："主公不忍心杀别人，只怕别人会忍心害主公呀。为臣的威震其主，为君的必须用刑罚来处治他，主公如果一定不忍，那臣只好走了。"厉公终是不听，长鱼矫于是出奔白狄而去。厉公命栾书、荀偃仍任原职，并且派近臣安慰他俩说："郤氏有负寡人，故寡人讨之。手下人劫持二位，完全是一场误会，请不要在意，各安职位可也。"二人再拜稽首道："主公不以我二人为有罪，这是主公的恩惠，我俩到死也不敢忘主公的恩德呀。"言罢各归府第，厉公遂命胥童代郤锜为上军将，以夷阳五代郤至为新军将，以清沸魋代郤犨为下军佐。

厉公除掉三郤，以为从此天下太平，愈发骄侈无度，竟撇下群臣和朝政，住在宠臣匠丽氏在翼城的别宫里，匠丽氏日夜趋奉，厉公乐不归绛。栾书、荀偃虽然幸免一死，却一直心不自安，唯恐有朝一日

晋

国

演

义

厉公改变主意，再遭不测，见厉公久不归朝，遂密谋发动兵变，劫持厉公。闰十二月二十九日，栾书、荀偃发兵将匠丽氏别宫团团围定，二人率甲士挺剑直入后堂，厉公惊问道："寡人并未下诏，二卿来此何为？"栾书道："群臣命书等来请伯宗、三郤之罪耳。"厉公惊惧不能答，一旁胥童喝道："伯宗、三郤有罪，群臣尽知，我君行讨，与尔等何涉！"栾书大骂道："你这小人，引导国君为乱，留你何用？"一剑砍去，将胥童斩于阶下，栾书命部将程滑将厉公与匠丽氏等拘于宫内，严加看管。

栾书与荀偃商议道："今厉公已在我手，韩厥、士匄同为六卿，不如邀二人前来共同议事，此二人肯来，他人不足虑也，亦可免日后再生异言。"遂命亲随往召二人，韩厥辞道："当年景公命我参与攻伐赵氏，我都顶住没有出兵，弑君以求立威，我更不干。古语有云'杀老牛没有人敢作主'，而况是一国之君？你们不能事君，是你们的事，叫我做什么！"荀偃见韩厥不肯合作，主张攻伐韩厥。栾书说道："韩厥是个有主意的人，并且公开申明自己的意见，这样的人能够得到人们的支持，我们不一定能打败他。"士匄探得韩厥不出，也不愿参与，栾书道："我们现在已是骑虎之势，有进无退，虽二人不来，也只好如此了。"

正月初五日，栾书命程滑献厉公鸩酒，厉公在别宫中被囚六日，度日如年，急欲见栾、荀而不得，见程滑奉命来逼自己自尽，哀求道："长鱼矫曾要杀二卿，寡人不忍，令居原职，今何如此相逼？我要见栾、荀二卿。"程滑喝道："纵贵为国君，岂无一死？元帅哪有时间见你，请我君爽快一些，臣还要面见元帅复命。"厉公又对程滑说道："卿若肯放寡人入绛，当以卿为中军元帅，代栾书执掌国政。"谁知程滑并不上当，说道："待你入绛，当讨滑助逆之罪，缘何执政？你以为我是三岁小儿吗！"厉公至此无计可施，仰天叹道："悔

不听长鱼矫之言，吾不忍人，人今忍我。命也。"言罢，取过酒杯，一饮而尽，登时毕命，栾、荀命在军中殡敛，仅以下大夫一车殉葬之礼葬于翼城东门之外，又斩匠丽氏于市曹，尽取其财货珍宝。

栾书、荀偃率兵回到绛都，先放熊茷回国，又搜捕胥童族人，尽斩于市，这样，曾经在晋国历史舞台上扮演过重要角色的胥氏，就成为晋国第四家退出政治角逐的大卿。栾、荀宣布了厉公死讯，诸大夫对朝政生怨已久，不附厉公，皆不问细节，只议立新君之事。荀偃提议道："胥童曾诬说三郤要扶立公孙周，这是先兆啊。立了公孙周，晋国政权还可以重新归于襄公一脉。"大夫士鲂（**士燮弟，谥号士恭子**）说道："公孙周年少，不如立其兄。"荀偃告诉他说："大夫有所不知，公孙周有兄而无慧，是个白痴，连稻、麦都分不清，岂可为君？"当下群臣皆无话。

栾书命荀䓨、士鲂赴成周迎公孙周回国。原来这公孙周乃是襄公之重孙，其祖父为襄公所爱，所以被送往周室。公孙周自幼拜卿士单襄公为师，勤勉好学，虽在他乡，心中不忘祖国，听到晋国有好消息，就非常高兴，反之，如果晋国有什么不好的消息，就感到很忧愁。单襄公临终，嘱咐他的儿子单顷公说："我死之后，你一定要好好对待公孙周，我观公孙周年龄虽然不大，可是说话办事很有城府，晋国公族寡少，将来公孙周很有可能回国为君，不可怠慢了他。"不出单襄公所料，公孙周果然等到了回国继位的这一天。

正月十五日，公孙周回到晋国，栾书、荀偃、韩厥、士匄等一班卿大夫皆远赴清原迎接。公孙周时年只有十四岁，面南接受群臣朝拜，然后从容说道："我自幼羁旅外邦，从来没有想到过会回国为君，能有今日，实天意也。做不了的事情硬要去做，是对不起祖国，而能做的事情不去做，同样对不起祖国，所以周不敢不接受。群臣立国君，是为了让他发布命令，如果立了国君，又不服从他的命令，那

还要国君干什么？大家立我在今天，不立我也在今天，但只要立了，就要恭敬地服从命令，这样神也会保佑大家的。"群臣见公孙周年龄虽小，说出话来却是柔中带刚，很有分量，一齐毕恭毕敬地回答："我君之立，群臣之愿，百姓之望也，臣等敢不唯命是听？"公孙周与群臣杀鸡而盟，然后入绛，先临时住在大夫伯子同的家里。二十六日，公孙周到曲沃朝拜武公神庙，告以即位之事。二月初一日，诸事齐备，公孙周在群臣拥立下即位，是为悼公。

　　悼公即位，栾书请杀夷阳五、清沸魋，悼公道："寡人即位伊始，不可滥杀。"栾书见悼公否决了自己的意见，嘿然而退。悼公遂裁汰夷阳五、清沸魋等不称职者七人，以其位任魏相为下军将，说道："邲之战，其父于败军之际，协助荀首俘获縠臣，射死连尹襄老，终换得子羽归国。鄢陵之战，射共王中目而败楚军。绝秦宏论，旷世奇文，长我国威，此功不可没也。"任士鲂为新军将，说道："其父士会修订礼法，宣明法度，教化人民，至今仍在发挥着作用，其兄士燮率军征战，威服诸侯，二位的功德，岂可忘乎！"任魏颉为新军佐，说道："当年辅氏之役，其父魏颗擒杜回，退秦师，其勋铭于景钟，其子岂可不举！"以士渥浊博闻善教而任为太傅，使承续士会之法。以贾辛精通数理而任为司空，承续士蒍之法。以栾纠善御驾，任为自己的御戎，并管辖主马官。以荀宾勇武有力且脾性温和而用作车右，诸大夫的车右都归他管辖，平时训练勇力之士，以备选用。以祁奚刚毅果敢，任为中军尉，羊舌职慧敏恭肃，为其佐。以魏犨孙魏绛（字子庄，谥号魏庄子）勇而知礼，任为中军司马。以张孟智而有信，任为侦察长。以程郑品行端正、直言善谏，任为赞划。荀家、荀会、栾黡、韩无忌皆为公族大夫，让他们教育诸卿子弟恭顺友爱，知礼守法。政治上，注意起用那些被废黜和久居下位而又有才能的好人，经济上，节约物用，减免赋税，救恤灾难，不违农时。特别

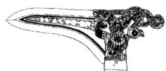

249

是协调诸卿关系，压制内部权力斗争，防止内耗，起用失势的赵武为上军佐。

悼公选拔任用之人，皆孚众望，从此晋国上下，吏治一新，官依职守，不相侵逾，民安其业，口无谤言。悼公又免除了那些贫苦百姓所欠国家的债务，尤其照顾那些鳏寡孤独之人，赐舍他们衣物。经此一番治理，晋国益强，诸侯无人可与争锋，晋国的霸业超过了文、襄之世，达到顶峰。

未知悼公如何称霸，请看下回。

第二十九回

城虎牢荀罃逸待劳　和诸戎魏绛敌化友

栾书见悼公年少有为，诚恐追究其弑厉公之罪，忧惧成疾，乃告老致政，悼公打破惯例，越级提拔韩厥为中军元帅，不久，栾书辞世。

大夫司马侯又荐叔向（羊舌职子，名羊舌肸，肸音毕）行善戒恶，有德有义，悼公召叔向交谈，大悦，任为大夫。鲁成公亲到绛都来贺，悼公对他很是热情，待以平等之礼，没有一点大国的倨傲，回国后，悼公又派士匄来回访，鲁国朝野见悼公如此尊重自己，与晋国以往的作派大不相同，都很感动。不久，杞桓公到鲁国来访，顺便问起晋悼公的为人，鲁成公极口称赞，说道："悼公有霸主的风范，晋国必能复霸诸侯。"杞桓公听罢，立即转道晋国来朝贺，并且请求结为婚姻之国，将自己的女儿嫁与悼公。第二年，杞女生长子彪，悼公遂立杞女为夫人，彪为太子，命叔向为太傅，辅导太子。

楚共王自鄢陵战败，一直想着要伐晋以报一箭之仇，闻得晋国有乱，厉公被弑，不由大喜，以为报仇的机会来了，不久却又听得晋国新君任用贤明，上下归心，国力更强，内心转忧，右尹壬夫进言道："目下中原诸国都归附了晋国，只有郑国念我王为救其而损伤一目，不肯叛我事晋。现在宋国大夫鱼石、鱼府、向带、向为人、鳞朱等五

人，与执政华元交恶，出奔在楚，不如纠合郑人帮助鱼石等伐宋，这是以敌攻敌之计。宋国是晋国的盟友，晋国如果不救，就会失去诸侯之心，如果来救宋，必耗资靡饷，我坐观成败，于中乘便取事可也。"共王大喜，即以壬夫为将，亲统大军助鱼石等伐宋，约会郑成公一齐出兵。夏六月，郑成公率军攻宋都睢阳曹门，不下，转与楚共王合攻下朝郏（宋地，今河南夏邑县），楚将壬夫、郑将皇辰则攻取幽丘（宋地，在今安徽萧县），两国合兵攻下宋国重镇彭城（今江苏徐州），命鱼石等据守，留兵车百乘协助防守，楚共王、郑成公各率军归国。

宋平公为此事感到忧虑，集群臣商议应对之策，大夫西鉏吾道："有什么好忧虑的？如果楚国人能好好对待我们，与我们一同反对鱼石等人，我们本来是会事奉楚国，不敢三心二意。可是他们却收留我国的叛徒，割据我国的国土，断绝我们的国内交通，使奸人的愿望得以实现，这是犯了众怒啊，我们可以得到广泛的同情，获取更大的利益。况且我们平时事奉晋国是为了什么，就是希望在危难之时好有个依靠，晋国一定会来帮助我们的。"听了西鉏吾这一番分析，平公底气足了，于是派司马老佐、大夫华喜率军攻打彭城，收复失地。鱼石等不能抵敌，只好向楚告急，楚共王遂命令尹婴齐往救，婴齐在彭城击败宋军，射杀老佐，乘胜围了睢阳，宋平公见势不好，忙派华元赴晋求救。韩厥对悼公说道："先君文公霸业，自救宋始，要想得到诸侯的拥护，必须先帮助他们。成就霸业，安定四夷，在此一举，我君一定要救宋。"悼公从其言，亲率韩厥、荀偃、栾黡等，屯兵台谷（今晋城市境内），一面调集军资，一面派出使者，分头赴各国征兵。

晋下军佐士鲂来到鲁国要求出兵，季孙行父问臧武仲该出多少兵，臧武仲回答说："上次伐郑，是荀罃来的，他当时也是下军佐，就按伐郑时出的兵数就可以了。我们事奉大国，必须尊重来者的爵位高低，不能紊乱，乱则有咎。"

　　新军佐魏颉也奉命到齐国要求出兵，齐灵公送礼物给魏颉，请求暂缓出兵，实际上是不想出兵，魏颉不答应，说道："我们国君的命令是说一不二的，必须严格执行，即使给我送礼也不行，这是两码事。如果贵国落在别国后边，恐怕会影响两国的关系。"齐灵公不高兴地说："我国自有我国的事，没有精力追随上国。"魏颉语带威胁地说道："那外臣可就这样向寡君汇报了啊！"齐灵公仍不改口，魏颉把礼物摔在地上，愤愤而去。

　　十二月，悼公与诸侯会兵于宋地虚杅（在今河南睢县），婴齐见诸侯之兵甚众，不敢对敌，于是撤睢阳之围，班师回国。宋平公亲至虚杅慰劳诸侯联军，顺便向晋悼公请求道："楚军虽退，然叛将鱼石等仍依仗楚国占据彭城为乱，还望盟主挥师扫平叛逆，全我金瓯。"悼公道："寡人劳师远征，为的正是收复彭城，怎么会半途而废呢？"当下驻跸虚杅，命栾黡与鲁将仲孙蔑、宋将华元、卫将宁殖以及曹、莒、邾、滕、薛共九国军队围攻彭城。宋国大夫向戌登上楼车，对着城内呼道："鱼石等背君叛国，皇天不佑，今晋君统九国联军来讨叛逆，凡彭城军民弃甲下城者，往罪不究，擒叛逆来献者，宋君有赏。"守城军士心向故国，闻言散去大半，鱼石不能制，栾黡乘势攻城，戍城楚军亦不肯死战，乘着晨雾，败退出城，回国去了，鱼石等无计可施，只得开城出降，华元率宋军进城，收复彭城。栾黡将鱼石并五家老幼，押至虚杅来见悼公，悼公欲斩，韩厥谏道："五人与华元争权，曲直难辩，我君远来者，为的是救宋却楚，目的既达，多杀何益。"悼公遂命羊舌职押送鱼石等安置于晋地瓠丘（垣曲县东南），各给其田以为生计。

　　悼公准备班师回国，魏颉奏道："臣奉主公之命，赴齐国征兵，齐灵公不肯出兵，这是轻慢我君，对霸主有贰心啊，必须往讨，以儆效尤。"悼公从其言，率诸侯之兵直趋齐地，兵临临淄城下，齐灵公

见晋人含怒而来，联军势大，只得派人到军前请罪，以公子光为质于晋，诸侯之围方解。

晋军出师，至此已历半载，悼公再次打算班师，韩厥进言道："郑人屡次附楚叛我，可乘今诸侯毕集，败楚服齐连胜之际，臣率军往讨其罪，我君但驻卫地戚作为后援可也。"悼公遂与卫献公留驻于戚，韩厥率联军杀奔郑国而来，齐国新服，亦派大夫崔杼领兵参战。

兵次郑国新都新郑，攻破其外城，郑国上卿子驷说道："晋人大兵压境，楚人对我们征收的赋役过重，不如降晋以息肩。"郑成公道："楚共王为救我国而损伤一目，寡人一直心怀愧疚，终我之世，不忍背叛他，就是将来有一天我作了古，郑国也不应该叛楚，你们几位要牢记，不可让郑国背上弃义之名。今晋人虽强，我们也不能不出战。"于是发步卒两万，来敌联军，双方战于洧（音委）水河畔，郑军大败。晋诸将建言乘胜攻城，荀罃献计道："郑立国既久，未可灭也，且灭郑而我难得其地，非国家之利。攻略郑国，要在使其长服我，免其南北摇摆不定。"韩厥问道："先生有何良策？"荀罃回答说："虎牢地势险要，据之可扼郑人，使其不敢复叛，以前我们总是随取随弃，故此郑人反复，兵至则从，兵撤复叛，不如城守虎牢，诸侯之兵轮番戍守，则可以对郑国形成长期的军事压力。我们每次只用一军，就可以牵制楚之全军，郑国有事，我军能够迅速从虎牢到达而楚军不能，可免往来奔波之苦而收以逸待劳之效。"韩厥和诸将皆认为这是一个好办法，于是请示悼公，发诸侯之兵，大城虎牢及附近梧城，加高加固城墙，挖深挖宽护城河，增置墩台，修缮兵舍。晋国三分四军，其余诸侯各国亦分作三班，共同驻守。每一年一轮换，以荀罃为首届统领，总率各国之兵，悼公及诸侯之兵各自回国。

秋七月初十，郑成公薨，釐公即位，诸大夫见诸侯之兵在虎牢长期驻守，对郑国威胁很大，都主张归附晋国，子驷说道："先君遗命

未改，我们不应该违背。"郑釐公道："楚来附楚，晋来依晋，牺牲玉帛待于南北两境，郑国几无宁日，不如择强者而事之。"诸大夫无言，郑釐公遂派使者赴晋求成，晋悼公同意两国讲和。

鲁国大夫叔孙豹到晋国行聘，晋悼公设宴招待他，宴会开始时，钟鼓齐鸣，演奏了《肆夏》这首乐曲，叔孙豹只顾低头啜酒，就和没有听到一样。随后，乐工唱起了《文王》这首歌，叔孙豹仍然无动于衷。后来，乐工唱《鹿鸣》之歌，叔孙豹赶忙避席对悼公三拜。韩厥不解，派外交官员子员问他说："大夫奉了鲁君之命，来敝国通好，敝国按照先君之礼用音乐来招待大夫，演奏《肆夏》和《文王》这样庄重的乐曲，大夫没有什么表示，而演奏《鹿鸣》这样一般的曲子，大夫却离席三拜，不知大夫这样做，是出于什么礼仪？"叔孙豹回答说："《肆夏》这首乐曲，是天子招待诸侯霸主的，使臣不敢听啊。《文王》这首乐曲，是两国国君相见时使用的音乐，使臣也不敢接受。而《鹿鸣》这首曲子，是君王嘉奖寡君，慰劳、诫勉使臣的，使臣岂敢不三拜？"子员回报韩厥，韩厥叹道："鲁国果然是礼仪之邦，行事皆合周礼，我等孤陋寡闻，恐为其所笑。"于是亲自为叔孙豹把盏，表达敬意。

中军尉祁奚年老，请求致仕，悼公问道："何人可接替卿的职位？"祁奚回答说："我看解狐就可以。"悼公听罢，不解地问："寡人闻听解狐是你的仇人，你怎么会推荐他呢？"祁奚说道："我君问的是谁可以接替我，并没有问我的仇人是谁。"悼公称善，遂召解狐准备任用他，谁知解狐此时病重，不久辞世。悼公再次征询祁奚的意见，祁奚说道："那就让祁午来接任吧。"悼公又问："祁午不是你的儿子吗？"祁奚又回答说："君问的是谁可以接任，没有问臣的儿子是谁。"悼公喜道："卿外举不避仇，内举不避子，可以说是出以公心。"于是任祁午为中军尉，果然十分称职，在职三十余年，未出

255

秕政。祁奚又推荐叔向之兄羊舌赤接替其父羊舌职为中军副尉，协助祁午，亦有贤名。人谓祁奚识人善任，不谄不比不党，可谓德高之人。祁奚告老，回到封地祁，即今祁县是也，因祁奚而得县名的祁县，在城中心广场，立有一尊汉白玉祁奚立像，即是为了纪念这位三晋名人。

韩厥亦请告老，悼公这时正倚重他，起初不允许，韩厥道："上军将荀罃献城虎牢之策，三分其军，足见其见识过人，可当大任，比我韩厥强多了。"悼公方同意荀罃代韩厥为中军元帅，掌国政。悼公又准备任韩厥长子韩无忌（谥号韩穆子）为卿，执掌韩氏，无忌禀道："臣有残疾，行动不便，不如立吾弟韩起。韩起与晋国贤人田苏是好朋友，田苏一再称赞韩起有仁德，我让给他不是很好吗？"悼公遂以其弟韩起（谥号韩宣子）为卿，而任无忌为首席公族大夫。

荀罃与其侄荀偃同任军职，为防认旗混乱，荀罃自此以其封地为姓，改称智罃，后世即为智氏（智地在今永济市南）。而荀偃则以祖父荀林父曾任中行元帅为姓，自此称为中行偃，士匄亦正式改称范匄，三家均为晋国后期六卿。

晋悼公三年，公元前568年六月，因为郑国臣服，悼公召集诸侯在鸡泽（晋地，在今河北省邯郸市）会盟，行至曲梁（晋地，今河北永年县），悼公之弟扬干随意超车，破坏了行军秩序，被司马魏绛抓住，将其驾车之人斩首。扬干怒气冲冲地来到悼公面前告状，悼公见爱弟受了委屈，勃然大怒，对羊舌赤说道："寡人与诸侯会盟，是为了立威，现在魏绛欺负扬干，这明摆着是眼中没有寡人，没有比这更大的侮辱了，我一定要杀了他，你速派人去把他抓来，别让他跑了。"羊舌赤回答说："魏绛乃是磊落之人，事君不会避难，有罪也不会逃刑，他一定会自己来向我君解释的，根本不可能逃走。"话音未落，人报魏绛在宫外请罪，把一封奏章交给悼公近臣，就拔剑准备自杀，

晋国演义

士鲂和张孟两人连忙抱住他的胳膊，夺下他的剑，说道："司马休得性急，且看主公如何处置。"悼公接过奏章细看，书曰："往日我君身边没有可用之人，魏绛忝为司马。今我君会合诸侯，下臣岂敢不执行军纪和法纪？怪只怪下臣不能事先申明法令，教导全军，又畏惧失职，以致于动用斧钺，冒犯君弟扬干。臣之罪责，无可逃避，请我君把下臣交给司寇议罪，让臣死在那里吧，以免触我君之怒。"悼公览毕奏章，心中顿悟，连鞋都顾不得穿，光着脚就跑出来，对魏绛说道："寡人之言，兄弟之情也，爱卿之诛，军法之威也。寡人有弟，疏于教导，使他犯了军令，这是寡人之错呀，爱卿不要再加重寡人的错误了。"又唤过扬干，让他向魏绛承认错误，赔礼道歉。

范匄到齐，传达悼公之意说："近年来各国纠纷不断，意外之事经常发生，所以寡君想和兄弟之国相见，共同解决彼此之间不和睦的事，此次派匄来，是想请贵君光临盟会。"齐侯并不想与会，可又不愿意得罪晋国和诸侯，所以就和范匄在临淄城外耏（音而）水边举行了会盟，又派太子光去鸡泽代表自己参加盟会。陈成公因为楚国令尹壬夫勒索太重，所以决定叛楚附晋，也来参加盟会。晋悼公派荀会远赴淮上迎接吴王寿梦，但这时吴国与中原诸国交流尚不多，吴王临时变卦，没有来。

二十三日，晋悼公、鲁襄公、宋平公、卫献公、郑釐公、莒犁比公、邾宣公、齐太子光、陈大夫袁侨，以及周朝卿士单顷公在鸡泽会盟，重申相互救助，同盟对敌之意。

鲁襄公时年只有六岁，在盟会期间，对晋悼公极为恭敬，行稽首大礼，智罃说道："天子的代表在场，贵君不应当行此大礼，寡君担当不起啊。"陪同襄公的鲁国大夫仲孙蔑代襄公说道："敝国地近东海，与世仇齐国为紧邻，缓急之间，全望上国主持公道，寡君敢不稽首？"鲁国又请求以鄫国（春秋小国，在今山东省苍山县西北）作为

自己的属国，悼公不同意，仲孙蔑说道："多年以来，寡君一心一意地事奉上国，不敢稍违晋君之命，鄅国并不向上国缴纳贡赋，而君之左右却经常对敝国有所命令，如果无法满足这些要求，就是我们的不对了，所以我们希望能够得到鄅国，以补充我们的财力，从本质上讲，我们这样做，也是为了更好地事奉上国呀。"悼公见仲孙蔑言之有理，就同意了。

回到国中，悼公十分高兴，在太庙设宴招待群臣，以魏绛敢于管理，提拔他为新军佐，而让张孟接替他为中军司马，让士富接替张孟为侦察长。

鸡泽之会，诸侯臣服，只有许、蔡二国一心事楚，不肯与会，这年冬，悼公命智罃率军往讨，时楚国因为陈国背叛，驻军繁阳（**蔡地，今河南新蔡县北**），闻晋军伐许，移军来救，智罃见许国有救兵，说道："当年周文王三分天下有其二，却率领商的叛国而事商，是由于灭商的时机还不成熟。而我们现在的国力不足以威服楚国，却接受楚的叛国陈，想要称霸，不是件容易的事啊。"于是下令班师。

晋悼公四年，公元前 569 年，无终（**山戎国名，地域流徙不定，时居山西中北部**）国君嘉父派大臣孟乐来到晋国，通过魏绛献上一批虎豹皮，表示诸戎通好服从之意。悼公不想接受，说道："戎狄贪而不讲信义，不如去攻打他。"魏绛谏道："现在诸侯各国刚刚举行了盟会，郑、陈两国新服，诸侯都在看着我们，如果我们奉行德义，他们就会顺从我们，否则就会背离。我若劳师伐戎，楚国必然会乘机侵犯郑、陈，我不能救，则会失去二国，中原诸国也难免要叛离我们，得到戎狄而失去华夏，得不偿失啊。"悼公见魏绛如此说，于是问道："按卿的意见，似以和戎为妥？"魏绛进一步分析说："和戎有五大好处。诸戎逐水草而居，看重财物而轻视土地，我们可以用货物来换他的土地，扩大我国的领土，这是其一。边境安定，百姓安居，农耕不

辍，赋税充实，是其二。戎狄附我，我们的势力范围扩大，诸侯越发畏威，四邻宾服，是其三。不必劳师远征，士卒免征战之苦，甲兵无损耗之虞，是其四。以德服戎，化敌为友，坐而可收远归近安之功，我无北顾之忧，可专心于中原，稳固我们的盟主地位，是其五。有此五利，愿我君考虑。"悼公听罢大喜，遂命魏绛为专使，前去和戎。

魏绛领命，与孟乐一同来到无终国，见了嘉父，转达悼公抚慰之意，嘉父大喜，乃召集山戎诸国，同至无终，与魏绛歃血定盟："愿奉晋国为盟主，谨遵约束，屏藩北鄙，不侵不叛，共保安宁。如有背盟，神人共殛（诛杀）！"诸戎受盟，各各欢喜，相约同赴绛都朝拜悼公，从此岁岁贡晋，再不滋事，晋国有了一个巩固的后方和安定的周边环境。

欲知悼公如何复霸，请看下回。

第三十回

楚伐郑结盟中分巷　晋援宋鏖战偪阳城

不久，吴王寿梦派其弟寿越朝见悼公，解释上次没有参加鸡泽之会的原因，并且表达了愿意与晋国和诸侯各国盟好之意，悼公准备为吴国举行一次盟会，遂命鲁、卫两国先和吴国在善道（吴地，今江苏盱眙县北）会盟，鲁国仲孙蔑、卫国孙林父赴会，并且与吴人商定了正式会期。

公元前 568 年九月二十三日，晋悼公、鲁襄公、宋平公、卫献公、郑釐公、陈哀公、曹成公、莒犁比公、邾宣公、滕成公、薛伯、齐太子光以及吴王寿梦在卫地戚正式会盟。鲁国人觉得鄫作为自己的属国并不合算，所以就让鄫作为独立国家参与了盟会，这样，这次盟会共有十四个国家参加，盟会的主要目的是为了接受吴国加入同盟，同时决定了戍守陈国的有关事宜。范匄私下说道："保护陈国，这不符合晋国的利益。陈地近楚，楚兵必然很快来伐，陈国小民疲，百姓害怕兵患，能不屈服于楚吗？到那时，我们该怎么办，为晋国计，倒是放弃了陈国反而好一些。"

果然，这年冬天，楚新任令尹子囊率兵伐陈，十二月，晋、鲁、宋、卫、曹、莒、邾、郑等国之兵会于鄬（今河南鲁山县）以救陈，

陈哀公亲到营中劳军。陈执政大夫庆虎、庆寅担心楚军战败会拿陈国来出气，所以并不希望两方开战，二人私告子囊说："陈国背楚附晋，都是哀公之弟公子黄的主意，我们让公子黄出使贵军，令尹把他抓起来，我们就好说话了。"子囊答应了。庆虎、庆寅对公子黄说："今诸侯之兵与楚军对峙，大战在即，我君已在晋军，公子何不赴楚军中劝其退兵，楚若肯退，社稷之幸，百姓之福，亦公子之功也。"公子黄欣然成行，一进楚营，就被抓了起来，庆虎、庆寅赶忙派人到晋营中告陈哀公说："楚军把公子黄抓起来了！我君赶快回来吧，如果回来得迟了，群臣为社稷宗庙考虑，难免会有别的想法。"陈哀公害怕被废，连忙从晋营中逃归，与庆虎、庆寅计议，二人道："晋人虽强，然楚人地近，旦夕可至，不如从楚，可免近忧。"陈哀公认为有理，遂派庆虎赴楚军中求和，庆虎来到楚营，面见子囊说道："以往我国叛楚，是因为贵国前任令尹壬夫盘剥无度，小国难以承受，并非真心事晋，今壬夫伏诛，我君愿复事楚。"子囊知庆虎所言是实情，所以就和庆虎、公子黄二人签订了盟约。诸侯见陈、楚成盟，也都不愿再战，各撤军回国。

次年四月二十二日，郑国派子国、子耳率兵侵蔡，俘虏了蔡国司马公子燮，郑国人都为这次胜利而喜形于色，唯有子产（公孙侨）并不随声附和，说道："郑小国，不修文治而有武功，祸莫大焉。蔡方亲楚，楚人必来讨我，我们能不顺从吗？顺从了楚，则晋国又会来伐，是南北被兵也。从今而后，四五年内，郑国别想安宁了。"其父子国怒斥道："你知道个什么？国家大事，自有卿大夫来决定，小孩子家胡言乱语，小心掉脑袋。"

冬十一月，楚令尹子囊伐郑，讨其侵略蔡国之罪，时郑釐公为子驷所弑，告诸侯说是病故，立釐公之子嘉，是为简公，年方七岁，群臣计议进退，子驷、子国、子耳主张降楚，而子孔、子展和子蟜主张

坚守待晋援兵。子驷说道："人的寿命能有几何，岂能等到黄河澄清？现在百姓已经很困苦了，不如先顺从楚国以缓和百姓的苦难，晋军来了，我们再顺从他。牺牲玉帛，待于南北两境，郑国一向就是这么干的，才能在晋、楚交攻中维持到今天，这是小国事奉大国之道啊，这样做不可以吗？"子展反驳道："小国事奉大国，靠的是信用，小国如果不讲信用，就会招来兵祸，灭亡也不会远。近年来，我们和晋国先后盟会五次，一旦背盟，就算是楚兵来救，又有什么用？再说楚国人也不是要真心帮助我们，他们只不过是要把我们当成他的边鄙县邑，不能顺从他，不如等待晋援。晋悼公贤明，君臣和睦，四军乘卒甲兵完备，虎牢现有重兵，肯定会来救我们的。楚军路远，粮食将尽，不久就会自己退去，有什么好顾虑的。我们应该坚守城池以待楚军疲困，信守盟约以待晋军救援，这是最好的办法了。"子驷仍然不同意，说道："出主意的人太多，难以形成正确的意见，发言的人有一屋子，结果谁也不负责，行路人问行路人，根本找不到正确的道路。顺从楚国，就这样定了，有什么不良的后果，我来承担好了！"众人见执政子驷作了决定，都不好再说什么，于是派子耳为使，赴楚营求和。子囊许和，命公子罢戎到新郑城，与郑人在一个名叫中分的巷子内结盟，楚军退兵。

子驷害怕晋国讨伐，又派大夫伯骈到晋国解释附楚的原因和苦衷："敝国自与上国会盟，修整战车，训练军队，随时准备讨伐不服从上国之人。蔡人不事上国，敝国不敢偷安，举全国之军力、财力，讨蔡之罪，俘虏了他的司马公子燮，并且献俘于邢丘。现在楚军来伐我国，焚烧了我们的堡寨，毁坏了我们的城郭，敝国百姓，流离失所，死伤枕藉，备受战乱之苦，都希望顺从楚国，尽快结束战争，寡君和群臣无法阻止，只好如此。不敢不告于上国。"智罃让子员回答他说："你们受到楚国的进攻，也不派一个人来报告寡君，很快就屈

晋

国

演

义

服了，这是你们本心就想要投靠楚国，我们还能说什么？寡君将率诸侯与贵国在新郑城下相见，你们考虑吧！"

伯骈见晋人如此说，知道诸侯讨伐不可避免，赶忙回国禀报。晋国尚未出兵，国内发生旱灾，悼公忙于调粮赈济灾民，顾不上出兵伐郑，秦景公准备乘晋国饥荒伐晋，派大夫士雅（音千）往楚国借兵，楚共王答应了。令尹子囊谏道："晋国现在比我们强，我们没有力量和晋国竞争。晋悼公能够根据臣下的能力和特点用其所长，没有失当的地方，政策和法令都符合国情，百姓安居乐业，各得其所。群臣团结和睦，上下一心，现在不是我们和晋国抗衡的时候，我王还是再考虑一下吧。"楚共王说道："寡人已经答应秦国人了，虽然国力比不上晋国，也一定要出兵。"于是派大夫彭名率军两万自武城（楚地，今河南南阳市北）出发，做出准备与秦军合力伐晋的样子。晋军坚守不出，秦军掳掠而去。

秋，晋国饥荒过去，悼公集群臣议事，问道："现在陈、郑两国俱叛，秦国乘我饥荒来犯，都不能不讨，只是这三国该先伐哪一国呢？"智罃回答说："陈国小地偏，失之无损，得之无益。郑为中原枢纽，要想称霸，必先得郑，得郑可以霸诸侯，退楚国。至于秦国，待中原事定，臣提一旅之师伐之可也。当以伐郑为先。"悼公认为说得有理，遂决定出兵伐郑。悼公欲以中行偃为中军佐，中行偃因中军元帅智罃是其堂叔，叔侄同治一军，恐有不便，所以让于范匄，乃任中行偃为上军将。栾黡、士鲂均让韩起为上军佐，二人分任下军将、佐。魏绛虽功多，亦让赵武为新军将，自愿为其佐。悼公见诸将和睦，大为放心，遂命智罃率诸侯之兵伐郑。

为了回拜鲁襄公朝晋，晋国也派范匄到鲁国行聘，顺便告给他们对郑国兴兵之事，在宴会上，范匄赋《摽有梅》一诗，意在请鲁国及时出兵，鲁国新任执政、季孙行父的儿子季孙宿马上回赋一首

《角弓》，表明晋鲁乃是兄弟之国，一定会很快随晋国出兵的，随后说道："如果说贵国是草木，鲁国只是草木散发的气味而已，我们将高高兴兴地执行贵国的命令，怎么敢耽误时间呢？"宴会结束，范匄出门的时候，季孙宿又赋了一首《彤弓》诗，称赞晋悼公继承发展了晋国的霸业。范匄说道："城濮一战，我先君文公献功衡雍，接受了天子彤弓的赏赐，藏在府库，传于子孙，范匄我作为先君臣子的后代，怎么敢因懈怠而使先君辛辛苦苦建立的功业毁于我们这一代呢？"闻听他这一番言语，鲁国官员都认为他谦虚知礼，比郤犨和郤锜强多了。

十月十一日，诸军围新郑，晋中军智罃、范匄率齐国崔杼、鲁国季孙宿、宋国皇郧驻扎于东门鄟（音专）门，上军中行偃、韩起率卫国北宫括及曹军、邾军驻扎于西门梁门，下军栾黡、士鲂率滕、薛两军驻扎于北门，新军赵武、魏绛率杞、小邾两军砍伐道路两旁的栗树，方便大军行动。十五日，中军元帅智罃下令道："检查你们的作战器具，准备好你们的干粮，把军中老幼和患病者都送到虎牢去休息，兄弟二人都在军中的，遣返一人回国。赦免犯了军令的士兵，准备包围新郑，发起攻击。"又故意放跑郑军俘虏，让他们把这些消息带回郑军。郑国人见晋军战斗意志坚决，心中害怕，子驷就派子孔赴晋军求和，中行偃发表意见说："不要答应郑国人，我们还是按照原定作战计划包围新郑吧，等待楚国军队来救而打败他，以绝郑人之望。不然，郑国人不会真心和我们讲和的。"智罃不同意，说道："我们应该与郑国讲和，这样楚军就会愤而攻郑，我军还师虎牢休整，每次只派出三分之一的军队与楚军对峙，我军能够得到充分休息而楚军不能，这叫做君子劳心，小人劳力，决胜于庙堂，可比打仗强多了，我们不能只图一时之快呀。"诸将都支持智罃的意见，于是同意郑国求和。

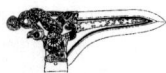

晋
国
演
义

因为郑国臣服，十一月十日，晋悼公、鲁襄公、宋平公、卫献公、曹成公、莒犁比公、邾宣公、滕成公、杞孝公、小邾穆公、薛国国君、齐太子光以及郑国君臣会盟于戏（郑地，在今河南登封市），晋国士鲂按照礼仪，以手指蘸鸡血抹在唇边，手捧盟书念道："自今日会盟之后，郑国如果不听晋国命令，产生叛逆之意者，神人不容！"郑国子驷快步登上盟坛，也把鸡血抹在唇边，说道："天不佑郑，使处于两大国之间，大国对我们很不友好，发动战乱来要挟我们结盟，使我们祖宗的先灵得不到祭祀，百姓不能安心从事农桑，男女都困苦而羸弱，可也无处诉说。自今日会盟之后，郑国如果不顺从既合礼仪又有强大力量保护我们的国家，而敢有别的想法者，神人不容！"中行偃一旁瞪眼说道："你说的这是什么呀？改掉它重说！"子展说道："刚才的盟词，上天已经听到了，岂能再改？如果盟词都可以改，那么大国也可以背叛了。"智罃对中行偃说："要挟别人结盟，我们确实不合乎道德礼仪，不合道德礼仪，何以主盟？就先这样结盟回去吧。只要我们讲求道德，遵从礼仪，平息祸乱，兵戈不用，四夷都会来朝，岂止是郑国？郑国终将会真心服从我们的，何必一定在今日？"于是与郑结盟而还。

盟会毕，晋悼公准备回国，鲁国君臣直送到黄河边上，悼公设临别之宴，席间，悼公亲切地问鲁襄公今年多大了，季孙宿代答道："寡君出生于沙随之会那一年，今年十二岁了，前几天刚过了生日。"悼公说道："十二年为一纪，可以举行加冠之礼了。加冠之后，就可以娶妻了，到十五岁，就可以生子了。既然生日已过，怎么不为你们的国君举行加冠之礼呢？"季孙宿再答道："国君加冠，必须在祖庙里举行，用加了香料的酒洒地，用钟磬音乐来控制节奏，现在寡君还在路途之中，这些条件都不具备，待回国之后，立即举行就是。"悼公道："加冠乃是大礼，不可耽搁，卫国是我兄弟之国，何

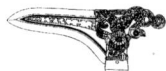

265

不就近借用，以成贵君大礼？"季孙宿答道："敬如命！"两君别后，鲁国君臣果然在卫成公的宗庙里为鲁襄公举行了加冠之礼。

诸侯退兵不久，楚共王率大军来伐郑，子驷打算再次与楚国讲和，子孔、子蟜说道："我们刚刚与晋国结盟，口血未干，现在楚军来伐，我们就背盟了，这样做合适吗？"子驷、子展都说道："我们的盟词本来说的就是要顺从强大而又有能力保护我们的国家，现在楚兵到来，晋军不来救我，那么楚国就是强大的了，与楚结盟，这符合我们的盟词，何言违背？况且被要挟的盟会没有诚意，神也不会保佑的，背这样的盟有什么不可以的。"子孔、子蟜无言，子驷乃再派子耳赴楚营求和，恰在此时，楚共王之母病故，于是答应了郑人要求，回国为母治丧。

公元前563年四月初一日，应吴王寿梦之请，晋悼公与诸侯在柤（音扎，楚地，在今江苏邳州市北）再次与吴国会盟，会盟毕，悼公准备返国，中行偃、范匄对智罃建言道："妘姓小国偪阳（在今江苏邳州市西北），屡次为虎作伥，与我为敌，为楚、郑伐宋提供后勤支持，乘现在大军毕集，何不灭掉他，封给宋国有功的大夫向戌呢？"智罃道："偪阳城虽小，但十分坚固，胜之不武，不胜则难免为人所笑。"架不住二人一再陈说攻打偪阳的好处，于是请于悼公，命各诸侯归国，而率当值的鲁、曹、邾三国之兵于四月初九日围定偪阳城，四面攻打，偪阳人据城死守，诸侯之兵受阻，一时难以攻克。鲁国军队奉命攻打北门，偪阳人开启城门放鲁军进入，待军进一半，城上闸门放下，想要分割鲁军。在此危急时刻，大将叔梁纥（孔子之父，纥音贺）高举起闸门，让攻入城内的鲁军全部撤出，然后才放下闸门，回归本队。

第二天，继续攻城，勇士狄虒（音司）弥左手执一个蒙有坚甲的车轮作为盾牌，右手执戟，率领一队士兵冲在最前面。偪阳人不敢出

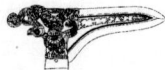

战，却从城头垂下一匹白布，大叫道："城下有敢登城的吗？"鲁将秦堇父应道："既上战场，就不怕死，有何不敢？"言罢，攀布而上，将近城堞，偪阳人抽刀断布，秦堇父从两丈多高的城头直摔下来。城上的白布又垂下来，问道："还敢上吗？"秦堇父拍了拍身上的土，再次攀布而上，偪阳人见秦堇父身手不凡，不由着慌，割布的动作慢了一点，被秦堇父抓住一人摔下城去，当即脑浆迸裂，死于非命。秦堇父虽然也摔下城去，却并无大碍，反而对着城头大叫："你们还敢再放下布来吗？"偪阳人辞谢道："将军神勇，我等佩服，不用再放了。"秦堇父拿着那两条断布，在军中夸耀了三天。

诸侯军围攻偪阳城二十四日不下，忽然天降大雨，军士及甲乘都泡在泥水之中，不免口出怨言，中行偃、范匄来见智罃，禀道："偪阳附近河汉甚多，又逢雨季，万一连雨，洪水泛滥，恐怕我们连撤退都很困难，不如暂且班师，以后再说。"智罃听罢，不由怒起，骂道："当初是你二人非要来打偪阳，老夫为避免将帅各执己见，意见分歧，所以听了你俩的，牵连国君和诸侯之兵都来到这里，攻城不克，又欲退兵，你俩想让本帅背负战败之名吗？"智罃越说越气，顺手操起面前的弩机，朝两人扔去，弩机从两人中间穿过，下令道："限七天之内攻下偪阳，攻不下来，定拿你二人问罪！"

中行偃、范匄见元帅发怒，不敢怠慢，各自回营组织攻城。自五月初四日至初八日，连续五天，日夜攻打，二将身先士卒，亲冒矢石，冲在前面，军士见主将亲自作战，尽皆感奋，人人争先，有进无退，终于攻破偪阳城，智罃入城，偪阳君率群臣跪迎于马首，智罃命拘于营中，偪阳遂灭。悼公安民毕，欲将偪阳封给宋大夫向戌，向戌推辞道："承蒙贵国援助敝国，除掉了我们的肘腋之患，灭掉偪阳扩大了敝国的领土，还有什么赐予比这更大的？如果只赐给外臣一个人，则是外臣利用诸侯之力谋取私利，其罪过可就大了，虽死不敢受

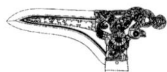

也。"悼公不便相强，遂将偪阳交割于宋国。智罃表鲁将鏖战偪阳之功，悼公各予赏赐。

宋平公设宴招待晋悼公，想在宴会上表演《桑林》之舞，智罃辞道："《桑林》之舞，表述商朝开国之君商汤求雨于桑林一事，这是天子之礼，还是不要用吧。"向戍坚持道："商礼在宋，周礼在鲁，诸侯各国常来敝国学习礼仪，期间也免不了要观看《桑林之舞》，晋君今天既然来了，看看何妨？"智罃见向戍如此说，只得勉强同意。宴会开始，只见乐师高举着一面旄毛旗走上场来，悼公久居成周，知道这是天子之礼，自己没有资格享用，赶忙离席回避到一旁的房间里，命人撤去旄毛旗，这才重新入座，参加完宴会。归国路上，悼公一直为此事感到不安，行至国境，竟然抑郁成病，闭目即见旄毛旗，认为是自己冒用天子之礼，触犯了鬼神之故，准备让人回到宋国去祈祷。智罃开解道："我们本来就不同意表演《桑林》之舞，是他们一定要这样做。如果真有鬼神，那也应该应在宋国人身上，与我君何干？"听智罃这么一说，悼公心下释然，病也就好了。回到绛都，悼公缚偪阳君于武庙，称为夷俘，告武公以灭偪阳之功，因其助楚，废为庶人。按照周礼的规定和惯例，选其妘姓族人之贤者安置于霍人（晋地，今繁峙县东），奉其宗祀。

晋悼公喜欢田猎，魏绛谏道："当年有穷氏的首领后羿，箭法超群，天下无人能及，不去好好治理国家，却沉湎于射猎，而且信任谗臣寒浞（音捉），最终身死国灭，这个教训可太大了。"悼公知魏绛忠诚，故而虚心纳谏，大大减少了田猎次数。魏绛又献计道："国家连年征战，府库空虚，请国君及卿大夫将私人囤积的财物暂借给国家，用以安置贫民，发展农桑，充实国力。"悼公再次采用，并且身体力行，带头拿出一大批财物，其他卿大夫纷纷效仿。悼公又开放苑泽山林，转运、调拨财货，供民谋生。祈祷、祭祀等重大国事活动，仅取

一牛、一羊或一猪作为牺牲，甚至用绢帛来代替。所用器物和车服等均不尚奢华，够用就行。

　　未出一年，晋国经济取得长足发展，国力明显提升。八年之中，七合诸侯，霸主地位更加稳固，魏绛之力也。

　　欲知后事如何，请看下回。

第三十一回

会萧鱼晋悼公服郑　战械林中行偃败秦

悼公因郑人再次背盟，打算讨伐，智罃说道："楚国与我争郑，郑人反复，已成习惯，一时难服，不如先伐秦，以报其乘饥侵我之仇。"悼公从之，遂命智罃率兵伐秦，渡河至于泾水，秦人知晋军衔愤而来，不敢迎战。晋军俘获秦军一小队侦察兵，扬威而还。

东方小国鄫，见晋国国力强盛，诸侯畏服，遂派大夫敦罕携了重礼，来见晋国权臣中行偃，对他说道："敝国国小力微，邻国邾、莒常有吞并之心，上国为诸侯盟主，缓急之间，还望能够主持公道，助弱抑强。"中行偃收下礼物，满脸堆笑道："此为我等份内之事，贵国但请宽心。"那鄫国以为结了强援，自此对邾、莒强硬了起来，莒犁比公怒道："蕞尔鄫国，苟存于我肘腋之下，也敢强横吗？"于是发兵攻打鄫国，鄫侯忙派敦罕赴晋求救，谁知行至半途，莒军已攻入鄫都，灭了鄫国，鄫侯逃往鲁国。

中行偃为推脱自己干系，奏于悼公道："鄫为鲁国属国，鄫国被灭，鲁不施救，应予问罪。"悼公遂派使者士弱到鲁国责问说："鄫国是你们的属国，鄫国被灭，你们为什么不施救？"鲁国执政季孙宿赶忙和士弱一同来到晋国，解释说："鄫国原来是敝国的属国，可在

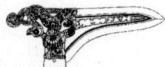

戚地之会上，他们已经独立参会，不再是敝国的属国了。"中行偃怒道："鸡泽之会，你们一再陈说苦衷，要求把鄫国作为自己的属国，到了戚地之会，你们又不承认鄫是自己的属国了，军国之事，难道可以这样儿戏吗？"季孙宿见中行偃动怒，只得答应划埌城为鄫侯食邑，安顿鄫国亡国之民。

楚共王因附庸偪阳被灭，六月，约同郑国子耳起兵伐宋，驻兵于訾母（宋地，在今河南鹿邑县南），十四日，围睢阳，攻北门桐门。宋人赴晋告急，时晋方对秦用兵，不暇南顾，遂命鲁、卫两国出兵救宋。卫军先出，驻军襄牛，楚共王命郑国出兵阻卫军，子驷皱眉道："郑国连年受兵，交事晋、楚，百姓穷苦，国家疲困，况且我们已经派了一支军队跟随楚国伐宋，哪还有力量再出兵？"子展说道："肯定得出兵伐卫，如果不出兵，就是不听楚国的命令，我们已经得罪了晋国，如果再得罪楚国，就难免亡国呀。虽然国家疲困，不比亡国强吗？"众大夫都认为子展言之有理，所以就命大将皇耳率兵伐卫。卫国执政大夫孙林父占卜是否迎击郑军，结果是可以，于是与郑军战，果然大获全胜，孙林父的儿子孙蒯乘胜追击，在犬丘（今河南永城市西北）俘虏了郑大将皇耳。

楚军见卫国打败郑军，鲁军也准备出兵，于是放下宋国，转而向北来伐鲁国，鲁军坚守不出，楚子囊、郑子耳在鲁国西部边境掳掠一番，再返宋国，围宋城萧（在今安徽萧县北），八月十一日，楚、郑联军攻破萧，子耳乘势入侵宋国北部。鲁国仲孙蔑评论说："郑国要发生灾祸了吧。国小而弱，征战如此频繁，就是周天子也经受不起呀，何况郑国？如果有灾祸，他们的国君幼小，不参与政事，恐怕会落在执政的三个人子驷、子国、子耳身上。"

八月，晋军伐秦归，于是率诸侯之兵来伐郑，二十五日，到达牛首（郑地，在今河南通许县），楚军亦集结于郑国南部助郑，十一月，

诸侯军进逼到阳陵（郑地，在今河南许昌市北），见楚军没有退兵的迹象，智䓨打算退兵，说道："我们先避让楚军，以使他骄傲轻敌，然后再和他作战。"栾黡不同意，说道："诸侯之军毕集而避让楚军，这是晋国的耻辱呀，宁死不可为！如果你们退兵，我将率下军单独进兵。"智䓨见栾黡态度坚决，于是率全军进兵，十一月十六日，与楚军夹颍水扎营。郑国子蟜说道："我看诸侯之兵并不想作战，不久就将退兵，我们还是坚定地依附楚国吧。"郑军乘夜渡过颍水，与楚军会合。栾黡想要攻打郑军，智䓨不同意，说道："我们目前还不能打败楚军，也不能有效地保护郑国，郑人有什么错？如果我们攻打郑军，楚军必然参战，我们没有必胜把握，不如退兵。郑人附楚，楚人贪得无厌，勒索无度，两家的矛盾就会加深，郑国自然会归附我国。"二十四日，诸侯之师退兵，栾黡终是心中不快，纵下军掳掠郑国北部边城，智䓨闻知，急忙制止。

此番出兵，栾黡强横，多次不遵元帅智䓨之命，大家都对他很有意见。

不久，郑国执政的子驷、子国、子耳均死于内乱，亲晋势力掌握了国政，子孔对诸大夫说道："当今大势，晋强而楚弱，以往我们附楚背晋，几乎导致亡国。现在的问题是，晋国并不太在乎我们，有什么办法能让晋国人出死力帮助我们，成为我们坚定的靠山，则楚国不能与争，我们就可以死心塌地地依附晋国了。"子展献计道："挑起与宋国的冲突，诸侯大军必然救宋，来伐我国，那时我们就有话对楚国人说了，也就可以长久地依附晋国了。以往子驷错过了多少次这样的机会，这次可不能再错过了。"诸大夫都认为是好计，于是命边军向宋国挑衅，宋国向戌率兵反击，大获全胜。子展说道："现在可以出兵伐宋了。"于是子展率大兵伐宋，连破几座城池，宋人果然向晋告急。

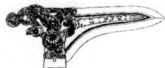

九月，诸侯大兵伐郑救宋，十五日，齐太子光、宋向戌首先到达新郑东门，当晚，晋智罃率军到达新郑西郊，卫孙林父亦来到北郊，诸侯之兵将新郑团团包围，军卒往来驰骋，耀武扬威，扬言早晚攻破新郑，鸡犬不留。郑人一面派伯骈赴晋军中求和，一面派太宰良霄赴楚，告诉他们准备与晋国行成（讲和）："诸侯大兵围郑，新郑朝不保夕，贵国若能振虎狼之师以败诸侯之兵，或者送玉帛子女给晋国，让他们退兵，敝国之愿也，否则，寡君惧社稷倾复，不能再追随贵国了。"楚人见郑国再叛，不由恼怒，把良霄拘捕起来。

九月二十六日，晋新军将赵武入新郑城与郑简公结盟，十月九日，郑子展入晋军与晋悼公结盟，诸侯罢兵。十二月一日，晋悼公与鲁、宋、齐、郑、卫、曹、滕、邾、小邾、薛、莒、杞共十三国在萧鱼（郑地，在今河南原武县东）会盟，盟词曰："同盟之国，不要囤积粮食而不救人之灾，不要独擅山川之利，不要庇护罪人和收留坏人。要互相救济灾荒，消除祸患，统一好恶，扶助王室。如有违犯，天神司慎、司盟以及名山大川、各种神灵、先王先公，与会的七姓十三国的祖先，都不会保佑他。明神要惩罚他，让他失掉自己的百姓，丧君失地，国灭家亡！"会盟既毕，诸侯都礼遇地释放了郑国的俘虏，并且下令禁止士兵掳掠。悼公令撤除虎牢之戍，将虎牢归还给郑国。又对郑简公说："寡人知道郑国百姓苦于兵患很久了，不忍加兵，今后从楚从晋，皆出自愿，绝不相强。"郑简公见悼公如此体谅郑国，感动得流着眼泪说道："霸主以诚待人，实有文、武风范，敝国从此将一心追随上国，决不再叛。"

第二天，郑国人将乐师师悝（音奎）、师触、师蠲（音绢）以及女乐十六人、针指女工三十人送给晋悼公，并附送编钟两架、石磬（音庆）两套，另送设施齐全的兵车百乘、攻守用的大车十五套。悼公把其中的兵车三十乘赐给智罃，女乐之半赐给魏绛，说道："子羽

建言城虎牢、分三军，以逸待劳，终于疲楚服郑；子庄劝寡人和诸戎、输资财，内外安靖，无北顾之忧。晋国能有今日，二卿之力也。"二人辞道："此皆我君之威，诸侯之劳，群臣之功，国家之福也，下臣何力之有？"悼公道："赏功罚过，国家法度，藏在盟府，不能不遵守，两位爱卿不要再推辞了。"二人再拜而受。

悼公派使者携礼物赴诸侯各国营中，谢其一向出师之劳，各国俱欢悦，悼公乃下令十二国同日班师。

萧鱼之会，是晋悼公乃至整个晋国霸业的顶峰，此会，中原各国均顺从于晋，特别是长期摇摆于晋、楚两国间的郑国，自此一心服晋，摆脱了南北被敌、两头受气的尴尬处境。

秦景公不知道郑国已经与晋国结盟，也不知道楚国并没有出兵，按照与楚国的盟约，派庶长（**秦国官爵名**）鲍与庶长武分两路伐晋以救郑。就在悼公下令班师的同时，鲍渡过黄河进入晋境，与晋守将士鲂相遇，士鲂见秦军人少，很是轻敌，并没有严加防备。十二月十二日，两军在栎（**晋地，在今永济市西南**）交战，战事方酣，武率另一路秦军自辅氏渡河突袭晋军，晋军猝不及防，两面受敌，大败，士鲂在混战中受了箭伤，多亏部下死战，方伏在车上败退回营，鲍和武听说郑已附晋，遂率得胜之师而归。

次年，智罃、士鲂先后辞世，晋悼公在绵上（**在今翼城县西**）检阅军队，重新任命将佐。按照惯例，中军佐范匄应该循序升为中军元帅，范匄推辞道："以前臣为中军佐，是由于臣了解和熟悉主帅智罃，并不是我有什么才能。中行偃年龄比我大，能力比我强，还是让他来担任中军元帅吧，下臣来辅佐他。"悼公遂命中行偃为中军元帅，范匄仍任副帅。范匄和中行偃两次互相谦让，从此关系日益密切，结为政治同盟。悼公欲任韩起为上军将，韩起推荐了赵武，又任栾黡，栾黡也推辞道："臣不如韩起，既然韩起推荐了赵武，就按他说的办

吧。"悼公遂任赵武为上军将，韩起佐之，任栾黡为下军将，魏绛佐之。关于新军将佐，悼公认为没有合适人选，本着宁缺毋滥的原则，将新军并入下军。

国人听说将佐们互相谦让，都很高兴，说道："谦让，这是礼的主体，范匄能够带头礼让，下属也都效仿他，即使是像栾黡这样骄横的人，也不敢违背。晋国君臣能够团结、平和，百姓之福也。"

晋悼公十四年，公元前559年正月，范匄与齐、鲁、宋、卫、郑、曹、莒、邾、滕、薛、杞、小邾等国大夫以及姜戎首领驹支与吴人会于向（吴地，在今安徽怀远县西）。吴大夫公子党因为前不久吴国被楚军打败，请求晋国率诸侯之师以伐楚，范匄道："鸡泽之会，我君专派荀会远赴淮上迎接，贵君变卦不来；萧鱼之会，我君亦征贵国与会，又无端不来，是吴自己疏远于诸侯。现在战败了，却希望诸侯相助，你觉得这合适吗?"拒绝了他的要求，公子党羞惭而退。

在会上，范匄拘捕了莒国公子务娄，因为他与楚国暗中往来。有人告发姜戎国君驹支私下散布不利于晋君的言论，范匄当庭拍案骂道："驹支，你站起来！当年秦国人把你的祖父吾离驱赶到遥远的瓜州（今甘肃敦煌），你祖吾离穷困到身披草衣，头戴荆帽的地步，投奔我先君惠公。虽然我们晋国当时的领土并不宽广，可惠公仍然把他安置在中条山东麓，与他分一口饭吃，姜戎能有今天，实我先君好生之赐也。今你不思图报，反而口出诳言，致使诸侯事寡君不如以前那样恭敬了，这主要是你造成的。明天的朝会，你不要参加了，去了也得把你抓起来。"

驹支听罢，不慌不忙地回答说："当年秦国人仗着他们人多，把我们驱离故土。在这个时候，惠公显示了他的大德，赐给我们晋国南部的一块土地，当时那里是狐狸所居，豺狼出没的地方。我姜戎披荆斩棘，驱除狐狸豺狼，把那里开发出来，一直作为贵国不侵不叛的同

盟，至今不改。与秦殽山之战，我姜戎全力参战，助贵军大捷。与齐鞌之战，我姜戎亦参与军阵，大败齐军。这就如同捕鹿一样，贵国按住它的角，我们抓住它的腿，把它摔倒擒获。多年来，我们追随贵国，从无二心，且我姜戎，饮食、衣服、语言、货币，都与华夏有所不同，怎么会散布对贵国不利的言论呢？现在肯定是贵国的各级官员在对待诸侯国的问题上有不足的地方，才使诸侯产生了二心，怎么能归罪于我姜戎呢？明天的会，不让我参加，我也没有什么好遗憾的。"驹支不卑不亢地说完这一席话，就准备退下，范匄赶忙下座挽留，并且向驹支道谦说："匄一时不明，几信谗言而误好人。"让驹支继续参加第二天的朝会，并且减轻了态度一直恭谨的鲁国的赋币，以鼓励诸侯各国更好地事奉晋国。

通过以上两件事，范匄在诸侯各国间树立了和蔼可亲、办事认真的形象。

向之会以后，晋国率诸侯各国伐秦，以报栎战之败，晋悼公驻扎于秦晋边境之上，命中行偃率各国之兵入秦，到达泾水边，秦国人在泾水上游投毒，联军不知，中毒死者不少，皆逡巡不敢随晋军渡过泾水。晋国太傅叔向来见鲁国叔孙豹，劝他率军渡河，叔孙豹赋诗《匏有苦叶》，表明同意渡河，叔向为他们准备好渡河的船只，鲁、莒两军率先渡过去。郑国子蟜对卫国北宫括说："既然跟随晋军作战，就不应该三心二意。"北宫括同意他的意见，二人劝说齐崔杼、宋华阅等，一齐渡过了泾水。联军到达棫林（秦地，在今陕西泾阳县），秦景公率大将嬴詹和公子无地，起兵车四百乘，前来迎敌。中行偃见诸军锐气方盛，遂命上军与齐、卫、曹等国军队攻秦军左翼嬴詹，下军与鲁、郑、宋等国军队攻秦军右翼公子无地，自率中军主力攻秦景公大营。郑国子蟜奋勇当先，冲在最前面，各军继进，秦军不能抵挡，公子无地先败，景公只得下令退兵，离棫林五十里扎营。

　　中行偃派叔向面见秦景公，提出苛刻的退兵条件，景公道："秦、晋国力相当，伯仲之间也，韩原之战秦胜，殽山之战晋胜。今日之败，晋纠合十二国之众，而秦曾无一兵一卒外援，虽败不能服。"叔向回报，中行偃发怒，下令道："明天一早，鸡鸣驾车，军士饱食，只看我的马头所向（唯余马首是瞻），誓破秦军！"下军将栾黡听到这一命令，不满地说："军旅重事，应该明示进退，三军之众，岂可视一人之马首而行？我从来没有听到过这样的命令，我的马首，还想往东呢。"于是率下军东归，魏绛也跟随栾黡退兵，魏绛的左史对他说："没有中军元帅的命令，我们回军合适吗？"魏绛答道："栾黡是我的主将，元帅命我服从主将，我不能不服从，不能再等元帅的命令了。"

　　中行偃见栾黡率下军擅自东撤，知道军心已散，只得说道："我的命令确实不明确，但已经来不及收回了，我们胜秦军一阵，也可以班师了，否则，留在这里的兵马越多，被秦军俘虏的人也就越多。"于是下令全军撤退，一次大规模的战役，就这样儿戏般的收场，所以这次战役又被称为"迁延之役"。

　　栾黡之弟栾鍼，时为中军车右，听到撤退命令，心中不爽，大叫道："我们本来是为报栎败之仇而来的，现秦军小败，我未收战胜之功，就要半途而废，这是晋国的耻辱啊。我兄弟二人位居军职，能不感到羞耻吗？"乃邀范匄之子范鞅说："你敢和我一同去攻打秦军吗？"范鞅说道："将军勇气可嘉，鞅愿助一臂之力。"二人率所部径向秦军驰去。

　　秦军见晋军来攻，急忙迎战，见晋军只是一支小股部队，并无后继，于是鸣鼓合兵，将二人围在核心，范鞅劝栾鍼撤退，栾鍼杀得性起，死战不退，身被数创，力尽而死。范鞅力战，杀出一条血路，逃归本营。栾黡见范鞅独归，问道："我弟何在？"范鞅只得回答：

"已经战死在秦军了。"栾黡大怒道："我弟本不想去，你非要鼓动他去，现在我弟战死，而你独归，这是你害了他呀，我岂能饶你。"挥戈追打范鞅，范鞅不敢还手，跑到中军其父营中躲了起来。栾黡追至，面对自己的上司和老丈人范匄，仍然不加收敛，对范匄大声说道："快把你儿子赶跑，若不然，我非杀了他，为我弟偿命不可！"范鞅在幕后听得栾黡此语，知道不跑不能平栾黡之恨，只得从营后奔往秦军。栾黡定要入中军大帐搜查，其子栾盈闻讯赶来，跪地苦劝，栾黡方恨恨言道："不要叫他回来，回来我就杀了他！"

　　棫林一战，栾黡骄横尽显，目中无人，率性而为，身为下军主将，却连续辱慢中军帅佐，与两家产生尖锐矛盾，虽然悼公感念其父栾书在迎立上的功劳，对栾氏格外优容，没有处罚，但他的所作所为，还是为以后栾氏被逐埋下祸根，这是后话。

　　欲知晋事如何，请看下回。

第三十二回

民贵君轻师旷定卫　抑强扶弱平公伐齐

再说范鞅奔秦军，面见秦景公，将来由备细说了一遍，景公容留，待以客卿之礼。一日，秦景公与范鞅从容谈论晋国情况，景公问道："悼公这人怎么样？"范鞅回答："悼公算得上是一个贤君，知人而善任。"景公又问："晋国诸大夫中，何人为贤？"范鞅再答："赵武、魏绛、韩起、叔向以及臣父范匄，都是一时人杰，晋国股肱之臣。""那么晋国诸大夫中，谁家会先灭亡？"范鞅回答说："依我看来，栾氏将会先亡。""莫非是因为栾黶太骄横吗？""是的。可是栾黶虽然骄横，他这一代还不至于灭亡，要灭亡也在他儿子栾盈那一代。"景公不解道："为什么？"范鞅解释说："栾枝有功于国，有德于民，所以人们还能容忍他的儿子。而到了栾盈这一代，栾枝的功德已远，栾黶的骄横又很明显，栾盈则没有来得及建立功劳和施惠于民，难免要遭祸殃。"景公叹道："卿可谓知兴亡之道。"

秦景公想和晋国修好，范鞅遂给其父修书一封，请求他从中斡旋，景公派庶长武持书来见范匄。范匄对悼公说道："秦、晋紧邻，先君文公屡得其助，今若修好，可免边庭之患，一心对楚。"悼公认为有理，命范匄与庶长武结盟，重修旧好，永不相侵，秦国交还栾鍼 279

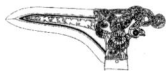

尸体，此后近二百年，终春秋之世，两国维持了睦邻友好关系，没有再发生战争。

不久，栾黡病故，其子栾盈（谥号栾怀子）继为下军佐。范鞅归晋，悼公以其为公族大夫，诫谕栾、范两家不得再提旧怨。栾盈深知其父强横，结怨多门，因此谦恭下士，努力修复栾氏形象，改变父亲栾黡的所作所为，而像他祖父栾书那样谦恭行事。族人栾扬外出，偶遇人家娶亲，竟指使手下人将迎亲之人打跑，强抢新娘入于馆舍，谁知当夜，新郎带人冲入馆舍，将栾扬杀死，抢回新娘，举家逃入山野。栾盈访得这家人去处，温言劝他们回原籍居住，给以丰厚的安家费用，并严厉训诫家人不得再妄生事端，此举博得时人称颂。

卫献公无道，被国人赶走而立了他的叔父殇公，作为霸主，晋国不能坐视，晋悼公于是问乐师师旷说："卫国人赶走他们的国君，这样做，是不是有点过分了？"师旷回答说："也许是卫献公做得过分了。好的国君应当赏善罚恶，爱民如子，如天地般保护和容纳他的老百姓，这样的国君，还会被赶走吗？至于那些不体恤老百姓，使国家混乱，人民生活匮乏的国君，要他何用，不赶走还等什么？民贵而君轻，岂能让一人放纵于百姓之上，我君不如就此定卫。"悼公又征求执政中行偃对卫国的方略："卿看我们该怎么处理卫国的事？"中行偃回答说："不如承认既成事实，卫国现在已经有了新的国君，我们过多干涉不一定能够成功，反而会烦劳诸侯。放弃已经失败的，巩固已经存在的，这是国之常道呀，我君还是以安定卫国为要吧。"悼公从二人言，于是就派范匄会同鲁国季孙宿、宋国华阅、郑国子蟜、以及邾、莒大夫与卫国孙林父在卫地戚会盟，承认了卫国的现状和殇公的合法地位，要求卫国象过去一样继续事奉晋国。

范匄借了齐国装饰仪仗的羽毛而没有还，齐人心怀怨愤，所以就故意挑战晋国权威，派兵侵占了鲁国的北部边城成邑，加高加固城

墙，以为久占之计。又唆使邾、莒两国侵犯鲁国南部边境。鲁国向晋国告状，晋国准备举行盟会为鲁国讨还公道，恰在此时，晋悼公患病，盟会就没有举行。

晋悼公十五年，公元前558年冬，年轻有为的晋悼公英年早逝，年仅二十九岁，中行偃等拥立太子姬彪即位，是为平公，继续以叔向为太子夷的太傅，张君臣为中军司马，虞丘书为乘马御。平公在曲沃祭祀宗庙毕，立即按照悼公原来的部署，顺黄河而下，到达溴梁（溴音居，在今河南西北部），与鲁襄公、宋平公、卫殇公、郑简公、曹成公、邾宣公、莒犁比公、杞孝公、小邾穆公以及齐大夫高厚举行盟会，命齐、邾、莒三国归还侵占的鲁国土地，有人密报邾、莒曾派使者暗通楚国，平公就拘捕了两国国君，直到盟会毕才放他们回国。

平公宴请各国诸侯，席间娱乐，要求各国大夫每人赋一首诗，跳一段舞，并且诗与舞的内容要相匹配。齐国高厚被迫参会，心中有怨，所以他的舞虽然跳得柔曼和谐，可他赋的诗却是《巧言》的第三章和末章，只听他边舞边赋道：

> 君子屡盟，乱是用长。君子信盗，乱是用暴。
> 盗言孔甘，乱是用餤，匪其止共，维王之邛。
> 彼何人斯，居河之麋。无拳无勇，职为乱阶。
> 既微且尰，尔勇伊何？为犹将多，尔居徒几何？

诗中含有明显的要作乱之意，不等他跳完，中行偃拍案大怒道："别跳了！你这是公然表明你的异志呀。"就准备让高厚与各国大夫举行盟誓来表明自己的忠诚，高厚惧怕晋人进而追究齐国侵鲁之罪，于是逃归国中。中行偃就和各国大夫盟誓道："一定要共同讨伐那些不忠于盟主的人（同讨不庭）！"

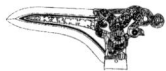

诸侯方欲进兵齐国，恰许灵公派使者来见晋平公，请求帮助他们迁都，以便摆脱楚国控制，一心归附晋国，平公答应了，不料许国诸大夫却不同意迁离旧地，中行偃请于平公道："许国一向依附楚国，今其国君自来投，这是老天以许国赐我，不可错失。不劳我君亲出，臣请与鲁、郑、宋之师伐许，定当奏凯而还。"平公遂与诸侯各自归国，只有郑简公感悼公之恩，亲自率军参与伐许，鲁国大夫齐子、宋国大夫华阅皆率军随行。

六月九日，诸侯之师攻占许邑函氏（今河南叶县北）。华阅请于中行偃道："四年前，楚兵伐我杨梁（今河南商丘市东南），此仇至今未报。若能挫败楚军，许国不足虑也。"中行偃说道："先生之言甚是，诸侯之敌，乃是楚国，不是许国。"遂移师伐楚，与楚将公子格战于湛阪（今河南平顶山市北），大败之，楚军退守方城山、江、汉一线以南，诸侯军掳掠楚、许两国之地而还。

齐灵公见诸侯之师南征楚、许，遂乘机起兵伐鲁，再次包围了成邑，鲁将孟速来救，齐灵公道："这个人好勇求名，和他硬拼不是上策，不如退兵以成其名。"于是撤成邑之围而去，孟速塞断了齐国进军要道海陉（今山东宁阳县北），也退兵回到曲阜。不料其后不久，齐国两路进兵，再伐鲁国，齐灵公一路围桃（今山东汶上县），高厚一路围防（今山东费县），鲁将臧坚受伤被俘，齐灵公派宦官夙沙卫来慰问，让他好好养伤，臧坚说道："末将感谢齐君不杀之恩，可是不应该派一个宦者来看望我，这是对我的轻辱，我不能接受啊。"说罢，以尖木桩自刺伤口而死。

鲁大夫叔孙豹到晋告急，先见执政中行偃，中行偃沉吟道："渠梁之会，齐人不敬，还没有来得及讨伐他，这事岂敢有忘，只是寡君还没有把先君悼公的神主安放于太庙，且伐楚、许方归，军士未及休整。"叔孙豹说道："齐人经常到敝国发泄怨气，所以我们郑重地请

求霸主主持公道。敝国危急，朝不保夕，国人皆引领西望，以为贵国大军差不多该来了。若等到执事有暇，恐怕就来不及了。"因赋诗《祈父》，这是一首责备祈父惰于职守而使百姓遭受困苦的诗，中行偃赶忙道歉说："偃知罪了！敢不象先生那样忠于社稷而使鲁国蒙难吗？我这就准备出兵。"叔孙豹还不放心，又来见中军佐范匄，没有多说，只赋诗《鸿雁》的最后一章，表明鲁国当前的艰难处境，范匄亦受感动，说道："匄在此，能不让鲁国得到安宁吗？"

晋平公三年，公元前 555 年，中行偃、范匄请于平公道："抑强扶弱，霸主之职也。今齐人恃其强，屡屡侵夺鲁国，鲁人苦其凌辱，如鸿雁之哀鸣嗸嗸，久旱之黎苗芄芄，我若无动于衷，是纵容背盟之人而惰于自己的职守啊，恐失诸侯，故鲁不可不救，齐不可不讨。"平公遂尽起三军，又征宋、郑、卫、曹、莒、邾、滕、薛、杞、小邾等国军队救鲁伐齐，将渡黄河，中行偃用红绳系着两双玉璧祷告上天道："齐灵公姜环，倚仗着他国险兵多，弃好背盟，侵夺邻国，虐待人民，今陪臣彪将率诸侯往讨其罪，左右将佐偃、匄等前后辅助。希望上天保佑我们此去一战成功，不要让偃等再次渡河，唯我神明察！"祷罢，将玉璧沉于黄河，然后渡河。冬十月，大军到达济水，鲁襄公率军来迎晋平公及诸侯之师，中行偃重申了溴梁"同讨不庭"的盟誓，十二国大军一齐望齐国进发。

齐灵公在平阴迎战，在城边的防门一线深挖一里多长的壕沟，以阻诸侯之兵。联军进抵平阴城下，灵公欲出战，宦者夙沙卫进言道："诸侯势大，我军必不能战，不如据险而守。"灵公不听，出城接战，大败，士卒伤亡甚众，只得紧闭城门，坚守不出。

范匄作书告齐大夫子家说："你我私人交情不错，有些实情不敢对先生隐瞒。现在鲁、莒两国请求联军各以千乘的兵力从他们两国出发，从西南、东南两个方向对贵国形成夹击，寡君已经批准了这个作

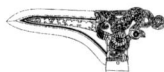

战计划，如果施行，贵国将难免失败，先生何不早想办法呢？"子家以书告灵公，灵公十分害怕。晏婴见状，悄悄说道："我君的作战意志本来就不坚定，现在又听到这个消息，恐怕难以持久了。"晋军司马张君臣做了许多假人，漫山遍野都插上晋军军旗，又以大旗为先导，用车拖着树枝往来驰骋，齐灵公登巫山（在今山东肥城县境内）观察敌情，见晋军甚众，料不能敌，于二十九日下令全军夜遁，乘着无月之夜，悄悄撤回临淄。

师旷夜观敌城，告平公说："平阴城头，百鸟在欢快地鸣叫，齐国军队肯定已经逃跑了。"大夫邢伯听到了群马盘桓之声，也对中行偃作出了齐军逃跑的判断。天明，联军士兵每人负土一袋，顷刻间将壕沟填出几条大道，占领平阴，随即追击齐军。

夙沙卫自告奋勇断后，以大车连接，塞断山间小道阻挡联军。大将殖绰、郭最说道："你是一个刑余之人，由你来殿后，乃是齐国之辱，你还是先回吧，我们俩来殿后。"夙沙卫又羞又愤，于是杀马三十余匹，杂以损坏的军资车仗，塞断了齐国后军的退路，殖绰、郭最且战且走，来到断路处被阻，竟被晋将州绰追及。州绰一箭射中殖绰肩窝，指挥军士将齐军团团围定，以戈尖置于殖绰脖颈处，说道："速速投降，保你们不死，如不投降，杀你们个片甲不留。"殖绰说道："我们投降，能够保证我们的安全吗？"州绰指天为誓，殖绰、郭最遂命军士放下武器，晋军解弓弦将二人反绑，坐于中军之鼓下，其余士卒，尽押于后营。

联军清除路障，继续追击，鲁、卫两国恨齐人侵夺，请为先锋。十一月十三日，中行偃、范匄率中军攻克京兹（平阴县东），十九日，魏绛、栾盈率下军攻克邶（平阴县西），而赵武、韩起的上军却没有攻下卢（长清县），十二月二日，联军进抵齐都临淄城下，范鞅率军攻打西门雍门，放火烧掉城门及西郭、南郭。州绰参与攻打东闾，由

晋
国
演
义

于路窄车多，难以进兵，被堵于门内，州绰百无聊赖，只得数城门上的铁钉来打发时光。

齐灵公见联军势大，驾起车来准备逃往邮棠（今山东平度市），太子光和大夫郭荣拉住马谏阻，说道："联军军心不齐，他们不过是为了掠取资财，不久就会退兵，有什么好怕的？君为社稷之主，不可轻动，我君一去，都城不保，社稷和百姓怎么办呢？"灵公不听，打马前冲，太子拔剑砍断挽绳，灵公这才回到宫中，高厚等督率军民，多方固守，联军虽众，一时也难以破城。

郑国大夫子孔，为了争权，乘郑简公参与伐齐之际，导引楚军进攻郑国，幸赖子展、子西等设计防守，方保都城不失，一面派人到临淄军前飞报简公。晋平公听得楚军出动，忙召诸大夫商讨应对之策，师旷奏道："不碍事。臣多次演奏南北乐曲，南曲皆音调不强，多闷声，这叫南风不竞，楚国肯定不会有什么作为。"叔向也说："楚君臣意见不合，勉强出师，肯定难以成功。"时执政中行偃头上生了恶疮，不想再战，于是言道："齐人固守，临淄急切间未可下也，我们数败齐兵，已扬我威，况且攻下大国都城也不好处置，不如就乘此时撤军。"平公从其言，遂命十二国一齐都撤，盟于祝阿（长清县东北）曰："大国不要侵夺小国"。又追究邾国仆从齐国伐鲁之罪，拘捕了邾悼公，鲁襄公不愿与邾结怨过深，于是请于晋平公道："邾国虽然背盟依附齐国，不过他们能够参与联军攻齐，表明已经改过，邾君可赦，归还侵占我国的田土就可以了。"晋平公就命把邾国漷水以西的土地全部划给鲁国作为赔偿，而释放了邾悼公。

盟会毕，晋平公先行回国，鲁襄公在蒲圃设宴招待晋国六卿，赐给他们华丽的三命之服，其余军尉、司马、司空、舆尉、候奄，都赐与一命之服。另送中行偃织锦五匹、马四匹、璧一双，以及吴王寿梦之鼎，谢其征战之劳及划归邾国之田。

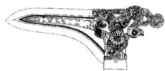

中行偃率晋军渡过黄河，到达晋国边境，恶疮转重，头部肿大，挤压双眼突出，疼痛难忍。先头部队的将佐听说元帅病重，都返回来看望。范匄见中行偃病势沉重，势难再起，于是问道："元帅万一不祥，诸子谁可继中行之嗣为世子？"中行偃艰难地说："郑姬所生的中行吴可。"言罢痛极而号，口中含糊不清地叫道："得此恶疾，此吾弑厉公之报也。"移时以手指众人，众人急问，已不能言，范匄俯身问道："元帅莫不是要我们好生看视世子吴？"中行偃摇头，栾盈凑过来问道："元帅莫非是惦记着伐齐没有结果吗？"中行偃点头，栾盈抚其身说道："如果元帅归天，我们不能继续伐齐者，河神为鉴！"中行偃听罢，闭目而逝。范匄出来，叹道："中行先生临终不忘国事，我却以为他不放心家事，真是以小人之心度君子之腹，不够个男人呀。"同时，从这件事中，他也看出栾盈机警过人，对自己的这个外孙产生了戒备之心。

范匄等扶中行偃之灵回到绛都，平公令厚葬之，依其言命中行吴（谥号中行穆子）继其卿位，又顺序升范匄为中军元帅，掌国政。

四月十三日，郑国大夫子蟜卒，报丧于晋，范匄对平公说道："械林之战，子蟜表现英勇，对战争的胜利起了很大作用，现在他死了，我们不应该忘记他的这份功劳。"平公于是派使入周，请于周灵王，灵王追赠以华丽的大车，跟在灵车后面，以表彰他的功绩。

夏五月，范匄不忘中行偃临终之志，再次率军伐齐，攻占了齐国西部边境城市穀邑，正欲乘胜进军，恰齐国发生内乱，二十九日，齐灵公被弑而薨，范匄依据周礼，不乘人之丧，于是退兵回国。齐公子光继位，是为庄公，削平内乱，齐国粗定。齐国君臣感晋因丧退兵之义，于是入晋谢罪，请求结盟，晋范匄与齐晏婴盟于大隧（齐地，今山东高唐县），结为盟好。晏婴顺便请求释放殖绰、郭最等回国，范匄应允。

　　晋平公见齐人已服，遂于六月大会诸侯于澶渊（今河南濮阳市北），齐庄公、鲁襄公、宋平公、卫殇公、郑简公、曹武公、莒犁比公、邾悼公、滕成公、杞孝公、小邾穆公、薛伯，共十三国君主参会，同奉晋为霸主，相约互不侵犯。鲁国大夫叔孙豹对鲁襄公说道："虽然举行了盟会，但齐、鲁世为敌国，他们免不了还会侵犯我们的，所以和晋国的关系不能不搞好啊。"叔孙豹于是拜见了晋国执政范匄，又来见叔向，赋诗《载驰》的第四章，表明希望大国援引之意，说道："小国之仰大国，如百谷之仰膏雨，若常润之，则天下得惠，岂独敝国？"叔向说道："先生之意，叔向已经明白，敢不记在心上？"叔孙豹拜谢。鲁襄公归国，加筑武城，以防备齐国。

　　欲知晋国后事如何，请看下回。

第三十三回

汰侈已甚栾氏遭逐　比而不别叔向全身

　　范匄与和大夫因一块田产生了纠纷，很久都摆不平，范匄就准备以武力夺取，征求羊舌赤的意见，羊舌赤说道："赤为中军副尉，主国家军事，不敢越权干涉国内纠纷，您还是问别人吧。"范匄又问上军将张老，张老的回答和羊舌赤一样："张老在元帅麾下担任军职，不是军事之事，非我所知也。"范匄又问籍偃，籍偃回答说："我是上军司马，张老是我的顶头上司，如果有他的命令，我不会有二话的，我这样做，元帅不会有意见吧?"只有叔向的同母弟叔鱼痛快，捋臂道："你等着，待我为元帅杀掉这小子!"

　　司马侯来见范匄说："听说先生因为几尺田界而与和氏闹得不可开交，我不相信会有这事。目下诸侯都有贰心，这样的大事先生不忧虑，却与和氏争田，这不是你这样地位的人应该干的。"中军尉祁午也来劝说道："晋为诸侯盟主，元帅为晋国正卿，若能使诸侯心悦诚服地听命于晋，则晋举国谁会不服从元帅，岂止和大夫乎? 元帅为什么不以大德平小怨，与和大夫搞好关系呢?"

　　叔向面见范匄道："先生为和氏之田事，遍问诸大夫，又无法决断，我听说国有大事，必依常法，家有大事，必访耆老，何不去问你

的家臣訾祏（音紫拓）呢？訾祏年高多闻，正直而博学，必能帮你拿个好主意。”范匄于是召訾祏而问之，訾祏诚恳地劝道：“老太爷（士会）和老爷（士燮）一向为人恭谨，宽以待人，国人称贤。家主为什么要背弃他们的为政之道呢？现在家主继承范氏之位，掌晋国之政，朝无奸行，国无邪民，四方无患，内外无忧，范氏累世功德，更加发扬光大，却无端与和氏生隙，因小事而亏大节，如果国君再加恩于家主，你怎么好意思接受呢？”范匄见大家都不赞同他争田，于是就放弃争议，把那块田让给和大夫。

訾祏去世后，范匄对儿子说道：“范鞅啊，訾祏在世时，我经常征询他对国事和家事的意见，可是我现在看你，自己没有拿主意的能力，和人商量身边又没有贤人，你可怎么办呀？”范鞅回答说：“我起居简略，不求奢华。真心征求大家意见，不拣好的听。为政以平和为贵，不好大喜功。尊重长者，不自以为是。”范匄高兴地说：“如此，汝身可以免祸了。”

范匄有女名叫叔祁，嫁于栾黡，生子栾盈、栾鲂、栾乐，栾黡死后，叔祁年不满四旬，耐不得寂寞，遂与管家州宾私通，二人情好日密，叔祁为结州宾之心，尽赠之资财，栾氏家财为之半空。日久，栾盈察知其丑行，只是碍于母亲面皮，不便发作，便以其它理由令家人紧守门户，严禁外人擅入后堂。叔祁好事被坏，恼羞成怒，又恐栾盈惩治州宾，遂乘归宁之机，向其父诬告说：“栾盈将要造反了。他一直认为他父亲栾黡是范氏为了独掌晋国之政而害死的，经常说‘范鞅陷我叔栾鍼死于秦军，我父没有多加计较，反而很信任他，让他和我同任高官。现在父子二人同掌国政，权势越来越大，欺压同僚，我宁死也不愿和范氏共事。’女儿担心他会危害父亲和范氏，故不敢不说。”范匄将信将疑，问儿子范鞅道：“你说这事可能吗？”范鞅因被栾黡逼走秦国一事，心怀怨愤，与栾氏素不相和，见父亲问，乘机说

道："我也听到过这样的风声，现在果然要作乱了。栾氏党羽甚多，完全有这个能力，父亲不可不防。"范匄亦忌栾氏势大，于是密奏平公，请驱逐栾氏。

平公尚未尽信，问于大夫阳毕，谁知阳毕曾受过栾黡欺凌，于是回答说："晋国自穆侯而至于今，祸乱频仍，国人习以为常，动辄篡逆。灵公被弑于桃园，百官反而指责国君，厉公横死于翼城，凶逆至今未讨。这事确实是栾书所为，可是因为他施惠百姓，有个好名声，所以一直没有受到讨伐，反而因迎立悼公而威权越重。到栾黡这一代，一味追求奢华，汰侈已甚，在朝中结怨甚多。我君若能讨栾氏弑逆之罪，可立公室之威而儆诸卿不臣之心，晋国可安也。"

平公仍然难下决心，说道："栾书有立先君之功，而栾盈之罪并不明显，怎么办呢？"阳毕又说："为国者不以私恩而隐其罪，先君忘国仇而徇私恩，已是不妥，我君若再纵容他，恐怕为害将更大。要是觉得栾盈罪不明显，那就先剪除他的党羽，对他加以戒备。如果他知罪而远逃，那就多送他些资财，作为报答也未尝不可；如果他敢铤而走险，那他的罪可就大了，正好可以诛灭他。"

平公于是召范匄入宫共商，范匄道："栾氏自栾宾为桓叔之傅，七世在晋为卿相，朝中姻党、故旧甚众，更兼栾盈散财结客，多蓄死士，今栾盈未去而先剪除他的党羽，恐怕只会使他们加速为乱。不如先让栾盈往筑边城著雍，调其离开绛都，方好下手。"平公采纳了他的意见，就派栾盈去著雍加固城防。栾盈接受了命令，就准备出发，其弟栾鲂提醒他说："栾氏在朝中多怨，中行氏因伐秦之役怨栾氏，范氏因范鞅之逐怨栾氏，赵氏因下宫之难怨栾氏，程郑是国君的心腹，这些都是兄长所知道的。兄长在朝，他们尚有所忌惮，若远赴边庭，恐生不测，加固著雍并不是什么急事，派一胥吏（**下级官吏**）足矣，何必一定要派兄长，为什么不推辞掉呢？"栾盈回答说："国君

的命令，不能推辞啊。栾氏如果有罪，迟早会受到天罚，如果无罪，国人将会附我，谁能加害？"乃命心腹力士督戎驾车，出绛都望著雍而去。

三天后，平公临朝，对群臣言道："当年栾书弑厉公，其罪至今未讨，而其子孙在朝为卿，寡人深感不平，诸卿看这事该怎么办呢？"群臣见平公突然提起二十年前旧事，事发突然，一时都愣在那里，范匄出班奏道："栾氏弑逆，人所共知，迁延于今，恶贯已满，不可不讨。"阳毕亦奏道："现在栾盈往城著雍，可就势驱逐他。"魏绛之子魏舒（谥号魏献子），与栾盈同为下军将佐，有同僚之谊，出班言道："栾氏几代有功于国，并无大恶，《夏书》有云，宁可漏掉坏人，也不可错杀无辜（与其杀不辜，宁失不经），栾氏不可逐。"中行吴反驳道："栾氏目无国君，侵陵同僚，反相已显，何言无辜？"诸大夫多随声附和，平公于是宣布栾氏罪状，悬于国门，收栾氏食邑，将其宗族之在国中者，尽行驱逐。栾鲂、栾乐无奈，只得带领宗人出了绛都，到著雍来会栾盈，栾盈闻变，说道："吾父行事刚强，不知收敛，树敌太多，致有今日之祸。"

阳毕奉了平公之命，率军到著雍来驱逐栾盈，栾盈怒道："非我上祖栾宾，文侯不能得国，非我太祖栾枝，文公无有内应，非我祖父栾书，先君与彪何以为君？栾氏七代，于晋俱有大功，受怨家所害，虽不容于朝，奈何不能留一城以容身乎？"阳毕答道："狐氏、先氏、郤氏、胥氏之功，不在栾氏之下，今复何在？将军不能善保祖业，又何怨耶？主公不忘栾氏之功，虽不见用，亦赠以资财，足当川资，愿将军善处。"栾盈道："主公之情，栾盈愧领，栾氏虽及难，尚不至仰人之赐，资财实不敢受，请上复主公，栾盈从此请辞，若君臣有缘，日后亲到绛都拜谢！"言毕命人收拾行囊，离了著雍，投奔楚国而去。阳毕留兵戍守，然后回绛都复命。

栾盈路经成周西郊，人困马乏，入夜防备稍懈，资财竟被山贼掠去，栾盈于是向王室司徒申诉道："天子的陪臣栾盈，得罪于本国，逃窜于路，没想到在王都之郊再次获罪，已无力再逃。今冒死陈言，当年陪臣栾书数有功于王室，天子赖栾书之力多矣。栾书之子栾黡，不能保有其父勋劳，致子孙获罪。天子若尚念先祖微劳，亡臣还有个逃窜的地方，若忘栾书之功而记栾黡之罪，则陪臣刑外之人，只有归本国就戮一条路，不敢再逃了。穷蹙之际，言无所隐，唯天子所命！"司徒禀于周灵王，灵王道："栾书之功，岂敢有忘，今其孙栾盈不容于国，逃罪路过王畿，他是朕的宾客呀，我们应当以礼待之，岂可再雪上加霜。"遂命司徒追捕山贼，追回被掠物品，归还栾盈，又派有关官员礼送至轘辕山（**在今河南登封市西北**）出境。

栾盈行至方城之外，已是楚境，见其地人民南音南服，不觉坠泪道："不意我中原簪缨之族，今日竟远窜荆蛮之地。"派栾鲂去见方城守将公子格，公子格态度倨傲，问道："栾将军此来，莫非尽率下军之众？"栾鲂回报，栾盈道："栾氏一门，数世在晋为将，屡与楚战，若去郢都，恐不为所容，不如暂在此存身，再作计较。"遂在楚国边境安下身来。这是晋平公六年，公元前 552 年秋天的事。

再说栾氏之党，闻听栾盈被逐，一时群龙无首，有的主张追随栾盈外逃，有的主张聚甲起事，莫衷一是，州绰、邢蒯、智起、中行喜等出奔于著雍，不见栾盈，遂转奔齐。其余箕遗、黄渊、嘉父以及七舆大夫司空靖、邴豫、董叔、邴时、申书、叔罴、叔虎等人，聚集甲兵，图谋起事，未及发作，已被范鞅、中行吴率军分头围捕，范匄怕生它变，命尽斩于市。

内中单说这叔虎，乃是羊舌赤与叔向之庶弟，当年羊舌赤之母因叔虎之母美丽异常，所以不让她与丈夫接近，羊舌赤、叔向兄弟二人以为是自己的母亲出于妒意，就劝母亲不要这样，母亲说道："深山

大泽，不免生出怪物，她的美丽、妖冶，异于常人，我怕她会生出一个祸种来，给羊舌氏带来祸患。现在羊舌氏衰败，人丁不兴，而又处于大族之间，这很危险呀。既然你们都怀疑我是心怀嫉妒，那我也不管了，随她去吧。"其后叔虎出生，果然生得和他母亲一样美貌，却又有勇力，投靠于栾盈门下，日每间驾车走马，威风惬意。羊舌赤、叔向屡屡相劝："优哉游哉，可以度过一年又一年，目下诸卿倾轧，祸福在顷刻之间，不可参与党争，才能保命安身呀。"叔虎不甘清静，对二兄的好言相劝置若罔闻，终死于栾氏之难。

　　羊舌赤、叔向受兄弟牵连，亦被囚禁，大夫乐王鲋来见叔向，主动说道："我去找主公说情，把你们放了吧。"叔向不作回答，乐王鲋出门，叔向也不拜谢，他的家人都埋怨他说："现在我们是国家的罪犯，性命朝不保夕，好不容易有人出面要救我们，你却这样冷淡，如果冷了人家的心，还有谁来救我们？"叔向说道："只有祁奚老大夫能救我们。"众人都道："乐王鲋现在是平公的红人，言听计从，而祁奚不过是一个告老之人，而你却说只有他才能救我们，是什么道理？"叔向答道："乐王鲋只会顺着主公的意思说话，不敢力争，哪能救得了我们。祁大夫外举不避仇，内举不避子，是个正直的人，难道会漏掉我们吗？"果然不出叔向所料，乐王鲋在平公面前为叔向求情，平公说道："羊舌兄弟一向和睦，叔向很可能也参与了策划叛乱。"乐王鲋遂不敢再说，悄悄而退。

　　中军尉祁午与羊舌赤同僚相善，听说羊舌兄弟被囚，星夜派人赶赴祁邑，求其父修书救羊舌，祁奚闻报大惊，说道："羊舌兄弟乃是贤臣，一向淡泊名利，必不会参与叛乱之事，我当亲往救之。"乃用快马驾车，连夜驰赴绛都，径直来见范匄，未及寒喧，开门见山地说道："羊舌赤、羊舌肸兄弟皆社稷之臣，为国谋划，很少失误，训诲子弟，不知疲倦，与人团结而并不结党（比而不别），这样的贤臣，

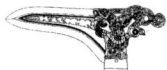

即使他的十世后人有过，也应当赦免，以奖勉贤者。现在因为受他的庶弟牵连而一并治罪，岂不大谬？当年舜治了鲧的罪而重用了他的儿子禹，终于治水成功。管叔、蔡叔为叛，他们的兄弟周公却是国之栋梁，怎么能因为羊舌虎有罪而株连无辜呢？你是执政，多行善事，谁能不拥护，又何必滥杀呢？"一席话说得范匄不住地点头称是，于是二人同乘一车，来见平公，平公听从二人意见，释放了羊舌兄弟及其家人，让他俩仍官复原职，其余籍偃、辛俞、州宾等人，虽是栾党，因未参与起事，废为庶人。

兄弟二人入朝谢恩毕，羊舌赤说道："我二人能够获赦，皆祁奚老大夫之力也，不可不往谢。"叔向说道："老大夫必不肯见，谢什么？"言毕登车回府而去，羊舌赤终觉过意不去，于是亲到祁府来谢，祁奚命家人出来对他说道："老夫为的是社稷，不是为了你们两个孺子，快回到你们的职位上去，不要误了国事。"羊舌赤叹道："老大夫施恩不望报，德义之高，非我等所能量就。"

范匄请于平公，发布命令于国中，严禁诸臣及百姓去投奔栾盈，违者必死。栾氏家臣辛俞，听得栾盈往奔楚国，就收拾资财数车，准备往投栾盈，被守门军士所执，送到朝中。平公问他说："寡人有令，禁止投奔栾盈，你为什么要违犯？"辛俞回答说："臣正是在执行主公的命令呀，岂敢违犯。自臣之祖父，隶于栾氏，食其禄，于今已历三世，臣听说三世为人家臣，即当事之为君，今君有难，不可弃也。况主公的命令中也说'不从君者诛之'，臣岂敢叛君而烦司寇执行刑罚呢？"平公喜其忠于主人，不避刀斧，遂强留之曰："卿可留国中以事寡人，寡人把栾盈的那份奉禄给你。"辛俞辞道："臣已经说过了，栾氏是臣的君啊，我怎么能说一套，做一套，弃旧君而事新君呢？如果一定不放臣走，有死而已。"平公见其意甚坚，知不可留，只得放他出城。辛俞辗转来到方城，见了栾盈，将资财献上，正值栾

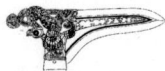

盈听得州绰等在齐，欲往奔齐国而川资不足，得辛俞之济，大喜，于是一齐开拔，望齐国而来。

叔祁住在娘家，仍与州宾暗中往来，范匄怒道："吾女为私欲而背夫逐子，祸延家族，真是个狠心的女人。能祸夫家，亦能祸娘家，不可久留。"于是拘捕二人，斩州宾于阶下，逼令叔祁自缢。

第二年春，晋平公在商任（卫地，在今河北任县）召集齐庄公、鲁襄公、宋平公、郑简公、卫殇公、曹武公以及莒、邾等国诸侯盟会，其中一项主要内容就是令各国不许接纳和资助栾盈，此举被称为锢栾氏。

乐王鲋知道州绰等在齐国，于是对范匄说道："州绰、邢蒯都是我国的勇将，现在逃奔在齐，元帅为什么不赦免他俩的罪，召他们回晋国呢？"范匄说道："这两个人是栾氏的勇士，召回来，对我有什么好处呢？"乐王鲋道："你像栾盈那样对待他俩，不就成了你的勇将了吗？"范匄贪二人之勇，于是派韩襄赴齐往召二人，答应返晋后恢复二人爵禄，州绰冷笑道："要我等回晋国不难，一是要我们的主人回国执政，二是要治范匄陷害大臣、逐除同僚之罪。"韩襄还要再言，一旁邢蒯抽剑斥道："休得多言，我等受栾氏厚恩，誓不相叛。不看往日同僚之谊，当先斩汝首，以报我主。"韩襄归报，范匄叹道："人言栾氏恤民爱士，人多乐意为之所用，今日果然。"

再说州绰、邢蒯在齐，齐庄公知二人乃是晋国有名的勇将，都授予勇爵。一日上朝，指着殖绰、郭最对州绰、邢蒯说道："这两个人是寡人的雄鸡呀。"州绰不屑地说道："君说他们是雄鸡，谁敢说不是呢？臣虽不才，然而在平阴一战中，已经比他俩先打过一次鸣了。"庄公也想与殖绰、郭最勇爵，州绰说道："东闾一役，臣战则首先斩将登城，闲暇则有心思数清城门上的铁钉，他俩能与我比吗？"庄公说道："你那会儿是在为晋作战，不能算作现在的功劳。"州绰回

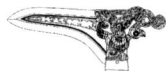

答说："臣为齐国效劳的时间不长，可如果把他二人比作飞禽走兽的话，臣完全有能力食其肉而寝其皮。"殖绰、郭最虽然心中不服，可毕竟是人家的手下败将，也不好说什么。

入秋，栾盈自楚投齐，庄公大喜道："寡人正思报晋国之怨，今其世臣来投，此天助我也。"就欲遣人出迎，晏婴谏道："商任之会，晋人明令诸国不许接纳栾氏，今我纳其叛臣，晋人来责，何以应对？小国事奉大国，当以信用为要，失信则不立，愿我君考虑。"庄公大笑道："卿言差矣，齐地千里，兵车千乘，岂能像曹、卫、邾、莒那样对晋国俯首贴耳，终有一天，寡人要复我桓公霸业，令晋人来朝！"晏婴见庄公不听，退而对陈须无说道："为君者应该讲求信用，我君如此不遵天道，一意孤行，我怕齐国一旦伐晋，祸患就要来临了，真让人担心啊。"庄公派人出远郭接栾盈入朝，栾盈稽首哭诉被逐之冤，庄公安慰道："先生不必悲伤，寡人当助先生还国。"栾盈再拜称谢，庄公设宴款待，随后安顿于国宾馆。州绰等闻栾盈来齐，都来拜见，又请归故主，庄公不许，只让智起、中行喜复归栾氏。

冬，晋平公再会诸侯于沙随，重申不许接纳栾氏之命，齐庄公依然置若罔闻。

欲知栾氏命运如何，且看下回。

第三十四回

焚丹书斐豹刺督戎　围曲沃范鞅败栾盈

再说栾盈在齐，时刻不忘入晋复仇，终于这一天，机会来了。晋平公八年，公元前550年，晋平公嫁女与吴王诸樊，按照惯例，齐国要送陪嫁侍女，栾盈就请求化装混在陪嫁的队伍里，秘密返回曲沃，纠合徒众起事。家臣辛俞劝道："我主衔冤被逐，寄寓他国，国人都很同情，可要是真的起兵攻打国君，就未必支持了，我怕主人此去难以成功啊。不如就在齐为仕，可保栾氏宗祀。"栾盈泣道："先生之言，盈非不知，只是长为寓公，客死异国，怎对得起祖上七世英雄？此去但尽人力，其他非盈所知也。"辛俞退而言道："我主此去，必不免于难，吾不忍见栾氏败亡。"遂伏剑自刎而死。后人赞辛俞道："盈出则从，盈叛则死。公不背君，私不背主。"

栾盈请于齐庄公，庄公言道："先生在晋起事，寡人当发兵以助，内外夹攻，晋不难破也。"遂命大夫析归父入晋送陪嫁女，而暗藏栾盈兄弟、宗族于篷车之中，又遣勇将殖绰、郭最随行。行至曲沃，栾盈等乘夜易服进城，悄悄来见曲沃守将胥午。原来这胥午乃是栾黡旧将，世受栾氏厚恩，栾盈知其忠义，故敢托以大事。栾盈见了胥午，未曾开言，泪已先下，执胥午之手道："栾氏遭怨家所陷，窜

伏草野，于今已三年矣，不意今日得见将军之面。"胥午亦悲道：
"少将军至此，不须悲伤，有事但请吩咐，午敢不效死力？"栾盈收泪
道："齐庄公怜我无罪被逐，秘密送我到此，齐国大兵随后就到，将
军若能尽起曲沃之兵，偷袭绛都，推翻范、赵等人，则栾氏可复兴
也。"胥午摇头道："这事怕是办不成，目下晋国国力不弱，范、赵、
中行、智、韩诸氏也很团结，如不能侥幸取胜，后果不堪设想。我不
是怕死，而是认为成功的把握不大。"栾盈说道："我也知道这事的
困难不小，但家仇不报，徒为栾氏子孙，如果举事不成，是天不助栾
氏也，虽死无恨。大丈夫岂可有仇不报，有冤不伸，坐而老死客舍
乎！"胥午道："既少将军有此大志，午愿执鞭随镫，至于成败，随
老天爷去吧。"栾盈大喜道："只要将军相助，何患大事不成。下军
将魏舒，与栾氏世为下军同僚，私交甚厚，可为内应。"当下胥午藏
栾盈等于密室。

第二天，胥午召集曲沃军吏饮宴，酒过三巡，胥午忽然忧伤地说
道："当年太子申生冤死，不觉已历百年，我等居太子陵庐之地，每
过其所，都不免觉得伤感。"众人都有同感，尽皆吁叹。胥午话锋一
转道："太子之冤，幸已昭雪，今栾氏累世皆有大功于国，却被陷害
而逐，这和申生之冤是一样的啊。"众人道："栾氏之冤，举国皆知，
只不知栾盈少将军现在奔往何方？"胥午试探道："就算是少将军现
在这里，大家又能怎么样？"众人异口同声地说："可惜少将军不在，
如果他能回来，我等愿随少将军杀奔绛都，为栾氏复仇，万死无悔。"
言罢，皆挥拳捋袖，甚至有人激愤得泪流满面。胥午见人心可用，于
是说道："诸君不必悲伤，少将军栾盈已经来了。"说到这里，栾盈
从屏风后转出，对众人一一拜谢，说道："感诸君高义，若能到得绛
都，栾氏没齿不忘。"众人且惊且喜，一齐都道："愿听少将军驱
使！"栾盈大喜，与众人畅饮而散。

　　次日，栾盈派一心腹之人入绛来见魏舒，约期举事，魏舒一口应允，答应为栾氏内应，胥午搜刮曲沃甲兵，约二百余乘，尽付与栾盈。四月初八日，栾盈以心腹爱将督戎为先锋，尽起曲沃之众，杀奔绛都而来，到得南门，早有魏舒军士开门放入，督戎率军呐喊着杀向公宫，守军仓促操戈，双方展开巷战。

　　范匄正在与乐王鲋在府中议事，忽有侍者气喘吁吁地来报："栾盈已从南门杀入，正向公宫进发。"范匄闻报大惊，急得手足无措，连连搓手道："这可怎么办，这可怎么办？"还是乐王鲋镇静，说道："先生掌晋国之政，手握军权，何愁平定不了叛乱。栾氏在朝中多怨，唯与魏氏相善，当务之急，首先应该马上派人去控制住魏舒，防止他协同栾氏叛乱；二是必须立即进入公宫，只要平公无恙，军心就不会散，栾氏就不愁破。平定叛乱，关键看手中有没有权，元帅不可错失良机。"乐王鲋一席话，顿使范匄信心大增，情绪平静下来，于是立即命儿子范鞅去往魏府，务要将魏舒带往公宫，又分头派人通知赵、中行、智、韩等氏，告以栾氏叛军来攻，命他们各率家甲前往公宫助战。其时正好平公的舅父去世，宫中大办丧事，乐王鲋就让范匄身穿丧服，头蒙麻巾，装扮成奔丧的妇人模样，和两名妇女坐着车辇一起进入公宫。平公闻变，事发突然，又惊又怕，一时无计可施，就要自杀，范匄急忙劝道："臣已召集各路军将来保公宫，为今之计，我君可速往固宫，那里墙高池深，粮草充足，且有精兵戍守，足以御敌。"平公道："全仗爱卿调度"。原来这固宫乃是晋君的别宫，襄公时所筑，所以又称襄宫，十分坚固，正是为了缓急之间有个避难之所，没想到今日正好派上用场。范匄奉平公来到固宫，立即布置军士防守，移时，赵武、中行吴、韩起等诸大夫各率军来到，军势大振，范匄命诸将分头戍守。只有智盈（智罃之孙，谥号智悼子）时年幼，不愿参与诸卿之争，因此未到。

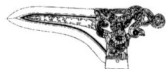

再说范鞅奉了父命，急驰来到魏府，但见魏氏家甲已然列队，魏舒戎装持剑，立于车上，正准备出发前往南门去接应栾盈。范鞅急忙跳下车来，对魏舒说道："栾盈举兵为乱，现在主公已在固宫，诸大臣皆率兵守卫，元帅命你即刻前往固宫，参加平叛，特派我来接你。"说罢，不等魏舒答言，跳上车去，左手挽辔带，右手按剑柄，喝令驱车前行，御者请问去往哪里，范鞅大声道："前往公宫！"面临身家性命的抉择，魏舒心情矛盾，心绪不宁，如同木偶一般，不发一言，任由范鞅将队伍带往固宫，范匄见魏舒来到，大放心宽，快步走下台阶，握着魏舒的手说道："将军率军来保卫晋室，一同与叛军作战，此晋国之幸，主公之幸。待击退栾氏，当以曲沃烦劳将军治理。"魏舒仍是心神不定，唯唯领命。范匄希冀于魏舒的，只要他不帮助栾氏就行，并不指望他与栾氏作战，所以只命魏氏家甲集结待命。栾盈听得魏舒不来接应，反去协守固宫，又惊又怒，叹道："魏氏背盟，我势孤矣，天不助栾氏，奈何？"事已至此，只得兵分两路，一路由勇将督戎率领，攻打固宫南门，自率主力攻打北门。

且说这督戎，生得膀阔腰圆，力大无比，手使双戟，重达八十余斤，乃是晋国第一名将，率军来攻南门，喝命手下军士拆墙毁屋，负土填壕，直抵关下，往来驰骋，耀武扬威，在城下挑战，晋军畏其勇，无人敢出宫迎战。南关守将赵武见督戎英勇，又怕又羡，叹道："惜我手下徒有千军万马，不敌一督戎。"一语激出一将，拱手道："末将不才，愿出关会一会督戎那厮。"赵武见是帐下骁将贾探，军中亦有勇名，喜道："非子蒙（贾探字）不能敌督戎。"贾探手捻长枪，出得宫来，更不打话，挺枪直取督戎，督戎知对方乃是赵氏名将，不敢怠慢，急忙架戟相迎，两员勇将战在一处。约有三十余合，贾探气力不加，被督戎左戟将长枪隔开，抡起右戟，照脑门打来，可怜赵家名将，霎时脑浆迸流，死于非命。

　　督戎胜了一阵，第二天复来挑战，赵武只得令军士以滚木擂石和弓箭死守，方保宫门不失，一面遣人向范匄报急，范匄闻报南关战事不利，恐日久不能守，心下甚是焦虑。是夜正在苦思对策，忽有一人求见，言称愿意出关取督戎首级来献，范匄忙命唤入，进来一看，却是军中隶徒斐豹，原来这斐豹，乃是胥童手下骁将斐成之子，胥氏被灭，斐成被处死，家人尽没官为奴，斐豹自幼在军中服杂役。范匄见其身形瘦弱，心下十分不悦，说道："吾军中上将，尚且死于督戎之手，尔有何能，敢言取督戎首级？"斐豹回道："小人这几日在军前服役，也曾偷闲观阵，已有败督戎之策。"范匄说道："若果能败得督戎，当予重赏。"斐豹回答："小人不愿受财物之赏，只望事成之后，能将我斐氏一门二十余人除去隶籍，列为士人。"范匄道："壮士若能成此大功，吾当请于主公，焚汝隶籍丹书，永除汝名。太阳在天，决不食言！"斐豹道："元帅掌晋国之政，必不欺我，何必发此重誓。"范匄又道："明日老夫当亲往军阵，观壮士建功，但不知需多少兵马，何种兵器？"斐豹道："兵马倒不需要，但借军中长枪一柄、短刀一把足矣。"范匄命军吏依言取至，又赠铁甲一副，斐豹自去准备不提。

　　第二天，督戎果然又来挑战，范匄亲自来到南关，抚斐豹之背曰："为国建功，为家博命，此其时矣，壮士用心，老夫专候佳音。"言毕，命开宫门放斐豹出关，然后紧闭宫门，在箭楼上与诸将观战。那督戎连日挑战，晋军皆无人敢应，今见斐豹身小力单，根本没有放在眼里，大大咧咧地说道："小孩子何必白白前来送死，快换你军中勇将出来决斗。"斐豹道："你休托大，能胜得我手中枪，我方服你。"督戎大怒，举戟打来，斐豹闪过，举枪便刺，二人战有二十余合，斐豹拖枪向西败走，督戎随后赶来。前面有一堵矮墙，斐豹挂枪一跃而过，督戎亦翻过墙头，不见斐豹，正欲向前追击，不料斐豹却

隐身于矮墙之下，从身后一枪刺中督戎腰眼，督戎负伤倒地，挣扎不起，血流洇草，口中犹自骂道："我与你素无冤仇，何故杀我？"斐豹道："将军取富贵，斐豹脱隶籍，两军阵前，何论冤仇？将军不要怨我。"言罢，抽出腰间短刀，来杀督戎，那督戎动弹不得，眼睁睁被割了首级。斐豹手提人头，翻过墙来。

范匄在箭楼见斐豹得手，立即下令开关出击，栾军见督戎身死，尽皆胆裂，哪里还敢迎战，掉头就跑，被晋军追及，或死或降，只有少数军士逃至北关，向栾盈报了凶信。栾盈听得督戎被杀，南路兵败，大惊道："此天灭栾氏也。"栾鲂、栾乐劝道："兄长勿急，督将军虽败，我军尚众，可并力攻打北门，成败在此一举。"栾盈遂集弓弩手登上楼车，箭弩齐发，余众登云梯蚁附而上，守军韩起部卒伤亡甚重，渐渐不支，急向中军范匄求援，范匄命儿子范鞅前往增援，对他说道："栾氏最恨的，就是我们范氏，宫破，你我父子必先遇害，此去若不能退敌，你也不用回来了，就死在阵前吧。"又派中行吴率兵出南门，自后袭击栾军，前后夹攻。二将领命，范鞅仗剑，大声对部众说道："今日一战，有进无退，若不能胜，我当以此剑自刎，决不生还。"众军皆举戈呼道："誓灭栾军。"范鞅率军，飚风一般扑向北关，晋军见援军到来，士气大振，栾军亦知此为生死之战，故死战不退，双方搅在一起，展开混战。忽听宫外喊声震天，中行吴自后杀来，栾军再难抵挡，只得败退，范鞅乘胜登车开关杀出。

栾乐见范鞅追来，急忙弯弓搭箭，朝范鞅射去，不料车颠手抖，那箭擦身而过，范鞅骂道："叛国反贼，死到临头，还敢射我！我就是死了也不会放过你。"栾乐并不搭话，取箭瞄准再射，谁知急驰之间，左车轮触在路边一个槐树根上，竟至侧翻，将栾乐掀翻在地，半晌爬不起来，乱军中被人击断臂膀，血流满地，栾鲂急欲上前救助，右手却被砍断，负伤而逃，栾乐遂死于乱军之中。栾盈闻报栾乐战

死，放声大哭，只得收拾残军，退往曲沃。殖绰、郭最见栾军败退，不愿再从栾盈，分别逃往卫、秦两国。

晋军收军，范匄说道："栾盈退保曲沃，不除终为后患，宜乘其新败，派兵往剿，不可使其有喘息之机。"众将皆道："元帅所言甚是。"范匄当即发令，命范鞅、中行吴率兵车三百乘，往讨曲沃，务须荡平栾党，收复曲沃，二将得令，自去点齐兵马，克日出兵。

范匄奉平公复归公宫，命百官各依职守，士农工商各安其位，祁午等巡城警备，缉奸拿盗，绛都复安。范匄又请于平公道："隶徒斐豹，力杀督戎，为破栾氏之首功，其家二十余户，现尚在隶籍，可因此功而除其籍。"平公准奏道："既立有军功，就该行赏，以奖掖后来者。"范匄就命取斐豹一门隶籍丹书，尽行焚毁，皆列为士人，拔斐豹为中军裨将。

栾盈率残军逃回曲沃，见了胥午泣道："不出先生所料，大事不成，栾盈死不足惜，只是曲沃精壮，都为栾氏而殁，令人痛伤。"胥午道："现在不是悲伤的时候，想那范匄，忌将军族大势众，且结怨已深，必不肯善罢，恐大兵早晚将至，少将军何不及早逃回齐国以避祸？"栾盈道："不肖子孙不能保宗庙，守祖业，还敢逃死吗？曲沃乃栾氏陵寝之地，我当死于此地。"胥午又道："将军之言虽壮，可是就忍心栾氏绝祀吗？"栾盈回答说："吾弟栾鲂，失去右手，已成废人，不能再战，可令其往逃宋国，存栾氏一脉。"遂命栾鲂出逃，栾鲂不忍独去，栾盈按剑怒道："孺子想让我栾氏绝后吗？"栾鲂无奈，对着祖庙伏地三拜，又对着栾盈深施一礼："兄长保重！"兄弟洒泪而别。

说话间，人报晋军已将曲沃城团团围定，栾盈与胥午只得整合余众，据城死守。激战一月，曲沃败军之余，终难当晋军得胜之师，城破之日，胥午自杀，栾盈力尽被执，其族人宗党，全部战死。范鞅命

将栾盈押至军前，栾盈立而不跪，范鞅问道："你是我手下败将，既已被擒，为何不跪？"栾盈道："天厌栾氏，非战之罪，今既兵败，有死而已，何必多言。"范鞅又问："死到临头，你还有何话讲？"栾盈从容言道："晋国诸卿倾轧，不知何时是个头，狐、先、赵、郤、胥先后复亡，范、中行今日得势，只不知何日败亡，吾当拭目以待于地下。"中行吴听栾盈说得凄惨，心中恻然，有释放之意，却听范鞅大喝道："败军之将，尚敢胡言乱语！"命左右推出斩首，栾盈昂首就刑，又搜捕栾氏家小亲近，尽皆斩于市曹。栾氏便成为第五家退出晋国政治舞台的世家大卿。

栾书执晋国之政十余年，锋芒不露，行事谦和，崇尚节俭，不喜奢华，周旋于桀骜不驯、强悍的郤氏、赵氏之间，虽弑厉公、灭赵氏，仍然保有一个好名声。到其子栾黡，汰侈肆虐，不知节制，又恣情妄为，结怨多门，到栾盈时，虽谦恭下士，散财结客，颇得人心，仍难免族败人亡的结局，子孙当谨守祖业，戒骄横，忌奢靡，保家之道，岂可不慎。

有诗单道栾氏之事：

> 宾傅桓叔，枝佐文公，
> 传盾及书，世为国祯。
> 黡一汰侈，遂坠厥勋，
> 盈虽好士，适殒其身。
> 保家有道，以诫子孙。

栾氏与赵氏的败亡，惊人地相似，都是上辈长期秉政，结怨多门，且都有弑君的口实，而后辈骄纵，不能善处同僚。其导火索又都是主母不守妇节，事败怀怨，向母家出首，被诬谋反。不同的是，赵

氏后来复兴，就有机会为祖上讳，编造出被奸臣陷害的动人故事，而栾氏就没有那么幸运了。

再说齐庄公，听得栾盈起兵攻绛，亦大起兵马，以伐卫为名，杀奔晋国而来。晏婴谏道："我君自恃兵强马壮而去攻打盟主，这不合适呀。如果不成功，还算是国家之福，而一旦侥幸成功，则更不吉，不修德行而有武功，祸患必然会应在国君身上。"执政崔杼也劝道："不能去呀。臣听说，小国钻大国的空子而加以武力，一定会受到灾祸，希望我君仔细考虑。"庄公一概不听，取道卫国，攻占了晋地朝歌（在今河南淇县），然后兵分两路，一路入孟门（河南辉县市西），一路从沁阳城西登太行山，两路大军会师于陉庭，大败守城晋军，在那里建造纪念塔，彰表军功。又在沁水畔堆晋军尸体建造京观，以发泄平阴战败的愤懑。正要继续向绛都进兵，闻听栾盈战败，已退回曲沃，庄公只好传令班师。赵旃之子赵胜乘机率邯郸之兵追击，打败齐军后队，斩获了担任断后任务的晏婴之子晏莱。鲁襄公也派大将叔孙豹率师驻兵雍榆（今河南浚县西南），以增援晋军，齐军无心再战，收兵回到国内。

欲知后事如何，请看下回。

第三十五回

逞文辩子产说晋卿　贪权柄宁喜复卫君

　　晋平公会合鲁、宋、卫、郑、曹、薛、滕、邾、莒、杞、小邾等国诸侯于夷仪（卫地，今河北邢台市西），谋取伐齐，以报朝歌之役。齐庄公也担心晋国会来报复，于是与楚联络，以作为外援。楚康王派大夫蒍启强赴齐行聘，齐庄公在军中设社坛祭土地神，又检阅车徒甲仗，请蒍启强观看。听得诸侯军将要来攻，就派陈无宇随同蒍启强一块赴楚，请求楚国出兵相助。晋平公正要率诸侯军向齐国进发，不巧连日大雨，洪水泛滥，道路不通，只得驻兵夷仪，以待天晴。

　　楚康王应齐国之请，起兵来援，驻军棘泽（郑地，今河南新郑市东南），攻打郑都新郑东门，郑上卿子产一边组织抵抗，一边飞报夷仪，平公见攻齐不成，遂率诸侯之师转道救郑，与楚军相遇，平公命先锋张骼、辅跞前去挑战，二人要求郑国派一个熟悉地形的人驾车。郑国人经过占卜，公族宛射犬最吉利，临行，郑国执政游吉嘱咐他说：“你去了以后要尊重晋国人，听从他们的指挥，大国的人是不能和他们平起平坐的。”宛射犬不以为然地说道：“国家再大，不都一样需要驾车的人吗？”游吉再劝道：“话不能这么说，毕竟，小土山比不得高山峻岭，是长不出松柏来的。”

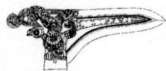

宛射犬来到晋营，果然，张、辅二人十分倨傲，自己坐在帐篷里喝酒吃肉，把宛射犬晾在外边，吃饱喝足了才让他吃。宛射犬憋了一肚子气，吃完后，也不招呼二人，驾起冲锋车就往楚营驰去，张骼、辅跞急忙坐着自己的车追上去，直到楚营门口，才追上宛射犬，上了冲锋车。进得楚营，张骼、辅跞下车，连续用胳膊夹死几个楚兵，又举起几个楚兵摔成肉饼。二人正杀得兴起，却见宛射犬驾起车往回驰去，不敢再战，赶忙紧跑几步，拽住辔绳才上了车。楚军追来，张、辅二人抽弓射杀数人，楚军方退，回到晋营，二人对宛射犬说道："公孙，咱们既然坐在一辆车上，就是兄弟了，你怎么去和回都不打个招呼，自己就走了呀？"宛射犬回答说："去的时候，我一心想着冲锋，回来的时候，我看见楚军冲来，心中害怕，所以两次都来不及打招呼。"张骼、辅跞知道宛射犬是负气行事，但因为胜利完成了挑战任务，心中高兴，所以笑着说道："公孙你也太性急了，马上就对我们进行报复。"

楚康王见诸侯之兵南下救郑，齐国之围已解，于是退兵，诸侯军亦退。

范匄执政，收取诸侯各国的贡赋太重，郑国人有点吃不消，郑简公于是亲自来到晋国，要求减免。子产留国，他让随行的子西给范匄带了一封信，信中说道："先生为晋国执政，诸侯各国没有感觉到有什么美德，却只觉得贡赋太重，子产我为此而感到迷惑不解。我听说治理国家的人，担心的不是聚集的财富不多，而是怕得不到一个好名声。诸侯的财富积聚于贵国，则诸侯就会感到不平，从而怀有贰心，同理，如果先生把财富作为利己之物，则晋国就会不团结。诸侯不和，晋国就会受到损害，晋国不团结，先生也会受到损害，您不是个糊涂人，应该明白这个道理。好名声是承载德行的车，而德行是国家的根基，根基牢固国家就不会受到损害，您为什么不去尽力做到这一

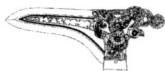

点呢？只有致力于德行的修炼，才会保持长久的和平。希望先生能用宽厚之心来发扬德行，好名声自然就会传布于天下，则远方的人会仰慕而来，近处的人会因此而获得安宁。大象因为有贵重的象牙，所以才招致人们的猎杀，可见，财富多了并不是什么好事，要那么多财富干什么？你是愿意让人们说'你养活了我们'，还是愿意让人们说'你搜刮了我们'呢？"范匄看了子产的信，认为说得很有道理，于是就减轻了诸侯各国上缴晋国的贡赋额。郑简公此行，除了要求减轻贡赋外，还想请晋国同意他们伐陈，以报其犯境之仇，所以见了范匄特别恭敬，对范匄行叩首礼，范匄连称："不敢当，不敢当！"陪同简公的郑大夫子西在一旁说道："陈国仗恃楚国，经常侵陵敝国，寡君想问罪于陈，怎么敢不叩首呢？"言下之意，想让晋国同意他们伐陈，范匄因陈国新近归附，没有答应。

程郑自被悼公拔为赞划，恭谨尽职，累迁为下军大夫，深得晋平公宠信，栾氏败亡后，平公因智氏没有参加平栾氏之乱，不喜智氏，遂拔程郑为下军佐。这程郑本是荀氏别族，族远家贫，祖上和自己都没有什么军功，突然位列六卿，成为晋国举足轻重的人物，常感自己不如其余五卿族大根深，出身尊贵，不免处处流露出自卑感。又亲睹栾氏败亡，慑于诸卿倾轧之惨烈，深怕自己有朝一日蹈栾氏之复辙，所以时时感觉惶恐，想要激流勇退。这日亲到馆驿拜会郑国大夫子西，问道："先生有什么好办法能够让我顺利降级呢？"子西不知程郑的真实意图，不敢贸然作答，虚言敷衍过去。回到郑国后，子西对然明说起这件事，然明说道："看来程郑这个人要死了，要不然就是要逃亡了。"子西不解，然明分析说："身处高位而懂得小心谨慎，想要降级，这很容易就能够做到，还用得着问别人吗？以前晋国的赵衰和范匄不都这样做过吗？再者说了，登上高位而要求降级的，这是道德高尚的聪明人，程郑不具备这样的思想境界，我看他是得了疑心

晋

国

演

义

病，自知将要死去而忧虑呀。"不出然明所料，不久之后，程郑病故，平公只得将卿位还给智氏，任智盈为下军佐。

程氏是晋国诸卿中出身最为低微，在位时间最短，而又消亡最为奇特的一家，除了程郑本人的能力以为，晋国高层政治斗争的激烈恐怕也是一个重要原因。

鲁大夫叔孙豹入晋行聘，范匄公余与他闲谈，问道："人们常说的'死而不朽'是指什么？"不等叔孙豹回答，范匄说道："匄之祖上，舜以前为陶唐氏，夏朝时为御龙氏，商朝时为豕韦氏，周朝时为唐、杜氏，后迁晋为士、范氏，历经千年，子孙世代肉食，为官居宦，这是不是就可以说是死而不朽了？"叔孙豹说道："先生家族显耀，保姓受封，慎守宗庙，世代不绝祭祀，令人称道。然而这只是禄之大者，这样的人哪国没有？还谈不上死而不朽。至于不朽，最高的是树立德行，其次是树立功业，再次是树立言论，能做到这样，虽死而久久不废，譬如鲁国的先大夫臧文仲，其人早就不在了，而他的话却传于后世，敝国至今以为立法之据，这才叫死而不朽呢？"范匄面有惭色。不久，范匄离世，平公拔赵武为中军元帅，主国政。

在栾氏败亡之初，赵武曾经和范匄、韩起争夺原先属于栾豹的州邑（晋地，今河南沁阳县东南，温县东北），赵武的理由是："州邑属温地，而温地是我们赵氏的封邑，所以州邑自然也应当是赵氏的。"范氏、韩氏则提出不同的意见："州邑自我先君景公封与却称以后，就与温邑一分为二了，到现在早已三易其手。晋国这种分县而治的情况多了，谁能按划分以前的情况来治理呢？"赵武见人家说得在理，感到很惭愧，就不再争了。范匄和韩起说道："我们不能在口头上表示公正而去为自己谋取利益。"于是也都不再争了。到赵武执政，他的儿子赵获说道："父亲现为晋国正卿，我们可以去取州邑了。"赵武一听，不由怒气顿生，骂道："你出去！范、韩二位的话是合于道

义的，我若违背道义，必将招来祸患，连自己的封邑都保不住，还要州邑干什么？人怕的是不知祸从何起，既然知道了，就该规避。再有言取州邑者，我一定会杀掉他！"

第二年，晋军再次纠合诸侯，渡过泮水，来攻齐国，在齐之别都高唐大败齐军，齐国震畏。时齐庄公已被权臣崔杼所弑，其弟杵臼立为景公，派大夫隰鉏和庆封到晋军中来讲和，把责任都推到已经死去的庄公身上，献晋平公以宝鼎和乐器，其余大小将佐甚至国内留守的官员都有礼物，平公见齐人态度谦卑、诚恳，答应了他们讲和的请求，派叔向通知各国诸侯退兵，鲁襄公让大夫子服惠伯对叔向说："大国原谅了有罪的国家，使我们小国都得到了安定，这是贵君的恩德呀。寡君谨遵命！"

七月二十日，诸侯与齐景公相会于重丘（**齐地，今山东聊城市东南**），结盟后各自班师。

郑国与陈地近，两国相互攻伐，郑国大胜，子产身着戎装，到晋国来献捷，晋国大夫士弱（**士渥浊之子**）接待他，问道："陈与郑一同事晋，陈有何罪，你们为什么要攻伐他？"子产回答："我国数有恩于陈，多次帮他们平息内乱，定其君之位，而他们却忘记我国的恩德，屡次进犯我们的边境，不知满足，故我君简公去年曾告于上国，要求问罪，没有得到上国的允许。今年初，他们竟兴师攻打我新郑东门，沿路填塞水井，砍伐树木，敌兵压城，姬姓蒙受耻辱。幸上天启发了我们的智慧，这才产生了攻陈之心，陈国的罪过终于得到了惩罚，所以敝国才敢来献捷呀。"士弱又问："不管怎么说，你们总比陈国大，为什么要以大欺小？"子产又回答说："周室先王有命，有罪过就要分别给以刑罚，况且当初天子之地方圆一千里，列国之地方圆一百里，依次递减，可是现在，大国多数已经超过方圆千里了，不侵小何以能成为大国呢？"士弱见子产对答如流，毫无破绽，只得没

理找理地问：“那你来我国为什么要身穿军服？”子产再次回答：
“城濮之战后，贵国先君文公曾发布命令说：‘各依旧职’，命我先君
文公身穿军服辅助周襄王接受楚国战俘，我穿着军服来，正是遵从贵
国先文公之遗命呀。”士弱再也无话可说，只得禀报执政赵武，赵武
说道：“子产的话顺理成章，无懈可击，我们不能做违背情理的事。”
就接受了郑国的战利品。冬十月，郑简公在子展的陪同下专程来到晋
国，拜谢晋国承认并接受郑国胜陈之功。

　　孔子评论此事说：“语言是为了表达意愿，而文彩可以帮助语言
实现自己的功能。没有语言，谁知道你的意愿是什么？而没有文采，
语言也不会说服别人，完成你的意愿，更不会流传久远。郑国攻打陈
国，要不是子产的语言有文采，就不会得到霸主晋国的认同。可见，
文采相当重要啊。”

　　再说卫献公被国人所逐，客居于齐，不觉已有十二年，齐景公认
为奇货可居，想通过恢复他的君位来谋取卫国的五鹿这个地方，所以
就派使者对晋平公说：“卫献公虽被废黜而失去君位，但长期流落国
外，于情理不合，这是您霸主的耻辱呀，为什么不把他安置在卫国
呢？”晋平公认为有理，就说服卫国，把夷仪拨给献公居住，并且派
魏舒到齐国来迎献公，齐国人只放了献公，而把他的家小留作人质。

　　当年卫献公被逐，孙林父和宁殖为主谋，所以史官书曰：“孙林
父、宁殖逐其君。”宁殖深感不安，临终时，他对儿子宁喜说道：
“我当年得罪献公，名藏史册，现在悔而无及，只有帮助献公复位，
才能掩饰我的罪名。若能做到这一点，你就是我的儿子；若做不到，
我宁可在地下饿肚子，也不会接受你的祭祀的。”宁喜答应了父亲。

　　卫献公探知此事，知道自己复位有望，就派心腹入楚丘城来见宁
喜，宁喜愿意帮助献公复位，同时提出：“此事必须有献公的同母弟
子鲜参与，否则办不成。”献公闻报大喜，即派子鲜具体操办复位之

311

事，子鲜不想参与，说道："为君的没有一个讲信用的，我怕这样作得不到一个好结果。"他们的母亲敬姒一定要子鲜去办，说道："你是他的亲兄弟，他不靠你靠谁？就算是看在我的面子上，你也应该去办。"子鲜无法，只得应允，奉了献公指示，亲见宁喜，说道："果真能够复位，政事由先生主持，国君只管祭祖、郊祀一类礼仪方面的事务。"宁喜贪掌国政，闻言大喜，出来与好友蘧瑗相商，蘧瑗回答说："我没有参与逐君，怎么会参与复君？"宁喜又与右宰穀相商，右宰穀说道："不可。宁氏前已获罪于献公，现在又将不利于新君，如此反复，天下谁能容先生？"宁喜说："我受父亲临终之命，不得不如此。"右宰穀说："那我就先去见见献公，看看情况怎么样。"宁喜道："如此甚好，就烦先生一行。"两天后，右宰穀从夷仪回来，对宁喜说道："献公在外避难十二年，面无忧色，也没有悔过的语言，还是那个老样子。我们如果继续干下去，只怕不会有好结果。"宁喜说："献公虽然不贤，他的弟弟子鲜这个人还可以。"右宰穀不屑地说："子鲜遇事，至多不过能自己逃亡，能为我们做什么？"宁喜只好说："现在已是箭在弦上，不得不发了。"

二月初六日，宁喜、右宰穀发兵攻打孙林父宅，这时孙林父别居于戚地，他的次子孙襄据守，胸中一箭，仍指挥家甲死守，宁喜攻打不下，只得退兵郊外。半夜，孙襄伤重而死，家人举哀，宁喜乘乱再攻，孙氏不能守，被宁喜攻占。天明，宁喜又率军攻入公宫，杀死殇公和他的太子姬角。二月初十日，宁喜等到夷仪迎接献公复位。众大夫来迎的，献公执手和他们交谈，迎于中途的，献公在车里和他们拱手，迎于城门的，献公只点点头而已。回到楚丘，献公接受群臣朝拜，看见太叔仪也在朝班，就责备他说："寡人避难在外，别的大夫经常向寡人通报国内情况，可先生您从来不曾问候寡人，不知先生对寡人有什么意见？"太叔仪回答说："臣知罪了。臣不才，主公有难，

不能随主公出逃，罪一也。臣在朝，不能两面讨好，为主公通风报信，给自己留一条后路，罪二也。有此两款罪，臣请从此亡命草泽之中。"献公急忙劝阻了他。

孙林父听说宁喜迎献公复位，儿子孙襄战死，就占据戚地背叛卫国，归附于晋，卫献公派齐国来投的勇将殖绰讨伐，孙林父向晋国求救，晋国只拨来三百人，孙林父命他们戍守东部边境小镇茅氏，长子孙蒯谏道："三百人兵力过于单薄，恐怕守不住茅氏，应该增兵。"孙林父说道："我正是要他们战死，以激怒晋国，全力助我抗卫。"孙蒯连声称善。果然，茅氏很快被殖绰攻破，三百晋兵全部战死。孙蒯率兵来敌殖绰，畏殖绰之勇，不敢出战，孙林父怒道："厉鬼尚且可以伤人，你连厉鬼都不如，速去接战退敌，若不能胜，休来见我！"孙蒯被父亲一骂，激起一腔勇气，遂与殖绰战于圉地（今河南濮阳市东），设计大败卫军，手下骁将雍鉏斩殖绰。孙林父隐瞒了胜绩，只把三百晋军战死的消息禀报晋国，再次请求晋国援助。

晋平公闻报果然大怒，命赵武与鲁、宋、郑、曹等国之兵会于澶渊，讨伐卫国，占领了懿氏（今河南濮阳市西北）一带六十多个村堡，交给孙林父，卫献公知道无法与联军硬拼，只得到晋军中来解释。赵武不便对卫君动粗，于是拘捕了随行的宁喜、北宫遗，派大夫司马侯先把他俩押回晋国。卫献公对赵武说道："当年孙林父以臣逐君，其实有罪，我今复位，不过是拨乱反正罢了，何烦盟主来讨？"赵武道："你有理自去向我君诉说，本帅不与你辩曲直。"于是将献公软禁，一同到达绛都，平公命将卫献公囚于大夫士弱家中。

秋七月，齐景公约同郑简公一同到晋国来为卫献公说情，平公一时未决。晏婴知道叔向倾向于献公，于是私见叔向，说道："晋君既为盟主，就应该宣扬德义，忧心诸侯的祸患，补正他们的过失，纠正他们违礼的行为，帮助他们治理国内的动乱。现在却为乱臣而囚其

君，这不太合于礼吧？"叔向把晏婴的这番话告给了赵武，赵武转呈平公，平公举出了卫献公许多不合为君之道的行为，让叔向转告齐、郑二君，齐大夫国弱赋诗《辔之柔矣》，意为霸主应该宽政以待诸侯，郑大夫赋诗《将仲子兮》，意为人言可畏，都是再次请求宽宥卫献公，平公拗不过二君面子，答应释放卫国君臣，却迟迟不肯付诸行动，直到卫国人把卫献公的女儿送给他，这才放献公回国，并且承认了他的合法地位。对此，诸侯各国啧有烦言，都说晋平公的做法失去了作为国君的常礼，更不合霸主之道。

卫献公复位，如约由宁喜掌国政，国中大事都是宁喜说了算。大夫公孙免余看不惯，密奏献公要求杀掉他，献公为难地说："没有宁喜，寡人不能复位，而且我也答应过让他掌国政，如果杀了他，寡人岂不是要担一个背约之名。"公孙免余说道："这事由为臣来办，我君装作不知道就行了。"卫献公默许，公孙免余就让对宁喜同样不满的公孙无地和公孙臣去攻打宁喜，结果战事不利，二人双双战死，卫献公叹道："公子行当年被孙林父所杀，现在公孙臣战死，父子二人都是为寡人而死啊。"

夏天，公孙免余整军再攻，攻杀宁喜和右宰榖，将二人陈尸朝堂，老臣太叔仪对着宁喜之尸言道："宁子啊，人言慎始敬终才能免祸，先生虽有复君之功，却不能尽为臣之道，能不灭亡吗？可怜宁氏九世为卫卿，一朝复灭，痛心啊。"卫献公嘉公孙免余之功，准备给他增食邑六十，公孙免余辞道："卿才能食邑过百，现在臣已有食邑六十，不敢再接受了。宁喜就是因为食邑太多才败亡的，臣害怕接受了会有灾祸降临呀。"献公说道："既如此，那寡人就任你为卿。"公孙免余再辞道："太叔仪忠心不贰，能决断大事，我君还是任用他吧。"献公接受了他的意见，任太叔仪为卿，公孙免余被提拔为少师，但仍不敢接受六十邑，只接受了三十邑，坚持食邑不上百。

见事情发展到这个结果，子鲜不安地说："当年驱逐国君的孙林父没有被治罪，而帮助国君复位的宁喜却被杀死了，如此赏罚不明，怎么能够止恶劝善呢？国家成了这个样子，子鲜我也有责任呀。"就出奔到晋国，献公急忙派人阻止，在黄河边追上子鲜，子鲜对河发誓道："我绝不会再回到卫国去！"使者见子鲜态度十分坚决，只好回朝复命。子鲜渡过黄河，在晋地木门（今河北河间市西北）安下身来，站坐都不肯朝着东面的卫国。晋国的木门大夫知道他是贤者，请他出仕，子鲜不答应，说道："我要是出仕，等于向世人宣扬我出逃的原因，彰显别人的错误，显得自己清高，我不能这样做啊。"终身没有出仕，子鲜去世以后，卫献公一直为他服丧，直到三个月后自己也去世。

晋平公十年，公元前548年五月，好久没有往来的秦晋两国决定结盟，晋大夫韩起入秦，秦景公之弟嬴铖入晋，双方签订盟约，但这个盟约并没有什么实质性的内容，两国的关系依然十分冷淡。第二年春，嬴铖来晋重申盟约，叔向命人去叫主管外交事务的官员子员，另一位官员子朱说道："不用去叫了，今天该我当班。"叔向并不答言，子朱连说了三遍，叔向都当是没有听见，子朱大怒，说道："我和子员职务地位相当，为什么不用我而非要用他？"叔向回答说："秦晋不和已经很久了，今天嬴铖来，如果幸而能够谈成，则两国之幸，如果谈不成，就会陷入战争。子员传达两国的话无私，而先生您经常夹杂个人意见，事关重大，肸不敢不慎。"子朱羞惭而退。平公见叔向办事谨慎，对他更加信任，说道："寡人有贤臣如叔向，晋国何愁不兴旺发达呢？"

这日，平公在宫中后园游玩，看见天空有小鸟飞来飞去，急取弓箭射之，小鸟中箭，受伤在地上挣扎，平公忙命内侍襄去抓，襄没有抓住，小鸟带伤飞去，平公发怒，命将襄拘捕，准备处死。叔向听

说，顾不得天已黄昏，入宫中来见，平公告以襄之事，叔向说："襄这个人一定得杀掉他。当年我先君唐叔虞在徒林一箭而射死兕牛，故军民仰敬，今我君射鸟不死，又没有抓住，这证明我君箭术不精，有损我君威名，必须立即杀掉襄，别让这事传扬出去。"平公知道如果杀掉襄，事情将会传得更远，叔向是在劝谏他，感到惭愧，当即免襄之罪，将其释放。

新年之际，晋平公在宫中置酒招待群臣，酒过数巡，平公忽然有感而发，言道："当国君其实也没有什么快乐的，只不过他的话大家不敢明着违背罢了。"话刚说完，师旷站起来说道："刚才这话是谁说的？请斩此人。"平公说道："是我说的呀。"师旷假装不相信，说道："怎么可能是君上您说的呢？这样的话可不是为君者应该说的。"

孔子评论这事道："一言可丧邦，一言亦可兴邦，为君者居高位，临天下，出言岂可不慎？"

太史董叔准备娶范鞅之女为妻，叔向劝阻他说："范氏权重族大，其女骄矜，目中无人，你不怕娶了她受气吗？我看还是算了吧。"董叔说道："目下国内诸卿争权，我不结一门有权势的亲戚，只怕要受人欺负，搞不好，连史官的职位都会丢掉，大树底下好乘凉啊。"于是不听叔向劝阻，娶了范女。叔向叹道："其祖董狐不畏权势，以直笔闻名天下，现在他的子孙却为了保住职位而结交权贵，这变化也太大了吧。"没过多久，范女就在父亲面前告了董叔一状，说董叔欺负她，范鞅大怒，不问青红皂白，就把董叔吊在院子里的一棵槐树上，为女儿出气。叔向从院门路过，董叔大声要求叔向救他。叔向说道："你要结一门有权势的亲，亲也结了。你要找一棵大树乘凉，树也有了，想得到的都得到了，你还有什么不满足的？"董叔垂泪道："悔不听先生之言，致有今日之辱，还望先生救我。"叔向这才找到范鞅，劝其将董叔解缚释放。

　　三年前，齐国大夫乌余占据廪丘（齐地，在今河南范县）叛齐附晋，又袭占了卫国的羊角（今山东郓城与范县交界处），还不满足，又乘着天降大雨，袭击鲁邑高鱼（今山东郓城县北），从城墙的泄洪口泅入，先攻占了军械库，取出大批兵器铠甲，装备士兵，然后占领全城，后来还侵占了宋国的一处城邑。当时范匄重病在身，未能妥善地处理这件事，赵武执政后，对晋平公说道："晋国作为天下盟主，应当制止诸侯间的相互攻伐，现在乌余的地盘，都是侵夺来的，可我们却贪图他的归附，这不是盟主应该做的，还是还给各国吧。"平公道："就依卿言，可是派谁去比较合适呢？"赵武回答说："胥梁带可以，他虽然和胥童同是胥甲之孙，但自其父起就已经另立门户，为人一向谨慎心细，派他去，必能兵不血刃地解决问题。"平公遂派胥梁带前往。

　　胥梁带领命，来到廪丘，声称要让各国正式把土地割给乌余，却秘密通知齐、卫、鲁、宋等失地诸国，派军队到廪丘来接收失地，叮嘱他们一定要注意保密。乌余不知是计，带着自己的卫队来见胥梁带，胥梁带设宴招待各国使者，乘乌余不备，就席间拘捕了乌余，缴了他的卫队的械，将其侵占的城邑，尽数交还各国戍守。

　　胥梁带此行，圆满完成了任务，失地各国，尽皆感谢晋国，称颂霸主。胥梁带回国复命，平公赏其十邑。

　　欲知赵武如何行事，请看下回。

第三十六回

博令名向戌再弭兵　谋忠信赵武屡让先

赵武执掌晋国之政，再次减轻了各国的贡赋，与各国交往也十分注重礼仪，他对前来行聘的鲁国大夫叔孙豹说道："从今往后，战争可能会减少了，因为齐景公新即位，想和各国搞好关系，而我和楚国令尹屈建的私人关系也比较好，只要我们注意外交辞令，尊重他们的意见，建立两国间的友好关系，从而消除战争，安定诸侯，是很有可能的。"宋国大夫向戌与晋执政赵武和楚令尹屈建的关系都比较好，他听说了赵武上面的这番话，就想为两国牵线，再次举行弭兵大会，并借以出名。他先来到晋国，把自己的打算告给赵武，赵武与诸卿商议，韩起说道："战争会残害人民，耗费钱粮，给国家带来灾难，现在有人倡导消除战争，虽然不一定能办得到，但我们一定要同意。如果我们不同意，而楚国人同意了，并以此来号召诸侯，我们的盟主地位就有可能失去。"赵武于是答应了向戌，同意弭兵。

向戌又来到楚国，把同样的意思对屈建说了一遍，屈建也同意。向戌觉得还需征得另一个大国齐国的同意，于是他又来到齐国，谁知齐国执政庆封对齐国目前的地位不满意，怕弭兵会束缚住自己的

手脚，所以态度不很积极。陈须无劝道："晋楚两国都同意了，我们怎么能不同意呢？别人都说消除战争，而我们不愿意，就连我国的人民都会叛离，我们还怎么统治呢？"庆封听陈须无这么一说，也就同意了。三国都通知了附属于自己的小国，一齐到宋国会盟。

晋平公十二年，公元前546年夏六月，晋国赵武、叔向、智盈，楚国屈建、公子黑肱以及齐国庆封、鲁国叔孙豹、郑国良霄、卫国石恶、陈国孔奂、蔡国公孙归生，还有邾悼公、滕成公和曹、许两国的大夫一齐会于宋都睢阳，举行第二次弭兵大会。因为是和平之会，所以各国军队都不设壁垒，只用篱笆隔开，晋楚两国各处于两边。公子黑肱先来见赵武，商谈具体细节，向戌则去见屈建，征求楚国意见。屈建对向戌说道："我们的意见是晋楚两国的属国交相朝见。"向戌带着楚国的意见来见赵武，赵武说道："晋、楚、齐、秦都是大国，齐国虽然附我，可我们无法指挥他们去朝见楚国，就如同楚国无法指挥秦国来朝见晋国一样。如果楚国能让秦国来朝见我国，我们敢不强令齐国也去朝见楚国吗？"向戌又把赵武的意见反馈给屈建，屈建不敢作主，派人乘传车向楚康王禀报，康王指示："除了齐、秦两国，其他国家必须交相朝见。"楚国之所以坚持这个意见，是由于晋国的属国多，而楚国的属国少，这样一来，楚国无形中就得了便宜。

七月初二日夜，赵武和黑肱议定了盟书的内容，统一了口径和措词，敲定了有关的议程。智盈忽然发现楚军有异常的举动，担心会对晋军不利，就向赵武作了汇报，赵武说道："一旦情况有变，我们向左进入睢阳，楚人能把我们怎么样？"

七月初五日，各国盟于睢阳城外，屈建准备乘机袭击晋军，杀掉赵武，所以下令楚国人都在外衣里边穿上皮甲，只有伯州犁不肯，并且坚决要求大家都脱掉皮甲，说道："今天诸侯各国盟会，而我们却

做不守信用的事，这不太合适。如果我们不讲信用，诸侯谁还会信任我们，这等于是我们自己丢掉使诸侯顺服的东西啊。"屈建说道："晋、楚两国间相互不信任已经很久了，我们只管去做对自己有利的事，只要能够遂我之愿，管它什么信用不信用！"伯州犁退而告人说："不出三年，令尹必死。因为他只求满足自己的意愿而不顾信用，可意愿能够满足吗？不讲信用的人，怎么能够活过三年？"

赵武听说楚国人内穿皮甲，想要劫盟，对此心存忧虑，就问叔向该怎么办，叔向说道："没关系。忠不可侵，信不可犯，忠信而本固，一个普通人做了不守信用的事，尚且不得好死，而一个会合诸侯的大国上卿做了不守信用的事，上天更不会保佑他。诸侯之会，最重要的是诚信，现在楚国人如此虚伪，没有人会拥护他，他怎么能危害我们呢？如果楚国人一定要背信弃义袭击我们，诸侯各国肯定不会支持他，我们战死，晋国的盟主地位反而会更加稳固，我们难道怕死吗？况且这儿是宋国的地盘，楚人失信，宋国必然会站在我们一边，和我们同仇敌忾，誓死抗楚，即使楚军比我们多一倍，也不愁战胜他，有什么好担心的呢？此次大会以消除战争为目的，楚国人要发动战争，也不得不有所顾忌，我看情况还不至于恶化到那种程度。"

果然，屈建见晋国人从容镇定，信守承诺，一心会盟，没有敢轻举妄动。

歃盟的时候，晋、楚两国争先，晋人说："晋国本来就是诸侯盟主，从来没有在晋国前面歃盟的。"楚国人反驳说："你们说晋楚地位相同，如果每次都是晋国在先，这不是表明楚国不如晋国吗？况且晋楚一向交替为诸侯盟主，岂只晋国一家是盟主？"叔向对赵武说道："诸侯是服晋国之德，并不是服晋国之主盟，我们只要致力于德行就行了，不一定非要争先。况且诸侯会盟，也有小国主盟的先例，你把

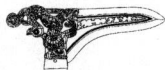

楚国当成是替晋国主盟的小国，不也可以吗？"赵武于是同意让楚国人先歃盟。可是《春秋》的记载却是晋国在先，这是由于晋国人能够以大局为重，没有一味争先。

第二天，宋平公同时宴请晋、楚两国大夫，以赵武作为主宾坐了首席，席间，屈建与赵武交谈，赵武不善文辞，应答不畅，只好由叔向帮着对答，而叔向提出的问题，屈建也应答不上来。后来，屈建又问赵武说："士会先生是晋国历史上的名臣，他的德行如何？"赵武回答说："老先生把家事治理得井井有条，对国人没有隐瞒，他的祝史向鬼神祝告，没有言不由衷的话，而且每有建言，都说是从老师那儿学来的，每有善行，都说是受朋友影响的，举荐贤能，黜退不肖，都是按他们的实际能力，并不逢迎国君或者他人，也不根据自己的好恶。"盟会结束，屈建回到楚国，把赵武的这番评论汇报给康王，康王感叹道："士会确实高尚啊，怪不得他能辅佐晋国五代国君为盟主呢。"屈建又极口称赞叔向之才以及在这次盟会中的表现："晋国成为霸主是应该的啊！有叔向这样的人作为正卿的助手，楚国无法与它抗衡，更不可能与它争雄。"

向戌通过睢阳弭兵，为社会安定和人民生活作出了贡献，确也留名于青史。由于晋国忙于内部争斗，而楚国深受吴国的袭扰，两国都无心争霸，所以这次弭兵比第一次弭兵要牢固得多。不久，按照盟约规定，鲁、郑、宋、卫、曹、邾、莒、杞、滕等晋国属国赴楚朝拜，而楚的属国陈、蔡、许、胡等国也来晋国朝拜，值得一提的是，僻处北鄙，长期没有参与中原事务的燕国国君燕懿公也首次参见了霸主晋平公。

齐景公也准备前去朝拜晋国，权臣庆封说道："睢阳之盟，规定我们和秦国除外，我君为什么还要去朝拜晋国，耗费财物？"陈须无说道："先考虑大事，再考虑财物，这才合乎周礼。小国如果没有事

奉大国的机会，就要顺从他的意图来行事，这也合乎周礼。虽然睢阳之盟规定了我们不必去朝拜，但我们敢背叛晋国吗？就当是我们践行重丘之盟吧，我君还是去比较好。"齐景公听了陈须无的话，遂赴晋国朝见平公。

晋国派智盈赴楚，楚国派蘧罢赴晋，双方重申睢阳之盟。晋平公设宴招待蘧罢，席散，蘧罢赋《既醉》诗而出，称颂晋平公为太平君主，平公感楚人之诚，因此也诚心诚意地致力于发展两国之间的友好关系，终平公之世，晋、楚间再没有发生过战争。

晋平公的母亲悼公夫人是杞国之女，杞孝公之妹，杞孝公通过自己的妹妹要求鲁国归还以前占取的杞国土地，平公不便违拗母意，就派大夫司马侯去办，司马侯没有把鲁国占领的土地全部归还给杞国，只归还了一部分，悼公夫人不高兴地说："司马侯肯定是收受了鲁国人的贿赂，才这么办事不力，先君悼公地下有知，是不会保佑他的。"平公把这话告给了司马侯，司马侯说道："大国侵夺小国土地，这一点都不奇怪，没有听说要还的。以我们晋国为例，武公、献公以来，攻灭了虞、虢、焦、霍、扬、韩、魏等国，这些都是姬姓国家，晋国才因此而强大起来，如果不侵小国，土地从何而来？杞国不过是夏朝的残余，而又地近东夷，鲁国是周公之后，一向与我国友好，该交的贡赋从来不缺，该送的宝玩按时送来，公卿大夫来朝见的，不绝于道，史书多有记载，国库没有一个月不收进他们的礼物。照此情况，把杞国封给鲁国还差不多，为什么要损害鲁国而让杞国得益呢？假如先君悼公真的有知，他会让夫人去做这件事，又何必用老臣我呢？"

到杞孝公的儿子杞文公即位，因都城淳于城（今山东安丘市北）残破，又通过自己的姑母请求晋平公帮助修葺，平公遂命智盈率鲁大夫孟孝伯、郑大夫游吉和公孙段、卫大夫太叔仪等办理此事。太叔仪

晋

国

演

义

不满地对游吉说："晋国这件事做得太过分了吧，让我们来修杞国城墙！"游吉无奈地说："有什么办法呢？周室衰微，晋国不去匡扶，却来帮助夏朝的后裔杞国，这明摆着是疏远我们这些姬姓国家。我听说疏远同姓而亲近异姓，叫做离德，抛弃了姬姓，谁还会和他友好往来？晋国怕是要没有朋友了。"

次年二月二十二日，悼公夫人以酒食招待参与修筑淳于城墙的役卒，绛县有个老者，须发皆白，因为是孤身一人，没有儿子，只得自己去服劳役，今天也来吃饭。主管官员怀疑他的年龄，问他多大年纪了，老者回答："小人卑贱之人，不知纪年，只记得我是正月初一甲子日出生的，到现在已经过了四百四十五个甲子日了，最后一个甲子日刚过去了二十天。"官员弄不清他的岁数，只得到朝堂来请教。师旷仔细一算，说道："这位老者出生于灵公五年，这一年，郤缺与鲁国的叔彭生在承匡（宋地，今河南睢县西）相会，鲁大夫叔孙得臣败狄于咸（鲁地，今山东巨野县南），俘获了长狄侨如。今年应该是七十三岁了。"赵姓史官补充说："如果按天算，就是两万六千六百六十天了。"赵武对当地官员役使这样的耄耋老人感到很气愤，追查之下，当即下令罢免了绛县主持征发徭役的舆尉，又把老者召来，和颜悦色地向他道歉说："赵武没有什么能力，担任晋国执政，只因国家多事，办事多有不周，像您这样偌大年纪，孤身鳏居，衣食不给，仍被征发搬砖负石，顶寒冒暑，这都是赵武之罪啊，请您多加原谅。"随后责成绛县大夫，按月给付老者钱米，使其颐养天年。当时正好鲁国使者在晋，回国后把这件事告诉了诸大夫，季孙良感慨地说："赵武执政，能够如此体恤下情，且朝中多有良臣，晋国不可怠慢呀，我们必须恭谨地事奉他。"

赵武修葺其宫室，所用木椽都命匠人打磨光净，大夫张老前来拜谒，看见那些木椽，一言不发，扭头就回去了。赵武赶忙乘车来见张

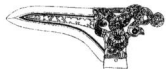

老，说道："纵赵武有做得不对的地方，先生也应当指出啊，怎么头也不回地就走了？"张老这才指出："天子的宫室，木橼要打磨，还要再用砥石加工；诸侯的宫室，木橼打磨光净就可以了；而像您这样的卿大夫，把枝权砍掉就行了。尊卑有序，物备得宜，这才符合周礼。可您贵而忘义，富而忘礼，下官是怕赵氏倾复呀。"赵武闻言大惊，赶忙回府，命匠人停止打磨，匠人想把那些打磨过的木橼都换下来，以求一致，赵武说道："不用了，给后世留个警诚吧，让他们知道那些打磨过的木橼是不仁的标志，而那些没有打磨过的木橼才符合我们赵家的身份。"

吴国公子季札先后出使鲁、齐、郑、卫等国，最后来到晋国，与赵武、韩起、魏舒一番交谈，大为叹服，说道："这三人都是恭敬诚信之士，晋国之政，将来必归此三家。"季札对叔向也十分佩服，临行时，嘱咐叔向说："晋君但知淫乐，朝事付于诸卿，而诸卿相争，势力越来越大，我看将来晋国必定会被诸卿取代，先生您为人梗直，一定要给自己找条后路，方能幸免于难啊。"

且说晋平公自弭兵之后，认为天下无事，自己贵为大国之君，正可安享富贵，加之六卿专权，平公无力改变局面，索性以乐蹈忧，将政事尽付六卿，自己沉湎于声色犬马之中，闻听楚王建起章华之宫，极为华美，远胜自己的铜鞮之宫，怒道："我中原大国，难道还不如荆蛮之邦吗？"遂征发民夫，于绛都汾水之旁，起造更加精美的宫室，名曰虒祁宫。师旷谏道："筑宫有违农时，且高大奢侈，百姓财力用尽，无法正常生活，必然会产生怨恨毁谤。民为国本，根本动摇，这个国家能长久吗？"叔向也劝道："师旷的话是对的，只怕宫殿落成，诸侯也会背叛我们，不免给国家带来祸患。"平公不听，督促司空克日完工，又广选美女、乐工及宝玩、奇石等入宫，日夜耽溺宫中。

晋国演义

虒祁宫形制宏伟，所用器物制做精美，百姓被征，疲于奔命，无法安居乐业、赡养父母妻儿，故作《鸨羽》词以讥刺朝政，表达心中不满：

> 肃肃鸨羽，集于苞栩，王事靡盬，不能蓺稷黍，
>
> 父母何怙？悠悠苍天，曷其有所？
>
> 肃肃鸨翼，集于苞棘，王事靡盬，不能蓺黍稷，
>
> 父母何食，悠悠苍天，曷其有极？
>
> 肃肃鸨行，集于苞桑，王事靡盬，不能蓺稷粱，
>
> 父母何尝？悠悠苍天，曷其有常？

郑简公在上卿游吉的陪同下，来晋国贺虒祁宫落成，鲁大夫叔弓也来祝贺，晋国太史史赵对他们说："本来应该吊唁的事，你们却争相来贺，这样互相欺蒙也太过分了吧？"游吉回答说："贵君滥用民力，霸主地位不久就会失去，这对我们小国来说是好事啊，我们能不来贺吗？不光我们来贺，天下诸侯都会来贺的。至于吊唁，那是你们晋国自己的事，与我们何干？"

卫灵公也到晋国来朝贺，平公问道："听说你国乐师师涓善谱乐曲，不知可有新曲以娱寡人？"卫灵公遂命师涓弹奏新曲，以献平公，平公听得手舞足蹈，师旷听至一半，急忙用手按在琴弦上说："快别弹了，这种靡靡之音，消磨人的意志，使人沉迷声色，乃是亡国之音。"谁知平公却说道："弹下去，寡人愿听！"师旷无法，只得退而言道："一个人的爱好，反映他的志向，主公如此作为，晋室将要越来越弱了。"

晋平公十六年，公元前542年六月二十四日，郑简公带着几车礼品来朝拜晋国，正好赶上晋平公因为鲁襄公的丧事而没有很快接见

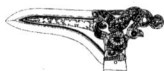

他，赵武命人把他们安顿在国宾馆里。郑国君臣来到国宾馆一看，房屋又矮又破，院子又狭又小，更重要的是大门窄得连车也赶不进去，陪同简公的子产就命从人把国宾馆的围墙全部拆掉，这才把车马礼品安放进去。

　　赵武听说了这件事，就派士弱来过问，士弱见了子产，说道："敝国因为政事和刑罚不够完善，盗寇随处可见，担心各国宾客的安全，这才令有关人员修缮了国宾馆，现在先生您却把围墙都拆掉了，虽然贵国的随从人员能够妥善保护自己的财产，可以后别国的宾客来了怎么办呢？敝国是诸侯盟主，来往的宾客很多，我们需要经常接待，墙毁了，我们还怎么接待宾客呀？寡君让弱来问个明白。"子产听罢，不慌不忙地回答："敝国狭小，事奉上国，命我们不时贡献礼品，因此我们不敢安居，准备好礼品，来上国朝见聘问，赶上贵君没有时间接见，又不知道何时才见，因此我们的礼品不能献上，可又不敢露天存放，担心风吹日晒受到损坏，那敝国的责任可就大了。但是宾馆的大门太窄，车马赶不进来，这才拆掉围墙的。我听说当年晋国先君文公做霸主的时候，宫室卑矮，不设台榭，可是国宾馆却修建得很豪华，如同宫室一般。库房、马厩一应俱全，司空经常平整道路，按时粉刷墙壁。各国宾客到达，院子里点着大烛照明，有人引导安顿人员住所，有人饮马喂料，有人给车轴上油，还有专门的巡逻人员。不但没有盗贼，连货物的保管都不必担心。更重要的是，宾客随到随见，不耽误他们的公事，发生意外时就来安抚，有什么不懂的，就教给他们，做得不周到的，也体谅他们，宾客来到晋国，就和回到自己家里一样。可是现在，晋君宫室绵延数里，而国宾馆却如同奴仆住的地方一样，车都赶不进门去，我们又无法跳墙进去，也不知道什么时候才能受到接见。请问先生，如果不拆掉围墙，礼品遭到损坏，这个责任谁来承担？鲁国的丧事，敝

国同样感到忧伤，如果上国能够及时收受礼品，使我们顺利完成朝聘，我们愿意修好宾馆围墙，尽快回国，这就是上国的最大恩惠了，我们岂敢避惮辛劳？"

士弱回报赵武，赵武说道："子产说得对。我们确实做得不妥，用奴仆所住的标准来接待诸侯，这是我的罪过呀。"再派士弱去向郑国君臣道歉，并且马上安排晋平公接见，平公用非常隆重的礼仪招待郑简公，送了很多礼物给他。郑简公告辞后，赵武立即命司空整修国宾馆，提高接待标准。叔向感叹地说："口才在外交事务中就这么重要，子产凭借自己的口才，帮助国君圆满地完成了任务，各国诸侯也都跟着沾光，可见口才不可缺少啊，子产在这方面真是个人才。"

欲知后事如何，请看下回。

第三十七回

盟东虢赵武救叔孙　论德贫叔向劝韩起

晋平公十七年，公元前 541 年，晋、楚、齐、鲁、宋、郑、卫、陈、蔡、曹、许、莒等国会于东虢（郑地，今河南郑州市北），重申睢阳之盟。祁午提醒赵武说："当年睢阳之盟，楚国令尹屈建有守信用的名声，尚且使用奸诈之计而占了晋国之先，现在楚国的这个令尹公子围，不讲信用在诸侯各国间是出了名的，元帅如果不加警惕戒备，怕又像上回那样，再次让楚国占先，那可就是晋国的耻辱了。元帅执晋国之政，作为诸侯盟主，如今已经七年了，七年间，晋国两合诸侯，三合大夫，使齐、狄顺服，华夏东方诸国安定，平定秦国造成的战乱，修筑淳于城墙，并且致力于弭兵，使甲兵不兴，国家不耗费钱粮，老百姓没有怨谤之言，诸侯悦服，天无大灾，这都是元帅您的功劳。元帅政声不错，可祁午我担心您最终再次蒙耻，损害您的名声，元帅对此不可不戒呀！"赵武回答说："你的告诫赵武心领了！睢阳之盟，屈建有害人之心，而赵武有爱人之心，所以让楚国人占了先。今天我仍然坚持这样做，即使楚国人再次不讲信用，他也无法对我们造成伤害。我将要以诚信为根本，按照这个原则去做，这就好比农夫，只要勤于锄草培土，虽然不免有一时的灾

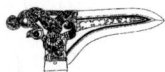

荒，年底必然会获得丰收。待人以诚信，不危害别人，才能为人榜样啊。我现在只担心自己做得不够，而不担心楚国人为害。"

各国大夫相会，楚国公子围提出把上次盟会的盟书重新宣读一遍，然后放在祭品之上就行了，祁午看出楚国人的心计，对赵武说道："虢阳之盟，楚国在先，如果重读盟书，那就是楚国人仍然在先，我们不能同意他。"赵武说道："楚人之计，我不是不知道，但我看公子围之志，有篡逆之意，不如迁就他，让他骄狂，不久必将死于内乱。"因此同意了公子围的意见。

三月二十五日，举行盟会仪式，只见公子围陈设着楚王的仪仗服饰，前边有一队卫兵持戈护卫，各国大夫见此情景，不由得窃窃私语。鲁国叔孙豹说道："楚国令尹好威风呀，和楚王的派头一样。"郑国子皮惊奇地说："看！前边有卫兵执戈护卫。"蔡国子家也说："他在国内住在蒲宫，前边想必也有执戈卫兵。"楚太宰伯州犁听到三人议论，不屑地说道："这有什么好大惊小怪的，这些仪仗是临来时才从寡君那里借来的，在国内的时候没有。"郑国子羽此时插嘴说："恐怕借了就不还了吧？"伯州犁听得此话并不友善，有讥讽之意，于是反唇相讥道："你还是操心你们国家的子皙将要作乱吧，管别人的事干什么？"子羽也不示弱，说道："公子弃疾的人望比令尹高，他们是兄弟，都是王族，都有继承王位的资格，借了不还，太宰难道就不担心公子弃疾不同意吗？"齐国的国弱一旁说道："我真替公子围和伯州犁感到担心！"陈国的公子招忍不住说："不担风险就不会成功，这两人现在恐怕很得意吧。"卫国的齐恶也来参与讨论，说道："如果事先作了准备，即使有风险，也不会造成损害。"宋国的向戌则说："我光知道大国发布命令，小国执行就是了，别的不知道。"晋国的乐王鲋不赞同大夫们公开讨论、讥刺这事，于是说道："《小旻》（音民）的最后一章说得好，'人知其

一，莫知其他'，我觉得我们应该这样做，背后说别人干什么？"各国大夫就这样议论纷纷，直到公子围就座后才安静下来。

鲁国的季孙宿与叔孙豹争权不睦，想陷害叔孙豹，所以在盟会期间出兵伐莒，攻占了莒国的郓城，莒国人为此向盟会申诉，楚令尹公子围大怒，对赵武说道："鲁国人竟敢在盟会期间公然违背誓词，攻伐莒国，占人城池，我们一定得主持公道，把鲁国来参会的大夫叔孙豹杀掉。"赵武的助手乐王鲋觉得有机可乘，于是就派心腹向叔孙豹索贿，说道："把你束腰的带子给我，我替你向赵武求情。"这是一种委婉的说法，因为不便明言索取财宝，所以用不值钱的腰带来指代。叔孙豹不理，他的家臣梁其胫劝他说："财物是用来保身的，您怎么舍不得呢？"叔孙豹说："我们参加诸侯盟会，是为了保卫国家的安全，如果靠行贿来免祸，我自己倒是安全了，可这等于承认鲁国有错，必然会被讨伐，给国家带来祸患，还谈什么保卫国家。这事显然是季孙宿的阴谋，可鲁国有什么错呢？叔孙氏出使，季孙氏守国，鲁国一向就是这么做的，发生了这样的事，我又能怨谁呢？不过，乐王鲋这个人很贪婪，不给他是不会死心的，这样吧……"让梁其胫把乐王鲋派来的人叫来，对他说："我的腰带太窄，把这个给你吧。"言罢，从自己的衣裙上撕下一块布来，递给来人，那人见叔孙豹并不买账，羞愤而去。

乐王鲋衔恨在赵武面前进言道："叔孙豹一定得杀掉，否则我们怎么做霸主呢？"谁知赵武早已了解了一切，对叔孙豹大加赞赏："面临祸患不忘国家，这说明他有忠心。知道危险不放弃职守，这说明他有诚意。为国家利益不惜一死，这说明他很坚定。行事以上述三条作为出发点，这说明他有道义，小国有臣如此，是不会被人欺陵的。这样的人怎么能随便杀掉呢？看见善人处于灾患而不救助不吉，看见恶人占据官位而不铲除不吉，我一定要救他。"于是就来和

公子围商量：“鲁国虽然有罪，但他的大夫叔孙豹能够不避祸难，可以说是个贤能的人，况且他已经知道畏惧贵国的威严而恭敬地服从命令了。你如果赦免了他，可以勉励你的左右，使他们在国内不避困难，在国外不逃祸患。你通过盟会而赦免了有罪的国家，奖褒了贤能的人，诸侯能不高兴地归服你吗？”公子围仍不肯答应，说道：“鲁国随意侵陵邻国，总该受到惩戒吧？”赵武又说道：“国境上的城邑，今天属我，明天属你，哪有个定准？三王五霸发布政令，划疆定界，设官守，立界碑，签订边境条约，越境就要受到惩罚，仍然无法阻止它的变更。近世诸侯争相扩张，侵略邻国，交替担任盟主，这样的事又有谁能阻止得了？着眼于篡弑灭亡之大事，不去管那些小事，这才能够做盟主。”公子围似被说动，可仍然难作决断，说道：“赦免了鲁国，这不是有悖盟约吗？”赵武进一步解释道：“边疆被侵削的事，哪国没有啊？盟主哪能治理得了。比如楚国见邻国吴、濮有机可乘，不也一样去进攻吗，何曾顾及过盟约的规定？鲁、莒两国争夺郓城，出来已久，楚国不要去管他们，只要没有危及到他们国家和社稷的存在，就不必多加过问，这样可以不烦诸侯之兵。免除大家的辛劳，赦免贤能的人，各国都会感激你，从而竞相为善。我的意见，希望你认真考虑。”公子围见赵武态度坚决，一力救叔孙豹，也就同意免除叔孙豹之罪。

　　公子围宴请赵武，赋诗《大明》第一章，这是叙述周文王事迹的一首诗，公子围以此自比周文王，骄横之情，溢于言表。赵武则赋了《小宛》的第二章，中有“各敬尔仪，天命不又”等语，劝诫公子围安于职守，不要有非份之想，公子围不以为然。赵武归来对叔向说道：“楚国令尹以国君自居了，先生怎么看待这件事？”叔向回答说：“楚王孱弱，令尹强横，他要篡位，可以成功，只是不会有好结果。”赵武问道：“为什么？”叔向再答道：“恃强陵弱而心

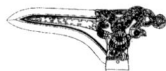

安理得，这不合道义呀，必然会很快灭亡。如果他用暴力篡位为君，定然会更加骄横，这样的国君怎么能够善终？"

四月，盟会结束，赵武，叔孙豹、曹国大夫同路回国，他们来到郑国，郑简公设宴招待。郑国上卿子皮奉国君之命通知宾客赴宴，他和叔孙豹商量说："赵武跟我说宴会尽量简单一些，用一献之礼（敬一次酒）就行了，先生看这样作合适吗？"叔孙豹回答："赵武这次只是路过，并不是正式聘问，我看可以。"子皮又问："晋国是盟主啊，这样慢待赵武，敢吗？"叔孙豹回答说："这是他自己提出来的，有什么不敢的？"子皮不放心，还是准备用五献之礼，赵武对子产推辞说："就用一献吧，我已经和贵国的上卿子皮说过了。"郑国人见赵武乃是诚心，就使用了一献之礼，赵武为主宾，席间气氛甚欢，叔孙豹赋诗《鹊巢》，以鹊保护鸠为喻，感谢赵武在盟会中庇护自己，免于被杀，赵武连称："武不敢当，不敢当。"叔孙豹又赋了一首《采蘩》，称颂晋国减轻诸侯贡赋，并且说道："上国惜诸侯之财力，凡事节俭，小国莫不蒙恩，何敢不从上国之命？"子皮则赋了《野有死麕》的最后一章，称颂赵武尊重诸侯，能够以礼相加，不飞扬跋扈。赵武心中高兴，也赋了一首《常棣》，喻兄弟之国相亲相助之意。叔孙豹、子皮和曹国大夫都站起来，对赵武下拜，又举起手中的牛角杯，向赵武敬酒，说道："我们小国仰仗先生，可以免除战争了。"赵武赶忙答礼，并且说道："我今天真高兴啊，没有比今天更快乐的了。"

赵武路经周境，周景王派刘定公在颖地（周地，今河南登封市东）接待赵武，席间，两人谈天说地，高谈阔论，刘定公说道："大禹的功劳真不小，后人深受其恩，要不是大禹，我们这些人现在恐怕都是鱼类。你我能够居庙堂，伴君王，峨冠博带，指挥诸侯，治理百姓，这多亏大禹呀。像先生这样的大国正卿，正该乘时而动，

继承大禹的功绩，干一番事业，为天下生民多谋些利益。"赵武摆手道："老夫忝居高位，只怕有什么罪过，朝不虑夕，苟且度日而已，哪能考虑得了那么远？"刘定公回来后告诉景王说："人们常说老年人富有智慧却不免糊涂，说得就是赵武这样的人吧。他是晋国正卿，管理着诸侯，思想却等同于下贱之人，不思进取，缺乏雄图大略，看来他确实老了。"

叔孙豹回到鲁国，向昭公汇报与盟之事，最后说道："赵武仁人，我很感激他，只是过于絮叨，反复对人解释让楚国占先的理由，生怕人们不理解，还不到五十岁，就像个七八十岁的老人似的，絮絮叨叨，罗哩罗嗦，我看他不久人世了。"

晋平公难以秉持国政，长期荒淫无度，日久生病，郑简公就派子产来行聘，顺便探视平公，叔向问子产道："寡君之病，众说不一，不知到底得的是什么病？"叔向回答："贵君之病，实是由于劳逸、饮食和喜怒哀乐不适度引起的。为君者早晨听取处理政事，白天调查询问，晚上确定政令，夜间安歇休息，这样才能有节制地散发精血之气，不致壅塞，调整身体，保持健康。如果体气用在一处，美人占尽，不加节制，就难免得病。我听说贵君身边有四名姬姓女子，因为特别漂亮，竟然不顾同姓不婚的规定而加以宠爱，这样能不得病吗？"

此时，专程从秦国请来的太医和也来了，和诊视一番，出来对赵武说道："贵君之病，不太好治，它不是由于饮食和其他原因引起的，而是因为疏远大臣，不问政事，多近女色，造成意志丧失，心智惑乱，神虚体衰。"赵武问道："女色不能近吗？"和回答说："不是不可以近，但必须有节制。以音乐为例，分宫、商、角、徵、羽五声，节奏、快慢、本末必须互相调节，才能声音和谐。超出这五声，就不能再弹了，再弹就会手法烦复，不免出现靡靡之音，使

333

人心荡耳烦，心神不平，所以君子不听。其他事情也一样，一到过度，就应该停止，否则就会得病。君子接近妻室，是用礼仪来节制的，不是用来烦心的。对女色没有节制，就会发生内热蛊惑之病。现在贵君没有节制，不分昼夜，得病是很自然的事。"赵武又问："那么现在我们该怎么办呢？"和回答："先生享爵禄、执国柄，承担国家大事，未能劝谏国君，加之诸侯顺服，天下无事，致其沉湎女色而得病，先生的责任很大呀。为今之计，应该还政于国君，使其分出一部分精力来处理国事，把一部分兴趣和注意力放到百姓身上，这样就能内外调节，张弛有度，如果不作这样的改变，必将祸患晋国。"赵武听罢，不觉热汗遍体，勉强开言道："先生非唯医人，又能医国，真良医也。"厚赠其医资而去。

那平公听了子产和秦医的分析，认为有理，从此倒也稍加收敛，汰去那四名姬姓女子和一批嫔妃，把心思分了一些在国事上面，身体渐渐康复。反倒是赵武，外事屡被楚人占先，内事又担不能劝谏国君之咎，政声受损，心下怅然，执政的信心受到打击，行动更加迟慢，言语越发絮叨，终在年底去世，晋平公命韩起为中军元帅，掌国政。

韩起初为正卿，心忧家贫，负担不起同僚间的应酬，就向叔向诉说，没想到叔向竟然向他道贺，韩起不解地说："我有正卿之名，而家贫难副其实，常常入不敷出，想多与诸卿交往，可竟然发愁酒宴之资，先生贺我为何？"叔向回答说："当年栾书为正卿，却连上大夫的百顷之田都没有，家里备不齐祭祀的礼器，但他能够致力于宣扬德行，遵循礼法，所以诸侯都拥护他，戎狄都归服他，执晋国之政，没有出现大的失误，虽弑厉公，当世也没有受到惩罚。到他儿子栾黡时，骄横奢侈，贪婪无度，藐视法则，任性而行，大肆搜刮财物，搞得同僚侧目，积怨甚多，按理说，栾黡应当受到惩罚，

可是依靠父亲的余德，最终免于祸患。到了栾盈这一代，虽然尽力改变栾黡的做法，努力承续栾书的美德，可是因为栾黡的做法实在太过分，栾盈没有能够挽回危局。"韩起道："栾家的事我知道，至今为栾盈感到惋惜。"叔向接着说："还有郤氏，其富半公室，其家半三军，倚权仗势，不知收敛，身死族灭，就因为太富有了。你说德行重要还是贫富重要？现在先生有栾书之贫，也一定能行栾书之德，所以要向你道贺。如果只嫌财富少，而不想着怎样立德，我哭吊都来不及，还贺什么？"听罢叔向一番分析，韩起躬身施礼道："先生教诲，韩起受益非浅，韩氏一门都会感谢您。"

秦景公少弟嬴铖自幼为父母宠爱，其地位和景公差不多，他的母亲为此感到担忧，劝嬴铖道："自古天无二日，国无二君，与其将来被放逐，不如趁早出奔，还可以全你们的君臣兄弟之义，我儿亦不失富家郎。"嬴铖认为母亲的话有道理，乃是全身之道，于是主动要求出奔晋国，此举正中秦景公下怀，乃厚赠资财，礼送出境，嬴铖携带行囊千车，自雍至绛，绵延不绝，浩浩荡荡来到晋国。正好楚国公子比因公子围杀掉楚王郏敖自立为楚灵王，也来奔晋，他的行囊只有五车，韩起就和叔向商量这两位公子的爵禄，叔向说道："两人都按上大夫的待遇，田百顷就行。"韩起疑道："秦公子富，楚公子贫，两人爵禄相同，这合适吗？"叔向回答说："爵禄是按其职位的高低来定，不能论其贫富。比如绛都富商，其财富足以交接诸侯，可一样没有资格乘公车、穿朝服，不能享受国家的尺寸之禄。再说秦、楚同为大国，我们不能厚此薄彼。"韩起遂给二人以上大夫的同样待遇。

晋国北面有山戎无终国游离，闻得赵武离世，继任者韩起懦弱，其志不在霸业，大夫多贪，求欲无厌，诸侯多有怨言，认为机会来临，就纠合群狄造反，连陷晋国数城。平公忙命中行吴为将，魏舒

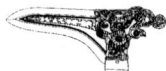

为副，率兵车二百乘往剿。晋军来到太原西部山区，与无终之兵相遇，魏舒察看兵势，对中行吴建言道："战场地势险要，不利车战，山戎之卒，多为步兵，他们的十个人就足以对付我们的一辆战车，我们的战车没有优势，我军要想取胜，也必须弃车步战，以我们兵力上的优势战胜他们。步战取代车战，已是必然的趋势，请从我开始。"中行吴道："将军所言甚是，就请将军临阵破敌。"次日，中行吴坐于山头伞盖之下，魏舒下令，全军下车列阵，中行吴族人荀悦认为在战场上驾车走马，可显威风，而徒步作战，自己就得和一个普通士兵一样，爬山越岭，十分辛苦，因此不愿入阵，放言道："车驾冲敌破阵，势如破竹，为什么要放弃不用呢？"魏舒怒道："临阵之际，竟敢惑言乱我军心！"命将荀悦斩首，中行吴在山头望见，急忙遣人来救，已是不及，中行吴恨恨良久，自此与魏氏有隙。魏舒以五人为一个小组，五个小组为一个矩阵，行止进退，互相配合，全军分为两、伍、专、参、偏五阵。无终之兵从未见过这种阵势，认为不合战法，一边列阵，一边看着晋军发笑。魏舒乘他们阵势未成，下令进兵，无终之兵大乱，纷纷败退，晋军爬坡越沟，追击敌军，斩获甚众，失地尽行收复，直将无终与群狄驱至中山（今河北西部山区）之地。

　　欲知后事如何，请看下回。

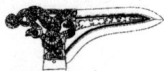

第三十八回

谈国情二相悲末世　阻昏念薳卿戒骄横

晋平公十八年，公元前 540 年夏四月，平公娶齐女少姜，命大夫韩须赴齐国迎亲，齐景公令上大夫陈无宇前往晋国送亲，平公对少姜甚是宠爱，昵称其为少齐，他觉得陈无宇不是卿，规格不高，让少姜受了委屈，就把陈无宇拘禁在中都（今介休东北）。少姜说情道：“送亲人的地位应当等同于迎亲人的地位，陈无宇是上大夫，韩须是大夫，这没有什么不合适的，为什么要拘禁人家呢？”叔向也谏道：“陈无宇有什么罪？主公派公族大夫韩须迎亲，齐国派上大夫送亲，就这还说齐国人对我们不尊敬，把人家的使者抓起来，主公的要求也太高了吧？如此行事不公，何以为盟主？况且少姜本人并不在意，还给陈无宇说情。”平公无词，就把陈无宇释放了。没想到这个少姜十分短命，嫁到晋国不过半年就去世了，鲁昭公知道少姜得宠，就亲自前往吊祭，行至黄河边，晋平公派士弱前来劝阻道：“少姜不是正室夫人，不敢有劳贵君前往。”鲁昭公于是转回国内，而派上卿季孙宿送来一套葬服。

郑国上卿游吉也来送葬，晋大夫梁丙和张趯（音剃）与他相善，前来看望。梁丙不解地说道：“先生是郑国上卿，却专程来参加寡

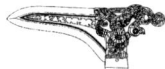

君一个妾的葬礼，没有这个必要吧？"游吉答道："我敢不来吗？齐国的陈无宇送亲，不是因为职位低被抓了吗？当年晋文公、晋襄公作霸主的时候，以不烦劳诸侯为务，规定三年一行聘，五年一朝拜，有事才举行盟会，出现不和睦就通过结盟来消除，只求发扬礼仪、发布命令、商讨补救缺失就足够了，不再额外下命令。国君薨逝，大夫来吊唁，卿来参加葬礼，夫人去世，士来吊唁，大夫送葬就行了。可是现在，一个宠姬的葬礼，诸侯各国不敢依礼选派相应职位的人来吊唁，其规格相当于正室夫人，就这还怕获罪，何敢忌惮辛劳？少姜去世，齐国必然会再选一个宗女嫁过来，到时候我们还得再来贺喜，不光是跑这一趟啊。"张趯见游吉火气很大，劝慰他说："你放心，从今往后，恐怕就没什么事了，物极必反，晋国的霸主地位就要失去了，到那时候，诸侯各国想来晋国朝拜也没有机会了。"游吉赞道："先生真知灼见，能够洞悉事情原委，可谓君子啊。"

葬毕少姜不久，齐景公派晏婴到晋国来，要求再嫁宗女过来，以补少姜之缺，说道："寡君愿意事奉君王，结好上国，故以宗女少姜备君王内宫，谁知少姜命薄早逝，寡君深感失望。幸少姜有姑姐妹若干人，君王若不嫌弃，就请派使者慎重前往选择，作为姬妾，实是寡君之愿。"韩起派叔向答复说："贵君美意，寡君之愿也。寡君未有伉俪，琴瑟不和，不能独任社稷之事。前在丧事之中，所以不敢提出要求，现在贵君愿意再结姻缘，这真是件好事。若惠顾敝国，赐寡君以正室夫人，抚有晋国，那么不光是寡君，就连晋国的群臣百姓都能得到好处啊。"

双方议定婚事，平公大喜，命叔向代自己设宴招待晏婴，席间，二人谈起国事，叔向问道："齐国的情况如何？"晏婴回答："齐国现在已经是末世，我不能不说事实上已经属于陈氏所有了。"叔向惊问其详，晏婴继续说道："齐君只知聚敛搜刮，府库里的财物都腐

朽生虫了，却不知爱护老百姓，老者多有冻馁而死者。又刑法苛重，受刖刑的人很多，致使市场上鞋便宜而假足贵（履贱踊贵），百姓苦不堪言。而陈氏的做法与国君正相反，他借贷给百姓粮米用大斗，收回时却用小斗。山上的木料、海中的水产运到市场出售，都不加价。百姓有疾苦病痛，就去慰问或赠送财物，所以老百姓都称颂其德，归附如流水，想不得到老百姓的拥护都不可能。我看陈氏祖先的神灵已经从陈国来到齐国，准备在齐国享受祭祀了。"

叔向叹了口气，也说起了晋国的情况："你说得对。就连我们晋国公室，现在也是末世了。战马不驾战车，卿不率领军队，公室的战车没有御者和车右，步兵队伍没有长官。宫室越来越豪华奢侈，有权势的人越来越富有，而百姓的生活却越来越困疲，道路上随处可见冻饿而死的人。国政出于大夫之家，老百姓无依无靠，像躲避强盗和仇人一样躲避上边的命令。国君权柄渐失，却又不知悔改，以过度的享乐来排遣忧愁，这样的国家，能够长久吗？"晏婴为叔向担心，问道："既然如此，先生准备怎么办呢？"叔向说道："晋国的公族全完了。我听说公室衰落之前，他的宗族必然会先衰落，然后公室也会随之凋零，如同枝叶落尽，树木就会随之枯死一样。现在晋国公室十一族，只剩下祁氏和我们羊舌氏两家了，而我的儿子又很不成器，能够侥幸善终，我就很满足了，哪里还敢奢望得到后代的祭祀呢？".

晋平公令韩起到齐国去迎亲，齐国权臣公孙虿知道少姜深受平公宠爱，认为新人嫁过去也错不了，就以他自己的女儿冒充齐国宗女，而把宗女另嫁他人。从人对韩起说："公孙虿骗了你了，你为什么还要接受？"韩起说："我们要想得到齐国的拥护，不可得罪他的权臣，至于这个女子是谁的女儿，并不重要。公孙虿以己女顶替宗女，是他们的事，我们装作不知道就行了，又何必多事呢？"

秋七月，郑国大夫罕虎来到晋国，贺平公新得夫人，并且报告说：“楚国人每天来责问敝国为什么不去朝贺灵王新立，这使我们感到很为难，如果去朝贺，怕上国责备我们怀有二心；如果不去，又怕违背睢阳之盟的规定，故此进退两难。寡君让罕虎我来请示该怎么办。”韩起让叔向答复说：“贵君如果心向寡君，去楚国朝贺一下又有什么关系？再说这也是睢阳之盟规定了的，寡君何敢怪罪。贵君如果心中没有寡君，即使每天呆在晋国，也没有什么用。既然贵君为难，那就去吧，只要不忘寡君，在楚在晋都是一样的。”得到晋国明示，郑简公这才放心地带着子产到楚国去朝贺。

谁知楚灵王嫌来朝贺的诸侯太少，于是一面留下已经到达的郑、许两君打猎游玩，一面派大夫椒举到晋国去求取更多的国家来朝贺。椒举转达楚王的意见说：“往日蒙晋君所赐，睢阳之盟，规定了晋楚的属国交相朝会，现在敝国多难，寡君愿与各国交好结欢，特派椒举我来请问，如果贵国没有边境之患，贵君什么时候有空，能借贵君的影响而让各国诸侯都到敝国去作客？”晋平公不想答应楚使的要求，大夫司马侯谏道：“不合适。楚灵王即位以来，不断胡作非为，这或许是上天有意满足他的欲望，增加他的劣迹，然后降下惩罚也说不定。晋、楚两国之强弱，全看上天帮助谁，不是互相争夺来的。我君还是答应了他，然后修明德行以等待他的结局，如果楚王有德，连晋国都得事奉他，何况诸侯各国？如果他荒淫暴虐，楚国人自己就抛弃他了，还用得着我们去和他相争吗？”平公说道：“我国地势险要，多产良马，什么事办不成，而楚国多难，我们还怕他吗？”司马侯回答说：“依仗地势险要和良马，这是不可取的。冀州北部燕、代一带，良马比我们多，却至今没有出现一个大国，可见地势和良马是靠不住的，自古而然，所以先王但修明德，不以地险和良马为务。邻国之难，也是不能幸灾乐祸的，多难或可兴邦固

国，扩展疆土，如齐国先有仲孙之难而后有桓公，成为诸侯首霸，其功业至今还有影响。我国也是先有里克、丕郑父之难而后有文公复国，晋才成为盟主。卫国、邢国因为没有祸难，曾被狄人所灭。商纣王淫虐暴戾，周文王贤明和顺，商所以灭亡而周所以兴盛，这岂是争诸侯的结果？有鉴于此，我君还是同意了他吧。"晋平公就让叔向答复椒举说："贵君新立，寡君因为忙于国事，不能亲自前往祝贺，至于各国诸侯，贵君下令就行了，又何必来征得我们同意呢？"椒举顺便为楚灵王向晋国求婚，平公也答应了。

　　楚灵王不见椒举归报，心中焦急，问子产道："先生看晋君会同意不穀的要求吗？"子产肯定地回答："会的。因为晋平公贪图安逸，其志不在诸侯，而诸卿各有所求，不肯真心辅佐国君。且睢阳之盟又有事楚如事晋的规定，没有理由不同意大王的要求。"灵王又问："那么诸侯各国会来吗？"子产仍然肯定地回答："会的。践行宋盟的规定，求得大王满意，而又不必担心得罪晋国，为什么不来呢？不来的，大概只有鲁、卫、曹、邾四国，此四国都与齐国接壤，经常受到齐国威胁，不时需要晋国的帮助，因此可能不来，其余各国，都在贵国的势力范围之内，谁敢不来？"灵王得意地说："这么说，我想办的事没有办不成的了？"子产规劝道："把自己的意志强加于人，这是不行的，只有和别人的愿望相同，才能成功。"不出子产所料，鲁昭公以祭祖为由，卫襄公以身体不适为由，曹、邾两国以国内不安定为由，都没有到楚国来。

　　晋平公二十一年，公元前537年，平公亲送自己的女儿到边境邢丘（今河南温县东北），然后派韩起和叔向前往楚国送亲，路经郑国，郑国上卿游吉和子皮在索氏（郑地，在今河南荥阳市）迎送，游吉提醒二人说："楚灵王现在骄横异常，二位到楚，不可不慎。"叔向说道："骄横异常，只会给自身带来灾祸，岂能害及他人？再

说我们这次是来结亲、通好两国关系的，只要我们奉上礼物，始终保持不卑不亢、恭敬谦虚的态度，顺从主人而不谦卑，恭敬而不失礼仪，陈述两国的利害得失关系，他虽骄横，能把我们怎么样？”

到了楚国，楚灵王召集群臣议道：“晋国是我国的世仇，现在他的正卿韩起、上大夫叔向前来送亲，如果我们让韩起当守门人，让叔向当更夫，这样可以好好羞辱一下晋国人，我们也可以出一口气。诸卿以为如何？”群臣皆无言，只有蓬启强奏道：“可以。只要我们有所防备，有什么不可以的？可是我们应该知道，羞辱一个普通人尚且不可以没有防备，何况羞辱一个国家呢？城濮之战，晋国人得胜，但他们不注意防备我们，所以有了邲战之败。邲战之后，我们也没有注意防备晋国人，导致鄢陵大败。鄢陵之战后，晋国没有丧失防备，且对楚国礼仪有加，以两国和睦为重，因此楚国不能报复而只能请求亲善，现在既然两国订立婚姻，就是亲戚关系了，可又要羞辱来送亲的人，这是在自己树敌呀。两国化友为敌，谁来承担这个责任呢？如果有人能抵御得了晋国，那么羞辱对方可以的，如果没有这个人，我君还是再考虑一下吧。”

楚灵王仍坚持道：“只要不榖的愿望能够得到满足，我不管那么多。”蓬启强又说道：“晋国对我们的态度，臣认为很不错了。我们要求诸侯来朝聘，晋人没有阻拦，君王求婚，晋君亲自送到国境，派正卿和上大夫前来送亲，就这样我们还要羞辱人家，是不是做得有点过分了？现在韩起以下有赵成（赵武之子，谥号赵景子）、中行吴、魏舒、范鞅、智盈等三军将佐，叔向以下有祁午、张趯、籍谈、司马侯、梁丙、张骼、辅跞、苗贲皇等贤良之士，韩氏封邑七县，都是大县，羊舌氏四族，都是强家，若二人在楚国受辱，上述五卿八大夫必定会全力辅佐韩、羊舌氏起兵，衔愤向楚，以报其奇耻大辱。君王弃亲情而换怨恨，确实是违背礼仪而招致大兵压境，却又

没有做好准备，只能让群臣去当晋国人的俘虏，以满足君王的心愿。如果我王认为这样做合适，那就去做吧。"楚灵王听到这里，这才明白事情的严重性，赶忙说道："不穀知道错了，大夫不要再说了。"于是以隆重的礼仪迎接晋国使者，厚赠其礼物，灵王知道叔向知识渊博，提了许多古怪的问题，却并没有难住他，灵王大为叹服。

蔫启强巧妙地分析陈说利害，打消楚灵王昏愦的念头，从而避免了晋楚两国的对抗，化干戈为玉帛，时人称为忠智之臣。

郑简公从楚国归来，又到晋国去朝聘，大夫公孙段陪同，态度十分恭敬而谦卑，举动没有不合礼仪的，晋平公很是赞赏，韩起请求把州邑之地赏赐给他，平公同意，召公孙段说道："你父亲生前就对晋国有功，寡人一直没有忘记，现在你又如此知礼，寡人将州邑之田赐你，以酬报你父子的勋劳。"言罢，把赐命之书授给他，公孙段再拜叩首，接受了赐书。

对于这件事，时人评论说："礼仪，确实是人们急迫需要的。以公孙段之骄奢，一旦在晋国显得有礼仪，尚且承受了福禄，何况其他人呢？诗云：'人而无礼，胡不遄死'（人要是没有礼仪，为什么不快点死去），说得就是这个道理。"

鲁昭公也来朝晋，从到达绛都郊外与迎候的官员见礼，直到见了晋平公献上礼物，整个过程始终中规中矩，没有失礼之处，平公很是叹服，对司马侯说道："鲁昭公可以说是很知礼了吧？"司马侯不屑地说："鲁昭公哪里懂得什么是礼！"平公不解道："怎么？从他来到晋国直到完成朝聘，没有违背礼仪的地方，怎么能说是不知礼呢？"司马侯回答："这只是仪式，不能说是礼仪。礼仪，是为了保有社稷，推行政令，不要失去老百姓的拥护。可是现在的鲁国，政令出于大夫之家，国君无法收回，有贤臣子家羁而不能用，触犯大国的盟约，侵犯欺陵小国，利用别人的危难，而不知道自己也面

临危难，公室的军队一分为四，民心不思国君，不关心国事。作为一个国君，祸患将要来临，不去考虑自己的地位，却琐琐屑屑地去学习仪式，如此本末倒置，说他知礼，这能说得通吗？"

鲁昭公尚未返国，莒国大夫牟夷到晋国来告状，称鲁国乘该国有难而夺取鄆地，要求盟主主持公道。晋平公就想拘捕鲁昭公，范鞅谏道："不可。鲁昭公是来朝拜我君的，却把人家抓起来，这不合适，如果鲁国有罪，那也应该名正言顺地去声讨，而不应当采用这样的办法，还是放他归国吧，等有时间再派军队去讨其罪。"平公听从了他的意见，就让昭公回去了。

欲知后事如何，请看下回。

晋
国
演
义

第三十九回

铸刑鼎子产遭诟病　撤酒乐平公纳暗谏

　　公元前 536 年三月，郑国把刑法铸在大鼎上，作为国之常法和判定案件的执法依据，这就是春秋时期著名的铸刑鼎。叔向知道后，觉得这件事不可思议，就写了一封信，派人给子产送去，信中说："我原来认为先生是一个懂得怎样治理国家的人，因而对先生抱有很大希望，可是现在，先生的所为使我感到很失望。从前先王临事制刑，并不预置刑典，这是担心老百姓有争讼之心。为了防止犯罪，所以就用道义来防范，用政令来约束，用礼仪来奉行，用信用来保持，用仁爱来奉养，并且制定禄位以劝勉那些顺从教诲的人，用严厉的判罚来吓阻那些放纵的人。如果这些仍然无法收到预期效果，那么就需要用忠诚来教诲，根据行为来奖励，任用聪明贤能的卿相，明白事理的官员，忠诚守信的乡老进行管理，聘请慈祥和蔼的老师教导老百姓学习专业技艺。还需要用和悦的态度来发布政令，用威严的态度来判断罪行，才能有效治理国家，不致发生祸乱。那样谨慎，尚且镇压不住，可是把刑法铸在鼎上，公之于众，老百姓知道有一定的刑法，就不再对上司有所敬畏了，而会以刑法作为根据，不再奉守礼仪，有了争讼之心，甚至会钻法律的空子，依据刑法，

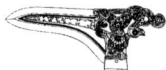

逐字逐句地与官员论理，触犯法律的案件会更加繁多，贿赂之事也会跟着出现，民怀侥幸之心，国家就不好治理了。如今先生掌郑国之政，不去推行礼仪，用先王之法教育百姓，却设置毁谤政事的条例，并且把它铸在鼎上，想用这些办法来治理百姓，这个国家能治理好吗？自古以来，国家有触犯政令者才制定刑法，如夏作《禹刑》，商作《汤刑》，周作《九刑》，这三部刑法都是国家处于衰微之末世才制定出来的。我听说国家将要灭亡的时候，必然多制定法律，指的就是这个吧。我看郑国将要败亡在先生的手中了！"子产回信说："诚如先生所言，子产我确实没有什么才能，不能很好地治理郑国，不能遗惠子孙，可我这样做，是为了郑国之当世呀。虽然我不能接受先生的意见，可先生的教诲之恩，子产岂敢有忘？"

晋国大夫士弱也跟着指责子产："郑国将要发生大火灾了吧。无端动用烈火来铸造刑器，上面还有引起争论的法律，不发生火灾还等什么？"

夏天，鲁国上卿季孙宿来到晋国，感谢去年莒国告状后晋平公没有拘捕鲁昭公。平公命韩起设宴招待他，菜肴丰富，规格很高，季孙宿赶忙退出，派随行人员告诉韩起说："小国事奉大国，只求免于讨伐，不敢要求有非份的赏赐。如今加了这么多菜肴，下臣承受不起，不能因此而获罪。"韩起说道："这是寡君的一点心意，想让先生高兴啊。"季孙宿回答说："寡君尚且不敢当，何况下臣乃是君王的臣仆，岂敢有额外的赏赐？"坚决要求撤去加菜，这才入席。晋国人认为季孙宿懂礼，就送给他很多礼物。

楚公子弃疾也去往晋国，回报韩起、叔向的送亲，由于韩起和叔向上次去楚国的时候，楚国人并没有到国境去迎接，所以晋平公也不准备派人到国境去迎接他。叔向劝道："楚国人的做法不正派，我们为什么不学好的，非要去学他呢？一个普通人做好事，大家都

会以他为榜样，何况是国君呢？我们该怎么办就怎么办，不要管楚国人是怎么做的。"平公认为言之有理，于是就派中行吴迎公子弃疾于国境。

晋平公二十三年，公元前535年，燕国发生内乱，燕惠公逃奔到齐国，齐景公就到晋国请求晋平公出兵，和齐国一起征伐燕国，帮助燕惠公复位，晋平公认为这是霸主份内之事，就派下军将智盈率兵往助，景公大喜，大起军马伐燕，准备送燕惠公回国。晏婴私下说道："燕国的新君悼公已经即位，燕国百姓很拥护他，我君贪财，左右都是阿谀逢迎之徒，不讲信用。我看此去，燕惠公肯定复不了位。"正月十八日，齐景公兵进虢地（燕邑，今河北任丘市西北），燕悼公见齐晋联军势大，只得派人前来讲和，说道："敝国知罪了，敢不听贵君的吗？现将先君留下的一些不值钱的东西献上，不成敬意，请求谢罪。"齐大夫公孙皙进言道："燕国已经顺服，不如答应了他们，等以后有机会再说，我看这样做比较好。"齐景公提出以燕惠公回国奉养为条件，燕国人也同意了。二月十四日，双方在濡水边结盟，燕国人送给齐景公一批玉器，并且把宗女嫁给他，齐景公把燕惠公安置在唐地（今河北唐县东北）后退兵，燕惠公复位目的难达，在唐地郁郁寡欢，不久病逝。

楚灵王邀请各国诸侯参加章华宫落成典礼，各国国君都没有去，只有鲁昭公亲自去参加，为此晋国很不高兴，就以调解边界纠纷为由，派范鞅到鲁国去，要求鲁国把上次没有归还的郈邑（今山东宁阳县北）还给杞国，鲁国执政季孙宿也同意了，不料郈邑守将谢息却不同意，说道："不行。郈邑是孟孙大夫的封邑，现在他老人家跟随国君在楚国，而我却把他的封邑丢掉了，即使是先生您也会怀疑我对主人不忠的。人们常说：'能力再低，也要守着器物不能出借（挈瓶之智，守不假器）'，所以我不能把郈邑交出去。"季孙宿劝

他说："国君在楚，这对晋国而言就是罪过，现在如果再不听晋国的话，那么鲁国的罪过就更大了，晋国肯定会出兵讨罪，我可没法抵御。不如先听他的，把郕邑还给杞国，我给你桃邑（今山东汶上县东北）作为补偿，等到晋国懈怠，我们有机可乘，再从杞国把郕邑夺回来给你，到那时，你不是有两座城了吗？这样做，鲁国无忧而孟孙氏增加封地，对你有什么坏处呢？"谢息仍不太情愿，借口桃邑没有山，季孙宿只得把附近的莱、柞两座小山也划给他，谢息这才迁往桃邑，范鞅把郕邑交给杞国。

郑国公孙段早死，他的儿子公孙丰施不敢再占有晋国的州邑，于是就通过子产，请求把州邑归还晋国。子产对韩起转达公孙丰施的意见，说道："原先贵君认为那个公孙段举止合乎礼仪，能够承担大事，所以把州邑赐给他，现在公孙段无福早死，不能长久地享受君王的赐予，他的儿子不敢承受，所以打算交还贵国。"韩起辞谢道："州邑乃是寡君所赐，并非私取，何言不敢？"子产分析道："古人有言，'父辈勤劳创业，其子不敢安享（其父析薪，其子弗克负荷）'，丰施怕的是承继不起先人爵禄，何况是大国的赐予呢？就算是在元帅执政的时候无事，能保证将来没有边境之争吗？到那时恐怕敝国获罪而公孙氏将要受兵。现在元帅收回州邑，一可免敝国之罪，二可扶持安顿公孙氏，希望你能答应。"韩起听子产说得恳切，就将州邑收归晋国，并且报告了晋平公，平公把州邑赐给韩起。韩起顾忌当初和赵武相争时自己说的那番话，不敢直接接受州邑，就以州邑与宋国大夫乐大心的原邑（原邑本是晋地，赐予乐大心）交换，韩起就这样曲线扩大了自己的领地。

秋八月，卫襄公薨，晋国不准备去吊唁，大夫籍谈对范鞅说："卫国事奉晋国一向恭敬勤勉，可晋国对卫国却不加礼遇，庇护他的叛乱者孙林父，并且占有他的国土戚，诸侯各国都为之不平，因而对

晋国怀有二心。遇有急难，兄弟之间应当互相救援，如果兄弟不和睦，不相亲善，远方的人更不愿意来归附了。现在卫襄公去世，灵公继位，我们又不去吊慰，卫国肯定会叛我而去，这是我们自己不要诸侯呀。"范鞅把籍谈的这番话告给了执政韩起，韩起认为说得对，就派范鞅前往吊唁，并且归还了戚地。卫灵公派大夫齐恶到周王室报丧，周景王命郄简公到卫国吊唁，追命卫襄公说："叔父升天，在我先王之左右，辅佐先王，事奉上帝，我们姬姓祖先会很高兴的。"

周甘邑大夫襄与晋大夫阎嘉因为阎邑的土地而发生争执，晋国就派梁丙、张趯率领陆浑之戎伐周的颍地（今河南登封市西南）。周景王派卿士詹桓伯责备晋国说："先王文、武、成、康都曾封同母弟土地以建国，为的是屏藩王室，防止王室败坏衰落，叔父怎么可以不顾先王的本意而对王室用兵呢？且陆浑之戎，本来僻处瓜州，是伯父晋惠公把他们招来，他们进入中原，进逼我们姬姓之国，占领我们的土地，这是谁的责任呀？这也罢了，叔父竟然驱使戎狄之兵，与王室争夺土地，这说得下去吗？周王室之于诸侯，好比衣服之冠冕，树木之根本，流水之源泉，人民之主心骨，如果叔父丢毁冠冕，拔掉根本，堵塞源泉，背弃主心骨，心里哪里还会有朕，至于戎狄，那就更不用说了。"叔向对韩起说："我先君文公称霸诸侯，岂能改变拥戴周天子的礼法制度？自文公以来，历代君主的德行都在衰减，不断做出轻视、损害宗周的事情，以显示他们的骄横，所以诸侯对我们逐渐产生二心就一点都不奇怪了。现在周天子说得很在理，我们是不是应该考虑一下人家的意见？"韩起认为叔向说得对，恰在此时，周景王的亲家翁去世，于是就派下军将赵成前往成周吊慰，送去装敛的丧服，更重要的是把阎邑送给周室，遣返了颍战的俘虏，释放出真诚的善意。周景王大受感动，也派大夫宾滑将甘邑大夫襄押解至晋国谢罪，晋国人待襄以礼，放他回国去了。

下军佐智盈到齐国行聘，返国时中途死于戏阳（卫地，今河南内黄县北），停枢于绛待葬，晋平公恼恨诸卿专权，尤恨智氏，就佯装不知，照样饮酒作乐。主持膳食的官员屠蒯快步走进，请求帮着斟酒，平公同意。屠蒯就对乐工敬酒说：“你是君王的耳朵，职责是让他聪敏。现在下军佐弃世，国丧股肱，停灵待葬，按理说，君王应该罢宴撤乐，学乐的人应该停止演奏，以示哀悼，这样大的事情，你都不知道，看来你失职了，这是耳朵不聪敏啊。”又对陪宴的乐王鲋敬酒说：“你是君王的眼睛，职责是让他明亮。现在君王的表情和周围的气氛很不相符，而你没有看出来，这是眼睛不明亮啊。”又自饮一杯，说道：“臣主管膳食，安排酒宴应该拣合适的日子，今天是甲子日，乃是商纣王亡国之日，很不合适，臣之罪也。”事到此时，平公无法再装下去，只好下令撤去酒乐。起初，平公曾想借智盈下世之机，废掉智氏的下军佐职务，而让自己宠信的乐王鲋担任，以收回一部分权力，经屠蒯如此一番暗谏，知道诸卿势力强大，平公不敢再行其事。中行吴与智氏同出一门，亲情未尽，力挺智氏，两个月后，平公任智盈子智跞（谥号智文子，跞音利）代其父为下军佐。

晋平公二十六年，公元前532年七月三日，平公姬彪薨，韩起、叔向等拥太子姬夷继位，是为昭公。郑简公准备亲赴晋国吊唁，行至黄河边，晋国人辞谢道，诸侯不相吊，不敢有劳国君亲往，卿来吊就行了，简公于是返回国内，命子皮往吊。子皮要求携带礼物，以便拜见新君，子产不同意，说道：“先生此行，原为吊丧，吊丧还用带礼物吗？况且要带礼物，就得用车百辆，车百辆，非千人不能到达，这么庞大的队伍，行动不便，一时难以返国，每天的吃穿用度，开销甚大，我看不等回国，带的礼物就花完了。郑国能有多少东西，有上这么几次，就该亡国了。”子皮不听，坚持带礼物上

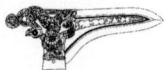

路。鲁国叔孙婼、齐国国弱、宋国华定、卫国北宫喜，以及许、曹、莒、邾、薛、杞、小邾等国，都到晋国来参加平公葬礼。

平公安葬毕，诸侯各国大夫要求乘便拜见新君，只有鲁大夫叔孙婼不同意，说道："这样做不合乎礼仪。"诸大夫不听，叔向辞谢说："诸位大夫送葬的任务已经完成了，又提出想见新君，可新君现正在服丧期间，心中十分哀痛，如果他穿着朝服来见诸大夫，这不合服丧的礼仪。如果穿着丧服来见，等于是再次接受吊唁，诸位觉得这样合适吗？"诸大夫听叔向这么说，没有理由再要求拜见，只好各自归国。

子皮所带礼物果然都被随行人员花光，回到国内，惭愧地对子羽说："道理并不难懂，难的是去实行它，子产老先生可以说是懂得法度礼仪，我懂得不多呀。《书》云：'欲败度，纵败礼（**欲望败坏法度，放纵败坏礼仪**）'，这句话说得就是我呀，我确实是放纵自己的欲望，而不能自我克制。"

第二年三月十五日，楚灵王诱骗蔡灵侯到楚国申地（**今河南南阳市北**），乘他酒醉而把他抓起来，又派其弟公子弃疾率兵包围蔡国。韩起问叔向说："你看楚国能取胜吗？"叔向回答："能取胜。蔡灵侯不得民心，老天爷将要借楚国之手来惩罚他，有什么不能取胜的？可是我听说，以不讲信用而得利，这样的事不能做两次，三年前，楚灵王已经用欺骗的手段灭掉了陈国，现在又用同样的手法想灭掉蔡国，虽能侥幸取胜，也一定会遭到灾殃，他的日子不会长久的。从前夏桀战胜有缗氏而自己也随之灭了国，商纣战胜东夷也随后丢掉了性命，现在楚国地小于二国，灵王位卑于二王，而残暴却超过了桀、纣，能没有灾殃吗？老天爷借助坏人，不是降福给他，而是要增加他的罪恶然后给以惩罚，楚国是不可拯救的，也是不会兴盛的。"

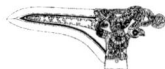

四月七日，楚灵王杀死蔡灵侯和他的亲随部队七十余人，同时命弃疾加紧进兵，蔡太子姬有率国人拼死抵抗，但因国小力微，形势很是危急，韩起无动于衷。中行吴焦急地对韩起说："我们前不能救援陈国，致使陈国被楚所灭，今蔡国危在旦夕，我们又不去救，别人会因此而对我们失望，不再亲附我们，晋国之无能，也就很明显了。作为盟主而不能挽救亡国，还要盟主干什么？"韩起无法，遂召集各国执政到厥慭（音银，卫地，在今河南新乡市）商量救蔡事宜，齐、鲁、宋、郑、卫、曹、杞等国大夫到会。郑国子皮出发的时候，子产对他说："去不了几天，你就得回来，蔡国不可救了，一定会亡国。因为蔡国小而不顺服，楚国大而不施仁德，韩起性情平和，不会为了蔡国而和楚国兵戎相见的。老天爷将要抛弃蔡国而使楚国积累罪恶，使他恶贯满盈后惩罚他。而且现在蔡灵侯已经死了，国君死去而国家还能守住的，不多见啊。蔡国虽灭，不出三年，楚王也必定会有灾殃。"

　　厥慭之会，诸侯大夫莫衷一是，韩起无法，只得不痛不痒地派晋大夫狐父到楚国去为蔡国求情，请求楚灵王宽免蔡国，灵王不听。冬十一月，楚国终于灭掉蔡国，并且杀掉蔡国太子姬有来祭祀冈山，楚大夫申无宇很不赞成灵王的这种做法，说道："牛、羊、猪、狗、鸡尚且不同时使用，杀诸侯来祭祀山川，太过分了，我王一定会遭到报应的。"楚灵王把陈、蔡旧地尽封于公子弃疾，命他为蔡公。对于这个结果，中行吴心中有气，对人说道："蔡国被灭，这都怨韩起无能，我要是执政，岂能让这种情况发生！"韩起听后，淡淡说道："中行吴一介武夫，知道个什么？"

　　两家因此而产生隔阂。

　　欲知晋国后事，请看下回。

第四十回

胁齐执鲁昭公寻盟　杀生戮死叔向决狱

楚灵王骄横跋扈，倒行逆施，终于引起内乱，公子弃疾乘机起兵讨伐，欲争王位，并且召他逃亡在晋国的哥哥公子比、逃亡在郑国的哥哥公子黑肱一同起事，答应事成之后，奉公子比为楚王。公子比欣然应邀回国，韩起问叔向说："你看公子比此去能够成功吗？"叔向回答说："难"。韩起不解道："楚人都对灵王不满，公子比又是弃疾的哥哥，弃疾要借助他的这个身份，怎么会不成功呢？"叔向说道："回国为君需要有五个条件，一要有显贵的身份，二要有有才能的人辅佐，三要有内应，四要有谋略，五要有德行。公子比在楚，官不过右尹，出身不过是个庶子，算不得显贵。随从没有什么知名之士，缺乏有才能的人辅佐。国内族人或叛或亡，无人作为内应。机会不成熟却要轻举妄动，算不得有谋略。流亡在晋一十三年，百姓没有拥护他的迹象，可以说是德行不足。所以说，他要取代灵王，入主楚政，很难。"韩起又问："这么说来，谁能取代灵王呢？"叔向分析道："肯定是弃疾！楚国常例，动乱之后，必然是小儿子为王，弃疾现在居有陈、蔡和防城外之地，兵精地广，百姓拥戴，末大于本，尾大不掉，早有不臣之心。"韩起又提出另一

个问题："齐桓公和晋文公，不也都是出逃在外的庶子吗，为什么他俩能够回国为君呢？"叔向回答："齐桓公有鲍叔牙、隰朋、宾须无等辅佐，有卫国、莒国作为外援，有国氏、高氏作为内应。我先君文公，有狐偃、赵衰、先轸、魏犨、胥臣等从亡，有齐、宋、楚、秦等大国以为外援，有栾枝、郤縠、士会等作为内应。公子比怎么能够与此二君相比呢？对百姓没有什么恩惠，又没有什么外援，离开晋国没有人护送，回到楚国也没有人相迎，依靠什么得国呢？"不出叔向所料，公子比回国后，为王不过三个月，便死于兵乱，公子弃疾继为楚王，他就是楚平王。

晋昭公二年，公元前 530 年，齐景公、卫灵公、郑定公、鲁昭公到晋国朝拜晋昭公新立。前此，鲁国新任执政季孙意如（*季孙宿之子*）曾攻取了莒国的郓邑（*在今山东沂水县*），被莒人告到晋国，要求盟主处罚鲁国。时晋平公新丧，昭公尚在服丧期间，顾不上处理此事；现在听得鲁昭公要来朝拜，拒绝接见他，此时鲁昭公已行至黄河边，听得晋昭公不见，只好返国，而派大夫公子慭代表自己到晋国。晋昭公设宴招待各国诸侯，子产以郑简公新丧，定公尚在服丧期间为由，请求不参加宴会，晋昭公认为言之有理，就同意了。席间，晋昭公和齐景公玩起了投壶游戏，晋昭公先投，中行吴一旁歌道："酒如汾流，肉如高丘，寡君投中，统帅诸侯。"晋昭公果然把手中箭投入壶内，众人一齐欢呼。齐景公也举箭歌道："酒如淄涌，肉如山陵，寡人投中，代君兴盛。"歌罢，也把箭投入壶内。晋国君臣听到齐景公的祝词，又见他也把箭投中，尽皆失色，士弱悄悄埋怨中行吴说："你说的话不恰当，我们早就统帅诸侯了，还用得着祝告吗，投中不投中又有什么关系呢？这样一来，我怕齐景公会小看我君，回去以后就再也不来了。"中行吴自知言词不当，可也不愿认错，大声强辩道："晋的将帅刚强有力，军士骁勇善战，战

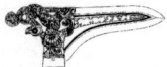

斗力和以前一样强大,齐国能有什么作为?"齐国大夫公孙傁听中行吴说话如此强横,宴会的气氛变得紧张,赶忙快步走进厅堂,对齐景公说道:"时间已经不早了,两君也累了,还是早点休息吧。"拉着景公走出厅堂,景公次日即告辞归国。

晋昭公新立,觉得应该通过举行盟会来立威,亦可聚拢诸侯之心,于是遍告诸侯,都到平丘(邿地,今河南封丘县东)举行盟会。秋七月,昭公留韩起守国,自率中行吴、魏舒、叔向、赵成、范鞅、智跞、籍谈等一干文武,起甲车四千乘,浩浩荡荡望平丘进发。叔向弟叔鱼为代理司马,行经卫地,叔鱼向卫国当地官员索贿不得,就放纵手下人四出打柴割草,践踏毁坏庄稼,毫不爱惜,卫国官员屠伯送给叔向一盆羹汤和一箱锦缎,说道:"诸侯对晋国一向恭谨,何况卫国与晋地近,更是一心一意,丝毫不敢有二心。可是现在贵军来到卫国却肆意糟践,所作所为不同往常,请问这是什么原因?"叔向接受了羹汤,退回锦缎,叹了一口气,告给他说:"晋军代理司马叔鱼,乃是舍弟,一向贪得无厌,我屡劝不听,这对他没有什么好处。这样吧,你把这箱锦缎送给他,就说是贵君所赐,也许可以制止他。"屠伯依言而行,叔鱼果然很高兴,当着屠伯的面,当即下令约束所部,不许再乱采乱伐。

七月二十九日,晋昭公到达平丘,齐景公、鲁昭公、宋元公、卫灵公、郑定公、曹武公、莒著丘公、邾庄公、滕悼公、杞平公、小邾穆公、薛伯等十二国诸侯也先后来到。吴王夷末也接到了邀请,因水道不通,未能赴会,周卿士刘献公作为周景王的代表监临盟会。晋昭公通告各国诸侯,打算重温盟约,各国都没有意见,唯有齐景公心记年初投壶之怨,采取不合作态度,晋昭公让叔向告刘献公说:"寡君想和诸侯举行会盟,齐国人不同意,您看这事该怎么办呢?"刘献公说道:"会盟是为了申张信义,尊奉王室,这是好事啊,只

要贵君坚持信义，诸侯都会支持的，有什么好担心的？我作为天子的卿，愿意带领天子所属为先驱，坚决支持举行盟会。至于齐国人，先生可以用文辞再去和他们沟通，同时施加一定的武力威慑，就算他们仍然不同意，贵君的努力也是不会白费的。"叔向面见齐景公，再次陈说举行盟会的意见："各国诸侯风尘仆仆来到这里，为的就是举行会盟，可是贵君却认为会盟不好，不知作何解释？"齐景公回答："诸侯中有三心二意的，这才需要会盟，现在大家都服从命令，没有二心，哪里还用得着会盟？"叔向说道："贵君此言差矣。自古明王为了防止礼仪不兴，国家倾复，所以制定了朝聘的制度，规定诸侯每年聘问以记住自己的职责，三年一朝聘以演习礼仪，六年一觐见以显示威严，在适当时候举行盟会以表现礼仪。我昭公按照古制来主持盟会，心怀敬畏之心，努力争取圆满结果，唯恐不能办好，上负先王之灵，下违诸侯之望，可是贵君却不想举行盟会，寡君对此不能理解，请贵君考虑！"齐景公见晋国态度坚决，周室卿士全力支持，没有理由再反对盟会，只得改变态度，说道："小国发表意见，还得大国决断，贵国的意思我们知道了，一定服从安排，恭恭敬敬地前去参会。具体时间由贵国决定吧。"

叔向回报，同时建议道："齐国敢于提反对意见，说明诸侯对晋国有嫌隙，我们应该举行一次阅兵，显我军威。"昭公遂于八月初四日举行盛大阅兵式，四千乘兵车，十数万军队，车辚辚，马啸啸，明盔亮甲，阵容宏大，并且在旗帜上挂起了飘带，一副临战状态，诸侯见了，莫不畏服。

盟会之前，邾、莒两国联名向晋国告状："鲁国经常侵扰我们，我们两国都快灭亡了。之所以不能按时为上国进贡财赋，都是因为受到鲁国欺负的缘故。"晋昭公派叔向对鲁国人说："你们抢夺莒国的郓邑，寡人还没有来得及处理，现在人家又来告状。明天的盟会，

不敢有劳贵君参加了。"鲁昭公命大夫子服惠伯答话说："贵国听信东夷小国的一面之词，就断绝与同姓兄弟国家的关系，不顾及周公的后代，随意作出如此荒谬的决定，你们觉得合适吗？鲁国乃武王初封之国，立国既早，周公又是唐叔虞的叔辈。今寡君位列诸侯，不敢不与盟，逃避自己的职责。"叔向见鲁国不听命，又以辈分来压晋国，不由动怒，觉得应当压一压他的气势，诸侯才能服从，因此说道："寡君有甲车四千乘，甲士十数万在此，即使不按礼仪办事，也不愁达不到目的，更何况现在是在履行盟主的职责，可谓所向无敌。就算是一头瘦牛，压在猪身上，还怕压不死吗？如果以晋全军，带领各国军队，以愤怒的邾、莒、杞、鄫人为前驱，来讨鲁国之罪，你还怕我们不能取胜吗？"子服惠伯闻听叔向此言，不敢再辩，只得从命。

八月七日，晋昭公与各国诸侯在平丘举行会盟，鲁昭公果然不敢赴会。这次会盟的一个中心议题是增加对晋国的贡赋，各国畏晋之强，都不敢有异言，独有郑国子产争道："从前周天子依各国地位的高低规定了贡赋的轻重次序，地位尊贵的，贡赋就重，地位不高的，贡赋就轻，一直作为制度来执行。郑国的地位不过是伯爵，却让我们以公爵和侯爵的标准来贡赋，我们担心不能如数进贡，请上国考虑。"叔向反驳说："先大夫范匄和赵武两次减免各国贡赋，表明敝国并非不体恤诸侯，只是现在我们要管的事情越来越多，军队的编制越来越大，往日出兵，四百乘就不少了，可现在动辄千乘，这是大夫所知道的。至于郑国，初立国时不过十邑，可现在已经是中原的一个重要国家，怎么能完全按照以前的标准呢？"子产带气说道："诸侯会盟，是为了促进各国友好，让小国休养生息，得以生存，如果催促进贡的使者无月不至，贡赋的财货又没有个限额，小国难免负担不起，获罪大国，因此而亡国也说不定。是让我们死，

还是让我们活，今天定下来吧。"双方言来语去，争了一下午，也没有争出个结果，游吉乘便对子产说道："我看别争了，再争下去，万一惹怒晋国，率领诸侯来讨伐，我们怎么对付得了？"子产说道："不必担心，晋国诸卿忙于内争，各存苟且偷安之心，哪有精力讨伐别人？再说如果我们不争，难免招致欺陵，还怎么立国呀？"直到天黑，晋国人拗不过郑国人，这才同意不增加郑国的贡赋。

会盟前一天，晋国人拘捕了鲁国执政季孙意如，把他关押在一座密不透风的帐篷里，并派兵士看守。时当盛夏，鲁国人担心他被热死、渴死，就派司铎射偷偷给他去送冰水。司铎射带着冰壶，匐匐着想要偷偷接近帐篷，不料被看守的兵士发现，要把他赶走，幸亏司铎射早有准备，从怀中掏出一匹锦缎送给兵士们，才被允许进入帐篷，把冰壶送到了季孙意如手中。不久，季孙意如被送到晋国，继续拘押。

会盟毕，诸侯各自归国，鲁昭公因为季孙意如被晋国扣押，心中不安，决定以朝聘为名，到晋国来请求放人。中行吴对韩起说道："诸侯朝见是为了重温旧好，现在我们还关押着鲁国的上卿，而和鲁君相会，这个道理讲不通，不如辞谢了他。"韩起就派士景伯迎鲁君于中途，辞谢他去朝聘。鲁昭公无法，只好回国，另派子服惠伯携礼前往晋国。惠伯知道中行吴性格耿直，敢说话，就把礼品送给他，然后说道："鲁国在贵国眼里，怎么还不如东夷小国郏、莒等重要呢？鲁是晋的兄弟之国，国土不算小，规定的贡赋能够按时上缴，如果为了郏、莒而抛弃鲁国，把鲁国赶到齐、楚一边，对晋国有什么好处？谚语有云：'臣一主二'，就是说小国如果不满意，完全可以另事他国，我们难道找不着别的大国可以事奉了吗？亲近兄弟之国，拉拢版图大的，奖赏能够进贡物品的，惩罚不进贡的，盟主就应该这样做。我的话有没有道理，先生您考虑吧！"

中行吴把惠伯的话转述给韩起，并且说道："楚国灭陈、蔡，我们不能救，现在却为了东夷而拘押兄弟之国的卿，这样做有什么用呢？不如放了他。"韩起就决定释放季孙意如回国，谁知季孙意如得理不让人，说道："诸侯会盟，不许寡君参加，又把我拘到贵国来，外臣不知道自己错在哪里。如果有罪，那就明令颁布，我可以奉命而死，如果无罪而蒙赦免，诸侯各国不了解情况，还以为我是侥幸逃脱惩罚了呢。上国若真心赦免外臣，就请召集诸侯，宣布外臣无罪。"季孙意如的态度，弄得韩起无法，只好求助于叔向说："先生能让季孙意如走吗？"叔向说道："我也没办法，不过叔鱼能。"韩起就命叔鱼前往，叔鱼见了季孙意如，先和他叙起了交情："当年栾盈之乱，我兄叔虎被斩，我逃到鲁国，若不是先生的祖父季孙行父老先生照顾，我哪能回到晋国，又哪里还有今天？这是老先生给了我第二次生命啊，叔鱼没齿不敢忘。"说到这里，叔鱼竟激动得流下了眼泪，接着，他又吓唬道："现在放你你不走，我听有关官员说，晋国要把你安置到西河（晋国在黄河以西的地区，即今陕西大荔县、华阴市一带）去，这可怎么办呀？"季孙意如害怕了，当即动身回国。

两个从楚国逃奔来晋的大夫邢侯和雍子因为地界产生了纠纷，很久都没有解决，理刑官士景伯到楚国去行聘，韩起就命副理刑官叔鱼处理这件旧案。叔鱼经过审理，认为雍子理屈，责令他退回多占田土，雍子为了打赢官司，就把自己的女儿送给叔鱼。叔鱼受贿，再次审理时，竟然改判为邢侯无理，把那块田地判给了雍子，邢侯气愤不过，竟然当庭刺死叔鱼和雍子，然后逃亡。韩起碍于叔向的面子，不好处理这件事，就征求叔向的意见，叔向说道："这还用问吗？三奸同罪，追捕逃犯以正其杀人之罪，两个死者陈尸示众。"韩起问道："这样做有什么根据吗？"叔向答道："当然有。雍子行

贿求得胜诉，叔鱼贪赃枉法，邢侯擅自杀人，他们的罪行是一样的，皋陶之法早就有规定，我们就照此执行吧。"韩起于是下令，追捕邢侯归案，判处斩刑，与叔鱼和雍子的尸体一同陈于市曹示众。

叔鱼自幼贪财，没有满足的时候，他的母亲曾责骂他说："溪沟能填满，你的欲望填不满，我看你非死在贪财上面不可。"从此不再管他，叔鱼始终不改，不幸被其母言中，最终死于贪贿。

孔子评论说："叔向可以说是具有古代正直风气的人，处理国家大事，运用刑法，不包庇自己的亲人，大义灭亲，申张国法，推行正义。为了国家利益，三次指出弟弟的错误，并不护短，这样的人算得上是合乎道义了。"

再说那狄人为晋国所迫，被驱离故土，迁于太行山以东，其地无山，不利游牧，因此思念故地，屡次侵扰晋国边境，听说晋军主力全部赴平丘之会，边境空虚，于是大举进攻，掳掠而还。晋昭公五年，公元前 527 年，晋上军将中行吴率本部讨伐白狄鲜虞国，军出著雍、中人（今河北唐县西北）包围了他的属国鼓（在今河北晋州市），全力攻打，鼓人不支，裨将宛持暗中与晋军联络，欲率本部军兵投降，里应外合，助晋军破城。中行吴没有答应，左右将佐不解，说道："我军围鼓，月余不下，多有死伤，宛持献城，我军可以轻而易举地获胜，避免军卒伤亡，有什么不好，将军怎么不答应呢？"中行吴答道："如果我们晋国有人里通外国，与敌人勾结，我们一定非常厌恶他。宛持背叛本国，我们为什么要欢迎呢？宛持守城而通敌，这是大奸啊，奖赏宛持，等于是鼓励叛逆，使忠义之士寒心。不赏宛持，就是失信，以后我们的命令还有谁听？凡事应量力而行，力量能达到就进攻，力量达不到就退兵，不能为了得一座城而使用不正当手段，涣散我们的军心，那样丢掉的东西会更多。"中行吴令军士绕城呼喊，把宛持意图叛国献城的阴谋通报给鼓人，并且告给他们晋军将要攻

城，让他们修缮防御设施，继续战斗。鼓人杀掉宛持，登城拒守，双方又相持了三个月，鼓国有人请求投降，中行吴让他们进见，端详一番，说道："你们的脸色还不错，说明并没有到了山穷水尽的地步，还是回去修好你们的城墙，准备再打吧。"这一下，晋军将佐们意见更大，说道："能够得城而不占取，让军士们徒增死伤，武器消耗损毁，怎么完成国君交给的任务呢？"中行吴解释说："获一城而使我们的将士心存侥幸懈怠之心，而丢掉一往无前，克敌必胜的精神，以后还怎么作战，我们得此城又有什么用呢？只要我们遵循信义，不做过分的事，那么军士就会拼命作战，则敌城可得而道义也不会丢掉。我为国家考虑久远，用这样的做法来完成国君交给的任务，不也可以吗？"一席话，说得众将不住颔首，不再多言。一个月后，鼓人来告，说是城中粮尽，军卒力竭，已不能再守，愿意举城投降，中行吴知是实情，这才入城安民，令鼓人各安旧业，不杀一人，将鼓国国君鸢（音元）鞮带回国中献功。

晋昭公命鸢鞮来见，责备他说："晋狄各安其境，为何屡次兴兵犯我？"鸢鞮俯首回答："这都是边将贪功，误犯上国天威，今后当约束国民，再不敢与上国为敌。"昭公见他态度诚恳，决定把他释放回国，群臣谏道："戎狄虎狼之心，向无信义，现在纵虎归山，日后恐为晋患。"昭公道："晋与戎狄杂处，需军事打击和怀柔并重，鸢鞮复叛，可以再伐，而放他回国，别的戎狄就会怀我之德。"

鸢鞮回国，七年后果然再叛，被晋国所灭，这是后话。

欲知后事如何，请看下回。

第四十一回

籍谈使周数典忘祖　韩起聘郑见利思义

这一年，周景王的王后和太子寿母子二人先后离世，冬十二月，晋国派智跞和籍谈为正副使，到成周参加王后的葬礼。葬毕，周景王设宴招待智跞一行，景王手举鲁国进贡的酒樽，对智跞说道："叔父你看，诸侯各国都有礼器进贡王室，只有晋国没有，这是为什么呀？"智跞不能答，施礼请籍谈代答，籍谈只好回答："当年诸侯各国受封，王室都曾赏赐以明德之器，作为镇国之宝，所以能够进献礼器。只有晋国僻处深山，远离王室，天子的威福难以到达，很少有赏赐，且与戎狄相邻，敝国驯服戎人尚且不及，哪还能进献礼器？"景王听罢笑道："叔父你忘了吧？晋之先祖唐叔虞，乃是成王之同母弟，成王特别喜欢他，怎么能反而没有赏赐呢？密须之鼓、饰金大辂，这是文王用来田猎和检阅军队的，阙巩之甲，这是武王克纣时穿用的，还有幂蔡方鼎，都赏赐给了唐叔虞，让他在唐为侯，威服境内戎狄。后来襄王也赐文公以温车、战车各一辆，以及秬鬯、圭瓒、彤弓、虎贲，文公因此而能够据有太行山以南地区，东出安抚征伐诸国，终成霸业，这不是赏赐是什么？这么重厚的赏赐都没有记住，叔父的心哪去了？叔父的远祖孙伯黡，掌管着晋国的典籍，

记录国家的大事，所以称为籍氏。后来周大夫辛有的次子董到了晋国为史官，这才有了董史。叔父你是司典的后代，这些事怎么会忘记呢？"景王一席话，说得籍谈无言以对，席散，智跞、籍谈拜辞，景王对左右说道："籍谈为晋国司典之后，却不通史实，数典而忘其祖，他的后代不会昌盛的。"

籍谈归国，把在周的情况告给叔向，叔向说道："景王恐怕不得善终了吧，我听说，人因为什么事快乐就很有可能死在这事上，在悲伤之事中寻求快乐，将来就可能死在悲伤之事上，岂不是不得善终？现在景王一年内失去两个至亲之人，需要服丧三年，本该十分悲伤，可逝者尸骨未寒，丧期未满，他却乘丧和宾客饮宴，席间欢笑奏乐，毫无哀容。景王虽贵为天子，也应该服丧期满，这是周礼的规定，服丧未满，就饮宴奏乐，也太早了，这样做，不合礼仪。再说诸侯进献礼器，是因为有值得庆贺之事，不能因丧而献，景王在这个时候索要礼器，太过分了，同样不合礼仪。礼仪，这是天子应该奉行的重要规则，一次举动就违反了两项礼仪，这也太没有规则了。总结言语以成典籍，编修典籍以载纲常，忘记了纲常而又言语很多，即使能够举出典故，又有什么用呢？"

鲁大夫子服回陪同鲁昭公到晋国朝聘，回国后对季孙意如说道："晋国公室将要越来越衰微了，国君性格柔弱，力量单薄，不能掌握朝政，六卿奢侈骄横，渐已形成习惯，习惯成自然，发展下去，政事将尽归六卿，公室很危险了。"季孙意如不以为然地说："你一个年轻人，哪里懂得国家大事，乱说什么？"晋昭公在位仅六年，于公元前526年薨，其子顷公姬去疾立，冬十月，鲁国季孙意如赴晋参加昭公葬礼，耳闻目睹，果然如子服回所说，不由得叹服道："子服回的话没有错啊，这个年轻人的观察能力很强，看来子服氏有了好儿子了。"

晋国派大夫屠蒯到周朝，请求允许晋国祭祀位于周境内的洛水和三涂山（在今河南嵩县西南），周卿士苌弘对刘献公说："屠蒯表情凶悍，面露杀气，我看他此来，不像是来请求祭祀的，莫非是为了攻打陆浑之戎吗？陆浑戎和楚国的关系甚好，对晋国不敬，一定是这样，我们不可不作准备！"刘献公于是整顿兵马，加强了对陆浑戎方面的军备。九月二十四日，晋中行吴以祭祀为名，率领一支部队，悄悄渡过棘津（今河南卫辉市南），抵达洛水，军中祭司杀白马祭于河中，陆浑戎并不戒备。二十七日，晋军突然向陆浑发动进攻，责备他们投靠楚国，背叛晋国，陆浑戎仓慌应敌，很快城破，国君逃奔楚国，百姓大多逃往甘鹿（今河南宜阳县东南），中行吴灭陆浑国而还。周朝军队乘机出动，包围甘鹿，将陆浑百姓尽数俘获归国。

第二年五月，中原地区发生一场大火，波及宋、卫、陈、郑等国，危急之际，子产一面组织灭火，一面登城加强军备，发放武器，向晋国方向加强警戒，增加巡逻。游吉担心地说："咱们这样做，不怕得罪晋国人来讨伐我们吗？"子产回答说："小国不加守御才会有危险，更何况现在国内火灾还没有扑灭，我们有了防备，别人才不敢轻视我们。"不久，晋国边境守将来责问说："郑国遭受火灾，寡君和卿大夫都不敢安居，占卜占筮，四处奔走，祭祀名山大川，不惜牺牲玉帛，祈求上天早日消除贵国火灾。郑国有灾，晋国上下都为之感到很忧虑。可是贵国却加强守备，往来巡逻，不知道准备向谁问罪？我们身处边境，为此感到不安，不敢不告。"子产回答说："我们相信您说的话，贵国确实为敝国的火灾感到忧虑。敝国政事不顺，故上天降火灾以示警，我们担心邪恶的人乘机打敝国的主意，引起国内混乱，加重紧张局势，使贵国更加忧虑，所以才加强了守备。所幸现在没有亡国，我们还有机会向贵国作解释，如果不加强军备，不幸亡了国，贵国想为我们担忧也没有用了。郑国如

果遭到别国攻击，或者国家毁于大火，只有投奔晋国避难一条路，给贵国增加负担，我们这样做，正是为了不让贵国担忧啊。我们既然事奉贵国，就会一心一意，岂敢有二心？"

郑国大夫驷偃，娶晋卿魏舒之妹为妻，生子驷丝，驷偃死后，驷丝尚幼，其宗族父老怕他立不起门户，于是就立其叔父驷乞为继承人。子产一向憎恶驷乞的为人，并且认为立他不符合继承法的规定，所以并不赞同，但也没有阻止，驷氏为此感到不安。后来，驷丝向他的舅父魏舒告状，这年冬，晋国派人带着礼物来到郑国，问他们为什么要把驷乞立为驷偃的继承人。驷氏都很害怕，驷乞更是打算逃走，被子产阻止了，驷氏用龟甲占卜，结果也是不必更改继承人。郑国大夫在一起商量如何应对晋国人，有人提议请子产来拿主意，驷乞说道："子产并不支持我，他一定不会为我想办法的。"谁知子产径直面见晋国使者，对他说道："老天不佑郑国，最近连丧数名大臣，先大夫驷偃也在其中，他的儿子驷丝年幼，其族人担心断绝宗主，所以立了年长的驷乞为继承人，这或者是上天确实要搅乱驷氏的继承规则，才出现这样的结果。谚语有云：'无过乱门'（不要走过动乱人家的门口），百姓家有动乱，尚且需要远离，上天所降动乱，我们更不敢过问。现在贵大夫来问原因，我们确实不知道。平丘之盟，贵君昭公与诸侯盟誓：'不要忘记自己的职责'，现在敝国大夫决定自己家的继承人，这样的事，盟主都要干涉，岂不是把敝国当作贵国的一个县了吗，我们还成什么国家？"子产没有接受晋国人的礼物，晋国使者回报魏舒，魏舒别无他法，只好不再过问此事。

驷乞感激子产为自己消除了一场灾难，就备了一份厚礼登门致谢，子产说道："我是为了郑国才这样做的，不是为了你。你的礼物我不要，你还是回去吧。"

晋顷公三年三月，韩起到郑国行聘，郑定公设宴招待他。宴前，子产告诫众大夫说："韩起为晋国正卿，凡参加宴会的人，要注意自己的礼仪，不要发生对宾客不恭敬和失礼的事。"大夫子张因故晚到，他来的时候，郑国官员们都已经全部就位，客人正在郑定公和子产的陪同下顺序入席，子张站在客人中间，准备跟着入席，主管典礼的官员认为他不应该和贵宾一同入席，阻止了他，他只好跟在客人的后边，官员再次阻止他，子张不知所措，慌急之间，竟然和乐工们一起，站到了悬挂的乐器中间，晋国人见他如此狼狈，都笑了起来，在众人的哄笑声中，子张窘迫地坐到自己的座位上。

宴会毕，大夫富辰埋怨子产说："和大国的人打交道，不能不慎重啊，我们样样做得有礼，不出疵漏，尚且看不起我们，现在被他们笑话了，岂不是更要欺负我们了吗？今天子张失态，责任在先生啊。"子产不高兴地说："如果发布命令不恰当，发出后没有认真推行，也没有人遵守；或者执行刑罚偏颇不公，使司法秩序混乱，治安状况不好；又或者虑事不周，劳民伤财而事情没有办成，危难到来还不知道，招致大国欺陵，这些都可以说是我的责任。可子张是国君侄孙、其祖父子孔曾长期担任郑国执政，他作为家族的继承人，享有国家爵禄和很高的社会地位，经常受命出使各国，为国人所尊敬，诸侯所熟悉。对于一般的社交礼仪，他应该并不陌生，而且事前我也提醒过大家，今天的失态，是他自己处置失当，怎么能说是我的责任呢？如果有人行为不规范，就都归罪于执政，那么各国出点问题，是不是都要归罪于先王没有制定礼仪制度呢？先生要想指出我的错误，还是说别的事吧，今天的事我不承认有责任！"

韩起有一副玉环，早些年失窃，丢掉一只，此次行聘，意外地从郑国商人那里看到了它，就想要回来配成一副，于是就向郑定公提出，子产不同意给，推辞说："那只玉环不是国家府库里的东西，

寡君没有权利给你。"游吉和子羽怕韩起不高兴，对子产说："韩起不就是要一只玉环吗？他的要求不算高，为什么不能满足他呢？我们不能对晋国有什么二心，也不能轻慢韩起，如果有心存不良的人在两国间挑拨离间，激起晋国的凶心怒气，发泄于我国，到那时可就悔之不及了。相国为什么舍不得一只玉环，而要以此招致大国的怨怒呢？为什么不要来给他呢？"

子产回答说："我不敢对晋国有二心，也不敢轻慢韩起，相反，正因为准备长久地事奉晋国，才不给韩起玉环的，这是出于忠实和守信用的考虑啊。我听说君子怕的不是财物不多，而是怕得不到一个好名声；治理国家怕的不是得罪大国，而是怕违背礼仪无以立国。大国对小国发令，如果所有要求都满足他，我们怎么能办得到？而一次办到了，另一次又办不到，我们的罪过会更大。大国的要求，哪里会有满足的时候，不合礼仪的要求，我们就应该驳回他，否则，晋国人就会把我们当成他的属地一样，那郑国就失去作为一个国家应有的地位了。再说，韩起奉命出使却假公济私，为自己求取玉环，表明了他的贪婪和不自重，如果我们满足了他，不是成就了他的罪过了吗？给一只玉环而引起两个不良的后果，有什么好处呢？这样做，太不值得了。"

韩起听说了子产的意见，不再强求，就从郑商手里购买了那只玉环，郑商知道他是晋国执政，是国家的贵客，所以把价格压得很低，同时说道："我卖给你可以，但你必须把这件事告诉我国的执政子产一声。"韩起就对子产说："开头我跟你们要这只玉环，先生认为那样做不合于道义，我不敢再次请求，所以花钱买下，商人却说必须要告给你，请问这是什么原因呀？"子产回答说："从前我们的先君桓公，和商人们一同从西边周境迁来，共同合作开垦这块土地，砍去野草杂木，在这里安居下来，世世代代都有盟誓，互相

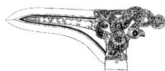

维护信用，誓词说：'你不要背叛我，我不要强买抢夺你的东西。你有赚钱的买卖和宝贵的货物，我不加过问。'仗着这个有信用的盟誓，我们才互相支持到今天。以先生地位之尊，向商人购买玉环，能做到买卖公平吗？就算是价格公道，别人能不说是强买吗？得到一只玉环却引起诸侯的猜疑，您一定不愿意这样做。见利思义，这是做人的美德，我希望先生能以此来要求自己。"韩起听罢大悟，赶忙道谢说："韩起糊涂，差一点背负见利忘义之名，我退回去就是了。"临回国之际，郑国六卿为韩起饯行，宾主赋诗欢歌，气氛融洽，韩起私下带着礼物向子产辞行，说道："先生一席话，使韩起避免了贪婪滥求的恶名，真是金玉良言啊，起敢不拜谢先生？"

与韩起聘郑同时，范鞅也到鲁国去行聘，叔孙婼负责接待晋国客人。执政季孙意如怒叔孙婼与自己争权，心怀怨愤，存心想得罪范鞅，引起他对叔孙婼的不满，所以就暗中安排有关官员用接待齐国大夫鲍国的七牢之礼来接待范鞅。范鞅拒绝入席，很不高兴地说："齐国怎么能和晋国比，鲍国怎么能和我比？你们用接待他的规格来接待我，怎么可以？这明摆着是轻视敝国，我回国要汇报给寡君。"叔孙婼心知这是季孙意如在使坏，赶忙增加了四牢，用十一牢之礼来接待范鞅，范鞅这才入席。席间，范鞅几次提到具山、敖山，叔孙婼总是谨慎地以二山所在的地名来作答，范鞅不解，问道："先生怎么不说具山、敖山？"叔孙婼回答："这两个字是先君献公和武公的名讳，婼不敢出口。"范鞅赶忙道歉。回到晋国，范鞅逢人就说："人不能不学习呀。我在鲁国多次说出人家先君的名讳，让鲁国人笑话了，这都是平常不学习的缘故。知识就像是树木的枝叶，树有枝叶，尚且可以给人带来清凉，知识对人的帮助就更大了。"

再说鼓国国君鸢鞮，被晋君释放归国，不思恩德，复叛晋归附鲜虞，韩起对诸大夫说道："鸢鞮反复，戎狄不知感恩，我们应当

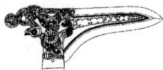

派兵讨伐。"再次以中行吴为将，往讨鼓国。中行吴率军到达太行山以东地区，命令士兵装扮成贩米的客商，暗藏铠甲武器于货物之中，在鼓都昔阳（今河北晋州西）南门外集结休息。中午时分，中行吴见时机已到，下令举事，军士们各取武器铠甲，发一声喊，冲进城门，鼓人不及防备，城门早被晋军袭取，瞬间占领全城。中行吴灭掉鼓国，命晋国大夫涉佗守城安民，再次将鼓君鸢鞮带回晋国，临行下令说："鼓国臣民人等，各安其业，帮助涉佗守国，不得随意乱行。"鼓国大夫夙沙釐不听中行吴之令，带着家眷跟在鸢鞮后边，准备随他一同去晋国，军士们把他抓到中行吴帐前，中行吴问他为什么不遵将令，擅自离国，夙沙釐从容言道："我事奉的是我的国君，不是土地，我只听到过有君臣之说，没有听到过土臣的说法。现在我的国君要迁到晋国去，我为什么要留恋在鼓国呢？"中行吴说道："现在涉佗主鼓国之事，如果你真心辅佐他，我给你定一个比较高的职位，如何？"夙沙釐回答："我的国家是戎狄的鼓国，不是晋的鼓国。我听说，为人之臣，没有二心，委身于君，书名于策，不离不叛，虽死不渝。我怎么敢为了追求私利而烦劳贵国执法者治我叛君之罪呢？"中行吴大为叹服，对身边的人说道："我们晋国什么时候才能培养出像夙沙釐这样的忠臣呢？"就同意了他随行。回到晋国，中行吴说起夙沙釐的言行，韩起就把晋国黄河以南的一片地区划给鸢鞮存身，并且让夙沙釐陪同他住在一起。

欲知后事如何，请看下回。

第四十二回

争王位周室生内乱　失君柄鲁侯死外邦

周景王一向喜爱他的庶长子王子朝，太子寿死后，就想把他立为太子，王子朝恃宠生骄，过早地以太子的身份自居，经常向人宣称自己将来会继立为王，大臣单旗和刘狄讨厌王子朝的作派和他师傅宾起的为人，而支持嫡子王子猛，以废嫡立庶不合礼仪为由，坚决反对，朝中由此形成两大阵营。宾起劝周景王当机立断，早定王子朝为太子，周景王暗暗下定了决心。晋顷公六年，公元前520年四月，周景王与宾起密谋，以在北邙山田猎为由，命公卿都参加，准备借机杀掉单旗和刘狄，立王子朝为太子。将要举事时，周景王竟然突发急病而死，群臣奉景王之灵回到成周，议立新主，宾起一派主张立王子朝，单旗一派主张立王子猛，各不相让，后来两派形成妥协，立中间人物、王子猛之弟王子猛为王，是为悼王。

五月四日，群臣朝见悼王，举行登基大典，单旗和刘狄突然起兵攻杀宾起，并胁迫群王子盟誓，共同辅佐悼王，不存二心。王子朝怀着一腔怨愤，被迫参加了盟誓。六月十一日，葬毕景王，王子朝纠合一些忠于景王和失去爵禄官位、心怀不满的人作乱，率领郊、要、饯（均在今洛阳附近）三地之兵进攻成周。刘狄被迫退到自己

的封邑刘（今河南偃师县西南），单旗见情势紧急，赶忙把悼王从王宫接到自己家中，以便拥王自重。不料当天夜间，王子朝之党王子还率兵把悼公劫回庄宫，单旗乘乱带领部众逃跑。王子朝和召庄公商议说："单旗虽逃，部众尚多，不杀掉单旗，算不得胜利，我们不妨同他讲和，以结盟为名，乘机把他除掉。"召庄公担心失去民心，说道："这样做合适吗？"王子朝不以为然地说："为了获胜而背盟，这样的事多了，有什么好担心的？"为了迷惑单旗，还杀掉了自己不喜欢的司空挚荒，派人拿着他的人头，追上单旗，对他说："起兵围成周，都是挚荒的主意，现在王子已经把他杀了，愿意与先生再次举行盟会，共保悼王。"单旗同意了，王子朝遂拥周悼王到达轘辕山，双方在那里大张旗鼓地举行会盟，不料卿士樊顷子认为王子朝这样做有违光明正大的原则，于是向单旗通风报信。单旗闻信大惊，连夜逃往平畤（今洛阳西北）。王子朝追杀，双方混战一场，王子朝收军，乘乱刺死悼王，言称被单旗所杀。王子猛在朝中没有势力，即位不足半年，死于非命。王子朝背盟打败单旗，又杀死悼公，引起国人不满，都认为他难以成功。

　　单旗听得悼王死讯，遂与刘狄拥王子匄在平畤即位，是为敬王，单旗与刘狄商议说："子朝现在窃据王城，如果不能迅速克复，使敬王归位，而子朝也篡立为王，事情就不好办了。"刘狄言道："当今诸侯，唯晋为强，晋国前也曾屡次勤王，何不告急于晋，请其助我平定王室之乱。"于是就派王子处赴晋求援。时晋顷公大权旁落，政事皆决于六卿，听得王室内乱，韩起不想干预，说道："王子朝为长，王子匄为嫡，都是景王之后，这是王室家事，外臣不便介入。"范鞅不同意，说道："酒瓶子空了，酒坛子该管，诸侯国乱了，霸主该管，王室无家事，我们不能坐视王室之乱不管而失掉盟主之位。"韩起这才决定出兵，冬十月十三日，智跞、籍谈率领焦、

瑕、温、原四地之兵并九州戎人入周，为慎重起见，派大夫士景伯在成周北门乾祭门向百姓调查王室的情况，一连数天，百姓多言王子朝的不是，智跞遂与单旗合兵，连破王子朝军于前城、郊、鄩等地，护送敬王入成周，王子朝无奈，只得跪拜称臣。敬王见大局已定，对智跞说道："现在局势好转，我们已能控制。"言下之意，请晋军还国，智跞便于第二年正月初九日班师回国。

不料三年后，王子朝再次起兵作乱，自立为王，率军攻打敬王，单旗保着敬王退往刘地，与王子朝战，接连失利。双方同时派人到晋国陈说自己的理由，晋人接见了敬王的使者，却拒绝了王子朝的使者。听说敬王流落在外，处境困难，晋国答应征会诸侯，给予援助，帮助敬王打回王城。晋顷公九年，公元前517年夏，晋卿赵鞅（赵武之孙，谥号赵简子，别名志父）召集鲁、宋、卫、郑、曹、邾、滕、薛、小邾大夫于黄父（今沁水县西北）开会，明确宣布王子朝为叛军，命诸国各出粮食甲仗兵员，助敬王返回成周。诸国都没有意见，独有宋右师乐大心说："王室姓姬，我们宋国姓子，周王室应待我以客礼，为什么要指使客人呢？我们不能出粮！"见乐大心要脾气，晋大夫士景伯赶忙劝他说："自我先君文公践土会盟以来，一百多年间，宋国哪一次战役不参加，哪一次盟会不积极？现在各国一起为王室的事操心出力，宋国怎么能逃避呢？先生奉了国君之命，来参加盟会，却不执行盟会的决定，这不太合适吧？"乐大心无法再坚持自己的意见，只得接受了盟会的简札，照数纳粮。

初出茅庐的赵鞅成功主持了黄父之会，顺利达到了预期目的，心下高兴，就向郑国名臣游吉请教揖让和周旋的礼数，游吉告诉他："这是仪式，不是礼仪。"赵鞅又问道："那什么才是礼仪呢？"游吉答道："礼仪是上天的规范，大地的准则，百姓行动的依据。秉持礼仪的人，不首先作乱，不倚富欺人，不恃宠生骄，不侵陵同僚，

不傲视有礼的人，不以能力骄人，不怨天尤人，不想不道德的事，不做不仁义的事。这九条都做到了，就可以成为完美无缺的人。"一席话，说得刚刚步入政坛的赵鞅异常佩服，说道："我要终身按照老大夫所说的去做。"十一年后，游吉去世，赵鞅闻讯，仰天长号，痛哭不已，边哭边说道："当年黄父之会，老大夫教我九条作人的准则，言犹在耳，老大夫却已离世，岂不令人痛煞！"

再说黄父会后，诸侯尚未出兵，王室的形势却进一步恶化，王子朝的叛军把敬王赶得无处躲藏，并且连刘邑都烧毁了。单旗亲自到晋国告急。晋国忙派智跞、赵鞅率诸侯之兵随单旗进入周地，与敬王的残军会合，命晋将女宽把守要地伊阙（今洛阳南），拒住王子朝军。冬十月十六日，周敬王在滑地（在今河南偃师县缑氏镇，缑音勾）起兵，在晋军的配合下，发动反攻，先后攻下郊、尸氏等地。十一月十一日，晋将贾辛攻克巩地（今河南巩义市），两军会攻成周，在大兵压境的情况下，卿士召伯盈在城内发动兵变，驱逐王子朝，迎接敬王入城。王子朝率召氏的其他人和毛伯得、尹氏固、南宫嚚（音银）等劫掠了周朝的典籍逃往楚国。这个结果，使中原文化在楚国得到传播，推动了楚文化与中原文化的融合与发展，屈原、宋玉等楚文化代表人物的产生，与这次周典籍的南流不无关系。

智跞、赵鞅见成周几经战火，残破难守，遂率诸侯军筑城，又命大夫成公般率一支军队帮助敬王戍守，大军班师回国，十二月四日，敬王入宫复位。

王子朝在逃亡途中作书遍告诸侯各国说："王室不幸发生动乱，单旗、刘狄搅乱天下，倒行逆施，带领一群不逞之徒，祸乱王庭，并且放言：'先王登位有什么常规，我想立谁就立谁，能把我怎么样？'侵吞土地没有满足，贪求财货没有限度，亵渎神灵，违背盟约，蔑视礼制，诬蔑先王，轻慢抛弃刑法，百姓视为民贼。当初先

王曾有言说，'太子寿早夭弃世，可择长而立。'可见余一人继位，是名正而言顺的，单、刘出于私心，偏要废长立幼，违逆先王之命，实属篡逆。晋国无道，身为盟主，不尽自己的职责，却站在邪恶势力一边，助纣为虐，屡次兴兵犯我，致王室局势发生变化。现在余一人动荡流离，远窜荆蛮，没有归宿，如果各位兄弟甥舅能够顺从上天之意，顾念先王遗愿，帮助余一人解除忧患，摆脱困境，余一人和周室臣民都会非常感激，先王在天之灵，也会很欣慰的。我诚恳地披露腹心，希望各位兄弟叔舅认真考虑，不要帮助狡猾之徒以招致上天的惩罚。"

鲁国大夫闵马父看到王子朝的书信，说道："文辞是以礼仪为基础的。王子朝以庶敌嫡，违背国人意志，又得不到大国晋的支持，一心想做天子，不讲礼仪，文辞再动人，有什么用？"

郳将公孙鉏、丘弱、茅地率领一支军队修筑翼城（郳地，今山东费县西南），完工后返回都城绎（山东邹城市东南），准备取道离姑（郳地，在翼之北面），公孙鉏担心地说："走离姑，必须经过鲁国的武城，鲁国现在正恨我们，他们一定会攻击的，不如绕远走山路。"丘弱、茅地二人说："山路艰险，如果遇上下雨，走都走不出来，更别说回去了。"于是决定冒险走离姑一路。不出公孙鉏所料，鲁军在武城截住他们的去路，事先又把他们来路上的树木锯得半倒不倒，摇摇欲坠，等郳军一过，即推倒树木塞断其归路，郳军前有敌兵，后无退路，只得举军投降，鲁国人将公孙鉏、丘弱、茅地三人拘押，其余军士放归。

郳国国君含愤亲自到晋国向盟主告状，晋国责问鲁国，鲁国就派上卿叔孙婼到晋国去做解释，一到晋国，叔孙婼就被拘押，让他和郳国人对质。叔孙婼说："列国之卿，其地位相当于小国的国君，这是周礼所规定的，况且郳国还是夷狄之列，外臣不敢违背周礼，

就让我的副使子服回和他们对质吧。"对质的结果，韩起认为鲁国人理屈，就打算把叔孙婼交给邾国人去处置，士景伯劝道："这不是个好主意。把叔孙婼交给他的仇人，必定会被杀死，叔孙婼既死，鲁国必定会起兵灭掉邾国，这样事态就会扩大。当盟主的，应该讨伐那些不听命令的国家，而不是挑起事端。"韩起听了士景伯的话，就放弃了原先的打算。

为了安抚邾君，士景伯命四名士兵乘车押着叔孙婼，专门路经邾君所住的公馆，让邾君看到，然后对他说："寡君已令鲁人释放公孙鉏等三将。目下绛都薪柴供应困难，随从人员辛苦，贵君还是先回去吧。至于叔孙婼，我们一定会根据他的罪行而处罚的，贵君尽管放心。"邾君见叔孙婼被拘，将要受到惩处，自己得了面子，也就满意地回去了。叔孙婼待罪被软禁于公馆，得空拜会晋国权臣范鞅，范鞅称赞叔孙婼的帽子，说道："你们鲁国的帽子真好看，能不能照样给我做一顶啊。"叔孙婼心知范鞅这是在索贿，于是假装糊涂地按照范鞅帽子的大小给他做了两顶，送给范鞅，说道："够了吧。"范鞅只好干笑着说道："够了，够了。多劳大夫费心。"鲁昭公担心叔孙婼在晋国有危险，就派大夫申丰携带厚礼来到晋国，叔孙婼说道："当年我父不肯行贿于乐王鲋，我岂肯行贿于范鞅？"他派人对申丰说："你把礼物拿到我这里来，我告给你这些礼物该送给什么人。"申丰依言将礼物带到公馆，叔孙婼把礼物全部扣住，一件也不送出。公馆的官员看上了叔孙婼的一只看门狗，要求叔孙婼送给他，叔孙婼心生厌恶，说道："我就是杀了吃掉，也不会送给他。"拒绝了他的要求。

到次年二月，叔孙婼被拘已近一年，晋国人决定让他回国，就派士景伯到公馆来接他，叔孙婼不知晋人何意，担心遇害，就让其家臣梁其胫埋伏于门后，对他说："如果我向左看并且咳嗽，你就

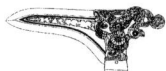

杀掉他。如果我向右看并且笑笑，就不用了。"士景伯入见，拱手对叔孙婼说道："寡君居盟主之位，不得不烦先生在晋久居。现在寡君备了些薄礼，准备送先生和随从回国，特命我接先生入朝。"叔孙婼弄清士景伯来意，于是频频笑着往右边看，梁其胫撤伏而去，叔孙婼接受了礼品，随士景伯入朝。临回国的时候，叔孙婼果然杀了那条看门狗，招呼公馆官员同食，那官员明知叔孙婼这是在羞辱他，可也没有办法。叔孙婼把自己住过的馆舍打扫一番，被褥器物都拆洗擦抹干净，一切都和刚来的时候一样，然后从容回国。

　　鲁国国政长期被季孙、叔孙、孟孙三家把持，鲁君失国柄已历数世，因为这三家都是鲁桓公之后，故号为"三桓"。公元前517年，季孙意如与臧氏、郈氏发生冲突，昭公站在臧、郈一边，想利用他们乘机除掉季孙氏，不料反被三桓联手赶出国外，逃奔到齐国的阳州（今山东东平县北）。齐景公听说鲁昭公在自己国家避难，就带了生活物品来慰问他，并且答应划拨莒国边境以西的两万五千户给昭公，作为衣食之供给，鲁昭公很高兴，大夫子家羁谏道："我君的目标应该是回到曲阜复君位，而不是守着这两万五千户作齐国的外臣，如果君上安于现状，名份一旦定下来，谁还会再想着帮我君复位呢？再说齐景公不讲信用，不如早点到晋国去，求霸主发兵助我君复位，才是正理。"昭公不听。齐景公也不愿意长期养着鲁昭公，于是攻下鲁国的郓城（今山东沂水县北），安顿鲁昭公居住，并且派大夫公子鉏率兵帮助昭公戍守，鲁昭公总算回到自己国内，暂时结束了流落外邦的生活。

　　鲁昭公和公子鉏攻伐孟孙氏的成邑，而孟孙氏和家臣阳虎又攻伐郓城，双方互有胜负。鲁昭公见无法取胜，齐国人又指望不上，只好听从子家羁的意见，转而去向晋国求援，这时晋国方对王子朝用兵，无暇顾及鲁国的事情，直到三年后，晋国才派范鞅在扈地会

合诸侯，一方面讨论戍守成周事宜，一方面讨论帮助鲁昭公复位。宋大夫乐祁和卫大夫北宫喜都极力主张帮助鲁昭公打回曲阜复位，谁知范鞅收受了季孙意如的贿赂，并不准备帮助昭公，反而为季孙氏说起了好话，他对二人说道："季孙氏并没有什么罪，鲁昭公却要杀掉他，双方打起来，昭公又打不过人家，自己逃到国外，虽有齐国的帮助，却三年都回不了曲阜。季孙氏执鲁国之政已经很久了，可以说是很得民心，孟孙氏、叔孙氏两家，都自愿站在他的一边，并且很有战斗的决心，足可以再打十年。所以鞅认为这事很难办，您二位都是为国家利益考虑的人，想要帮助鲁昭公复位，这也是鞅的愿望啊，我愿意跟随二位去攻打季孙氏，如果不成功，甘愿死于战阵。"宋、卫本来指望晋国挑头，一听范鞅这么说，也都泄了气，辞谢范鞅道："盟主尚觉难办，我等何能，敢成此大事？"范鞅暗喜，于是遣散诸国，回国复命说季孙意如无罪，鲁国的事不好办。

　　鲁昭公想住到晋国绛都去，晋国人不同意，只答应让他在乾侯（晋地，今河北成安县东南）居住，鲁昭公又要求晋人到郓城来接他，子家羁劝道："现在我君有求于人，却又如此心安理得，大模厮样，还有谁会同情我们，我们还是自己到边境上去等着吧。"昭公不听。果然，晋国人很不高兴地说："天不佑鲁，国君失政，流落在外，不曾派一介之使来问候寡君，安安稳稳地住在东部边境小城，难道还要等着我们跑那么远到郓城去迎接吗？"鲁昭公无法，只得率随从行至鲁国西境，晋国这才派智跞把他迎至乾侯住下。

　　鲁昭公在乾侯住了一年，天天盼着晋国为他出兵，谁知周王室内乱未平，晋国一直腾不出手来，昭公无奈，又回到郓城，意图再次寻求齐国帮助，设法回国，齐景公派大夫高张来看望他，转述景公问候，竟把鲁昭公称为"主君"，这是国君对卿大夫的泛称，子家羁说："齐国也太小瞧人了，我们呆在这里没有什么用，只会自取

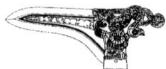

其辱。"昭公于是又回到乾侯。鲁昭公在乾侯一住又是三年，这时王室已趋安定，晋定公即位不久，就打算出兵，以武力护送鲁昭公归国，范鞅赶忙说道："鲁国君臣失和，谁曲谁直，还不好说，我们不妨先召季孙意如来问问情况再说吧，如果他不肯来，那就证明他有失为臣之道，那时再伐不迟，怎么样？"定公和众卿同意范鞅的意见，就派人去召季孙意如，范鞅怕他不敢来，悄悄告诉他说："你一定要到晋国来，我担保你此来无事。"季孙意如听从了范鞅的意见，于是来到晋国，为了弄清真实情况，定公撇开一向主管东诸侯事务的范鞅，而令智跞在绛都以外的适历会见他。范鞅知道定公这是不信任自己，就通过和自己过从甚密的盟友中行吴做智跞的工作，想让智跞偏袒季孙意如。这中行吴以智跞的恩公自居，又一向不善辞令，说话直来直去，他以长辈的口吻对智跞说道："跞，你来！此去为鲁国君臣辨曲直，知道该怎么办吧！"谁知智跞年龄渐长，对中行吴的颐指气使早有不满，又一向讨厌范鞅的为人，因此不冷不热地说道："我为国家上卿，奉了国君之命，自会秉公而断，何劳叔父指教？"中行吴见智跞话中带刺，气咻咻地拂袖而去。同出荀门的中行、智两家自此闹翻。

见了季孙意如，智跞对他说："寡君让跞问问先生，为什么要赶跑国君？有国君不事奉，周礼可是有处罚的规定，你自己考虑吧。"季孙意如情知智跞不比范鞅，所以头戴白练做的帽子，身穿麻衣，光着双脚，一副认罪的样子，跪在地上回答说："事奉国君，是意如求之不得的事情，岂敢巧辩以逃避处罚？如果寡君认为臣我有罪，就请他把我关押在封地费邑，仔细调查讯问。如果寡君顾念先祖功劳，不忍诛杀，也不忍流放，那么意如到死也不会忘记君王的恩惠。能够跟随我君一块回到鲁国去，唯君之命是听，这是下臣的愿望呀，岂敢怀有异心？"

智跞见季孙意如态度诚恳，于是说道："我们尊重贵国国君的意见，让他来决定吧。"二人一同到乾侯来见昭公，季孙意如恳请昭公跟他回国，智跞转达晋君对昭公的问候，同时说道："寡君让智跞责备季孙意如，季孙意如也知罪了，愿意改过，贵君还是和他一起回去吧。"子家羁也劝道："回去吧，难道一时的羞耻不能忍，却要在这里忍受终身的羞耻吗？"昭公答应说："好吧。"不料昭公手下的郈氏、臧氏众人却与季孙氏结怨甚深，他们反对国君与季孙氏和好，不愿意接受这样的调解，坚持要赶走季孙意如，说道："只要我君发一句话，晋国人一定会驱逐季孙氏的，不能和他一块回去。"昭公拗不过众人，改变主意道："感谢晋君顾念两国的友好关系，施及流亡之人，使寡人能够回国主持国政，只是我不能见那个人（指季孙意如），如果见了，大河不容！"智跞见昭公态度发生变化，心生厌烦，不愿再管鲁国事务，捂着耳朵走开，边走边说："寡君诚心诚意地要调解他们君臣之间的矛盾，谁知他们不听劝解，我不想再听他们争吵，也不忍见鲁国的祸患继续下去，就此回复寡君就是。"子家羁再劝昭公道："智跞一走，谁还会再管鲁国的事，我君多会儿才能回到国都去？不要管别人说什么，不妨乘车直入季孙意如军营，他必定会和我君一起回去的。"昭公也知道这是最后一次机会了，就想听从子家羁，驱车而去，郈氏、臧氏闻听，急忙聚众拦在车前，昭公只得下车。

智跞回到下处，对季孙意如说："昭公之怒未消，郈氏、臧氏衔恨不肯和解，他们不听我的，我也不想管了，你还是回国去继续执政吧。"公元前510年，鲁昭公三十二年十二月，在外流亡七年多的鲁昭公，最终客死在晋国的乾侯。

赵鞅问史官蔡墨说"季孙意如赶走他们的国君，致其客死外邦，可是鲁国的老百姓仍然拥护他，诸侯各国也都亲附他，并没有人归

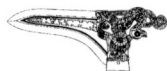

罪于他，这是为什么呀？"蔡墨回答说："天子有公来辅佐他，诸侯有卿来辅佐他，天生季孙氏以辅佐鲁君，于今已历四代，时日很长了。这么长时间以来，鲁君世代放纵安逸，季孙氏世代勤勤恳恳，老百姓心目中，国君已经没有什么地位了，虽然死在外邦，又有谁来同情他呢？社稷本来就没有固定的祭祀人，君臣的地位也并非固定不变，自古以来就是这样。诗云：'高岸为谷，深谷为陵'就是说人的地位高低是会变化的，以往王公贵族的后代，多已沦为庶民，这是您所知道的。政权下移，渐成趋势，从周王室到各诸侯国，概莫能外，所以当今为君者，应当特别注意握紧手中权柄，不可落入他人之手。"蔡墨只顾侃侃而谈，谁知言者无心，听者有意，赵鞅脸上，浮起一丝若有所悟的笑容。

　　欲知后事如何，请看下回。

第四十三回

弱公室六卿灭宗亲　助天子诸侯营成周

　　到晋顷公十二年，公元前 514 年，叔向和祁午都已先后去世，叔向子杨食我掌羊舌氏，祁午子祁盈掌祁氏，二人情好甚密，结为一党。祁氏家臣祁胜和邬臧狼狈为奸，竟交换妻子，互相淫乱，祁盈认为这种丑行有辱门庭，准备拘押二人，征求好友司马叔游的意见。司马叔游说道："当今六卿擅权，公室卑弱，晋之宗亲，唯有祁氏与羊舌氏尚存，不免遭人嫉害和排挤，先生如果有所行动，我怕会被他们抓住把柄，为祁氏招来祸患，暂时不动怎么样？"祁盈不以为然，说道："我处罚自己的家臣，关别人什么事？"就拘捕了祁胜和邬臧。

　　祁胜之子祁丙送礼物给智跞，要求他搭救自己的父亲。智跞和众卿相商，大家都认为应该乘此时机灭掉祁氏，以进一步削弱晋室宗亲的力量。智跞就对晋顷公说道："祁盈私自聚集甲兵，意图谋反，应当迅速讨平。"顷公并不相信，唯唯说道："不妨召来一问。"智跞得了这话，就假传晋君之命将祁盈拘捕。祁氏众人得讯，忙与杨食我商议道："六卿早就嫉恨上我们了，主人此去，恐难生还，事由祁胜、邬臧二人而起，反正是个死，何不让我们的主人听到这

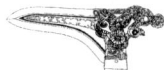

两个人的死讯以后再死，主人也会瞑目的。"杨食我进一步说道："不如聚起两家甲兵，劫出祁大夫，一同反出齐国，像栾盈那样起兵干一场，就算是不成功，也比窝囊而死强。"众人听杨食我这样说，都鼓噪起来，于是将祁胜、邬臧二人从后院提出，当场斩杀，然后整顿甲兵，去劫祁盈。智跞闻讯，赶忙禀报顷公道："祁氏、羊舌氏果然有不臣之心，请消灭他们。"未等顷公搭言，智跞即知会诸卿，率军来战祁氏、羊舌氏之众，双方相遇于公宫前，智跞大呼道："祁氏、羊舌氏欲行篡逆，破敌者有赏！"众军皆踊跃向前，酣战之际，范氏、中行氏也都率军前来助战，祁氏、羊舌氏寡不敌众，死伤殆尽，杨食我负伤被执，智跞命将祁盈提来，一同斩首。临刑，杨食我对祁盈说道："能与挚友同死，伯石（*杨食我字*）之幸也，更喜已先杀祁胜、邬臧二贼，我还有什么好遗憾的！"

六卿尽灭祁氏、羊舌氏两家，连祁丙都未能幸免，这两家都是公室宗亲，从此公室越弱，晋国政坛也只剩下六卿，六卿争权的格局越加明晰而激烈。不久，韩起病重，请于顷公道："当年我兄无忌有疾，遂让宗嗣于起，今起病笃，不久于人世，我兄之子韩不信，敦信仁厚，足以担当大任，希望能把宗嗣还给他，让他来继掌韩氏。"顷公依其言，任韩不信为卿（*韩无忌子，谥号韩简子*）。韩起死后，魏舒继掌国政，乃分祁氏之田为七县，分羊舌氏之田为三县，分别赏给立有军功的贾辛、士弥牟、司马乌、孟丙、乐霄、僚安和六卿子弟魏戊、智徐吾、韩固、赵朝作为封邑，其地多在今山西中部，只有范氏、中行氏两家未能分得一杯羹，心中颇感不平。

当初，叔向想娶申公巫臣之女为妻，他母亲则想让他娶自己的娘家侄女，叔向以母舅家女子不宜子，人丁不兴为由，不想娶表妹。他母亲说："申公巫臣之妻夏姬，是有名的美女，同时也是著名的祸水，已经祸害死了一个国君、三个丈夫、一个儿子，陈国和两个

卿大夫也因她而亡，你怎么还不接受教训，而要娶她的女儿呢？我听说极美的人必有大恶，特别漂亮的女人，完全可以改变一个人的品行，除了极富道德正义的圣贤，其他人必然会招来祸患。夏、商、西周之亡，太子申生之死，都是祸起美女，你又不是不知道。"听母亲这么一说，叔向也感到害怕，不敢娶了，可是晋平公非要叔向接受这门亲事，叔向最终还是娶了申公巫臣之女，生下杨食我。刚出生的时候，叔向的嫂子、羊舌赤之妻跑去向婆母报喜说："弟媳妇生了一个大胖小子。"叔向母过去一看，见自己的孙子果然生得白白胖胖、相貌出众，叹道："和他叔父叔虎刚出生时一模一样，叔虎仅以身死还算幸运，我怕这孩子将来会葬送羊舌氏啊。"言毕，无心照看，头也不回地走了。

对于杨食我之死，时人这样说道："羊舌赤、叔向二人谦恭有礼，不比不党，不与人争，都是晋国名臣，而他们的兄弟叔虎、叔鱼和子侄杨食我或死于党争，或死于贪财，竟致灭族，诚所谓龙生九子不成龙，各有所好是也。"

魏舒询问家臣成抟（音团）说："我给自己的族人魏戊一个县，人们不会说我是偏向自己人吧？"成抟回答说："怎么会呢？魏戊的为人，事上不忘国君，处事不逼同僚，顺利时想到道义，穷困时保持纯正，行事符合礼义，没有过分的行为，他得一个县，难道不应该吗？举拔官员，没有其他条件，只要贤良，关系远近都是一样的。当年周武王打败商朝，广有天下，兄弟封国者十五人，姬姓封国者四十余人，他们都是武王的亲属。现在主人举拔了十个人，只有魏戊一人是亲属，有什么不可以的呢？"

贾辛貌丑而不善言，临到他的封地祁县去的时候，来向魏舒辞行，魏舒说道："贾辛你过来，我跟你说。当年叔向出使郑国的时候，郑国大夫然明貌丑，想见叔向观察他的为人，可又不好意思，

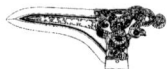

于是就混杂在收拾炊具的人里头，在堂下说了一句话，超凡脱俗，很有见地，叔向正在堂上饮酒，听到这句话，说道：'这话不是炊厨之人能够说出来的，说这句话的人一定是然明。'于是走下来，果然见到了然明，拉着他的手走到堂上，说道：'先生刚才要是不说话，我今天也见不着先生，可见说话是必不可少的呀。'二人一见如故，就像老朋友一样。现在因为你领兵往助周敬王，有功于国家，所以举拔你为祁大夫。动身吧，到任以后，治理一方百姓，不可再寡言，该说话时一定要说，不要辜负往日的功劳。"

孔子听说了魏舒举拔的事，认为他这样作符合道义，说道："举拔近的，没有回避亲属，举拔远的，不忘有功之人，魏献子不失祁奚之风。"又评论其嘱贾辛之言，认为魏舒出以公心，体现了忠诚，说道："魏献子举不失义，命不失忠，他的后代一定会繁衍兴旺，长享禄位。"

魏戊为梗阳（今清徐县）大夫，封邑内有一家大宗和旁支争夺家产，官司打到魏戊那里，魏戊无法断决，就把案件上报魏舒。魏舒命理刑官士景伯审理，认为大宗理曲，准备判决，大宗想要胜诉，就答应送给魏舒一队女乐，魏舒打算接受。魏戊认为这样做不合适，就对大夫阎没、女宽说："主人一向以清正廉洁、不受贿赂闻名于诸侯，如果接受了梗阳人的女乐，这不是受贿是什么？会坏了主人一世清名，二位先生一定要劝阻他呀。"二人答应。当天二人到魏府禀事，时近晌午，仍然待在庭院不走，魏舒遂留二人共用午饭。吃饭之间，两人三次叹气，魏舒不解，吃完饭，魏舒请他俩到书房小坐，问道："我听长辈们说，人只有在吃饭的时候才会忘记一切忧愁，可是二位刚才却连续三叹，不知为了何事？"阎没、女宽异口同声地回答："我俩都没有吃早饭，肚子早就饿了，饭菜刚端上来的时候，担心不够吃，所以叹气。吃到中间，见饭菜还很多，我俩都

很自责，心想：'难道元帅请我们吃饭还不让吃饱吗？'所以再次叹气。等到吃完，还剩有饭菜，这才省悟到人心应该和自己的肚子一样，吃饱了就行了，不要贪得无厌，没有满足的时候，吃多了会闹病的，所以三叹。"魏舒听出了二人话里的劝谏之意，很觉惭愧，于是辞掉了大宗的女乐，禀公断了该案。

次年冬，赵鞅和中行寅（中行吴之子，谥号中行文子）率领一支军队在陆浑之地筑城，为了有效地统治新归附的陆浑戎民，向晋国百姓征收了一鼓（480斤）铁，铸了一口鼎，效法郑国子产，把范匄制定的刑书铸在上面。此举再次引起轩然大波，孔子说道："晋要亡国了吧！晋国多年来遵循唐叔虞制定的法度和文公在被庐制定的法律，所以才能称霸诸侯，现在抛弃了这些有用的东西，却把范匄制定的刑法铸在鼎上。刑不可知，则威不可测，现在把罪与非罪的标准明确公之于众，老百姓看到了鼎上的条文，哪里还会再尊奉贵族，贵族何以守业？贵贱没有次序，还怎么治理国家？再说范匄的刑书，源于在夷地检阅时制定的法令，刚一实行，就连续发生了狐射姑、箕郑父两次大乱，这是一部违背晋国旧礼的乱法呀，怎么能作为国之常法呢？"晋国史官蔡墨也说："我看就因为这一件事，范氏、中行氏、赵氏都有灭亡的危险。中行寅并非正卿，却超越职权，擅自铸刑鼎、制国法，这是违犯国家法令的犯罪行为。范氏的刑书，违背了被庐之法的宗旨，将会走向穷途末路。赵氏恐怕也要受到牵连，如果不注意勤修德政，只怕难免灭亡呀。"

晋顷公十四年，公元前512年夏六月，晋顷公薨，魏舒与诸卿拥太子姬午即位，是为定公。郑国上卿游吉前来吊唁并且送葬，魏舒派士景伯质问他说："当年我先君悼公之丧，郑国派子西来吊唁，子蟜来送葬，可现在却是先生一个人来，是不是太简慢了，请问这是为什么呀？"游吉回答说："诸侯之所以拥戴晋国，是因为晋国讲

求礼义呀。所谓礼义，是指小国事奉大国要恭敬地执行他的命令，大国爱抚小国要体恤他的困难。以敝国之处于大国之间，时时事事需要小心谨慎，难道我们会不遵礼节吗？按照先王的制度，诸侯之丧，士来吊唁，大夫送葬就行了，只有在朝会、聘问、宴享和有大的军事行动时，才派卿来。一直以来，贵国有丧事，只要敝国国内安宁，闲暇无事，寡君都会亲自来参加葬礼，如果国内不安定，就连士和大夫也不一定能照数派得出来。大国的恩惠，在于嘉许小国对常礼的提高，而不是责备他的缺失，只要敝国出于至诚，礼仪具备，就可以认为合于礼了，又何必苛求呢？当年周灵王崩，寡君简公正好在楚国，所以派了一个下卿印段去参加送葬，王室并没有怪罪我们，这是在体恤我们的困难啊。现在先生指责敝国没有按照以前的惯例去做，可以前我们有时隆重，有时简省，该按哪一种呢？如果要隆重，则寡君尚年幼，礼仪未习，无法完成使命。如果要简省，游吉我这不是来了吗？"一席话，说得士景伯无言以对，没法再质问下去。

再说周敬王，住在王宫，虽有晋大夫成公般带领诸侯之兵戍守，但因王子朝之余党多居于王城，敬王感觉很不放心，于是就想迁到成周城东去住。这年八月，他派卿士富辛和石张到晋国去，请求晋国帮助王室另筑王宫，二人转达敬王之意说："天降祸患于周，使朕的兄弟都有乱心，致使伯父忧心，其他亲近的甥舅之国也不得安居，于今一晃已经十年，诸侯戍守成周也已经五年了。十年来，朕没有一天忘记此事，每天忧心忡忡，如同农夫盼望丰收，提心吊胆地等待收割之时一样。伯父如能再施放大恩，重建文侯、文公勤王功业，承担起盟主的职责，宣扬晋国扶助王室的美名，解除周室的忧患，朕将非常感激，也是朕的最大愿望。当年成王会合诸侯营建成周城，作为东都，平王赖以立国。现在朕想借成王之灵，求取福

佑，在成周之东另筑王宫，增修城墙，使戍守之兵不再辛劳，诸侯各国因此而安宁。此事非伯父，他人难以完成，朕欲烦劳伯父担此重任，则成周百姓莫不受伯父之惠，颂伯父之功，先王也会酬谢伯父的。"时定公年幼新立，朝政尽归六卿，定公已是傀儡，难以决定政事。六卿相商，范鞅对魏舒说道："与其帮助王室戍守，不如为他筑城，这样我们可以从王室撤身，诸侯也可以缓一口气，再说天子已经说了话，我们不能不听从。"魏舒说道："如此甚好。"于是派大夫伯音对敬王使者说："天子有命，下国敢不率诸侯以承奉吗？至于开工时间和工程进度，但凭天子盼咐。"冬十一月，魏舒和韩不信来到成周，与各国大夫会于狄泉（在今洛阳市），一方面重申过去尊奉王室的盟约，另一方面安排为王室筑城的事。魏舒当仁不让地居于主位，面南而坐，向各国发号施令，卫国大夫彪傒评论说："魏舒逾越自己的本分而颁布重大命令，他承受不起呀，一定会遭到祸灾。"

魏舒命晋大夫士弥牟制定新城的设计方案，计算城墙的长度、高低和厚薄，测量沟渠的深度，估算人工和土方量以及材料运输的远近，预算完工的日期和所需的粮食、器材，然后以书面的形式分配各国施工任务和工程地段，再归总交到周卿士刘狄手中。又任韩不信为总监工，命各国回去自去准备，明年春开工。各国大夫均领命而去，唯有宋国大夫仲几不接受任务，说道："滕、薛、郳都是我宋的属国，他们接受的任务就是我们的任务，不应该再另外给我们分配任务。"对于宋国的这一说法，薛国大夫立即反驳："宋国无道，断绝我们周围小国同周朝的联系，裹胁我们事奉他，但并不能因此就说我们是他的属国。当年晋文公主持践土之盟，说：'凡是我国的同盟，各自恢复原来的职位'，我们是听践土之盟的，还是听宋国的，请大国决断。"仲几说："就是按照践土之盟，薛国也是我

们的属国。"薛国大夫说："不然。我们薛国的始祖奚仲，乃是夏朝的车正，太祖仲虺（音悔），是商汤的左相，如果说恢复原来的职位，薛国应该接受周天子的官位，怎么能成为宋的属国呢？"仲几又说道："三代情势各不相同，且变化很大，薛国怎么能提起旧章程呢？为宋国服役，是你们的职责。"士弥牟见两国争论不下，于是劝仲几说："韩不信刚上任，对往事不一定清楚，你先接下任务，等我回去查一下档案再做决断。"仲几顶撞士弥牟说："就算你们忘了，山川鬼神难道会忘记吗？"士弥牟听了很生气，回来对韩不信说道："薛国以人作证明，宋国以鬼作证明，而且无理可辩了却又用鬼神来压人，他这是欺侮我们呀。古话说：'启宠纳侮'（给予宠信反而招来侮辱），指的就是这种情况，一定要把他抓起来。"韩不信就把仲几押回晋国，直到三个月后，仲几答应了接受任务，才放他到成周去筑城。

第二年春正月初七，魏舒在狄泉主持开工仪式，然后把具体事务交给韩不信和周大夫原寿过，自己却跑到大陆（今河南获嘉县西北）去田猎，魏舒放火烧荒，驱赶野兽，架鹰走犬，驰马骤箭，惬意非常，孰料乐极生悲，在返回成周的路上，竟突发急病，呜呼哀哉，死在宁地。韩不信赶忙扶灵回到绛都，继掌国政的范鞅得知魏舒死亡的前后情况，对他很有意见，认为他在没有完成筑城任务的情况下就去田猎，属于擅离职守，命人按照大夫的规格，将其柏木外棺去掉，只以内棺下葬，以示贬抑，为此引起魏氏不满。

欲知魏、范两家恩怨如何发展，请看下回。

第四十四回

拒从贪欲蔡侯背楚　不甘摧辱卫公叛晋

再说楚平王即位，为了收揽民心，就让蔡复国，立故太子姬有之子姬庐为蔡平侯，成为楚的属国，事奉楚国很是恭谨。两传至蔡昭侯，命匠人磨制了两块精美的玉佩，缝制了两件华美的皮裘，自己佩戴了一块玉佩，穿了一件皮裘，而把另一块玉佩和另一件皮裘进贡给继任的楚昭王，昭王大喜，设宴招待蔡昭侯。两国国君腰佩美玉，身穿皮裘，互相夸耀，举杯共贺，众人都投来羡慕的目光。席散，楚令尹囊瓦（字子常）派人向蔡昭侯索要同样的玉佩和皮裘，昭侯告诉他，玉佩和皮裘只做了两件，没有富余的可送了。囊瓦仍不死心，再派人要求昭侯把自己身上的玉佩和皮裘送给他，昭侯十分反感，说道："人之贪欲，可以这样肆无忌惮、不顾礼仪吗？"没有答应他。囊瓦也很气愤，认为昭侯不给自己面子，恨恨说道："就让他带着玉佩、穿着皮裘，面对四壁，在他的几个随从面前去夸耀吧。"于是找了个借口，把蔡昭侯在楚一扣就是三年。

无独有偶，楚的另一个属国唐国，其国君成公也骑乘着两匹骕骦良马去朝见楚王，囊瓦见了良马，贪念再起，向唐成公索要良马，成公不给，同样被扣留起来。唐大夫子明见成公久不归国，心中着

急，就到楚国来见成公，得知被扣原委，便将养马的人灌醉，然后盗马献给囊瓦，谎称是奉了成公之命，囊瓦这才放唐成公归国。蔡昭侯的随从见唐成公献了马才被放回，知道不答应囊瓦的要求回不了国，就极力劝说昭侯答应囊瓦的要求，昭侯无奈，只得除下玉佩皮裘派人送给囊瓦，囊瓦见了两件宝贝，这才转怒为喜，假意责骂手下人道："早就让你们为蔡侯准备送行的礼品，就是备不齐，明天再不准备好，我非处死你们不可！"蔡昭侯衔恨返国，走到汉水边，把一块玉璧投入河中，发誓说："我要是再渡过汉水到楚国去，大川不容！"

回国后，蔡昭侯亲自来到晋国，送上厚礼，并且把自己的太子姬元和大夫之子数人为质于晋，请求晋国出兵伐楚，为自己出气。晋国将伐楚之事诉告于周天子，敬王命卿士刘狄一块参预其事，各国都恨楚人残暴，囊瓦贪鄙，踊跃愿从。晋定公六年，公元前506年，定公与刘狄会合鲁、宋、蔡、卫、陈、郑、许、曹、莒、邾、顿、胡、滕、杞、小邾共十六位诸侯以及齐国大夫国夏于召陵（郑地，今河南郾城县东），商讨伐楚事宜。十八路兵马绵延数十里，旌旗蔽日，戈戟如林，蔡昭侯大喜，以为不日即可直捣郢都，迫楚人签城下之盟，报自己被辱之仇。孰料晋上军将中行寅以蔡国的恩公自居，竟也乘机向蔡昭侯索贿，蔡昭侯厌恶至极，说道："寡人因恨楚囊瓦贪欲无度，这才弃楚投晋，本以为晋国会履行盟主之义，抑强扶弱，申张正义，惩罚不良，孰料竟也同样贪冒不仁。楚地五千里，财货无计数，但能破楚，任君自取，何必盯住我们小国的那点东西不放呢！"

中行寅听了回报，心下生恨，就对主帅范鞅说道："以齐桓公之强，合八国诸侯，屯兵召陵，亦不能使楚人屈服，只能订盟而还。我对楚虽有城濮、鄢陵之胜，可是也有邲战之败，兵衅一开，胜负

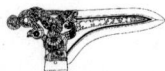

晋国演义

未可料也。且睢阳之盟至今四十余年，晋、楚相安，未尝构兵，今鲜虞屡犯我边庭，掣我之肘，则我之敌，鲜虞也，非楚也，若不能胜楚，又为鲜虞所乘，恐非国家之福。目下水潦连绵，军中疟疾流行，不如回兵，岂不强似在此劳军伤财？"范鞅之意，本在国中权柄，亦无意与楚为敌，于是退还蔡国人质，重申一番"大国不要侵夺小国，共同尊奉王室"的盟约，遣归诸侯，拥定公班师回国，蔡昭侯大感失望，叹道："大国贪鄙无信，不能指望呀。"召陵之会，晋国的贪婪和腐败达到了极致，从此诸侯离心，霸主地位一落千丈，蔡国后来转而依靠吴国，这才重创楚国，出了一口恶气。

再说周敬王，虽赖诸侯相助，坐稳王位，但因王子朝拥兵居楚，自称周王，终觉不安，与单旗议道："今逆王在楚，诚为肘腋之患，何不求晋国兴兵讨灭他，方为长久之计。"单旗道："晋人慵惰，其意不在霸业，未必能遂我愿。不如遣力士数人，入楚刺杀王子朝，若能成事，余众无主，必作鸟兽散，我王无忧矣。"敬王称善，遂命刘佗、阴不佞率徒众往办其事，二人领命而去。到得楚地，潜于山中，伺王子朝出猎，警跸不周，突出杀之，刘佗、阴不佞等亦被对方擒杀。时周敬王十五年，公元前505年事也。留在成周的王子朝余党，闻听王子朝被刺身亡，皆感不平，于是公推儋翩为首，一面派人入楚地安抚召集王子朝余部，一面往求郑献公出兵相助，共同起兵作乱。郑献公向与王子朝相善，又恨晋国借了他们的羽旄不还，遂起大军伐周，连克成周附近冯、滑、胥靡、负黍、狐人、阙外等城。与此同时，儋翩等人率王子朝余部占据成周大部，敬王见局面渐难控制，只得避往姑莸，一面遣人赴晋告急求救。范鞅闻王室再生内乱，先后派出阎没、籍秦两枝兵马，往平周乱，又命鲁、宋伐郑，牵制郑军。阎没出兵，很快控制了成周一带，收复胥靡等城，儋翩被迫退出成周，据住仪栗。单、刘乘势发兵反攻，在穷谷大败

尹氏军，周地初定，单旗、刘狄到姑莸迎接敬王，在籍秦晋军的护送下，敬王回到成周王宫。

次年二月，单旗和刘狄分兵攻打谷城和仪栗，儋翩军无斗志，周军迅速攻占二城，又乘胜分别攻打简城和盂，儋翩穷蹙无计，只得自杀，余众或降或逃，单旗、刘狄奏凯还朝。

王子朝之乱，起自公元前 520 年，先后历时十八年，其间敬王两次被迫出奔，王位几易其主，王子朝居西，称为西王，敬王居东，称为东王，周民不知谁属，至此方告安定。

时宋景公患病，没有按照晋国的命令与鲁国夹攻郑国，宋大夫乐祁奏道："宋国事晋，一向恭谨，前不曾出兵，应当向晋国解释，如果不去，晋国恐怕会记恨我们。"景公当下没有作出决定，乐祁退朝回家，对他的管家陈寅说起这事，陈寅说道："我看君上一定会派使者去晋国，而且一定会派主公您去，主公准备成行吧。"果然，第二天，景公对乐祁说道："寡人考虑一夜，觉得卿言甚善，就命你去一趟吧。"乐祁领命，回家自去准备，陈寅说道："晋国六卿互不相下，我怕主公到了晋国难免有不测，还是先定了继承人再动身吧，这样万一有个三长两短，乐家也不致陷入混乱。同时也让君上知道我们是不避危险，知难而行。"乐祁从其言，于是立长子乐溷为嗣子，并且带着他来见景公，说道："晋人恨我不从其命，臣此去恐不见谅，如果被拘执，还望君上看视臣的儿子一二。"景公应诺。

乐祁带了陈寅来到晋国，赵鞅在绛郊绵上迎接他，并且设酒招待，二人言谈甚欢，乐祁敬佩赵鞅言谈谦虚有礼，恨范鞅贪财索贿，就把带来准备送给执政范鞅的六十面杨木盾牌送给赵鞅，陈寅本想劝阻，怎奈乐祁话已出口，无法改变。回到下处，陈寅说道："现在晋国的正卿是范鞅，而主公却事奉赵鞅，并且进奉他礼品，如果这些杨木盾牌招来祸患，可就不好办了。"乐祁闻言搓手道："似此

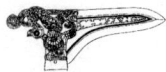

晋
国
演
义

该怎么办呢？"陈寅只好劝慰他说："如果因为出使晋国而遭不测，主公的子孙必然会在宋国兴盛。"不出陈寅所料，范鞅见乐祁不来见他，却与赵鞅过从甚密，并且送给他礼品，衔恨对定公说道："乐祁奉了宋君之命，出使我国，还没有正式履行使命就私自饮酒，这对两国国君都不尊敬，不能不加以惩罚。"于是就以大不敬的罪名拘捕了乐祁。赵鞅虽然知道范鞅这是冲自己来的，却也一时无计可救。乐祁在晋，一住就是三年，赵鞅心下不安，找了个机会对定公说道："目下诸侯皆怀二心，只有宋国对我们一心一意，礼待其使者，还怕人家不来，可我们却拘押宋国使者至今，这不是自己断绝与诸侯的关系吗？不如放归乐祁。"定公遂命范鞅放人，范鞅知道如不放人，乐祁将会更加怨恨自己，但又不甘心让赵鞅充了好人，于是心生一计，私下里对乐祁说道："寡君为了保持晋宋两国的友好关系，所以让先生居留于晋，先生如果想回去，让你的儿子乐溷代替你到晋国来，怎么样？"乐祁与陈寅商量，陈寅说道："不可。主公回去以后，我君肯定会叛晋，这样一来，乐溷在晋就危险了，不如我们继续待在这里，晋人无计，一定会放我们回去。"乐祁出对范鞅说道："我奉寡君之命，通好两国关系，于今三年，使命尚未完成，愿继续留在这里，不思归。"范鞅无法，再拘押下去也没有什么意义，只好备了一份厚礼，将乐祁放归。

　　孰料乐祁行至半途，尚未出得晋国国境，竟一病不起，死在太行山上。范鞅闻报，说道："宋国听说乐祁病死，一定会含愤叛我，不如留下乐祁尸体，作为讲和余地。"遂命人将乐祁尸身以香汤沐浴，上等棺木殡敛，停放于边邑州地，派人通知宋国，并且要求会盟。宋景公恨晋人无端拘押乐祁三年，致其死于晋地，十分气愤，就准备叛晋。乐祁之子乐溷哭奏道："臣父尸身尚在晋人手中，如果叛晋，臣父灵柩难以归国，不如先与晋会盟，再作打算。"宋景

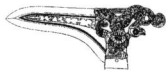

公恨恨言道："不意泱泱大国，诸侯霸主，竟这等下作，以我国大夫的尸身来要挟会盟。"可也没有别的办法，就决定派右师、乐祁之弟乐大心前往晋国会盟，就便迎乐祁尸体回国。谁知乐大心因家财分配与乐祁有隙，不愿往迎乐祁之尸，就以有病为由，推辞不去，景公只好另派大夫向巢前往。

乐溷要求叔父乐大心到边境迎灵，并且责备他说："我还穿着丧服，而你却敲钟作乐，叔父怎么能这么做呢？"乐大心答道："灵柩还没有回来，丧事还没有正式开始呢。"乐溷走后，乐大心不满地说："父亲被拘，作儿子的毫不悲伤，在此期间生了孩子，还好意思来管我敲钟？"乐溷听说，恼羞成怒，在景公面前进言说："右师不肯去晋国，是想发动叛乱呀，不然，他为什么要没病装病呢？"景公亦恨乐大心不服从命令，就把他驱逐出国。

再说齐景公一向对晋国不服，召陵之会，见晋国霸业凋零，诸侯各国不再服从，就想乘机取而代之，重振齐国雄风。郑国在王室之乱中站在王子朝一边，与霸主晋国相左，担心晋国前来问罪，因此希望和齐国会盟，欲引齐国为外援。两国知道卫国因为晋卿索取无度，与晋离心，就召卫国参与会盟，卫灵公想参会叛晋，大夫北宫结谏道："齐为大国，素不服晋，郑因助王子朝而新得罪于晋，所以两国会盟叛晋。可是卫与晋没有隔阂，为晋属国，已历百年，且卫国离晋国最近，他国可以叛晋，独卫国不可。"卫灵公见诸大夫不同意，心生一计，说道："就算是不参与会盟，也需向齐国好言解释一番，免得齐国怨我。"就派北宫结出使齐国，却又私下里对齐景公说："本欲与贵国会盟结好，奈北宫结等极力反对，贵君如果拘押了北宫结，再发兵侵我国境，我们就有借口参加会盟了。"齐景公依言办理，卫灵公遂以齐国不可得罪为理由，与齐景公会盟于琐邑（卫地，今河北大名县东）。

　　第二年夏，赵鞅出兵伐齐救助鲁国，卫灵公害怕晋军顺便讨伐自己，只得亲自到晋军中请求会盟。赵鞅怒其不与自己亲近、通好，且反复于齐晋之间，有意摧辱他，决定派地位比自己低的大夫与灵公在鄟泽（卫地）会盟，对群僚说道："你们谁敢去和卫灵公会盟？"大夫涉佗、成何应道："我二人敢去。"卫灵公见晋国会盟的人职位不高，心下很是不快。

　　将盟，灵公欲执牛耳，涉佗、成何抢先一步，一人执了一只牛耳，灵公争道："寡人为一国诸侯，你二人为大夫，怎么能抢在我前面？"二人轻蔑地说："卫国只不过和我国的温、原差不多，怎么能算作诸侯？"灵公隐忍不言，无奈让二人执了牛耳。

　　将要歃血，卫灵公又想先歃，伸出手指抢先去蘸鸡血，被涉佗一把推开，灵公被搡，手指上蘸的血未能抹到嘴角边，却流到了自己的手腕上，灵公大怒，刚要发作，卫大夫王孙贾赶忙快步跑过来说："结盟是为了申张礼仪的，晋、卫既已结盟，两国都应该奉行礼仪而接受这个盟约。"言毕，扶着灵公下坛。鄟泽之盟，就这样不愉快地收场。

　　卫灵公回国路上，仍是恨恨不已，有心再次叛晋，又担心诸大夫和百姓不同意，与近臣王孙贾计议，王孙贾让他住在帝丘（卫国新都）郊外，不要进城。诸大夫前来迎接，见灵公不肯回宫，都不明白是什么原因，卫灵公就把在鄟泽之盟上的屈辱告给大家，然后戚然言道："寡人对不起国家，诸卿还是改卜其他人来作国君吧，寡人愿意在新君驾前为臣。"大夫们听罢，都劝解道："这是赵鞅无理，卫国不幸，我君有什么过错？"卫灵公说道："还有让人不痛快的事呢，赵鞅一定要让太子和大夫世子数人为质于晋。"谁知诸大夫都不愿意与晋国为敌，主张息事宁人，说道："只要对国家有利，入质就入质吧，我们愿意让自己的儿子随同太子前往。"卫灵公见诸

大夫态度如此，只得准备派太子入晋为质，已经确定了行期和人员，卫灵公终是心中不爽，于是撇开诸大夫，召集国人，让王孙贾通报了晋人无礼之状，然后问大家："赵鞅轻慢我国，如果我们与晋国决裂，晋国人来攻打我们，会是个什么结果？"国人被煽动起来，群情激愤，都说道："晋国这样羞辱我君，我们愿意惟君之命是从，晋国人就是攻打我们五次，我们也有能力继续抵抗。"卫灵公见民气可用，说道："既如此，我们不如索性叛离晋国，到情况危险时再入晋为质不迟。"就拒绝派人质赴晋，又整顿军备，通好齐、郑，准备应对晋军入侵。

赵鞅回国，见卫不遵盟约，主张出兵伐卫，范鞅则主张伐郑，二人相持不下，最后议定，先伐郑讨其助王子朝之罪，然后伐卫讨其叛晋之罪。这年秋九月，晋军会合周卿士成桓公，攻打郑邑虫牢（今河南封丘县北），郑人不支，出城犒军请求讲和，成桓公不想答应，范鞅说道："郑国自萧鱼之会服晋以来，六十年间恭谨事我，未尝生二心，今既愿服，不妨答应了他，谅其不敢再生事端。"遂撤军而还，成桓公归周，晋军转而北向来伐卫。

齐景公见晋国伐卫，也起兵攻伐这时已经成为晋国领土的夷仪以救卫，齐将敝无存即将新婚，接到国君出征的命令，就对父亲说："孩儿将要出征，此一去生死未卜，这个婚让我弟弟结了吧。孩儿若能得胜而归，还愁没有好女子可娶吗？"到得夷仪城下，敝无存身先士卒，奋勇登上北门城头，杀散城墙上的守军，又顺着步道下城，准备砍开城门迎齐国大军进城，被把守城门的晋军杀死在滴水檐下。继进的齐将东郭书和犁弥率领登城的齐军蜂拥下城，夺占城门，放下吊桥，齐景公挥军大进，迅速攻占夷仪全城，悬赏求得敝无存的尸身，率全军吊哭，亲自为尸体穿衣，赏犀轩、直盖等名贵的殉葬品，命人送归国内厚葬之。

晋

国

演

义

景公又重赏东郭书、犁弥二人，说道："二卿不避锋矢，继敝无存先登，终成破敌大功，可慰敝无存之灵于地下。"景公分兵一部，命大夫鲍丘为将，往攻五氏（今河北邯郸市西）。

晋邯郸守将乃是赵旃之孙、赵胜之子赵午，闻齐兵来犯，说道："五氏乃邯郸门户，一旦有失，邯郸危矣，吾当亲往救之。"遂留子赵稷守邯郸，自率一军来救五氏。齐军挟夷仪之胜余威，攻势甚猛。傍晚，鲍丘自西北角登城，突入城内，赵午率军展开巷战，战至凌晨，部卒死散殆尽，只得率残部从东门退往邯郸，一面死守待援，一面飞报大军。

范鞅率兵车千乘行至中牟（今河南汤阴县西），正要往攻帝丘，接得赵午急报，称齐兵进犯，夷仪、五氏相继失守，邯郸危急，请求增援，范鞅急聚众将商议行止。中行寅主张按原定作战计划攻卫，赵鞅心系邯郸，主张北进伐齐，中军大夫褚师圃本是卫人，心向卫国，也进言道："邯郸乃我大邑，一旦有失，恐山东（晋国在太行山以东的领土）震动，且齐师方克我夷仪、五氏，一定会骄傲轻敌，其将鲍丘没有什么威望，败齐不难，齐兵若退，卫国自服。"范鞅认为有理，于是挥军北上，来救邯郸。晋军皆怀报仇之心，一战而收复五氏，鲍丘退至夷仪。齐景公见晋军来救，劫掠夷仪城，尽取其财宝，拔寨回国，邯郸之围遂解。

范鞅见齐军退去，遂有班师之意，赵鞅道："战事由卫国而起，现在我们还没有进入卫地一寸，为什么要退军呢？元帅若不肯去，末将请自率上军伐卫，务收奏凯之功。"范鞅见赵鞅执意伐卫，只得分兵一半交于赵鞅，自率余部归国。

赵鞅率军围了帝丘，赵午衔五氏失守之恨，率亲随七十人，猛攻帝丘西门，杀死卫国守兵十数人，说道："我总算出了一口气。"涉佗亦攻北门甚急，卫军不敢出战。卫灵公见晋军势大，帝丘危急，

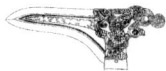

只得请和，愿意践诺鄡泽之盟，派太子入晋为质。赵鞅怒道："早日服我，何至如此？可是现在夷仪、五氏残破，人民流失，该怎么办呢？"卫使听出赵鞅话中之意，归报灵公。卫国君臣，至此别无它计，无奈进贡民户五百家，献于赵鞅。赵鞅对赵午说道："此五百户卫贡，先暂寄于邯郸，让他们住在夷仪、五氏，待我日后有暇，再作区处。"遂得胜班师，赵午自归邯郸不提。

次年春，卫大夫王孙贾送太子姬元入晋为质，范鞅责道："晋卫同姓之国，一向和睦，为何屡要叛我？"王孙贾道："寡君本诚心事晋，只因涉佗、成何二人无端加辱，国人含愤，故此不敬。"范鞅这才知道卫国叛晋，皆由赵鞅而起，又嫉赵鞅得卫贡五百户，不由大怒，下令拘执涉佗、成何二人治罪。成何闻讯，急忙跑到赵府求计，赵鞅道："今范鞅发难，不妨先逃，以避其怒。"成何连夜逃往燕国而去。范鞅只拿得涉佗，对王孙贾说道："涉佗、成何私自参与盟会，干扰国事，现在成何逃往外邦，本帅已将涉佗拘执，两国从此重修旧好，如何？"王孙贾说道："二人辱我君已甚，恐国民不服。"范鞅命斩涉佗，卫灵公这才来到晋国，重新与范鞅举行会盟。

伐卫一役，范鞅、赵鞅二人意见屡屡相左，矛盾越积越深，终演出晋国历史上规模最大、最为惨烈的倾轧一幕。

欲知后事如何，请看下回。

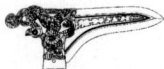

第四十五回

董安于有备营晋阳　范中行失计走朝歌

　　范鞅年老，尚未立嗣，想要检测三个儿子的智力和见识，他对儿子们说："为父常在园囿中驰马，可园内树木茂盛，难以驰骋，这个问题该怎么解决呢？"大儿子范皋夷心直口快，抢先说道："这好办，征发百姓伐掉树木不就行了。"二儿子范叔御感觉不好回答，说道："父亲如果爱惜民力就不要爱惜马足，如果爱惜马足就不能爱惜民力了。"三儿子范吉射回答说："这事好办，父亲可以开放园囿，将树木卖给百姓，令其自伐，这可比他们上山伐木取薪方便多了，百姓一定会很高兴地踊跃来伐，这个问题不就解决了吗？我们还可以靠卖树增加一笔收入。"范鞅大喜，脱口赞道："还是老三聪明，比你的两个哥哥强多了。"范皋夷和范叔御闻言，脸色大变，范吉射则面露得意之色。通过这件事，范鞅决定立小儿子范吉射为嗣，夫人中行氏劝道："吉射少年轻狂，喜欢哗众取宠，炫耀自己，难以掌范氏。且废长立幼，从来都是祸乱之本，愿夫君三思。"范鞅不听，终立范吉射为世子，中行夫人叹道："最终毁灭范氏的人，就是这小子。"公元前501年，范鞅病卒，子范吉射（谥号范昭子）嗣位为卿，智跞继掌国政，任中军元帅，赵鞅作为他的副手，任中军佐。

赵鞅为政，不仅注意协调与上司智跞的关系，而且谦恭下士，不拘一格地积极延揽人才。鲁国权臣阳虎在鲁国搅闹朝堂，为国人所不容，无法存身，遂入晋投奔赵鞅。赵鞅听得阳虎来投，亲自出郭迎接，并且很快任命他为赵氏首辅，家臣姑布子卿提醒他说："阳虎是鲁国著名的乱臣贼子，肆意揽权，喜欢窃人之政，主公怎么能把首辅这么重要的职位授他呢？"赵鞅回答说："阳虎之才，旁人十不及一。至于家政，阳虎尽力窃取，我尽力固守就是了。"阳虎遇到明主，将往日肆虐之心，收起大半，悉心辅佐，"兴主之强，几至于霸（韩非子语）。"

赵氏家臣周舍，以直谏闻名，常操笔持牍，跟在赵鞅身后，记赵鞅言行不当之处，有时甚至面陈赵鞅之过，使赵鞅颇觉难堪。周舍死后，赵鞅每次议事，都觉闷闷不乐，众人问道："主公不悦，莫非我们什么地方做错了吗？"赵鞅回答："你们没有做错，只是每次议事，我只听到一片唯唯之声，再也听不到周舍的谔谔（争辩）直言了，为此心中忧虑。"众人相顾言道："百羊之皮，不如一狐之腋，千人诺诺，不如一士谔谔，我等当效周先生。"赵府上下，自此以直谏为荣。

赵鞅一日去绛都东山游玩，行至山脚，坡陡难上，遂命从人推车上山，时当盛暑，天热难耐，众人光着膀子，在后推车，人人汗流浃背，苦不堪言，只有虎会一人，跟在车后，悠闲而行，并不伸手，赵鞅怒道："虎会你为什么不推车？"虎会从容回答："天气炎热，行走尚且艰难，推车更难忍受。"赵鞅愈怒，骂道："你这是以下辱上，该当何罪？"虎会回答："以下辱上，全家死罪。可主公知道以上辱下，会是个什么结果吗？"赵鞅撇嘴答道："以上辱下，乃本份耳，有什么结果？"虎会说道："不然。以上辱下，智者从此不再为你出谋划策，辩者不愿出使，勇者不愿上阵拼杀。"赵鞅闻言大

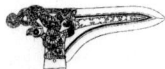

惊，赶忙下车道歉，山也不上了，就在山下阴凉处置酒群饮，并令虎会入了上座。赵鞅有此谦虚纳谏的作风，所以颇受国人拥戴。

家臣董安于进言道："当今诸卿相争，互为鱼肉，其势难以遏止，主公为晋上卿，行事难免有得罪人之处，且前每犯范鞅之意，与范氏结怨已深，不可不为之备。"赵鞅道："似此该怎么办呢？"董安于道："我观梗阳之北，有山名悬瓮山，山下有泉名滴沥泉，出山而为沼水，东入汾水。其处枕山际水，高屋建瓴，俯视全晋，实为形胜之地。且地近戎狄，马多民强，又远离绛都，足可拥兵自重，缓急间可为迂迴之地，下臣请为主公经营该地，以为赵氏依托。"赵鞅非常赞同董安于的见地，就命他去该处筑城。董安于亲自选定城址，设计新城方案，测量划定城墙长度、城门及宫室建筑位置，其形制皆易守难攻。发民夫数千，开工筑城，三年而成，地在今太原市晋源区古城营村一带。请赵鞅前来察看，赵鞅见其城西倚群山，东临汾水，城南沼水，一脉清流，绕城而过，城外碧野千顷，稻麦连畛，心下欢喜，因问道："城已筑而尚无名，不知该叫何名？"董安于道："晋国先侯燮父，因晋水而名国，晋国因此而昌大，今晋水并入浍水，其流已断，其名已失，不如改城前沼水为晋水，城便叫做晋阳，赵氏依之，后世必昌。安于不敢作主，请主公定夺。"赵鞅喜道："先生之言，正合我意。"于是改沼水为晋水，名新城为晋阳城。

公元前497年，是太原建城之日，赵简子家臣董安于，太原建城之父，太原人不可不知，不可不记。

大诗人李白有诗咏太原早秋，其诗曰：

岁落众芳歇，时当大火流。霜威出塞早，云色渡河秋。

梦绕边城月，心飞故国楼。思归若汾水，无日不悠悠。

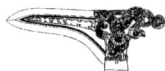

晋阳城建成以后，地阔人稀，赵鞅为吸引移民，鼓励垦殖，就把晋阳的亩制面积扩为原先的 1.4 倍，每亩为 240 步，税收则仍按原来规定的税额征收，而同期的范氏、中行氏每亩仅为 160 步。这一举措，不仅使晋阳的人口激增，经济迅速发展起来，也使得赵氏在日后与范氏、中行氏的争斗中处于有利态势。

赵鞅想起自己还有五百户卫贡暂寄在邯郸，就准备把他们也迁到晋阳来，趁赵午来朝，对他说道："我今新建晋阳城，城大人少，你把那五百户卫贡还给我，我要把他们安置到晋阳去，以实其城。"赵午知道这五百户确实是三年前赵鞅寄存在邯郸的，没有理由推托，所以就答应了。回到邯郸，告与家人，就准备如言迁徙，谁知他的儿子赵稷持反对意见，说道："邯郸地处晋国山外，当年齐兵犯境，独我夷仪、五氏被兵，军民死亡甚重，户口锐减。伐卫之役，我邯郸之兵冲敌陷阵，卫人畏服，方献我五百户，我们把这些人充实到夷仪、五氏，最近才刚恢复了点元气，如果迁走，这两城不是又要荒芜了吗？不能给他！"赵午也有点舍不得，无奈说道："我在绛都已经答应还他了，怎么办呢？"赵稷略一思忖，说道："不如挑起与齐国的冲突，就好以边境紧张为由，拒绝他的要求了。"赵午就听了儿子之言，而告赵鞅说目下不能归还卫贡。赵鞅闻言大怒，心知赵午乃是托词，于是召赵午到绛都当面解释清楚，赵午不敢不来，就带着家臣涉宾等来见赵鞅。赵鞅命他们一行解下佩剑入见，一见面，就把赵午抓了起来，对涉宾等人说："我要以家法惩治赵午，你们回去另立邯郸之主吧。"涉宾知事不妙，急忙回到邯郸与赵稷商讨应对之策。

赵鞅责骂赵午道："卫贡五百户，实是我暂寄于邯郸，岂有不还之理？"赵午辩道："夷仪、五氏之役，邯郸损失最大，出力最多，大宗未损一卒一民，尽取卫贡，于理不妥。"赵鞅见赵午还敢强

晋
国
演
义

辩，命左右推出斩首，赵午叫道："邯郸与大宗，同出一脉，若非我祖赵穿，赵氏何能复兴？我祖于赵氏之力，不亚大宗，若论辈份，我还是你的叔父，小儿何敢斩我！"赵鞅愈怒，说道："论国法，我是国家上卿，论家规，我是大宗冢子，如何斩你不得？"喝令快快行刑，遂斩赵午。

那边赵稷、涉宾还没有商量下个结果，闻得赵午被斩，又恨又怒，决定举兵造反。乃传书诸卿，声讨赵鞅之罪，率领邯郸人叛赵鞅。夏六月，赵鞅派上军司马籍秦率兵讨伐邯郸，将城围定，四面攻打，赵稷一面死守，一面向中行寅和范吉射求救。原来，中行寅乃是赵稷之舅，而范吉射和中行寅又是儿女亲家，两家过从甚密，结为政治同盟。接到赵稷急报，一则为救亲眷，二则要除政敌，就准备起兵攻赵鞅。董安于闻信，急忙报于赵鞅，并且建言道："范中行氏要来攻打我们，人言先下手为强，与其等他们来攻，不如我们先起兵去打他们。"赵鞅摇头道："不可。晋国有法令，先作乱者死，我们还是后发制人吧。"董安于又说："既主公有所顾忌，那我率军去打怎么样？事成后赵氏得利，若不幸事败，把责任都推到下臣一个人身上，我独自去死就行，可保赵氏无事。"赵鞅仍然不同意，董安于只好缮甲厉兵，暗作准备。

七月，范中行以董安于私聚甲兵，将要为乱为由，发兵攻打赵府，赵鞅自知不敌，遂退到晋阳，见晋阳城高池深，兵精粮足，叹道："没想到晋阳城刚刚建成，就成为赵氏庇身之地。"扭头对董安于说道："这都是先生的功劳啊。"董安于说道："战者凶事，两军博杀，如患狂疾，何日能隳城填壕，铸剑为犁，安于之愿也。"

范吉射、中行寅见赵鞅逃跑，请于定公道："赵鞅擅杀大臣，目无国君，实属谋反，可兴兵讨之。"定公不参与国事已久，宫外之事，一无所知，形同木偶，当下准奏，二人于是宣布赵鞅谋反，率

兵来伐晋阳，在城外筑起营垒，驾起云梯，日夜攻打。酣战之时，赵鞅躲在弓箭射程之外的安全地带，前边还有几排军士手执盾牌护卫，挥剑高呼"杀敌"。耳风中听得将士口出怨言道："主公躲在后面，箭射不着，刀伤不着，却令我们杀敌！"赵鞅闻言大惧，赶忙走上城头，挥剑亲自与敌人博杀，军士见状，士气大振，很快打退攻城之敌。战至十月，赵鞅见城外兵不退，想要退往燕、代。董安于谏道："范中行氏倾巢而来，不能控制绛都，稍延时日，必然生变，主人请留数日，以待其变。"赵鞅遂留。

智跞自与中行吴闹翻，结仇多年。范吉射之兄范皋夷，深恨其弟弄小巧取代了自己的嫡子之位，早有为乱于范氏，夺回卿位之意。大夫梁婴父与智跞私交甚密，智跞想让梁婴父跻身卿列，一直没有机会。韩不信、魏曼多（魏舒之孙，谥号魏襄子）与范氏、中行氏皆有旧怨，这五人见两家倾力往攻晋阳，绛都空虚，觉得这是个好机会，出于共同利益，聚在一起商量，打算驱逐二氏，以范皋夷和梁婴父代其卿位。智跞奏于定公道："先君曾与诸卿约，'先乱者死'，并且把它沉在黄河作证。现在实是范、中行、赵氏三家作乱，而单独讨伐赵氏，这不公平，应该三家一块讨伐。"定公照样准奏。冬十一月，智、韩、魏三家言称奉了国君之命，讨伐范氏、中行氏，二氏闻变，顾不得再围晋阳，急忙撤兵，回保绛都，与对方大战一场，二氏秉国日久，族大根深，稍占上风。

范吉射、中行寅迁怒于晋定公，认为是国君的反复无常才导致目前的局面，准备攻打公宫。高强是齐国逃奔于范氏的大夫，他劝谏范吉射说："人言久病成医，前事不忘，后世之师（三折肱乃成良医），晋君虽弱，不可伐也，我就是因为攻打齐君才逃亡到这里的。智、韩、魏三家虽然联手，可不一定就那么团结，打败他们并不难，三家既败，还怕晋君不听你的吗？如果先伐国君，不仅不占

理，也会促进他们三家团结啊，愿主公再认真考虑。"范吉射新近打败三家，心甚骄狂，自认为两家族大兵强，攻打公宫可以控制国君，占据主动地位，说道："以我两家合力，公宫何愁一鼓而下，晋君在我手中，谁敢与我为敌？"就与中行寅发兵攻打公宫，公宫守卫拼死抵抗，但因众寡悬殊，两家看看得手，范吉射喝令军士加紧进攻。忽听阵后大乱，人报智、韩、魏三家领兵来救晋君，范吉射并未放在心上，说道："手下败将，还敢来找死吗？"于是分兵一部，掉头迎击来军，余众继续围攻公宫。谁知三家之兵越战越多，范中行军抵敌不住，败退下来。原来，三家在绛都城内放言范中行反叛，欲加害国君，号召国人保卫国君，国人本来多持中立态度，闻听范中行氏发兵围公宫，都很气愤，纷纷拿起武器，站在三家一边，参与平叛。范中行军的小股部队和散兵，都被国人擒杀，三家士气大振，乘势发动进攻，范中行军死伤枕藉，元气大伤，优势顿失，这个结果大出两家意外，范吉射悔恨地说："悔不听高强之言，致有今日之败。"中行寅也很沮丧，说道："我们对事情的开始、中间、结局都没有考虑好，就贸然行事，看来我们不免要败亡了。"

　　范吉射、中行寅在绛都已成孤立之势，难以立足，十一月十八日，二人率余部逃往根据地朝歌。途经邯郸，时籍秦尚与赵稷对峙，范吉射派近支士鲋往见籍秦，对他说道："赵鞅为乱，司马认为我们打不败他吗？"籍秦道："我受国君之命讨伐叛乱，但知攻城拔地，擒拿叛逆，其他非秦所知。"士鲋进一步说道："君子观时而动，赵鞅授首之日，司马欲归何处？"籍秦沉吟不语，士鲋随命从人献上一颗血淋淋的人头，说道："赵鞅命使者催促司马进兵，已为我主所杀。可人头现在司马营中，全军皆认为使者为司马所杀，司马可自去向赵鞅解释。"籍秦惊道："此事如何能够说得清楚？"说话之间，听得营外鼓声震天，人报两家军队已将营寨团团围定，籍

秦无奈叹道："晋国天下莫强，各国不能损晋，唯诸卿内争不已，吾不忍见晋军自相残杀。"愿意以兵归二氏，范吉射闻报，喜道："我就知道司马不是个糊涂人。"命籍秦协助赵稷驻守邯郸，与朝歌互为犄角之势。

韩不信、魏曼多与赵氏相善，对晋定公说道："赵氏数有功于国，邯郸之乱，非赵鞅之罪，可召其回都，一同参与国事。"定公准奏，十二月十二日，赵鞅回到绛都，与智、韩、魏三氏盟于公宫，宣布范氏、中行氏为叛军，相约铲除叛乱，共保公室。赵鞅这一逃一归，赵氏再次经历了一场灭族的风波，危而后安，为警醒自己，纪念这次危难，赵鞅为自己改名志父。范吉射、中行寅既被逐，智跞就准备以范皋夷和梁婴父入卿以代其位，董安于言于赵鞅道："晋国就是因为政出多门，才如此内争，祸乱不已，二卿既缺，又何必再补。补上他俩，不是等于又来了个范吉射、中行寅吗？且这两人都与智氏相善，一旦入卿，恐非赵氏之福。"赵鞅因此坚决不同意，韩、魏也站在赵氏一边，智跞无法，只得作罢，晋国相延了一百多年的六卿格局，至此只有四卿。

梁婴父闻得董安于阻止了自己入卿，对他非常怨恨，对智跞说道："董安于是赵氏智囊，将来必能帮助赵氏取得晋国大权，这对智氏不利，何不以他首先发难为由，追究他的责任？"智跞就派人对赵鞅说："范氏、中行氏虽然确实发动了叛乱，可也是因为董安于先聚甲兵，挑起了事端，等于是他和二氏共同挑起了叛乱。晋国有法令，先作乱者死，现在那两家已经受到了惩罚，只有董安于尚逍遥法外，先生您看该怎么办呢？"赵鞅因强敌范氏、中行氏当前，需要得到智氏的支持，对智跞的这一要求感到不好处理。董安于说道："我今一死，可换得晋国安宁，赵氏安定，值得！人生在世，谁能不死？我今年已经四十八岁，死了也不算短命了。"于是自缢而死，赵

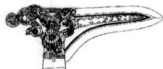

鞅把董安于的尸体陈于市曹，告智跞说："元帅命鞅惩罚罪人，现在他已经伏法了，谨以告元帅。"智跞达到了自己的目的，这才答应和赵鞅结盟，两家把盟词写在玉片或骨片上，杀白马取血为誓，将马埋在深坑，盟书放在马身上，称为"载书"，以取信于鬼神。1965年，侯马出土了大批这次盟誓的玉片和骨片，这就是著名的"侯马盟书"。

赵鞅得到智氏的支持，地位稳固以后，就偷偷在家庙里立了董安于的神位，四时祭享。

欲知后事如何，请看下回。

第四十六回

战铁丘赵家军得势　退邯郸范中行力穷

且说范吉射、中行寅在朝歌，遍告各国以赵氏之罪，各国因范氏、中行氏久掌晋政，颇有私交，又恨晋国多有盘剥，都希望借此削弱晋国，所以都不约而同地加入了反晋行列，特别是齐景公，素不服晋，一直想从晋国手中夺回霸权，因此挑头反晋，郑国早已叛晋，卫灵公恨赵氏之辱，这三家都是坚定的反晋派，其他如鲁、宋诸国和戎狄，都表示支持两家，范吉射、中行寅大喜，胆气益壮，日夜操练兵马，声言早晚杀向绛都，夺回晋政。赵鞅担心范中行氏养成气势，所以要求智跞出兵讨伐，谁知智跞举梁婴父入卿的目的不达，对攻打两家失了兴趣，推辞道："当下国内有乱，诸侯觊觎，强秦虎视，当以紧守绛都为要，跞守于内，将军攻于外可也。"言下之意，要打你自己去打吧，赵鞅知智跞虽为托词，却也是实情，讨伐两家，事关赵氏身家性命，赵鞅不得不行，公元前 496 年夏，赵鞅率本部军兵来伐朝歌。

范吉射闻得赵鞅来攻朝歌，以为绛都空虚，遂派士鲋、小王桃甲率军一部，会合赤狄，往袭绛都，一路并未遇到抵抗，二人大喜，命军士疾进，来到绛都郊外，见城头并无特别警戒，小王桃甲劝道：

"绛都重地，不应如此懈怠，将军慎重，小心中了埋伏！"士鲋立功心切，说道："我今兵临城下，若得绛都，何愁赵氏不灭？"喝令军士攻城，只听一声炮响，左有韩不信，右有魏曼多，俱从山呑中杀出，范军惊慌之间，又见城门开处，智跞挥军杀出，三路夹攻，范军不支，被歼大半，士鲋、小王桃甲死战得脱。士鲋身为主将，不识兵机，贪功冒进，损兵折将，不敢回见范吉射，只带得亲随数人，往投周国而去，小王桃甲率了残兵，回到朝歌。范吉射见他大败归来，心中大怒，骂道："伤我士卒，损我兵威，要你何用？"就要斩首，被中行寅劝免。

赵鞅将围朝歌，探马报范吉射以籍秦、高强为将，来犯潞城，赵鞅道："潞城若失，我军粮道危矣，不可不救。"于是放下朝歌，回军来救潞城。家宰少室周说道："籍秦所部，多为我主故旧，其舆尉柳信，与我私交甚笃，周愿说其来降。"赵鞅大喜，就命少室周往行其事。少室周见了柳信，劝其归降赵氏，柳信痛快地答应了，二人约定凌晨三更举事，里应外合，共破范军。当夜，赵鞅令军士饱食，约至三更时分，一声炮响，杀向范营，籍秦、高强慌忙应战，早被柳信打开营门，迎赵军杀入。赵鞅令军士高叫："降者免死！"范军纷纷投戈于地请降。籍秦、高强左冲右突，难破重围，遂被擒获，军士缚至赵鞅军前，赵鞅骂籍秦道："我一向待你不薄，拔你为上军司马，委以临敌重任，谁知邯郸未破，你却临阵投敌，今被我擒，你还有何话讲？"就欲命人推出斩首，籍秦叫道："世间常有不得已之事，不得已之时，将军不记董安于之死了吗？"赵鞅闻言，一时语塞，籍秦又言道："籍秦非是怕死，实非有意背反将军。"少室周谏道："籍秦乃主公旧部，非反复无常之人，投范中行乃不得已之事，非其本意，当下用人之际，不如赦之。"赵鞅命解其缚，仍率其部，军前效命，籍秦称谢退下。

赵鞅又对高强说道："你是外国人，我不杀你，可归报范、中行二人，若肯遣散军卒，诚心来降，当念世代同为晋臣，既往不究，各给食邑一县，不失富家翁，岂不强似身死族灭，栾氏之鉴不远，不可执迷不悟。"高强回到朝歌，将赵鞅书简呈上，范吉射大骂道："我与赵鞅匹夫难共戴天，岂可嘤嘤乞食于他！"掷简于地，传令各军，紧守营寨，准备迎敌。

赵鞅解了潞城之围，于路又在百泉（今河南辉县市西北）大败范、郑联军，朝歌势孤，赵鞅乘胜围了朝歌。范中行军连败，忙向齐国求救，齐景公、卫灵公、鲁定公在卫地牵（今河南浚县北）会见，商讨救援事宜，三家议定出兵攻打朝歌东面的晋地五鹿，谋解朝歌之围。谁知鲁定公回国后就死了，因此没有出兵，齐、卫合军攻打五鹿，晋将窦犨死守，五鹿未能攻下。至秋，朝歌形势仍然危急，齐、卫、鲁会合鲜虞军，转而攻下晋地棘蒲（河北赵县）。赵鞅见诸国军队齐出，朝歌又一时难下，担心腹背受敌，于是撤军回绛。

赵鞅心忧诸国都站在范氏、中行氏一边，与自己为敌，阳虎言道："主公勿忧，想那宋国，乐祁曾被范鞅逼死，且与郑国为世仇。鲁国世代事奉晋国，与齐国为世仇，这两国必不肯与诸国戮力同心，只消派一舌辨之士，可止两国之兵。只有卫国，灵公衔郫泽之辱，铁心与我为敌，幸现在灵公已薨，其孙出公继位，废太子蒯聩流落在宋，主公何不纳蒯聩于戚地，一则可为我之援，二则可牵制卫国之力，使其不敢放手干涉我国事务。"赵鞅大喜，遂派窦犨赴鲁，舜华赴宋，陈说利害，二国果然退出反晋联盟，不再参与晋国内战。又派勇将牛谈，率军一万，与舜华一同将蒯聩安置在卫邑戚，卫出公担心其父蒯聩来夺自己君位，因此也不敢再轻易出兵。

赵鞅用阳虎之谋，分化了敌对阵营，阻止了三国出兵，减轻了军事压力，公元前 493 年春，再次起兵来伐朝歌，四周筑起长围，

商旅货物等，许出不许进。双方攻守半年，朝歌城内粮草渐缺，范吉射派人入齐求粮，齐景公不敢直接与晋军对敌，派大夫田乞押运粮食千车交给郑将罕达、驷弘送往朝歌。赵鞅侦知，集诸将议道："粮草若入朝歌，破敌不知何日，当起兵夺之。"于是分兵一部，继续围困朝歌，自率大军往东来截郑军，双方在铁丘（今河南濮阳西北）相遇。阳虎进言道："郑军甚众，又有朝歌兵马接应，我们应当建起中军旗帜，让敌人以为晋全军在此，方可取胜。"赵鞅如言在营中竖起"智"字大旗，又命诸营多建"韩"、"魏"旗号，以迷惑郑军。卫太子蒯聩感赵鞅安顿之恩，自动率军前来参战，并自告奋勇请求担任赵鞅车右，赵鞅也同意了，并以邮良为御。

　　战前，按照惯例进行占卜，没想到龟背却烤焦了，占卜没有结果，赵鞅心下狐疑，家臣乐丁言道："我们在出兵之初就已经占卜过了，结果是大吉，还用得着再占卜吗？"赵鞅遂决定开战。

　　八月七日，赵鞅集合将佐，对天祝告道："晋逆臣范吉射、中行寅，违背天命，杀戮百姓，想要推翻国君而独专晋国之政。郑人弃君助臣，助纣为虐，实属不道。志父等顺从天命，服从国君命令，推行德义，扫除顽逆，在此一举，愿晋国历代君主、赵氏列祖列宗、各路山川、神祇佑我。"祝毕，赵鞅又发誓说："志父本无罪，为奸人所陷，今日对敌，有进无退。如志父贪生怕死，畏敌不前，带头后退，愿上天示罚，身受绞缢，死后以三寸厚的薄棺敛尸，不用外椁，素车朴马，不入祖坟，只按下大夫的规格下葬！"

　　卫太子则祷告道："远孙蒯聩昭告周祖文王、卫祖康叔曰：郑声公姬胜，从逆作乱，赵鞅讨之。蒯聩不敢追求安逸，持矛列于军行，谨请祖先保佑我，作战中不要伤筋断骨，不要伤及面部，以成就大事，勿使祖先蒙羞。"赵鞅听蒯聩祷告得比自己好，赶忙补充说："志父也是此意！"

祝毕，赵鞅集合全军发布命令说："如能战胜敌人，立军功者，上大夫得县，下大夫得郡，士赏田十万，庶人、工、商可以入仕途，人臣、隶、圉可以获得自由！"这就是著名的铁丘之誓，赵鞅打破传统观念，大幅度地提高了赏额，这是铁丘之战能够获胜的关键。

　　盟誓毕，赵鞅率全军出战，拦住郑军，对罕达、驷弘说道："晋军讨逆，与尔郑国何干？速将粮车留下，免动干戈！"罕达回答说："末将奉我君之命，送粮于朝歌，今朝歌未达，不敢擅与他人。"赵鞅大怒，就要发动进攻，谁知一旁族叔赵罗胆小，见郑军车马众多，黑压压一片，心中害怕，吓得浑身打颤，难以站立，赵鞅心中骂道："胆小鬼，连个妇人都不如！"对他的御者繁羽说道："吾叔虐疾病犯了，把他绑在车上。"赵鞅又勉励众军道："自古操戈临阵之人，终老天年者不在少数，大家都要努力作战，未必就会死在战场上。"言罢下令全军进攻，赵鞅身先士卒，冲在最前面，直奔郑军主将罕达而来，罕达接住厮杀，两军战在一处。

　　赵鞅挺戈与罕达大战，不料一个不小心，被罕达一戈刺中左肩，血流如注，昏倒在车中箭袋之上，罕达大喜，就要上前结果赵鞅性命，危急之中，多亏卫太子蒯聩伸戈将罕达之戈挡开，又左遮右拦，九上九下，指挥众军，击杀郑兵十数人，郑军终无法取赵鞅性命，只夺得他的帅旗。罕达麾动郑军，复围裹将来，将赵鞅里外三层围定，击鼓进攻，蒯聩身边，军士渐少，在此危急关头，亏得侯奄傅便率领着一支一千四百人的队伍，拼死杀入重围，救了赵鞅。原来，傅便曾患重病，需用鹦鹉入药，而赵鞅府中，正好有一只白狄进贡的绿羽鹦鹉，十分乖巧，赵鞅很是喜爱。家臣烛过劝他把鹦鹉送去为傅便治病，赵鞅舍不得，说道："此鸟朝夕间可以娱我，为什么要平白送给别人杀掉呢？"烛过劝道："将士缓急间可救主公性命，一娱之欢，难道比家国性命还重要吗？愿主公熟思。"赵鞅听从了烛

晋国演义

过的意见，赶忙派人把鹦鹉送至军营，为傅便调药，今日果然得其死力。

罕达不能击败晋军，只得退归本阵。邮良正要驱车而进，一眼瞥见左骖拉车的两条靷带将要断绝，赶忙下车换上新的，回头见赵鞅已然苏醒，虽然污血满面，但仍然单手击鼓，鼓音不绝。晋军见主将英勇，顿时士气大振，并力杀向郑军。两军正在混战，郑军忽然阵脚大乱，却是前来接应的一彪朝歌军反戈杀入——原来，周朝给了范氏一块土地，范吉射命家臣公孙龙往收税粮，解往朝歌救急，被晋军抓获，军吏主张杀掉他。赵鞅说道："公孙龙受命而行，忠于职守，何罪之有？"命归其粮车而去，公孙龙感激赵鞅不杀之恩，此次受命接应郑军，觉得是个报答赵鞅的好机会，故率本部五百余人反攻郑军，以助赵鞅。郑军事出意外，腹背受敌，登时败退，公孙龙于罕达营帐中夺得赵鞅帅旗，献于赵鞅，赵鞅温言嘉勉，公孙龙说道："聊报将军活命之恩。"赵鞅道："先生回营，必为范氏所害，不如就在此处效力，当以军尉之职烦劳先生。"公孙龙道："龙为报恩，无奈行背主之事，岂敢逃避主人惩罚，当归朝歌就戮，将军不要夺我之志！"

晋军获胜，抢先夺得齐国的那一千车粮食，乘胜追击郑军，俘获其偏将子罗，郑军主将罕达、驷弘、公孙林亲自断后，箭无虚发，晋军前锋多死，赵鞅下令停止追击，说道："国家无论大小，都有神箭手呀，郑国不可小视，不用再追了。"晋军收兵，赵鞅喜道："此战大败郑军，又夺得齐人粮食，可以说是大胜，这就好了。"就欲置酒庆贺，主簿傅傻劝谏说："虽有小胜，范氏、中行氏仍据朝歌于前，智氏在朝堂于后，赵氏忧患，远没有消除，岂是庆贺之时？"赵鞅道："置酒贺胜，军中惯例，有何不可？"于是大宴全军，歇兵三日，赵鞅不放心国内，不敢在外久留，班师回到绛都。

413

再说公孙龙回到朝歌，范吉射已知其反攻郑军，致郑军败退，粮车被劫之事，盛怒以待，一见公孙龙，不由骂道：“你军前助敌，败我之事，不杀你不足以泄吾愤。”命军士推出速斩，公孙龙并不辩解，昂首走出殿外。幕僚王生谏道：“公孙龙知恩图报，就刑不避，可谓忠义之士，何不留其性命，日后或可得其死力。”范吉射仍不解气，“背主之奴，留他何用！”传令速斩。公孙龙既死，众军都道范吉射寡恩，不若赵鞅宽厚，以此将佐离心。

晋定公十九年，公元前493年，智跞病卒，子智申继了卿位，赵鞅升任中军元帅，执了晋政。周朝的刘氏与晋国的范氏世为婚姻，因此周王室在晋国的内战中也站在范氏一边，屡次向范氏提供物质支持，赵鞅派人质问周敬王说：“当年王子朝为乱，我王不能安居成周，是赵鞅我会合诸侯于黄父，向各国分征粮食甲仗兵员，支援王的军队，又亲率晋师，击退叛军，助我王回宫，复与诸侯营建成周，以安王室。赵氏于王，不如范氏吗，为何屡助我国叛臣？”刘文公知道赵氏现在执掌晋政，在晋国内战中渐占上风，不敢得罪，无言对答，其家臣苌弘说道：“主忧臣辱，主辱臣死，赵氏有董安于，刘氏不能有苌弘吗？请以臣对赵氏作解释。”不等刘文公答言，苌弘拔出佩剑自刎身亡，使者回报赵鞅，赵鞅方罢。

冬十月，赵鞅休整部卒已毕，第三次起兵来伐朝歌。赵鞅驻军城南，命军士四面攻打，双方攻守月余，士卒多有死伤。范中行派人催促各国前来助战，谁知各国见郑军在铁丘惨败，损兵折将，都不想蹈其复辙，因此都取观望态度，并无一兵一卒到来。中行寅见外无援兵，内乏粮草，战事日益不利，心中烦闷，他怎么也弄不明白自己怎么会由强转弱，落到今天这个地步，于是把祝师卻简叫来骂道：“先父念卻氏败亡，子孙衣食无着，故容留你为我家祝师，莫非你进献上天和鬼神的牺牲不够肥泽，斋戒时不够恭敬吗？为何

中行氏屡战不胜？"卻简从容答道："赵氏已经减了几次赋税，而主公您却反其道而行之，加重赋敛，致民众怨尤。我一个人的祈祷怎么能敌得过一国人的诅咒呢？且主公掌中行氏以来，贤德者没有迁拔一人，奸佞者不见斥退一人，出现今天这个局面，不是很正常的吗，小官何辜？"中行寅不能对，羞惭满面。

范吉射心中也很忧虑，与中行寅议道："朝歌狭小，诸侯之救不至，我军没有补充，万一城破，撤军不及。不如退往邯郸，与赵稷合兵，诸侯见我兵强，必来助我，则赵鞅不愁败也。"中行寅也想不出别的好办法，只好同意他的意见，遂命人突出重围，往告赵稷，令其派兵前来接应。赵稷接报，不敢怠慢，忙派涉宾率军一支，来接应朝歌兵马。

二十三日，涉宾来到朝歌北郭，与城外晋军鏖战，城内范吉射、中行寅见北门外尘头大起，喊杀连天，知是邯郸兵马来到，遂引军冲出，欲与邯郸军会合，晋军抵死拒住，范中行军冲突不过。酣战之间，范吉射遥见对阵中"范"字大旗下，一员将佐正坐在车上左右驰骋，认得是自己胞兄范皋夷，急忙驱车上前见礼道："兄长别来无恙，小弟拜见兄长！"范皋夷见是范吉射，只得讪讪答言道："原来是三弟在此。"范吉射道："不意你我兄弟在此相会。兄长在绛都可还得意？"一句话问到范皋夷痛处，原来范皋夷与范吉射为敌，本想取其卿位而代之，没想到被董安于一言否决，有心回归范氏，又怕范吉射不容，故此首鼠两端，心常怏怏，听范吉射这么一问，低头无言。范吉射又紧逼一句："今既兄弟对垒，就请兄长取小弟首级，献于赵鞅，以为进身之阶。"一句话说得范皋夷满面羞愧，言道："三弟说哪里话来，但请速行。"言毕约退所部，让开一条通道，范吉射恐他反悔，道声"保重"，如飞一般去了。晋将牛谈自后赶来，问范皋夷道："如何让敌军走脱？"范皋夷支吾道："朝

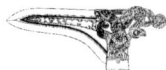

415

歌兵作困兽之斗，难以阻遏，因此被他走脱。"牛谈要求追击，范皋夷止道："穷寇勿追，不如回营。"早有人报知赵鞅，赵鞅升帐，问范皋夷道："可曾拿得反贼？"范皋夷回答："末将无能，不曾拿得。"赵鞅又问："范吉射曾卖首与你，如何不取？"范皋夷见事泄，惊惧不能答，赵鞅知范氏之人，终不可用，于是喝道："临阵纵敌，本帅岂能容你！"命左右推出斩首。

赵鞅收复朝歌，设官安民，正欲乘胜往攻邯郸，忽阴邑（**今河南卢氏县东北**）大夫士蔑有紧急文书报来，说是楚军左司马眅、申公寿余、叶公诸梁起兵犯我边境。赵鞅闻报大惊道："邯郸未破，强敌又来，岂可两面受敌？"乃留牛谈率兵一万，驻守朝歌，操练士卒，监视邯郸，自率大军回到绛都。

欲知赵鞅如何退敌，请看下回。

第四十七回

范中行败亡耕垄亩　赵简子秉政访贤良

赵鞅班师，士蔑于路有文书报来。原来，江汉间蛮夷叛楚，被楚国人击溃，蛮夷首领左赤逃到晋邑阴地，楚军追来，司马畈派人对士蔑说道："晋、楚两国有过盟约，要支持对方的朋友，反对对方的敌人，现在晋国方与范中行氏为敌，楚国也不敢不反对他们。如今蛮夷与楚为敌，而逃至贵邑，如果大夫遵守盟约，寡君将感到很高兴。如果贵国不按盟约行事，敝国也不能保证遵守盟约。"

士蔑不知该如何行事，故此飞马请示赵鞅，赵鞅答道："晋国内患方重，岂能不和楚国搞好关系，若惹恼楚国，支持范中行氏，晋乱何日可平？赶紧把左赤交给他们！"士蔑得到赵鞅明示，就告左赤说，要给他一块土地，建一座城让他居住，择日将要占卜，选定建城日期，左赤大喜，尽招其部属来到阴邑，士蔑乘其不备，拘捕了左赤和他的五名将佐，在三户（今河南淅川县西南）交给楚军，司马畈出动大军，把群龙无首的左赤部属全部俘虏，然后回军。

晋定公二十一年，公元前 491 年五月，晋国执政赵鞅，安顿自己的盟友韩不信、魏曼多留守绛都，自与智申率大兵第四次来伐邯郸，与范中行氏进行最后的决战。到得邯郸城下，赵鞅命智申攻北

门，自率赵家军往攻南门，又调朝歌牛谈前来助战。那范中行氏六年来几经大战，精锐死伤过半，实力大不如前，最重要的是失了晋国权柄，割据一隅，国人皆视为叛臣，怎当得大兵来攻，左支右绌，邯郸看看不守。范吉射、中行寅别无它法，只得再向齐国求救。

齐景公接到告急文书，不好再推托，遂派田乞、弦施会同卫将宁跪率兵两万，来救邯郸，但他们仍没有与晋军进行正面作战的勇气，仍然采取了围攻五鹿的方法，五鹿城坚，屡攻不下。齐景公另派国夏攻伐晋国本土，连取邢（河北邢台）、任（今河北任县东南）、栾（河北栾城）、鄗（今河北高邑县）、逆畤（在今河北保定市）、阴人、盂（在今黎城县）、壶口（今壶关县）等城，晋国的大片领土失陷。群僚劝赵鞅道："今齐人助恶，陷我数城，不如撤军回救，再图后举。"赵鞅不听，说道："齐人一时猖獗，岂能长久占我国土，他们这样做，正是要我们解除邯郸之围。今邯郸旦夕可下，不可前功尽弃，待范中行授首，还怕齐人不退吗？"传令加紧进攻。又将箭书一封射入城中，晓喻邯郸军民人等，献城来降者既往不咎，捉得范吉射、中行寅、赵稷者有赏，若执意附敌，据城顽抗，城破之日，玉石俱焚。

十一月二十三日，邯郸守将涉賓打开南门出降，赵鞅率军突入，来擒范吉射、中行寅。二人闻变，急率残部出了北门，往投鲜虞，被智申率兵拦住去路，多亏范氏家臣豫让带领死士数百人，杀开一条血路，保范中行冲出，豫让负伤被执，其余死士，多数战死。智申知豫让忠义之士，遂将其留在后营养伤，后收为家臣，复率兵追来。中行寅见智军紧追不舍，遂让范吉射先行，勒兵对智申说道："中行与智，本同宗一脉，贤侄为何如此相煎？"智申言道："我与你虽是同宗共祖，但已历经五代，亲情已尽，何言相煎？"中行寅又道："虽说支脉疏远，能疏于赵氏吗？"见智申低头不语，中行寅复

言道："赵鞅久有逐灭诸卿，独霸晋国之心，寅恐范、中行之后，智氏为赵氏所不容，贤侄不可不防！"言罢转辕而去，智申不再追赶。回到营中，以偶感风疾为由，率本部军兵自归绛都。

赵鞅收复邯郸，知范吉射、中行寅逃往鲜虞，赵稷逃往临城（今河北临城县西南），乃与诸将议道："鲜虞屡与我为敌，今又收留叛臣，不可不伐。若待两家在彼处得到喘息之机，又要耗时费力，暴露士卒。"诸将均无异议，于是移兵来攻鲜虞。鲜虞见晋军势大，不敢收留二氏，只资助了他们少许兵马器械，范中行无奈，打探得柏人（晋地，今河北隆尧县西南）尚未失陷，于是率残军奔往柏人，柏人守将张柳朔接入。范中行见柏人残破狭小，一面命军士筑城挖壕，分兵据守，一面驰书齐、卫、郑等国军队，请求他们来援柏人，谁知不等诸国援军到来，晋军已将柏人城团团围住，日夜攻打。范中行氏大败之余，又遇鏖战，勉力支撑了一月，再也无力抵挡，决定突围奔齐国而去。张柳朔进言道："主人可从东门溃围，末将在后阻挡追兵。"又对自己的儿子说："为父既为柏人守将，当与城池共存亡，你可跟从主人而去，我要留下来战死在柏人。"

当夜，范吉射、中行寅令军士饱食，至午夜时分，悄悄开了东门，望齐国逃去，晋军发觉，起兵截杀，范中行不敢恋战，趁两军激战之时，只带得少数兵马，慌慌夺路而去，军士大半被歼，其余或逃或降。张柳朔率城内守军逐巷死战，至黎明时分，全部战死，赵鞅得了柏人城。

再说范吉射与中行寅率残兵败卒逃至乾侯，天已大亮，人困马乏，从人言道："乾侯大夫怠婴乃是主公故交，何不入城稍歇，顺便等后军到来？"范吉射道："不可。当初我喜欢音乐，怠婴送来鸣琴，我喜欢佩饰，怠婴送来玉环，他这是助长我的过错啊，我才一步步走到今天。这样的人，哪里会真心助我，如果入城，怠婴一定

会把我绑起来作为礼物送给赵鞅的。速速离去！"果然，那怠婺听得范吉射兵败，士卒死伤殆尽，竟然趁火打劫，夺得落在后面的兵车两辆，准备献给赵鞅请功。

赵鞅平定了范中行之乱，率得胜之师前来经营邯郸。按照原来的计划，将五百户卫贡迁往晋阳，搜捕赵稷一脉，尽罚为奴，心知赵稷在临城，不除终为后患，于是对诸将说道："范氏、中行氏之乱，赵稷实为首祸，今苟延残喘于临城，未曾伏罪，谁人去为本帅擒之？"言未毕，一将应道："末将愿往。"赵鞅视之，乃是籍秦，籍秦复言道："末将前曾受命伐赵稷，未能克服，今愿去收复临城，以完成元帅的命令。"赵鞅道："将军肯去，定能不负我君之望，将逆贼一鼓荡平。"临行，又私对籍秦说道："赵稷叛我，酿成战端，亲情已尽，将军此去，可便宜行事。"言罢，意味深长地看着籍秦，籍秦会意，说道："元帅但请放心。"

籍秦来到临城，对城内呼道："范吉射、中行寅已然败逃，赵稷漏网之鱼，快快出城受缚。"赵稷逃亡在临城，立足未稳，仓促应战，怎当得晋军得胜之兵、籍秦立功报赵鞅之心，未出旬日，早被籍秦攻入西门。赵稷见大势已去，只得派涉宾赴军前请降，籍秦知赵鞅不要活口，骂道："赵午本不想反，都是尔等逐利之徒，摇唇鼓舌，陷赵氏骨肉相残，今日势穷，才知降顺，早作甚来？"命军士推出斩首，然后发动进攻，赵稷身被数创，满身血污，仰天呼道："晋人无亲，曲沃代翼乃大，赵并邯郸为强，弱肉强食，何日是个尽头！"呼罢血尽倒地而死，籍秦得了临城，将军民人等尽数押回邯郸，拆毁城墙，填平壕沟，将临城夷为平地。

赵鞅办毕诸事，遂留世子伯鲁守邯郸，率所部回到绛都。

这次晋国诸卿间规模最大的内战，先后历时八年，战局几经反复，终以赵鞅的全面胜利而告结束。

　　再说齐、卫、郑、鲁诸国，本想通过支持范中行氏之叛，颠复晋国，不料都押错了宝，范氏、中行氏败亡出逃，晋国并未受到损伤，担心晋国兴师问罪，于是纷纷到晋国来修复关系。时一心复霸、坚持与晋为敌的齐景公已薨，上卿田乞秉持国政，来见赵鞅，主动提出将范吉射、中行寅交给晋国，赵鞅觉得送回二人自己不好处理，说道："送回不必，就地治罪可也。"田乞知道赵鞅这是想借齐国之手除掉二人，也不想为赵鞅承担恶名，回国后，遣散范中行氏军卒，每家给田百亩，令其耕种自食。二人至此，无可奈何，只得亲率子孙，躬耕垄亩，日间常对坐田埂，唏嘘往事。有识得者指道："那两个荷锄而作的垂白（头发花白）老者，就是晋国往日的权臣范吉射、中行寅。想不到庙堂将相，沦为畎亩农夫。"可叹士蒍、荀息，都是智谋过人的有识之士，两家七世为晋国股肱之臣，长期左右晋国政局，子孙一着有失，竟至流落国外，栖身荒野，力耕而食，成为晋国诸卿争权的最大牺牲者，栾盈六十年前的愤激预言，竟成为事实。

　　后人评论晋国政事，认为士会、士燮父子，都是谦虚文雅、与人为善、行事低调、公忠为国之士，没有个人权力欲望，所以能够昌大，而范匄、范鞅父子却改变了祖上的执政风格，强横凌人却又贪婪无度。中行氏未能团结、拉拢住自己的近亲强大的智氏，终至在惨烈的诸卿倾轧中败亡。又有人论范氏、中行氏出逃后，余下的四家倾轧更加惨烈，终导致韩、赵、魏联手灭智，而后三家分晋的结局。如果留得范氏、中行氏在，或可互相牵制，保持政局平衡，晋国复强也不是没有可能。有诗为证：

　　　　六卿倾轧竞存亡，政出私门实可伤。

　　　　四家相煎势愈急，何如留却范中行。

赵鞅逐灭范氏、中行氏，又得邯郸、朝歌、柏人等地，权势大增，奉禄和封邑都不亚一国诸侯，深知晋阳乃是晋国重地，赵氏根基，就派得力家臣尹铎为晋阳宰，治理晋阳，作为赵氏的稳固后方。尹铎请示说：“主公是想让晋阳成为财税的来源之地还是赵氏的堡垒之城？”赵鞅回答说：“自然是堡垒之城。”尹铎应道：“我知道了。”临行，赵鞅又告诫尹铎说：“你到了晋阳以后，一定要把我们当年抵抗范中行氏时所筑的壁垒拆掉，我过些日子要到晋阳去，见了这些壁垒就如同见了仇人范吉射、中行寅一样，心中有气。”尹铎不应。到了晋阳，尹铎减免当地百姓赋税一半，兴修水利，鼓励开垦荒田。又慰问鳏寡孤独，按时给供钱米，百姓称颂尹铎，尹铎说道：“这都是相国法度，尹铎遵行而已。”又发民夫增高加固壁垒。

　　两个月后，赵鞅来到晋阳，还没进城，却见壁垒不仅没有拆除，反而加高了，不由大怒，说道：“大胆尹铎，竟敢违命，不杀尹铎，我不进城！”众大夫皆为尹铎求情，赵鞅不理，说道：“他这是借范中行来侮辱我。”邮良见状，进言道：“赵氏远有下宫之难，近遭范中行之乱，两次面临灭族之险，岂可安而忘危。尹铎加高加固壁垒，一是令我主以此为鉴，常怀戒惧之心，二是可以加强晋阳守备，以安赵氏，这样的人，怎么能杀掉呢？”赵鞅顿悟，说道：“若不是先生提醒，我差点做出糊涂事。”当即进城，召集将吏，以军功之赏奖赏尹铎。尹铎原先与邮良不和，听说是邮良为他说了好话，就将赵鞅之赏转送给邮良，说道：“先生一言，使我免罪得功，这个奖赏应该给先生。”邮良不接受，说道：“我那样做是为了咱们的主公，不是为了你。你该对我有意见还是继续有吧。”

　　赵鞅回到绛都，欲多访求董安于、尹铎这样的人才，以壮大自己的势力，大夫壮驰兹是从吴国投奔来的，赵鞅一日问他道：“先生从东方来，一路可知何人为贤才？”壮驰兹拜贺道：“恭喜相国！”

赵鞅道："你还没有回答我的问话，怎么倒先贺起我来了？"壮驰兹回答："我听说，国家将要兴盛，当政者就会觉得自己能力不足而访求人才，反之，国家将要衰亡，当政者就会妒贤忌能。现在相国主持晋国之政而向小人访求贤才，此国家兴盛之象，岂敢不贺？"

赵鞅又与家臣史黯论贤才，问道："王生可以说是范氏的贤才，与张柳朔有仇却力荐张柳朔为柏人大夫，终得其死力。现在范中行氏败亡，他们的家臣中，可有贤才流落在国中？"史黯反问道："主公访求他们干什么？"赵鞅说道："贤才是谁都想得到的，还用问吗？"史黯答道："范中行氏的家臣，进不能匡扶其主，长保晋卿之位，退不能谏主人之过，致使主人败亡，又不能从主人于危难之中，辅佐主人再起，怎么能算是贤才呢？是贤才就不会来，来的就不是贤才，主公又何必问他们呢？"赵鞅道："先生言之有理，我的想法错了。"

赵鞅准备到晋君的囿苑蝼园去射猎，史黯听说了，一大早就牵着一条猎犬等在蝼园门口，赵鞅来到，奇怪地问："你在这里干什么？"史黯回答："下臣新得一条猎犬，想跟着主公一块射猎，试一试这条犬如何。"赵鞅不高兴地说道："你想来射猎，也不禀告一声，私自就来了！"史黯说道："主公来蝼园射猎，并没有烦囿园之官禀告国君，所以下臣也不敢烦值日官禀告主公。"赵鞅听出史黯的劝谏之意，于是就放弃射猎，廻车而去。

赵鞅通过察言观行，认为诸子中唯有狄人进献的婢妾所生的儿子无恤（谥号赵襄子）最有才能，为了进一步考察，他对诸子宣称："为父把宝符藏在恒山之颠，你们都去找吧，先找到者有赏。"诸子们争先恐后地跑到恒山，可是什么也没有找到，独有无恤说道："我找到宝符了。"赵鞅问道："你找到的宝符在哪里？"无恤回答："登恒山俯视代国（今河北蔚县一带），代国可以攻取。"赵鞅越发觉

得无恤具有雄图大略，贤于诸子，遂决定在伯鲁和无恤之间两取其一。为了进一步考察，他把内容相同的训诫之辞分别写在两块竹简之上，其辞为"薄赋节用，忍辱怀颖，敬贤使能，勿失权柄"，交给伯鲁和无恤，嘱咐他们说："这是为父总结的为人之道，你俩要牢牢谨记。"三年后，赵鞅要求他俩背诵，伯鲁背不出，而无恤却很流利的背了出来。又让他俩出示竹简，无恤从袖中拿出来呈上，而伯鲁的竹简早不知道哪里去了。经过这几次考察，赵鞅决心废掉伯鲁，改立无恤，唯一顾虑的是无恤出身卑贱，难以服众，姑布子卿劝道："天命所赐，即使出身卑贱，将来也必然会尊贵，有什么好顾虑的？"赵鞅遂废掉伯鲁，立无恤为世子。伯鲁被废，心下怨愤，忧郁成疾，不久离世。

赵鞅晚年，权势日重，遂起篡逆代晋之心，因此多方结交朝臣，延揽人才。上大夫窦犨，刚直耿介，不为所动，常言："我等食晋禄，为晋臣，岂可为一姓所驱使？"赵鞅又恨又气，言道："燕雀入水可变蚌，雉鸡入水可变蛤，鱼鳖水族都可以变，没想到人却无法改变。"意为窦犨认不清形势，不知变通。窦犨以范中行来况赵鞅，语意深长地说道："范氏、中行氏不体恤百姓苦难，却想在晋国擅政，结果子孙流落齐国务农，原来立于廊庙、主持祭祀的朝官，却变成荷锄垄亩、力耕而食的农夫，人的变化，每天都在发生，怎么能说没有变化呢？"赵鞅拉拢不动窦犨，把他看作是自己独擅晋国的障碍，遂起杀心，说道："晋有鸣犊（窦犨字），鲁有孔丘，杀此二人，天下可图。"于是找了个借口，拘捕窦犨，亲自执刀逼窦犨就范，窦犨昂首言道："你不是个忠良之臣，篡逆之心，路人皆知，杀我之头，岂可钳制世人之口？"言罢，引颈受刑，时年 60 岁。赵鞅虽然杀了窦犨，可也由此看出篡晋的时机尚不成熟，不敢贸然代晋，直到二十多年后，晋国才被三家瓜分。

　　到战国时期，后人感窦犨忠义，不阿权势，死于国事，所以在他当初封地的汾水畔为其立庙，四时供飨。今太原市西北上兰村尚存窦大夫祠，为省级文物保护单位，即窦犨庙是也。孔子知道晋国窦犨和自己的政治主张相同，准备到晋国来拜访他，刚走到黄河岸边，听到窦犨被杀，对着黄河叹道："壮美的黄河水，浩浩荡荡东流去，我不能渡过河到晋国去，也许是命运的安排吧？"说罢，就让人掉转车辕往回走，他的学生子贡不解，问他为什么要回去，孔子回答说："窦鸣犊是晋国的贤大夫啊。赵简子不得志时，倚重窦大夫，等到他得志以后，却杀了窦大夫，这样的国家，我还去干什么？"孔子因此而终生未能入晋，后人在黄河岸边立有回车庙，纪念孔子不入晋这件事。

　　欲知后事如何，请看下回。

第四十八回

会黄池晋吴争雄长　围新郑智赵生嫌隙

智申体弱多病，议立嫡子智瑶为继承人，其弟智果劝道："立智瑶不如立其庶兄智宵。"智申说道："智宵性格孤僻，行事阴狠，恐怕不能安智氏。"智果又说道："兄长有所不知，智宵的孤僻在表面，无碍大事，可智瑶的孤僻在心里，足以败家啊。智瑶虽然有许多优点，能力过人，可他的阴狠暴戾也同样突出，如果立了他，智氏必然会毁在他手里。"智申听智果说得如此严重，很不以为然，最终还是立了智瑶为嗣。智果摇头道："这孩子是个祸种啊，我不能和他一起灭亡。"就到太史那里，把自己改为辅姓，脱离智氏，以便免祸，自此称为辅果。

不久，智申去世，智瑶接掌智氏，其谥号为智襄子。智瑶一向不喜欢赵无恤，几次劝赵鞅改立世子，赵鞅不听，无恤由此对智瑶不满。

吴王夫差想北上与诸侯争霸，于是向晋国提出举行会盟，赵鞅坚持要求吴王去掉王号后再会盟，说道："天无二日，国无二王，周王乃天下共主，诸侯岂能随意称王？"夫差急于会盟，只得答应去掉王号，以吴公的名号参加会盟。

晋定公三十年，公元前482年夏，周卿士单平公、晋定公、吴王夫差在黄池（宋地，今河南封丘县）举行盟会，大会诸侯。谁知越国乘吴国国内空虚，起兵攻入吴地，大败吴军，俘获吴太子友，进抵国都姑苏城下，留守的王子地心急，连续派出七人赴黄池向吴王告败。夫差担心吴国战败的消息被与会的诸侯国得知，不利吴国在盟会上争霸，所以亲手将前来报信的七个人先后斩杀于帐幕之中，强作镇静地继续参加盟会。到七月六日，要举行盟誓了，晋、吴两国都想先盟，争当诸侯霸主。吴国人说："若按辈分，我先祖吴太伯是文王之兄，晋国先祖是文王之孙，吴国辈高，理应先盟。"晋国人说："我们一向是诸侯盟主，自然应该先盟。"

两国各执己见，自早晨争至近午，谁也不肯让步，陪同晋定公会盟的赵鞅心中愤怒，召来司马寅吩咐道："时候已经不早了，事情还没有个结果，这是咱们俩的责任呀。赶快竖起旗帜，整顿队伍，亮出刀剑，和吴国人干一场，拼个你死我活，盟誓的先后次序就定下来了。"司马寅说道："先别急着动手，待我到吴国帐幕去察看一番。"不一会，司马寅回来，对赵鞅说道："为王为官的人，脸色不应当灰暗无神，可我看到吴王脸色铁青，肯定是他们国内出了大事，不是太子死了，就是有外敌入侵了。再说吴国居夷狄之地，性格轻佻，沉不住气，我们还是再坚持一会吧。"果然，僵持至午后，夫差无心再与晋国争先，于是作了让步，让晋国人先盟，然后匆匆回国，与越人争锋去了。

再说卫国原太子蒯聩，在戚邑发动兵变，驱逐了自己的儿子、已经即位十二年的卫出公，自立为卫君，是为庄公。庄公即位，并没有按照惯例到晋国来朝拜盟主晋君，赵鞅派使者对卫庄公说："当年贵君在晋避难，投在志父我的门下，现在回国为君，希望能到晋国来朝拜寡君，要不然，寡君还以为是志父故意不让你来呢。"卫

庄公不愿入晋，以即位不久，国内不安定为由辞谢使者，使者又要求让太子疾入晋朝拜，庄公仍然没有答应。卫国大夫公子青对庄公不满，在晋国使者面前说了他的许多坏话。使者回报赵鞅，赵鞅大怒，认为卫庄公忘恩负义，不听自己的话，遂起兵讨伐。卫庄公向姻亲齐国求救，齐大夫国观、陈瓘率军来救，双方相遇于卫地平阳（**今河南滑县东南**），晋将士恒单车到齐军营垒挑战，齐军两翼齐出，士恒退车不及，竟被齐军擒获，押解来见陈瓘。陈瓘不愿与晋为敌，命军士除去士恒的囚衣，让他穿上原来的军服来见，对他说："齐军的主将是国观，瓘不过是听命而已，岂敢劳驾将军在齐营久留？"命人将士恒释放回营。赵鞅也不想与齐军硬碰，于是避开齐军，转攻卫都帝丘，陈瓘劝国观道："晋军避我而去，我们对卫国也有个交待了，不如撤军。"国观遂班师回国。

赵鞅围攻帝丘，很快攻入外城，正准备乘胜夺取内城，恰在此时，卫国发生内讧，帝丘大乱，卫庄公被弑身亡。赵鞅说道："先臣叔向有言，'乘人之乱而灭人之国者无后'，不如停止进攻，以观其变。"遂收兵回营待变。

原来，卫庄公即位之初，登城北望，见一处小邑，形制和街市皆与华夏不同，怪而问之，左右告他说："此城俗名戎州，是新近归附的北戎聚居之地，先君前不久让他们住在这里的。"庄公怒道："我们卫国是华夏姬姓之国，都城脚下，岂能容异族存身？让他们把房屋、街面、语言、风俗都改过来，否则不许在此居住！"亲率军兵拆毁戎州城郭、房屋，戎州人敢怒不敢言。混乱中，庄公一眼瞥见一名戎女头发乌黑发亮浓密，询问之下，原来是戎人己氏之妻，就令军兵强行将其头发剪下，给自己的夫人吕姜做成假发。庄公又驱使工匠，日夜赶建戎州房屋街市，不让休息，工匠和戎人都恨庄公于骨髓。大夫石圃乘机率领戎人和工匠们攻打公宫，庄公紧闭宫门，

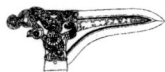

请求叛军饶过自己，叛军不答应，庄公无计，无奈翻过北墙逃生，一不小心崴了脚，只好一瘸一拐地往前跑。

戎州人发现庄公逃跑，群起来攻，赖太子疾死战，庄公方才逃脱，太子疾无法脱身，被戎州人杀死。庄公慌急间逃到一户人家，真是冤家路窄，原来这一家人正是己氏，庄公只得叫苦，无奈之下，掏出一块玉璧给己氏看，说道："你救我一命，我把这块玉璧送给你。"谁知己氏衔恨已久，恨恨说道："我杀了你，这块玉璧还不是我的，它能跑到哪里去？"言罢举刀将庄公杀死。石圃赶跑卫庄公，出城与晋军讲和，赵鞅立卫庄公之弟般师为君，盟誓一番，然后撤军回国。没过两月，石圃杀死晋国人立的般师，迎接卫出公复辟，这时赵鞅患病，顾不上再管卫国的事。

晋定公三十七年，公元前475年春，赵鞅病重，深知智瑶刚愎骄横，与无恤有隙，将来定会侵夺赵氏，所以在临终时，叮嘱无恤道："将来赵氏有难，不要嫌晋阳地远，不要以为尹铎年少，一定要到晋阳去，才能保全赵氏。"无恤记在心头。赵鞅死后，无恤继掌赵氏，智瑶升为正卿，掌晋政，越发骄纵。

次年十一月，越国再次包围了吴国都城姑苏，日夜攻打，姑苏危在旦夕，赵无恤听到这个消息，为吴国心忧，就再次降低自己的饮食规格。家臣楚隆不解，问道："主公正在为先主人服三年之丧，这已经是亲情关系的最高规格了，为什么还要再降一等，一定另有缘故吧？"无恤回答："黄池之会，先父与吴王有盟誓，'同好共恶'，现在越国攻打吴国，吴国正处于危难之中，我本应该遵守盟约去帮助吴国抵御外敌，可我不是晋国执政，能力达不到，只能降低自己的饮食规格来表示心意。"楚隆说道："原来是这样。可是吴国在黄池之会上与我晋争长，先主人差一点就要和他们开战，主公何必为他们的事忧烦呢？"无恤说道："话不能这么说。两国既有盟

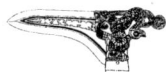

429

誓，就是同盟之国，盟词藏于典府，达于天听，岂能不敬？"楚隆又说道："主公的这一番心意，应该让吴王知道。"无恤问道："能做到吗？"楚隆说："待下臣去试一试吧。"

楚隆来到姑苏城下，对围城的越军主将文种说道："吴人多次冒犯上国，听说贵国君王亲自领兵讨伐，我们中原人都为此而感到欢欣鼓舞，希望贵国的愿望能够实现。"一席话说得文种大喜，楚隆乘势提出要求："让我进去看看吴军的情况，怎么样？"文种同意了，楚隆进了姑苏城，对吴王夫差说道："寡君之臣无恤，派陪臣楚隆到吴国来替他道歉，黄池之会，寡君先臣赵鞅参加盟誓，誓词为'同好共恶'。现在贵君处于危难之中，无恤虽然不敢怕辛劳，但是力不能及，只能减膳表达他的同情，谨派陪臣来致存问之意。"夫差叩首言道："寡人无能，没有处理好同越国的事务，让大夫担忧了，夫差敢不拜谢！"交给楚隆一小盒珍珠，让他送给无恤，又凄然言道："吴越世仇，越王勾践是不会放过我的，我将不得好死。常言道：'快淹死的人也会强颜欢笑（溺人必笑）'，临死之前，我还有个问题想请教先生，贵国大夫史黯曾经预言敝国必亡，可以说是聪明睿智，德行高尚，他是怎么做到这一点的？"楚隆回答说："史黯得志时不做别人讨厌的事，失意时不说诽谤别人的话。"夫差言道："怪不得他能成为君子，应该的啊。"楚隆归报无恤，无恤感叹一番。第二年，越军攻入姑苏城，夫差自缢身死，吴国灭亡。

晋定公在位三十七年，于公元前 475 年冬去世，智瑶拥立太子错即位，是为晋出公。齐人乘晋国有丧，侵占了晋邑英丘（今河北隆尧县），第二年，智瑶拥晋出公前往讨伐，先派大夫梁诸项到鲁国请求出兵协助，说道："当年贵国大夫臧文仲带领楚军伐齐，占领了齐国的榖邑。臧宣叔带领晋军伐齐，占领了汶阳。寡君现在又要起伐齐之师，准备向周公求福，借臧氏之吉，以期再次取得伐齐的

胜利。"鲁哀公就命臧石率军随晋军出征，很快攻占了齐国的廪丘，智瑶大喜，送给臧石一头活牛，使者对臧石表示歉意说："寡君行军在外，赠送大夫的礼物无法按照礼仪规定的标准，请大夫原谅，高兴地收下吧。"

夏六月，晋军继续东进，齐大夫高无㠠率军抵御，两军在犁丘（今山东临邑县西）相遇，各自安营下寨。智瑶乘车逼近齐营，观察对方虚实，恰在此时，空中响起一声炸雷，智瑶驾车之马受惊，直向齐营驰去，御者急忙勒马想要回营，智瑶阻止他说："不要回去，往前赶！"御者道："前面便是敌营，元帅轻车前往，恐怕有危险。"智瑶说："齐国人已经看见我的帅旗了，如果退回去，他们会认为我害怕了，反而很危险。"命令继续前进。齐军看见智瑶帅旗飘扬，率一小队军士直向营垒驰来，大夫莱章主张突出擒捉，高无㠠道："晋人多诈，其主帅单车而来，恐是诱敌之计。"约束军卒不得轻出。智瑶一直驰到齐军营门，巡察一遭，从容而归。

二十六日，晋军准备发动进攻，大夫长武子请求先占卜一下，智瑶说道："我君已经向上天作了报告，又在宗庙里用龟甲占卜过，卦像很吉利，现在又何必再占卜呢？况且齐国人侵占了我国的英丘，我们是以正当理由讨伐有罪，收复失地，不是为了炫耀武力，还占卜干什么？"言罢下令进攻，齐军理屈，又惧怕晋军，稍作抵抗，营寨已被攻破，齐军纷纷败逃。混战之中，智瑶径到中军大帐来擒高无㠠，齐将颜庚抵死拒住，高无㠠乘机逃脱。智瑶亲自挥戈击杀颜庚，追高无㠠不及，遂返至英丘，置官治理，留兵戍守。

晋出公七年，公元前468年，因为郑声公一直没有来朝拜新君，智瑶率兵伐郑，赵无恤跟随智瑶前往。晋军兵临新郑城下，郑大夫驷弘奏道："智瑶刚愎好胜，不取胜是不会罢休的，我们不如给他点甜头，让他小胜一次，他就会早点退兵。"于是在新郑北郊草草设

防，稍作抵抗，遗弃了一些军资甲仗，智瑶获胜，就想退兵。谁知未等下令，部下勇将郗（音西）魁垒率一彪晋军乘胜猛攻新郑外郭桔柣门，郗魁垒身先士卒，首先攻入门内，郑军见晋军不但没有退兵的意思，反而将要攻入都城，只得拼死抵抗，将晋军部众杀退，郗魁垒后援不继，寡不敌众，力尽被俘。郑声公爱其是一员勇将，命解其缚，温言说道："归顺我国如何？寡人任你为卿。"郗魁垒怒目言道："我是大国上将，岂肯就你小国之职？就是让我做郑国国君，也不屑为之。"郑声公见郗魁垒出口侮辱自己，大怒，命左右将郗魁垒的口鼻用牛皮蒙上，直到他窒息而死。

智瑶听得郗魁垒被害，决意为他报仇，遂命赵无恤率部攻城，无恤不愿接受智瑶的命令，推辞道："你是主帅，无恤不敢占先。"智瑶见无恤不听命令，羞怒交加，骂道："你长得那么丑，又如此胆小，我真不知道你是怎么当上赵氏世子的？"无恤回道："我长得丑不丑，和能不能继承赵氏有什么关系！"

郑声公见晋军不退，只得派驷弘赴齐国求救，齐人思报犁丘之败，所以很痛快地答应出兵。出发之前，主将田常把为国战死者的儿子们召集起来，把他们编为一队，以颜庚的儿子颜晋为首领，又安排专门的车辆，穿上特制的服装，让国君接见他们，给予赏赐，以示荣耀。然后勉励他们说："你们的父亲都是为了国家而战死在疆场上的，因为国家多难，一直没有来得及抚恤你们。现在我们要和晋军作战，希望各位临阵要奋勇杀敌，不要辜负你们父亲的勋劳，获胜以后，国君会赏赐你们以城邑的。"田常率军取道留舒（今山东东阿县）、榖邑，很快抵达郑国边境濮水（今河南滑县），赶上连日大雨，濮水暴涨，齐国军士都不愿涉水过河，驷弘焦急地说："晋军已深入敝国都城脚下，这才来向贵国告急，现在遇到一条小河，贵军就不走了，似此如何能解新郑之围？"田常就召集将佐们说道：

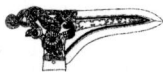

"国君命令我们说：'不论敌人是多还是少，都不要害怕、畏避他们。'目下郑国危急，迟则不救，我们应当急速渡河前进，以解郑围。"言罢，下令全军渡河。田常身披蓑衣，手持戈戟，站在岸边，指挥军士冒雨涉水。战马畏水不前，就命军士或牵或鞭，很快渡过濮水，来到新郑城下，与晋军对垒。

智瑶听得田常率齐军来救郑，派人对他说："大夫的祖上是陈国公子，陈是大夫的祖国，陈国灭亡，郑国是有责任的。所以寡君让瑶来了解陈国灭亡的实情，看看大夫是否为陈国之亡而感到忧虑，现在看来，大夫不仅不悲痛，反而帮助敌国作战，如此敌友不分，不恤本国之倾复，瑶还能说什么？"田常怒道："亡陈者楚也，与郑何干？智瑶外侵邻邦，内凌同僚，从来欺压别人的人都没有好下场，智瑶岂能长久？"又对晋使说道："我奉寡君之命救郑，但知驱除强敌，解郑国之围，不知其他，请回告元帅，整军备车，战场上见吧。"使者回报，智瑶见田常态度强硬，心下郁闷，遂有退兵之意，对诸将说道："出兵伐郑，我们占卜过了，而和齐军作战，还没有占卜，胜负难料，不如退兵。"言罢下令班师，行前与诸将饮宴，智瑶师出无功，心下郁闷，不觉喝得大醉，仍要与诸将对饮。赵无恤辞道："末将不胜酒力，元帅亦请节饮，明日还要行军。"智瑶带醉说道："为将者死且不惧，怎么能怕一杯酒？"无恤再三不肯喝，智瑶怒道："吾为元帅，你是我帐下军卒，焉敢不听我令？"乘着醉意，按住无恤之头，强行将酒灌入无恤口中，掷杯于地大笑，赵氏将卒见主人受辱，皆有不平之色，要求起兵攻杀智瑶，无恤制止道："先父之所以拔我为世子，就是因为我能忍辱负重，不可因匹夫之怒而坏大事。"无恤表面装作无事，然而心中深恨智瑶。

欲知后事如何，请看下回。

第四十九回

失同盟智瑶胜转败 行反间赵氏危复安

智瑶回国，觉得齐、郑一时难图，转而向戎狄略地，时白狄有仇犹国（仇音丘，地在今盂县），僻处深山，道路不通，不利大军行动。智瑶用郤疵之谋，派使者对仇犹国君说道："晋与白狄世交，愿赠贵国大钟一口，再结盟好。"那白狄国君一向仰慕华夏物制精美，以为得了大钟，集结兵马、举行大典可以增色不少，非常高兴地准备接受。国相赤章蔓枝谏道："自古都是小国事奉大国，哪有强国给弱国送礼的道理？智瑶贪而无信，无端送我大钟，恐怕是包藏祸心，不可不防。"仇犹国君不以为然，说道："我国与晋素有往来，一钟之赠，何必多虑。"决意入晋接钟，先发民夫伐木塞渠，劈山填谷，修通国内连结智氏封邑阳曲（今定襄县）的大路。赤章蔓枝见国君不听良言，叹道："吾恐大钟之后，会有晋国大兵啊，仇犹亡国不远，我为什么要和他一起灭亡，何不远身？"于是乘轻车全家逃往卫国。七天之后，大钟运抵仇犹国，果然，智瑶率兵顺着刚修好的大路杀到，仇犹国猝不及防，遂被智氏所灭。

智瑶吞并了仇犹国，更加擅权专断，一日在朝言道："范氏、中行氏为乱，赖众卿合力扫平，其地理应由众卿共有。"晋出公辩

道："从来乱臣贼子伏诛，其田土人民皆归公室，卿怎么能私取呢？"智瑶瞪眼怒道："若非我等驱除二氏，公室也要被取代了，君焉有今日？"赵无恤、魏驹（谥号魏桓子）、韩虎（谥号韩康子）都随声附和，出公无法再辩。四家不顾晋君反对，竟瓜分了范氏和中行氏原来的封邑共十九县，而没有给公室一寸土地。智瑶贪残霸道，独得九县，赵氏四县，魏、韩各三县，智氏在四卿中独大。晋出公见四卿不把自己放在眼里，恣意妄为，怨愤不过，于是暗中与齐、鲁联络，准备借两国之兵讨伐四卿。谁知齐国执政田常、鲁国执政"三桓"，与晋国的智、赵、魏、韩同功一体，处境相同，都属于把持国政的权臣，也都有取国君而代之的野心，不仅没有出兵，反而把晋出公的打算通报给了四家。四家又怒又恐，于是联兵攻打出公，出公自知难敌，只得弃国外逃。行至半途，怨恚难当，仰天叫道："先君叔虞六百年基业，将落入家奴之手，姬错有何面目见列祖列宗于地下！"言毕复大叫数声，口吐鲜血，死于车中，从人就地草草安葬，因为死在国外，所以谥号为"出公"。这是晋出公十八年，公元前457年的事。

智瑶听得出公身死，怒其逃奔，于是废掉太子，改立昭公的曾孙姬骄为君，是为哀公，原来，智瑶与哀公之父姬忌私交甚密，因姬忌已死，故立其子为君。智瑶自此权倾朝野，晋国大小事务皆出其意，本想效法曲沃武公，代晋自立，可又觉得时机尚不成熟，只好暂时隐忍，等待时机。

智瑶掌晋国之政，位为正卿，骄狂自傲，乃大兴宫室，巍峨精美，胜过公宫。智瑶得意地对群下说道："怎么样，我的居处还算可以吧？"众人都随声称赞，独有家臣士茁说道："我主的宫室美倒是挺美的，可下臣也有点担心呀。"智瑶不高兴地问道："你担心什么？"士茁回答说："下臣听说，'高山峻原，不生草木，松柏之

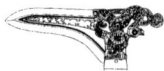

下，其土不肥'，现在我主土木兴盛，下臣恐不利高山松柏，有损智氏根本，不能安人。"智瑶嗤道："你这纯粹是迂腐之言。"

无独有偶，赵氏也使用奸谋，灭掉了北边的代国。

赵无恤之姐嫁为代王夫人，公元前457年，无恤田猎至代国边境草垛山（在代县东北），邀请代王在山下会盟，代王深知无恤早有吞并之心，本不愿赴会，但又碍于亲戚面皮，不便拒绝，遂带重兵前往。无恤迎住，执代王之手，笑容可掬地说："今日之会，乃你我亲戚相会，要兵器无用，不妨解剑而会，如何？"代王闻听解剑，心下稍安，如言而行，双方军队各驻于一箭之外，代王内穿皮甲，带了随从赴会，无恤设盛宴招待代王，从人果然皆不带武器，宾主席间言谈甚欢。酒至半酣，无恤说道："日间捕得鼋龟一只，做成汤特别鲜美，希望能与代王共享。"随令厨人进汤，厨人用长柄勺盛着汤，依序而进，来到代王和随从近前，听得一声号令，一齐举勺将代王和随从击杀。原来，厨人们所持长柄勺，皆用精铜铸就，长短轻重都很得手，边缘磨制得如刀刃般锋利，代王君臣防备不及，瞬间都被击毙于席间。

无恤见计谋已成，立即挥军将代军包围，以代王首级传喻代军道："代王不敬，所以我杀了他，众军无罪，降者免死。"代军见君王已死，心下凉了一半，无心再战，只得解甲归降。无恤随后率兵往定代地，代人群龙无首，无法组织有效抵抗，代国全境很快都被赵人占领。无恤心怜其兄世子伯鲁失位忧死，遂将代地封与伯鲁之子赵周，号为代成君。

代王夫人在宫中闻得代王被杀，仰呼苍天，号哭不止，说道："我如果偏向弟弟而不痛惜丈夫，不仁。如果哀伤丈夫而怨恨弟弟，不义。骨肉相残，代王捐躯，我何忍独生，当随夫君于地下。"言罢，拔头上所佩簪笄磨尖，自刺其喉而死。代国百姓感代王夫人死

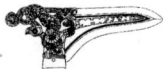

义，为了纪念她，就将境内的为山改称为"摩笄山"（山在河北张家口东南）。后人有诗悼代王夫人曰：

> 春草绵绵代日低，山边立马看摩笄。
> 黄莺也解忠义节，来向夫人墓前啼。

智瑶见赵无恤吞并代国，拓地千里，心中又羡又忧，召集群僚议道："赵氏吞并代国，其势越强，我们怎么才能削弱他？"郗疵再进言道："可假借晋君之命，四家各割地百里，归于公室，将这些地的赋税作为军资，以与诸侯相争，韩、赵、魏没有理由拒绝，则我可坐增三百里之地，以此逐步蚕食，三家不愁灭也。"智瑶大喜，遂命其弟智开向韩氏索地。韩虎本不想给，谋臣段规谏道："智瑶贪得无厌，凶残暴虐，今假借君命来要地，如果不给，就会兴兵攻打我们，韩氏不可先触其怒，不如给他。赵、魏未必肯从其命，双方必起争端，我们坐观成败，等待事态变化可也。"韩虎依段规之言，就把一个有万户人家的城邑割给智氏。

智瑶得了韩氏之地，心中高兴，就在蓝台宴请韩虎，智瑶不觉大醉，指着屏间一幅虎画说道："虎为山林之王，一啸而山川震、百兽恐，不知君有何能，也敢以虎为名？"韩虎怒不作答，一旁段规挺前说道："依周礼，不呼名，君如此轻侮我主，是否有点过分？"智瑶睁开醉眼，见段规五短身材，貌不惊人，再言道："先生有晏婴之位，晏婴之貌，可惜没有晏婴之才。"言罢大笑，韩虎恨智瑶倚势凌人，全无正卿风范，于是辞以不胜酒力，匆匆离席。

智瑶族弟智伯国谏道："兄今日戏韩虎而辱段规，韩氏怀愤而去，我们应该多加戒备，否则，恐有祸难临头。"智瑶不以为然地说道："有没有祸难，我说了算，我不挑起祸难，谁又敢兴风作浪！"

智伯国摇头道："话不能这么说。祸难往往起于小怨，当年卻氏因车辕示众长鱼矫，赵氏因庄姬之谗，栾氏因叔祁之诉，范中行因范皋夷之怨，都酿成大祸，这是我兄所知道的。现在我兄一宴而辱人卿相，却又不作戒备，以为人家不敢作乱，不应该这样想啊。蜂蚁蛇虫尚能害人，何况是一国之上卿呢？"智瑶终不认错，智伯国叹息而出。

次日，智瑶再派智开向魏氏索地，魏驹自然也不愿意给，谋臣赵葭谏道："《周书》有云：'天欲败之，必先辅之，将要取之，必先与之'，我们满足了智氏的要求，他就会越来越骄狂，灭亡得也就越快。再说韩氏给了，我们不给，恐怕会惹怒智瑶，招来刀兵之灾，还是给他为妥，可以免灾。"魏驹听赵葭说得有理，于是也不情愿地把一个万户城邑割给智氏。

智瑶得了韩魏之地，又派其庶兄智宵向赵无恤再传国君之命，要求赵氏割让蔺和皋狼（均在今离石县西部一带）两城，无恤心中记恨新郑之辱，不肯向智瑶低头，拒绝道："赵氏寸土，都是先人所遗，岂可无端送于他人？"智宵不想空手而归，再说道："割地敛赋，以充军资，乃是国君的命令，智、韩、魏都已经割了地，赵氏不应独缺。"无恤悻悻言道："智氏自割自地。韩、魏有地与人，是他们自己的事，与我赵氏何干？"智宵见无恤不肯答应，只得快快复命，智瑶大怒，于是知会韩、魏，一同兴兵伐赵，约定事成之后，三家共分其地。韩、魏一则畏智氏之强，二则贪赵氏之地，都答应起兵。

再说无恤拒绝割地，心知智瑶必定不会善罢甘休，集家臣商讨应对之策，张孟谈言道："智瑶为人，表面亲善而背地里阴狠，我主不听他的话，他一定会起兵来讨，绛都非久留之地，不如乘他的兵还没有来，外出暂时躲避他。"无恤问道："但不知该避往何地？"

张孟谈回答："长子地近，而且城墙高厚完善。"无恤摇头道："城墙高厚完善，说明百姓之力已用尽了，哪还有余力再守城？长子不可往。"张孟谈又道："邯郸仓廪充裕，足以据守。"无恤再摇头道："仓廪充裕，说明民脂民膏已榨尽了，谁还会和我们同心同力守城？邯郸亦不可往。"张孟谈反问道："那么我们到底该去哪里好呢？"无恤这才说道："我看只有晋阳可去。尹铎一向为政宽和，民心可用，况且先主临终，也有这样的嘱咐。"众人皆无异议，无恤遂命家将延陵生率领车骑先行，自己随后带领合家老小离了绛都，率家甲望晋阳而来。

在路非止一日，这才来到晋阳，尹铎接入，无恤检查府库，整顿军备，巡视城郭，见壁垒高厚，足以御敌，乃抚尹铎之背道："幸亏先生当年违抗先主之命，才保住了这些壁垒，先生真是赵氏之干城啊。"于是发布命令，做好一切战斗准备，单等智氏之兵到来。智瑶听得无恤逃至晋阳，带领韩、魏之兵随后追来，将晋阳围定，四面攻打，无恤率晋阳军民，深沟高垒，坚守不出，只用长弓硬弩射退敌人。相持三月，箭弩将尽，无恤心忧，尹铎进言道："主公勿忧，董安于当年营建晋阳城，宫室、官署的墙垣都是用苇杆修筑，柱础皆是精铜铸就，有此二物，何忧箭少，不妨发掘一试。"无恤依言，果然得到上好而充足的制箭材料，军民士气益高。

双方相持一年有余，智瑶见晋阳城坚难下，心中郁闷，于是乘车巡视，寻找破城之策。行至悬翁山边，见晋水浩浩东流，直抵晋阳城下，即时醒悟道："城依水建，水绕城流，欲破晋阳，只在晋水。"当下回营，命三家军队各后撤十里，只将晋阳远远围定，令军士开渠筑堤，将晋水由南至北引至高阜处，居高而东下，直灌晋阳城西门。今太原晋祠难老泉北支，名智伯渠，相传即为当年智瑶所开之渠。

晋阳城虽坚，仍难阻水渗入，城内水深尺许，蛙鱼蝌蚪生于灶间，军民皆避往高处，悬锅造饭，甚至有人住在树上，如此苦撑一年有余，城中粮草将尽，军民多患阴湿之病，羸弱不堪，所幸士气尚高，民心未变，昼夜守城，不曾懈怠。无恤再叹道："尹铎堡垒之城，筑在晋阳之民心中，胜土木瓦石多矣。"

智瑶水灌晋阳，以为不日可下，于是置酒与韩虎、魏驹相会，智瑶喜形于色，指晋阳城道："无恤竖子，不遵我令，旦夕将为鱼鳖。吾今日方知水可养人，亦可亡人之国。"韩、魏二人闻言大惊，相视失色。原来，韩邑平阳（临汾）西临汾水、魏邑安邑（运城）北临绛水，皆有灌城之虞。席散之后，郗疵对智瑶说道："韩魏两家恐怕要背叛主公，不如杀了他俩。"智瑶问道："何以见得？"郗疵回答说："智、韩、魏三家合兵攻赵，相约三分其地，今晋阳城破在即，二人方才饮宴，却没有一点胜利的喜悦，反而面带忧虑之色，这不是明摆着和主公不一心吗？"智瑶未尽信其言，第二天，智瑶召韩虎、魏驹议事，问二人道："郗疵说你二人将要背叛我，是这样吗？"韩虎赶忙分辩道："赵氏马上就要被消灭了，我们俩再愚笨，也不会放弃将要得到的利益，而去做危险而不可能成功的事。"魏驹也说："这一定是赵氏的反间之计，想要离间我们三家同盟，从而放松攻打赵氏，您要是相信了这些谗言，可就太遗憾了。"智瑶笑道："我也认为二位将军不会背叛我，郗疵多虑了。"韩、魏二人不敢多停，急忙告辞而去。

不一会儿，郗疵进来，埋怨智瑶道："主公怎么把下臣的怀疑告给韩虎和魏驹了呢？"智瑶怪而问道："你是怎么知道的？"郗疵回答说："刚才下臣进门，正好碰见二人出门，他俩看见我，神态极不自然，不敢正视，匆忙离去，所以知之。"智瑶说道："韩、魏二人忠义，必不叛我，你不要疑心太重。"郗疵又谏道："既主公不

忍杀他们，那就应该笼络他们。"智瑶问道："如何笼络？"郗疵说："韩虎的谋臣段规，魏驹的谋臣赵葭，都可以左右他们的主人，主公不妨答应破赵之后各给二人以万户之邑，则韩、魏可保不叛。"智瑶摇头道："吾起数万之众，曝野三年，虽得赵地，尚需三分，再给二人各万户之邑，所余几何？此议不妥。"郗疵见智瑶执拗刚愎，不纳忠言，知道他必然难以成事，不想再追随他，就请求出使齐国，智瑶答应了。郗疵回到绛都，携了家眷，举家迁往齐国去了。

几天后，天降大雨，晋水益涨，水面距离城墙顶只剩下三版（大约六尺），赵无恤无计可施，对张孟谈说道："晋阳城被困三年，钱粮将尽，士卒疲病，难敌强兵恶水，我再也坚持不下去了，想去投降，你的意见如何？"张孟谈说道："事情还没有恶化到不可收拾的地步，主公不可有此想法。臣料韩、魏与智氏虽合兵而未必同心，让我去见一下韩虎、魏驹，试说其共灭智氏。"无恤喜道："此计甚妙。若能说得两家助我，何愁智氏不灭？"

当夜，张孟谈缒城而下，潜入韩营，被军士缚见韩虎，韩虎认得是赵氏谋臣张孟谈，大惊，知其必有大事，于是屏退左右，命解其缚，赐坐，问道："先生夜入我营，所为何事？"孟谈从容言道："特来救将军。"韩虎笑道："晋阳城就差三版就淹到顶了，赵氏亡在旦夕，先生反言来救我，这是什么话？"张孟谈道："赵氏之亡，自不待言。然而赵氏亡后，就该轮到韩、魏了。"韩虎言道："此话怎讲？"孟谈直言道："智瑶贪残，将军所知，赵氏既亡，唇亡齿寒，他能放过韩、魏吗，以韩、魏之力，能与智氏对抗吗？"韩虎闻言沉吟道："先生所言，虎非不知，只是担心行事不周，反为所害。"张孟谈笑道："言出将军之口，入于孟谈之耳，有何不周？"韩虎道："此事尚需与魏将军仔细筹划。"当下安排张孟谈后营歇息，召谋臣段规细商其事，段规深恨智瑶之辱，力赞张孟谈之谋，

说道："韩、魏与赵，一向和睦，若再加上救助之恩，他必然会感激我们，三家共存，岂不强似与智瑶共事？"韩虎遂下了决心。次日，段规奉了韩虎之命，密见魏驹，约期举事，魏驹欣然同意，说道："事不宜迟，迟则恐生它变，就在明夜举事可也。"段规返营交令，韩虎乃召孟谈，告以明夜三家举事之约。孟谈归报无恤，无恤喜出望外，传下将令，命军士各作准备。

　　晋哀公四年，公元前453年三月十三日，韩、魏两军乘夜袭杀智氏守堤军士，将面向智营的堤坝掘开，晋水决堤，直向智营冲去。智瑶在睡梦中被惊醒，只见军帐内全是水，被褥都被浸湿，还以为是跑了水，忙叫快救，不料移时，洪水滔天而至，咆哮翻滚，声如巨雷，直向军营冲来，军士一齐哭爹喊娘，惊慌乱窜，哪里逃得出去，千军万马，霎时尽死于浊浪之中，军粮器械，军卒死殍，都在水中漂浮。智瑶慌乱中乘了智伯国驾来的小舟，逃往西边高阜处，检视身边，只有数千衣甲不整的军士，不由哀叹道："悔不听郗疵之言，致有今日之败。"智伯国谏道："现在不是慨叹之时，主公可易服逃归绛都，再聚兵甲，以图复兴。"智瑶只得换了军卒服装，只带亲随数人，顺小路逃往西山。

　　不一会儿，听得鼓声大振，韩、魏军自两翼杀来，赵军亦从城中杀出，三家之兵，或车或舟，一齐杀至智氏残军阵前，大叫道："只擒智瑶一人，余者不问，早降免死！"智军哪里还能再战，齐齐跪地请降，三家搜检，不见智瑶，有降卒指道："顺此路逃往山中去了。"无恤即令军士漫山搜寻，至午，延陵生将智瑶一干人缚至军前，无恤骂道："智、赵、韩、魏，同为晋卿，共掌国政，为何屡要侵夺？今日兵败，有何话讲？"智瑶恨恨不答，见韩虎、魏驹在侧，对二人道："我与二君相约，同灭赵氏，共分其地，为何叛我？"韩虎答道："吾欲振一啸之威耳。"智瑶闻言，低头无语，无

恤命将智瑶和其世子智颜斩首，又对其余人众说道："与吾为敌者，智瑶一人也，汝等若降，可免一死。"众人都愿降，独智伯国言道："智氏既灭，吾不忍独生，愿从吾兄于地下。"不等无恤放话，转身投水而死。

三家既败智氏，乃班师绛都，搜捕智氏族人，尽罚为奴，独有智果因脱离智氏，改为辅姓，分门而居，得以免祸。智瑶之弟智开，留守绛都，闻得智瑶兵败晋阳，急率族人逃回智地，第二年，听得三家将要兴兵来讨，只得与智大夫智宽率领全家往投秦国去了。

智瑶骄横狂傲，不纳忠言，终至族灭身亡，成为晋国最后一家被逐出历史舞台的大卿，为天下笑。史家评论说，有才无德，这是智瑶败亡的主要原因，其对身家之害，胜于无才无德。

欲知晋国末世史实，请看本书最后一回。

第五十回

韩赵魏分晋列诸侯　姬俱酒被废亡国祚

　　赵无恤联合韩、魏，反败为胜，攻灭智氏，杀掉智瑶，威名震于朝野，张孟谈密谏道："韩虎、魏驹懦弱，主公何不以饮宴为名，拘捕二人，逼其割地交权，则主公可独擅晋国之政。以晋国之强，主公之明，将士用命，出师与诸侯争，鲁、郑、宋、卫待亡之国，齐、秦、楚亦不愁次第而下，十年以内，天下不难得也。"赵无恤沉吟道："你的意见虽然不错，可是韩、魏与我相善，已逾百年，晋阳之难，全赖两家临危反戈相助，怎忍为此负义之事？不如与两家共分晋地，可全同盟之义。"张孟谈又说道："赵氏代晋，则天下莫强，如果三分，国力分解，不过齐、秦、楚之流亚，天下纷争，成败未可料也。"无恤终是不忍，张孟谈叹息而出。

　　韩、赵、魏议分智氏之地，无恤乘机对韩、魏二人说出了自己的意见："当今天下，礼崩乐坏，政权下移，你我不如乘势三分晋国，各立庙社，传之子孙，二位觉得怎么样？"魏驹迟疑道："这样做不会招来诸侯反对吗？"无恤道："田氏代齐，季氏专鲁，已历二十余载，俨然比于诸侯，没有听到过有什么非议。如果迟疑不决，晋国一旦出个明主，揽权亲政，你我就会死无葬身之地了。"韩虎附

和道："无恤的话很对，可留绛都、曲沃二邑给晋，保留他的宗庙，以全君臣之情。"魏驹无言，三家遂议定分晋之事。

段规听得三家分晋，对韩虎说道："别的地方可以不要，成皋一定得要回来。"韩虎不解道："成皋土地贫瘠，田间多石，难以耕种，要它干什么？"段规道："成皋乃天下形胜之地，东控郑，西阻秦，号为虎牢，兵家必争，不可轻弃。"韩虎听了他的话，果然将成皋（今河南荥阳县）纳入韩氏版图。三家大略位置，自北而南，依次为赵、魏、韩，赵都晋阳，魏都安邑，韩都阳翟（今河南禹县）。因为是倡议者，所以赵氏比其余两家多分了十县，其地北有代国，西达河套，东抵渤海，南据太行，一时成为大国。

韩、赵、魏三家，自此以独立国家的身份登上历史舞台，而原先三家的共主晋哀公却局促于两邑之中，同鲁、卫、郑、宋等国一样，苟延残喘，再也无力参与国际事务，已是名存实亡。

以三家分晋为标志，中国历史由大国争霸的春秋时期进入了天下纷争的战国时期。

赵无恤杀了智瑶，仍不解气，命匠人将智瑶的头骨漆成饮器，每次使用，都要呼道："智瑶，来！为我斟酒。"以此侮辱智瑶，为自己出气。

无恤在晋阳开署议事，论功行赏，给高共立了首功，群臣不解，原过言道："晋阳被围三年，群臣或建言献策，或登城戍守，高共曾无寸功，主公怎么给他记了首功呢？"无恤回答："在晋阳最危急的时候，大家都不太讲究尊卑之礼了，只有高共仍是循规蹈矩，说话办事执人臣之礼甚恭，和平时没有什么两样，这说明他心中始终装着寡人呀，所以要给他记首功。"

群臣闻言，都明白无恤要借这个机会重树自己的威权，对此，张孟谈心知肚明，所以奏于无恤道："今强敌已灭，赵氏安堵，臣

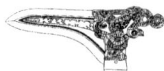

请得田百亩，归隐山林。"无恤闻言惊道："爱卿为国立下不世之功，正当同理国政，长享太平，何出此言？"张孟谈言道："这正是为臣激流勇退的原因。先君简主（赵简子）治理赵国，非常注意控制臣下，贵为列侯者，不让他居相位，领兵为将者，不让他与国政。如今为臣功名显赫而又地位高贵，群僚畏服，威震其主，此非为臣之道，从来这样的人都没有好结果。愿我君放臣终老林泉，以全君臣之义。"赵无恤还想挽留，说道："国家正需要爱卿这样经验丰富、德高望重的人来治理，爱卿何忍弃寡人而去？"张孟谈再言道："晋国就是因为臣下的权势过重，才造成今天国弱地丧、濒临灭亡的局面，臣不愿赵国重蹈其复辙啊，到那时，只怕你我想顾念君臣之情也无能为力了。"无恤见他言词恳切，语调悲凄，有诀别之意，只好同意了他的要求。张孟谈于是把自己的封地归还给国家，辞掉左司马的官职，亲率家人在负亲（今交城县）一带的山丘上耕种，衣食皆自给，不要国家一点照顾。

后人评论说，功成身退，不恋栈位，张孟谈可谓善处为臣之道，汉初的张良，不过是循其故智罢了。

再说智瑶的家臣豫让，乃是毕阳之孙，当年毕阳保伯州犁母子逃往楚国，其子孙仍然留在晋国。豫让初在范氏门下效力，邯郸之战时负伤为智申所俘，遂留事智氏，智申、智瑶父子慕毕阳侠义之名，知道这家人忠于主人之事，不负主人所托，缓急之间可得其死力，因此善待豫让，令其警卫宫掖，出入内室，视若腹心。智瑶往讨晋阳，豫让与智开留守绛都，智氏败亡后，智府之人四散逃生，独豫让举家迁往晋阳，说道："士为知己者死，女为悦己者容，智伯待我甚厚，我一定要杀掉赵无恤，为他报仇！"于是改变姓名，混在服劳役的罪人里边，在赵无恤宫中修厕所，他把手中的瓦刀开了刃，磨得风快，随时准备刺杀赵无恤。一日，无恤入厕，豫让突然

晋

国

演

义

窜到无恤近前，举起手中瓦刀就砍，无恤闪身躲过，豫让刚要再砍，却被无恤身后的士兵伸出长戈挡住，众军一齐上前，将豫让捆作一团，押见赵无恤。无恤怒问："你是何人，竟敢行刺寡人？"豫让从容言道："我乃智瑶家臣豫让，特来为主人报仇！"左右打算杀掉他，无恤说道："智氏复亡，豫让冒死为他报仇，真是天下贤人，寡人不忍杀忠义之士，放掉他，我以后小心避开他就是了。"

豫让行刺不成，无法再接近赵无恤，于是就用生漆涂身，全身长满癞疮，又用药物蚀掉须眉，把自己弄得人不人，鬼不鬼，为了试验人们是不是还能认出自己，他就装成一个乞丐，到自家门首去讨饭，他的妻子奇怪地说："这个乞丐说话的声音怎么和我失踪的丈夫特别像啊。"豫让闻言，又吞火炭使自己的声音变得嘶哑，行于晋阳街市，但仍然被他的好友认出，好友为豫让忠于主人的执着所感动，对他说道："你的做法太难而且成功的希望不大，说你有志气倒还说得过去，可要说你聪明可就有点勉强了。豫让问道："此话怎讲？"好友说道："以你的才能，如果投靠了赵无恤，何愁取得他的信任，到那时再刺杀他，不是很容易吗，我兄何苦自残如此，把自己弄成这个样子？"豫让回答说："投靠了人家又要杀掉他，为原来的主人而伤害现在的主人，这是违背君臣之义的行为，我不能那样做。我之所以用现在的方法费力地去做这件事，正是想让那些为人臣而又怀有二心的人感到羞愧。"好友见其意不可改变，再拜道："愿天佑我兄成此大功。"言罢涕泣而去。

豫让潜伏于赵无恤必经的一座桥下，待无恤乘马而过时，突然从桥下窜出，挥剑直刺无恤，孰料那马受惊直立起来，无恤躲过一剑，卫士将豫让团团围定，无恤说道："此人必是豫让。"豫让昂首言道："我就是豫让。"无恤不高兴地指责他说："你不曾经是范氏的家臣吗？智瑶取范氏之地，你不为范氏报仇，却反而转投智瑶，

并且如此执着地要为他报仇，是何道理?"豫让回答说："范氏以普通人对待我，所以我也像普通人那样回报他。而智伯给我以国士的待遇，所以我也像国士那样回报他。"赵无恤闻言，喟然叹息，流泪言道："豫先生之德，足以感动天地，只是寡人前已赦免过你一回，这一回我不能再放过你，只好成就先生之名了。"豫让回言道："君主前宽赦臣，天下都称颂君主，臣亦感于心。今事既不成，不敢再请君主宽囿，愿意伏诛，只是临死之前，希望能让我剑击君主之衣，以满足我的报仇之愿，告慰我主于地下，则豫让虽死无憾，不知君主能否答应下臣的这点要求?"赵无恤佩服豫让忠义，于是就脱下自己的外衣，命近臣送给豫让，豫让对无恤拜道："谢君主遂我之愿。"言罢，怒目圆睁，仿佛面对仇敌，跳起来对着衣服连砍三剑，然后对天叫道："家主，豫让无能，不能取仇人之头，只能做到这一步了。"言罢，伏剑自刎而死。

赵国上下，听到豫让的死讯，都为他感到悲伤，赵无恤命人厚葬豫让于桥旁，后人因名其桥为赤桥，以表豫让赤心，桥旁村落，因桥得名，今太原市晋源区晋祠镇赤桥村，即当年豫让死义之处。

豫让是春秋战国时期著名的刺客之一，虽然行刺并未成功，但他的事迹却流传最广，后人有诗赞豫让道：

> 吞炭漆身匿迹行，赤桥拔剑报主恩。
> 斩衣击仇惊天地，春秋侠士万古名。

晚唐诗人胡曾也有诗专咏豫让：

> 豫让酬恩岁已深，高名不朽到如今。
> 年年桥上行人过，谁有当时国士心?

赵无恤有五子，可他决意把赵国还给兄长伯鲁，传位于侄儿代成君，所以一直不肯立太子，没想到代成君死在他前面，无恤晚年，立侄孙、代成君之子赵浣为太子。公元前425年，在位49年的赵无恤去世，太子赵浣继位，后世称为赵献侯。献侯年少，无恤之弟赵嘉（谥号赵桓子）乘其新立，驱逐了献侯，自立为赵君。一年后，赵嘉年迈去世，其子继立为赵君，国人因为赵无恤的遗愿是传位于赵浣，不是赵嘉，所以就群起杀掉了赵嘉之子，迎立流落在外的献侯复位。其后不久，为了与诸侯争夺中原，献侯迁都中牟，后又迁都邯郸。

再说晋哀公国土被三家瓜分，只给自己留下绛和曲沃两城，心中怨恚难平，可又无能为力，于公元前438年郁郁而终，子姬柳立，是为幽公。幽公夫人嬴氏，乃是秦躁公之女，幽公恨三家入于骨髓，密派近臣赴秦向躁公请兵，想依靠秦国之力，击败三家，夺回晋国权力。谁知秦躁公畏三晋之强，认为这是一个不可能实现的目标，拒绝了晋幽公的要求。幽公希望破灭，从此万念俱灰，又怨秦国不肯相助，因而疏远嬴氏。那嬴氏见幽公不再亲近自己，于是发起雌威，不准幽公进入后宫，君妃反目，越闹越僵。幽公独居前殿，寂莫难耐，竟然学那市井狂徒，带着两个近侍，出入于绛都勾栏瓦肆之家。嬴氏生恨，为了报复幽公，也与后宫宿卫军尉梁解疾有染，仍难解心中之气，侦得幽公出宫而去，密令梁解疾带领兵丁数人，扮作强盗，乘夜刺杀幽公于街市之上，绛都大乱。

魏文侯听得晋国内乱，派兵进入绛都，捕杀梁解疾，立幽公之弟姬止为晋君，是为烈公，安葬幽公，晋国这才恢复了平静。这是公元前420年的事。

韩、赵、魏三家虽然早已立国，以独立身份参与国际事务，但一直没有得到周天子的承认，名不正而言不顺，三家各携带重礼，

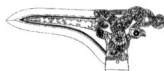

相约来到成周，要求周威烈王册命他们为诸侯。周王室虽然失去了对诸侯各国的控制，但在名义上仍是天下共主，周威烈王认为三家立国已是既成事实，自己无力改变，册命不册命只是个形式问题，所以就同意了。

公元前 403 年，周威烈王正式册命韩虔（韩景侯）、赵籍（赵烈侯）、魏斯（魏文侯）三个异姓为诸侯，与旧主晋国并列，地位相等。此时，距离三家灭智分晋，已经过去了整整五十年。

三家位列诸侯，在中国历史上是一件大事，它标志着社会的巨大变革和进步，新兴的地主势力开始登上历史舞台，中国史学界有一种意见倾向于把这一年作为奴隶制社会和封建社会、春秋与战国的分界点。千百年来，周威烈王也因其不能坚持原则，册命三家为诸侯而遭到后世的猛烈批评，如宋代大学者司马光就指责周威烈王是自己破坏了礼纪纲常，加剧了礼崩乐坏的局面，并把这件事作为他史学巨著《资治通鉴》的上限。

晋烈公姬止，眼睁睁看着自己原先的家臣被册命为诸侯，成了自己的兄弟之国，却也无可奈何，此时他已没有任何想法，反而需要得到三家的保护，所以只好派人带着礼物，祝贺三家成为诸侯，三家坦然接受。到后来，逢时过节，他还得亲自到三家去朝拜。烈公薨后，子孝公姬倾继位，勉强撑持了几年，也在悲凉中弃世，孝公的儿子姬俱酒立，他就是晋国末代君主晋静公。三家看着晋国碍眼，又贪其仅存的绛、曲沃两城，此时他们已没有任何忌惮，韩哀侯韩共、赵敬侯赵章、魏武侯魏击相商，决定灭掉晋国，尽取其宝器、土地、财货、人民。

公元前 376 年秋十月二十七日，韩大夫韩山坚、赵大夫赵利、魏大夫王钟奉了本国君主之命，各率军兵一万，围了晋宫，晋静公慌忙出见，询问围宫缘由。韩山坚捧简读道："晋君无德，深失民

晋国演义

望，难承大统，韩共、赵章、魏击代天行讨，兹废姬俱酒为庶人，去晋君名号，限三日内搬出晋宫，迁往它处。"静公闻言，垂泪言道："晋地数千里，人民数百万，已尽归三家，奈何不能留二城以为旧主存身之地？"韩山坚回道："天道无常，唯有德者居之，晋既失德，岂可再居大位？请君速行！"静公复求道："晋为三家共主，难道没有一点君臣之义吗，为何如此相逼？"一旁赵利瞪眼言道："当年武公代晋，可曾念及兄弟之情于一二？兴亡废替，天下常情，君何必作此儿女子之态！"王钟上前劝道："君没有听说吗？高岸为谷，深谷为陵，世势变化，非人力可以抗拒，晋国往日权臣狐、先、郤、胥、智氏，其后人降在皂隶，范、中行氏流落国外，子孙耕于垄亩，富贵贫贱，岂能守常不变？"静公到此时，万般无奈，只得含泪入内，打点行装。

三日后，晋静公一早来到太庙，跪于庙前，悲号道："列祖列宗，远孙俱酒不肖，未能保守祖业，今将远离，不能再供血食。列祖列宗有知，请恕远孙之罪！"言罢复仰天大哭，泣尽而继之以血。军兵听得不耐烦，催促起身，晋国末代君主静公姬俱酒，只带得两位夫人，十数名仆役和随身衣物用具，悲悲切切地离了绛都，在韩山坚的押送之下，顶着凄风苦雨上路，被安置在韩地端氏（**在今沁水县东 45 公里**），初时还过着富家郎的日子，到公元前 349 年，端氏被韩国割让于赵国，赵肃侯不愿收留晋国公室，将静公一家赶走。静公只好再次带领家人，迁往韩地屯留，谁知韩将韩玘不容静公一家进城存身，静公气愤不过，怒言斥责韩玘，韩玘恼羞成怒，竟挺剑将静公杀害，夺其余产，静公子孙逃往乡间，佣耕于富户人家，姓名不存。

立国六百余载，称霸诸侯二百余年的春秋时期第一强国晋国就此灭亡。

后人有古风一首，专咏晋国之事：

天命叔虞，辛封于唐。桐圭既削，河汾是荒。

文侯虽嗣，曲沃日强。未知本末，祚倾桓庄。

献公昏惑，太子罹殃。重耳致霸，朝周河阳。

灵既丧德，厉亦无防。四卿侵侮，晋祚遽亡。

其后 150 余年，韩、赵、魏先后被强秦所灭，三晋全境，尽入于秦。

晋国世系表

在位公侯	在位年代	主要历史事件	主要辅佐者
姬叔虞　成王弟　字子于	约公元前1010年	初封于唐	职官五正 怀姓九宗
姬韦　叔虞子　字燮父		迁都于翼,改国号为晋	
晋武侯　燮父子　名宁族			
晋成侯　武侯子　名服人			
晋厉侯　成侯子　名福			
晋靖侯　厉侯子　名宜臼	公元前859至 公元前841年	中国开始有确切纪年	
晋釐侯　靖侯子　名司徒	公元前840至 公元前823年		
晋献侯　釐侯子　名籍	公元前822至 公元前812年		
晋穆侯　献侯子　名弗生	公元前811至 公元前785年	娶齐女,生太子仇和成师	
殇　叔　穆侯弟	公元前784至 公元前781年	篡位自立,太子仇兄弟出奔	
晋文侯　穆侯子　名仇	公元前780至 公元前746年	攻灭殇叔,即晋君位。助平王东迁,灭周携王,结束二王并立局面	
晋昭侯　文侯子　名伯	公元前745至 公元前739年	封叔父成师于曲沃,种下曲沃代翼祸根。被大臣潘父所弑	
晋孝侯　昭侯子　名平	公元前738至 公元前724年	被成师子庄伯所弑	
晋鄂侯　孝侯子　名郄	公元前723至 公元前718年	被庄伯攻伐,奔逃	
晋哀侯　鄂侯子　名光	公元前717至 公元前710年	与曲沃武公战,被俘杀	栾　成

453

在位公侯	在位年代	主要历史事件	主要辅佐者
小子侯　哀侯子　名小子	公元前709至 公元前705年	被曲沃武公诱杀	
晋侯缗　哀侯弟　名缗	公元前704至 公元前679年	曲沃武公代晋,晋大宗灭	
曲沃桓叔　文侯弟　名成师	公元前745至 公元前730年	始封于曲沃	栾　宾
曲沃庄伯　桓叔子　名鳝	公元前729至 公元前716年	弑晋孝侯	
曲沃武公　庄伯子　名称	公元前715至 公元前678年	攻灭晋国自立,贿周釐王,得列为诸侯	
晋献公　武公子　名诡诸	公元前677至 公元前651年	宠骊姬。灭虞、虢等二十余国,晋国开始强大	士蒍、里克、荀息
奚齐、卓子　献公幼子	公元前651年即位	先后被大夫里克所弑	荀息
晋惠公　献公子　名夷吾	公元前650至 公元前638年	与秦战于韩原,兵败被俘	吕省、郤芮
晋怀公　惠公子　名圉	公元前637至 公元前636年	被文公攻灭	
晋文公　献公子　惠公兄 名重耳	公元前636至 公元前628年	城濮之战败楚,成为诸侯霸主	狐偃、赵衰、先轸、栾枝
晋襄公　文公子　名欢	公元前627至 公元前621年	败秦军于殽山	先且居、赵盾
晋灵公　襄公子　名夷皋	公元前620至 公元前607年	为君不道,被赵穿所弑	赵盾、郤缺
晋成公　文公子　襄公弟 灵公叔　名黑臀	公元前606至 公元前600年	会诸侯于扈	赵盾、郤缺
晋景公　成公子　名据	公元前599至 公元前581年	被楚军败于邲。后败齐于鞍	郤缺、荀林父 士会、郤克
晋历公　景公子　名寿曼	公元前580至 公元前572年	败楚鄢陵。灭三郤。被栾书、中行偃所弑	栾书、士燮
晋悼公　襄公曾孙　名周	公元前572至 公元前558年	九合诸侯,列国畏服	韩厥、智罃 中行偃
晋平公　悼公子　名彪	公元前557至 公元前532年	灭栾氏。败齐国。六卿专权,公室卑弱	中行偃、范匄、赵武
晋昭公　平公子　名夷	公元前531至 公元前526年	平丘大会诸侯	韩起、叔向

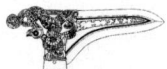

晋

国

演

义

在位公侯	在位年代	主要历史事件	主要辅佐者
晋顷公 昭公子 名去疾	公元前 525 至 公元前 512 年	灭祁氏、羊舌氏	韩起、魏舒
晋定公 顷公子 名午	公元前 511 至 公元前 475 年	灭范氏、中行氏	范鞅、智跞、赵鞅、智瑶
晋出公 定公子 名错	公元前 474 至 公元前 457 年	谋逐诸卿，死于逃亡路上	
晋哀公 昭公曾孙 名骄	公元前 456 至 公元前 438 年	三家分晋	
晋幽公 哀公子 名柳	公元前 437 至 公元前 420 年	被盗所杀	
晋烈公 幽公弟 名止	公元前 419 至 公元前 393 年	韩、赵、魏正式成为诸侯	
晋孝公 烈公子 名倾	公元前 392 至 公元前 378 年		
晋静公 孝公子 名俱酒	公元前 377 至 公元前 376 年	被韩、赵、魏所灭，废为庶民，迁于端氏。晋国亡